UN FUTURO PROMETEDOR

Pierre Lemaitre

UN FUTURO PROMETEDOR

Los años gloriosos

Traducción del francés de
José Antonio Soriano Marco

Papel certificado por el Forest Stewardship Council®

Título original: *Un avenir radieux*

Primera edición: marzo de 2025

© 2025, Calmann-Lévy
© 2025, Penguin Random House Grupo Editorial, S.A.U.
Travessera de Gràcia, 47-49. 08021 Barcelona
© 2025, José Antonio Soriano Marco, por la traducción

Penguin Random House Grupo Editorial apoya la protección de la propiedad intelectual. La propiedad intelectual estimula la creatividad, defiende la diversidad en el ámbito de las ideas y el conocimiento, promueve la libre expresión y favorece una cultura viva. Gracias por comprar una edición autorizada de este libro y por respetar las leyes de propiedad intelectual al no reproducir ni distribuir ninguna parte de esta obra por ningún medio sin permiso. Al hacerlo está respaldando a los autores y permitiendo que PRHGE continúe publicando libros para todos los lectores. De conformidad con lo dispuesto en el artículo 67.3 del Real Decreto Ley 24/2021, de 2 de noviembre, PRHGE se reserva expresamente los derechos de reproducción y de uso de esta obra y de todos sus elementos mediante medios de lectura mecánica y otros medios adecuados a tal fin. Diríjase a CEDRO (Centro Español de Derechos Reprográficos, http://www.cedro.org) si necesita reproducir algún fragmento de esta obra.
En caso de necesidad, contacte con: seguridadproductos@penguinrandomhouse.com

Printed in Spain – Impreso en España

ISBN: 978-84-10340-60-2
Depósito legal: B-654-2025

Impreso en Romanyà-Valls
Capellades, Barcelona

SM40602

*Para Thierry Depambour
con afecto y gratitud*

Para Pascaline

El lector encontrará dos o tres situaciones inverosímiles, que mantenemos por respeto a la verdad.

Victor Hugo,
Los miserables

Hay un precio a pagar, y a menudo ese precio es uno mismo.

John le Carré,
El peregrino secreto

19 de abril de 1959

1

No se me ocurre otra explicación...

Colette observaba la granja con detenimiento, como si la acechara un peligro que no identificaba. Lo tenía delante, lo sabía, pero miró inquieta hacia un lado y aguzó el oído. En el campo, sólo se oía el zumbido de las moscas y el murmullo intermitente de las hojas de los castaños. Lo más ruidoso era su corazón; a punto de estallar, le latía en las sienes. De pronto, se estremeció. El perro debía de haberla olido porque había empezado a ladrar con furia. Esa mala bestia, del tamaño de un ternero, se escapaba constantemente y atacaba sin motivo, y ya había mordido a más de uno. Desde la visita de los gendarmes, Macagne lo ataba durante el día. Era el único que se le podía acercar.

Y *Joseph*.

El gato de Colette y aquel perro se odiaban. *Joseph* cruzaba el campo, desafiándolo, y se instalaba en la primera rama del tilo, casi hasta donde daba la cadena. El perro se volvía loco. Luego *Joseph* procedía a asearse sonriendo y sin dejar de mirarlo fijamente. Colette había visto esa escena muchas veces.

Pero ahora quien debía preocuparse por la longitud de la cadena era ella.

La granja era un edificio alargado con el granero arriba y un patio grande y polvoriento delante que, en cuanto terminaba la estación seca, se embarraba con el primer chaparrón. A la izquierda tenía un garaje para la maquinaria (básicamente, un tractor, un Renault D22 modelo R-7052, de un rojo todavía flamante, porque sólo llevaba allí un mes); y a la derecha, un conjunto heterogéneo de talleres y cobertizos donde Macagne guardaba sus herramientas.

Y sus productos.

Con cautela, Colette retiró la paja que ocultaba el agujero que había abierto en la alambrada que daba a la parte de atrás de la casa, convencida de que por allí podría entrar en la propiedad sin ser vista.

La primera vez, había intentado levantar la valla para pasar por debajo, pero, aunque era alta para sus diez años, no tenía bastante fuerza. Al día siguiente, con la cizalla de su abuelo, tampoco le había resultado fácil, pero al final había logrado cortar un trozo suficientemente grande de malla metálica para pasar sin desgarrarse la ropa.

Colette se quedó quieta.

El perro se calló.

Le entraron ganas de salir corriendo, pero esperó. El corazón le palpitaba con fuerza y le costaba respirar. Se le nubló la vista; todo daba vueltas a su alrededor. Tuvo que apoyarse en la verja. El frío y la solidez de la valla la calmaron.

El paisaje se estabilizó.

Volvieron lo ladridos.

Colette se decidió.

Respiró hondo una vez más, se tumbó boca arriba en el suelo, pasó los pies por la abertura, se arrastró sobre la espalda y se levantó al otro lado.

Había elegido ese momento del domingo porque sabía que Macagne no volvería hasta el anochecer: con la excusa de jugar al 421, se quedaba empinando el codo en el bar de la plaza con su compinche Daniel. Pero ella debía estar de vuelta en casa antes de que advirtieran su ausencia, y su madre tenía una intuición terrible para esas cosas.

Sacó el cuchillo de cocina que sujetaba dentro del bolsillo y avanzó con sigilo por el sendero en dirección al cobertizo.

—Loulou, ¿has visto mi cuchillo de cocina, el del mango negro?

Angèle no oyó la respuesta: sus cuatro nietos se movían a su alrededor gritando y blandiendo las cucharas.

En realidad, sólo tres, porque Philippe seguía en su taburete, mirando a sus primos con superioridad, como si los contemplara desde un pedestal.

—¿No vienes a tomarte el chocolate, cariño? —le preguntó su abuela.

—No —respondió el niño con soberbia—, mamá no me deja.

Mamá no quería que se ensuciara y se manchara la ropa. Aunque el pequeño se mostraba orgullosamente conforme con esa prohibición, Angèle sabía que la respetaba a regañadientes. Se cruzaba de brazos en señal de rechazo, pero no dejaba de mirar a Annie, un año más pequeña. De no ser por el mandato de su madre, se habría lanzado a rebañar el fondo de la cacerola con su prima, que le parecía guapísima incluso con los labios embadurnados de chocolate.

—Bueno, vamos a elegir las habitaciones para este verano —dijo Angèle.

Gritos de alegría.

Sabiendo cuánto les gustaba a sus nietos aquel ritual, Angèle lo repetía tres veces al año. Al volver de las vacaciones, se elegían las habitaciones para las Navidades; a principios de año, para Semana Santa; y en abril, se repartían los dormitorios para el verano. El resultado de esas duras negociaciones carecía de importancia. Al llegar la noche, cambiaban los cuartos unos con otros creyendo que su abuela no se enteraba.

Todos corrieron hacia la escalera, salvo Philippe, que cruzó las piernas: su decisión de no participar parecía un desafío, pero el deseo de seguir a Annie fue más fuerte que él. Suspiró y, por fin, se puso en pie cuan largo era (estaba muy alto para su edad).

En el piso de arriba, con Martine en los brazos, Angèle abrió la primera puerta.

—¿Qué te parece esta, Annie?

—¡No, ya la tuve la última vez!

Se le trababa un poco la lengua, lo que no impedía que fuera charlatana.

—¿Puedo dormir en la misma habitación que mi hermano? —preguntó Martine.

—Aquí es como en la escuela —decretó Angèle—. Las chicas con las chicas y los chicos con los chicos.

—Es que dormir en ésta me da miedo... —protestó la niña apretando contra ella su muñeco de peluche, del que nunca se separaba.

—Bueno, entonces vamos a ver la siguiente.

Al pasar junto a la ventana, Angèle miró fuera con inquietud. Consciente de que Colette odiaba aquel ritual, no le extrañaba que se hubiera escapado para ahorrárselo. «Claro, es la mayor, lo encuentra pueril.»

¿Cuánto hacía que había desaparecido?

Angèle escrutaba la parte visible del parque, pero no veía a su nieta. Intentaba recordar la última vez que la había visto. De pronto *Joseph* se subió de un salto al alféizar y, con gesto nervioso, se puso a mirar también por la ventana.

Era un gato patilargo y con una oreja cortada que, en teoría, pertenecía a toda la familia Pelletier. Había vivido en casa de Hélène y en casa de François, pero al final se había quedado con Colette. Aquellos dos se adoraban.

Detrás de ella, los niños se impacientaban. Angèle reanudó su marcha por el pasillo. *Joseph* se quedó observando el parque.

—Entonces, ¿para quién va a ser la habitación azul?
Philippe seguía a los demás con desinterés. No participaba en el reparto de habitaciones, porque, a sus siete años, continuaba durmiendo con su madre.

—Ahora ya podría dormir solo, es mayor... —se aventuraba a decir de vez en cuando Angèle, preocupada por la situación.

Geneviève desechaba el argumento con un gesto de la mano.

—¡No sería capaz, lo conozco! ¡Además, ya sabe que los aries necesitamos nuestras rutinas!

Dado que Philippe no había dejado la cama de su madre desde que había nacido, la vida de pareja de sus padres era todo un misterio. ¿Cómo se las arreglaban? ¿Y cuándo? Las hipótesis que podrían barajarse no encajaban con la idea que uno tenía de Jean, de Geneviève y de ellos dos juntos. En realidad, para ceder el sitio a su hijo, Jean se había exiliado a una habitación al fondo del pasillo. Hacía siglos que Geneviève y él no tenían relaciones, quizá la última vez se remontaba a su viaje de novios.

—¿Tú sabes dónde está Colette? —le preguntó Angèle a Louis mientras bajaba la escalera precedida por los niños, que seguían peleándose por las habitaciones.

Louis salía de la cocina con tres botellas.

—¿No está contigo? —contestó distraídamente.

Siguió su camino al salón, donde las conversaciones se animaban.

Allí encontró a sus tres hijos: Jean, el mayor (al que también llamaban «el Gordito» porque de pequeño tenía un poco de sobrepeso, lo que no había cambiado con los años), y su mujer, Geneviève, repantigada en un sillón con una copa de oporto en la mano; un poco más allá, encendiendo un cigarrillo tras otro con la brasa del anterior, estaba François; y cerca de él, Hélène, que apenas había entrado en el cuarto mes de embarazo pero parecía a punto de parir.

Philippe, que había dejado el grupo de sus primos y se había reunido con los mayores, estaba sentado a los pies de su madre con la cabeza apoyada en sus rodillas. Una vez más, Jean pensó que su mujer trataba a su hijo como si fuera un animal de compañía: siempre lo tenía pegado a ella, rascándole distraídamente el cuero cabelludo.

Louis acababa de abrir una segunda botella de vino.

—De modo, Jean, que te vas de gira por los dominios de Kruschev... —dijo.

—No, no... —respondió su primogénito, confuso—. Voy a Praga, Checoslovaquia... ¡Eso no es la URSS!

—¡Pero también está detrás del Telón de Acero, córcholis! —dijo Lambert—. ¡Un país con un futuro prometedor!

El marido de Hélène repetía aquel lema del Partido Comunista con burlona satisfacción; era un bromista, no se tomaba nada en serio.

—Bueno, cuéntanos —le pidió Louis a su hijo.

—Pues nada, que Checoslovaquia nos regala un viaje a un grupo de empresarios para mostrarnos las maravillas de su tejido industrial.

—¡Bravo! —exclamó Louis volviendo a llenar las copas.

El señor Pelletier tenía una concepción democrática de las reuniones familiares: la conversación debía involucrar sucesivamente a cada uno de sus hijos y sus respectivos cónyuges, no dejar a nadie en la sombra.

Pero, aunque estaba contento porque Jean estaba gozando de su cuarto de hora de interés colectivo y él ya sólo tendría que preocuparse de los otros tres (nunca contaba a Geneviève, que no tenía ninguna dificultad para que le prestasen atención), estaba decepcionado. Habría preferido que su hijo fuera a la URSS, el país de la carrera espacial, que ahora dirigía aquel hombre con cabeza de mujik, grande y rubia, Kruschev, en lugar de a Checoslovaquia, un país del que no tenía nada que decir... Con el Gordito, la alegría nunca era completa... Incluso el éxito tenía algo de incierto, de provisional, cuando se trataba de su hijo mayor, pensaba el señor Pelletier.

—¿Visitarás el país? —preguntó Nine, la mujer de François, con su voz baja y suave.

Jean se azoró. Nine siempre le había gustado; era el tipo de mujer inaccesible para él. Quiso citar algunos sitios a los que irían; había leído y releído el programa cien veces, pero era imposible retener aquellos nombres checos.

—No, sólo Praga —dijo al fin; y temiendo que la respuesta no estuviera a la altura de las expectativas añadió—: ¡Pero veremos cosas muy interesantes!

La afirmación, demasiado genérica para despertar admiración, no le hacía justicia, porque la idea de aquel viaje había sido suya.

Tras leer en un artículo breve de la revista de la Cámara de Comercio que se crearía una delegación de empresarios franceses para realizar una «visita informativa» a Checoslovaquia, Jean había enviado su candidatura al ministerio que organizaba el viaje.

—¡No le veo ningún interés! —había declarado su mujer.

Evidentemente, cuando el ministerio aceptó su candidatura (Jean no se lo podía creer), Geneviève no se cansó de proclamar a los cuatro vientos que la visita sería tremendamente beneficiosa para «la reputación» de la empresa que ambos habían fundado.

Unos años antes, a Jean se le había ocurrido que la ropa de hogar podía venderse en grandes cestas, como en los mercadillos, así las clientas podrían rebuscar a placer para comprar toallas y fundas de almohada a precios muy económicos y, por tanto, de escasa calidad. Su propia mediocridad lo salvó, porque el Gordito siempre había carecido de intuición: la idea, tonta a más no poder, resultó ser tremendamente rentable, y les permitió abrir unos grandes almacenes en la place de la République, buque insignia de la empresa Dixie, que dirigía la misma Geneviève en persona. Por su parte, Jean ahora se pasaba la vida en la carretera, recorriendo Francia para visitar a los proveedores y supervisar sus cinco sucursales. Incluso se hablaba de una sexta.

—¿Esperas vender toallas de baño a los checoslovacos? —preguntó Lambert.

—¡Uy, no! —se apresuró a responder Geneviève—. ¡Son muy pobres!

Geneviève disfrutaba con las desgracias ajenas; compadecerlas le permitía parecer una mujer sensible y caritativa.

—¿No será peligroso? —preguntó Angèle.

—Las cosas han cambiado mucho, mamá —dijo Hélène.

—Aun así...

Angèle se ruborizó. Le habían venido a la cabeza las imágenes de la gente haciendo cola delante de las tiendas y había pensado en preparar un cesto con comida para su hijo, como si fuera a un pícnic en el bosque de Fontainebleau.

—¿Cuándo te marchas, cariño? —preguntó.

—El viaje está programado para el 11 de mayo —dijo Geneviève—. A mí también me habría gustado ir, pero...

Con una expresión un poco apenada, hizo un gesto con la cabeza en dirección a su hijo. Nadie comprendió qué había querido decir con eso.

Hélène se volvió hacia su hermano François.

—¿Acompañarás tú al Gordito?

Dos años antes, con los directores de *Le Journal du Soir*, François había creado *Edición Especial*, el primer magazine informativo de la televisión francesa. Era un éxito espectacular. Todos los meses, a la hora programada, uno de cada tres franceses se sentaba delante de la pantalla en blanco y negro para ver una serie de reportajes sociales o políticos, entrevistas a jefes de Estado extranjeros o incursiones en el mundo del cine o la música.

Cuando Jean le contó que se había organizado aquel viaje, François le propuso que un equipo de televisión acompañase a la delegación. Y, ¡oh, sorpresa!, las autoridades checoslovacas dieron su autorización. La noticia causó mucho revuelo entre los periodistas, dadas las escasísimas oportunidades de entrar en territorio comunista. La negociación había sido difícil, y lo que se podía filmar, objeto de duros debates. Hubo que movilizar a la diplomacia, pero finalmente se había conseguido.

—No, no seré yo —respondió François—. Serán Goulet y Vertbois. Yo he de rematar un reportaje sobre energía nuclear.

—Muy interesante, también —dijo Louis, que no se había perdido una sola emisión del magazine (cuando se anunciaba el nombre de François Pelletier, el corazón siempre le daba un brinco de alegría).

Sin embargo, había calificado el tema de «interesante» con una voz sensiblemente más baja, más apagada, y todas las miradas se habían vuelto discretamente hacia Angèle, que por suerte estaba ocupada anudándoles las servilletas en el cuello a sus nietos...

Dos semanas antes, él y la señora Pelletier habían ido a ver *La hora final*. Ella adoraba a Gregory Peck —un actor que a Louis le parecía sobrevalorado—, y se había identificado totalmente con el sufrimiento de aquellos pobres australianos condenados a esperar una nube radiactiva que ya había devastado Estados Unidos. Había visto la película, ese mundo asolado en el que toda la población, con una simultaneidad sorprendente, se atrinchera en los edificios, en las viviendas —Dios sabe dónde, porque no había ni un alma en la calle—, con el corazón encogido. Esa reacción unánime de la gente había impresionado a Louis, que había encontrado un gran parecido entre aquel escenario desierto y la ciudad de París en el mes de agosto. Angèle había salido del cine llorando. Anthony Perkins le había recordado a Étienne, su difunto hijo pequeño, y el momento en que el actor le pide a un médico una pastilla para «suicidar» a su bebé se le había clavado en el alma. Luego ella misma se había burlado de su sensiblería, pero la verdad era que estaba obsesionada con la bomba atómica desde Hiroshima, para consternación de Louis, que seguía tan fascinado por la energía nuclear como por cualquier otro avance tecnológico.

Todos creyeron que Angèle andaba ocupada con los niños y no había oído la palabra «nuclear», pero se equivocaban.

—Espero que tu reportaje hable de la lluvia radiactiva...

Era la gran preocupación; los periódicos la mencionaban con frecuencia. Louis soltó un discreto suspiro.

—¡Te he oído, Louis, no disimules!

—Suspiro porque te dejas impresionar.

—¿Ah, sí? —El rostro de Angèle había adquirido el tono rosáceo que acompañaba sus estallidos de cólera—. Porque, naturalmente, crees que el polvo de vuestras porquerías no vuelve a caer al suelo, que no se posa en la hierba que comen las vacas, que la leche que les damos a los niños está libre de toda sospecha... —Antes de que su marido pudiera contestarle, tapó la copa con la palma de la mano para que no volvieran a llenársela y le preguntó a François—: ¡En fin, François, díselo tú! ¡Tu periódico lo ha explicado veinte veces! Al parecer, son los cereales los que transportan el polvo radiactivo, ¿o me equivoco?

François, demasiado precavido para tomar partido en un tema que enfrentaba a sus padres, se limitó a hacer un gesto neutro que podía significar cualquier cosa y satisfacía a todo el mundo.

—Pero, cariño... —empezó a decir Louis en un tono docto y paciente, deseoso de hacerse entender—. Te lo han dicho y te lo han repetido: la radiactividad de la atmósfera sólo es peligrosa durante los minutos que siguen a la explosión.

—¿Ah, sí? Y después, ¿qué? ¿Se evapora?

—No, pero en ese momento no es más nociva que un examen con rayos X. ¡Un lavado con agua y jabón, y sanseacabó! —Esta vez la que suspiró fue Angèle—. Y para empezar —continuó Louis, que se sentía en vena— la radiactividad no es nociva en sí, ¡al contrario!

—¡No me digas! ¿Es buena para la salud?

—¡Naturalmente! ¿Crees que, de lo contrario, el gobierno permitiría que un agua mineral presumiera de ser radiactiva?

Era un argumento bastante torticero: el caso se remontaba a los años treinta.

Lambert hizo un gesto torpe y volcó la copa de vino. Todos se apartaron enseguida y Angèle se precipitó servilleta en mano. Hélène sonrió discretamente a su marido, maestro consumado en el arte de la distracción.

Lambert siguió a Angèle a la cocina. Había que echar sal en la mancha del pantalón enseguida, era el mejor remedio. A Angèle le caía bastante bien su yerno, aquel larguirucho de rostro risueño que siempre estaba de buenas y nunca decía una palabra más alta que otra. «Debe de ser estupendo vivir con un hombre al que todo siempre le va bien», se decía. No acababa de comprender su afición a... nunca recordaba el nombre, una palabra inglesa... había visto fotos... una especie de coches muy bajos, sin carrocería, que por lo visto corrían mucho y en los que el conductor iba sentado como una rana. Eran su pasión, cualquiera lo entendía...

Entretanto, Louis observaba a sus hijos, enfrascados en la conversación. Estaba orgulloso de ellos, a todos les iba bien.

François tenía un buen sueldo en *Le Journal du Soir* y cobraba otro tanto en la televisión, sin contar con que Nine había recibido una herencia considerable. Vivían en un piso estupendo, en la rue de la Cerisaie.

Hélène tampoco podía quejarse. Lambert, que había dejado el periodismo, había retomado su trabajo en la correduría de seguros al morir su padre, y el negocio marchaba viento en popa. Vivían en el barrio del ayuntamiento.

En cuanto a Jean, iba camino de hacerse rico, algo increíble porque era un chico que nunca había destacado en nada. El matrimonio vivía en un piso de lujo en la avenida de Maine. Geneviève, con la excusa de que se encargaba de los grandes almacenes, tenía servicio: una cocinera, dos veces por semana, y los martes, una mujer de la limpieza. Además del empleado

23

que la llevaba cada día al trabajo. Geneviève había hecho ese trayecto en taxi mucho tiempo, pero le parecía un gasto excesivo, así que ahora usaba una furgoneta de Dixie como coche de empresa con chófer. El piso era bastante grande, e incluso contaba con dos cuartitos abuhardillados que Geneviève alquilaba siempre que podía a «estudiantes pobres», como decía ella, de esos que pagan un precio prohibitivo por una caja de cerillas, helada en invierno y achicharrante en verano, y con el baño en el rellano.

—Es por hacerles un favor... —decía bajando los ojos, como una monja en el confesionario.

—¿Dónde está Colette? —preguntó Philippe con su habitual desgana.

—¡Es verdad! —exclamó Geneviève, súbitamente indignada—. ¡Estamos en familia, y ella desaparece! Por amor de Dios, Jean, ¿a qué esperas?

Jean dejó la copa en la mesa y abandonó el salón sin tener la menor idea de qué dirección tomar o de dónde buscar a su hija... No saber lo que debía hacer era una constante en su vida.

En realidad, la ausencia de Colette no sorprendía a nadie.

Cuando llegaba su madre, la niña se escabullía enseguida.

Geneviève la había detestado desde el primer día porque ella siempre había querido un varón (más adelante se convenció de que, como la niña era géminis y ella sagitario, las cosas nunca podrían ir bien entre las dos). Desde su nacimiento, su caótica convivencia había estado salpicada de todo tipo de accidentes domésticos, desde caídas de la trona a cortes con un cuchillo de cocina pasando por la ingesta de lejía: la vida de la pequeña había pendido de un hilo muchas veces, hasta que un día sufrió una misteriosa caída por la escalera y acabó ingresada en Lariboisière con pronóstico reservado. Colette tenía tres años.

Durante las horas de angustia en el pasillo del hospital, nadie tuvo el valor de preguntarle a Geneviève por las circunstancias de un accidente que nadie podía explicarse y del que no había testigos, y cuando la niña estuvo fuera de peligro —«¡Es dura!», se había felicitado Geneviève—, ya era demasiado tarde para hacerlo, el incidente había quedado relegado al pasado.

No obstante, aquel suceso, que a punto estuvo de acabar en tragedia, les marcó a todos. Hélène, hermana de Jean y madrina de la niña, la visitaba aún más a menudo. «Estoy un poco preocupada», le decía a Nine. Todos compartían esa inquietud.

Cuando Geneviève volvió a quedarse embarazada, Angèle, con la excusa de «ayudar a mi nuera», les propuso que Colette se fuera a vivir una temporada a Beirut, donde Louis y ella residían.

Así que Colette había dejado París y a su madre, para alivio de todos.

Jean también se quedó más tranquilo sabiéndola a salvo, pero la partida de su hija lo dejó acongojado. No pasaba semana sin que le mandara una postal, de Lille, de Brest, de Marsella, con algún mensaje cariñoso. Pedía fotos de la niña a sus padres (escribía la fecha en el dorso con su letra redonda y escolar, y las guardaba, a espaldas de su mujer), le mandaba pequeños regalos y daba todo tipo de recomendaciones inútiles a su madre, en las que ella veía otras tantas pruebas de amor, añoranza y mala conciencia.

En Beirut, Colette había crecido «como una flor», en palabras de su abuelo. Tenía facilidad para estudiar y, con poco esfuerzo —porque el mínimo siempre bastaba—, aprobaba todas las asignaturas. Para Colette, siempre tan pragmática, era importante sacar buenas notas. Lo consideraba un modesto precio a pagar para seguir disfrutando de esa paz regia en casa de sus abuelos (a Louis le maravillaba y sorprendía la regularidad de los resultados escolares de Colette), porque estaba convencida de que si suspendía su madre tendría el pretexto perfecto para reclamarla.

Pero a Geneviève esa posibilidad ni se le pasaba por la cabeza. De hecho, nunca hablaba de su hija; por fin había traído al mundo a un chico, Philippe, «un guapo niño rubio criado con nata y bollos», decía citando a Víctor Hugo, autor del único poema que había aprendido en la escuela.

Sin embargo, aunque podría parecer que se había olvidado de Colette, no era así en absoluto. En realidad, sufría; se sentía víctima de una injusticia. Philippe la había colmado de felicidad, pero no entendía por qué había tenido que engendrar antes a una niña. Le parecía un precio excesivo. Por suerte, madre e hija vivían separadas por tres mil kilómetros, y la primera sólo recorría esa distancia una vez al año («A Philippe no le sienta bien viajar», le explicaba a su suegra).

Nada más verla, Geneviève le decía en tono autoritario:

—¡Vamos, ven a darme un beso!

Y entonces, Colette se acercaba, con miedo y ganas de salir corriendo, y le rozaba la mejilla con los labios, oliendo su perfume, que le revolvía el estómago, mientras ella le decía en voz baja:

—Ay, nunca has sido muy guapa, pobrecita mía, y eso no tiene remedio.

O bien:

—¡Qué trenzas, Dios mío! ¡Parecen cañerías roñosas!

O si no:

—Cada vez tienes más pecas, pareces un huevo de oca.

Y siempre que iba a ver a la niña a Beirut se marchaba lo antes posible.

—Nos quedaríamos más tiempo, ¿verdad, Jean? Pero Philippe no está bien; no le prueba el clima de esta ciudad.

Durante cinco años, ese arreglo había sido muy cómodo para todos.

Nadie había contado con que la situación en Oriente Próximo cambiaría radicalmente en 1956, cuando Egipto nacionalizó el canal de Suez y puso en peligro los intereses de Francia, debilitados ya por la crisis argelina. La respuesta de Francia e Inglaterra no se hizo esperar: ambos países emprendieron una ofensiva militar, que, unida a su apoyo a Israel, condujo a una catástrofe diplomática.

En Siria y Jordania, los manifestantes se encarnizaron con las escuelas francesas e incluso quemaron un convento —las hermanas dominicas tuvieron que huir—, se lanzaron artefactos explosivos delante de la embajada de Francia en Damasco... Que el presidente de Egipto prestara ayuda a los independentistas argelinos, contra los que luchaba Francia, no hizo más que agravar la coyuntura.

¿Se extendería al Líbano el sentimiento antifrancés?

Para sorpresa de Louis, su mujer empezó a leer el periódico todos los días, cosa que nunca había hecho antes. En cuanto a Angèle, pasaban las semanas y veía a su marido con el ceño cada vez más fruncido, lo que no presagiaba nada bueno. A Louis le preocupaba, sobre todo, que el Líbano se estuviera planteando hacer pagar el impuesto de sociedades a las empresas extranjeras. Lo consideraba escandaloso e inmoral.

Ese verano, le preguntó a Angèle de sopetón:

—Cariño, ¿qué te parecería volver a Francia?

Lo dijo como si fuera una nadería que se le acabara de ocurrir.

—Es una muy buena idea, Loulou.

Angèle sabía mejor que nadie el sacrificio que esto representaba para Louis: tendría que deshacerse de la jabonería, la empresa que había creado de la nada y asegurado el bienestar de la familia, y que él llamaba «la joya de la corona». Le invadió una oleada de amor tan grande por aquel hombre que apenas podía respirar.

—¿Te ocupas tú? —le preguntó con lágrimas en los ojos.

—Dalo por hecho, cariño —respondió Louis sonriendo.

Unos días más tarde, le anunció que ya tenía un candidato para comprar el negocio.

Cuando les comunicó que había vendido la fábrica y que regresaban a Francia, sus hijos se quedaron de piedra. Luego, digerida la sorpresa, se preguntaron por las consecuencias de ese regreso.

Hélène temía que su madre la atosigara con sus consejos sobre la educación y crianza de los niños. Y François no soportaba la idea de que su padre le diera «lecciones de vida» a todas horas. Por su parte, Geneviève, le dijo a Jean:

—¡Tus padres vuelven porque están mayores! ¡Si esperan que los cuide yo, van listos! Además, Venus está retrógrado en Leo y... ¡Bueno, yo ya me entiendo!

Sin embargo, todos se calmaron enseguida, porque el matrimonio Pelletier se instaló en una gran casa a treinta kilómetros de París, en Le Plessis-sur-Marne, «¡con estación de tren!», les recalcaba Louis sin reparar en que todos tenían coche.

Su regreso a Francia, país que habían abandonado en los años veinte, implicaba el de Colette.

Pero, si unos años antes a todos les había parecido razonable que la niña se fuera a vivir lejos con sus abuelos, ahora no parecía tan lógico que siguiera con ellos estando a unos pocos kilómetros del lugar donde residía su madre.

Sin embargo, Jean ya era feliz con tenerla cerca, y Angèle y Louis estaban decididos a conservar su custodia, porque toda la familia, empezando por Colette, temblaba al pensar en lo que podía ocurrir si Geneviève decidía hacer valer sus derechos sobre lo que ella llamaba su «descendencia».

Lo que, naturalmente, no tardó en hacer.

En todas sus visitas, Geneviève hablaba del momento «cada vez más cercano» en que su hija debería «volver a casa». Ese mes no sería posible, pero tendrían que organizarlo pronto. No daba ninguna razón para la demora; la idea flotaba en el aire como una nube cargada de lluvia. A veces incluso se presentaba con una maleta: «Para las cosas de la niña.» La dejaba en la entrada, donde permanecía lo que duraba la visita, como símbolo de la catástrofe que se avecinaba. Cuando Geneviève se iba por fin, la subían al granero con alivio. Colette había empezado a tener brotes de soriasis.

—¡Ven a sentarte aquí! —le decía su madre los domingos que comían en familia.

Y la pequeña se quedaba allí sentada, quieta como una estatua, con los ojos clavados en el mantel.

—Y ponte derecha, o te saldrá joroba —añadía Geneviève en voz baja para que no la oyera su suegra—. Tienes que fijarte más en tu hermano.

A sus siete años, Philippe era mucho más alto que la media, pero no andaba con una postura especialmente erguida, se ponía perdido comiendo, siempre iba vestido como un mono de circo y no se separaba de las faldas de su madre, a la que siempre contestaba en un tono exasperado. Pero a Geneviève le parecía perfecto.

—A ver, ¿dónde está Colette? —preguntó Philippe de mal humor.

—¡Es increíble! —convino su madre mirando a todos lados—. ¿Qué tontería debe de estar haciendo?

Atado a la cadena, el perro se lanzaba hacia ella con tal furia que Colette paró en seco. El animal tenía los ojos desorbitados y sanguinolentos y sacaba espuma por la boca.

Colette calculó una vez más la distancia y corrió hasta la puerta. En su anterior visita, se había encontrado con un cordel atado entre un clavo curvado y lo que quedaba del pestillo. Como el nudo estaba muy apretado y no consiguió desatarlo, al final tuvo que renunciar.

Esta vez, se había llevado un cuchillo, pero no lo necesitó porque la puerta estaba entreabierta... No se lo esperaba. ¿Habría alguien dentro? Cuando estaba a punto de dar media vuelta, se aventuró a empujar la puerta...

Nadie.

Entró a toda prisa y cerró la puerta.

Una ventana polvorienta dejaba pasar unos pocos rayos de luz gris. Herramientas viejas, utensilios inservibles. Apoyada en la pared, vio una escalera de mano con varios travesaños rotos y reparados a toda prisa. Todo estaba estropeado o se caía a pedazos. Macagne sólo arreglaba lo que necesitaba, con tornillos sobrantes y trozos de cable eléctrico. Era desidia, pero seguramente también tacañería. La penumbra y el polvo que flotaba en el aire, además del miedo por haber entrado sin permiso, le dieron ganas de salir corriendo. Lo habría hecho si no hubiera visto en la pared del fondo unas estanterías de madera peligrosamente combadas bajo el peso de decenas de bidones, pulverizadores y cajas de cartón llenas de productos en polvo.

No pudo evitar acercarse.

Pensar en el doloroso espectáculo de sus abejas le dio el valor para hacerlo.

El abuelo Louis había encontrado una colmena olvidada en el granero poco tiempo después de haberse instalado en Le Plessis.

Le parecía un objeto bonito y pensaba quitarle la tapa y utilizar el recipiente como maceta para sus geranios.

—Es original, ¿no?

Pero Colette, que se había enamorado de ella nada más verla, se la apropió y frustró el proyecto de decoración floral de su abuelo. El jardinero de los Pelletier, el señor Gosset, un ferroviario jubilado que vivía solo en una modesta casa a las afueras del pueblo y tenía nostalgia del campo, la ayudó a restaurar la colmena (las horas las pagaba el abuelo).

—¿No pensarás poner las abejas aquí? —había gruñido la abuela—. ¡Las tendremos zumbando todo el santo día!

La niña no se amedrentaba fácilmente y no tardó en hacerse con un enjambre.

Tras duras negociaciones, la abuela aceptó las abejas a condición de que la colmena estuviera lejos de la casa, junto al seto que separaba el huerto de Macagne del «parque de los Pelletier», como Louis esperaba que se llamara su terreno en tres o cuatro generaciones.

De vez en cuando, el señor Gosset pedía prestado un traje y un ahumador a un apicultor de la zona para poder cuidar la colmena.

La danza de las abejas y su industriosa e incesante actividad fascinaron rápidamente a Colette, que —nunca se supo cómo— consiguió viejas revistas de apicultura y las leyó con fruición. En cuanto llegaba de la escuela, salía disparada hacia el seto. Se pasaba horas observándolas, e incluso dejaba que las abejas le pasearan por la palma de la mano. Fue ella quien detectó la presencia de varroa en la colmena y consiguió erradicarlo con fluvalinato, tras enfrentarse al señor Gosset, que pretendía utilizar ácido oxálico. Colette anotaba sus observaciones en un cuaderno que guardaba bajo el colchón cuando se acostaba. También dibujaba gráficos.

—¿Qué es esto? —le preguntó Angèle un día.

—¿Registras mi habitación?

—No, pero, como no haces la cama, tengo que hacerla yo, y este cuaderno me ha caído a los pies.

—¡No tenías por qué abrirlo!

Colette intentó quitárselo de las manos, pero su abuela fue más rápida.

Era un dibujo que representaba una serie de cuadraditos colocados al tresbolillo a lo largo de lo que parecía una hilera de árboles. O setos.

—¿Esto no será un plano de...? ¿No estarás pensando en poner más colmenas? —Angèle contó veinticuatro cuadraditos—. ¡Louis, me niego a que Colette transforme nuestro jardín en una empresa apícola! ¿Me oyes?

—Por supuesto, cariño.

No obstante, cuando a Colette no le llegaron sus ahorros para comprar una segunda colmena, el abuelo le dio lo que faltaba: «¡Con la condición de que tu abuela no se entere!»

—¿Te crees que me chupo el dedo? ¡No quiero ni oír hablar de una tercera colmena! ¿Entendido? ¡En verano el jardín se volverá invivible para los niños! —le dijo Angèle a Louis unos días después.

Era evidente que los dos estaban locos por su nieta.

—¿Cuánta miel recolectarás? —le preguntó Louis, entusiasmado.

—No la recolectaré, abuelo, la miel no es mía. Es de las abejas.

—Ésta sí que es buena... —dijo, decepcionado.

Y, de pronto, todo se fue al garete.

Las abejas empezaron a moverse cada vez más deprisa, presas de una excitación irrefrenable. Volaban muy rápido y no se paraban ni un instante, hasta que empezó a disminuir su actividad y, poco después, se replegaron sobre sí mismas, con las patas bajo el abdomen. Parecían desorientadas e incluso haber olvidado su propósito.

El señor Gosset se levantó la visera de la gorra y miró por encima del seto que los separaba del huerto del vecino, donde Macagne, al volante de su tractor, estaba rociando las hileras de manzanos y ciruelos con una nube de producto protector.

—Las abejas deben de libar esa porquería y traérsela a la colmena —apuntó—. No se me ocurre otra explicación...

Colette pensó que lo mejor sería que su abuelo tratara el asunto con Macagne, pero el abuelo rebosaba admiración por los progresos de la agricultura moderna en general y por su vecino en particular (¡a veces podía quedarse toda una hora mirando cómo trabajaba!).

—¡Es increíble los avances que trae la tecnología! —decía a su regreso.

Colette se sentía impotente.

Pero se había armado de valor y se había presentado en la granja.

2

Habrá que arreglarlo de otra manera

En otros tiempos la familia Macagne había sido una de las más ricas de Le Plessis, pero de esa antigua opulencia sólo quedaban los campos de árboles frutales, varias parcelas en barbecho, un gran edificio principal de mampostería y un puñado de destartalados cobertizos cuyas puertas se oían crujir con las primeras tormentas.

Y una fama pésima.

Macagne padre, hombre desconfiado y voluble, y alcohólico impenitente, había muerto en una cuneta la noche de su cuarenta cumpleaños, y desde entonces su esposa, una mujer menuda, avinagrada, avara, resistente a todo, clamaba a Dios Todopoderoso para que mandara enfermedades incurables a sus vecinos y la ruina a todos los demás. Seca y nervuda como un sarmiento, se despertaba y acostaba con el sol, pero se pasaba el día echando pestes de todo el mundo y en particular de sus hijos, unos inútiles y unos vagos. A veces, se quedaba quieta mirando el horizonte un buen rato, y era imposible adivinar lo que se cocía bajo el pañuelo retorcido que le cubría la sesera; luego, reanudaba su tarea. La gente decía que lanzaba hechizos. Las carretas de paja y de heno evitaban bordear sus campos desde que un carro, que había traqueteado victoriosamente por las dos terceras partes del municipio, volcó mientras la señora Macagne lo miraba negando con la cabeza con escepticismo desde la puerta de la granja. Lo único que tuvo en común con su difunto marido fue que una buena mañana la encontraron tendida en su huerto. Los empleados de la funeraria tuvieron que echar mano de todo su ingenio para abrirle la mano derecha, con la que seguía aferrando el mango del cuchillo de podar.

Los vástagos de este matrimonio unido por la malignidad, el rencor y la avaricia, los hermanos Macagne, eran bastante diferentes entre sí. Los dos habían heredado el temperamento pendenciero de su padre y la obstinación animal de su madre, pero el mayor (cuyo nombre de pila nadie recordaba, todos lo llamaban simplemente «Macagne») era, desde la adolescencia, un indolente larguirucho rematado por una gran cabeza, mientras que Aimé, el pequeño, era fornido, vivaracho y robusto. Ninguno había llegado más allá del graduado escolar, y su rivalidad en la granja había abierto un nuevo capítulo en la historia de la familia y el pueblo. No era raro que en la taberna llegaran a las manos, como ya hacían en casa, en la feria de ganado, en la de atracciones, en la calle, en el ayuntamiento, en el mercado, en la oficina de correos y bajo la ventana de Francine, a la que ambos cortejaban y que, prudentemente, prefirió casarse con un recaudador de impuestos y marcharse a la ciudad.

A la muerte de sus padres, Macagne, en su calidad de primogénito, consideró que su hermano tenía que obedecerlo en todo. Los insultos y las peleas no cesaban. En las crónicas del pueblo se perdió la cuenta. Ambos estaban en profundo desacuerdo sobre la gestión de la granja. Aimé, un incondicional de las nuevas técnicas y el maquinismo, soñaba con tractores y cosechadoras, mientras que el tradicionalista Macagne consideraba que el pulverizador manual ya era el súmmum de las concesiones a la modernidad.

Tras cuatro años de antagonismo, Aimé fue llamado a filas. Para Macagne, eso supuso otro motivo de rencor hacia su hermano, porque a él lo habían declarado inútil (le habían encontrado un soplo en el corazón, aunque nunca le había causado la menor molestia). Se sintió muy humillado. Ahora Aimé estaba en el norte de África, «en algún lugar de la Argelia profunda». Los dos hermanos no se habían escrito ni una sola vez.

Macagne era un tipo alto con la cara delgada y una barba tremenda que sólo dejaba a la vista el brillo de sus ojos negros. Por su brutalidad, envergadura y aspecto salvaje, incluso quienes nunca habían tenido trato directo con él decían que «no te gustaría encontrártelo de noche en mitad del bosque». Cabe añadir que era un adán que se lavaba de higos a brevas.

Cuando su hermano se marchó al ejército y se vio solo en la granja, liberado del peso de su rivalidad, pensó que Aimé tenía algo de razón, aunque jamás lo habría confesado. Las granjas de los alrededores se habían equipado con todo tipo de maquinaria, y ante el espectáculo de los sistemas de irrigación y las cosechadoras a motor, él también empezó a soñar. Por desgracia, su concepción de la modernidad seguía siendo bastante primitiva, básicamente consistía en conducir un tractor. Poco a poco abandonó la cochiquera, las conejeras, el gallinero y, por fin, el huerto, que ahora invadían las malas hierbas. Descuidó las parcelas que antaño habían dedicado al trigo, la cebada y el maíz, y se concentró en los árboles frutales y en un enorme cuadrilátero, situado detrás del antiguo establo, en el que cultivaba una impresionante cantidad de calabacines y calabazas de todo tipo, que a lo largo del año le servían para calmar los nervios. Cuando montaba en cólera, alineaba una docena sobre la cerca y les disparaba con una escopeta de caza.

Aún no había cumplido los treinta, pero parecía diez años más viejo.

A Colette le daba miedo.

Había ido a verlo, pero se había quedado a bastante distancia. A Macagne no pareció importarle.

Plantado en mitad del patio con las manos metidas bajo el cinturón, se limitaba a pasarse el cigarrillo de un lado a otro de la boca con la punta de la lengua y a mirarla de un modo extraño.

—¿Con qué espolvorea usted sus árboles?

Ante su falta de reacción, Colette habría podido pensar que no había oído o comprendido la pregunta; se disponía a repetirla cuando Macagne se decidió a hablar:

—¿Por qué lo quieres saber?

—Por mis abejas... Están enfermas.

Macagne se echó a reír y luego escupió a sus pies.

—¡Insectos enfermos! Nunca he oído una tontería semejante. Y, de todas formas, ¿a mí qué me importa? Hay abejas por todas partes, ¿qué más da un enjambre más o menos? —Macagne, que ahora la miraba de un modo distinto, inclinando ligeramente la cabeza, añadió—: Oye, ¿sabes que eres bastante mona? ¿Cuántos años tienes, a ver?

Colette se quedó sin respiración.

Aún era una niña, por supuesto, una niña con la cara redonda, pecas, ojos vivos, una bonita cabellera pelirroja que odiaba y se recogía en dos trenzas, y un flequillo recto y bastante largo —para desesperación de su abuela: «Pareces un perro pastor de los Pirineos»—, pero ese aspecto infantil se estaba difuminando poco a poco con la aparición de rasgos que dejaban entrever a la adolescente.

—Muy mona, sí señor...

Macagne, que sonreía de oreja a oreja, dio unos pasos hacia ella.

Colette salió huyendo al instante.

Lo oyó soltar una carcajada a su espalda.

Unos días más tarde, la actividad de las abejas se redujo aún más. Regurgitaban la miel y se arrastraban por el suelo durante agónicos minutos antes de morir.

—Las abejas viven y luego mueren, punto —dijo Angèle—. ¡Como si no pudieran coger enfermedades!

—Sí, podrían ser muchas cosas, a saber... —convino Louis.

—¡Macagne espolvorea cosas sobre sus árboles!

Louis se molestó.

—¡Piensa un poco, cariño! ¿Crees que el señor Macagne utilizaría productos nocivos para las abejas cuando las necesita para sus frutales? ¡Vamos, es ridículo!

El señor Gosset, que había sido un asalariado toda su vida, no quiso contradecir al señor Pelletier, pero su escepticismo saltaba a la vista.

—Te compraremos otro enjambre —propuso Louis—, ¿verdad, señor Gosset?

Colette se marchó llorando, estaba tremendamente enfadada con su abuelo, su abuela, el jardinero y toda la humanidad.

Por la mañana, había tomado una determinación. Quería confirmar sus sospechas, e iba a demostrarles que no estaba equivocada.

Decidió entrar en casa de Macagne por la fuerza. ¿Qué otra cosa podía hacer?

Empezó a vigilarlo, a estudiar sus costumbres y observar sus idas y venidas, y planificó una visita al cobertizo donde guardaba sus productos.

La primera vez, había fracasado debido a la verja.

Pero estaba decidida, y había vuelto.

Ahora se encontraba allí.

En la penumbra, frente a las estanterías.

Fuera, el perro ladraba y tiraba con furia de la cadena.

Colette se acercó.

Unos bidones cuadrados rojos y verdes atrajeron su atención.

**Paratox CL, emulsión concentrada
Insecticida para la agricultura**

Leyó el recuadro de las «Instrucciones de uso»:

*Realizar una pulverización abundante
en una proporción de 100 gramos por litro.*

Y, más abajo, en letra pequeña:

Tóxico para las abejas (decreto del 17 de febr...)

¡Había (los contó: cuatro, ocho, doce...) veinticinco bidones!

Aún tenía el cuchillo en la mano y, no pudo evitarlo, apuñaló el bidón más cercano. La hojalata se rajó y la hoja del cuchillo se hundió...

Colette retrocedió rápidamente. Un líquido negruzco empezó a brotar. Arrancó el cuchillo y volvió a blandirlo, pero se detuvo y trató de escuchar. Era imposible concentrarse: le latía el corazón en los oídos.

Miles de partículas de polvo revoloteaban a su alrededor formando un halo sobrenatural en el interior del cobertizo.

El perro ya no ladraba.

Reinaba un silencio inquietante.

—¡A mí también me gustan los animales! —exclamó Geneviève—. Pero, francamente, las abejas, lo que se dice interesantes... —Repantigada en el sillón más grande del salón, hacía girar entre las manos la media copa de oporto que le había servido su suegro. Como no tomaba otra cosa, había una botella sólo para ella—. ¡Es verdad! —continuó en un tono más alto, como si alguien la hubiera contradicho—. ¡No son más que insectos! —Philippe se llevó las manos a los hombros y empezó a hacer «bzzz, bzzz». Geneviève le golpeó la cabeza con suavidad: «¡Serás bobo!»—. No, francamente, prefiero los gatos —añadió, aunque nunca había tenido uno y jamás le había hecho una caricia a *Joseph*.

Nadie le prestó la menor atención.

En la cocina Louis acababa de contarle el episodio de las abejas a François, en voz baja, porque no quería que Geneviève lo oyera y volviese a destapar la caja de los truenos.

—¡Todas muertas! ¡En quince días! Colette dice que son los productos del vecino...

De pronto, al recordar lo ocurrido, se le anegaron los ojos. François se sentía violento. Su padre ni siquiera hacía el ademán de secárselos. Le brillaban y François esperaba con inquietud el momento en que empezarían a resbalarle las lágrimas por las mejillas. «Setenta y un años...», pensó con una punzada de pánico, como si su padre se hubiera hecho viejo de golpe, sin que él se hubiera percatado. No sabía qué hacer y se quedó inmóvil. Louis movía la cabeza a derecha e izquierda mientras le daba vueltas a una idea que lo contrariaba. Entonces François hizo el gesto de abrazarlo, pero, al extender la mano, su padre lo malinterpretó y le dio el cestillo del pan para que lo llevara a la mesa.

Lamentando su torpeza, prometiéndose volver pronto para pasar más tiempo con él y sabiendo que seguramente no lo haría, François siguió al señor Pelletier y se detuvo un instante en el umbral, asombrado una vez más por la decoración de aquel enorme salón, que resumía por sí solo toda la neurosis paterna.

Su padre siempre había tenido sueños de patriarca: construir una dinastía era una idea que le obsesionaba. Eso implicaba un bien común, y la jabonería de Beirut había desempeñado ese papel durante tres décadas. Los hermanos Pelletier estaban convencidos de que regresar a Francia pondría fin a las ambiciones de su padre, pero se equivocaban por completo.

Efectivamente, Louis Pelletier había puesto sus esperanzas en aquella hermosa y gran casa antigua situada en medio de un terreno de tres hectáreas que incluía un parque y un huerto.

La había recibido en herencia un francés que vivía desde hacía más de treinta años en Australia. El hombre, que nunca había visto la casa, tenía tantas ganas de deshacerse de ella que la vendía sin siquiera vaciarla. Con sus muebles antiguos, parquets encerados, armarios llenos de ropa blanca, su cocina, con un horno ancestral, sus sillones de cuero, tapetes de ganchillo, alfombras de inspiración persa e incluso un piano vertical con la marquetería descascarillada, era el marco perfecto para las fantasías de Louis, que desde el principio actuó como si hubieran vivido en la casa varias generaciones de su familia. Se detenía ante fotografías de hombres tiesos y bigotudos con la mano apoyada en el hombro de una mujer sentada, de chavales en traje de marinero que sujetaban un aro o de niñas vestidas con una túnica blanca de primera comunión sosteniendo un misal. Con el paso de los meses, las historias y anécdotas curiosas que contaba a las visitas (y que hacían suponer que sus protagonistas habían sido antiguos Pelletier, aunque en realidad se las había oído explicar al notario que había gestionado la venta y había conocido a los antiguos propietarios) cobraron una pátina de certeza.

La casa representaba un gran cambio respecto al enorme y luminoso piso de Beirut, pero a Colette le gustó enseguida. Parecía un enorme trasatlántico que, al atardecer, se transformaba en un barco fantasma que nutría su imaginario con sus inquietantes tinieblas y misterios por desentrañar. En la casa y sus dependencias, Colette había descubierto tantos rincones y recovecos, tantas escaleras carcomidas y camarines insospechados, que muchas noches Angèle se inquietaba cuando llegaba la hora de la cena y enviaba a su marido a buscarla. Louis acababa encontrándola en cualquier lugar, inclinada sobre una novela, y le daba una lástima tremenda tener que interrumpirla para algo tan banal como comer. Le recordaba esa época de su infancia en que él también devoraba libros rezando para que no llegara nunca la última página, y un día se había quedado estupefacto al descubrir que Colette estaba enfrascada en *Los tres mosqueteros*.

—¿Tú también lees eso?

Con los ojos brillantes, se sorbió la nariz. Su profunda emoción, que no guardaba proporción con el descubrimiento, desconcertó a Colette, que se volvió hacia su abuela, tan enternecida como su marido.

—¡Ésas no son lecturas de chica! —dijo Angèle en tono desaprobador cogiendo el trapo para disimular.

A veces, Louis Pelletier parecía tener la edad de su casa; se aferraba a baratijas, repetía una y otra vez las mismas anécdotas, las mismas historias, las mismas gracias, tan viejas como el mundo, que sólo le hacían reír a él, sin percatarse de la penosa sensación que producía a su alrededor.

Así fue como ideó la manera de continuar con la tradición de la «procesión de los Pelletier», con la que todos los años se había conmemorado en Beirut la creación de la jabonería. En la «casa familiar» de Le Plessis-sur-Marne, cada comida dominical estaba precedida, a la hora del aperitivo, por una visita al huerto durante la que sus hijos debían maravillarse ante la buena salud de los árboles frutales (cuyo cuidado Louis confiaba al señor Gosset). Había que extasiarse delante de los manzanos, y Louis hacía admirar sus cerezos como antaño sus baños de aceite de copra, desplegando a la luz del día sus lacrimógenas emociones y sus repetitivas anécdotas.

François volvió junto a Nine y Lambert. Entre brindis y brindis, la conversación seguía sus meandros.

Angèle regresó de la cocina, de la que llegaban los aromas de la pierna de cordero.

—Un cuartito de hora más, y podremos sentarnos a la mesa —le susurró a su marido.

Y, sonriendo a Hélène y Nine, se sentó junto a ellas.

Con los años, las formas de Nine habían adquirido redondez, plenitud, pero su hermoso rostro de porcelana seguía expresando aquella curiosa mezcla de timidez y determinación que tal vez debía a las dificultades que había afrontado. Sorda desde la adolescencia, nunca había querido llevar un aparato auditivo ni aprender el lenguaje de signos. Consideraba que su sordera no lo justificaba. En realidad, era muy sorprendente, quizá una cuestión de frecuencia: podía seguir ciertas conversaciones y oír a su interlocutor por teléfono, pero, en cambio, no reaccionaba ante estímulos auditivos muy evidentes. Era bastante extraño. Sin embargo, aunque la percepción de Nine había mejorado un poco, lo que no se había arreglado era su voz. Temiendo gritar sin darse cuenta porque no se oía a sí misma, se había acostumbrado a hablar tan bajo que a veces era difícil entenderla. Se le atribuía un carácter individualista porque era introvertida, pero su generosidad había quedado ampliamente demostrada.

Angèle estaba tan orgullosa de ella como si fuera su hija.

Y, como si fuera su hija, esperaba verla de nuevo encinta. «Alain y Martine ya son bastante mayores —se dijo por enésima vez—. No debería pensárselo más con el tercero, para que no se lleven demasiados años...»

—¿Perdón?

Absorta en sus pensamientos, Angèle se había perdido un giro de la conversación.

—No, se acabó —estaba diciendo Nine con su sonrisa de Gioconda.

—¿Y cuándo vuelves a abrir? —preguntó Louis, sorprendido por la noticia.

—¿Cómo? ¿Qué se ha acabado?

Angèle estaba perdida.

—Los niños —respondió Nine volviéndose hacia ella—. No quiero tener más, voy a reabrir el taller.

Angèle tenía la boca seca.

—¿Y eso? ¿Por qué? Tú... Espera...

—Mamá... —dijo François.

—Pero es que... ¡todavía sois jóvenes! ¿Por qué decidirlo ahora?

Nine le cogió la mano.

—No quiero tener más.

Había tanta calma en aquella afirmación... La decisión era inapelable.

—Sí... —balbuceó Angèle—. Lo comprendo.

Lo comprendía, sin aceptarlo.

Louis rodeó con el brazo los hombros de su mujer.

—De modo que vas a reabrirlo... —le dijo a Nine.

Se referían a su taller de encuadernación, situado en la rue du Petit-Musc. Nine se lo había comprado a su antiguo jefe y lo había cerrado hacía ocho años, al quedarse embarazada de Alain. Y, ahora que llevaba algún tiempo planteándose volver a trabajar, se había encontrado por pura casualidad con un tasador judicial que antaño le había enviado clientes y que le había hablado de un posible encargo: un coleccionista necesitaba restaurar varias obras antes de vender su biblioteca.

François se quedó quieto un instante.

Nine lo miraba fijamente. Su mirada tenía esa extraña intensidad de cuando se disponía a decirle algo importante.

—Sí —dijo la chica en respuesta a su suegro, pero sin apartar los ojos de François—. Fui a ver a un tasador judicial al que conocía...

François sonrió.

Así que era eso...

No se había cruzado con él casualmente, ¡había ido a verlo! François estaba emocionado. No por aquella confesión de una mentira venial (que, en realidad, entendía muy bien), sino porque, una vez más, le había demostrado que era incapaz de engañar.

Le era imposible mentir, absolutamente imposible.

Le daban ganas de estrecharla entre sus brazos, como había hecho unos días antes, cuando habían estado el taller. Nine se había desanimado al ver todo lo que había que limpiar y ordenar antes de reabrir.

—No debería haber aceptado ese encargo —repetía—, no lo conseguiré...

—¡Por las barbas de Neptuno! —exclamó Lambert, regocijado—. ¡Chico, te veo de chacha de los niños!

Sí, era lo que François le había dicho a Nine:

—¡Lánzate! No te preocupes de lo demás. Me quedaré con los niños cuando acabe la jornada y podrás trabajar hasta tarde si lo necesitas... ¡Piensa en tu taller!

El ofrecimiento de su marido había conmovido a Nine. Durante una buena temporada, François tendría que rechazar las cenas, reuniones tardías y encuentros de última hora a los que a menudo se veía abocado por su puesto de redactor jefe...

Habían hecho el amor en el polvoriento taller, había sido fantástico, tan apasionado como en los inicios. Como en los inicios.

Angèle no estaba enfadada, se sentía superada.

Se levantó.

—Voy a vigilar el asado —dijo, pero la inquietud que la reconcomía sordamente desde hacía un buen rato resurgió de pronto. Se inclinó hacia su marido y le susurró—: Loulou, no dejo de preguntarme dónde está Colette...

Louis respondió con una amplia sonrisa: «¡No te preocupes, mujer!» Y su mirada tomó la dirección de Geneviève: la presencia de la una solía explicar la ausencia de la otra.

«De todas formas, ya hace rato que no la hemos visto...», se decía él también.

¿Por qué aquel silencio?

Colette miraba el líquido, que seguía brotando del bidón de hojalata y despedía un olor acre y pesado. El perro ya no ladraba, había empezado a gemir. Se quedó más tranquila, los gañidos llegaban de lejos.

Se volvió y, sosteniendo el cuchillo como un puñal, agujereó uno, dos, tres bidones, y cada golpe era un alivio. El líquido iba extendiéndose por el suelo.

¿Acababan de encender la luz?

Se volvió, con el cuchillo escondido detrás de la espalda.

No, era la puerta, que se había abierto.

De pronto, la enorme silueta de Macagne apareció en el umbral a contraluz. Colette sólo veía una enorme masa negra.

—¡Así que estás aquí, zorrilla!

Tenía la voz más grave que la vez anterior.

Contenida y vibrante.

La puerta se cerró de golpe.

El perro volvía a ladrar, pero ya no estaba en el mismo sitio, cerca de la casa. ¡Lo habían soltado! Se lanzaba contra la puerta ladrando, tomaba impulso y volvía a la carga.

Dentro, el hombre; fuera, el perro.

—¡Déjeme salir!

Macagne sonrió de oreja a oreja. A Colette le pareció que vacilaba un poco.

—Pero ¡si acabo de llegar! Qué antipática...

Soltó una carcajada. Era siniestro.

Colette trataba de pensar, pero no se le ocurría nada. Tenía el cuchillo, pero una cosa era usarlo contra un bidón de hojalata y otra muy distinta defenderse con él. Con su envergadura, aquella arma resultaba ridícula. «Piensa, Colette», se dijo.

Macagne la miró ávidamente.

Fuera, el perro seguía sacudiendo la puerta.

«Piensa.»

—Te vi cuando viniste el otro día —dijo Macagne—. Tú a mí no, ¿verdad? Me dije: vamos a facilitarle las cosas a la pequeña, desataremos el cordel...

Su sonrisa era vaga, sus ojos la devoraban, pero su atención fluctuaba.

De pronto, el ruido del líquido que caía al suelo atrajo su mirada.

—Pero ¿qué cojones...?

Era ahora o nunca. Colette echó a correr.

A Macagne le bastó con extender el brazo para pararla en seco. Le rodeó la cintura y la apretó con fuerza contra él mientras avanzaba hacia la charca que había formado el líquido de los bidones.

—Dios santo...

No se lo podía creer.

Sin soltar a Colette, que ya no tocaba el suelo con los pies, puso de pie dos bidones, sin disimular su desánimo.

—¡Joder!
Retrocedió.
Colette se debatía con todas sus fuerzas, agitaba los pies y las manos, boqueaba, pugnando por respirar, mientras el olor corporal del hombre se le agarraba a la garganta y tapaba el de los insecticidas.

Macagne no le prestaba la menor atención, como si se hubiera colgado la chaqueta del brazo y se hubiera olvidado de ella. Indignado al ver lo que había hecho, la lanzó brutalmente al suelo con un gesto de asco. Colette cayó, volvió a levantarse de un salto y se dispuso a correr hacia la puerta, pero los dos pensaron lo mismo.

El perro.

Colette se quedó quieta.

Con la cabeza, Macagne indicó el exterior.

—¿Quieres conocer a *Riquete*? Lo llamo *Riquete*. ¿Te gusta el nombre? Se lo puse yo. ¿Y el tuyo, cuál es?

Macagne parecía haber olvidado su cólera y volver a estar interesado en ella.

Colette escondió las manos detrás de la espalda.

—Deje que me vaya; si no, mi abuelo...

La niña comprendió al instante que su amenaza era ridícula.

—¡Ja, ja, ja! ¡Tu abuelo!

Macagne no reía, imitaba la risa. Era un estertor lúgubre y sordo.

—¿Vas a contarle que has hecho un agujero en mi valla con una cizalla, que has entrado a la fuerza en mi granja, que me has...? —Buscó la palabra—. ¡Saboteado! —De pronto, estaba contento de haber vencido aquella dificultad léxica—. ¿Sabes cuántos cuartos le voy a pedir a tu abuelo por todo esto?

Con el brazo, indicó las estanterías y los productos. La amplitud del gesto subrayaba la gravedad de los destrozos. Colette se asustó.

Macagne inclinó la cabeza.

Fuera, el perro seguía abalanzándose contra la puerta, que se sacudía con cada golpe.

Sin previo aviso, Macagne dio un paso hacia ella y la abofeteó. Con tal fuerza que Colette retrocedió y cayó al suelo de espaldas.

Macagne señaló la estantería.

Su cólera había resurgido.

Pasaba de un estado de ánimo a otro en un abrir y cerrar de ojos. Colette comprendió que era un hombre muy voluble e imprevisible.

—¡¿Sabes cuánto cuestan estas cosas?! —gritó Macagne.

—¡Deje que me vaya!

Colette, presa del pánico, ya no reconocía su propia voz.

Se volvieron hacia la puerta al mismo tiempo. Sus gritos habían interrumpido al perro, que al instante reanudó sus salvajes ladridos y sus golpes de ariete.

Macagne ladeó la cabeza. Acababa de ocurrírsele una idea.

—A no ser que tú tengas pasta para pagarme... ¿Tienes pasta?

Colette negó con la cabeza. Volvió a levantarse vacilando y trató de recordar lo que tenía. Guardaba sus ahorros en un joyero que había hecho hacía tiempo en la escuela pegándole conchas a una cajita. Dentro no había gran cosa, pero le pediría el dinero al abuelo, siempre conseguía de él lo que quería.

—Ah, pues si no tienes pasta... habrá que arreglarlo de otra manera.

Mientras decía eso, parecía más tranquilo. Colette confiaba en que se le ocurriera otra solución.

Si no era dinero, ¿de qué podía tratarse? No tenía la menor idea, pero empezaba a ver un rayo de esperanza.

—¿Qué quiere? —dijo despacio procurando bajar el tono de voz y hablar como una adulta.

Macagne se pasó la lengua por los labios.

—Hace un momento te he soltado un sopapo, sólo para decir... Ya sabes... —No, Colette no lo sabía—. Pero has hecho un estropicio de mil pares, ¿comprendes? Tienes que repararlo...

Para la niña, todo aquello era muy confuso. Macagne proponía un pago, luego, un arreglo y, ahora, una reparación. Los bidones habían acabado de vaciarse, no se le ocurría cómo podía reparar algo así.

—¿Qué escondes?

Macagne sonrió y volvió a dar un paso hacia ella.

Viendo a aquella mole avanzar hacia ella, Colette se asustó y blandió su arma improvisada. De un manotazo, Macagne mandó el cuchillo al otro extremo del cobertizo. Colette se quedó boquiabierta.

El hombre señaló la puerta.

—Si no quieres que se te zampe *Riquete*, más te vale ser amable, zorrilla...

El perro seguía ladrando, pero se había alejado y se lo oía en otro punto del patio.

Colette miró a Macagne a los ojos.

Esta vez, comprendió.

Es decir, comprendió en función de lo que sabía de la vida, lo suficiente para darse cuenta de que se había convertido en una presa.

Antes de que pudiera hacer un movimiento, él se le echó encima.

Debía de pesar noventa kilos; tenía las manos anchas, carnosas, encallecidas. La agarró del cuello, como a un pollo, la levantó en vilo, le rodeó la cintura con un brazo y siguió apretándole la nuca hasta dejarla sin respiración. Colette tenía los pies a un metro del suelo y su cara monstruosa frente a la suya. Macagne sonreía; tenía los dientes negros.

—Por esto has venido, ¿eh, zorrilla?

Con una facilidad aterradora, rebuscó bajo su falda, agarró las bragas y se las arrancó de un tirón. Aquella enorme mano estaba bajo sus nalgas desnudas. Colette lloraba; todos sus músculos estaban tensos, pero no servía de nada. Macagne le pasó el brazo por la espalda, volvió a agarrarla por la nuca y pegó la boca a la suya. Colette quiso gritar, pero era imposible, el hombre consiguió introducir su lengua a la fuerza entre sus labios. Colette se ahogaba; intentó mover la cabeza, se debatió, pero la mano la sujetaba con una fuerza terrible, como una tenaza.

Macagne parecía sumido en un sueño, una fantasía en la que tenía en sus brazos a una niña ardiente y asustada.

La apretaba contra su cuerpo, se balanceaba y, mientras su lengua hurgaba en la boca de Colette, sus caderas hacían lentos movimientos de vaivén contra ella. De pronto, dejó de abrazarla, echó el torso atrás, la miró fijamente con admiración y chasqueó los labios, como debía de hacer tras beber el primer trago de vino.

Colette aspiró una gran bocanada de aire. Los labios de Macagne se deslizaron hasta su cuello, cuyo olor inhaló con avidez. Gruñía, jadeaba, sudaba en abundancia, su olor era más fuerte y acre que hacía unos momentos. Alzó los ojos y los clavó en los suyos, como si quisiera decirle algo.

Pero renunció a hacerlo. Y, de pronto, la soltó.

Colette cayó y golpeó el suelo con los talones. Colocándole la mano abierta sobre la cabeza, Macagne la obligó a arrodillarse y, para impedir que se levantara e intentase huir, la sujetó agarrándola de las trenzas a ras del cráneo. Colette soltó un grito de dolor e intentó agarrarle la muñeca mientras sacudía la cabeza sin dejar de chillar. Encima de ella, Macagne se contorsionaba. Colette no comprendía qué estaba haciendo.

Y, de pronto, dejó de moverse.

Sabía lo que tenía delante. Vivía en el campo, pero, entre lo que había visto en la naturaleza, los perros, los conejos y el miembro erecto de Macagne, había un mundo.

Colette se quedó sin respiración.

Con un movimiento brusco, intentó levantarse, pero fue inútil. Él le sujetó las trenzas con más fuerza, como si quisiera arrancárselas de la cabeza, y entró por la fuerza en su boca. Colette apoyó las dos manos en los muslos de Macagne para rechazarlo, pero, cuanto más empujaba, más aumentaba él la presión y le tiraba de las trenzas, que agarraba con firmeza.

Colette no paraba de llorar. Con la mano libre, Macagne le sujetaba la mandíbula apretándola por los lados, como debía de hacer con los animales cuando había que administrarles un medicamento. El olor de Macagne se mezclaba con el sabor acre que llenaba la boca de Colette, que se ahogaba con cada uno de los movimientos del hombre y ni siquiera conseguía volver la cabeza. En su boca, el miembro de Macagne ocupaba todo el espacio.

Le pareció oírlo cloquear, o reír, pero el ruido que dominaba era un sonido ronco, el de su respiración, cada vez más rápida, un jadeo profundo. Colette intentaba rechazarlo, pero sus fuerzas se debilitaban por momentos.

De pronto, oyó escapar de la garganta de Macagne una especie de estertor, como si estuviera sufriendo.

O esperando algo.

Colette lo sintió vibrar violentamente mientras se hacía aún más enorme en el interior de su boca.

Sabe Dios cómo, porque ni ella misma se explicaba de dónde había sacado las fuerzas (es un movimiento que las mujeres debieron de aprender muy pronto para defenderse de los hombres), Colette apretó el puño derecho y, desde abajo, lanzó un potente golpe, que dio de lleno en los testículos de Macagne. El resultado fue inmediato. Macagne lanzó un grito salvaje, la soltó, se dobló por la cintura y, con los ojos desorbitados y las manos crispadas sobre la entrepierna, masculló un juramento.

Colette retrocedió, contuvo una violenta arcada y, antes de que Macagne pudiera hacer un movimiento, se puso en pie y corrió hacia la puerta.

Entorpecido por el calzoncillo y los pantalones, Macagne se volvió hacia ella gritando «¡Zorra, zorra...!» mientras Colette, con los ojos hinchados por las lágrimas y la vista nublada, abría la puerta sin detenerse y se lanzaba fuera.

El perro estaba en mitad del patio, a unos quince metros.

En cuanto Colette dio un paso, el animal corrió hacia ella.

Colette se quedó paralizada.

A su espalda, la puerta golpeó el marco. Se volvió. Era Macagne.

El perro, delante; el hombre, detrás.

Macagne se estaba subiendo torpemente los pantalones, que sujetaba con las dos manos, pero eso no le impedía avanzar.

—¡Pedazo de zorra!

Colette se volvió hacia el perro, que se acercaba a galope tendido sin parar de ladrar. Ya sólo estaba a unos metros.

Pero miraba otra cosa...

De pronto, cambió de trayectoria.

Colette se volvió.

Era *Joseph*.

Su gato.

Estaba en una esquina del cobertizo, con el lomo encorvado y el pelo erizado, provocando al perro.

En cuanto *Riquete* estuvo frente a él, *Joseph* dio un salto y se subió al tejado, pero no huyó, todo lo contrario, se volvió y se inclinó hacia el perro, que echaba espuma por la boca y pegaba botes en su dirección.

Macagne alcanzó a Colette y extendió la mano hacia su hombro. Pero el camino estaba despejado.

Con un rápido movimiento, la niña se soltó y, mientras el perro sitiaba el cobertizo ladrando con furia y *Joseph* lo miraba sin dejar de bufar, salió huyendo.

3

No quiero obligar a nadie

Al llegar a casa, sin aliento, Colette entró por el lavadero y recorrió el pasillo que llevaba a la cocina.
La única que la vio fue la abuela.
—¿Colette?
Sin responder, Colette echó a correr escaleras arriba y se precipitó a su habitación. Todo se mezclaba, el olor de Macagne, el regusto a vómito en su garganta, los bidones agujereados, los jadeos y resoplidos del aquel hombre, la puerta del cobertizo golpeando el marco, el perro, corriendo hacia ella... Necesitaba lavarse. Corrió hasta la palangana, vació la jarra y sumergió los labios en el agua fresca. No consiguió beber, el líquido no le pasaba, tuvo que escupirlo.
Desde el pie de la escalera, su abuela la llamaba:
—¡Colette! ¿Quieres venir a la mesa, tesoro?
Cerró los ojos y volvió a abrirlos. Había que levantarse. Lo consiguió... y, de pronto, se dio cuenta de que no llevaba bragas.
Estarían desgarradas, tiradas en algún sitio.
La desaparición de aquellas bragas fue un golpe terrible, incomprensible, hiriente, humillante, insultante... Colette no encontraba las palabras.

Abajo se oía barullo, ruido de sillas arrastradas, voces en las que se percibía el alivio de sentarse al fin a la mesa.

La abuela acabaría subiendo.

No le daba tiempo a ponerse otras bragas.

Mientras bajaba la escalera, notaba su desnudez bajo la falda, se sentía mal, avergonzada, asustada.

—¡Bueno, ya era hora! —exclamó Geneviève—. Ven aquí... —Señalaba la silla a su izquierda—. E intenta comer como las personas por una vez.

Desde que se habían sentado a la mesa, Angèle observaba a Colette con disimulo.

En presencia de su madre, la niña nunca era ella misma, pero aquel domingo Angèle la notaba aún más tensa que de costumbre. Estaba sombría y las manos le temblaban ligeramente.

De vez en cuando, Geneviève, sin dejar de comer, se inclinaba hacia la niña.

—Yo no estoy triste por esas abejas... —le susurraba—. Yo jamás habría permitido eso en mi jardín.

Con su forma de negar con la cabeza, le indicaba que, con ella, las cosas serían muy distintas, lo que no era difícil de imaginar.

La niña no escuchaba. Le dolía «en algún sitio del vientre», le costaba tragar el menor bocado.

—Cómete la carne, estás como un palillo —le insistía Geneviève—. ¡Me da hasta vergüenza!

Colette masticaba y masticaba, pero no conseguía tragar.

Fingiendo que se limpiaba los labios, escupió el trozo de carne en la servilleta, con la que hizo un rebujo que se colocó entre los muslos.

—Aunque soy sagitario, no me importaría tomar un poco más de vino, querido suegro —decía en esos momentos Lambert, que no perdía ocasión de chinchar a Geneviève.

La puya no cayó en saco roto.

—Yo que tú tomaría sílice y fósforo —respondió la aludida con frialdad—. Es lo que les recomiendan a los sagitarios.

Geneviève no se tomaba en serio la astrología: no creía en ella, vivía para ella.

Naturalmente, el motivo era Philippe, alfa y omega de su existencia.

Al traerlo al mundo, su madre había consultado el horóscopo: «Los niños nacidos este día serán valientes, a veces un poco temerarios. Por su carácter bondadoso, serán niños muy queridos. Todos los valorarán. No obstante, debido a su inteligencia y su ambición, tienden al autoritarismo, rozando incluso el despotismo.»

Fue una revelación.

Geneviève ya quería a Philippe antes de que naciera y estaba segura de que «todos lo valorarían». Tampoco le cabía duda de que sería inteligente. La revelación fue aquello del «autoritarismo» que podía rozar el «despotismo». Para ella, autoritarismo era el superlativo de autoridad; Philippe sería superlativamente autoritario, cualidad mal vista por los mediocres, pero apreciada cuando adorna a hombres sagaces con un carácter amable y bondadoso.

En cuanto al «despotismo», para Geneviève era lo propio del déspota. Philippe estaba llamado a desempeñar los más altos cargos, como el hombre al que debía su nombre de pila, el mariscal Pétain, al que Geneviève veneraba y cuyo triste final era, más que una injusticia, una tragedia.

La predicción sobre el despótico futuro que aguardaba a Philippe Pelletier era tan precisa y de sentido común que Geneviève consideraba que la astrología no hacía más que confirmárselo. Para ser consecuente con ese glorioso destino, lo apodaba su «principito». Había oído hablar mucho de *El principito* de Saint-Exupéry, e identificaba a su hijo gustosamente con quien ella suponía era el prestigioso heredero de la isla de Saint-Exupéry, la cual situaba en los mares del Sur.

Por eso la había sorprendido bastante que, en la escuela, su hijo resultara ser más bien mediocre.

Pero, convencida de que Napoleón era analfabeto, no veía por qué las dificultades escolares iban a poner en peligro el brillante futuro de Philippe.

El niño crecía a una velocidad asombrosa, cogía peso, le hablaba mal, miraba a todo el mundo con la superioridad de un emperador romano y siempre dudaba sobre el número de eles con las que debía escribir su apellido.

—Come más queso, tesoro mío —le dijo Geneviève poniéndole en el plato un gran trozo de camembert—. Necesitas calcio, la luna está en Capricornio, no lo olvides.

La presencia de Colette incomodaba a su madre, porque, si el tema de la escuela salía en la conversación, cosa que ocurría indefectiblemente, Geneviève se sentía obligada a decirle: «Y tú, enséñame algo de lo que haces, anda...»

Entonces, Colette iba a buscar su cartera y sacaba los cuadernos, que le tendía a su madre sin miedo ni esperanza, porque nunca recibía otra cosa que una mirada indiferente y una mueca escéptica. Geneviève soltaba unos cuantos «bueno» y unos cuantos «mmm» mientras a Angèle le hervía la sangre y Louis volvía a servirse vino. En cuanto descubría una tachadura, una falta, una nota más baja que las demás, Geneviève decía:

—¿Qué es esto? —Y levantaba la cabeza de golpe, como una gallina. Colette no respondía. Otras veces, su madre posaba el índice sobre un error de cálculo—: Esto es lo que pasa cuando uno no hinca los codos de verdad.

Un día, exasperada, Colette había preguntado:

—¿Acaso Philippe los hinca más?

La respuesta había sido instantánea.

—¡No compares, él es un chico!

• • •

La comida seguía su curso.

Desde que había empezado, François se preguntaba cuál sería el momento menos inoportuno para hacer su anuncio. «Cariño, vas a provocar un terremoto lo anuncies cuando lo anuncies», le había dicho Nine, que ahora lo miraba divertida: «Vamos, amor mío, adelante, sé valiente, sé fuerte...»

François respiró hondo y se lanzó:

—En el próximo programa de *Edición Especial*, se revisará el caso Mary Lampson —dijo—. Mamá, comería un poco más de gruyer...

—¿Cómo que se revisará? —preguntó Jean.

Casi había gritado, pero a nadie le extrañó; todos sabían que era muy sensible y que aquel asunto siempre reavivaba en él recuerdos muy penosos.

En 1948, por pura casualidad, François, Geneviève y él se encontraban en la misma sala de cine donde la joven y encantadora actriz Mary Lampson, que asistía a la proyección de incógnito, fue salvajemente asesinada en el lavabo. Cuando la descubrieron, en medio de un charco de sangre, el pánico se apoderó de la sala. Once años después, la identidad del asesino seguía siendo un misterio.

—Sí, lo revisaremos, pero desde otro ángulo —explicó François—. Nos centraremos en los testigos. Los entrevistaremos. Les preguntaremos cómo lo vivieron, qué recuerdan hoy en día.

—¡Pero eso no sirve de nada! —aseguró Jean, cada vez más nervioso.

—¡Al contrario, es muy buena idea! —opinó Geneviève.

Nadie se sorprendió, todos estaban acostumbrados a verla contradecir a su marido e ironizar sobre su temperamento, que era extremadamente impresionable.

La justicia los había escuchado a los dos como testigos.

—Cualquiera diría que lo llevan al patíbulo —había dicho François, asombrado por el efecto devastador de aquella simple declaración en el pobre Gordito.

Y ese domingo, pasados más de diez años, aquella conversación seguía aterrándolo; Angèle lo veía claramente. Jean se pasaba el índice bajo el cuello de la camisa, se aflojaba la corbata, extendía una mano temblorosa hacia la copa vacía, buscaba la botella con la mirada...

—No sé si tiene sentido remover un asunto de hace mil años...

—¡Pues claro que sí, querida suegra! Hablar con los testigos está muy bien, ¡nunca se les hace caso! —dijo Geneviève, y le tendió la copa a su hijo—. ¿Quieres decirle al abuelo que vuelva a servir a mamá, principito mío? —Mientras Louis se la llenaba, añadió—: ¡Yo tengo muchas cosas que decir, François, ya lo verás!

Nine tenía una sonrisa discreta y regocijada, como si hubiera probado el sabor de un nuevo y delicioso sorbete, porque François no había incluido a su cuñada en la lista de los testigos y no sabía cómo decírselo.

—No vamos a entrevistar a todos los testigos —adelantó.

—¡Ya me lo imagino! —respondió Geneviève riendo—. ¡Algunos no tienen nada que contar!

—Esto...

—Mientras que nosotros... ¿eh, Jean?

Jean, ahogado por la emoción, consiguió balbucear:

—¿Qué?

—¿Cómo que qué? Pues que lo podemos contar todo con detalle, digo yo, ¿o no?

Jean tenía un nudo en la garganta y la mirada perdida. François se decidió:

—La redacción ha hecho una lista muy limitada, Geneviève... Tú no estás en ella.

La palidez de su cuñada confirmó a François que su familia acababa de entrar en el ojo del huracán.

Angèle tragó saliva.

Louis se levantó y cogió una botella para intentar una maniobra de distracción.

Nine ahogó una risa en la servilleta. Hélène cruzó las manos sobre el vientre con satisfacción.

—¿Cómo que nosotros no estamos? —preguntó Geneviève articulando lentamente. La copa de vino temblaba en su mano—. ¿Cómo puedes decidir que lo que tenemos que decir carece de interés sin haberlo oído?

—Gene...

—¡Lo que pasa es que para ti la familia no tiene ninguna importancia! ¡O a lo mejor es que yo no soy digna de aparecer en el programa del señor porque no soy de su sangre!

—Oye, el...

—¡Te recuerdo que Jean es tu hermano mayor! —No estaba muy claro qué tenía qué ver salir en un reportaje televisado con el derecho de primogenitura, pero a nadie le dio tiempo a preguntarlo, porque Geneviève se apresuró a añadir—: ¡Voy a escribir a tu *Journal,* ya lo verás! No, mejor, le escribiré al juez...

—¡Un momento! —terció Jean, que recordaba su toma de declaración, en la que había estado a punto de perder los papeles.

—¡Y al Ministerio de Información! Porque, desde luego, es el colmo: ¡la única persona capaz de decir cosas interesantes sobre ese caso, amordazada por la prensa!

En su tono más calmado, Louis preguntó:

—¿Qué tienes que decir sobre ese crimen que aún no hayas declarado ante la policía?

Jean saltó de inmediato:

—¡Papá!

—Deja, Jean —dijo Geneviève—. Guardo mis revelaciones para la justicia, papá.

—¿Qué revelaciones? —preguntó Jean con voz suplicante.

—Si la prensa nos mantiene al margen de su investigación, iremos a ver al juez, ¿eh, Jean?

—Esto...

—De hecho, voy a redactar un comunicado a toda la prensa parisina.

—Geneviève... —probó a decir Angèle.

—Le escribiré una carta abierta al ministro de Justicia y...

—¡De acuerdo! —François había gritado, hasta Geneviève estaba sorprendida—. ¡De acuerdo, te incluiré en la lista! —Su voz febril reflejaba su exasperación—. Asunto concluido —dijo levantándose—. Ya podemos pasar a otra cosa.

Cogió la botella de vino con un gesto tan nervioso que todos creyeron que iba a beber a morro.

—Yo no quiero obligar a nadie... —dijo Geneviève, ofendida.

—No, no, no obligas a nadie.

Reinaba un silencio de plomo.

El incidente había creado malestar.

—¿Dónde está Colette? —preguntó Geneviève.

La niña había aprovechado la coyuntura para desaparecer.

—Puede que no tuviera más hambre... —se atrevió a decir Nine, a quien no se le escapaba nada.

—Está en los huesos —replicó Geneviève.

Angèle podría haberse ofendido, pero vio que, de pronto, Hélène se llevaba la mano al vientre.

—¿Estás bien, cariño?

—Muy bien, mamá, no te preocupes. No para de dar patadas, es un impaciente.

Angèle se abstuvo de recordarle que, para una embarazada, no era prudente trabajar por la noche, porque sabía lo difícil que había sido para ella volver a encontrar un empleo después de pasar seis años dedicada a la pequeña Annie. La Radio Parisina, una cadena muy popular, le había propuesto la emisión nocturna. «Estaría bien una voz de mujer», le había dicho Antoine Guillaume, el director.

A Hélène, la radio, el estudio, le habían gustado de inmediato. Entraba en antena después del último noticiario hablado. Su principal actividad era el correo de los oyentes. Se encargaba de seleccionar las cartas menos insulsas, leer lo esencial en antena y dar respuestas que, conforme a las instrucciones de la dirección, no debían comprometer a nada. Era un permanente ejercicio de paráfrasis, lleno de circunloquios, una especie de servicio de vigilancia radiofónico. «Queridos oyentes, después de este precioso fragmento del *Cascanueces* de Tchaikovski, oigamos lo que nos escribe la señora...»

A las cinco semanas de estrenarse en la radio, había vuelto a quedarse embarazada. El programa era bastante aburrido, pero ni por un momento había pensado en dejarlo.

Cuando el pequeño susto pasó y Hélène, de nuevo sonriente, se acarició el vientre con la palma de la mano, Jean aún estaba descompuesto.

Porque, dos semanas antes, Geneviève le había dicho:

—El embarazo de tu hermana no llegará a su término.

—¿Cómo? Pero ¿qué dices?

—He comprobado la fecha de la concepción. Saturno está en periodo retrógrado.

—¿Y eso no es bueno?

—Ese embarazo está condenado, lo sé. De hecho, más vale que se interrumpa pronto, porque... Ya sabes lo que quiero decir.

Jean conocía a su mujer mejor que nadie.

Estaba convencido de que Geneviève acababa de pronunciar una maldición.

Todos se habían ido.

El abuelo había subido a acostarse, estaba más cansado que la abuela, que se había quedado fregando los platos.

Colette no dormía.

La luz de la noche proyectaba sobre la puerta la forma de un triángulo perfecto. Abajo, el ruido de la vajilla. Y en la habitación, un silencio opresivo, que la impulsó a levantarse y acercarse a la ventana. Delante, el triste espectáculo de las dos colmenas vacías. Detrás, el seto. Y más allá, las copas de los árboles frutales, alineados como soldados. Se llevó la mano a la garganta.

«No quiero morir»: eso fue lo que se dijo Colette. Sentía que su cólera era una lucha que tenía algo que ver con la supervivencia. Rendirse, replegarse era dejar ganar a Macagne, y de eso nada.

¿Qué podía hacer?

Volvió la cabeza hacia la puerta, que acababa de entreabrirse. Era *Joseph*, tan feliz.

—Gracias, *Joseph*...

El animal se subió a la cama de un salto, se sentó y se quedó mirándola tranquilamente. *Joseph* tenía razón, había que hacer algo.

Colette oyó a la abuela echando el cerrojo abajo.

Volvió a la cama.

—Hazte un poco al lado, *Joseph*...

Colette se tendió sobre un costado, se subió el embozo hasta la barbilla y cerró los ojos.

La abuela entró, se acercó con paso cauteloso, alisó la colcha y la remetió con suavidad. Por miedo a despertarla, no le acarició ni le besó la mejilla. En su lugar, le hizo un mimo y le susurró una palabra cariñosa a *Joseph* antes de abandonar la habitación.

Cuando la abuela se marchó, la oscuridad se hizo densa de golpe.

Colette abrió los ojos. *Joseph* se ovilló al pie de la cama. En la puerta, el triángulo de luz se había encerrado en sí mismo.

No ceder, no rendirse.

Macagne no tenía ningún derecho a obtener una victoria sobre su vida.

Para empezar, pegársela a todos, y conseguir comer; si se empeñaba, lo lograría. Al principio, no soportaba los guisantes, y ahora, mira. Comería normalmente, la abuela se tranquilizaría y su madre dejaría de mirarla con desconfianza.

Redoblar los esfuerzos en la escuela. Nunca había tenido que hacerlos, todo le había resultado fácil, pero ahora iba a «pegar un arreón», como decía el abuelo, a trabajar más, para que nadie volviera a darle la tabarra con eso.

Nunca había sido una niña muy sonriente, ahora no iba a fingir que era alegre, sólo normal, eso es, normal.

Macagne era asunto suyo.

Y para zanjar aquel asunto y olvidarse de él para siempre, iba a vengarse. Le pegaría fuego a su granja. En cuanto al tractor, Macagne debía de tener bidones de reserva. Con la gasolina, bastaba con una cerilla y buenas piernas. Al maldito perro, lo dejaría atado.

¡Mejor aún!

Macagne cazaba.

Entraría en su casa, cogería su escopeta, la cargaría, lo esperaría y, cuando volviera, él le diría: «Vaya, si estás aquí, zorri...» No le daría la oportunidad de acabar la frase, le metería los dos cartuchos en la barriga.

«No quiero morir. Ni que me pisen.»

Tomar esas decisiones le sentaba de maravilla.

Aun así, no conseguía conciliar el sueño. Pero sentía que empezaba a ser de nuevo ella misma.

4

No es tan tarde

Georges Chastenet tenía despacho en casa, pero siempre se instalaba allí para reflexionar, en el saloncito, lo más lejos posible de la lámpara de pie, aquella maravilla *art déco* que Élise había encontrado... ¿Dónde fue? ¿En Londres? ¿Barcelona? Fue en su primera vida.

¿Cuántas habían tenido?

Élise decía que ella siete, como los gatos, «sin contar las de su pareja». En eso al menos estaban de acuerdo. En cuanto a él, con tanta ruptura y reconciliación, tanto enfadarse y perdonarse, había perdido la cuenta.

—Siempre has preferido la sombra a la luz —le decía Élise cada vez que lo veía sentado allí.

«Cómo le gusta la grandilocuencia, Dios mío...», pensó Georges dando un sorbo de té. Eso había sido su perdición: su tendencia al exceso; él, en cambio, era la discreción en persona.

—¿No me preguntas nada? —preguntaba ella con falsa indiferencia y la voz enronquecida por los cigarrillos.

—Sí, claro que sí —decía él sonriendo—. ¿Has pasado una buena velada, cariño?

Nunca recibía respuesta, pero tampoco le importaba, de todos modos Élise mentía constantemente.

A pesar de la penumbra, Georges podía ver el brillo en sus ojos. Sabía, porque lo había comprobado, que, si se desplazaba por el salón, su mirada lo seguiría. No era realmente Élise, sino uno de los bocetos del retrato de Tevashova, de Iliá Repin, que colgaba de la pared. Los habían comprado en una subasta en Viena de hace muchos años. Aquella mujer pintada, un poco tensa, apoyada en un codo, con aquella boquita de piñón, pero sobre todo, sobre todo, con aquellos cabellos encrespados, de un rubio imperfecto, domados y a la vez libérrimos, se parecía tanto a Élise...

¿Cómo se las arreglaba para no envejecer con el paso del tiempo, nunca estar fea, nunca parecer una mujer del montón, pese al desorden y el libertinaje? Daba lo mismo, al salir de la ducha, a punto de ir a cenar o recién levantada de la cama, con el pelo revuelto y cara de sueño, siempre estaba hermosa. No, claro que no, no «siempre», pero así la veía Georges. Y así la vería toda la vida. Ya no era la mujer joven de los inicios de su matrimonio, herida, frágil, con esa mezcla de timidez y arrogancia (aunque, desgraciadamente, de su timidez no quedaba el menor rastro), pero seguía delgada, llena de vitalidad...

Georges se vio en el espejo de encima del velador y suspiró.

Era la imagen de un hombre bajo, grueso y cargado de espaldas. «Ella y yo hemos hecho el camino inverso...», se dijo. Su diferencia de edad, en lugar de difuminarse con el tiempo, se había acentuado. Eran tan distintos como los personajes del cuadro frente al que se habían conocido. Iliá Repin, ya entonces. En Leningrado.

—¡Qué intensidad! —había dicho ella en voz alta.

Él se había vuelto y había sentido aquella «gran sacudida» que provoca la chispa de una primera mirada entre dos seres que se esperaban sin saberlo.

Georges había contemplado muchas reproducciones de aquella obra desde aquel día. Esos dos personajes que bailaban una mazurca entre las olas, ¿no era una prefiguración de su vida en común? Gran admiradora de su cultura, Élise le hacía preguntas con avidez, se ofrecía, se escondía con él, volvía a ofrecerse, se fugaban, perdían la cabeza... Bueno, en la medida en que Georges era capaz de fugarse. En cuanto a perder la cabeza... Élise era una aparición. ¡Qué novedad! Se fueron a vivir juntos.

Y, un año después, Élise empezó a salir mucho...

Él se refugió en su trabajo.

En el Servicio, recuperaron al Georges de siempre, al hombre que durante unos meses todos habían creído perdido.

—No tiene suerte en el amor —decía el señor Leal.

Aquella Élise de la que todo el mundo hablaba era un misterio.

Las pocas personas que podían presumir de haberla conocido la encontraban fascinante. Que Georges, con esa pinta de estibador, hubiera sido capaz de enamorar a una mujer mucho más joven y además rica, según decían, era inexplicable. Y una injusticia.

¿Por qué él? Les consolaba saber que era una esposa inestable.

Era un desquite fácil, pero hay que comprenderlo, la «leyenda de Chastenet» molestaba a más de uno en la Dirección General de Inteligencia (más conocida como «el Servicio»), porque su reputación profesional era tan incomprensible como su matrimonio. Que aquel hombre de andares pesados, trajes caros pero horrorosamente cortados, y gruesas gafas de pasta, que se limpiaba con la corbata, autor en otros tiempos de un estudio sobre pintura rusa tenido por brillante (*Nikolai Nevrev y los vendedores ambulantes*, nadie sabía de qué iba), hubiera llegado a ser un maestro del espionaje era un misterio.

Antes de que lo pusieran al mando de la unidad de Análisis e Información, había servido en Varsovia y Budapest, en Moscú y Berlín, y en todas partes había dejado el recuerdo de un hombre discreto y eficaz. Nadie se fijaba en él. En la multitud, si una cabeza destacaba, nunca era la suya. Podía entrar en una oficina pública, y ningún empleado lo recordaba. Funcionarios que habían pasado toda una velada en su compañía eran incapaces de describirlo con precisión poco después. Añádase a eso que hablaba inglés, ruso y alemán como un nativo. Aunque no es que hablara mucho... Todo el mundo lo subestimaba. Su retorcida mente, sus intuiciones, su buen ojo para juzgar a la gente eran cosas de las que no te dabas cuenta hasta más tarde. Demasiado tarde, a veces.

A su regreso a París, Georges Chastenet se había convertido en un reclutador inigualable, uno de esos agentes capaces de localizar, echar el anzuelo y atraer hacia el Oeste, hacia la felicidad, la libertad, a todo aquel que, en el Este, dispusiera de información sensible para combatir en la Guerra Fría del lado de la felicidad, la libertad, etcétera, etcétera.

Espías.

Era una época febril. La angustia nuclear estaba casi en su apogeo. La doctrina de la disuasión iba acompañada de una proliferación atómica a la que la población asistía con ansiedad. Se esperaba que los espías de ambos bandos informasen sobre las capacidades del adversario, las defensas antimisiles, las instalaciones de producción de armas... *Le Journal du Soir*, por poner sólo un ejemplo, publicaba artículos del tipo: «Cómo protegerse en caso de ataque atómico» o «El miedo al apocalipsis nuclear atenaza a las familias francesas». Los servicios de inteligencia internacionales tenían mucho trabajo.

Georges miró la hora.

En realidad no era tan tarde, pero sus noches se habían vuelto difíciles. La perspectiva de colgar los guantes en poco tiempo (le quedaba un año antes de retirarse del gran combate) hacía emerger imágenes y recuerdos que no le dejaban descansar en paz. Lo sentía claramente, la presencia de Élise lo calmaba. Solo, no estaba tranquilo. Todo espía veterano tiene miedo a que llegue un día en que el pasado lo alcance, a que de pronto reaparezca una silueta familiar cargada de rencor que viene a saldar cuentas que sólo ella recuerda.

Un fantasma.

En los últimos meses, lo habían visitado varios. No todos eran enemigos, pero todos llevaban el olor a ceniza de la culpa y el arrepentimiento. Como el tendero griego que estaba boca abajo dentro de una tinaja de aceite de oliva a la hora en que tenía cita con Georges. Si, por precaución, hubiera llegado dos minutos antes, habría percibido la amenaza, estaba seguro, y habría podido salvarlo. Su falta de reflejos había costado una vida. O aquella secretaria polaca tan risueña cuyo cuerpo le pidieron que reconociera... Lo que le habían hecho, Dios mío. Era indescriptible. ¿Qué error había cometido para empujar a aquella pobre mujer tan jovial hasta ese interminable pasillo de dolor que la había conducido a la muerte? Esas imágenes lo habían despertado durante años. Hoy le impedían conciliar el sueño. Lo único que lo calmaba era la presencia de Élise.

Por no hablar de la dura prueba que lo esperaba al día siguiente... ¡Era lo que le faltaba!

Tenía que hablar con el señor Leal de lo que pasaba en Praga.

Y lo que debía decirle...

¿Cómo acabaría todo aquello, Dios mío?

Georges aguzó el oído: un coche acababa de detenerse delante de su casa.

«Sea ella o no, me voy a dormir», se dijo dejando las gafas en la mesita baja.

Era ella.

—¿Aún estás ahí, Georges?

Sin agacharse, Élise se quitó los zapatos con la gracia que da la costumbre.

—No es tan tarde...

—Has hecho bien en no venir, la cena ha sido un aburrimiento.

Georges no recordaba que lo hubieran invitado. «¿En casa de quién?», iba a preguntar, pero se lo pensó mejor. Si la obligaba a decírselo, le echaría en cara que lo hubiera olvidado.

Élise se acercó y ladeó la cabeza.

—¿Qué te pasa?

—Nada, estoy cansado.

Sin las gafas, su agotamiento era evidente.

Élise encendió un cigarrillo y se sentó frente a él en el silloncito.

—Venga, cuéntamelo todo.

—Mañana tengo un día difícil —respondió Georges.

5

¿No es así, cariño?

François se había disculpado mil veces, no podía negarme, comprendedlo. Unos se reían por lo bajo, vaya con la cuñada... Otros decían que gastar película por absurdos motivos familiares era poco profesional.

La recogida de testimonios casi había acabado.

—Tenemos material de sobra para cerrar el asunto —había dicho Denissov, el director de *Edición Especial*, al saber que François pedía que se entrevistara a su cuñada.

—Ya no da tiempo —había asegurado Baron.

François y él no se llevaban bien.

En el *Journal*, Baron dirigía la sección de política y diplomacia, que consideraba la más noble, mientras que François llevaba la de sucesos, el alma del periódico, en su opinión. Ambos habían importado a la televisión su mutua antipatía, astutamente atizada por Arthur Denissov, que no le veía más que ventajas.

Esta vez le dio la razón a François. Con Denissov nunca sabías de qué lado caería la moneda.

—Llevamos dos días de adelanto —dijo, un argumento sibilino.

Y así fue como Geneviève y Jean Pelletier recibieron la petición de acudir a los estudios de la televisión francesa para grabar sus testimonios.

Jean llegó solo.

—Geneviève no tardará —balbuceó para disculpar a su mujer.

Había ido a quejarse de algo a la escuela.

Jean recorrió el estudio con una mirada de admiración: las cámaras, los micrófonos, los técnicos, al otro lado del cristal... Así que ¿aquello era la televisión? Pese a los nervios que le provocaba la situación, estaba entusiasmado.

—Jean... —le dijo su hermano llevándoselo aparte—. Te presento a Justin Goulet. Él acompañará a vuestra delegación a Praga.

—¿Ah, sí? —dijo Jean, un poco desinflado.

Era un individuo bajo y calvo. No se lo había imaginado así. Estaba decepcionado.

Los dos hombres se dieron la mano.

—¡Será apasionante! —exclamó Goulet con entusiasmo.

—Sí...

—Bueno, entonces, nos vemos...

—Claro...

Goulet ya había dado media vuelta. François percibió la preocupación en el rostro de su hermano.

—Es un periodista de primera, ya lo verás...

Geneviève seguía sin aparecer. Los técnicos no paraban de regular sus aparatos, modificar la luz y pegar cinta adhesiva a los innumerables cables que recorrían el suelo.

—Ven a ver esto —le dijo Jean a su hermano.

Dejó el maletín en el suelo y sacó una carpeta de dentro.

—¡Mira!

Era una hoja con el membrete de la Cámara de Comercio y la lista de los empresarios de la delegación francesa: Lucien Cardinaud, aviación civil; Albert Falconi, componentes eléctricos; Robert Ostling, agricultura; Pierre Mazeron, industria metalúrgica; Désiré Chabut, construcción; Yves Le Pommeret, industria ferroviaria...

François soltó un silbido.

—¡La flor y nata de la patronal! —Estaba perfectamente informado de la composición de la delegación, pero no quería privar a Jean del placer de señalar con su grueso índice su propio nombre. Fue conmovedor volver a ver por un instante el rostro de su hermano tan desvalido e ingenuo como hacía veinticinco años en la escuela—. ¡Bravo, Gordito!

—¡Espera, espera! —Esta vez eran folletos turísticos—. Mira esto.

Era el puente de Carlos, de noche. Jean lo miraba con la misma emoción que había mostrado ante las fotos de Colette o Philippe.

Le detallaba, deslumbrado, el programa turístico organizado al margen de las conferencias y las visitas a fábricas o manufacturas.

«Y burdeles, seguro», pensó François. Habría sido sorprendente que las autoridades checas, deseosas de seducir a aquellos empresarios occidentales, no les hubieran reservado algunas actividades más placenteras y menos oficiales. Y, por asociación de ideas, François se preguntó una vez más por la vida sexual de su hermano, que no compartía cama con su mujer desde hacía más de diez años, puesto que, como todo el mundo sabía, su hijo le había quitado el sitio.

¿Tendría una amante?

François trató de imaginarse la reacción de su hermano si en Praga le hacían una proposición, y esa idea lo hizo sentir incómodo.

—¿Por qué me miras así?

—¡Por nada! Me alegro por ti, Jean. ¡Disfruta todo lo que puedas!

El miedo a que el Gordito le hubiera leído el pensamiento lo avergonzó. Le rodeó los hombros con el brazo, sin saber qué decir.

—Ah, ¿estáis ahí?

Era la voz de Geneviève.

Pero no la voz chillona que todos le conocían, sino un murmullo bajo, teñido de una humildad inhabitual. De hecho, tampoco ella parecía la Geneviève de siempre. La de ahora era una mujer de actitud modesta y mirada temerosa, que no podía disimular cuánto le impresionaba la situación. Llevaba un sobrio conjunto azul marino, con un velito malva y guantes. Jean comprendió de inmediato que había comprado todo aquello para la ocasión.

—Llego con un poco de retraso... —dijo, apurada.

—No tiene importancia, señora —respondió el regidor indicándole uno de los sillones, que la luz de los focos bañó de inmediato.

El consejo de redacción no quería que la entrevistara François, debido al parentesco con la testigo, así que Justin Goulet volvió al estudio para sustituirlo.

—Bueno, os dejo... —dijo François.

Geneviève le respondió con un gesto familiar y una amable sonrisa de cuñada.

Al marcharse François, Jean, que no se lo esperaba, fue invitado a tomar asiento al lado de su mujer, y con la misma emoción que diez años antes, durante aquella rueda de reconocimiento que le había hecho temer que lo reconocieran, empezó a sudar en abundancia. Tuvo que sacar el pañuelo y secarse la frente y los labios.

—¿Se encuentra bien? —le preguntó el periodista, sentado a unos pasos de ellos, con la cabeza rozando la pesada cámara de pie.

—Sí, sí...

Con un gesto tranquilo, Geneviève se había levantado el velito, y el tul había creado una especie de halo alrededor de su cabeza, como una corona vaporosa que daba a su cara, redonda de por sí, un aspecto angelical. Sonreía con humildad y, con la primera pregunta, le cogió la mano a Jean y se la apretó con fuerza para darse ánimos.

Goulet, que había visionado las anteriores entrevistas, realizadas por François, se limitó a abrir la suya del mismo modo:

—Señora Pelletier, señor Pelletier, el domingo 28 de marzo de 1948, se encontraban ustedes en la sala del cine Le Régent, donde fue asesinada la joven actriz Mary Lampson. ¿Qué recuerdan ustedes?

Geneviève se volvió modestamente hacia Jean, que, cogido por sorpresa, balbuceó:

—Estábamos sentados. En la sala.

El periodista esperó la continuación. Como no llegaba, para animar a los entrevistados probó a decir:

—Sin duda, los hechos son un poco lejanos...

—Sí, eso es —dijo Jean, dispuesto a levantarse y abandonar el estudio, en el que seguía sudando como un pollo.

—Sí —susurró Geneviève—, son lejanos, pero tan estremecedores como entonces...

Justin Goulet asintió en silencio.

Geneviève añadió unas cuantas frases cortas y bastante triviales recordando «su sobrecogimiento», «su incredulidad»...

En la cabina, al otro lado del cristal, los técnicos empezaban a refunfuñar. ¿Qué necesidad había de entrevistar a aquella cuñada? Lo que decía no tenía el menor interés.

Geneviève lo comprendió y posó tranquilamente las manos en sus rodillas.

—No obstante, hay algo que nunca pudimos decirle a la justicia... Algo que no sabíamos entonces.

Goulet inclinó la cabeza, explíquese.

—Que mi marido y yo nos sentiríamos responsables, ¿sabe? ¿Verdad, cariño, que tú también te sientes responsable?

Jean creyó que se moría.

Porque el lector debería saber que Jean... era el asesino de la joven Mary Lampson.

Ese día, de camino al cine, Geneviève se había comportado de forma aún más odiosa e injusta que de costumbre. Agobiado por el peso de la humillación y la crueldad de su mujer, y por su propia incapacidad para resistirse a la perversidad de sus ataques, al empezar la sesión Jean había ido al lavabo, donde encontró a la desventurada actriz.

En ese momento, Jean sufría uno de sus ataques de rabia, igual que años antes, en Beirut, cuando mató a una joven golpeándola con el mango de un pico.

Presa de la ira, le destrozó el cráneo, luego regresó a la sala, donde todos los espectadores estaban pendientes de la película, y se sentó en su butaca temblando, sin que nadie se percatara.

Y se estremeció como los demás cuando la acomodadora, al descubrir a la víctima en un charco de sangre, gritó de tal modo que dejó petrificada a la sala.

—¿Responsable? —preguntó Goulet—. ¿Qué quiere decir con eso? ¿En qué sentido?

Jean tragó saliva silenciosamente y murmuró una frase inaudible. Estaba lívido.

Geneviève respiró hondo y, manteniendo las dos manos sobre las de su marido, húmedas, respondió:

—Como todos los que amaban a aquella joven en la pantalla, señor...

—Ha hablado usted de responsabilidad...

—Si a una chica a la que adora la matan a unos metros de usted, ¿cómo no va a sentirse responsable de no haber estado allí para impedirlo?

Jean sintió que su cuerpo lo abandonaba, que todo se licuaba en su interior, como el día de su declaración delante del juez de instrucción.

Porque esa noche Jean no había conseguido ocultarle la verdad a su mujer. Lejos de escandalizarse, Geneviève había sentido júbilo al conocer un secreto que millones de personas soñaban con descubrir. El insospechado cariz sanguinario de su matrimonio satisfacía su íntima y oscura propensión a la carnicería. «Están muy lejos de atrapar al Lobo Feroz, ¿eh,

Gordito mío?», decía con alegría infantil después de leer los periódicos.

Dejó pasar un instante mientras fingía caer en la cuenta de algo nuevo.

—Verá, con el tiempo, esa joven, en cierto modo, se convirtió... ¡en nuestra hija! ¿No es así, cariño? —Jean, derrotado, dispuesto a morir, no reaccionó—. Nuestra propia hija había muerto a dos pasos de nosotros... ¡y no habíamos sido capaces de salvarla! Eso es especialmente hiriente para un hombre, creo yo. Para un padre... —Inclinando hacia Jean un rostro de madona, Geneviève lo miró con una ternura infinita. Luego, se volvió hacia el periodista—. Saber que tu hija murió a dos pasos de ti, que quizá te llamó... ¡Pues claro que te llamó! ¡Para que la socorrieras, para que la ayudaras! Y tú no estabas ahí para ella.

A Geneviève se le ahogó la voz.

En el estudio reina un silencio vibrante.

Las palabras de aquella mujer y el rostro de aquel hombre le partirían el corazón a cualquiera.

—¿Señor Pelletier? —dice Goulet con una voz muy suave. Jean, lívido, asiente con la cabeza. La cámara enfoca su rostro en primer plano—. La emoción que sienten ustedes, señor y señora Pelletier, en estos instantes, la siente a su vez cada espectador, estoy seguro —concluye el periodista.

Las lágrimas resbalan por el rostro de Jean. La cámara se vuelve lentamente hacia Geneviève, que sigue apretando las manos de su marido y le dice al oído unas palabras tiernas que no se entienden muy bien. «Cariño...», sin duda.

En la cabina, los técnicos, impresionados, saben que tienen un documento de alto voltaje.

Uno de esos momentos de televisión excepcionales.

«... y de las instalaciones de la fábrica de plutonio de Marcoule.»

Era la voz de François.

En la pantalla del televisor, se veía la plataforma de un montacargas enrejado en la que dos hombres en mono trabajaban codo con codo. El contrapicado mostraba un inmenso muro del que salían cilindros de acero que parecían enormes culos de botella. Luego, apareció un hombre en bata blanca inclinado sobre lingotes de hormigón colocados en el suelo. Detrás de él, un letrero: «PELIGRO - RADIACIÓN.»

Sin decir palabra, Denissov y Baron seguían el visionado del reportaje, que parecía un publirreportaje a mayor gloria de la industria nuclear francesa.

«Se espera poder producir unos cien gramos de plutonio al día...»

François, sentado a cierta distancia de sus compañeros, también miraba la pantalla en blanco y negro de la sala de montaje.

«Recordemos que seis kilos de plutonio permiten la explosión de una bomba del tipo "A".»

—Es aquí... —les advirtió François.

«En provincias, ya se sabe, las noticias vuelan. La presencia de un equipo de televisión en la central de Marcoule no podía menos que animar a los opositores a manifestar su desacuerdo.»

En la pantalla, había aparecido una quincena de personas, la mayoría, hombres y mujeres jóvenes, llevando pancartas pintadas a mano.

«Militantes de movimientos pacifistas o asociaciones de carácter humanitario ya han actuado en este lugar, cuyas dependencias también ocuparon. Recientemente, algunos de ellos incluso han iniciado una huelga de hambre. Les hemos preguntado los motivos de su acción.»

En la pantalla, un joven de unos treinta años.

«Participando en la carrera nuclear, Francia empujará a Alemania a hacer lo mismo. ¡Y otros países los imitarán! ¿Quién puede decir cómo acabará esta escalada? ¡Nadie!»

Detrás de él, los demás militantes manifiestan su aprobación ruidosamente.

El joven se acerca aún más al micrófono.

«¡Hemos venido a pegarle una patada en el culo al diablo!»

—Es suficiente —dijo Denissov, lacónico.

En la cabina, alguien pulsó el botón «Stop».

La imagen se congeló sobre la cara del chico con la boca abierta en un nuevo eslogan.

Baron negaba con la cabeza.

Denissov se frotaba los párpados lentamente.

—No lo vamos a emitir, François, no es aconsejable.

François estaba esperando ese comentario desde que, en la mesa de montaje, había decidido conservar esa secuencia.

—¿Otra vez tendremos que usar las tijeras? —preguntó.

La mala suerte lo perseguía. Dos meses antes, se habían visto obligados a retirar un reportaje en el que brevemente daba la palabra a un joven soldado de reemplazo que acababa de desertar para evitar que lo mandaran a Argelia. El ministro lo había vetado.

Esta vez tampoco se había hecho muchas ilusiones: manifestantes en una central nuclear...

—Parece que estás aprendiendo las reglas del juego —rezongó Baron.

Era el desarrollo habitual del conflicto.

Tanto Denissov como Baron estaban próximos al gobierno. De Gaulle había llegado al fin al poder, la Quinta República hacía sus primeras armas. Lo que diferenciaba a Denissov de Baron era que el primero era gaullista por convicción y el segundo, por oportunismo.

Para François, que había forjado sus valores en la Resistencia al lado de camaradas salidos en muchos casos del Partido Comunista, eso no cambiaba gran cosa. Pero, aunque hasta ahora los tres habían colaborado sin mayores problemas en nombre de un ente superior llamado *Le Journal du Soir*, los motivos de conflicto empezaban a multiplicarse: cuando no eran las protestas campesinas, eran los «acontecimientos de Argelia».

—¡No te gusta este gobierno! —decía Baron.

—Que me guste o no me guste no afecta a mi trabajo.

Lo diferente esta vez fue que, como tenía una posición fuerte, Baron consideró justificado abusar de ella.

—Y para serte franco... me cuesta creer en la casualidad. —François perdió la sonrisa—. Porque, vaya... Estás rodando tu reportaje tranquilamente en la central de Marcoule... todo va bien y, de repente, aparecen los activistas, a los que no se les había visto el pelo en meses. Y justo cuando estás rodando tú.

Esta vez, el reproche no era haber filmado algo cuya emisión no se autorizaría sino haber «preparado» una secuencia. Hablando claro, haber manipulado la información.

Era un peldaño más en la escalada, pero también un golpe bajo.

—Eres un lameculos, Baron.

—¡Toma ya! —exclamó sonriendo Denissov, que animaba a sus colaboradores a despedazarse siempre que no sobrepasaran los límites más allá de los cuales ya no le sería posible intervenir. Era el caso, aunque él no se daba cuenta.

François, sorprendido de no estar colérico, se levantó.

—No te lo tomes como algo personal, Baron, los tres lo somos. Aceptamos una regla del juego sin la que jamás habríamos creado este magazine televisivo. Pero la situación ha cambiado. Podríamos aprovechar la popularidad del programa para poder hacer nuestro trabajo con total independencia.

Habitualmente creía decir lo que pensaba, y de pronto descubría que pensaba algo porque acababa de decirlo. Aquel punto de vista debía de haberse ido formando en su mente a lo largo de los meses. Ahora aparecía como una idea original, y François se sorprendía descubriendo que en el fondo no había nada nuevo en ella. Y de hecho, a juzgar por su reacción, parecía que Baron y Denissov pensaban lo mismo que había dicho él en voz alta.

—Escucha, François...

—No, Arthur, esta vez no te voy a escuchar. Hemos jugado a este juego sin discutir las reglas durante meses. En la televisión no nos permitimos ni la décima parte de lo que hacemos en el *Journal*. Sin embargo, nuestra posición es fuerte: la gente espera y ve nuestro programa. El ministerio no podrá suprimirlo sin dar explicaciones...

—No suprimirá nada —intervino Baron—. Simplemente, nos sustituirá.

—¿Tú crees? Arthur Denissov, el director del periódico de más tirada nacional, ¿sustituido de la noche a la mañana? ¿Bromeas?

—Las cosas no pasan así —dijo Denissov.

Para François, aquello fue una revelación.

—¡Tienes razón! El gobierno ni siquiera necesita pedirnos que retiremos lo que le molesta, ¡lo hacemos nosotros mismos! ¡Porque estamos de acuerdo! ¡Porque nuestro cometido no es tan sólo informar, sino informar sin incomodar a quienes nos autorizan a hacerlo!

Era duro.

Y en parte injusto.

Denissov y Baron no se merecían esa caricatura, aquella reacción era un poco ridícula, grandilocuente. Pero la idea de François se desarrollaba por sí sola, su mente descubría sus consecuencias una tras otra, y no podía resistirse a la necesidad de expresarlas.

—¡Para ti es muy fácil ser íntegro! —Denissov se había levantado; François había acabado contagiándole su mal humor—. Le hemos impuesto al poder político un canal de comunicación que no entiende en absoluto, pero que enseguida ha percibido como peligroso. Y en ésas estamos. La información tira hacia un lado, la política, hacia el otro, y nadie puede decir cuál de las dos vencerá. ¡Sabíamos que la batalla sería larga! Cada programa es una batalla. Si tienes una solución mejor, te escucho.

François, con el ceño fruncido, dejó pasar unos segundos.

—Ésa es la versión bonita —dijo al fin—. Lo cierto es que hemos aceptado ser una caja de resonancia. —Empezó a recoger sus cosas y guardarlas en la mochila sin apresurarse—. Puesto que lo que hacemos os parece tan valiente, voy a dejar que sigáis haciéndolo tranquilamente. Y como es tan interesante, seguro que no os costará encontrar quien me sustituya.

Denissov nunca le había pedido a un periodista que se quedara. No dijo una palabra.

François sonrió.

—Puede que yo no esté hecho para la televisión.

Cuando cerró la puerta del estudio, Justin Goulet fue a su encuentro.

—¡Oye, chico, la entrevista a tu cuñada...! Ya la verás: ¡menudo espectáculo televisivo! Será el reportaje con más intensidad emocional del programa y...

François sonrió.

—Estupendo, estupendo.

6

¡Es que me picaba!

Angèle se preguntaba qué le habría pasado a Colette con Geneviève para estar tan alterada.

—¿Te dijo algo tu madre el domingo?

Colette negó con la cabeza, pero era evidente que la pequeña no estaba bien desde la última comida familiar. Siempre tenía buen apetito, y ahora comía como un pajarito. «Como está tan gorda...»

Además, por la noche, la oían agitarse. Louis se levantaba e iba a abrirle la ventana: «El calor le provoca pesadillas.» Pero a mitad de semana el tiempo refrescó, incluso hubo que subir un poco la calefacción. Sin embargo, Colette siguió revolviéndose ruidosamente en la cama, gruñendo, soltando gritos, hablando en sueños, sudando a mares. Angèle le hizo una manzanilla. Y como realmente le veía muy mala cara, sin mucha convicción, le dijo:

—Vamos a ir al médico.

—¡Estoy bien, abuela, gracias!

Y Angèle renunció. Con Colette era imposible tener la última palabra. Dado que en Beirut los trataba, como a todo el mundo, el doctor Doueiri (un idiota y un incompetente de marca mayor), se había acostumbrado a consultar al médico sólo cuando no podía atajar los síntomas ella misma o si aparecía la fiebre. Colette no tenía. Le dio zumo de limón.

Manuel, el hijo de los Augier, con el que Colette zascandileaba a veces, también la interrogaba, sin sacar nada en limpio. Ya no reconocía a la chiquilla que tanto lo fascinaba, parecía una adulta.

Colette estaba un poco harta de que la miraran de aquel modo. El abuelo, la abuela, Manuel... Hasta la señorita metió baza.

—¿Te pasa algo, Colette?

La niña gastaba mucha energía intentando ocultar su malestar.

La única compañía que soportaba era la de *Joseph*, que subía a su habitación en cuanto acababan de cenar y se hacía un ovillo contra el almohadón. Él, que siempre había sido vagabundo, se pasaba la noche entera al lado de Colette, la seguía con la mirada cuando ella iba al lavabo y, cuando volvía, fingía dormir.

Macagne la había asustado. Le había hecho daño.

Por la noche no soñaba con él, pero unas sombras se inclinaban sobre ella y la amenazaban. El episodio, que volvía a su mente una y otra vez, despertaba en ella un terrible sentimiento de culpa.

Macagne iría a ver al abuelo y le diría que ella había entrado en su granja cortando la tela metálica.

Le pediría dinero por los bidones que ella había vaciado en el suelo.

Le explicaría que ella se había comportado mal, que se había presentado allí con un cuchillo.

Sólo de pensarlo, le entraban sudores.

Para ir a la escuela, no tenía más remedio que pasar por delante de la entrada de la granja. El lunes por la mañana Macagne estaba allí, cerca de la verja, frotándose la nariz con el pañuelo. En cuanto su perro la vio, se puso a ladrar y tirar de la cadena como si quisiera estrangularse.

Ella empezó a pedalear desesperadamente, decidida a mirar el camino y nada más que el camino, pero no pudo resistir la tentación de echar un rápido vistazo en dirección a Macagne. Él sonreía, y Colette estuvo a punto de caerse de la bicicleta cuando comprendió que lo que tenía bajo la nariz no era un pañuelo, ¡eran sus bragas! Se puso a zigzaguear y no recuperó el equilibrio hasta que estuvo al borde de la cuneta, que evitó de milagro. La risa de Macagne la persiguió hasta la escuela.

A partir de ese día, todas las mañanas la esperaba allí, en el mismo sitio exacto, y en cuanto la veía aparecer olisqueaba ávidamente sus bragas con los ojos desorbitados y una sonrisa que dejaba al descubierto sus dientes negros.

La cara de Macagne la perseguía durante el día y la obsesionaba por la noche. Volvía a tener aquel horrible sabor en el fondo de la garganta. Soñaba que tenía la boca llena de algo que le impedía respirar.

Se odiaba y a veces le entraban ganas de arrancarse la piel.

—Pero ¿y eso? ¿Te has rascado? —le preguntó su abuela, preocupada.

—¡Es que me picaba!

Angèle le frotó las piernas y los brazos con vinagre de sidra.

Para ella, sólo podía deberse a Geneviève, no se le quitaba esa idea de la cabeza. Por la noche interrogaba a Louis.

—¿Tú crees que habrá hablado con ella?

—¿Para decirle qué?

—¡Y yo qué sé! Con esa mujer...

Louis no quería echar más leña al fuego, pero lo que sospechaba no era muy distinto.

Habitualmente, por la tarde, abuelo y nieta se repartían el periódico, y ella lo interrumpía a menudo en su lectura para hacerle todo tipo de preguntas o pedirle que le explicara el significado de alguna palabra del folletín. Ahora, nada. Colette había renunciado a la lectura de la tarde pretextando que estaba cansada. Al final de la semana, por primera vez, llegó con un cuatro sobre veinte en cálculo.

Angéle y Louis estaban desconcertados.

El sábado todos los niños acudirían a casa para celebrar el cumpleaños de Angèle. Los dos ancianos se prometieron observar a Geneviève. Cuando la pequeña Colette no estaba bien, su madre era la principal sospechosa.

7

A todo el mundo le trae sin cuidado

Cuando su hija se dormía, Hélène se iba a trabajar.

Por lo general, Lambert se quedaba en el salón hojeando revistas de coches, dormía poco, y no era raro que su mujer se lo encontrara todavía despierto a su vuelta, fresco como una rosa, siempre en forma.

—¡Repámpanos! ¡Qué figura! —decía al verla salir.

Ella le sacaba la lengua, se sonreían, se hacían algún gesto cariñoso y al taxi. Era un gasto, pero coger el metro a esas horas... Y a la vuelta no había otra solución.

Lambert. Equilibrado hasta decir basta. En plena forma los trescientos sesenta y cinco días del año. Nadie podía presumir de haberlo oído quejarse jamás. Griposo, decía: «¡No es nada, ya se me está pasando!» Los negocios le iban viento en popa. Los contratiempos no hacían mella en él, los accidentes siempre eran menos graves de lo previsto, los incidentes, *peccata minuta*. A la pregunta: «¿Qué tal?», siempre respondía: «¡Estupendamente!»

—Lambert sonríe cuando se levanta —decía Hélène con una pizca de solemnidad—. Sonríe cuando se acuesta, cuando se sienta a la mesa, sonríe comiendo, cuando se levanta de la mesa... A Lambert todo le va de fábula. Lambert no tiene ningún problema. Jamás.

Él no era como los demás, pero, después de siete años de matrimonio, Hélène todavía era incapaz de decir en qué consistía la diferencia. Pongamos, por ejemplo, su biblioteca (leía mucho): podías deslizar el índice a lo largo de metros y más metros de estantería sin encontrar un solo autor cuyo nombre te sonara. Lambert nunca se perdía la nueva traducción de un poeta islandés del siglo XVIII o de un novelista rumano. Y con la música, tres cuartos de lo mismo: le pidieras lo que le pidieses, lo tenía, y te sacaba el vinilo. Habría podido jactarse (no lo hacía) de no haber deseado un «feliz cumpleaños» a nadie, porque huía por principio de las fórmulas banales, que consideraba prosaicas. «¡Que los dioses lo conserven en todo su vigor, querido suegro», le decía a Louis; o a Geneviève: «¡Que este nuevo quilate reluzca en el collar de tus espléndidos años!» A lo que ella respondía volviéndose hacia Jean: «¿Qué dice ése? ¡Nunca se le entiende una palabra!»

«Este hombre es un enigma...», pensaba Hélène, preguntándose si su decisión sería o no una buena noticia.

Llegaba al estudio a tiempo de escuchar el final de la pieza radiofónica. Se colocaba al lado del sonidista, que con la ayuda de bolsas de gravilla, carracas, tubos de plástico, medias de nailon y utensilios de cocina, imitaba ruidos de pasos, de portazos, del coche que se detiene ante una escalinata, del viento en las velas de un barco, de aguaceros súbitos y de gatos maullando. A veces, se trataba de la lectura de una novela sentimental, y oía el inevitable y previsible desenlace. Luego, charlaba con la compañera encargada del último noticiario hablado.

Por fin, enfrente del técnico de servicio (Roland, un cuarentón de mirada viva), tomaba el relevo, le daba un beso a la locutora de guardia, su doble, que esperaba su llegada para irse a casa, y respondía a los gestos de despedida de quienes habían trabajado de tarde. Eran las diez y media de la noche. Se imaginaba a Lambert, a su padre, a su madre, a Jean, a François quizá, con el oído tendido hacia el aparato, y cuando sonaba la primera pieza musical (comenzaban con un clásico bastante lento, para subrayar que la noche empezaba) Hélène iniciaba la tediosa apertura del correo de los oyentes, un puñado cada día, que daría paso a una intervención humana en aquella franja horaria mecánica, inofensiva y soporífera.

—Queridos amigos, después de este maravilloso trío de piano de Mendelssohn, permítasenos responder en pocas palabras a la señorita Tillet, de Gentilly, que pide con vehemencia que nuestra Radio Parisina emita más a menudo...

Acto seguido, el técnico lanzaba otra andanada de conciertos para clavecín o cuartetos de cuerda. Hélène abría un sobre tras otro y encadenaba las presentaciones de las piezas sin apenas darse cuenta de que los minutos iban pasando. Por la noche el tiempo transcurre de forma muy distinta a como lo hace durante el día. A Hélène siempre le sorprendía que ya fueran las once y cuarto o que se acercara la medianoche.

Una o dos veces cada noche, llamaba a un oyente que había dejado su número de teléfono.

—El señor Duperron nos escribió para pedir que Radio Parisina emitiera obras... ¡de los grandes poetas franceses! La propuesta nos pareció lo bastante original (¡e interesante!) como para hablar unos instantes con él. De modo que tenemos al teléfono al señor Duperron. De Clamart, ¿verdad?

Todo era muy previsible. Los oyentes, impresionados, nunca se mostraban muy locuaces y se refugiaban gustosamente en lugares comunes.

Así que la llamada de esa noche rompió radicalmente con la rutina.

—Tengo al teléfono a una tal señorita Grandjean... —dijo Roland fuera de micrófono. Un estremecimiento recorrió a Hélène—. Dice que te conoce...

Habían pasado siete años.

—¿Raymonde?

Al instante, la misma voz, firme y directa.

—¡Vaya! ¡Te acuerdas de mí!

Raymond la tuteaba, como se hace en los pueblos.

—¿Qué tal está, Raymonde?

Desde la última vez que se habían visto, Hélène le había dado noticias suyas varias veces; luego, poco a poco, había dejado de hacerlo.

—Vamos tirando. Quería...

¿Qué querría?

—¿Ya no está en el Yonne, Raymonde?

—¿Y por qué no iba a estar? ¿Adónde quieres que vaya?

—Así que ahí nos reciben...

Roland le había explicado que las ondas radiofónicas se propagaban mejor por la noche que por el día. Tenía que ver con la oscuridad, creía recordar.

—No os recibimos del todo mal —respondió Raymonde—. Bueno, va a días.

Hélène consiguió reír de un modo que parecía un tuteo.

—Soy madre, Raymonde. Tengo una hija de seis años, Annie.

—Me alegro mucho por ti.

Al otro lado del cristal, Roland le indicó por señas que la música se estaba acabando.

—Me hizo gracia reconocer tu voz por la radio.

Hélène sonrió.

—¿Y ha llamado...?

—¡No, por nada! —respondió Raymonde.

No era fácil saber lo que entendía por «nada». Como buena campesina, Raymonde nunca decía una palabra de más ni daba un paso porque sí.

—Para saber de ti...

Hélène recordaría durante mucho tiempo el segundo de silencio que siguió y la decisión que tomó en ese instante, una decisión que iba tener consecuencias incalculables sobre su vida.

—Raymonde...

Cuando era periodista, Hélène ya había vivido este tipo de momentos en los que se fiaba totalmente de su intuición, sin saber por qué tomaba tal o cual decisión o hacía determinada pregunta, pero en los que tenía la inexplicable certeza de que era eso exactamente lo que había que hacer.

—¿Sí?

—¿Quiere que la saque a antena? Es decir, ¿que hablemos en antena?

La pregunta quedó sin respuesta.

—¿Quiere contar lo que pasó? —insistió Hélène.

—A todo el mundo le trae sin cuidado.

—¡Claro que no! Al contrario, yo creo que hay mucha gente a la que le interesaría.

—No sé...

La voz se había suavizado. Hélène le hizo una seña a Roland.

—Queridos oyentes, hemos decidido emitir la llamada de Raymonde Grandjean. Buenas noches, Raymonde.

—Esto... Buenas noches.

—Nos llama desde el Yonne, creo.

—De Chevrigny.

—Estoy segura, Raymonde, de que ese nombre aún evoca muchas imágenes en la mente de los oyentes... ¿Qué ocurrió en Chevrigny? ¿Nos lo recuerda?

—Bueno, allí fue donde Electricidad Francesa construyó una presa.

La consigna era estricta: no dejar nunca un silencio sonoro. Pero como Hélène ya no intervenía y su interlocutora debía de estar buscando las palabras, Roland tomó la iniciativa y puso música a un volumen muy bajo, que ocupó en parte el silencio.

—Una presa hidroeléctrica...

—Eso es. Todos vivíamos en el valle desde hacía generaciones. Había tiendas, una escuela, una iglesia y un cementerio,

89

como en cualquier pueblo, vaya... Construyeron la presa y, después de echarnos, abrieron las compuertas. El valle quedó sumergido. Hoy nuestro pueblo es un lago y, al final del lago, un muro de hormigón con una central eléctrica. Eso se llama «progreso».

El drama de aquel pueblecito había atraído la atención de muchos franceses, porque *Le Journal du Soir* había cubierto la noticia ampliamente siguiendo día tras día la agonía del valle y el éxodo de sus habitantes.

El reportaje lo había firmado una tal Hélène Pelletier.

—Recibieron ustedes indemnizaciones, los realojaron...

—¡Eso no compensa toda una vida! Para poder realojarnos, construyeron casas prefabricadas en la colina. Yo no tenía adónde ir, así que... Aún estoy allí. Empezamos siendo treinta y cuatro, hoy sólo quedamos seis.

La atención con la que Roland escuchaba la conversación confirmaba a Hélène que estaba sucediendo algo importante.

No dudó más.

—Usted vive allí sola...

Raymonde comprendió de inmediato adónde quería llevarla Hélène. Ya había hecho buena parte del camino, ¿por qué no llegar hasta el final?

—Estoy sola, sí, perdí a mi hijo. Petit Louis, lo llamábamos. —Hélène recordó de inmediato aquel niño de cara redonda y ojos almendrados. Su sonrisa cándida, esa mirada ingenua que despertaba instinto maternal y sensación de malestar, un caudal de ternura y afecto—. Era un niño retrasado, ¿saben? No tenía ni cinco años de edad mental, uno de esos chicos que sufren las burlas de otros chicos. Bueno, en nuestro pueblo no eran demasiados... No había nadie más bueno que él, en Chevrigny todo el mundo lo quería. —La cara de Roland confirmaba de nuevo que estaba sucediendo algo—. Él no lo decía —continuó Raymonde—, pero Petit Louis no quería dejar el pueblo. Fuera de casa, todo le daba un poco de miedo. Cuando retiraron la campana de la iglesia, fue un drama para él. Además, lo hicieron... para fundirla. Y antes de inundar el pueblo, dinamitaron la iglesia. El día anterior, encontramos a mi Petit Louis ahorcado en el campanario.

Hélène dejó sonar la música y luego dijo con suavidad:

—Gracias por este testimonio, Raymonde. Nuestra antena no es lugar para hablar sobre la conveniencia de la construcción de esa presa, pero estoy segura de que sus palabras... —Roland le indicó por señas que Raymonde había colgado— habrán emocionado a todos nuestros oyentes.

Cuando apagaron las luces del estudio, antes de cerrar la puerta, el técnico se limitó a decir:

—Vas a tener problemas con la dirección, pero ha sido un momento formidable.

Hélène no lo escuchaba. Tenía que reflexionar sobre el nuevo paisaje que había vislumbrado a través de la puerta que acababa de abrirse accidentalmente.

8

Puede ser cualquiera

Haussmaniano a más no poder, el imponente edificio que albergaba el Servicio, corazón palpitante de la inteligencia y el contraespionaje francés, parecía un cruce entre un Palacio de Justicia, una comisaría de gran ciudad y la sede del Banco de Francia. Allí la fantasía del espionaje aventurero y de las misiones peligrosas había sido sustituida por la solemnidad procedimental, la lentitud administrativa y el respeto a la jerarquía.

—Nuestra profesión sólo hace soñar a quienes no la conocen —decía Georges.

Administrativos cargados con dosieres recorriendo pasillos adornados con mapas del mundo y fotografías de los directores que se habían distinguido a la cabeza del Servicio, oficinas compartimentadas con ventanas altas, enormes muebles de madera oscura, sillones de cuero, mesitas bajas con ceniceros... Parecía que estuvieras en una prefectura de provincias, si no hubiera habido una cantidad desconcertante de teléfonos protegidos provistos de botones rojos, teletipos y planos de ciudades extranjeras cubiertos de chinchetas de colores.

El despacho de Croizier, más conocido como el señor Leal, jefe del espionaje francés, era una buena representación

del Servicio: austero, funcional, ordenado. El propio Croizier era una especie de jansenista impaciente famoso por su carácter expeditivo.
—Sea breve.
Para él, ninguna decisión, por importante que fuera, debía ocupar más de cinco minutos. Odiaba las reuniones, que consideraba parloteo.
—Hables durante una hora o durante tres minutos, siempre acabas tomando la misma decisión —afirmaba.
Cuando iba a Matignon o al Quai d'Orsay, donde las conversaciones solían eternizarse, volvía de un humor de perros. Aquel hombre llevaba la urgencia pintada en la cara. Arrugas cortas y abruptas, pecho hundido, pelo cortado al cepillo, labios finos y ese aire vagamente febril que suele verse en los individuos ansiosos.
Los cuatro hombres sentados alrededor de la mesa, la flor y nata del espionaje francés, se reunían todos los días ocho minutos (de niño, el señor Leal debía de haberse tragado un reloj: infaliblemente, levantaba la sesión segundos antes de que acabara ese plazo).
En la agenda había tres temas. El primero afectaba a la vigilancia de una red de agentes polacos en París y concernía a Libert, responsable de la unidad de Inteligencia y Contraespionaje, es decir, número dos del Servicio. Parecía un San Huberto, uno de esos perros cuyas facciones caen irresistiblemente hacia abajo, con los ojos ocultos bajo los pliegues de las pestañas y las mejillas colgantes. El conjunto producía una sensación de bonachonería y cansancio extremo. En realidad, tenía una inteligencia aguda y un sentido de lo imponderable imprescindible en su cargo.
A continuación se abordó el rumor de un atentado terrorista contra el batiscafo FRNS3, el único en el mundo que podía sumergirse a una profundidad de más de cuatro mil metros, y por último la situación de algunos líderes independentistas del movimiento de Kasa-Vubu tras los disturbios del pasado ene-

ro en el Congo belga, ambos temas, asumidos por Michelet, jefe de la unidad de Estrategia y Planificación y número tres del Servicio. De físico altivo y actitud distante (no costaba imaginárselo cazando zorros a caballo), era un hombre ordenado que, incluso cogido por sorpresa, trataba los datos de forma racional (había estudiado en la Politécnica).

En el minuto siete, el señor Leal pronunció la fórmula ritual:

—Señores, a trabajar.

Todo el mundo se levantó.

Mientras le estrechaba la mano, Georges miró a su jefe con intensidad. Los cuatro hombres estaban en la puerta.

—¡Ah, Georges! Oiga... su esposa, Élise, ¿no dirigió una galería de arte?

—Sí, ¿por qué?

—Pues verá, necesito un consejo y...

Libert y Michelet, ya en el pasillo, inmóviles, lo escuchaban con curiosidad. Que el señor Leal hablara de un asunto personal era rarísimo. Pero no llegaron a enterarse de nada porque Croizier les hizo un gesto impaciente: «Váyanse, váyanse, hablaremos un par minutos, no pierdan el tiempo», y se volvió de nuevo hacia Georges.

—Mi mujer, figúrese, quiere comprar un boceto de Buffet... —explicó mientras los otros dos desaparecían a regañadientes en el ascensor. Al instante, con una voz totalmente distinta, irritada, impaciente, dijo—: Bueno, ¿qué quiere? Sea breve.

—El Duende está en apuros.

El Duende era Teodor Kozel, jefe de la oficina de Traducciones del Ministerio de Asuntos Exteriores checoslovaco, en Praga. Hablaba seis idiomas con fluidez y por sus manos pasaba toda la información destinada a la URSS y a los demás países del bloque comunista y, lo que era aún más importante, todo lo que procedía de ellos. Y, si se había ganado el nombre en clave de Duende en los servicios de inteligencia franceses, era porque en los últimos años les había proporcionado una extraordinaria cantidad de información que siempre había resultado ser cierta. Casi todo lo que se sabía sobre el armamento nuclear de los países del bloque del Este se debía a él.

En virtud de la regla absoluta de la compartimentación, que hacía que de un pasillo a otro, de una puerta a otra, nadie supiera lo que se cocía en el resto del edificio, sólo dos personas conocían la identidad del Duende, el señor Leal, *ex officio*, y Georges, su agente supervisor. El Duende estaba lo bastante bien situado para hacer llegar su información por diferentes canales, lo que hacía imposible ubicar su punto de anclaje, estrategia que Georges reforzaba borrando el rastro por su lado.

«Un Estado dentro del Estado...», decía de él Libert, que, exasperado por esa situación, ejercía sobre su jefe una presión constante aunque inútil para recuperar y explotar él mismo esa fuente.

«El feudo de Georges Chastenet», rezongaba Michelet, que, en nombre de «Estrategia», la unidad de la que era responsable, reclamaba también la gestión de esa fuente, sin mayor éxito.

—En apuros...

Croizier había vuelto a su despacho y le había señalado el sillón que tenía enfrente.

—Sí. Y pide que lo exfiltremos —dijo Georges.

Croizier tosió.

Georges tenía la pesada mochila en el regazo y se estaba limpiando las gafas con el dorso de la corbata.

La organización de la huida de un agente extranjero conllevaba, en todos los servicios secretos del mundo, un reguero de rumores, anécdotas, imágenes y desilusiones, esto era abisal. Frente a la tupida red del KGB y de las diferentes policías del Este, que se habían infiltrado en todas partes —servicios secretos, organismos oficiales, empresas estatales, universidades, escuelas, familias y hasta lechos conyugales—, frente a la omnipresencia de delatores e informadores, rescatar a un agente que la mayoría de las veces ya estaba vigilado requería de un milagro. Robar o fotografiar documentos no era fácil; transmitir la información usando buzones de correos era peligroso; correr el riesgo de encontrarse físicamente con un agente supervisor requería nervios de acero, pero huir... En este mundillo corrían muchas historias sobre huidas, y muchas acababan mal, es decir, con la muerte, y eso en el mejor de los casos, porque nadie quería imaginar las torturas a las que se sometía a los que eran capturados antes de que su cuerpo desapareciera para siempre.

Si Georges se planteaba una operación de ese tipo, debía de tener motivos poderosos.

El señor Leal inclinó la cabeza a modo de interrogación.

—¿Qué tiene para vendernos?

—Dos cargamentos de armas con destino al FLN.

La noticia era una bomba.

Unos meses antes, Francia había inspeccionado un edificio yugoslavo lleno de armas supuestamente destinadas a los independentistas argelinos. Si el agente de Georges aportaba la prueba de que los países del bloque comunista estaban prestando ayuda a quienes luchaban contra Francia, el asunto era gravísimo.

¡Porque eso significaría que los comunistas proporcionaban armas destinadas a matar a militares franceses, a soldados de reemplazo! Nadie podía predecir el alcance político y diplomático de semejante información: era pura dinamita.

—Pero eso no es lo más importante...

—¿Cómo?

—Tenemos un topo. Aquí, en el Servicio. Al más alto nivel.

Era lo peor que se podía imaginar.

—¿Hay alguna prueba?

Georges se inclinó hacia su mochila, sacó una hoja de papel doblada en cuatro y se la tendió a Croizier, que se caló las gafas.

Era una nota interna elaborada por su propia unidad y firmada por él mismo: Croizier. Confidencial, reciente, relacionada con un proyecto de renovación de minisubmarinos.

De difusión restringida.

Al más alto nivel.

—Esta copia viene de Praga. Ministerio del Ejército.

Alguien allí mismo, en París, había conseguido hacerse con una nota que había circulado por el Servicio de modo muy restringido y transmitirla a Praga, lo que era tanto como decir a Moscú.

—Para reunir estos elementos, el Duende tuvo que correr riesgos. Leen su correo, controlan sus desplazamientos... Y esa vigilancia va más allá del marco habitual... Lo interrogaron y volvieron a soltarlo, pero está en la mira de la policía política, objetivamente en peligro.

El señor Leal callaba.

Un topo es un gusano en la manzana, invisible, devastador, un agente que aprovecha su puesto para entregar información al enemigo, un traidor cuyas actividades pueden tener una trascendencia incalculable.

Y puede ser cualquiera. Ya no puedes decirle nada a nadie, todo el mundo se vuelve sospechoso.

Informar es una actividad basada en la traición.

Saber que hay un topo haciendo de las suyas desencadena la paranoia. En un ámbito en el que la paranoia es el pan nuestro de cada día, eso se vuelve insoportable.

La nota interna del Servicio que se había encontrado en Praga sobre el escritorio de un alto cargo comunista (y, sin duda, había continuado su periplo hasta Moscú) iba dirigida únicamente a cuatro destinatarios.

Si Georges lo alertaba, era porque no sospechaba que el señor Leal fuera el topo y porque él mismo tampoco lo era. Mentalmente, las conjeturas de los dos hombres se dirigieron hacia Michelet y Libert, ambos en posesión de ingentes cantidades de información sensible...

Por supuesto, un puñado de agentes de las unidades de Acción, Seguridad o Comunicaciones podían figurar también entre los sospechosos, pero si, como aseguraba el Duende, el topo estaba situado en las altas esferas, era hacia la cúspide de la pirámide donde había que mirar primero.

Se trataba de una situación extremadamente inflamable.

La presencia de un traidor en lo alto del Servicio ponía en peligro a todos los agentes secretos que servían a Francia: una ingente red de informadores que había requerido décadas de esfuerzos y costado muchas vidas. Pero ponerlos a cubierto significaba oficializar la existencia de aquel topo... Era una apuesta que Croizier zanjó en un segundo. Aún tenía en la mano el documento aportado por el Duende.

—No nos movemos. Exfíltrelo. Con la mayor urgencia.

—¿Libert? ¿Michelet?

—Ni una palabra. Monte su operación bajo mano. —Georges iba a preparar una operación que sería secreta hasta en el sanctasanctórum, o casi—. Sólo me rendirá cuentas a mí. Exclusivamente a mí.

—Bien.

—¿Tiene alguna idea para sacarlo de allí?

Georges extrajo otro documento de su mochila.

—Ahora mismo, sólo esto.

Era un artículo de *Le Journal du Soir*:

Una delegación de empresarios franceses visitará Praga en viaje oficial

—¿No tiene nada mejor? —Georges negó con la cabeza—. Va a ser un viaje movido...

Georges asintió: sí, desde luego.

9

Feliz regreso, querido amigo

Jean se había permitido un número asombrosamente bajo de esas faltas y mentiras veniales que son moneda corriente en tantas parejas. Geneviève gobernaba su vida como ama y señora, ocultarle el menor detalle lo angustiaba tanto que prefería evitarlo. Ni siquiera había sido capaz de ocultarle lo que en su fuero interno llamaba sus «cambios de humor». Con medias palabras, naturalmente, y con alguna excepción, su mujer habría podido recitarle la lista de las malhadadas jóvenes que, desde que el matrimonio había dejado Beirut y se había instalado en París, habían pagado caros los ataques de ira de su marido. Geneviève no lo decía, pero esa lista era una terrible amenaza.

Ése era el motivo de que Jean depositara tantas esperanzas en aquel viaje a Praga. Si mañana se convertía en un gran hombre, Geneviève jamás sacrificaría los beneficios que le reportaría la nueva situación.

Y por eso tenía que esforzarse al máximo por elevar su estatus social, razón por la cual no dudó en ocultar a su mujer la invitación «del señor y la señora Le Pommeret a su hotel particular».

Al enterarse a través de su contacto en el Ministerio de Industria de que Jean viajaba a Burdeos (con el fin de supervisar su sucursal en dicha ciudad), el propietario y director de los talleres metalúrgicos Le Pommeret, que participaba en la visita a Checoslovaquia, ¡le enviaba una invitación!

Jean se guardó la tarjeta en el bolsillo disimuladamente. Y, lejos de la vista de Geneviève, la examinó con detenimiento.

Aquel sobre de papel grueso, aquella ancha y lustrosa cartulina, aquellas elegantes letras doradas... lo dejaron impresionado. «Una cena en sociedad», se dijo. Para él, era una gran *première*. Ignoraba cuáles eran los usos sociales en semejantes ocasiones. ¿Qué había que hacer? ¿Escribir una carta para aceptar? Sus modestas tarjetas de visita de Dixie le daban vergüenza. Además, ¿qué ponía? Metería la pata, y esa perspectiva lo sumió en un abismo... ¿Y si telefoneaba? No, se pondría un criado, y él haría el ridículo. Pasaron dos días, durante los que dio mil vueltas a las soluciones que se le ocurrían. Por fin se decidió, y, con la boca seca, marcó el número de teléfono. Todo fue como la seda.

—¿Señor Pelletier?

Una voz de mujer, clara y jovial.

—¿Vendrá usted? ¡Oh, estoy encantada! Y mi marido también se alegrará mucho.

Jean no esperaba despertar tal entusiasmo.

—Seremos unos cuantos amigos. Tranquilo, nada formal, será una cosa muy sencilla.

¿Debía preguntar si llevaba algo? No le dio tiempo.

La conversación no había durado ni un minuto, pero Jean estaba maravillado.

Esa noche soñó con aquella cena, una mesa inmensa, mujeres deliciosamente escotadas, hombres que fumaban cigarros, y él, Jean Pelletier, la mar de relajado, haciendo girar en su mano una ancha copa de aguardiente fino. Había risas femeninas, platos refinados, vinos excepcionales... Él llevaba un esmoquin muy ele...

Fue la palabra «esmoquin» la que lo descompuso.

Corrió a buscar la tarjeta, en la que, abajo a la derecha, ponía: «Traje de calle.» Respiró aliviado. Nada de esmoquin. «Unos cuantos amigos, una cosa muy sencilla», había dicho la señora Le Pommeret.

Pero, cuando sacó todos sus trajes, se quedó anonadado.

¿Cómo era posible que hubieran pasado los años y no se hubiera dado cuenta de que su guardarropa (por llamarlo de alguna manera) se había quedado viejo? Chaquetas raídas, pantalones con brillos, y de las camisas, mejor no hablar. Fue un dilema doloroso. ¿Renunciaba a la cena? Geneviève jamás permitiría el gasto de un traje nuevo. Era muy triste. Pero en alguna parte debía de estar escrito que iría a aquella cena, porque sólo tardó un día en inventarse una justificación.

—Necesito un traje nuevo para Praga.

Geneviève barrió el argumento con un revés de la mano.

—Jean, ¡vas a un país comunista! ¡Allí hasta un traje usado —quería decir «gastado»— será el colmo del lujo!

Como de costumbre, Jean no habría previsto esa réplica. No obstante, la ocasión le aguzó el ingenio.

—No, si lo de menos son los comunistas... Pero es que... voy a viajar con lo más granado de la patronal francesa.

Por la cara que puso Geneviève, supo que había dado en el blanco.

A Geneviève le importaba un pito la facha que llevara el idiota de su marido, pero el día anterior había leído en *Asteria* que los acuario —como Jean— «debían cuidar la imagen que daban a los demás». Y estaba en juego la reputación de su empresa, primer eslabón del imperio que ambicionaba con legar a su principito.

—La imagen de Dixie... —insistió Jean, seguro por una vez de su jugada.

Y así fue como consiguió la autorización para comprarse un traje nuevo.

Por suerte, era el día en que Philippe tenía que vacunarse, hecho que movilizaba toda la energía de su madre (ese día, una enfermera y un médico lamentaron haber elegido aquel oficio). Jean fue sólo a la sastrería.

—Mañana parto hacia Burdeos —explicó—. ¡El tiempo apremia!

La urgencia lo obligó a pagar un suplemento. Jean estaba encantado, eso daba aún más importancia al evento.

Jean se miró en el espejo y se encontró muy elegante, tanto más cuanto que su habitación en el Cheval Blanc era bastante sórdida. La empresa Dixie podría haberse permitido un lugar de más categoría, pero, aparte de que conservaba los gustos frugales de la época en que era representante por cuenta ajena, Geneviève se habría negado a que ocupara una habitación que no fuera la más barata del establecimiento.

Jean nunca se había codeado con la alta sociedad. Como no conocía sus costumbres, se había hecho innumerables preguntas sobre las reglas y el comportamiento que debía seguir: ¿debía llegar a la hora? ¿Tenía que llevar algo? ¿Y qué? Optó por un ligero retraso. Iría con las manos vacías y, al día siguiente, le mandaría flores a la señora de la casa. Durante la cena, se limitaría a responder con sobriedad a las preguntas que le hicieran antes de participar de forma más activa en las conversaciones, lo que sólo haría cuando tuviera la absoluta seguridad de «estar en onda». Por lo demás, se decía, todos sabían que era el propietario de una modesta cadena de grandes almacenes, ¡nadie esperaba al príncipe de Gales! Lo que no impidió que el miedo escénico fuera en aumento... ¿Cuántos invitados habría? ¿Quiénes serían? Por más que lo buscaba, no veía qué tema de conversación le permitiría, no ya brillar, horizonte inalcanzable, sino al menos hacer un buen papel.

En el taxi, empezó a preocuparse. Llovía con fuerza. Estaría calado hasta los huesos antes incluso de llegar a la puerta...

Falsa alarma, el coche estacionó al pie de la escalinata y un mayordomo salió a buscarlo con un gran paraguas abierto.

Entró en el «hotel particular».
La señora Le Pommeret se apresuró a recibirlo.
—¡Señor Pelletier!

En el inmenso salón, una decena de personas charlaban y fumaban ante la imponente chimenea o cerca de la puerta vidriera, bajo grandes plantas con enormes hojas verdes, que Jean supuso tropicales. Optó por el besamanos, pero la señora Le Pommeret bajó púdicamente los ojos y, luego, sin poder contenerse, cogió las manos de Jean entre las suyas.

—Sepa que nos da usted una gran alegría...

Era una mujer toda huesos y dientes que encontraba tremendamente chic llevar una pluma en el pelo, una pluma muy larga que, conforme avanzaba la velada, se iba inclinando tristemente hacia el suelo. Su marido, Adrien Le Pommeret era un hombre discreto, elegante, que parecía aburrirse en todas partes.

La anfitriona dio una vuelta con Jean entre los invitados.

—El señor Pelletier —decía—, feliz propietario de los magníficos almacenes Dixie.

Para la señora Le Pommeret, los adjetivos eran a la conversación lo que las plumas al traje de noche.

Había allí una lucida representación de la burguesía bordelesa: un tonelero enriquecido, un notario, un catedrático de la facultad de Medicina, un pintor, un capitán de infantería... Y un hombre de negocios al que Jean no esperaba encontrar en aquel lugar: Désiré Chabut, el famoso director de la empresa constructora homónima, al que, naturalmente, en su calidad de presidente de la poderosa Federación Nacional de Empresarios Franceses, se había confiado la jefatura de la delegación que viajaría a Praga.

¿Qué hacía allí? Para Jean, era un misterio. No parecía probable que se tratara de una casualidad...

Chabut era uno de esos hombres sanguíneos de tez rojiza y voz fuerte. Había pasado un tercio de su vida presionando a sus empleados, otro tercio, atosigando a sus colaboradores; y el último, a la mesa, bebiendo grandes reservas y ejerciendo la supremacía de la patronal sobre la esfera política en nombre de la FNPF. Sus éxitos lo habían llevado a no dudar nunca de que todo el mundo compartía su opinión, lo que, en su entorno, era una realidad.

—Mmm... ¿Los almacenes Dixie? —dijo el notario, que no estaba dispuesto a que le tomaran el pelo—. ¿Los del bulevar Chatelard?

—Por Dios, señor notario —repuso la anfitriona—, los almacenes, no, ¡la «cadena» de almacenes! ¿Cuántos tiene ya, señor Pelletier?

—Seis —respondió Jean.

La cifra les impresionó.

—Así pues, ¿acompañará a Le Pommeret a Budapest? —preguntó el catedrático.

El grito fue unánime:

—¡A Praga!

Por la media sonrisa satisfecha de la señora de la casa, Jean comprendió que el catedrático había provocado aquella reacción adrede para animar el cotarro. Debía de estar conchabado con la anfitriona.

Aquel viaje a Checoslovaquia angustiaba a todo el mundo.

—¿No es peligroso ir allí?

—No dejan entrar a nadie; ¿están seguros de que les dejarán salir?

Jean, que sólo debía su billete para Praga a una carta dirigida al Ministerio de Industria, no se atrevía a tomar la palabra sobre el tema delante de Le Pommeret y Désiré Chabut, pero éste le hizo un leve gesto con la mano: «Adelante, muchacho, adelante...»

—Estamos invitados por el gobierno —dijo con una voz opaca, pero que esperaba fuera audible y firme—. No van a enchironarnos...

Hubo algunas risas.

Animado por la reacción del público y la actitud de Chabut, que sonreía sutilmente, Jean se aventuró a añadir una frase.

—En cierta forma, seremos embajadores de Francia.

Se arrepintió al instante; se mordió el labio.

Se equivocaba, la frase fue bien recibida, incluso por Chabut, que asintió en señal de aprobación. Jean se guardó mucho de jugársela de nuevo, por miedo a perder lo poco ganado. Pero la atención estaba centrada en él.

—¿De verdad espera hacer negocios con esos rojos? —preguntó el capitán.

—Bueno... —empezó a decir Jean—. Si nos han propuesto que vayamos... —No era un buen comienzo, se esperaba la continuación. Jean se lanzó—: No es un hecho muy conocido, pero hace más de diez años que Francia tiene un acuerdo comercial con Checoslovaquia.

Lo había recordado de pronto, estaba escrito en el dosier que le había entregado el ministerio. Era un dato sorprendente.

—¿Diez años?

—Probablemente, quieren dar un nuevo impulso a ese acuerdo... —apuntó Jean.

Estaba muy orgulloso de ese «nuevo impulso», que no figuraba en el dosier y que le había venido a la cabeza de forma espontánea.

—¿Va a vender sábanas y toallas de baño a gente que no tiene agua caliente?

La intención del capitán era irónica, y volvió a provocar algunas risas discretas. Jean no se amilanó.

—Claro que no, pero, si nos hacen ir, será porque nos necesitan, ¿no? —La lógica de Jean logró la unanimidad, hasta el capitán le dirigió una breve sonrisa de complicidad—. Además, si son tan pobres como usted dice —añadió—, seguro que encontramos la forma de aprovecharlo...

—¡Bravo! —exclamó la anfitriona, contenta al ver que la velada empezaba con tan buenos auspicios.

Jean se había marcado unos cuantos tantos, pero sabía que su victoria era frágil; el jefe de la delegación parecía cederle la palabra, lo que podía ocultar una trampa.

Así que, cuando el médico, abandonando el acuerdo con Checoslovaquia, pasó a la política de la URSS, Jean se concentró.

—¿Usted cree en la buena voluntad expresada por Kruschev?

Unas semanas antes, Jean había visto en la televisión el retrato que *Edición Especial* había dedicado al líder soviético.

—Da una de cal y otra de arena para ganar tiempo —dijo apropiándose sin reparo del comentario que había oído—. El retraso de la URSS en materia de armamento lo obliga a llamar la atención. Sólo son aspavientos.

No era una opinión demasiado original, pero los presentes la apreciaron, porque necesitaban que los tranquilizaran.

Cuando el capitán empezó a perorar sobre la fuerza de disuasión francesa, se acercaron a Jean dos mujeres, a las que no tardaron en sumarse otras esposas.

—¡La temporada del blanco en París debe de ser algo extraordinario! —exclamó la del notario con envidia.

—Es crucial —confirmó Jean—. En dos semanas ingresamos el quince por ciento de nuestras ganancias anuales. —La decepción que percibió le hizo comprender que el enfoque financiero no era el más adecuado—. Lo primero que desaparece son las toallas de rizo, los manteles y las sábanas.

—¡Ah!

El interés se había reavivado.

—¡Y los pijamas gris perla para caballero, por supuesto! —Risa garantizada: todos los maridos de Francia dormían con el mismo uniforme—. Y este año las bajeras ajustables, la novedad, han sido un gran éxito.

—¿Ah, sí?

Jean vació la copa de champán de un trago.

Cuando llegó el momento de pasar al comedor, había seducido a todas las señoras. Era otro hombre.

—¡Bueno, tengo entendido que el negocio de la ropa de hogar va bien! —gritó Chabut en dirección a Jean.

Escarmentado por el anticlímax que había salvado por los pelos con las esposas, Jean permaneció un instante en silencio, lo que hizo que todos se centraran de nuevo en él.

—Como he dicho antes, las cifras son buenas... En fin, muy buenas.

Esta vez fueron los hombres los que se mostraron circunspectos. Chabut frunció el ceño. ¿Eso era todo lo que tenía que decir sobre el tema aquel Pelletier? Un ángel un tanto cansino pasó por encima de la mesa.

El lector ya se habrá dado cuenta... Muchas veces, Jean se salvaba *in extremis* gracias a una idea, a un detalle. Hasta entonces se había defendido bastante bien, pero comprendió que la situación podía acabar en catástrofe en cualquier momento.

—Pero nosotros creemos que hay algo mejor que gestionar sucursales. Estamos pensando en evolucionar hacia el sistema de las franquicias.

Jean se quedó sorprendido, como si algún otro hubiera hablado en su lugar. Un mes antes, mientras esperaba a que lo atendiera un proveedor, había cogido al azar la *Revista del mobiliario moderno* y descubierto un breve artículo que alababa los méritos y la originalidad de aquel sistema procedente de Estados Unidos.

—¡Ah, sí, estoy de acuerdo! —exclamó Chabut con el aire de complicidad del hombre perfectamente informado.

—Mmm... ¿Franquicias? ¿Y eso qué es? —preguntó el notario.

—¡Ya no saben qué inventar! —dijo el capitán.

En 1959 aquel concepto no era muy conocido. El propio Jean, que no había leído más de quince líneas sobre el tema, no estaba seguro de haberlo entendido del todo.

—Verán ustedes —dijo constatando que todos los comensales sentían curiosidad por el asunto—, las sucursales son establecimientos nuestros. Tenemos que controlarlo todo y... todo corre de nuestra cuenta. Las franquicias son tiendas que llevan tu nombre, pero no son tuyas. Te compran los productos para distribuirlos. Si pierden dinero, lo pierden ellos. Si lo ganan, tú te quedas con la mitad.

Ese resumen lo simplificaba y la explicación era sumaria, pero Jean había dado con las palabras. La aprobación silenciosa de los invitados se lo demostraba. La señora Le Pommeret recorría la mesa con una mirada que parecía decir: «¿Eh? ¡Hay que admitirlo, en París tienen cabeza!»

Chabut le dedicó unos breves aplausos silenciosos.

Jean volvió a vaciar la copa de un trago.

La conversación general se había reanudado.

Mientras prestaba un oído distraído a las intervenciones de los invitados sobre —naturalmente— el tema de Argelia (el capitán animaba el debate), Jean, satisfecho de su actuación, reflexionaba. La ausencia de Geneviève tenía mucho que ver con su éxito. Allí lo juzgaban por él mismo. Era un hombre de negocios respetable y respetado, y nadie dudaba de que debía su éxito a su talento y su trabajo.

La guerra de Argelia no dio para mucho. Como todo el mundo coincidía en la necesidad de mantener la colonia bajo dominio francés y confiaba en que De Gaulle devolvería la situación a su cauce, hubo que echar mano de la crónica de sucesos. El asunto de los Ballets Roses era ideal para que todo el mundo echara su cuarto a espadas, ya fuera expresando indignación o haciendo un comentario picante. En el asunto, estaba implicado el presidente de la Asamblea Nacional, que organizaba fiestas y orgías en las dependencias del Palais-Bourbon con ninfas de entre catorce y dieciséis años...

—Y usted, mi querido Pelletier, ¿qué opina al respecto? —preguntó el señor Le Pommeret con su voz parsimoniosa.

Aquel «querido Pelletier» del señor de la casa confirmó la excelente consideración de la que empezaba a gozar Jean, que se tomó su tiempo para dejar la copa en la mesa y limpiarse los labios.

—Seguramente, condenarán a los comparsas, pero imagino que el presidente se irá de rositas.

El pronóstico provocó estupefacción.

—Una pena en suspenso, como mucho —añadió.

Lo que todos pensaron fue que el presidente de la Asamblea era un personaje demasiado importante para recibir una condena elevada. El tópico de que un político poderoso siempre acaba eludiendo la ley común vino al rescate de esa perezosa idea, y todo el mundo aceptó la predicción de Jean como una evidencia.

Jean se sentía de maravilla.

Después de la cena, mientras todos los comensales se dirigían a la sala de fumadores, Chabut cogió del codo a Jean, y ambos pasaron directamente al salón, seguidos por Le Pommeret.

Para Jean, aquello no presagiaba nada bueno.

—Mi querido Pelletier... —empezó diciendo Chabut cuando estuvieron sentados—. Para empezar, quiero que sepa que nos enorgullece tenerlo en esta delegación. Le Pommeret me ha dicho todo lo bueno que piensa de usted.

Era francamente alarmante.

¿Querían quitárselo de encima?

Jean se obligó a sonreír.

—Es la primera vez que nos vemos, si no me equivoco... —dijo Le Pommeret.

—Sí —respondió Jean con un hilo de voz.

Ahora lo comprendía.

Era un examen oral de ingreso.

Chabut no había acudido desde París para cenar en casa de su amigo Le Pommeret, ¡estaba allí para interrogar, someter al tercer grado, comerse vivo a aquel Jean Pelletier al que nadie conocía!

Chabut esbozó una sonrisa triste.

—Hay mucho en juego, ¿comprende?

Lo que salvó a Jean fue la cólera.

Era algo raro en él (afortunadamente, porque, como ya sabemos, podía ser devastadora), pero se trataba de una situación excepcional. Nunca, desde sus calamitosos comienzos en la empresa paterna, había gozado del menor reconocimiento. Nunca había sido nadie, profesionalmente. No se le atribuía ni siquiera el éxito de la empresa que había ideado él (y en la que nadie había creído); el mérito siempre se le adjudicaba a Geneviève, a la coyuntura, a la clientela. A la suerte. Y de pronto aquella delegación a Praga, al abrirle puertas cerradas a cal y canto hasta ese momento, le ofrecía un estatus al que no estaba dispuesto a renunciar.

Jean luchó.

Fingieron hablar sin orden ni concierto de Francia, del gobierno, de los comunistas... Tomándose el tiempo necesario para reflexionar, Jean pasó por un hombre prudente y mesurado; buscando sistemáticamente complacer, pareció leal y sensato; huyendo de cualquier postura rotunda o mínimamente arriesgada, fue considerado reservado y circunspecto.

Sentía, a juzgar por la relajación de sus interlocutores, que iba por el buen camino cuando una señal lo puso en alerta.

—Por cierto, tiene usted un hermano... —dijo de pronto Chabut—. No recuerdo su nombre...

Era la última banderilla, la más mortífera, quizá.

Jean tenía un hermano periodista.

Comprendió que podía perder lo ganado con la misma rapidez con que lo había obtenido.

—François.

—¡Eso es! Trabaja en...

—*Le Journal du Soir*. —Para ganar aquella batalla, Jean habría vendido a su padre, y vendió a su hermano—. Estamos muy unidos, pero muy alejados en lo político. —Chabut y Le Pommeret estaban pendientes de sus labios—. Es un hombre de izquierdas...

Era una afirmación muy valiente por parte de Jean, que no tenía ninguna convicción política y no habría sabido explicar qué entendía por eso.

A su alrededor, el alivio fue palpable.

—¡Bien! —dijo Chabut levantándose.

Jean, más tranquilo, lo imitó.

—¿Y si volvemos con nuestros amigos? —propuso Le Pommeret.

Así pues, tomaron los licores y el café, Jean encendió un cigarro y saboreó su coñac, mecido por las conversaciones, que ya no seguía, mientras miraba a hurtadillas a la mujer del capitán. Pero, de pronto, mientras se hablaba de actrices de cine, alguien mencionó a aquella *starlette* asesinada años antes, y los demás trataron de recordar su nombre. El más rápido fue Jean.

—Mary Lampson. —El asunto había caído un poco en el olvido. Se volvieron hacia él—. Yo estaba allí... —Nadie sabía de qué hablaba—. En el cine en el que la asesinaron. Yo estaba allí ese día.

La estupefacción fue total.

La señora Le Pommeret rompió al fin el silencio que había provocado aquella revelación.

—¿Usted, señor Pelletier, estaba...?

Jean se enderezó en el sillón. Más que verlas, sintió las miradas clavadas en él.

—Pura casualidad... Habíamos elegido aquella sesión. —Jean recordó las frases que había pronunciado Geneviève unos días antes y la palpable emoción que habían provocado en el estudio de televisión—. Oímos un grito... —explicó—. Aún me parece ver las luces de la sala encendiéndose de nuevo... Y de pronto, la imagen de aquella chica baña...

Se detuvo, abrumado por la vergüenza, asqueado de sí mismo.

Se le ahogó la voz, y palideció, incapaz de proseguir.

Los demás atribuyeron su conmoción al recuerdo de aquella terrible experiencia, lo que era cierto.

Le Pommeret le tendió una copa.

—Tenga, querido amigo, tómese esto.

Jean se bebió el coñac. Sentía un cansancio inmenso. La joven esposa del capitán le ofreció un pañuelo mojado en agua fresca.

La anfitriona permaneció al lado de Jean, que poco después se levantó y aseguró que se encontraba mejor.

Aquel momento tan intenso lo había convertido en la personalidad de la velada. Todos se desvivían por él; las señoras, sobre todo, lo encontraban conmovedor. ¡Qué noche tan magnífica! El notario dio al fin la señal de partida.

—¡Oh, querido señor Pelletier! —exclamó la anfitriona, rebosante de agradecimiento—. ¡Siempre será bienvenido en esta casa! La próxima vez, traiga a su encantadora esposa.

A Jean no le dio tiempo a responder, el señor Le Pommeret lo acompañó personalmente a la escalinata, hasta la que había hecho avanzar su coche, que volvería a llevar a su huésped al hotel.

—Feliz regreso, querido amigo —dijo estrechándole la mano. Nos veremos pronto, ¿verdad?

Pero, antes de que pudiera subir al coche, apareció Chabut.

—¡Una idea excelente, lo de las franquicias! ¡Abre innumerables perspectivas! ¡Un proyecto con mucho futuro! —Jean, que no se esperaba tanto entusiasmo, bajó los ojos con modestia. Pero Chabut lo cogió del brazo y, en el tono de un conspirador, le susurró—: Oiga, muchacho, ¿no le gustaría unirse a la patronal francesa? ¡Necesitamos sangre nueva! Hay dos plazas en el consejo de administración, creo que podré...

—Pues... —empezó a decir Jean.

—¡Estupendo!

Chabut volvió a triturarle las falanges y subió a su coche.

Jean, todavía aturdido, se dijo que haría bien en afiliarse a la Federación.

Hacía un tiempo espléndido. Jean desayunó en una terraza. Tras pagar la cuenta y pasar por una floristería para enviarle un buen ramo de flores a la señora Le Pommeret, llegó a los grandes almacenes Dixie, donde encontró a Alain Courmont, el gerente, hombre solícito y amable hasta decir basta, al que la presencia de una autoridad volvía febril. Llevaba un peluquín negro azabache y taloneras.

Jean aún seguía pensando en la maravillosa velada de la víspera.

—Llego con retraso, disculpe...

¡El jefe se disculpaba! Courmont, apurado, no sabía qué decir.

—Es que anoche estuve en casa de Le Pommeret, acabamos tardísimo. —El apellido dejó muy impresionado al gerente—. ¡Echo un vistazo a todo esto y lo invito a comer, mi querido amigo! —propuso Jean.

¡Qué bella era la vida, de pronto!

Jean había sufrido y había tenido fracasos estrepitosos, pero en los últimos días el horizonte se había despejado. Era un milagro. Y eso le estaba sucediendo precisamente a él, que no quería milagros ni golpes de suerte, no, quería creer que aquel repentino «alineamiento de planetas», como decía Geneviève, no era fruto del azar, sino el resultado de su trabajo, de sus capacidades.

Una o dos veces al año, se realizaba una visita de control a cada sucursal. Jean se instalaba en el despacho del gerente para examinar las cuentas, tras lo cual revisaba el inventario, se encontraba con el personal y se aseguraba de la buena marcha del establecimiento.

Esta vez también se sentó a pasar las páginas de los registros de ventas y las libretas de pedidos, pero su mente estaba en otra parte.

Su nuevo estatus social prometía elevarlo a estratos mucho más altos de la burguesía que los alcanzados por su padre gracias a la jabonería.

Y el dinero, reflejo indiscutible del éxito, iba a llegar. Primero, trajes a medida. La confección estaba bien para la venta, pero Jean, legítimamente, aspiraba a más. ¿Cambiarían de piso? Sin duda, porque habría que recibir. Ya se veía, todo sonrisas, sirviendo combinados de su invención en una coctelera plateada («informarse, buscar recetas», anotó mentalmente).

Geneviève y él nunca se habían ido de vacaciones. ¡Un barco! Compraría un barco, no un yate, no, sino algo para ir... ¿Adónde irían? Grecia. Lo bueno de Grecia era que también estaba bien para los niños, sería instructivo.

Sin darse cuenta, había terminado de verificar el balance. Cogió el registro de existencias.

Los niños, sí. Hasta ahora no había pensado lo suficiente en ellos, pero les abriría una cuenta a cada uno en la Caja de Ahorros. ¡Menuda sorpresa, recibir aquel dineral inesperado el día que cumplieran veintiún años!

Jean se desperezó, se levantó, dio una vuelta por los almacenes y se felicitó del número de clientes presentes a esa hora en los departamentos.

¡Y comieron en Chez Germaine, nada menos!

El gerente, apurado, vio a Jean vaciar la copa de vino a una velocidad alucinante y se extasió ante el relato de aquella velada, los distinguidos invitados, las brillantes conversaciones, la posición eminente del señor Pelletier (que, no obstante, aludió a ella con suma modestia)... Todo aquello lo dejó boquiabierto.

Cuando su jefe se subió al taxi para dirigirse a la estación («¡Bueno, continúe así, amigo mío, y hasta pronto!»), Courmont seguía deslumbrado.

10

¿Quieres que se lo diga?

Colette apartó el visillo y se quedó literalmente sin respiración al ver al abuelo en la cerca hablando con Macagne.

Sus miradas se encontraron. Macagne hablaba de forma muy animada señalando algo a su espalda, en su granja, mientras el abuelo negaba con la cabeza escandalizado.

¿Le estaría contando lo que había hecho ella?

—Allá —decía Macagne señalando su propiedad—. ¡Un auténtico muladar, se lo aseguro! Neumáticos viejos, trozos de madera, botellas rotas... —Louis sacudía la cabeza, indignado por el hecho de que aquella gente pudiera utilizar las tierras de su vecino como vertedero—. En una propiedad tan hermosa como la suya —añadió Macagne— a la gente ni se le ocurriría...

Y, mientras lo decía, contemplaba con admiración la fachada de la casa. Su mirada se posó en la ventana de Colette. Louis, impresionado todavía por el asunto de la basura, se volvió a su vez.

¿Se la estaba señalando Macagne?

Colette vio la expresión descontenta de su abuelo, que negaba con la cabeza.

Soltó el visillo. ¿Qué se estarían diciendo?

Hablaban de la fruta, de los precios de venta, de los invendibles.

—Los mercados de la zona no son suficientes para dar salida a mi producción, tendría que acudir a una cooperativa, pero no me quedaría gran cosa.

Louis encontraba que aquel agricultor era muy valiente: llevar él solo una granja...

Colette se quedó en su habitación toda la mañana con un nudo en la garganta hasta que llegó el momento de bajar a comer.

El abuelo no levantaba los ojos del plato. Estaba pensativo, preocupado.

Después de su conversación con Macagne, le había costado volver a cruzar el jardín de punta a punta sin tomar aliento, y había fingido detenerse aquí y allí, por si Angèle estaba en la ventana. A menudo, le faltaba el aire, debían de ser los pulmones. Al cabo de unos instantes, el malestar se le pasaba y volvía a andar con normalidad. Aquellos ahogos repentinos eran breves como mensajes y no anunciaban nada bueno.

Colette lo observaba con disimulo, preocupada al verlo tan callado.

—Esta mañana he estado hablando con Macagne —dijo al fin el señor Pelletier—. Necesito que vayas a verlo. Después de comer estaría bien.

Colette se quedó helada. Su abuelo la mandaba... ¡a casa de Macagne!

Quiso reaccionar, pero el peso de la culpa se lo impidió.

Se puso roja, pero Louis no lo advirtió. En cuanto Angèle, que ya se había levantado de la mesa, quería evitar que, como de costumbre, Louis la tomara con la pequeña porque comía poco: «Venga, unos bocados más, un trozo de queso, o no, mira, una pera, las peras te gustan mucho, ¿no?»

De todas maneras, Colette ya no oía, los oídos le zumbaban horriblemente; estaba a punto de desmayarse, tenía prisa por salir fuera, por respirar.

«Después de comer»... ¿Qué podía ser tan urgente?

¡Disculpas! ¡Eso era! Macagne se lo había contado todo al abuelo, que la hacía ir a pedir disculpas. Como de costumbre, el abuelo no quería reñirla, pero, para castigarla, ¡la mandaba a casa de Macagne!

Tuvo que sentarse en el banco de delante de la casa.

El abuelo subía a echarse la siesta.

—¡No olvides ir a casa de Macagne, eh!

Hizo el camino como una sonámbula.

El perro empezó a ladrar al final de la cadena, lo que hizo salir a su dueño. Estaba en la puerta del hangar, arreglando algo, porque se limpiaba las manos en un trapo grasiento.

Al verla, sonrió amplia, triunfalmente. Colette se detuvo a lo lejos.

—¡Venga, mujer! Acércate, ¿no pensarás quedarte plantada en mitad del patio? —Casi reía, visiblemente satisfecho. De pronto, su mirada se ensombreció—. ¡*Riquete*! ¿Vas a callarte, maldita sea? —Cuando gritaba, tenía una voz muy potente. El perro agachó la cabeza: estaba acostumbrado a que le pegaran. Hasta Colette sintió que doblaba el espinazo—. ¡Venga, espabila!

Y desapareció dentro del hangar.

¿Qué debía hacer ella?

Colette avanzó, con las piernas temblándole.

—¡Acércate, anda, que no te voy a comer! Toma, es la banasta de fruta que le he prometido a tu abuelo. —Señalaba una caja de madera colocada sobre una piedra a la entrada del hangar. ¡Conque era eso! ¡La habían metido en la boca del lobo por un poco de fruta!—. Acércate... —dijo Macagne.

Se esforzaba en usar un tono conciliador, pero se notaba que no era natural en él. De hecho, ahora que estaba cerca de él, percibía un cambio. Su voz se había vuelto más ronca, y hablaba de forma más pausada, pero como bajo el efecto de una cólera contenida.

Fue él quien se acercó.

Colette notó que la cabeza empezaba a darle vueltas y creyó que se desmayaría y se desplomaría allí mismo.

Macagne seguía despidiendo el mismo hedor pesado y pegajoso. Pero había algo más, apestaba a vino, le costaba hablar.

—A tu abuelo... ¡no se lo he contado todo! —Las palabras brotaban de su boca con dificultad. A Colette le pareció que se tambaleaba—. Podría decirle... lo que le va a costar... —Farfullaba—. ¿Quieres que se lo diga? —Era un hombre realmente alto. La niña tenía los ojos a la altura de su esternón—. Vas a ser amable, ¿de acuerdo?

Respiraba ruidosamente. Colette recibió su aliento en la cara.

Macagne extendió el brazo para cogerla de la nuca.

El asco pudo más que ella. Le apartó la mano de un revés, se volvió y echó a correr.

Macagne no se esperaba esa reacción. Hizo un movimiento, pero la pequeña ya había llegado a la puerta y cogido la banasta al vuelo.

No había calculado su trayectoria: estaba al alcance del perro, que se lanzó hacia ella.

Colette cogió una fruta y la lanzó en su dirección. El perro no consiguió atraparla y se volvió para correr tras ella.

Cuando se giró, Colette ya estaba lejos.

11

Es nuestro cliente

La reunión debería haberse celebrado en el bulevar Sérurier, la sede del Servicio, no en el domicilio de Georges, en su casita de la rue Didot. Sin embargo, Marthe y Simon no se aventuraron a expresar su extrañeza en voz alta; concentrados en el té que Georges les había servido, hablaban de esto y aquello y hacían preguntas triviales que no esperaban respuesta. Estaban en una sala alargada en la que la luz no penetraba del todo. En la zona del fondo, parcialmente en penumbra, había una lámpara encendida. Georges los había invitado a sentarse frente a la gran librería, en un sofá de cuero y varios sillones.

De no saber que los tres pertenecían a los servicios secretos, cualquiera habría pensado que se trataba de una reunión de vecinos. Bebían té, haciendo como que no oían la baraúnda del piso de arriba, donde no paraban de caer objetos pesados sobre el parquet, uno tras otro, mientras Élise —sólo podía ser ella— maldecía en voz alta.

Georges sostenía el platillo impertérrito. Daba la impresión de que no movería un músculo aunque la casa se hundiera.

Con el temor a ser testigos de una pelea conyugal, Marthe y Simon sonreían bobamente a las banalidades de Georges, como si tal cosa.

—Marthe, te pedí que vinieras aquí... No me gustaría que esto se supiera en el Servicio, ¿comprendes?

«Típico de Georges», pensó Marthe, «circunloquios, frases retorcidas... Nunca estás segura de estar comprendiendo lo que quiere decir».

—Te escucho, Georges...

Marthe era una mujer en sus cincuenta, bastante oronda, resignada a consagrar su vida al trabajo después de un larguísimo historial de desengaños amorosos. Ninguna de sus aventuras había durado lo bastante para culminar en un matrimonio o la maternidad. Sin embargo, era agradable, bastante culta, dulce, sentimental, en absoluto una arpía, en fin, una mujer de la que cualquiera podría enamorarse. Nadie entendía el porqué de sus reiterados fracasos. Después de haber vivido tanto infortunio, siempre tenía las lágrimas a flor de piel, y no era raro que rompiera a llorar por el gato (atropellado) del vecino, por el vecino (ahora viudo) o por su esposa (fallecida). Si uno lo piensa bien, motivos para llorar nunca faltan.

Marthe, experta en el arte de encriptar y desencriptar mensajes, era la empleada con más talento de Cifrado y la más criticada. Los directivos tenían mucha fe en ella.

—¡Soy una veterana! —declaraba ella con orgullo.

Sin embargo, las nuevas generaciones la consideraban una momia, porque nunca se había apartado del cifrado simétrico.

—Se utilizaba ya en tiempos de los egipcios, dos mil años antes de Jesucristo... Digo yo que podrá utilizarse unas semanas más, ¿no os parece? —dijo, y se volvió hacia Simon; su físico de paracaidista y su mirada dulce nunca la dejaban indiferente.

Era un cuarentón que tuvo la suerte de cruzarse con Georges Chastenet en la época en que éste trabajaba de «transportista» para el Servicio. Durante muchos años, se dedicó a llevar emisores clandestinos a Oriente Próximo, pasaportes húngaros a Sudamérica o dinero falso a Camboya, siempre con la mayor discreción. Cuando Georges se había fijado en él, escoltaba a prostitutas que iban a palacios de Italia y Mónaco: «¿Le gustaría dedicarse a la cobertura?»

Simon Jacquemin había demostrado su valía en aquella tarea, que consistía en proteger a agentes en misión especial, confidentes, informadores y personalidades de todo tipo. Dependiendo de las circunstancias y las necesidades, solía hacer de «niñera», para proteger a un agente (lo supiera él o no), o de «limpiador», para dejar la vía libre. Nadie sabía exactamente todo lo que habría tenido que llegar a hacer Simon a lo largo de aquellos años heroicos para que las operaciones en las que estaba implicado acabaran bien.

Cuando Georges había pasado a hacerse cargo de la unidad de Análisis e Información, Simon lo había seguido, y aquel grandullón con pinta de haber nacido para jugar al rugby se había metido en el papel de ayudante administrativo con una facilidad pasmosa. Era «administrativo» cuando secundaba a Georges en el bulevar Sérurier y «ayudante» cuando Georges lo enviaba a actuar sobre el terreno, ya fuera para supervisar un encuentro, recoger información de un agente o gestionar un desplazamiento.

—El señor Leal acaba de encargarme una operación muy especial. Encubierta. —Marthe y Simon eran lo bastante profesionales para no hacer preguntas. Se conformarían con lo que Georges decidiera contarles—. Sólo me ayudarán ustedes dos —continuó Georges mientras alguien en el piso de arriba vaciaba con rabia cajones contra el parquet.

Asintió levemente. El té estaba muy bueno.

Georges, como agente supervisor experimentado, sabía que no era aconsejable hablar demasiado, pero también resultaba contraproducente callarlo todo. Nadie trabaja de forma eficaz si no puede dar un sentido a lo que hace.

—La operación está relacionada principalmente con dos cargamentos de armas para el FLN. —Los agentes secretos acaban normalizando el no mostrar ninguna emoción. Simon se limitó a asentir con la cabeza; Marthe, a sonreír tenuemente. Georges dio por sentado que comprendían que aquella información era una bomba política—. Marthe, te necesitaré para enviar y recibir mensajes mientras la operación está en marcha. Simon, usted se mantendrá fuera del radar. Nada, absolutamente nada, deberá salir de nuestro círculo. Bajo ninguna circunstancia. Sólo me rendirán cuentas a mí. —Los dos asintieron discretamente—. Simon, tendrá que realizar algunos desplazamientos. Pida un permiso de una semana a partir de, pongamos, el próximo lunes.

«Algunos desplazamientos...» Más vago, imposible. Aún no era el momento de que conocieran la naturaleza de su misión.

Georges se disponía a continuar hablando cuando el ruido de un baúl que traqueteaba escaleras abajo les hizo levantar la cabeza.

Al cabo de un instante apareció Élise, despeinada, lívida de cólera y con el abrigo puesto.

Aquella mujer nunca había dejado indiferente a Simon.

Por primera vez, le chocó la diferencia de edad que había entre ella y Georges. En los últimos tiempos, esa veintena de años que los separaba había hecho estragos.

Georges seguía sin hacer el menor gesto.

Marthe no se movía.

En cuanto a Simon, estaba tan sorprendido como apurado. ¿No estaban mejor las cosas entre ellos desde hacía algún tiempo? Por supuesto, Georges nunca le había hecho confidencias (no se las hacía a nadie), pero en varias ocasiones había mencionado que iba con Élise al cine, al teatro, a un restaurante... Entonces, ¿habían vuelto a las andadas?

—¡Ah, Simon! Me alegro de verlo —dijo Élise yendo hacia él con paso rápido y rodeándole el cuello con ambos brazos.

Simon reconoció ese perfume suave tan... Élise tenía algo magnético, inexplicable. Era sexy, sin duda. Todo el mundo lo percibía. Bastaba con ver el rostro inexpresivo de Marthe, obstinadamente hundida en el sofá.

Élise lo miró fijamente.

—¿Querría hacerme un favor? —Se volvió hacia el baúl abollado que había aterrizado al pie de la escalera—. ¿Podría subírmelo al taxi?

A continuación, como si acabara de darse cuenta de la presencia de una extraña, exclamó:

—Pero... ¡No la había visto! —Se acercó al sofá a toda prisa y luego le tendió la mano, ya enguantada—. Marthe, ¿no es eso?

—Eso es —respondió la aludida.

Georges seguía tomándose su té, como si la cosa no fuera con él.

Simon echó un vistazo a su jefe, que miraba el fondo de la taza, y fue a buscar el baúl. Lo arrastró hasta el vestíbulo y abrió la puerta. Había un taxi estacionado delante de la casa.

De pie en la escalinata, Élise observó a Simón mientras cargaba el baúl con la ayuda del taxista.

—Es usted un encanto —dijo cuando Simon volvió a subir junto a ella. Élise le dio un largo beso en la mejilla, bajó dos peldaños, se volvió y, con una voz mucho más sonora de lo necesario, añadió—: ¡Ah, sí, una cosa, querido Simon! Cuando vea a Georges, ¿puede decirle de mi parte que no es más que un pedazo de gilipollas, por favor?

A Simon no le dio tiempo a reaccionar. En un segundo, Élise ya había subido al taxi y se estaba despidiendo con la mano. Una sombra de desesperación nublaba su rostro lleno de ira.

Cualquier hombre, viendo aquella expresión devastada, habría bajado corriendo la escalera para...

Cualquier hombre excepto Simon, que, una vez que se marchó el taxi, se levantó a cerrar la puerta y volvió tranquilamente al salón, donde encontró a Georges y Marthe en la misma postura que antes.

Si la contundente declaración de Élise había afectado a alguno de ellos, no se les notaba.

—Así que algunos desplazamientos... —dijo Simon.
—Exacto.
Georges dejó la taza en la mesita.
—Marthe, como te decía, te necesito en Cifrado para que te encargues de nuestra comunicación con Simon. También necesito que agites bien tus orejotas y me avises de cualquier movimiento que detectes en la «casa», sea cual sea su origen.
Marthe sonrió. Llevaba mil años en el Servicio y tenía una inmensa red de contactos. Había pocos ruidos tras las puertas, pocos rumores en los pasillos y pocos murmullos en los despachos de los que no la informaran.
—¿Algún blanco?
—Ninguno. Sólo agita tus orejotas...
—¡Es lo que mejor se les da! ¡Bueno, vamos!
No hizo falta que Georges le dijera que la parte que le afectaba acababa de terminar.
Marthe se levantó. Georges la acompañó hasta el perchero y la ayudó a ponerse la gabardina. Marthe señaló el piso superior y luego la puerta con cara de pena.
—Pobrecito mío...
Hablaba con una voz dulce y acariciante, casi tierna.
Georges abrió las manos: qué se le va a hacer. Se besaron en la mejilla, Marthe salió y Georges volvió con Simon.
—¿Un whisky?
—No sé...
—Tome —dijo Georges tendiéndole un vaso con una dosis generosa—. Lo va a necesitar.
—Ay...
—Tengo que exfiltrar al Duende. Desde Praga. Los únicos que lo sabremos seremos usted y yo.
Simon se quedó sin palabras.
Todo lo que sabía sobre aquella ciudad, en la que había operado en tres ocasiones, desfilaba en ese momento por su cabeza.
—¿Tiene soluciones, Georges?

—No muchas, la verdad. A corto plazo, sólo una. —Georges abrió una cartera del suelo, colocada junto a su sillón, y sacó un papel—. Un grupo de empresarios franceses viajará a Praga acompañado por un equipo de televisión. Los pasearán de fábrica en fábrica, los regarán con vodka durante tres días y les meterán a una chica en la cama. Todo para conseguir algunas subcontratas y unos cuantos encargos. —Simon se inclinó hacia delante y, sin cogerla, leyó la hoja, que llevaba el membrete del Ministerio de Industria—. El plan es meter a nuestro agente en el vuelo de regreso en lugar de uno de esos visitantes.
—Esto...
—Sí, lo sé... Si nuestro agente se hace pasar por uno de ellos, entonces ese francés tendrá que quedarse allí... Nos las arreglaremos para que se refugie en la embajada de Francia. Sólo tendrá que tomárselo con calma... hasta que los diplomáticos consigan un acuerdo con las autoridades checoslovacas. —Simon hizo una mueca casi imperceptible, pero a Georges no le pasó por alto—. Sí, eso podría tardar. Probablemente, se le hará largo...

Hablaba como si el único problema de aquella operación fuera que ese empresario francés iba a aburrirse como una ostra en su habitación de la embajada.

—Irá usted allí para preparar el terreno —prosiguió Georges—. Se ocupará de la cobertura de nuestro cliente desde su llegada. Yo me encargo de convencerlo para que colabore. —Dejó una fotografía sobre la mesita. Simon se inclinó para verla. Era un hombre de unos treinta años—. Es nuestro cliente. Se llama Pelletier.

12

Es tan estremecedor como entonces

Hélène estaba cansada.
—¿Te importa si no voy, mamá?
—Descansa, cariño. En realidad, deberías...
—... dejar de trabajar, lo sé, mamá.
Hélène adivinó la sonrisa de su madre al otro lado del teléfono.
En consecuencia, Angèle no consiguió reunir a todos sus hijos para su cumpleaños. Hélène no se limitó a participar en el regalo conjunto (una Super-Cocotte SEB y una plancha Vapomatic Calor); de su parte, Lambert le entregó a su suegra un bonito paquete que contenía un molinillo de café universal de la casa Moulinex.
Angèle había tardado en usar aquellos magníficos «avances tecnológicos que hacen aún más señora a la señora de la casa». Al principio, desenvolvía los regalos con gritos de admiración, pero los guardaba en los armarios de la cocina.
—¡No voy a cambiar mis costumbres a estas alturas! —le decía a su marido cuando se iban sus hijos.
Por el contrario, Louis, lleno de admiración por aquellos utensilios que, a su modo de ver, encarnaban la modernidad al alcance de todos, unos días después volvía a sacar las cajas de

los armarios y se pasaba las horas muertas leyendo las instrucciones y probando los aparatos. Lo que acabó de convencer a Angèle fue el Super Aspirador Escoba de Philips, regalo del Día de la Madre.

—¡Trae aquí, ya lo hago yo! —le dijo en un tono exasperado a Louis, que se esforzaba mucho para hacerlo funcionar mal.

Y así fue como, uno tras otro, los electrodomésticos conquistaron el territorio de los Pelletier.

Pese al derroche de regalos, ese día no fue tan cálido y sereno como de costumbre.

La atmósfera había cambiado.

Colette seguía tensa como un arco. Su maestra, con la que Angèle se había cruzado en el mercado, estaba preocupada.

—No se divierte con las demás niñas de la clase, ¿hay algún problema en casa?

Angèle había cogido aparte al pequeño de los Augier, Manuel.

—¿Te ha contado algo Colette?

El niño había expresado su propia sorpresa:

—Ya no cuenta nada, no habla con nadie...

—Tienes mala cara... —dijo Geneviève ofreciéndole la mejilla a su hija.

—¿No te encuentras bien? —quiso saber Jean, temeroso de que estuviera enferma.

Colette se obligó a sonreír, pero estaba pálida y tenía cara de cansancio. Llevaba las mangas abotonadas hasta las muñecas.

A la hora de comer, Angèle le sirvió menos que a los demás. Colette hizo el esfuerzo de comer un poco, pero cada bocado era una lucha.

Louis, siempre al quite, se empleó a fondo para que Geneviève no se fijara en el preocupante espectáculo.

Así pues, suegro y nuera, pasando de puntillas sobre los resultados escolares de Philippe, se enzarzaron a hablar de la gestión de los almacenes de la République y de las dificultades para encontrar personal de servicio doméstico.

Geneviève aprovechó la ocasión para volver sobre un tema que le encantaba: ¡Jean «se lleva a su hijo de copas»! En realidad, todo lo que había ocurrido era que unos meses antes Jean había tenido la absurda ocurrencia de entrar en el bar de debajo de casa con Philippe y jugar con él una partida de billar, que para el niño había sido una auténtica revelación.

—Sólo jugamos dos partidas —había confesado ingenuamente Jean.

Pero eso había sido suficiente para que Geneviève se inventara una farsa que representaba siempre con la misma fortuna y en la que su marido, alcohólico notorio, iba de bares con su hijo cada dos por tres para entregarse a la bebida, arrastrando al pobre niño al vicio, etcétera, etcétera. Los Pelletier dejaron que Geneviève siguiera con el sainete, que, para asombro de todos, mejoraba con cada representación. Oyendo a Geneviève, parecía que a Jean le faltaba poco para llevar a su hijo al burdel.

Así, mal que bien, se llegó al final de la comida, tras lo cual, con la excitación de los niños por la entrega de los regalos y la emoción de Angèle con la apertura de cada paquete, la familia volvió a encarrilar sus ánimos momentáneamente.

Colette intentó desaparecer en cuanto tuvo ocasión, lo que no extrañó a nadie.

—Ven un momentito aquí —dijo Geneviève, que se había instalado en el salón.

La niña se acercó al sillón. Su hermano Philippe, sentado en el suelo, a los pies de su madre, la miraba desde abajo.

En el otro extremo del salón, Angèle le dio un discreto codazo a su marido.

—Estás triste, Colette —dijo Geneviève en voz baja. La niña no siempre sabía si su madre estaba afirmando o haciendo una pregunta—. Entonces, ¿se acabaron las abejas?

—Están todas muertas.

—Sí, eso ya lo sé. ¿Por eso tienes esta cara?

—Sí, por eso. Me da pena.

Geneviève estaba perpleja. La cogió de la muñeca y la atrajo hacia ella.

—¿Seguro que no hay algo más? Me lo dirías, ¿verdad?

—¡Sí! No, son las abejas.

—No me lo creo. Los géminis necesitan mentir, es más fuerte que ellos.

—¡No, no te miento!

Geneviève miraba fijamente a su hija en busca de una verdad oculta.

—Te creo —acabó diciendo—. Los géminis son incapaces de guardar un secreto...

Colette bajó la cabeza para fingir humildad y encontró los ojos de Philippe.

Aquella mirada la conmocionó.

De pronto, vio a un niño al que no conocía. Su hermano nunca había sido guapo: tenía una cara fofa, cuyo aspecto porcino quedaba acentuado por los protuberantes arcos ciliares. Pero Colette percibió en aquellos ojos, que solían mirar con expresión brabucona, un destello frágil, sutil... Un miedo.

Sí, ésa era la palabra.

Philippe, pegado a las rodillas de su madre, transmitía una ansiedad que Colette no le conocía.

Se miraron por una fracción de segundo, ambos con indecisión.

¿Tenía miedo Philippe?

¿De qué?

—Si me mientes, lo sabré... —insistió Geneviève.

Colette asintió lentamente. Pasado ese breve instante, Philippe volvió a ser él mismo. Colette oyó su voz indolente y perezosa:

—¿Puedo repetir de postre?

Geneviève reaccionó de inmediato.

129

—¡Pues claro que sí, cariño mío! —exclamó soltando la muñeca de Colette—. ¡No tienes más que pedírselo a la abuela! —añadió lo bastante alto para que Angèle lo oyera y se pusiera manos a la obra, ahorrándole a su hijo el esfuerzo de levantarse para que se lo sirvieran.

Poco después de comer, Lambert (que no quería dejar sola a Hélène demasiado rato) y Annie regresaron a París.

Los demás se quedarían hasta la noche para ver *Edición Especial* en la tele. Se esperaba mucho del reportaje dedicado a los testigos del caso Lampson...

Hacía buen tiempo. Mientras Louis se echaba su sacrosanta siesta y las mujeres fregaban los cacharros, François y Jean salieron a fumar al jardín.

Durante la comida, el viaje a Praga había vuelto a ser el principal tema de conversación, hasta el punto de irritar a Geneviève.

—¡Es una escapada de tres días, no exageremos!
—Cinco —corrigió Jean.
—Sí, bueno, tres, cinco... ¡qué más da!

François le dio fuego a Jean.

—Tengo la sensación de que Philippe no va muy bien en la escuela, ¿me equivoco?

Jean miró de reojo a la ventana de la cocina, donde las mujeres estaban atareadas.

—No, va muy mal.

Le dio otra calada al cigarrillo. Parecía tan tranquilo.

—¿Qué dice la maestra?

Jean sonrió y le hizo un guiño a su hermano.

—No recuerdo de qué signo es, pero sé que no es bueno.

François no pudo evitar sonreír.

—Realmente...
—Piensa que es un poco retrasado.
—Oh...

François reaccionaba así por delicadeza, porque él también había llegado a la misma conclusión. Igual que el resto de la familia, sin duda.

—No es lo que más me preocupa —continuó Jean, que dejó de mirar fijamente el cigarrillo y alzó los ojos hacia su hermano—. Se ha vuelto violento.

François se quedó sorprendido.

—¡Vamos! Philippe no es un niño violento...

—En la escuela, sí. Los niños se burlan de él porque va muy retrasado, así que en el recreo, como es el más fuerte de la clase, cuando pilla a uno le da una buena paliza. La maestra ya nos ha llamado dos veces.

Lejos de escandalizarse, François, recordando una conversación con su mujer, se puso triste. «Su madre lo ha convertido en un ser detestable, pero basta mirarlo para darse cuenta de que no es más que un niño infeliz», había dicho Nine.

Sobre el tema de los niños maltratados por su familia, Nine sabía lo suyo.

—¿Y qué vais a hacer? —preguntó François.

—Nos dicen que tendríamos que meterlo en una escuela especial. Con niños como él.

—¿Como él? ¿Qué quiere decir eso? —Jean no lo sabía—. ¿Y cómo lo lleva Geneviève?

—Piensa que la maestra es una inútil y que los niños tienen envidia de Philippe. Al parecer, *Asteria* no deja lugar a dudas.

Jean abrió los brazos en señal de impotencia. Esbozaba una leve sonrisa, vaga, casi lejana, que hacía indescifrable su veredicto.

Una vez acostados los niños, todos acercaron los sillones al televisor. Louis sirvió licores.

A Angèle le sorprendió que su nieto siguiera sentado a los pies de su madre.

—¿Y Philippe? —preguntó.

—No dormiría, lo conozco —respondió su madre de inmediato.

—Pero, en fin, ¿es un programa apropiado para su edad? —insistió Angèle.

—Philippe es muy maduro, mamá, ¡ya debería haberse dado cuenta!

—Pero...

—Algunos padres crían a sus hijos entre algodones, ¡ellos sabrán! Si quieren que sean adultos... ¿cómo se dice? —Como no le salía la palabra, Geneviève se volvió hacia su marido—. En fin, Jean, ¿no estás de acuerdo?

—Es que...

Atrapado entre su mujer y su madre, Jean se aturulló.

—¡Que empieza! —gritó Louis.

Durante la cabecera («Arthur Denissov, Adrien Baron y François Pelletier presentan... *Edición Especial*») Nine le cogió la mano a su marido, y François comprendió que estaba horrorizada de que a un niño de siete años se le permitiera ver un programa que trataría sobre un crimen abominable.

Exceptuando a Geneviève, todos los miembros de la familia sentían el mismo malestar. En consecuencia, en lugar de hacer comentarios, como había sucedido durante la emisión de los primeros reportajes del programa (La entrada en vigor del Mercado Común; La retirada de René Coty; La trepidante vida de Gérard Philippe), todos se quedaron callados, como si protegieran un secreto de familia.

—¡Ah, ahí está! —dijo Geneviève.

Cada reportaje iba precedido por su título, que iba apareciendo sobre una especie de línea de télex o anuncio luminoso.

Nine sonrió. Se había colocado de lado, no muy lejos del televisor, así, aunque no lo oyera todo, podría comprender lo esencial.

Le encantaba oír la voz de su marido en la televisión. A veces, mientras hacían el amor, le decía: «Háblame.»

El reportaje empezaba recordando rápidamente lo ocurrido. A Angèle le habría gustado estar cerca de su nieto para taparle los oídos con las manos.

Todo comenzaba con imágenes de archivo, fotos de la joven Mary Lampson y carteles de sus películas, y una breve escena de *El fuego del deseo*, su último papel, que se detuvo sobre el rostro en primer plano de la actriz. Luego se veían policías de uniforme conteniendo a la pequeña muchedumbre que se había congregado delante del cine Le Régent y, por fin, la secuencia con los jueces de instrucción.

De los seis testimonios recogidos, sólo se habían quedado con tres. A los dos primeros los ventilaron enseguida. Luego salía Geneviève.

A instancias de Denissov, el montador se había concentrado en la última parte de la entrevista, que de este modo se desarrollaba casi en tiempo real y daba una sorprendente intensidad al reportaje. Geneviève se levantaba el velito con un gesto lento y dejaba al descubierto un rostro serio, concentrado. «Es tan estremecedor como entonces...», decía. Luego, aparecía la cara de Jean, crispada.

En cuestión de segundos, el tono del presentador se volvió más íntimo y el relato de Geneviève más desgarrador.

Angèle conocía bien a su nuera y su tendencia a la teatralización, pero, aun así, no pudo contener la emoción. Louis tenía los ojos llenos de lágrimas.

Nine se volvió discretamente hacia Geneviève: ¿qué había en el interior de aquella mujer incomprensible?, ¿qué secreto escondía? Todos habrían compartido la misma emoción si de pronto no hubiera sonado esta terrible frase: «Verá, con el tiempo, esa joven, en cierto modo, se convirtió... ¡en nuestra hija!»

Louis volvió a guardarse el pañuelo en el bolsillo.

Angèle se echó atrás en la silla.

¿Quién era la hija de la que hablaba Geneviève? ¿Aquella joven actriz desaparecida, o la pequeña Colette, de la que se ocupaba tan poco (y tan mal cuando lo hacía)?

Al final del reportaje, cuando volvió a salir el rostro de Jean, ya nadie estaba dispuesto a emocionarse, y la imagen desapareció tan rápidamente que nadie le prestó atención.

—¡Ha estado bien, pero ha sido demasiado corto! —dijo Geneviève, enternecida por su propia aparición en la pequeña pantalla—. ¿No os parece?

Se balbucearon algunas frases torpes.

François carraspeó.

—He presentado mi dimisión.

Nadie comprendió de qué hablaba.

«¿No te parece que eso puede esperar?», le había preguntado a Nine. «Hazlo antes de que echen en falta tu nombre en los títulos de crédito», había contestado ella.

—Seguiré en el *Journal*, por supuesto, pero he dejado *Edición Especial* —añadió.

Angèle fue la primera en reaccionar.

—Pero, François, ¿por qué has hecho tal cosa?

—Ha sido una aventura muy bonita, mamá, pero siempre hay que amoldarse a la línea del gobierno, decir lo que conviene y silenciar lo demás... Con el tiempo, resulta penoso, créeme.

Jean, Geneviève, Angèle... todos ellos estaban desconcertados.

—Aun así, era un buen trabajo —insistió Angèle.

—¡Pero, cariño, por favor, ya te ha dicho que se sentía coaccionado!

Su repentina brusquedad era proporcional a su decepción. Seguía estando orgulloso de su hijo, pero ahora se veía privado de un motivo para mostrarlo. François le había quitado algo que le costaría sustituir.

En el coche, de vuelta, Nine le preguntó a François:

—¿Cómo permitisteis que Geneviève hiciera semejante melodrama? —Pero, al recordar que la entrevista no se la habían confiado a él, sino a otro periodista, le puso la mano en la rodilla—. Ya lo sé, tú no tienes ninguna culpa.

—¡Sí que la tengo! ¡Por eso precisamente decidí irme!

Desde que había dado el portazo, la noticia de su dimisión era la comidilla del *Journal*. François iba camino de convertirse en el paladín de la ética periodística, cosa tan rara como controvertida. Su gesto fue recibido como una lección de moral para todo el mundo. No iba a ser una carga fácil de llevar.

Poner en marcha *Edición Especial* fue toda una aventura porque al principio nadie creía en el proyecto. Todo el mundo creía que el programa llegaba demasiado pronto. Pero ése era precisamente el argumento de Denissov, que, como siempre, había demostrado una intuición increíble. «Si esperamos más, lo haremos todos a la vez», había dicho. Ser el primero era una obsesión devoradora para aquel genio del periodismo. Y para conseguirlo adquiría compromisos que François no estaba dispuesto a asumir.

—Has hecho bien en irte —dijo Nine—. Se empieza por aceptar cosas que no se desean y se acaban aceptando cosas que no se aprueban. Tienes razón en no querer traicionar tus principios.

Sus palabras lo reconfortaban.

—Tendré tiempo libre y me ocuparé de los niños —dijo—. Podrás trabajar hasta más tarde en el taller.

—Haré de hombre y tú de mujer... —Nine lo miró fijamente y añadió—: De vez en cuando, está bien...

Su voz, cuando le decía estas cosas, su mirada, sus labios...

Nine se inclinó y le mordisqueó la oreja.

—Estoy muy orgullosa de ti, amor mío.

François sonrió.

Se sentía bien, contento de ser el orgullo de aquella mujer deslumbrante.

. . .

En ese mismo instante, en el coche de Jean, Geneviève estaba sentada, como de costumbre, en el asiento de atrás, como si fuera un taxi o el coche de una personalidad. Razón oficial: que Philippe pudiera tumbarse y apoyar la cabeza en el regazo de su madre.

—¡Han cortado mucho! ¿Te has dado cuenta?

Jean no tenía ganas de polemizar. Gruñó una respuesta inaudible y encendió otro cigarrillo.

Geneviève guardó silencio un buen rato.

—Este mes los géminis han entrado en un periodo difícil... —dijo al fin—. Si no toman cartas en el asunto de inmediato, habrá que tomarlas en su lugar.

Hacía mucho que Jean había dejado de intentar comprender a su mujer y se limitaba a esperar las conclusiones.

Pero la alusión a los géminis lo había intrigado. El suspense no duró mucho.

Geneviève se cruzó de brazos.

—Creo que ha llegado el momento de que Colette vuelva a casa.

13

Lo que está en juego es más importante

De buena mañana, François desayunaba algo ligero en compañía de Nine, y antes de subir a la redacción hacía una parada en el *Journal*, en la esquina de la rue Rambuteau. No se lo decía a su mujer, pero en aquel café tomaba lo que consideraba su «verdadero desayuno», porque allí podía hojear tranquilamente lo que no le había dado tiempo a leer el día anterior. El camarero le llevaba un exprés doble y dos *croissants* sin esperar a que los pidiera, y François pagaba al final de la semana.

Tenía su mesa, en una esquina de la terraza. A veces, un compañero de composición o de platina le hacía compañía unos minutos.

A media mañana se celebraría el primer consejo de redacción desde su dimisión de *Edición Especial*. François, un poco tenso, se preguntaba cómo iría.

Empezó por leer el artículo sobre el «franco pesado». Nadie acababa de entender por qué el franco recibiría ese calificativo el próximo enero. En cambio, todo el mundo temía que, como con una divisa extranjera, hubiera que aprender a convertir los precios en esa nueva moneda y a desconfiar de los espabilados que intentarían aprovecharse de la situación para aumentar las tarifas.

—Esa reforma se ha explicado mal...

François respondió con una sonrisa al cliente sentado a la mesa de su derecha. Un tipo bastante hablador, porque añadió:

—Para la mayoría de la gente, los precios se dividirán por cien, pero los sueldos también: nadie ve la ventaja. El objetivo de esta maniobra sólo lo comprenden los economistas.

François asintió vagamente para indicar que la conversación no le interesaba.

El efecto fue inmediato porque el tipo volvió a concentrarse en su periódico.

François llegó a la sección de deportes donde...

—Lo que falta es pedagogía. —El vecino volvía a la carga—. Hacer comprender los retos reales es lo más difícil, pero también lo más necesario, ¿no le parece?

La irritación de François crecía por momentos. El desayuno en aquel café era «su momento», ¡odiaba que se lo fastidiaran! Prefería coger el portante a soportar una conversación.

—Disculpe, tengo que irme —dijo doblando el periódico con viveza.

—Nadie lo espera. —El hombre lo había dicho con una voz tranquila pero firme. François se volvió hacia él con el ceño fruncido—. Arthur Denissov está avisado de que llegará tarde. —El desconocido se levantó ligeramente y le tendió la mano—. Perdone, no me he presentado. Georges Chastenet.

Furioso, François miró la mano, pero no la estrechó.

—Pero ¿se puede...?

—Siéntese, señor Pelletier, por favor.

No era muy alto, pero desprendía una calma poderosa. Le indicó la silla, invitándolo a tomar asiento de nuevo, y se sentó frente a él.

—Me he tomado la libertad de pedirles que dijeran a Arthur Denissov que usted llegaría tarde al consejo de redacción. Trabajo en la DGI, Dirección General de Información.

François cerró los ojos y sonrió. Luego, con un gesto paciente, abrió su mochila, sacó una libreta de espiral, que dejó ostensiblemente sobre la mesa, y un bolígrafo, al que quitó el capuchón.

—Supongo que va a intentar impresionarme hablándome de los temas que no conviene tratar en televisión —dijo sonriendo—. Tal vez incluso de lo que conviene tratar y del modo de hacerlo. Si no le molesta, voy a tomar nota. A los lectores les encanta saber que los gobiernos dan órdenes a los periodistas. Lo escucho.

Georges sonrió a su vez.

—Nada de eso, tranquilícese...

—Entonces, no entiendo...

—Necesitamos que haga un viaje de unos días por cuenta del contraespionaje francés. —Georges cerró lentamente la libreta de François, que, estupefacto ante la petición, no ofreció la menor resistencia—. Hay una persona en Checoslovaquia que ha prestado grandes servicios a Francia y a la que debemos sacar de allí. Con urgencia.

—¿De quién se trata?

Georges Chastenet apreció los reflejos del periodista.

—Nosotros lo llamamos «el Duende» —dijo, e hizo un gesto para disculparse por aquel ridículo apodo.

—¿Es checo?

—Es del bloque del Este. Partirá de Praga. Necesitamos que usted vaya hasta allí y ocupe su lugar.

La palabra «Praga» hizo sonreír a François.

—¡Se equivoca! El que se ha apuntado al viaje de empresarios a Praga no soy yo, es mi hermano.

—Sí, lo sabemos, pero él no tiene el físico. —Georges sonrió con malicia—. En ese grupo sólo hay personas un poco mayores o bastante gruesas... Los hombres de negocios son como los políticos, comen mucho, ¿no se ha fijado? Su hermano no es una excepción, es natural que a veces lo llamen «Gordito»... —¿Cómo sabía esas cosas? El apodo de Jean no era un secreto de Estado, desde luego, pero conocerlo implicaba que se había realizado una investigación y que...—. Tranquilícese, nos hemos conformado con acceder a su ficha del carnet. Todos los periodistas tienen una, no es un secreto para nadie.

Verificar la información es el abecé del periodismo, y François se dio cuenta de que había bajado la guardia. Metido en la espiral de la conversación, se le había olvidado preguntarse quién era aquel hombre en realidad. ¿Era quien decía ser? ¿No se estaría dejando manipular? Pero ¿por quién y para qué?

—Me hago muchas preguntas —dijo.

—Si tengo las respuestas, será un placer...

—¿Me perdona un momento?

François se levantó, pidió una ficha en la barra, entró en la cabina telefónica, llamó al *Journal* y pidió que lo pusieran con la documentalista.

—Necesito saber una cosa urgentemente.

—No sé cómo te las arreglas, François, pero contigo todo es urgente...

—Vivo en la urgencia... ¿Podrías echarle un vistazo al organigrama de la DGI y decirme si ves a un tal Georges Chastenet?

Instantes después, la mujer volvía a coger el aparato diciendo:

—He encontrado a un Chastenet, Georges, jefe de la unidad de Análisis e Información.

—Eres un sol.

Cuando François volvió a la mesa, Chastenet sonrió.

—Yo en su lugar habría hecho lo mismo.

—¿Cómo?

—¿A quién ha llamado? ¿A Arthur Denissov? No, claro que no. ¿A un compañero? No, tampoco. Apostaría por el departamento de Documentación del *Journal*. Sylvie Fri...

—Frigier.

—Eso es. Entonces, ¿podemos continuar?

—Escuche...

—No, señor Pelletier, escúcheme usted a mí, por favor. Ese agente al que debemos sacar de allí, el Duende, no le saca más de cuatro años y unos centímetros. Pesan más o menos lo mismo. Podemos teñirle el pelo fácilmente de un color muy parecido al suyo... Nuestro plan es mandarlo a usted a Praga y que él ocupe su lugar en el avión de vuelta.

François estaba acostumbrado a tener que asimilar mucha información rápidamente, pero esta vez era distinto, porque el tema de conversación era él. Temía perder pie, ahogarse.

—¿Ocupará mi sitio en el avión? Pero entonces...

—Sí, usted se quedará en Praga. Tranquilícese, se alojará en la embajada de Francia, gozará de total inmunidad, no hay ningún riesgo. Sólo le pedimos que tenga paciencia mientras la diplomacia hace su trabajo y obtiene su repatriación.

—¿Cuánto tiempo?

—Dos semanas, quizá tres. Sí, lo sé, puede parecer mucho, pero, bien mirado, es un sacrificio leve.

—De todas formas...

Por primera vez, Georges alzó un poco la voz.

—¡Ni se imagina los riesgos que ha tenido que correr ese agente durante años para informarnos, señor Pelletier! No le amenazan con aburrirse un mes en una embajada, escuchar la radio, leer los periódicos franceses y hablar por teléfono con su mujer. Si lo detienen, lo encerrarán en un lugar secreto, lo matarán de hambre, no lo dejarán dormir por la noche y lo torturarán durante el día y, al final, su familia jamás sabrá qué ha sido de él, porque su cuerpo nunca aparecerá.

François no era un hombre al que se intimidaba fácilmente.

—Compadezco a su agente, pero yo elegí el periodismo, no el espionaje. Se corren menos riesgos. Quizá debería avergonzarme de ello pero...

—No sea tan condescendiente, señor Pelletier. Si puede vivir sin miedo es porque personas como él aceptan correr riesgos en su lugar. Como suele decirse, los espectadores nunca han ganado un partido. El Duende nos ha proporcionado información crucial que usted mismo le agradecerá si mañana nuestro país es amenazado por el bloque comunista.

—No intente chantajearme, señor...

—Chastenet. No es chantaje. Vivimos en una época especialmente peligrosa. Como periodista, lo sabe mejor que nadie. La «coexistencia pacífica» es una memez. La realidad es nuclear, señor Pelletier. Sólo le pedimos quince días de su vida, ¿es demasiado?

—¿Qué relación tiene su agente con el riesgo nuclear?

—Todos los agentes tienen alguna relación con el riesgo nuclear.

—¿Por qué quiere implicarme en este asunto? ¿No dispone de un solo espía que tenga cuarenta años y un peso normal?

—Los occidentales que viajan a Checoslovaquia son objeto de una investigación discreta pero exhaustiva. Un agente que haya trabajado de cerca o de lejos con los servicios secretos o para el gobierno no aguantará más de dos días. Necesitamos una persona que esté fuera de toda sospecha.

—Dudo que las autoridades checas consideren a un periodista «una persona fuera de toda sospecha».

—Salvo que esté haciendo su trabajo.

François frunció el ceño.

—¿Qué trabajo?

—El 11 de mayo, un equipo de *Edición Especial* acompañará a ese grupo de empresarios franceses... —Georges esbozó una amplia sonrisa—. De hecho, la idea fue suya, ¿no? —La cara ya no era la misma; la sonrisa desentonaba. De nuevo serio, Chastenet añadió—: Necesitamos que esté al frente de ese equipo de televisión.

François hizo un rápido cálculo. Para el 11 de mayo faltaban dos semanas... No podía decidirlo tan rápido, no, era imposible.

—Ya hay alguien para hacer ese reportaje, Justin...

—...Goulet —lo interrumpió Georges—. Sí, lo sé. Es demasiado bajo, no funcionaría.

François buscaba argumentos.

—De todas formas, hay un problema...

—Reversible.

—¿Perdón?

—Si se refiere a su dimisión de *Edición Especial,* es reversible. Una dimisión se puede retirar. Aún más si es reciente.

¿Cómo había conseguido esa información?

—De todas formas, dé o no la talla, el encargado de ese reportaje es mi compañero Justin Goulet.

Georges hizo una muequecilla.

—¿No le parece posible sustituirlo?

—¡Sí, por supuesto, es muy fácil! Vuelvo a la redacción y retiro mi dimisión diciendo: «Lo siento, me equivoqué.» Y además exijo que manden a Goulet a hacer un reportaje a Gargeslès-Gonesse porque quiero subir en su lugar al avión a Praga. Es muy factible...

Georges no sonrió.

—Bueno, encontraremos una solución —dijo tras un momento de reflexión.

Llevaban casi veinte minutos sentados uno frente al otro. Hacía rato que François debería haberse levantado y haber dejado allí plantado al tal Chastenet, que, más que un espía, parecía un funcionario jubilado. Se preguntó sorprendido por qué no lo había hecho todavía.

Se quedó callado un buen rato, dando vueltas a ideas contradictorias.

—Me parece usted horripilante —dijo al fin.

—Nuestros sentimientos son lo de menos —respondió Georges—. Lo que está en juego es más importante. ¿Quiere otro café? —Y, sin esperar respuesta, de pronto parecía más relajado, como si la conversación hubiera dado súbitamente un giro más informal—. En realidad, el espionaje tiene muy poco que ver con lo que la gente lee en las novelas —prosiguió con una expresión vagamente pensativa—. El Duende es un hombre que trabaja en favor de una causa.

—¡No, por favor, no intente hacérmelo atractivo! Ya sé que me considera un ingenuo, pero no me tome por idiota.

Georges apartó los brazos para dejar que el camarero les sirviera los cafés, que François no le había visto pedir. No parecía enfadado; más bien, deseoso de hacerse entender.

—Hay gente que espía por motivos bastante viles, desde luego. Un funcionario puede traicionar porque necesita dinero para mantener a una amante, por ejemplo, ocurre todos los días. También hay quien espía bajo la presión de un chantaje, ya sabe. Pero le sorprendería la cantidad de gente que corre riesgos... —dijo Chastenet, y lo miró a los ojos—: por convicción.

¿Hablaba de sí mismo?

—Yo no trabajaría para este gobierno por convicción.

—Sí, me lo imagino, he leído su expediente. Pero lo que se le pide no es eso.

—Pues es lo que me ha parecido entender.

Chastenet se quitó las gafas y se las limpió con la corbata. Su mirada de miope iba lentamente de un punto a otro, como si siguiera a una mosca.

—Hay que tener... más altura de miras, señor Pelletier. Nadie le pide que traicione sus convicciones. —Se puso las gafas y lo miró—. No le pedimos que trabaje para el gobierno, sino para el bando de la libertad.

—¿Ah, sí? ¿Cuál? ¿El que hace la guerra a Argelia? ¿El que sostiene a regímenes autoritarios en África?

Chastenet tenía en mente un objetivo, no quería entrar en aquella polémica estéril. Esperó tranquilamente la próxima fase de la conversación. Llegó con una nueva pregunta de François que parecía una exclamación:

—¿Cómo se le ocurrió pensar que yo aceptaría semejante propuesta?

Georges aprovechó la ocasión:

—Porque usted es un patriota. —François cogió su taza vacía. Acababa de recibir el golpe que se había buscado él mismo—. A los dieciocho años, se fugó de casa de sus padres, en Beirut, para unirse al general Legentilhomme en el campamento de Qastinah y enrolarse en la primera división ligera de la Francia Libre. No lo hizo por dinero, sino por idealismo. Lo que usted hizo a los dieciocho años otros lo hacen todos los días y con los mismos riesgos. También ellos, y podría haber sido su caso, luchan por una libertad de la que nunca se beneficiarán. Cuando el país lo necesitó...

—¡Por favor, no sea grandilocuente!

—¡Entonces, no sea insultante! ¡La gente de la que hablo arriesga su vida todos los días! —François había caído en la trampa. Aquel hombrecillo grueso y anodino era muy eficaz. Aún estaba pensando la respuesta cuando Chastenet, más calmado, añadió—: No le exigimos su apoyo, señor Pelletier, sólo le pedimos su ayuda. —François no estaba dispuesto a admitir su derrota, pero no sabía cómo expresar... —. Para que el Duende suba en su lugar al avión de París —continuó Chastenet—, será necesario que usted lo pierda. No hay muchas posibilidades. Una noche con una prostituta, que le robe la documentación y lo retrase, será una razón aceptable para las autoridades. Elegiremos un sitio cerca de la embajada, no tendrá que ir lejos. —¡Una prostituta! Al instante François se imaginó la reacción de Nine al enterarse—. Sí, tendrá que hacer ese pequeño sacrificio, pasar por un marido promiscuo, pero se pondrá rápidamente en su sitio. Se lo explicaremos todo a su mujer, que estará orgullosa de usted. Las consecuencias en su vida privada serán pasajeras.

François sonrió al darse cuenta de que, sutilmente, Georges había conseguido desplazar el centro de gravedad de la conversación.

—¿Por qué iba a confiar en usted?

—Es lo que hizo el país al colocarme en el puesto que ocupo. Usted decide...

—¿Y si las cosas se tuercen?

—¿Qué es lo que podría «torcerse»?

—Dígamelo usted. Cualquiera que lo oiga creería que me está invitando a un paseo: unos cuantos días en Praga con todos los gastos pagados, una noche con una prostituta y un mes aburriéndome en un despacho de la embajada delante de un televisor checo. Eso confirma mi impresión: me toma por idiota.

Georges suspiró y lo miró largamente.

—Todas las operaciones conllevan riesgos y... —Alzó la mano para impedir que lo interrumpiera—. Y ésta, también, no se lo puedo negar. Pero se lo explicaremos todo, lo acompañaremos, lo protegeremos. Los riesgos están calculados, y le aseguró que son mínimos.

François tenía todos los sentidos alerta y procuraba concentrarse en lo esencial, pero ya no sabía sobre qué era más urgente reflexionar.

—Me niego a continuar con esta conversación hasta conocer la identidad de la persona a la que sustituiré —dijo.

—Es normal. Lo sabrá a su debido tiempo.

—No, quiero saberlo antes de volar.

—Es imposible. Le propongo decírselo a su llegada a Praga. El Duende se presentará y se dará a conocer discretamente, ¿le parece?

«¡He entrado en la negociación!», constató François. ¡Acababa de caer en la trampa!

Se echó a reír. Todo aquello era grotesco.

—¿No tiene a nadie más a quien pedírselo?

Chastenet volvía a limpiarse las gafas con el dorso de la corbata mientras lo miraba con exasperación por tener que explicarle cosas evidentes.

—Dada la urgencia, no tengo más que una ventana de tiro, esa delegación de empresarios que viajará a Praga. No puedo utilizar a ninguno de sus miembros; de hecho, no confío en ninguno de ellos. Necesito de forma imperativa a alguien fuera de toda sospecha. Y usted lo está. Queda descartado pedir ayuda a Denissov. Cuando se monta una operación secreta, no se la cuenta a un director de periódico. Por eso me he dirigido directamente a usted y sólo a usted. —Chastenet miró a François con una minúscula chispa de júbilo—. Confiéselo, esta proposición alienta su gusto por la aventura... Y ya está pensando en una magnífica serie de artículos para *Le Journal du Soir*, ¿me equivoco? —François no pudo evitar sonreír—. Podrá publicarlos a su vuelta, pero con ciertas condiciones...

—Un periodista no acepta condiciones para escribir y publicar.

—No sea ridículo. Publicará su serie, pero tendrá que callar el verdadero nombre de los protagonistas. Lo demás será suyo.

François ya tenía título: «Yo fui espía en Praga».

Tenía que admitirlo, era muy excitante.

Georges se sacó una libreta del bolsillo.

—Estoy seguro de que Arthur Denissov le devolverá su dimisión sin problema. Nos las arreglaremos para que le encargue a usted el reportaje de Praga en lugar de a Justin Goulet. Los empresarios franceses estarán allí del 11 al 15 de mayo. Falta muy poco. Necesitaremos que esté disponible dos días para prepararlo.

—Prepararme, ¿para qué?

—El viaje a Praga no es peligroso, señor Pelletier, pero tampoco es una visita a un balneario.

—Espere, espere... Ha dicho que sólo tendré que salir de un piso e ir a la embajada, ¿no?

—En líneas generales, sí.

—¿Y necesita dos días para explicarme cómo cruzar la calle?

Georges frunció los labios.

—Praga es una ciudad bajo vigilancia, allí las autoridades son suspicaces hasta la paranoia, como usted mismo debió de percibir cuando negoció la entrada de su equipo de televisión en el país. Lo vigilarán, no más que a los otros, pero tampoco menos. Lo escucharán, lo seguirán, lo espiarán... Su margen de maniobra será reducido y requerirá cierta sangre fría. Se lo repito, no estará solo. Tendrá a su lado al mejor agente de que dispongo, un hombre muy hábil y muy eficaz encargado de ayudarlo con todo lo que le resulte complicado. Le explicaremos lo que le espera allí, ensayaremos con usted todas las fases del guión, y lo haremos varias veces, y lo prepararemos para afrontar cualquier problema. En resumen, lo prepararemos para la misión. Para que haya pocos riesgos, debe estar bien organizada, y para eso necesitamos su cooperación. Dos días. —Chastenet no le dejó mucho tiempo para reflexionar—. ¿Tiene idea de cómo podría conseguirlos?

—Podría ir a entrevistar a algunos de los empresarios antes del viaje a Praga...

—Perfecto. ¿En París?

—En Francia, todo pasa en París.

—Es verdad. Entonces, llene su agenda de compromisos falsos para que no lo busquen. Si necesita cualquier coartada, se la proporcionaremos. Pienso especialmente en su mujer...

François nunca le había mentido a Nine y no pensaba empezar a hacerlo ahora. Si aceptaba aquella extraña misión, se lo diría.

—Reflexionaré sobre todo eso...

—Lo siento mucho, señor Pelletier... —Chastenet parecía muy apenado—. Este asunto es muy urgente. Si dispusiera de un solo minuto se lo ofrecería encantado, pero no es el caso. Esto requiere una organización compleja y tenemos el tiempo que tenemos.

Aquella situación inesperada era tremendamente excitante para François (lo sintió en el instante de tomar la decisión). Durante años había soñado con realizar grandes investigaciones y lamentado que lo hubieran encasillado en la crónica de sucesos sólo porque se le daba muy bien. De joven se había imaginado como corresponsal de guerra, enviado especial a teatros de operaciones, misiones estimulantes y peligrosas en las que te ves obligado a tomar decisiones constantemente. Sintió que corría por sus venas una sangre viva, joven, pero no dejó que se le notara.

Georges se levantó y le tendió la mano.

François se la estrechó.

¡El taller!

¡Le había prometido a Nine que se quedaría con los niños para que ella pudiera dedicarse al encargo de encuadernación!

—¿Cuánto tiempo ha dicho? En Praga...

—Entre dos y cuatro semanas.

—¿Más bien dos?

—Haremos todo lo posible, tiene mi palabra. —François le soltó la mano—. Gracias por su ayuda, señor Pelletier. Una cosa más respecto a su mujer... —François se tensó—. Nada de confidencias, no le cuente nada.

—Eso es imposible.

Georges hizo un ruidito con la boca.

—No la ponga en peligro. A la vuelta podrá contárselo todo; antes, sería hacerle correr riesgos. En París hay muchos espías del Este. Ni usted ni yo queremos que se interesen por ella, ¿verdad? Su esposa debe actuar como si no supiera nada y, para eso, lo mejor es que, efectivamente, no sepa nada.

François acababa de aceptar traicionar a Nine por primera vez.

Era un shock.

Dieron unos pasos por la acera.

François contemplaba la actividad de la calle como si acabara de despertar de un sueño...

Georges le sonrió.

—No quiero mentirle: la parte más romántica de la aventura es ésta. Después, será trabajo; luego, miedo; y, al final, alivio. Pero sólo al final. —Se disponía a irse, pero se detuvo—. Ahora que lo pienso, viajará con su hermano... Será un viaje agradable para ustedes dos, estoy seguro.

14

¿Se puede saber a qué hueles?

Seré fuerte, se había repetido, quemaré la granja, dispararé a Macagne con la escopeta...

Colette estaba bastante desanimada.

Tenía que hacer algo, pero no sabía qué.

Había ido a dejar la cartera a su habitación y había oído la voz de la abuela diciéndole desde el piso de abajo: «¡Voy a comprar!»

Colette había salido a ver las colmenas, que, desprovistas de vida, ofrecían un triste espectáculo.

Y fue entonces cuando se le ocurrió.

Corrió a buscar la carretilla, cargó la primera colmena y la llevó, tan deprisa como pudo, al otro lado del seto, en el límite del campo de Macagne.

Acto seguido cargó y transportó la segunda.

No paraba de mirar hacia la casa. Le daba miedo que el abuelo apareciera en una ventana y le preguntase qué hacía. Pero no lo vió; debía de estar en su sillón del salón, dormitando con el periódico abierto en el regazo.

Detrás del seto, Colette estaba fuera de la vista.

Cargó una docena de ladrillos rojos en la carretilla, hizo un viaje largo y cansado y los colocó formando un cuadrilátero. Puso las colmenas encima. A continuación sacó los cuadros de dentro de los panales: se había acumulado una cantidad increíble de insectos muertos. Los sacudió con cuidado para repartir los cadáveres y luego recogió y añadió las abejas que habían caído a la hierba.

Volvió a poner los cuadros bien planos y cerró las colmenas. Fue a buscar unos cuantos junquillos y los colocó en las cuatro esquinas.

No se había dado cuenta de que estaba llorando. Como no tenía pañuelo, se sorbió la nariz. Las lágrimas le nublaban la vista.

Agachada para que no la vieran, corrió hasta el cobertizo y agarró un puñado de la leña menuda que se usaba para encender la chimenea, una tarea que siempre hacía el abuelo. «Es un trabajo de hombres», decía (sonriendo, pero lo decía). Colette repartió la leña por debajo de las colmenas, se sentó en la hierba y las contempló un buen rato.

Al igual que sus padres, Colette no había recibido educación religiosa. Su madre nunca le había hablado del tema; se había limitado a bautizarla, y eso, desde su punto de vista, era suficiente. Así que Colette no tenía la menor idea de lo que debía decirse en una oración. Tampoco había «recitado» nunca algo preparado o frases escritas por otros. Lo que sentía era muy íntimo... y difícil de expresar. Sin embargo, mientras estaba allí sentada abrazándose las rodillas, le pasó por la cabeza una especie de oración sin palabras, sin imágenes, un flujo de impresiones intensas, fugaces y dolorosas.

Lloraba, pero no sabía por qué, así que se puso en movimiento.

Sólo encontró un bidón de aguarrás que el señor Gosset había utilizado para repintar la verja de entrada. Lo tiró por encima de las ramitas de debajo de las colmenas. Encendió una cerilla y retrocedió unos metros. El fuego se propagó rápidamente. Se sentó en la hierba.

A través de las llamas, las colmenas parecían casas de muñecas ardiendo.

Sintió que una parte de ella estaba desapareciendo y no volvería jamás. Rompió a llorar de nuevo.

Desde la ventana de la cocina, Angèle vio humo saliendo de detrás del seto. Había vuelto de la compra, y estaba vaciando el capazo. Macagne debía de estar quemando hierbajos otra vez. Angèle confiaba en que estuviera lo bastante lejos del seto para no prenderle fuego, sólo faltaría eso...

—¿Se puede saber a qué hueles? —le preguntó la abuela con el ceño fruncido cuando su nieta entró en casa.

—¡Enseguida vengo! —gritó Colette corriendo escaleras arriba.

Cuando bajó a cenar, el olor a aguarrás había desaparecido. Colette se había frotado de lo lindo para conseguirlo.

—Macagne ha quemado hojas no sé dónde —explicó la abuela.

—¿Ah, sí? —murmuró Louis.

—Deberías pedirle que se aleje un poco del seto, uno de estos días le pegará fuego a la casa.

—Sí, tienes razón, iré a verlo.

Las dos sabían que no haría nada.

Colette masticaba lentamente mirando a la ventana. Al fondo del jardín, al otro lado del seto, sus colmenas terminaban de consumirse.

Era el final.

15

¡Cuántas mentiras!

Denissov lo miraba con escepticismo, saltaba a la vista que le habría gustado mandarlo a paseo (fuiste tú quién decidió dimitir, y yo nunca he retenido a nadie).

Durante esos diez años trabajando juntos, habían tenido desacuerdos y encontronazos, pero François nunca había visto a su jefe tan molesto como con aquella dimisión. Habían atacado su concepción del oficio —que era lo de menos—, pero también su imagen de director de periódico.

Le habría dado con la puerta en las narices a cualquiera, pero no lo estaba haciendo...

—Así que quieres volver.

Para François, era una derrota humillante.

Denissov, con la crueldad común a todos los hombres poderosos, se felicitaba por ello, pero estaba perplejo. Se le escapaba el verdadero motivo de aquella retractación.

—Sí, me gustaría recuperar mi puesto —dijo François—. Me equivoqué.

Denissov lo miraba con recelo.

—Bien. Es una buena noticia —admitió prudentemente—. Habrá que hablar con Baron, explicárselo...

En otras palabras, disculparse con él, apurar el cáliz hasta las heces.

—Por supuesto.

Denissov separó las manos con fatalismo. Aquella situación también era una derrota para él, porque, al aceptar su reincorporación sin más preámbulos, admitía que François era importante para él. Era su preferido.

Sin decirlo, los dos hombres dieron a entender que la explicación a aquella doble derrota llegaría tarde o temprano.

Cumplida la primera parte de su misión, François se dispuso a abordar la segunda, menos estresante, pero técnicamente más delicada. Porque no había sido capaz de encontrar ninguna razón de peso que justificara la sustitución de Goulet en el reportaje de Praga.

De repente, se le ocurrió una forma de salir del berenjenal en el que se había metido.

Porque, vaya, ¿no había aceptado hacer de espía demasiado rápido? En el fondo, Chastenet le había arrancado el sí.

Así que, si no conseguía convencer a Denissov para que lo mandara a Praga, podría presentarse ante Chastenet con las manos vacías sin avergonzarse: ¡el plan se iría al traste y él no tendría la culpa de nada!

Era la mejor solución. La forma más eficaz de zanjar el asunto, aunque no la más elegante...

Lo tenía tan claro que acabó decidiendo no intentarlo siquiera. ¡Le diría a Chastenet que no lo había conseguido y punto!

Aliviado, aligerado, sorprendido por lo fácil que en realidad había sido todo, sonrió y dio media vuelta para salir del despacho.

—Está bien que vuelvas al programa —le dijo Denissov antes de que llegara a la puerta—, porque voy a necesitarte...

—Claro, dime.

—Goulet se pegó un trompazo ayer por la tarde. No sé los detalles, pero creo que intentaba esquivar un coche... El caso es que está escayolado y no podrá acompañar a los empresarios a Praga. Necesito que te encargues tú del reportaje.

François estaba lívido.

«Pensaremos una solución», había dicho Chastenet.

¿Como empujar a Goulet contra un coche?

—¿Qué le pasó?

—Un tipo chocó contra él sin querer y, al intentar esquivar el coche que pasaba junto a la acera, se cayó al suelo. No sé si se ha roto el tobillo o se ha hecho un esguince, pero tendrá que usar muletas una temporada.

—¿Un viandante lo empujó?

¡Esa gente era capaz de todo!

¿Debía sentirse amenazado?

Aquel Chastenet, con ese aire de hombre respetable, ¿podía lanzar a un tipo bajo las ruedas de un coche?

—El hombre se disculpó, estaba realmente acongojado —seguía diciendo Denissov—. Son cosas que pasan. Tienes poco tiempo para prepararte. La secretaría hablará con la embajada de Checoslovaquia y hará las gestiones necesarias para que ocupes el lugar de Goulet, aunque seguro que nos ponen pegas... Llamaré al Quai d'Orsay y pediré que aceleren los trámites. Goulet te pasará sus notas, aunque puede que no quieras enfocar el reportaje del mismo modo... Tú verás.

François había fracasado en su intento de librarse de aquella misión.

Lo habían readmitido y le habían encargado el reportaje de Praga.

Quedaba extender el doble juego a su matrimonio...

¡Cuántas mentiras, cuántas cosas que ocultar ya... y aquello ni siquiera había empezado!

El presupuesto estaba aceptado y firmado. Los libros que debía restaurar (¡cincuenta y tres!) llegarían a principios de mes.

En cuanto François llegaba a casa, Nine no le hablaba de otra cosa.

Se pasaba el día organizando el taller y reaprovisionándose de todo lo necesario, y parloteaba con entusiasmo de las nuevas plegaderas de ágata, las puntas de relieve y los cuchillos para descarnar que había encontrado, de sus rodillos para dorar, de lo que pensaba sobre las colas de alga Shihua Cai de Cantón...

—He retirado mi dimisión de *Edición Especial* —le dijo François de sopetón. Nine se quedó con el tenedor en el aire. François tenía ganas de bajar la cabeza, pero la irguió y miró a su mujer—. Además, Goulet se ha accidentado, está de baja, y tendré que sustituirlo en el reportaje de Praga. Del 11 al 15 de mayo.

Ya estaba, lo había soltado todo. Compungido, dejó el tenedor en la mesa, no las tenía todas consigo. Unos días antes, cuando le había anunciado su dimisión, Nine había dicho: «Estoy orgullosa de ti.» ¿Qué diría ahora? ¿«Me avergüenzo de ti»?

—Bien —murmuró su mujer.

Luego dejó el tenedor, se levantó, se puso detrás de él y le rodeó el cuello con los brazos. Se quedó así unos instantes, con la mejilla apoyada en su cabeza.

François estaba consternado. Habría preferido que le pidiera explicaciones, que le hiciera reproches, que se enfadara. Pero, en lugar de eso, lo consolaba.

En realidad, Nine estaba preocupada.

Algo no iba bien.

Retirar la dimisión no era propio de él, François no era hombre que se retractara tan fácilmente.

En cuanto a aquel viaje precipitado a Praga, ¿no había nadie más para ir en su lugar?

Era evidente que la verdad resultaba demasiado incómoda para que François se la contara...

No sólo acababa de poner un obstáculo entre los dos, sino que había decidido ocultarle una parte de su vida.

Nine tuvo el presentimiento de que no saldrían indemnes de aquello.

—En cuanto al taller... —empezó diciendo François sin saber cómo acabar la frase.

—Ya me las arreglaré, no te preocupes. Cinco días, ¿no es eso?

«¡Dios mío, aún no sabe nada!», pensó François.

—Sí... pero... tendré que irme antes para prepararlo.

—¿Es decir...?

—Estaré fuera dos días más.

Nine acusó el golpe. Tendría que apañárselas sola ocho días, antes de que su marido pudiera ayudarla, tal como había prometido.

François encendió un cigarrillo.

—Bueno, en el fondo tampoco es tanto, sólo una semana —puntualizó Nine para quitarle hierro al asunto.

«Dos semanas, quizá un mes...», se dijo François, avergonzado.

Nine ya estaba pensando en una vecina que podría ir a buscar a Martine y Alain a la escuela, la chica del segundo, que se había ofrecido para quedarse con ellos otras veces... Podría volver al taller después de cenar.

Suspiró y volvió a sonreír.

—Pero, ¡ahora que caigo! —exclamó volviendo a sentarse frente a él—, irás con tu hermano, os lo pasaréis bien...

François no consiguió devolverle la sonrisa.

—Sí, he ido a su despacho para decírselo... Le ha hecho mucha ilusión.

François había podido hablar unos minutos con el Gordito.

—¿Cómo? ¿Que te vienes a Praga conmigo, quiero decir, con nosotros?

Estaba azorado, pero le pasaba con cualquier novedad: siempre había recibido más malas noticias que buenas, así que había aprendido a desconfiar.

François le explicó la situación en pocas palabras, el accidente de Goulet, etcétera, etcétera.

La cara de su hermano se iluminó.

—¡Es maravilloso!

Últimamente todo iba como la seda, hasta Geneviève lo dejaba a su aire. Y ahora François, el hermano al que siempre había envidiado en secreto, viajaría con él y sería testigo de su éxito.

Estaba loco de alegría.

Miró con inquietud a través del cristal que separaba su despacho del de su mujer. Los dos podían verla, repantigada en el amplio sillón, reprendiendo a un hombre de buena estatura, que, de pie ante ella, hacía girar nerviosamente una gorra entre las manos. Era una escena que, el siglo anterior, no le habría chocado a nadie.

—En cuanto a Colette... —murmuró.

—Sí, el pasado domingo la vi muy apagada... —dijo François.

Jean lo tiró del brazo para alejarlo del cristal.

—Geneviève dice que quiere recuperarla.

—Hace mucho tiempo que lo comenta.

—¡Sí, pero esta vez está decidida! ¡Quiere que Colette vuelva a casa!

François se quedó anonadado. Aquella decisión era una bomba familiar de consecuencias imprevisibles. ¿Cómo encajarían sus padres aquel duro golpe? ¿Qué sería de ellos sin su pequeña Colette? Y, lo más importante, ¿qué sería de la niña?

François se secó el sudor de la frente y, al mirar a su hermano, comprendió sus intenciones al instante.

—¡No, no, Jean, de eso nada! ¡No, no y no!

—François...

Jean le suplicaba.

—¡Que no! ¡Ni hablar!

—Por favor...

François estaba dispuesto a hacer muchas cosas por aquel hermano que «lo había pasado tan mal» (era la frase habitual), pero esta vez fue tajante:

—¡No, se lo dices tú! Yo te apoyaré si hace falta, pero no cargo con el muerto de anunciárselo, es tu mujer, es tu hija, es tu familia...

Jean tenía los ojos llorosos. Estaba dispuesto a humillarse si era necesario.

—¿Y Nine? ¿No podría ella...?

Jean se sonrojó y asintió con la cabeza: de acuerdo. Luego miró de reojo a su mujer.

François se creyó obligado a advertirle:

—Lo peor sería dejar que se lo anuncie ella, ¡y lo sabes!

En ese momento, Geneviève entró balanceándose como una barca.

—¿Qué pasa aquí?

—Es François... —respondió Jean precipitadamente.

—¡Ya lo veo, no soy idiota!

—¡Me acompañará a Praga!

Geneviève miró a su cuñado.

—El reportaje, lo haré yo —explicó François—. He vuelto al programa.

—Ya lo sabía yo...

—¿Ah, sí?

François se sentía ofendido.

—Si no me crees... —dijo Geneviève, y de pronto salió disparada hacia su despacho, como si hubiera recibido una llamada urgente.

Aprovechando su ausencia, François agarró a su hermano de los hombros.

—Valor, Gordito. Ve a Le Plessis. E intenta... Hazlo lo mejor que puedas, ¿de acuerdo?

—Ten...

Geneviève, que ya estaba de vuelta, le tendía el último número de *Asteria* doblado cuidadosamente por la página de los aries: «Tomará una decisión arriesgada, pero todo volverá a su cauce rápidamente.»

François no pudo evitar sonreír.

—Ahí lo tienes —dijo Geneviève recuperando la revista—. Es muy propio de los aries: aunque tengan algo delante de las narices... ¡Yo ya me entiendo! —Y se volvió hacia su marido—. ¿Qué te ocurre, Jean, estás bien?

Cuando Jean se sentía acorralado, sin salida, pasaba al ataque, como hacen las personas inseguras.

—Geneviève... En cuanto a Colette... —Adoptó un tono que esperaba fuera firme; en esos momentos, quedar bien ante su hermano le importaba casi tanto como tomar las riendas de una situación que se le escapaba de las manos—. Respecto a Colette... quería decirte...

Su cobardía acabó exasperando a su hermano.

—¡La decisión de traeros a Colette debe ser meditada, Geneviève! Hay que meditarla y...

—¡Totalmente de acuerdo, François! Es una decisión que afecta a todo el mundo. De hecho, he escrito a vuestros padres para convocar un consejo de familia. Tendrá lugar en Le Plessis, el domingo.

Jean también pensaba mucho en sus padres.

¿Qué sería de ellos?

Se sentía superado por la situación, ¡iba todo tan deprisa! Una rabia fría se apoderó de él. Era tan poco frecuente que no pudo resistir la tentación de imponerse a su mujer con una victoria que le habían servido en bandeja. ¡Y que le cerraría el pico de una vez por todas!

—El azar ha querido que coincidiera con el señor Désiré Chabut —anunció esa noche.

—¿El Chabut de la construcción?

—Hemos simpatizado y...

—¿Tú? ¿Tú has simpatizado con...?

—Me ha ofrecido un puesto en el consejo de administración de la patronal.

Al ver la expresión repentinamente seria de su mujer, Jean comprendió que estaba dividida entre la mortificación de verlo asumir quizá grandes responsabilidades y los beneficios que esa nueva e inesperada posición podrían reportarle a ella.

Con Geneviève, los beneficios siempre ganaban la partida, pero el brutal cambio de estrategia también formaba parte de su arsenal en materia de dominación conyugal. Jean debería estar acostumbrado, pero aún se dejaba sorprender.

De pronto, como un jugador de belote feliz y orgulloso de tener un triunfo en la mano, Geneviève arrojó un documento a la mesa. Jean tardó unos instantes en reconocer la factura del restaurante de Burdeos.

Chez Germaine.

Once mil francos.

Era la comida con Alain Courmont, gerente de los almacenes Dixie de Burdeos, que había ido a supervisar.

Se quedó sin respiración.

Entonces, ¿Geneviève vigilaba hasta el último detalle de todos sus desplazamientos?

En lugar de ofenderse, Jean pensó qué más podría reprocharle.

—¡Bueno, mientras esperamos a que el señor se siente en el consejo de la patronal francesa, me gustaría mucho que me explicara esta factura de restaurante! ¿A quién invitaste, a alguna golfa?

—¡No, a Courmont!

—¿Ah, sí? ¿Y desde cuándo invitas a los gerentes a restaurantes de quince mil francos?

Sin percatarse de que el montante de la factura acababa de aumentar sensiblemente, Jean se puso rojo como un tomate. Aquella invitación había sido consecuencia de la euforia provocada por la velada de la noche anterior en casa de Le Pommeret. Estaba arrepentido.

—Si os pasasteis horas sentados a la mesa —continuó Geneviève—, no debió de quedarte mucho tiempo para inspeccionar la tienda...

De hecho, Jean lo había hecho bastante por encima.

—Courmont la lleva muy bien... —se atrevió a comentar.

—¿Y cómo lo sabes, si no comprobaste nada?

Geneviève lo miró con esa mueca de consternación con la que a veces subrayaba la desgracia de tener que soportar a semejante marido.

Antes de irse, se volvió hacia él.

—No he querido decirlo delante de tu hermano, pero, por lo que a mí respecta, ese consejo de familia será una simple formalidad. Colette tiene que estar de vuelta en casa entre el 8 y el 11 de mayo. Júpiter estará en sextil con Plutón.

16

¿Estás bien, Loulou?

Relacionada con Colette, palabra acabada en «ón». No era la primera vez que se le resistía una palabra, pero por lo general no tardaba en recordarla, o bien dejaba de pensar en ella y listo. De un tiempo a esa parte sus lapsus de vocabulario habían empezado a obsesionarlo. Había comenzado a buscar aquella palabra a media tarde. Al principio, le había preguntado a Angèle: «¿Cómo se dice...?» Para no preocuparla y que no creyera que estaba perdiendo la cabeza, había desistido y se había vuelto hacia Colette. Aquella niña tenía un vocabulario impresionante.

Debían de ser la dos o las tres de la madrugada. Una claridad azulada bañaba la habitación. En el cielo, la luna formaba un halo visible desde la ventana.

«Son los dos extremos», se decía. Por un lado, a veces no recordaba una palabra; por el otro, a veces le venía a la cabeza una melodía y no podía sacársela en todo el día, incluso por la noche. Encima, eran idioteces, canciones de su época, cantinelas simplonas que creía haber olvidado. No entendía por qué su memoria había conservado eso y en cambio olvidaba palabras normales y corrientes...

A su lado, en la cama, Angèle respiraba pausadamente. Hacía mucho que no dormía bien; ella también estaba inquieta por Colette. Pero preferían no hablar por la noche; se acaba viendo todo negro, mejor dejarlo estar.

¿Qué ocurría en la vida de la pequeña?

Al atardecer, desde una ventana del primer piso, la había visto transportar las colmenas hasta la valla de Macagne y prenderles fuego. Había estado a punto de bajar para decirle que tuviera cuidado, pero Colette lo había tenido. La había visto sentada en la hierba mirando la pira de colmenas. Era tan triste...

Y lo de los lapsus empezaba a pasarle también con los nombres propios... ¡Con los nombres propios!

La semana anterior se había pasado el día intentando recordar el de Macagne. Al final, había acabado por preguntarle a Colette. Sin embargo, hacía el jeroglífico del *Journal* con la misma facilidad que antes, era extraño...

Su mente ya no vagabundeaba como antes, volaba de un tema a otro, saltaba de un temor a otro. Hacía mucho tiempo que no tenía la moral tan baja.

Desde que se habían marchado de Beirut, todo había ido a peor.

Por absurdo que parezca, nadie, ni siquiera él, había imaginado que la venta de la jabonería significaría... su jubilación.

Al principio, había visto su regreso a Francia como una necesidad económica; luego, como una aventura excitante; y, por fin, como una nueva vida. Sin embargo, todo se había descuajeringado a una velocidad desconcertante. Vivía en una permanente ansiedad por el porvenir.

Por no hablar del cansancio.

Louis pertenecía a una generación moldeada por el trabajo, convencida de que no había que parar nunca, so pena de tropezar y caer. Él, que siempre había ido a la jabonería en bicicleta, ahora se quedaba sin aliento al caminar, hasta el punto de que había tenido que renunciar a «recorrer el parque», como le gustaba decir, para inspeccionar la verja, comprobar que los animales no podían pasar por debajo de la cerca o asegurarse de que ningún árbol amenazara con derrumbarse y aplastar un emparrado.

Se sentía viejo, ésa era la verdad, ¡viejo!

Angèle soltó un largo suspiro. Pensaba en Colette.

¡Hacía siete años que vivía con ellos! ¡Cuánto sitio ocupaba en sus vidas! Y lo fácil que había sido criarla... Bueno, a veces tenía un genio... Pero era tan lista, tan inteligente, tan... interesante, eso es, Colette era una niña muy interesante y... muy feliz. ¡Eso, muy feliz! Parecía que nadie se acordaba, pero no había llegado a su casa, a Beirut, porque sí. Había que decirlo con todas las letras: ¡al lado de su madre, Colette había corrido peligro! Y precisamente para ponerla a salvo, para alejarla de Geneviève, se la habían llevado a Beirut. ¡Había estado en coma, nada menos! ¡Habría podido morir!

Y, de pronto, aquella niña tan feliz había dejado de serlo... No podía ser aquel asunto de las abejas, tenía que tratarse de otra cosa, pero ¿de qué? ¡Geneviève! ¡Angèle estaba segura! Su madre le había dicho algo, le había hablado de llevársela, ¡tenía que ser eso!

Llena de rabia, Angèle se volvió bruscamente. Louis le puso la mano en el hombro con suavidad.

Se quedaron así un buen rato, escuchándose respirar el uno al otro, hasta que los pensamientos volvieron a serpentear poco a poco: Colette, Geneviève... Y aquel cansancio... Sí, la edad... ¿Ya? «A mí me ha hecho polvo la guerra, no la vida.» La Primera, en vista de que ahora había que ponerles números.

Pero, cuidado, tenía prohibido hablar de la guerra, ¡estaba muy mal visto! Los chicos se lo habían dicho y repetido; les molestaba que recordara esas cosas. Parecía que chocheara. También eso le amargaba la vida, lo corroía, lo repudría, lo que no era bueno para la moral. De hecho, pensaba en la guerra aún más que antes; seguramente, debido a la jubilación, a la inacción. Por suerte, no era como antaño, al volver de las trincheras, cuando los terrores nocturnos lo despertaban empapado en sudor... No, era más bien como una melancolía, una nostalgia dolorosa. Los años habían alejado aquella guerra, el tiempo había cauterizado las heridas, los recuerdos se habían replegado sobre sí mismos. Lo que quedaba eran los rostros de los camaradas. ¡Oh, aún sufría sobresaltos brutales e inesperados! Había estado sepultado en un cráter de obús —había sobrevivido respirando el poco aire que había en el cráneo de la cabeza cortada de un caballo— y lo habían sacado de allí a punto de morir. Lo había hecho Édouard. ¡Ay, con la de cosas que podría haber dicho, que podría haber contado, si alguien hubiera querido escucharlo! Pero había llegado otra guerra que había mandado la suya al baúl de los recuerdos.

Louis miraba la nuca de Angèle. De buena gana se la habría besado, pero eso exigía un esfuerzo para el que no tenía energía. Y también le costaba un poco respirar. Sentía la tensión en la cama. Angèle rumiaba, seguro, se hacía reproches. Aquella pelusa tan fina de su nuca... Se había vuelto prácticamente gris, pero era tan fina como siempre, y si él respiraba un poco fuerte se estremecía... Louis adoraba aquellos pelillos. Y no sólo en Angèle...

Antes de ella, había salido con Cécile, de eso hacía una eternidad. Otro desastre de la guerra... Cécile, su primer gran amor, ya no era más que una sombra sobre la que no habría podido dibujar ni un solo rasgo. La de tonterías que había hecho por ella, a cualquiera que se lo dijera...

Bueno, basta de cavilaciones.

Pero el recuerdo de Cécile lo había retrotraído a su juventud, que empezó a desfilar en sentido inverso.

A la época de antes de Cécile, cuando no era más que un joven cajero en el Banco de la Unión, en París. ¿Cómo se llamaba...? ¡Jeanine! Esta vez el nombre le había venido enseguida, mira por dónde... ¡Qué mujer! Él tenía diecisiete años; ella, veintiséis. Jeanine le había enseñado todo lo que sabía, ¡qué momentos habían vivido juntos! Sí, sería curioso volver a verla, saber qué había sido de ella. La recordaba bastante bien:

boca tirando a pequeña, ojos vivos, pechos muy redondos y una flexibilidad increíble. Sintió una profunda emoción.

Dios mío...

Louis dio un respingo y se sentó jadeando en la cama.

—¿Estás bien, Loulou? —le preguntó Angèle con preocupación.

—Sí, amor mío, estoy bien, todo va bien... —respondió Louis mecánicamente.

Tenía setenta y un años, así que Jeanine debía de tener... ¡ochenta!

¡La madre que...!

¿Cómo era posible que la voluptuosa Janine tuviera ochenta años?

Fue un golpe duro. Suspiró. Quizá ya había muerto. Qué barbaridad...

Se tumbó lentamente, con los ojos muy abiertos.

17

Me perderé...

—¿Cómo está, señor Pelletier?

Chastenet seguía con el abrigo puesto porque el piso estaba helado. Realmente no parecía la misma persona que unos días antes lo había convencido para que aceptara aquella extraña misión. No se mostraba seguro y persuasivo, sino más bien inquieto.

En su descargo, hay que reconocer que el sitio no se prestaba a la relajación.

Era una vetusta vivienda de tres habitaciones del decimoquinto distrito. François no había llegado a ver el nombre de la calle; por el camino, lo único que había reconocido era la place d'Italie. Los dos habían subido a la tercera planta. La luz de la escalera era amarilla y débil. Cuando llegaron, la portería ya estaba cerrada.

El piso, que sin duda llevaba mucho tiempo sin caldearse, estaba bastante destartalado. El papel pintado se había ahuecado por todas partes, y los muebles —una mesa ovalada, unas cuantas sillas, un aparador Henri II— ya se habían cansado de esperar a los traperos. Los radiadores de hierro fundido soltaban gruñidos y breves silbidos, con lo que emitían más ruido que calor.

En perfecta sintonía con el lugar, la mujer que les había abierto la puerta parecía salida de un funeral (cara ancha, ojos hundidos, cejas enormes) y andaba arrastrando los pies con unas zapatillas viejas.

Chastenet se había dirigido a ella en alemán. La mujer apenas le había respondido.

—Es Dana —le había dicho a François, como si ya le hubiera hablado de ella.

La mujer había desaparecido rápidamente.

Chastenet estaba calentándose las manos de espaldas al radiador.

Dios mío, ¿y aquello era el servicio secreto?

—La temperatura acabará subiendo —aseguró Chastenet—. Tarda un poco.

Dana volvió con una bandeja y les sirvió dos tazas de un café infecto.

—Póngase cómodo, señor Pelletier —dijo Chastenet sin apartarse del radiador. Y mirando a su alrededor, añadió—: No es una maravilla, es cierto, pero es discreto. En nuestro trabajo, la discreción prima sobre el confort.

François estaba tan sorprendido por la llegada a aquel sitio y la actitud de su interlocutor (por ese tono vagamente indeciso y sus comentarios) que casi se había olvidado de su enfado.

—No me gustan sus métodos, señor Chastenet.

—¿Perdone?

—Empujó a mi compañero justo cuando pasaba un coche. ¡No me gustan sus métodos!

Hacía falta mucho más para perturbar a Chastenet.

—François —dijo sacándose la corbata con sus gordezuelos dedos para limpiarse las gafas—. ¿Puedo llamarlo François? Yo soy Georges, si le parece. —François no se movía. Tenía unas ganas tremendas de irse, todo aquello era un error garrafal—. Goulet ha sido víctima de nuestra urgencia. No pudimos organizar una operación más sofisticada.

—Ya puestos, ¿por qué no le pegaron un tiro en la cabeza? —Georges se permitió una leve sonrisa—. ¡Francamente, no le entiendo! —continuó François—. Si Goulet le estorbaba, ¿por qué empujarlo a la calzada? ¡Yo lo habría lanzado a las vías del metro! ¡Es mucho más seguro!

Esta vez Georges rió abiertamente.

François se quedó helado.

Aquel hombre tenía dos caras. El Chastenet de hacía unos minutos era tan distinto del habitual, frío, técnico, pragmático, persuasivo, en una palabra, del espía, que François ya no sabía con quién hablaba.

—Le han escayolado un pie, lo lamento —dijo Georges—. Pero, en realidad, hemos sido generosos. Y, créame, para el señor Goulet, es un mal menor. Hace tres meses que se acuesta con una joven enfermera casada, y, con discreción, hemos conseguido que le asignen su habitación. Se pasan el día en la cama, y tienen un mes por delante... No creo que el señor Goulet esté muy enfadado con nosotros.

A François se le escapaba la risa. Se la aguantó, pero acabó cediendo.

Por un breve instante, los dos hombres se miraron de un modo distinto, y esas décimas de segundo crearon entre ellos algo impalpable, inexplicable... François, como buen redactor, quiso ponerle nombre, pero el momento pasó antes de que lo encontrara.

—Tenemos que empezar a trabajar —dijo Georges—. Primero, preparemos la parte más importante de su misión: su traslado del piso a la embajada. Hay que prever las pequeñas dificultades que pueden surgir. Le daremos algunos consejos. ¡Ah, por cierto! ¿Qué le parece si cenamos juntos mañana? ¿Puede avisar a Nine? —No era propiamente una pregunta porque Georges se volvió hacia el radiador, como si fuera a dirigirle la palabra, y luego, sonriente, de nuevo hacia François—. En el fondo, lo que esperamos de usted es muy sencillo. Aténgase a nuestras consignas y todo irá bien.

De forma mecánica, François fue a sacar su libreta y un bolígrafo, pero se contuvo a tiempo. Un espía no hace eso.

Georges hablaba lentamente, obsesionado con ser entendido.

—Una vez allí, compórtese con naturalidad.

«Debo recordarlo todo.

»Pero no para la misión, ¡para mi serie de artículos! Se me olvidarán cosas... Y, en el momento de escribir, todo tendrá importancia, este hombre, este piso, sus palabras. Pero no puedo tomar notas. Así que tendré que escribirlo todo por la noche. Y esconder las notas...»

—Perdone, no lo he oído bien, repita, por favor.

Georges no pestañeó.

—François, no voy a decirle las cosas dos veces. Su misión ya ha empezado, y no hay tiempo para repeticiones. Tiene que estar totalmente centrado en esto y no pensar en nada más. ¿Entendido?

François asintió lentamente.

—Sigo. No olvide que en Praga estará siempre bajo vigilancia. En su habitación habrá micrófonos, y no podrá dar un paso sin que se informe a la policía de inmediato. La seguridad se ha suavizado, ya no estamos en la época estalinista, pero la tenaza del Estado sigue apretando. Las cosas no han cambiado tanto en Checoslovaquia. Nadie le impedirá salir del hotel, por ejemplo; pero le seguirán, de forma más o menos discreta, y los informadores darán cuenta de sus idas y venidas. No se vuelva nunca, o sabrán que desconfía. Sólo tiene que fingir su papel de marido casquivano. No sobreactúe, tiene que hacerlo sin exagerar.

—Mi hermano...

—¿Sí?

—Me preocupa que mi hermano crea que soy infiel...

—¡No se enterará de nada! Si fuera infiel, haría todo lo posible para que su hermano no se percatara, ¿no es cierto? Así que eso es lo que hará. Sólo así logrará que su interpretación sea creíble para sus informadores. Mataremos dos pájaros de un tiro. Él no se entera, y además nos ayuda.

Georges había doblado un trozo de cartón para calzar la mesa. Encima había documentos, mapas, fotografías en gran formato, un calendario y hojas de planificación vacías.
　Le explicó la configuración de Praga mientras le señalaba los ejes principales en los mapas.
　—El Moldava atraviesa la ciudad de norte a sur. Como es una estancia breve, se moverán principalmente por esta zona. —Trazó un círculo en el plano—. El casco antiguo, en el meandro del río, más o menos hasta aquí, el puente de Carlos y el castillo, al otro lado del Moldava. Lo que nos interesa está aquí. Esto es la embajada de Francia, en Velkopřevorské náměstí —dijo mostrándole una foto.
　Era un palacete de estilo barroco con varias hileras de ventanas provistas de frisos con molduras. Daba a una placita adornada con unos magníficos y hermosos árboles que parecían tilos.
　—Y aquí, la StB, Státní Bezpečnost, la Seguridad del Estado; o sea, la policía política.
　François abrió los ojos como platos, porque Georges señalaba dos ventanas de un edificio cuya fachada lateral daba directamente al palacete.
　—Sí, es halagador, ¿verdad? La StB nos considera tan importantes que ha instalado un anexo desde el que pueden observar nuestras ventanas y ver todas las entradas y salidas de la embajada.
　El tono de Georges era jocoso, casi burlón, pero sus palabras resultaban inquietantes.
　—En previsión de su llegada, la embajada permanecerá alerta, pero sin llamar la atención. En cuanto cruce la plaza, la puerta se abrirá. La StB no tendrá tiempo de reaccionar. ¡Si es que lo ven, lo que es poco probable! No están apostados día y

noche en la ventana. Según nuestros datos, los agentes de ese anexo no son muy madrugadores, así que, si llega temprano, no habrá peligro.

François miraba el plano y las fotos.

Era una sensación extraña: el paisaje se volvía más complejo y opaco a medida que aumentaba la información.

—Le cuento... El último día de la visita, los empresarios tendrán una tarde libre para poder comprar *souvenirs*. Usted hace lo propio, hasta que una chica muy guapa lo aborda por la calle. Ni corta ni perezosa, le propone pasar la noche en su casa por una cantidad razonable. Está usted en el extranjero y da por sentado que esa canita al aire no tendrá consecuencias, así que acepta. Esa noche, después de cenar, va al lugar convenido. Beben, se acuestan, se duermen... A la mañana siguiente, la chica desaparecerá con su pasaporte, su dinero, su reloj, etcétera. Usted se quedará con lo puesto. El avión a París despegará sin usted. Lo único que podrá hacer es acudir a la embajada y pedir que lo repatríen. ¿Le ha quedado todo claro?

—¡Sí, pero no pienso acostarme con la chica! ¡Jamás engañaría a mi mujer!

—Nadie se lo pide, François. En realidad, no tendrá que hacerlo. Simplemente, le cuento la historia que deberá soltarle a la policía.

—¿Qué policía? ¿No voy a refugiarme en la embajada?

Georges se frotó los ojos unos segundos antes de contestar.

—Autorizaremos a la policía checa para que lo interrogue en la embajada. —Esperó a que François asimilara la información. Luego, remachó el clavo—: Si les permitimos que lo interroguen, conseguiremos que crean en su buena fe y lo vean como a una víctima. Si, como esperamos, el Duende logra subir a ese avión en su lugar, nadie dudará de la implicación de los servicios secretos franceses, y además nosotros no lo negaremos. ¡El Duende es una presa muy valiosa para nosotros! Lo más importante es que a usted lo vean como a alguien a quien hemos manipulado. Será una víctima, sólo eso.

—¡Pero podrían negarse a soltarme!

—Usted no tiene el menor interés para ellos: no les servirá de nada. Además, impedir que un periodista francés vuelva a su país, cuando están haciendo tantos esfuerzos para mostrarse accesibles, sería contraproducente. Retenerlo contra su voluntad arruinaría los beneficios que esperan obtener de la visita de los empresarios franceses. Les interesa deshacerse de usted. Bastará con que se atenga a nuestra versión: que una prostituta lo ha desvalijado por la noche.

El guión parecía perfecto, intachable... Su instinto trataba de encontrarle algún fallo.

—Sobre el papel, puede que funcione —admitió—. Pero en la vida real...

—También funcionará, ¿sabe por qué? Porque es una historia sencilla que cualquiera puede comprender. Ahora voy a explicarle qué ocurrirá realmente. Simon irá a buscarlo y lo acompañará aquí, a la calle Zvýšená. —Señaló un punto en el plano—. Es donde se encuentra el piso en el que pasará la noche. Allí habrá una chica, para dar verosimilitud a la historia de la noche con una prostituta. Pero también para que pueda describírsela a la policía. Ella se irá esa misma noche, una vez que usted le haya entregado el pasaporte, el dinero y todo lo que lleve encima. Luego, podrá dormir. Allí habrá un despertador, para que pueda irse del piso a las siete y cuarto en punto. Como ve, la embajada está aquí, a unos quince minutos a pie. ¿Preguntas?

—¿Quién es la chica?

—Una agente nuestra. Una chica muy maja, ya lo verá. Si pasara algo, ella tomaría la iniciativa. Lo único que tendrá que hacer usted es el trayecto a pie del piso a la embajada.

Era sencillo, efectivamente. La mar de sencillo...

Los dos hombres estudiaron el itinerario con detalle.

Varias fotografías mostraban las calles que tendría que recorrer François.

—El camino más corto pasa por el puente Kozlov, Květinový trh... —mientras el dedo de Georges serpenteaba por un sinfín de callejas, François sentía renacer su inquietud— la plaza Kozlik y, por fin, la embajada, en Velkopřevorské náměstí.

—Me perderé... —François miró fijamente a Georges. Tenía la boca seca—. No tengo buen sentido de la orientación...

—Apréndase el itinerario de memoria y todo irá bien.

A mediodía, Dana entró sin hacer ruido en el salón llevando una bandeja con un plato con dos sándwiches que debían de llevar en la cocina desde la víspera. Y dos copas de cerveza que se habían quedado sin espuma.

Mientras masticaba con esfuerzo, François se aprendió y recitó el recorrido:

—Cruzo el puente Kozlov, tuerzo a la derecha para coger Novákova ulice, recorro Květinový trh, giro a la izquierda para tomar Dvořákova ulice...

François no lo hizo tan mal.

—Estupendo. Lo más pesado, ya está. Ahora voy a darle algunos consejos. Por lo que pudiera pasar.

—¿Qué quiere decir? ¿Qué podría pasar?

—Si lo supiéramos, todo sería muy fácil —respondió Georges con una sonrisa triste; luego miró fijamente a François—. Vamos a ver, si no tomáramos estas precauciones, ¿qué pensaría usted?

François guardó silencio.

—Lo esencial es poder hablar. Usted y nosotros. No se escribe nada, o lo menos posible. Si ocurriese algo que pusiera en peligro nuestro plan, nos llama, y organizaremos un encuentro secreto para ayudarlo. Su contacto está en la embajada, la centralita abre a las diez de la mañana. Éste es el número: tiene que aprendérselo de memoria. Pida que le pongan con la oficina de Visados. A la persona que lo atenderá, dígale que es un francés de visita en Praga y que quiere saber qué gestiones debe hacer para prolongar su visado. Le responderán con banalidades, las líneas están pinchadas, así que no será posible decirle nada por teléfono. Pero así sabremos que necesita hablar con nosotros urgentemente. Al cabo de tres horas, tendrá nuestra respuesta en el buzón.

Georges se calló. François comprendió lo que tenía que hacer. Se tomó un minuto para memorizar el número y le devolvió la tarjeta a Georges, que le enseñó una foto. Era una tienda con una ancha fachada de madera tallada con escaparates ojivales y rematada por un letrero en el que podía leerse: KLOBOUKY, PRÁDLO.

—El régimen cerró todos los comercios particulares y ahora sólo hay establecimientos del Estado. Esta tienda lleva años cerrada. Se vendían sombreros, ropa blanca, ropa interior... y en la trastienda, la lencería más atrevida, ya me entiende. Ése será nuestro buzón. Se encuentra aquí. Memorice la dirección y el emplazamiento: calle Vodičkova. Está a cuatro pasos de su hotel, a menos de cinco minutos a pie. Ahora, mire aquí...

La segunda foto, tomada seguramente a hurtadillas, estaba bastante desenfocada. Una mano sujetaba una tablilla que sobresalía un poco de la pared.

—Con el tiempo y el abandono, esa tablilla junto a la puerta de entrada se ha soltado un poco. De todos modos, aún aguantará mucho tiempo. De momento, es un excelente escondite.

La última foto mostraba la calle.

—Usted llegará por aquí. Ahí, en la esquina de esa puerta, debería ver un trazo hecho con tiza. Es la señal de que el buzón contiene algo, de que hay un mensaje para usted. Será una dirección y una hora para encontrarnos. Debe guardarse el mensaje, leerlo lo antes posible, y luego romperlo y dispersar los pedazos.

Georges le dio tiempo para que memorizara la dirección de la tienda y su situación en el plano.

—¿Cuál es el número de teléfono de la embajada?

François se lo dijo.

—Bien. Una última cosa que deberá recordar. No se fíe de nadie, no se fíe «del todo», quiero decir. Cíñase a lo que hemos convenido. Y a lo que se supone que es y hace. A nada más, ¿entendido? Bajo ninguna circunstancia.

—Como los comercios estatales cierran muy pronto, hay pocos incentivos para salir, pero en los cafés se baila y en los restaurantes hay mucha animación. Ya lo verá, es muy agradable.

Desde luego, no era la idea que François se había hecho de Praga bajo la bota comunista.

—Es el lado bueno de la desestalinización... Así que, si sale y se le presenta la ocasión...

—¿Qué ocasión?

—Acabará su visita en un piso, con una prostituta. Lo ideal sería que antes diera credibilidad a su personaje...

—¿Yéndome de putas?

Georges sonrió amablemente.

—Por ejemplo.

—Ya se lo he dicho, yo...

Georges alzó la mano en señal de apaciguamiento.

—Una vez más, François, no se trata de consumar. Pero si se va con una prostituta y lo siguen, dejará un rastro que, llegado el momento, reforzará su historia. Luego, si no quiere consumar el acto, puede poner la excusa de que se encuentra indispuesto, a cualquiera le puede pasar, ¿no? Pero así ya se habrá retratado, ¿comprende? Para conseguir devolverlo a Francia, nuestro mejor argumento será que es usted el tipo de hombre que, estando de viaje, nunca puede rechazar una ocasión cuando se le presenta.

François suspiró profundamente.

Dana entró, le susurró algo a Georges y volvió a marcharse. Georges se quedó en silencio.

—¿Algún problema? —preguntó François.

Georges consultó su reloj.

—No, no creo. Sigamos, ¿le parece? Hemos considerado conveniente que sepa algunas frases en checo. Estaría bien que las aprendiera a pronunciar con un mínimo de acento para asegurarnos de que lo entienden cuando las diga.

—¿Por qué?

—Imagine que va usted a tomar algo a un café o a un bar y le preguntan qué hace allí...

Georges se había acercado a la ventana, apartado el visillo y echado un vistazo a la calle.

—¿Quién? ¿La policía?

—Sí, por ejemplo.

Georges le había respondido distraídamente. François lo vio atravesar el salón y abrir la puerta a un individuo de unos cuarenta años de rostro delgado, anguloso, constitución atlética y ojos muy expresivos.

—Le presento a Simon, su cobertura —dijo Georges—. Estará en Praga con usted.

Se dieron la mano. Simon lanzó una rápida ojeada a los documentos esparcidos por la mesa y se volvió hacia François.

—Todo irá como la seda.

—Es lo que se suele decir cuando no se está seguro del todo...

Simon esbozó una sonrisa.

—Me verá de vez en cuando, pero, como ya le ha dicho Georges: usted y yo no nos conocemos. Tiene un protocolo de contacto: ésa es la única vía. Si necesito hablar con usted, le dejaré un mensaje en el buzón. Siga mis instrucciones, no improvise y todo irá bien.

François asintió con la cabeza.

—Simon no se quedará con nosotros —dijo Georges—, tiene mucho trabajo... Cuando vuelvan a verse, estarán en Praga, y ya no tendrán ocasión de saludarse.

Simon le apretó el hombro a François con calidez, se limitó a hacerle un gesto con la cabeza a Georges y abandonó el salón.

La presentación no había durado ni diez minutos.

—Bueno, ahora ya sabe qué cara tiene —dijo Georges a modo de explicación—. ¿Por dónde íbamos?

—La policía. ¿Podría detenerme?

—No, pero no es raro que te aborden en la calle y tengas que enseñarles la documentación y responder a un par de preguntas. Si eso ocurre, será pura formalidad. Recuerde, la fuerza de su posición reside en que es de verdad. Usted es «realmente» un periodista que acompaña a una delegación de empresarios franceses. No se salga del guion bajo ningún concepto, pase lo que pase. Si lo interrogan, sea vehemente, dé respuestas claras a lo que le pregunten. De todas formas, la información circulará muy deprisa, enseguida se sabrá quién es usted y la importancia que tiene. A un periodista no se lo puede llevar a comisaría así como así. —Georges lo miró fijamente—. Y, en cualquier caso, por favor, déjese de heroísmos, ¿de acuerdo?

François encendió un cigarrillo. Georges se dio cuenta de que estaba nervioso.

—François, escuche bien lo que le voy a decir. En este oficio, hay una regla, una regla absoluta que vale para usted y para todo agente en cualquier lugar del mundo: quien está sobre el terreno siempre es quien tiene la última palabra. En consecuencia, ocurra lo que ocurra, al final siempre decidirá usted. Una vez que esté allí, si quiere renunciar, lo hace. No tendrá que dar ninguna explicación, la misión se detendrá en el instante que usted decida. ¿Está claro?

François lo habría abofeteado por manipularlo de aquella manera. Porque nada había sido más eficaz para inducirlo a continuar con la misión... que aquella libertad para interrumpirla.

—¿Listo para el checo? Es usted periodista, así que resulta verosímil que haya tenido la previsión de memorizar algunas frases básicas... —Georges se levantó a abrir la puerta. Dana entró y se sentó delante de François—. Dana es checa. Normalmente, ella y yo hablamos en alemán.

—De acuerdo.

Dana, con las regordetas manos cruzadas sobre la mesa, lo miraba sin pestañear, como si esperase a que François le sirviera la cena.

—También le enseñará algunas frases en finlandés...

—¿Y para qué las quiero?

Era muy sorprendente.

—¡Como si nadie hablará finlandés! Si en un momento dado quiere que lo dejen tranquilo, si necesita librarse de alguien, fínjase finlandés, es un método infalible. —François no pudo evitar sonreír—. Bueno, empecemos: «Hola, me llamo François Pelletier. Soy periodista y estoy aquí realizando un reportaje para la televisión francesa.»

Al instante, la voz grave de Dana recitó:

—*Dobrý den, jmenuji se François Pelletier. Jsem novinář a jsem tu kvůli reportáži pro francouzskou televizi.*

François se quedó boquiabierto.

—Eso no creo que lo consiga —dijo, desanimado.

Había tenido que mirar con atención decenas de fotografías, aprenderse y repetir su itinerario por Praga, memorizar la dirección del buzón y el teléfono de la embajada, repetir frases en checo (¡y dos en finlandés!)... Al salir del piso (en la rue Fenoux: esta vez se había fijado en la placa), estaba agotado. Y preocupado.

Lo que sobre el papel parecía una simple visita a Praga que finalizaría con un breve paseo hasta la embajada francesa, había resultado ser algo mucho más complejo y peligroso.

Georges no había hecho nada para tranquilizarlo. No había sido alarmista, eso no, pero en ningún momento había dicho lo que a François le habría gustado oír: «¡No corre ningún peligro, no le pasará nada!»

Al contrario.

—A partir de ahora —había dicho antes de que se despidieran—, manténgase alerta. Su misión ha empezado. Si tiene la sensación de que pasa algo anormal en su entorno, díganoslo de inmediato.

—¿Anormal?

—Si cree que alguien lo sigue, por ejemplo. No intente deshacerse de esa persona, salvo si se siente amenazado. En caso contrario, siga su camino como si nada. Al llegar al *Journal*, fíjese en los coches aparcados, procure ver si hay alguien dentro. Ese tipo de cosas... E infórmenos de ello lo antes posible.

—Pero no estamos en Praga...

—¡Ya! Pero los agentes comunistas en París me conocen. Hemos tomado todas las precauciones necesarias para que no sepan que nos hemos conocido, pero, si lo averiguaran, usted estaría quemado, y habría que suspender la misión... Y buscar otra solución.

François estaba cada vez más agobiado. Georges se dio cuenta.

—No tenga miedo, simplemente esté alerta, nada más.

Su vida había cambiado totalmente.

Se habían acabado los paseos despreocupados hasta el metro. Ahora tenía órdenes de estar atento. ¿A qué? No tenía la menor idea.

Por supuesto, miró a su alrededor, pero nadie le llamó la atención. Georges había apartado varias veces los visillos del salón. ¿Esperaba a alguien? ¿Temía que los vigilasen? Cualquiera sabía, aquel hombre era una esfinge.

—¿Va todo bien, mi amor? —le preguntó Nine.
—¡Pues claro que sí!

Había respondido con un énfasis que él mismo encontró excesivo. Abrazó a su mujer

—Voy a ver a los niños.

Ya estaban dormidos. Martine apretaba una pata del oso de peluche contra su boca. Y Alain, con su redonda carita iluminada por la lamparita quitamiedos, roncaba suavemente.

Cuando volviera a la mesa, tendría que decirle a Nine que al día siguiente llegaría tarde.

Se lanzó:

—He olvidado decirte que mañana ceno con uno de los empresarios que viajarán a Praga. —Fingió una risita irónica—. He caído en la trampa... Será una velada aburridísima.

Se estaba excediendo.

No veía el momento de irse a Praga y dejar de mentir a todas horas.

Nine no se habría sorprendido si le hubiera anunciado que al día siguiente cenaba con un agente del contraespionaje para un artículo; al revés, le habría hecho gracia saberlo. El propio Georges le había aconsejado esa estrategia, porque era la más cercana a la realidad. Pero François temía que, si le revelaba una porción de la verdad, se rompería un dique y se vería arrastrado a confesárselo todo de golpe. Delante de Nine no se sentía lo bastante fuerte.

En realidad, era una situación nueva para él.

A fin de cuentas, confiaba totalmente en ella, ¿por qué no la ponía al corriente?

Porque había aceptado las reglas del juego.

Georges había conseguido toda una proeza: que François se metiera en su papel en tan poco tiempo.

Le costó mucho dormirse; no paraba de moverse en la cama.

Nine tampoco dormía. Pero se quedaron en silencio.

François se despertó en mitad de la noche.

¿Dormía Nine?

Mentalmente, recitó el teléfono de la embajada, el trayecto desde la calle Besední (cruzar el puente Kozlov, torcer a la derecha por Novákova ulice...) y, al final, «*Dobrý den, jmenuji se François Pelletier*»...

18

Si lo necesitas...

La rue du Petit-Musc, en el barrio del Marais, era una calle con encanto pero bastante estrecha. Por si eso fuera poco, el taller de Nine no estaba en la misma calle, sino en un patio, al otro lado de una gran puerta cochera, lo que hacía aún más difíciles las entregas. A los clientes les encantaba el sitio, pero los repartidores lo odiaban. No podían pasar dos vehículos a la vez por la calzada. Y eso fue exactamente lo que sucedió el miércoles: el camión que transportaba los libros que debía restaurar Nine quedó bloqueado detrás de un vehículo que llevaba material de encuadernación. Reacción típica del conductor parisino: ponerse a tocar la bocina. Los dos repartidores empezaron a insultarse, los vecinos abrieron las ventanas —algunos con la esperanza de que llegaran a las manos— y varias porteras y comadres salieron a la calle para no perderse el espectáculo. El primer repartidor dejó ocho cajas en la acera sin interrumpir la discusión con el segundo, que no levantaba la mano del claxon. Cuando al fin dejó la vía libre y el camión pudo avanzar, su conductor, de un humor de perros, descargó dos cajas y tres pesados cajones delante de la puerta cochera. «Ah, no, señorita, no voy a poder llevárselos al fondo del patio, ya voy con retraso en el reparto, y hoy estoy solo...»

Despejada la calle, la gente, decepcionada, volvió a sus quehaceres.

Nine observaba las cajas y los cajones con expresión desamparada.

El taller no quedaba muy lejos, a unos treinta metros, pero los cajones pesaban demasiado. En cuanto a las cajas... Tirando y empujando, apenas pudo mover la primera unos centímetros sobre los adoquines. Miró al cielo. El gris de hacía un momento se había oscurecido y amenazaba lluvia. Las cajas de cartón se mojarían y los cajones de madera contenían ediciones de libros raros...

Abrió las cajas allí mismo, en la acera, y transportó su contenido hasta el taller. Los cajones de libros seguían angustiándola. Intentó protegerlos con una manta vieja que encontró en el patio trasero.

La lluvia se decidió al fin: una cortina de agua densa y vertical.

Nine hizo acopio de fuerzas, tiró de un cajón y lo hizo avanzar un metro. Comprendió que no lo conseguiría, así que no había tiempo que perder.

Le entró el pánico.

—¿Te echo una mano?

Era una mujer con impermeable y la cabeza cubierta con un pañuelo de nailon. Se conocían vagamente: habían coincidido en tiendas del barrio, antes de darse cuenta de que eran vecinas. «Me he mudado hace poco», le había dicho a Nine. ¡Odette! Su nombre le vino a la cabeza en el acto.

Trató de recordar el apellido, pero la vecina ya estaba empujando el cajón, y entre las dos no tardaron en llevarlo hasta el taller.

La madera de los otros se estaba empapando y cambiando de color.

—Gracias —dijo Nine con la poca fuerza que le quedaba.

Pero Odette ya estaba empujando el segundo cajón, del que Nine empezó a tirar en dirección a la puerta. Era el más pesado, chocaba contra los adoquines, y les costaría un rato desplazarlo hasta el taller.

Nine estaba calada. El agua le entraba por el cuello del jersey y le bajaba por la espalda y los pechos.

Cuando al fin lo consiguieron, corrieron hasta la puerta cochera y, bajo una lluvia que ahora era torrencial, agarraron el último cajón y, con la fuerza de la desesperación, lo arrastraron por el patio y lo pusieron a cubierto.

Las dos mujeres, chorreando, agotadas, se miraron.

Odette, que aparentaba unos cincuenta años, tenía una constitución fuerte: caderas anchas, maternales, facciones duras, el pelo gris y una boca de labios generosos.

—Gracias —dijo Nine.

La mujer se limitó a hacer un gesto con la mano —«no tiene importancia»— y se fue por donde había llegado.

Nine se apresuró a abrir el primer cajón con una palanca.

Había entrado agua.

La paja y el grueso papel de protección estaban empapados.

Nine se secó la cara con el dorso de la mano y miró a su alrededor. El taller estaba limpio y ordenado, pero ante aquellas cajas mojadas y temiendo encontrar aún más libros estropeados en los cajones, la invadió una horrible sensación de soledad. Se le hizo un nudo en la garganta.

François la había dejado en la estacada.

Al cabo de nada, tendría que salir corriendo para recoger a los niños en la escuela, hacer la comida... ¿Podría cumplir los plazos de entrega? ¿Estaba capacitada para realizar aquel encargo? Se sintió vacía, inepta, impotente.

Su vida hacía agua por todas partes, como aquellas cajas.

Se echó a llorar.

Era una pena repentina, intensa, como las de la infancia.

—¿Te encuentras bien?

La vecina estaba plantada en la puerta del taller con la manta chorreante que había recogido en el patio.

Nine no podía parar de llorar. Con los ojos nublados por las lágrimas, distinguió vagamente los movimientos de la mujer, que avanzó y la abrazó diciendo:

—Adelante, llora si lo necesitas...

Nine percibió un tranquilizador olor a lejía y almidón. Odette la tenía cogida de los hombros con naturalidad.

—Bueno, vamos allá... —dijo al fin Nine, pero no hizo el menor gesto—. Habrá que abrir las otras, supongo...

19

El domingo lo sabremos

Abrir el correo era uno de los rituales de Colette en Le Plessis.

Desde que le mandaban publicidad y respondía a los folletos apícolas para conseguir muestras, era ella quien se encargaba de coger las cartas del buzón —que el abuelo había fijado a un árbol cerca de la verja— cada mediodía al volver de la escuela.

El sobre le revolvió el estómago. Le dio una arcada, pero no llegó a vomitar.

En el dorso, con letra redondilla y firme, aunque bastante pequeña, como mezquina, podía leerse: «Sra. Geneviève Pelletier.» Su madre daba mucha importancia a ese «señora». Cuando se presentaba, nunca olvidaba pronunciarlo separando las sílabas.

Le pasó por la cabeza hacer desaparecer la carta, pero desistió por miedo a las consecuencias. La metió entre el resto del correo, que dejó sobre el taquillón de la entrada, y dejando ir un «buenos días» subió a su habitación. Como siempre, *Joseph* la siguió y se sentó con ella en la cama. No era habitual que su madre escribiera a los abuelos; de hecho, era la primera vez, así que debía de haber un motivo urgente, y sólo podía ser ella: Colette.

La amenaza de tener que volver con su madre planeaba sobre su cabeza desde que había llegado a Le Plessis.

¿En quién pensaba la abuela cuando decidió volver a Francia? En sí misma. En sus otros nietos. Pero se había olvidado de ella, eso estaba claro.

Y el abuelo también. Se había limitado a observar a Macagne día tras día, fascinado por cómo regaba sus frutales, extasiado ante los adelantos de la técnica, mientras sus abejas morían y sus colmenas se vaciaban.

Colette se sentía terriblemente sola.

La idea de volver con su madre era una amenaza que proyectaba un miedo que parecía infundado.

¿Qué había que temer?

Colette no conservaba ningún recuerdo de cuando vivía con sus padres. Hasta donde le alcanzaba la memoria, siempre había estado en Beirut, con su abuelo y su abuela. Sus padres sólo eran una visita. Era cierto que papá le mandaba postales y juguetes y le escribía cosas cariñosas, pero sólo era una especie de tío bondadoso y lejano que, cuando llegaba, la miraba embobado y la estrechaba contra su pecho, y que al irse rompía a llorar. En cuanto a mamá, era una bola de energía devastadora que siempre tenía una palabra desagradable y una mirada de lástima para ella. Pero eso sólo ocurría unos cuantos domingos al año; luego volvía a respirar, la vida seguía su curso y se olvidaba de aquel mal rato.

Sin embargo, si todo el mundo temblaba ante la idea de que ella volviera con su madre, es que había algo que temer.

Por lo visto, habían pasado cosas, pero ¿qué cosas?

Colette había oído retazos de conversación, palabras sueltas.

Lariboisière, por ejemplo, un nombre misterioso. Había tardado mucho tiempo en comprender que se trataba de un hospital. Debía de haber estado enferma... ¿Temían una recaída? ¿Qué enfermedad podía volver a tener si regresaba con su madre? ¿Por qué tenía la sensación de que su padre no sería capaz de protegerla?

Todo era muy vago. Y, en consecuencia, más inquietante todavía.

Joseph se había ovillado sobre sus muslos, pero no ronroneaba como solía hacer. El gato se levantó, se acercó a la puerta y, cuando Colette se la entreabrió, dio unos cuantos pasos prudentes por el rellano y se detuvo. Colette lo siguió.

A través de los barrotes de la escalera, los dos veían las siluetas de sus abuelos, que cuchicheaban abajo, en el salón. Colette aguzó el oído.

—¿Qué quiere?

—Un consejo de familia. Propone el domingo, parece ser que lo aconsejan Júpiter y Plutón.

Angèle no estaba para bromas.

—¿Crees que...?

—El domingo lo sabremos. Pero, no, ¡bah, no te preocupes!

Su abuela volvió a la cocina andando pesadamente. Colette pasó la cabeza entre los barrotes. Su abuelo parecía indeciso, pero al final hizo un rebujo con la carta con gesto nervioso.

Joseph y ella volvieron con sigilo a la habitación.

De pronto, Colette pensó en Macagne.

¿Se habría quejado? Él se había comportado mal, por supuesto; pero ella había ido a su casa... ¡con un cuchillo! ¡Y le había agujereado la valla!

¡Le había hecho eso tan asqueroso porque ella le había rajado unos bidones de insecticida que valían mucho dinero!

«¿Seguro que no hay algo más? Me lo dirías, ¿verdad? Ya sabes que mentir está muy feo...», le había preguntado su madre.

¿Y si Macagne había escrito a su madre?

¡Seguro que Macagne había pedido dinero y exigido que la castigaran! ¿Qué iban a hacerle?

¡La meterían interna!

Un fuerte escalofrío le recorrió la espalda y la hizo temblar.

Su madre lo había dicho más de una vez: «Me pregunto si esta niña no estaría mejor en un internado...»

Sus abuelos hacían como si no la oyeran. Hasta que habían llegado a Le Plessis, nadie le daba mucha importancia a la palabra «internado». Pero, entonces, Manuel, el hijo de los Augier, se había encargado de darle un significado: a su hermano mayor lo habían metido en un internado porque era mal estudiante y no se esforzaba. Un internado era una mezcla de escuela y prisión donde encerraban a los niños. Sólo iban a casa en vacaciones, y si no estaban castigados...

Manuel decía que allí les daban regletazos en los dedos y golpes de vara en las nalgas como castigo. Y que los encerraban en unos armarios oscuros donde los mayores te hacían cosas, aunque Manuel no había comprendido a qué se refería su hermano. Colette había pensado en Macagne y se había puesto roja.

Todo encajaba.

El internado. Ahora estaba segura.

Miró su habitación, las páginas de revistas pegadas en las paredes, sus juguetes, sus folletos de apicultura y los objetos que amaba. El abuelo, que la había dejado sola ante Macagne, ¿permitiría que la mandaran allí? La abuela, que no había comprendido nada de nada, ¿se opondría a que lo hicieran? Hélène, su madrina, que la tenía un poco abandonada desde que esperaba al nuevo bebé, ¿estaría allí? En cuanto a Nine, con lo poco que hablaba, Colette no se la imaginaba declarándole la guerra a nadie...

«La que decide sigo siendo yo, ¿sabes?», le decía su madre en voz baja de vez en cuando.

Colette volvió a echarse a temblar. El futuro era un túnel oscuro y sin final. Su vida ya no le pertenecía, se la habían robado, ya no sabía cuándo ni quién, como si todo el mundo le hubiera quitado una parte.

Quería morirse.

Joseph se hizo una bola sobre sus rodillas. «Sólo lo tengo a él...», se dijo Colette.

20

Praga, con dedos de lluvia

Chez Milou, un pequeño restaurante parisino que parecía un *bouchon* lionés, estaba en la rue Duhesme.
Georges lo esperaba en la puerta. Entraron.
—¡Señor Duperey! —exclamó la dueña, una mujercilla regordeta y sonriente como un angelote—. ¡Dichosos los ojos!
Los guio hasta el fondo de la sala.
—Su mesa favorita...
Era un local bastante íntimo. Sólo había unas cuantas parejas repartidas por la sala... No era una noche de mucho trabajo.
—¿Cómo está el señor Émile? —preguntó Georges.
—Estupendamente. Le alegrará saber que está aquí...
Cuando la mujer se alejó con la comanda, Georges se inclinó hacia François.
—Al señor Émile no he tenido el placer de verlo nunca... Es un fantasma que hace la mejor blanqueta de París.
La dueña les llevó una botella de vino *motu proprio* y les llenó las copas.
—¿El teléfono de la embajada y la dirección del buzón? —preguntó Georges levantando su copa.
François los recitó.

Cuando brindaron, Georges sonrió. Llevaban dos días trabajando a destajo, y de pronto se respiraba un ambiente relajado. «Bueno, en la medida en que este hombre es capaz de relajarse», se dijo François.

Atacaron la blanqueta.

—¿Conoce Praga?

—Las cosas típicas... Mozart, Don Giovanni, Kafka... Lugares comunes...

—Es una ciudad magnífica, ya lo verá. ¡Y qué historia! No se puede decir que el comunismo la haya vuelto más alegre, ha conocido tiempos mejores, pero es una ciudad... tan emocionante... Sí, claro, están sus cúpulas, sus cimborrios, su magnífica arquitectura, pero lo más llamativo es la atmósfera, ¿sabe? —François vio que a Chastenet le brillaba la mirada, pero la chispa desapareció rápidamente—. En Praga se habla bastante francés, aún se estudia en la escuela. Es una ciudad realmente asombrosa. Con cierta tendencia a la magia negra. «La veo como a esas ciudades embrujadas que imaginaba... El sueño de unos constructores caprichosos.» Es de Nezval, Vítěslav Nezval. Debería leerlo. *Praga, con dedos de lluvia*... A veces me pregunto si el gusto de esta ciudad por lo irracional no será fruto de su lucidez.

De nuevo, aquella sonrisa vaga. De vez en cuando Georges lo miraba, pero el tono y la cadencia de su voz daban la impresión de que hablaba consigo mismo.

—¿Su lucidez?

—Sí, o quizá de su fatalismo, la verdad es que no lo sé. Pero, de todas formas, es sorprendente. En la ciudad donde se creó el primer ser antropomórfico, el gólem, y en la que Čapek imaginó los robots... ahora tenemos a un pueblo robotizado bajo la bota comunista. Puede que su imaginario macabro fuera el presagio de su destino, vete a saber...

François estaba un poco confuso, para él Praga era más Mozart que Kafka.

—En parte tiene razón —respondió Georges—, también es una ciudad muy alegre. Se dará cuenta en la plaza de Wenceslao, en sus cafés cantantes. Las autoridades sólo les mostrarán los sitios típicos, huelga decirlo. La verdadera Praga seguirá siendo una desconocida para usted. Pero le gustará, nadie puede resistirse al encanto de Praga.

François sentía curiosidad por aquel hombre que comía con la delicadeza de un marqués. Tenía un aire femenino. ¿Estaba casado? No llevaba alianza.

—Como ya ha visto en el plano, la embajada está al norte del barrio de Malá Strana, la «pequeña ciudad». Con las autoridades, lo cruzarán casi sin verlo. Una lástima, porque es un barrio muy animado, muy popular, la auténtica Praga. De hecho, uno no se lo imagina, pero es un verdadero laberinto de patios, jardines... El barrio colinda con el parque Kampa.

François recordaba haber visto en el plano que bordeaba el Moldava.

—Había allí, aunque no sé si seguirá existiendo, un antiguo molino que sufrió un incendio a finales del siglo pasado —prosiguió Georges buscando un recuerdo con el ceño fruncido—. Antaño vivía allí una mujer, con decenas de gatos y marginados de todo tipo. Era un antro de traficantes donde encontrabas de todo. Supongo que las autoridades intervendrían en su día...

¿Cuánto tiempo había vivido Georges en Praga?

—Desde aquí se ve la flecha de San Nicolás...

—¿Qué le hace sonreír? —preguntó François.

—Lo mucho que les gustan las iglesias a los comunistas. Las han cerrado prácticamente todas, pero, cuando están vacías, les encanta mudarse a ellas. La policía política eligió San Nicolás porque el campanario es lo bastante alto para vigilar desde él toda la ciudad. Es un motivo técnico, pero también se instalaron en el convento de los Cruzados, cerca del puente de Carlos. Esa querencia por los edificios religiosos, viniendo de unos ateos acérrimos, es muy curiosa, ¿no le parece? —Era una pregunta retórica; los pensamientos de Georges se desgranaban al hilo de sus recuerdos—. Y una iglesia, al oeste de la ciudad vieja, a la que nosotros llamamos Santa María de la Victoria, ¡qué ignorantes! Es la Kostel U Pražského Jezulátka, la «iglesia del Niño Jesús de Praga». —A François le llamaba la atención su acento, sonaba muy auténtico—. Tiene una cripta muy extraña, con lápidas de...

—Bueno, señores, ¿qué tal la blanqueta? —les preguntó la dueña.

—Esto no es cocinar, señora, es hacer poesía. Dígaselo al señor Émile de mi parte.

François pensó de inmediato en Nine, que adoraba aquel plato y que ahora podría estar allí con él en lugar de aquel...

«Vamos, piensa en otra cosa, concéntrate en el presente», se dijo.

Era un consejo que le había dado Georges ese mismo día. «Para el espía, el pasado prácticamente no existe. Todo se desarrolla en el futuro, hay que anticiparse, adelantarse, imaginar el siguiente paso sin cesar... Y en el presente, porque es donde todo pasa. ¿Quién me sigue? ¿Quién me mira? ¿Tengo tiempo...? Para el espía, el presente es una droga, una fiebre. Nadie puede renunciar a eso fácilmente.»

—Se ha sentado enfrente de la puerta —dijo François sonriendo—. ¿Es para ver quién entra y quién sale?

Georges se inclinó hacia él en actitud conspiradora.

—No sólo eso. También me he sentado cerca de la puerta de la cocina. Y la cocina tiene salida a la calle de atrás.

¿Lo decía en serio? Era imposible saberlo.

—En Praga no tendrá que tomar tantas precauciones...

La frase quedó en suspenso. François apuró la copa y encendió un cigarrillo.

—Si le hago una pregunta personal, supongo que me saldrá con una evasiva...

—No necesariamente.

—¿Por qué eligió este oficio?

—Bueno, cada cual tiene sus motivos, más o menos confesables. Pero digamos que soy uno de los afortunados que se sienten partícipes de algo más grande que ellos. Digo «afortunados», pero también es una cruz, no sé si me entiende...

François era lo bastante inteligente para comprender que era una forma de zanjar la cuestión después de una confidencia que quizá no lo fuera.

—Usted me ha reclutado porque no tenía a nadie más a mano —dijo—. ¿Cómo pretende que confíe?

La respuesta fue instantánea.

—¡Usted es perfecto, François, no cambie! Es desconfiado, una cualidad indispensable en una misión. De hecho, es la base de nuestro trabajo. Cada vez que obtenemos algo, es porque se ha traicionado la confianza de alguien, sin excepción. La confianza sólo es un instrumento. Por eso lo único que importa es la lealtad. De modo que, respondiendo a su pregunta, es verdad, no tengo a nadie más a mano. Pero, después de dos días de trabajo juntos, sé que mi confianza está justificada. Es usted un hombre leal.

François volvió a ver el rostro de Nine.

Georges sonreía levemente mientras alzaba la copa. Era imposible saber si era sincero, si lo estaba engañando, si decía lo que había que decir. Aquel hombre daba vértigo.

François se preguntó si no lo estaban manipulando.

Georges se había recostado en la silla y encendido un cigarrillo.

—Está bien este sitio, ¿verdad? Debería venir con Nine. Seguro que le encantará la blanqueta.

21

Todo está a punto

—Entonces, ¿ya se va? —preguntó Georges alzando la voz. Simon había despejado su escritorio, ya no quedaba nada—. ¿Y dónde pasará las vacaciones, si no es indiscreción?
—En Niza, en casa de mi hermana.
—Bien, bien... —dijo Georges, y volvió a entornar la puerta—. Como comprenderá, al señor Pelletier no se lo he explicado todo... —murmuró.
Simon asintió, no lo sorprendía en absoluto.
—Sus simpatías políticas —siguió Georges— me han hecho pensar que sería una torpeza mencionar los cargamentos para el FLN. Con él nos limitaremos a hablar «grosso modo» de la exfiltración de un agente, si a usted le parece.
—No es muy... «Argelia francesa», ¿no?
—Pues no, la verdad es que no. No creo que quisiera ayudarnos a cortocircuitar entregas de armas a los independentistas argelinos. He preferido dejar el polvo debajo de la alfombra. —El pragmatismo siempre había sido la norma de la profesión—. Lo que más le preocupa es cuánto tiempo tendrá que quedarse en la embajada —continuó Georges. Simon sonrió—. Es un poco ingenuo, pero no vamos a quejarnos de eso, ¿verdad? —bromeó—. ¡Bueno, que disfrute de las vacaciones! —dijo ya en el pasillo.

• • •

Nadie comprendía cómo Marthe podía sobrevivir (no digamos ya trabajar) en un despacho atestado de ingentes pilas de documentos, manuales, libros en cuarenta idiomas y tablas de cifrado, con tres télex y papeles amontonados en el suelo, en el alféizar de la ventana, encima de los armarios...

Aunque la puerta siempre estuviera abierta, Georges jamás entraba sin golpearla discretamente con los nudillos.

—Eres un caballero, Georges —decía Marthe—. El último. Después de ti, sólo habrá botarates y burócratas, lo que...

—... viene a ser lo mismo —completó Georges cerrando la puerta y sentándose en la única silla libre, frente a ella.

Marthe ya no era exactamente la mujer a la que había conocido hacía veinte años. Desde luego, seguía teniendo la lágrima fácil y el pañuelo siempre a mano, pero los motivos de aflicción habían cambiado bastante. Había dejado de llorar por los desengaños sentimentales y los amores desgraciados, y ahora se concentraba en los gatos, los perros, las plantas de interior y las veladas fallidas con amigos y algunas vecinas.

—He entrado en la cincuentena, Georgie —le había dicho un día en confianza—. Un verdadero rosario de desilusiones... Para una mujer es más difícil, créeme. Aún tienes mucho tiempo por delante, pero menos oportunidades de disfrutarlo cada vez. —Paradójicamente, Marthe estaba más femenina que nunca: maquillaje esmerado, amplio guardarropa...—. Es la regla de la compensación, Georges: cuanto menos solicitada estás, más te esfuerzas. Eso no te consuela cuando te miras en el espejo, pero al menos no te avergüenzas.

Georges se limitaba a sonreír.

—Háblame del clima, Marthe.

—Nadie está al tanto de tu «operación especial». Eso sí, todos hacen su trabajo, tú ya me entiendes.

—Cuéntame.

—Libert se ha interesado por la petición de permiso de Simon. Ha hecho comprobar discretamente los billetes de avión, ida y vuelta, y se ha cursado una solicitud de información sobre una tal señora Dorin, que por supuesto es...

—... la hermana de Simon.

Que Georges hubiera preguntado «¿Y tú cómo lo sabes?» les habría parecido terriblemente vulgar a los dos.

Dado su puesto y su papel en el Servicio, la gestión de Libert era lógica, no se podía deducir nada de ella.

—Cuando le confirmen que Simon ha llegado a Niza, estoy segura de que dejará de interesarse por él —prosiguió Marthe.

Georges cerró los ojos. Había sido precavido y le había proporcionado a Simon una identidad nueva y del todo desconocida para el Servicio. Y había hecho bien.

—¿Y Michelet?

—¿Te importaría servirme té?

Marthe llevaba tres termos de té negro cada día. Aprovechaba sus frecuentes viajes al lavabo para darse una vuelta por la oficina y recabar información. Georges le sirvió el té.

—¿Tú no quieres, cielo? ¡Ah, claro! Este té no es lo bastante refinado para ti, lo sé, lo sé... —dijo Marthe en un tono falsamente apenado—. A tu vieja Marthe también le gustas por eso... ¡Qué clase tienes, Georgie! Mira, si me das un beso, te hablo de Michelet...

Georges sonrió, le cogió la mano y le besó los dedos.

—Qué elegancia... ¿Sabías que ese tunante está liado con la guarrilla de Céleste?

A Georges no le sorprendía en absoluto. Céleste, secretaria de la unidad de Acción, tenía una inmensa sonrisa de por lo menos treinta y ocho dientes (a los hombres les daba un poco de miedo) y una figura de escándalo. Hablaba cinco idiomas con fluidez, y no sólo era sexy, también era hipermésica.

—¿Céleste? ¿Con Michelet? ¿Qué me dices?

Marthe se tocó la punta de la nariz.

—El perfume de esa pelandusca en la solapa del jefe de Relaciones Exteriores no engaña, créeme.
—¿Y bien?
—Pues que nuestro Michelet ha pedido que le suban de los archivos cuatro dosieres de los que te ocupas tú: la red Philibert, el asunto de...
—De acuerdo, Marthe, se interesa por mi trabajo, con eso me basta.
—Intenta averiguar qué te preocupa, es muy altruista por su parte, ¿no crees?
—¿Tan preocupado parezco?
—Michelet dice que te conoce como si te hubiera parido.
—¿Es todo?
—Eso creo...

Si el rumor de que había un topo en la dirección del Servicio hubiera llegado a oídos de Marthe, éste habría sido el momento en que se lo habría contado. Por ahora, nadie ponía en tela de juicio la historia de los cargamentos para Argelia.

Marthe sonreía pícaramente, como si flirteara con él sin pensar en las consecuencias, pero nunca perdía de vista el trabajo.

—¿Tienes algo para mí?
—Pronto —respondió él levantándose.
—¿Me sirves más té?

Georges comprendió que habían acabado, pero no del todo.

—¡Venga, va, suéltalo! —dijo él un poco irritado.
Marthe dio un delicado sorbo de té.
—Élise...
—Sí, Élise, mi mujer, ya lo he entendido. ¿Qué pasa?
Ahora estaba irritado de verdad.
—Anteayer, en Locarno... —Georges esperaba estoicamente—. Estaba...
—Borracha.
—Entonada.

—Lo que yo decía... ¿Puedes resumir?

—Montó un escándalo en la mesa de blackjack, llamaron a seguridad y le encontraron cocaína. No mucha, un poco... Pero fue un embrollo igualmente... Consulado, embajada... La cosa se complicó y acabó llegando a París, y, al final, aquí, claro.

—¿A Libert?

Marthe cerró los ojos en señal de asentimiento.

Georges hizo un gesto con el índice para que continuara.

—Él mismo llamó a la embajada y la embajada llamó al ministro italiano... En fin, soltaron a Élise, que los mandó a la mierda y desapareció. —Georges asentía con la cabeza: «Ya veo, ya veo...»—. Seguro que Libert te lo contará...

Georges soltó una risita seca.

—¡Por supuesto que no! Se lo guardará para él; así lo tendrá en la recámara. Es lo que haría yo en su lugar.

Miró su reloj. Tenía que irse. Se levantó.

—¿Volverás pronto?

—No tardaré.

Fue al baño.

El señor Leal se lavaba las manos inclinado sobre la pila.

—Todo está a punto —dijo Georges.

—Dígame.

Brevemente, Georges le explicó el plan para sustituir al Duende por François Pelletier, y le comunicó que había hecho falsificar el pasaporte necesario para un «servicio anexo». Hablando en plata: que había actuado a espaldas del Servicio, pues nadie sabía que Simon se iba a Praga de incógnito.

—Y creo que he hecho bien porque Libert está husmeando por ese lado. Michelet tampoco se ha quedado atrás, según me han dicho. Está buscando entre los casos recientes.

—Manténgame al corriente —dijo Croizier. Y desde la puerta—: Por cierto, Georges... Su mujer, en Locarno... En estos momentos, no necesitamos cosas así, ¿comprende?

Georges hizo un gesto con la cabeza: «Sí, por supuesto.»

22

Cuéntenos

La breve conversación con Raymonde había entusiasmado a la audiencia.

Normalmente había cuatro o cinco cartas en el buzón de correos, pero a lo largo de esa semana más de ochenta oyentes se habían molestado en escribir a la emisora para expresar su emoción, ofrecer consejos... ¡Y había de todo! Amas de casa, panaderos, camioneros, jubilados, enfermeras, una maestra, la mujer de un notario...

En contra de los temores (y las esperanzas) de Hélène, Antoine Guillaume, director de la emisora, no se había pronunciado.

¿Oía el programa, siquiera? Vete a saber. Estaba decepcionada. Su desacato no había tenido la menor repercusión: habría preferido una bronca a aquella indiferencia.

Roland, el técnico, la ayudaba a abrir las cartas. Había oyentes descontentos, por supuesto («Yo no pongo Radio Parisina para oír las lamentaciones de...»), pero, en conjunto, las y los oyentes se mostraban realmente empáticos. Era la buena noticia. La mala era que otros, en lugar de escribir, preferían llamar: el teléfono no paraba.

—¿Cómo lo hacemos?

Aquella nueva situación excitaba a Roland tanto como a Hélène, pero ninguno de los dos había imaginado un éxito semejante y no sabían cómo afrontarlo.

Decidieron que Roland descolgaría, preguntaría por el motivo de la llamada y pediría un número de teléfono precisando «que no sabía si la llamada sería seleccionada y que no podía comprometerse».

Hélène se había planteado hablar con Guillaume para pedirle su conformidad, pero los días iban pasando sin que el director diera señales de vida.

Así que, noche tras noche, siguieron radiando llamadas de la audiencia.

En antena, las piezas de música suave se alternaban con pausas propuestas por una Hélène serena y tranquilizadora, mientras que, en el estudio, Roland no paraba de dar explicaciones y disculparse por teléfono por no poner en antena a su interlocutor... Por su parte, Hélène rasgaba sobres febrilmente, tomaba notas, hacía listas...

—¡Ésta!

Roland respondió con un rápido gesto: «¡Vale!»

Se acercó a coger la carta, marcó el número, buenas noches, le habla Radio Parisina, alzó el pulgar en dirección a Hélène y le pasó la comunicación.

—Queridos y queridas oyentes, les propongo pasar unos instantes en compañía del señor Cardinet, de Rosny-sous-Bois, que está viviendo una aventura realmente extraña... ¿Señor Cardinet?

—Sí, esto... Aquí estoy.

—Buenas noches. Tengo entendido que, recientemente, hizo usted una petición de matrimonio...

—Sí...

—Y creo que su petición fue aceptada...

—Sí, nos casamos la semana pasada.

—¡Enhorabuena! De modo que son ustedes una pareja de jóvenes recién casados...

—Pues... según se mire. Yo tengo sesenta y siete años, y Marie-Louise, sesenta, así que...

—No hay edad para casarse, cuando dos personas se quieren...

Al otro lado del cristal, Roland, que no había leído la carta y no conocía la historia, negaba con la cabeza, y Hélène comprendió que no había que hacer esperar demasiado a los oyentes. Si Roland estaba impaciente, ellos también debían de estarlo.

—Entonces, dígame, señor Cardinet, ¿qué tiene de sorprendente su historia de amor?

—Mi petición de matrimonio se remonta a hace cuarenta y cinco años, ¿sabe usted? La hice en 1914, cuando me movilizaron. La carta se extravió. Como nunca obtuve respuesta, creí...

La voz del oyente se perdió. Se oían unos susurros.

—¿Es su esposa quien está a su lado?

—Sí —dijo el oyente, aliviado—. Se la paso...

—Buenas noches. Entonces, ahora es usted la señora Cardinet, ¿no es así?

—Sí.

Era una voz clara y cálida, risueña.

—Cuéntenos, ¿qué ocurrió?

—La carta de Armand nunca me llegó. En 1916 me casé con mi marido, bueno, quiero decir, me casé con un hombre que se convirtió en mi marido. Lo mataron dos años después. No volví a casarme. Y Armand tampoco se casó... Es como si nos hubiéramos esperado el uno al otro... El pasado enero un empleado de correos encontró la carta. Yo había cambiado de dirección, pero la carta siguió su curso, la recibí...

—¿Armand sigue ahí, a su lado?

—Sí, aquí estoy...

—¿Por qué no se casó en todo ese tiempo, Armand?

Un breve silencio.

—Sólo he querido a una mujer. No tenía motivos para casarme con otra...

Hélène estaba contenta.

Al día siguiente, hubo otra lluvia de cartas.

Sesenta y cuatro.

«¡Gracias a Radio Parisienne!»

La mayoría expresaba su agradecimiento, felicitaba a la pareja y enviaba sus «mejores votos».

23

Pues yo pienso justo lo contrario

Era una situación extraña: Geneviève se había arrogado la presidencia de un consejo de familia que había convocado sin encomendarse a Dios ni al diablo.

Arrellanada en el gran sillón del salón, con su Philippe a sus pies, sostenía la copa de oporto como si fuera un cetro y prolongaba el silencio para dramatizar el momento en que se dignaría a tomar la palabra. Aquella actitud imperial irritó a François tanto como a Hélène, que habrían intervenido de forma brutal si los rostros de sus padres, lívidos y tensos, no los hubieran inducido a abstenerse. Geneviève parecía muy decidida a aprovechar esa posición dominante.

Era intimidación pura y dura, pero nadie se sentía con fuerzas para condenarla, dado que el destino de su pequeña Colette pendía de un hilo.

Jean se frotaba las manos con nerviosismo como para lavarse de sus pecados. Los otros «parientes políticos» (Geneviève usaba esa expresión peyorativa o meliorativamente, según su conveniencia), Lambert y Nine, habían decidido prudentemente mantenerse al margen, y cuidar de los niños era la excusa perfecta.

—¡Ni por el culo del Papa! —le había dicho Lambert a Hélène—. Yo no me meto en ese avispero. Pero, si decidís cargaros a Geneviève, ¡avisadme, que participo!

Nine, más moderada, le había dicho a François:

—Si buscáis una solución intermedia, podemos llevarnos a Colette a casa. Dos niños o tres, ¿qué más da?

¿Cómo podía hacer semejante oferta en las circunstancias actuales, cuando François estaba a punto de partir y ella hasta arriba de trabajo?

Al parecer, Geneviève quería prolongar el suspense.

—Estoy muy preocupada por mi hermana Thérèse... —dijo volviendo a tenderle la copa a Louis.

Era una maniobra de distracción tanto más inesperada cuanto que todos sabían que odiaba a sus dos hermanas. Henriette, la pequeña, se había marchado con su marido a vivir a Nueva Zelanda hacía diez años. Thérèse, la mayor, seguía en Beirut, donde había cuidado a sus padres hasta el último momento. Se había quedado viuda a los veinticuatro años, cuando su marido aún no había cumplido los treinta. Geneviève era la única que lo había encontrado lógico: «¡Los piscis con ascendente escorpión no tienen salud!», había asegurado, sin importarle que su cuñado hubiera muerto aplastado por una prensa de imprenta. Después de haberse ocupado de sus padres, Thérèse, que ya tenía treinta y tres, había aceptado un puesto de señora de compañía, y ahora le llevaba la casa a una mujer rica, excéntrica y bastante desagradable.

Geneviève no escribía ni a la una ni a la otra, pero seguía sus respectivos destinos con infatigable atención, a través de sus horóscopos, en *Asteria*. «La Luna entra en Géminis... ¡No me extrañaría que a Henriette le pusieran los cuernos esta semana!», pronosticaba. O: «Venus está en cuadratura con el nudo norte de la Luna... La pobre Thérèse va a pasar las de Caín con su millonaria...» Oyéndola, parecía que la vida de aquellas dos hermanas lejanas no fuera más que una serie ininterrumpida de fracasos y sinsabores.

Unos meses antes, Geneviève había recibido una noticia que la había conmocionado: ¡Thérèse había «encontrado a alguien»! En el acto, Geneviève había escrito a su hermana mayor para saber el signo astrológico y el ascendente del feliz elegido, que resultó reunir en su persona el signo de Tauro y la nacionalidad mexicana, dos motivos de peso para que Geneviève predijera lo peor.

A nadie le sorprendió oírle decir al cabo de unas semanas: «¡A la pobre Thérèse la ha dejado su amante!» Su hermana, desesperada, le había escrito una carta para contárselo. «Se ha ido llevándose todos sus ahorros. ¡Thérèse está sin un chavo!» Hablaba como si lo hubiera visto venir de lejos. «Con la retrogradación de Venus en Leo, no creo que vaya a recuperarse pronto...»

Mientras lo decía, apenas disimulaba el júbilo que solía sentir ante las desgracias de los demás, sobre todo cuando eran personas cercanas.

Los Pelletier, que estaban curados de espanto, ya no hacían caso de ese tipo de comentarios. Y ese domingo nadie tenía ganas de interrumpirla o contradecirla.

—¡Figuraos, su escorpio mexicano no sólo se fugó con sus ahorros! ¡También arrambló con los de su señora! ¡Una millonada, parece! Que Thérèse tendrá que devolver... La han despedido del trabajo y la han desahuciado por no pagar el alquiler... ¡La han echado a la calle!

—Tú la ayudarás, claro... —dijo Hélène con mala baba.

—¿Es que tú no lo harías? —respondió Geneviève, ofendida—. Mi hermana Henriette le ha mandado dinero para pagar la deuda e ir tirando. Nosotros le propondremos que venga a París, alguna cosilla le encontraremos, ¿verdad, Jean?

—Pues claro que sí, o sea, no lo sé, es decir... —farfulló el Gordito, cogido por sorpresa.

Estaba desconcertado. Por supuesto, en Dixie siempre había trabajo en el almacén, en paquetería o en los mostradores, eso no planteaba ningún problema, pero el viraje de Geneviève era tan monumental que se quedó atónito.

—Y, en cuanto al alojamiento, ya veremos. Qué puedo decir, una hermana es una hermana, es familia, después de todo. Y hablando de eso...

Miró fijamente a Colette.

Angèle, agotada, al borde de las lágrimas, se recogía sin cesar su mechón blanco detrás de la oreja. Louis le sostenía la mano y asistía con dificultad al declive de su estatus de patriarca.

—No sé si es bueno para Colette escuchar esta conversación... —apuntó la señora Pelletier.

—¡Esta decisión la afecta!

Que recordaran los Pelletier, era la primera vez que Geneviève se mostraba partidaria de la democracia.

Angèle no insistió.

Y allí estaba Colette, con *Joseph* sobre las rodillas, en un sillón en el que nunca se había sentado y que era enorme para ella. Parecía diminuta. Verla encogía el corazón.

—Pues bien, sí —dijo Geneviève como si estuviera en medio de una conversación—, creo que ha llegado el momento de que Colette vuelva con sus padres.

—¿Por qué? —Era Louis—. Para empezar, tienes un hijo que te roba mucho tiempo. Además, trabajas, estás muy poco en casa. Aquí la niña tiene aire puro, a sus compañeros de clase, a sus abe... En fin, todo lo que necesita. Aquí está muy bien.

—Si tan bien está, ¿por qué está cada día más delgada?

Era un argumento difícil de esquivar. Bastaba con ver a Colette en el fondo del sillón; parecía el espíritu de la golosina.

—Es algo pasajero —afirmó Angèle, ofendida.

—¿Ha ido al médico?

Geneviève tenía una buena baza, porque Angèle, que sentía una desconfianza absoluta hacia la profesión médica, no podía presumir de tener el menor diagnóstico.

—Está muy bien cuidada —aseguró Louis, aunque se le notaba que él mismo sólo lo creía a medias.

—Admitámoslo —dijo Geneviève—. Pero ¿es normal que una hija no viva con su madre?

—Hasta ahora no te había molestado mucho...

—¡Se quejará usted, padre!

—Al contrario, no me quejo en absoluto. Todo está bien para nosotros.

—¡Es muy egoísta de su parte!

—¿Ah, sí? ¿Habernos hecho cargo de tu hija durante siete años te parece egoísta?

—¡Por supuesto! Pero ya veo adónde quiere llegar... ¡Muy bien, pues de acuerdo! ¡Se lo devolveremos todo! ¡Hasta el último céntimo! ¿Eh, Jean? ¿A que se lo devolveremos todo?

El tono había subido a una velocidad pasmosa. Unos minutos más y el consejo de familia se habría convertido en una trifulca.

—Esto... —balbuceó Jean.

—Papá... —empezó a decir François.

—Loulou... —murmuró Angèle.

Ya nadie sabía qué hacer.

—Geneviève, por favor... —Era Hélène, en un tono conciliador—. ¿Y si te digo que Colette es feliz aquí? ¿Estarías de acuerdo?

—¡Eso no significa que sería desgraciada con su madre!

—Claro que no, pero...

—Además, ahora que estás embarazada, ¿aceptarías que te privaran de tu hijo durante siete años? ¿Eh? ¿No exigirías justicia?

Por mucho que conocieran a Geneviève, nunca dejaba de sorprenderles su capacidad para darles la vuelta a las cosas. ¡La reunión iba camino de convertirse en un juicio contra los abuelos!

—Geneviève —intervino François—, ¿sigues queriendo que tu hija asista a la conversación?

Todas las miradas convergieron en la niña, encogida en el sillón, con *Joseph* en las rodillas.

—Sí —dijo Angèle de inmediato con voz vibrante—. Quizá sería mejor...

—Yo también lo creo, sí...

Era otra vez Hélène.

Geneviève se volvió hacia Jean.

—¡Y, naturalmente, tú no dices nada!

—Yo también pienso que sería mejor que Colette subiera a su habitación.

Que Jean consiguiera acabar una frase en un momento emocionalmente tan intenso era increíble.

Que se atreviera a contradecir a su mujer rozaba el milagro.

Geneviève entornó los ojos. Si aceptaba que Colette subiera a su habitación, se dirían cosas... Se removería el pasado... ¡Lariboisière, críticas, acusaciones...!

Miró un instante fijamente a cada miembro de la familia Pelletier. Estaba sola, el grupo se había confabulado contra ella. Pero hacía falta algo más que eso para intimidarla.

—Bueno, pues yo pienso justo lo contrario, mira por dónde. Incluso me pregunto... —Hizo una pequeña pausa que provocó un inmenso malestar. Cuando se tomaba su tiempo de aquella manera, es que se disponía a jugar una carta desconocida, que no formaba parte de la baraja— ¡si no deberíamos pedirle a Colette que nos diga lo que prefiere!

Ante esa propuesta, Angèle y Louis soltaron un inaudible suspiro de alivio, François notó que se le relajaban los músculos, Hélène se arrellanó en el sillón y cruzó las manos sobre el vientre, y los cuatro respiraron.

—¡Muy buena idea! —exclamó Louis.

Sólo Jean seguía tenso. Al ver la sonrisa de su mujer, fue el único en comprender que aquella jugada de Geneviève anunciaba otra, quizá devastadora.

—Colette... —Geneviève hablaba pausadamente, como una maestra de escuela—. Ya eres una niña mayor y tienes edad de saber lo que quieres. Así que, qué prefieres, ¿vivir con tus abuelos o volver a casa?

La pregunta no era todo lo objetiva que habrían deseado, pero todos se conformaron. La tranquilidad con que la había formulado, la esmerada pronunciación, la leve sonrisa... Todo sugería que Geneviève estaba a punto de hacerles un jaque mate, pero ninguno veía de qué modo pensaba conseguirlo.

—Creo... —empezó a decir Colette con voz opaca.

Todos estaban pendientes de sus labios, pero Geneviève esperaba el resultado con la tranquilidad del jugador que ha comprado al árbitro.

Colette se tomó su tiempo para mirar al abuelo, a la abuela, a Hélène, a François...

—Creo —dijo al fin— que voy a volver a casa de mis padres.

La consternación fue total.

Philippe se volvió hacia su madre con viveza, escandalizado.

Angèle ocultó el rostro entre las manos y se echó a llorar. Louis le rodeó los hombros con el brazo. François y Hélène se miraron, petrificados. Jean perdió la poca seguridad que parecía haber ganado.

Geneviève se había puesto en pie.

—Bueno, asunto concluido. Ven aquí, cariño... —Colette empujó a *Joseph* con suavidad, se levantó del sillón y avanzó hacia su madre con aprensión—. Tu regreso debe organizarse, como muy tarde, para el próximo domingo, el periodo en que Júpiter estará en sextil con Plutón. Cuando seas mayor comprenderás hasta qué punto eso es importante. Esta semana puedes preparar las maletas con la abuela. Coge todo lo que necesites.

La miraba con su beatífica sonrisa de monja.

Colette comprendió el terrible alcance de su decisión. Pero era demasiado tarde.

Joseph, que también calibraba las consecuencias de aquel desenlace inesperado, se restregó contra sus piernas.

—¿Puedo llevarme a *Joseph*? —preguntó Colette.

—¡Pues claro que no! —gritó Geneviève—. ¡No soporto esos bichos! —Y se inclinó hacia su hija—: Además, Philippe es alérgico a los pelos de gato, ¡lo sabes perfectamente!

24

Nos quedamos con la mitad

La vida de Jean estaba dividida entre su inminente partida a Praga, que lo ilusionaba tanto —se pasaba horas estudiando la guía de la ciudad que llevaba en la cartera, a escondidas de su mujer—, y el regreso a casa de Colette, que lo aterraba.

El piso parecía la consigna de una estación en plena mudanza. Geneviève había comprado dos baúles metálicos. Eso para Jean era toda una declaración de intenciones: en casa de sus padres no quedaría ni una mota de polvo que fuera de su hija. Su mujer iba a llevárselo todo.

Tres días después del consejo de familia, Jean había ido en secreto a hablar con sus padres, pero también con la pequeña, cuya motivación seguía siendo un misterio para él, con la esperanza de que cambiara de opinión. Sin embargo, era un hombre leal, y nunca le hablaría de los trágicos episodios de su primera infancia, que afortunadamente con el tiempo habían sido olvidados, ni le diría que su madre aún podía representar una amenaza.

En casa de sus padres se temía el mal trago de la separación, que ahora todos querían dejar atrás cuanto antes. Angèle no debía de haber pegado ojo desde el domingo; estaba lívida y no hablaba. Louis no se separaba de ella, atento a su más mínimo gesto, sin saber qué hacer ni qué decir.

—¿Habéis hablado con Colette? —les preguntó Jean aprovechando que la niña aún no había vuelto de la escuela.

—No quiere explicar nada —dijo Louis.

—Es como si quisiera castigarnos —añadió Angèle—. Pero ¿por qué?

Era terrible, porque Angèle y Louis sabían que su hijo era incapaz de oponerse a su mujer, así que enfadarse con él no habría servido de nada. No había nada que decir, de modo que los tres se quedaron callados, cada uno encerrado en su pena. Louis no soltaba la mano de su mujer, y a Jean le parecieron muy viejos. Se oía su cucharilla girando en la taza. Se bebió el café frío. Nadie tenía ánimos para nada.

Colette llegó de la escuela, se detuvo en la puerta del salón y, al ver a su padre, sonrió de oreja a oreja, dejó la cartera en el suelo y fue corriendo hacia él. Angèle vivió aquella escena como un rechazo y salió del salón llorando, seguida por Louis: «Angèle, Angèle...»

—¿Has venido a buscarme? —le preguntó Colette a su padre.

Jean la notó nerviosa.

—No, no, el domingo. Tu mamá está preparando maletas.

Colette no pudo callarse por más tiempo la pregunta que le rondaba la cabeza.

—¿Dónde dormiré?

—En la habitación del fondo. A mi lado.

Geneviève no se había limitado a comprar baúles también había tomado una gran decisión: deshacerse del gran lecho conyugal, en el que Jean, reemplazado por su hijo, no había dormido ni dos noches en diez años, y comprar tres camas individuales. Ahora los dos dormitorios disponían de dos camas pequeñas separadas por una mesilla.

Jean se alegraba de que, con motivo del regreso de la niña, Geneviève hubiera decidido dejar de dormir en la misma cama que su hijo, ya iba siendo hora de acabar con esa costumbre. Desde luego, era más sano que Geneviève y él durmieran uno al lado del otro.

Ahora, en la habitación del fondo, la de Jean, había una segunda cama para Colette.

A Jean le hacía mucha ilusión dormir cerca de su hija, lo reconfortaba, y como entre las camas no había demasiado espacio, hasta podría cogerle la mano, protegerla, velar por ella. Era una idea un poco fantasiosa, porque en realidad pasaba la mitad del tiempo en provincias, pero se sentía responsable de proteger a su hija de Geneviève, cosa que no había conseguido hacer en diez años.

—¿Estás segura de que quieres volver? —le preguntó a la niña para tranquilizar su conciencia.

Colette lloraba en sus brazos. Jean no sabía qué podía estar pasando por aquella cabecita. La estrechó contra su pecho aún más fuerte, «Vamos, vamos, ya pasó...», aunque ambos sabían que no era así.

A su vuelta, Jean, imbuido de esa nueva responsabilidad de salvaguardar a su hija de las fechorías de su mujer, encontró a Geneviève de brazos cruzados en medio del salón y a Philippe, más indolente y desdeñoso que nunca, subido encima de un taburete.

—¿Se puede saber qué es esto?

Geneviève señalaba el baúl mundo que Jean había comprado en el Bon Marché, alto como un armario, de cuero y con herrajes de acero y correas, un objeto magnífico y colosal que se abría en dos partes (a la izquierda, un perchero y un zapatero, y a la derecha, dos estantes con tres cajones) y que Phileas Fogg se habría llevado encantado en su vuelta al mundo.

—Mi baúl. Para Praga.

—Pero, Jean, ¡estarás fuera tres días!

—Cuatro.

Sabía que aquella compra iba a traer cola, así que había preparado su defensa, y cuando ella le preguntó:

—¿Cuánto te ha costado?
Él respondió con orgullo:
—¡Ahora tengo un estatus!
Lo que no respondía en absoluto a la cuestión planteada.
—¿Ah, sí? ¿Un estatus? ¿Cuál?
—Se me considera un líder empresarial meritorio y prometedor llamado a ejercer importantes funciones en la Federación de los empresarios franceses, Geneviève, ¡ya va siendo hora de que lo entiendas!
Estaba contento, la frase, preparada con antelación, le había salido de un tirón.
—¡Lo que no entiendo es qué tiene que ver con eso! —replicó Geneviève señalando el baúl mundo, que no sabía cómo llamar.
Jean, agotados sus argumentos, entraba en una zona de incertidumbre.
—Un hombre de mi categoría no viaja con una maleta de cartón.
—¿Cuánto te ha costado?
—¡No es una cuestión de dinero, Geneviève!
—Como no te basta con perderlo, también tienes que gastarlo, ¿no?
—Treinta mil francos.
—¡Entonces las pérdidas ascienden a más de ciento cincuenta mil francos! —Geneviève corrió a la cómoda, sacó una hoja de papel y se volvió hacia él—. En Burdeos te pasaste el día en el restaurante y no comprobaste nada, ¿verdad? Pues, ¿sabes qué? Mandé allí a un contable. ¡Y... bravo, Jean! El gerente nos ha robado cien mil francos y tú no te has enterado de nada... De modo que ¡sumemos! Cien mil que ha robado el gerente en las mismísimas narices del prometedor líder empresarial, más una cena de quince mil que ha pagado el meritorio empresario, más un armatoste de treinta mil que ha comprado para viajar acorde a su estatus. ¡Ciento cincuenta mil francos!

Geneviève siempre redondeaba al alza cuando salía beneficiada.

En lugar de intentar una contraofensiva, Jean fue a sentarse.

—De todas formas, esto se ha acabado —dijo con calma; y antes de que Geneviève, indignada, volviera al ataque, añadió—: Propongo que pasemos al sistema de franquicias.

—¿Y eso qué es?

Tras su éxito bordelés, en casa de Le Pommeret, Jean se había informado y ya tenía claro el concepto. Le expuso pausadamente las líneas generales del proyecto, poniendo énfasis en que no volvería a haber gerentes deshonestos a los que vigilar, por la sencilla razón de que ya no habría ningún gerente. Finalizó su breve explicación con una fórmula que había tenido cierto éxito.

—Si pierden, pierden ellos; si ganan, nos quedamos con la mitad.

Para Geneviève, los conceptos de pérdida y ganancia eran fundamentales. En el fondo, aquella mujer era una contable, contable de sentimientos, de negocios, de relaciones, de todo, y la breve exposición de Jean —ellos no perderían jamás, pero siempre tendrían la opción de ganar, aunque sin correr riesgos comerciales— le había parecido muy estimulante. Desde luego, si abandonaban las sucursales ya no podría ejercer ese control sádico con los gerentes, lo que le encantaba; pero los establecimientos estaban lejos y viajar la cansaba, por lo que se veía obligada a confiar ese trabajo al inútil de su marido...

—Fabricar nosotros mismos... —murmuró.

Lo de las franquicias no era más que una idea muy vaga todavía, pero aquellos dos personajes, balzaquianos sin saberlo, tenían, gracias a su simpleza, talento para las cuestiones de dinero. Y la suerte que a veces acompaña a los mediocres.

—Al parecer, en Checoslovaquia fabrican máquinas de coser muy resistentes a unos precios bajísimos... —dijo Jean, que no tuvo reparos en considerar otra ventaja—: Y, si fabricamos nosotros, seguro que encontramos manos de obra barata...

A Geneviève le brillaban los ojos. Sería dueña y señora de una fábrica, tendría un ejército de trabajadoras, les pagaría un salario mínimo, ya se veía paseándose con las manos a la espalda entre las filas de obreras...

Jean se regocijaba viendo el efecto de su última revelación (sus victorias conyugales eran tan infrecuentes que no podía reprimir la emoción).

—Además... —Hizo una pausa para crear suspense. Geneviève abrió sus ojillos de gallina—. Me ha llamado Désiré Chabut. Después de pedirme que forme parte del consejo de administración de la Federación, ahora quiere que asuma la dirección de una nueva sección de la patronal dedicada al sistema de franquicias. «¡Muchacho, hay mucho trabajo por hacer en este terreno!», me ha dicho.

Geneviève se sentó delante de su marido.

—Te ha llamado...

—Exacto. Hace un momento.

Geneviève estaba tremendamente impresionada.

Jean había ganado.

Más tarde, Jean estaba en la cocina, como solía ocurrir a esas horas tardías, y en vez de oír los ronquidos de Geneviève (Dios mío, ¿cómo conseguía dormir Philippe en aquel infierno sonoro?) la vio llegar. Llevaba el peinado aplastado por la almohada y los restos de maquillaje le marcaban arrugas y perlas negras alrededor de los labios fruncidos. Jean advirtió que llevaba el camisón malva con encajes y volantes que tanto le gustaba, cuyos tirantes amenazaban con romperse debido al impresionante volumen de sus pechos, y que hacía ese olor a sudor de la ropa que se ha llevado una semana de más.

Tenía el último número de *Asteria* en la mano.

—Tus franquicias... —Jean tuvo un momento de pánico. ¡No había contado con *Asteria*! Geneviève no lo miraba; buscaba en las secciones—. Aquí...

Jean cogió la revista, pero no supo qué leer.

Geneviève se la arrancó de las manos. Como había perdido visión con la edad y se negaba a admitirlo, estiró los brazos para leer. «El sextil Sol-Marte impulsa y favorece sus acciones e iniciativas.»

Jean suspiró aliviado.

Llegaron a un acuerdo.

Geneviève le pediría a un abogado especializado en el tema que estudiara su caso y redactara los documentos necesarios para transformar gradualmente su negocio de sucursales en una empresa franquiciada.

25

Siempre puedes volver aquí...

Colette y Nine siempre se habían tenido cariño en secreto. Se relacionaban poco, pero hablaban el mismo idioma, el de las personas oscuramente angustiadas, dominadas por su desconfianza hacia el mundo. Cuando François le explicó que Colette había decidido volver con sus padres, Nine, además de no saber cómo interpretarlo, se estremeció al pensar en el peligro que correría la niña. Como no era una Pelletier, decidió que intervendría a título personal. Si presentía que su integridad física estaba en peligro, igual que cuando era pequeña, no vacilaría y acudiría al juzgado. Pondría una denuncia. No se quedaría de brazos cruzados, y ni François, al que adoraba, ni Hélène, a la que quería como a una hermana, podrían detenerla. Estaba decidido, Colette no se convertiría en otra Nine...

Después de tomar esa decisión, ya más calmada, le vino *Joseph* a la cabeza. Sabía que Colette lo adoraba. «Geneviève no quiere saber nada del gato», le había dicho François.

Pensar que la niña y el animal estarían separados le encogía el corazón.

Por la mañana, decidió ir a Le Plessis. No se lo dijo a François: secreto por secreto.

Tomó el tren y se presentó en casa de sus suegros por sorpresa.

—¡Dios mío! —exclamó la señora Pelletier, alarmada—. ¿Qué pasa?

—¡Nada, Angèle, tranquila!

—Al verte llegar así, sin avisar... Me he asustado...

—Últimamente no ganamos para sustos... —le comentó Louis.

Nine percibió de inmediato el malestar que reinaba en la casa.

Colette se acercó a darle un beso y, sin apenas hablar, volvió a sentarse a la mesa. Angèle se levantó a buscar otro plato. Parecía un funeral.

—No, gracias, Angèle, he comido algo antes de venir.

—Bueno, entonces, ¿a qué debemos este placer? —dijo Louis.

—He venido a charlar un momento con Colette...

«¡Va a hacerla entrar en razón!», pensaron Angèle y Louis con alivio. Ellos no lo habían intentado porque Colette se había cerrado como una ostra. Se fueron a la cocina.

—Si en París no estás bien, no pasa nada —le dijo Nine a su sobrina—. Siempre puedes volver aquí, ¿no? —Había dicho «en París» y no «con tu madre», como si se tratara de una visita sin la menor importancia—. O venirte a casa.

A lo que Nine añadió una solución casi milagrosa.

—Pero sobre todo he venido a hablarte de *Joseph*.

Colette se estremeció.

—Nosotros vivimos a cuatro pasos de tus padres. He pensado que, si *Joseph* se quedara una temporada con nosotros, podrías venir a verlo fácilmente. —La cara de Colette se iluminaba por momentos—. Además, voy a pasar muchas horas sola en el taller, y *Joseph* me haría mucha compañía...

Esta vez Colette no dudó un segundo y se lanzó al cuello de Nine. Por encima del hombro de la niña, Nine vio que *Joseph* se acercaba con sus andares de perro pastor de las Landas (era un gato patilargo) y se sentaba a varios metros de ellas para expresar su conformidad.

Por un momento, Angèle y Louis habían albergado la esperanza de que Nine haría cambiar de opinión a su nieta, pero en el fondo sabían lo cabezota que era Colette y no se hacían ilusiones.

Nine se marchó con *Joseph* y la estatua de escayola pintada de Buda, en la que le gustaba recostarse para dormitar durante el día.

Al llegar al taller de encuadernación, el gato trepó al armario más alto y se echó a dormir (roncaba bastante fuerte).

26

¡Te hemos buscado por todas partes!

Louis se había visto obligado a tomar precauciones. Si se levantaba de la cama demasiado deprisa, llegaba al baño jadeando como si hubiera hecho una maratón, con el corazón aporreándole el pecho y sin aliento. Los pulmones. A él no lo habían gaseado, sólo lo habían enterrado vivo. Estaba convencido de que los ahogos le venían de ahí.

La guerra, una vez más.

Tantos años después, aún lo ahogaba.

La partida de Colette («¡mañana por la mañana!») le rompía el corazón, pero ni siquiera el terror a verla marchar conseguía durar, y Dios sabía cuánto quería a aquella niña, pero sus pensamientos iban y venían sin orden ni concierto, y eso lo desquiciaba. Para reflexionar, uno debe ser capaz de concentrarse en un asunto, pero en su cabeza una idea atropellaba a la otra...

No sabía bien por qué, pero le habría gustado hacer balance, comprender la situación, porque la partida de Colette volvía a poner en cuestión el equilibrio familiar, del que siempre se había sentido responsable.

Esos ahogos repentinos quizá se debían a la ansiedad ante la partida de su nieta, o al miedo a ser él el culpable de ella.

No, eran muy anteriores.

Así que sus pensamientos daban vueltas y más vueltas y, luego, volvían al mismo punto, y Louis se sentía inseguro, indeciso y culpable.

«¡Dios mío! Mañana por la mañana...»

A Colette le daba pena irse, pero también sentía alivio, porque Macagne seguía apostándose en el camino a la escuela y le sonreía masajeándose la entrepierna. A veces, la llamaba: «¡Oye, tú, ¿a qué hora vuelves?!» Colette oía su risa, que le revolvía el estómago, y eso que la comida ya no le entraba...

A fin de cuentas, irse a París, con sus padres, no era peor que caer en manos de Macagne.

Los últimos días, había vuelto a hacer el crucigrama con su abuelo, pero el anciano ya no se concentraba como antes. Entonces Colette se iba a la cocina a limpiar verdura con la abuela, que se sonaba cada dos por tres. A los tres les resultaba difícil hablar.

La abuela y ella habían hecho una primera selección en su cuarto, pero era increíble la de cosas que no se quería llevar. La abuela le insistía, «coge al menos esto»... Una muñeca, el collar de canicas de barro que habían comprado en la feria de Châteauneuf, el cuaderno de tapas floreadas en el que había dibujado las colmenas... No, ya no los quería. Angèle lo iba metiendo todo en unas cajas especiales que se quedarían en el granero por si Colette cambiaba de opinión. Pronto, esas cajas doblaban a las otras.

Al final, la abuela ya no le preguntaba, dejaba que ella eligiese, tirase o guardase lo que quisiera, mientras la observaba con cara de «yo ya no me meto, haz lo que te parezca», aunque para ella fuera muy doloroso que Colette deseara deshacerse de todas sus pertenencias en aquella casa: borrar de su memoria los años que había vivido con ellos...

Angèle pensaba mucho en lo que sería de la niña al lado de Geneviève. Sí, Colette ya era lo bastante mayor para defenderse, la situación había cambiado, pero aquella mujer era tan mala y Jean tan incapaz de...

Colette se daba cuenta de que la abuela no podía parar de pensar en todo aquello, en aquella injusticia, y que se pasaba el día entero rumiando.

Alrededor de las diez, una furgoneta de la empresa Dixie llegó a Le Plessis.

Su madre, con la ropa arrugada, se apeó del vehículo, buenos días, mamá, beso seco en la mejilla de Colette, buenos días, papá, no haces buena cara... Philippe había ido directo al sofá del salón, desde donde observaba a su hermana cuando no se miraba las uñas.

Su padre subió al primer piso los dos baúles metálicos para meter dentro la ropa y las cajas, que la abuela había atado con cordeles. Los arrastró hasta el rellano, los deslizó escaleras abajo y luego los subieron a la camioneta.

Geneviève había acabado aceptando la copita de oporto que le había ofrecido su suegra («¡Con mucho gusto, mamá, gracias!») mientras Louis y Jean acababan de colocar los baúles en la furgoneta.

—Voy a despedirme de Manuel —dijo Colette de pronto.

—¿Y tiene que ser ahora? —exclamó Geneviève—. ¿No pudiste hacerlo ayer?

—Tengo que devolverle esto. —Llevaba una bolsa de papel, pero no hubo manera de saber qué había dentro porque salió disparada—. ¡Me daré prisa, enseguida vuelvo!

El día anterior, a escondidas, había ido a la tienda de ultramarinos para comprar tres kilos de azúcar en trozos. La abuela la mandaba allí a menudo, pero, como esta vez iba por su cuenta, había temido no comportarse con naturalidad. Había pagado con un montón de calderilla de su hucha.

Con las canicas, había sido más fácil.

—Sólo quiero cuatro o cinco —le había dicho a Manuel.

Él no había pedido nada a cambio, ni siquiera una explicación, también le daba pena que se fuera. Era un momento desgarrador para todos.

Colette también quería su tirachinas. Manuel se mostró más reacio, le tenía mucho cariño.

—Te lo devolveré antes de irme... —le había prometido.

Manuel cedió.

Macagne estaba jugando al belote en el café de Le Plessis. Jamás se le habría ocurrido que ella tendría agallas para volver a la granja. Así que, aunque el corazón le aporreaba el pecho, Colette abrió con decisión la verja de la entrada principal.

Riquete se lanzó hacia ella nada más verla, pero la cadena se tensó y lo detuvo en seco. Colette calculó la distancia que la separaba del perro, que ladraba como un poseso enseñando las fauces, y avanzó hasta llegar a un metro del animal. Eso lo volvió loco, pero, en cuanto Colette empezó a lanzarle trozos de azúcar, se calmó de golpe. Se calló, y volvieron a oírse los ruidos de la carretera, los coches, un tractor no muy lejos... Colette aguzó el oído. El perro se comía los trozos de azúcar a una velocidad asombrosa. Colette se tomó su tiempo para sacar el tirachinas, colocar una canica en la goma y aproximarse al animal, que tragaba tanto azúcar como polvo... Estaba tan cerca que no podía fallar. Tirando de la goma con todas sus fuerzas, le disparó la canica en mitad del cráneo. El perro se derrumbó con un gruñido y se quedó tendido en el suelo, con los ojos muy abiertos y las fauces chorreando saliva.

Colette volvió a guardar el tirachinas, cogió la bolsa de papel del suelo y se encaminó hacia el tractor. Una vez allí, se subió a una rueda y, estirando el brazo al máximo, desenroscó el tapón del depósito de gasóleo y arrojó dentro las canicas que le quedaban y los tres kilos de azúcar. Y la bolsa de papel, hecha un rebujo. Macagne pondría en marcha el tractor y, al cabo de un kilómetro, el motor habría muerto.

A la vuelta, Colette corrió a devolverle el tirachinas a Manuel, que estaba muy triste por su partida, y le dio un beso en la mejilla para decirle que, en fin, se marchaba. Se habían besado en la boca de vez en cuando, pero de un tiempo a esa parte Colette ya no quería.

Cuando llegó a casa, la furgoneta de su padre había desaparecido.

¿Ya se había ido a París?

Sólo estaba su madre, sentada en una caja atada con cordel, que parecía enfadada con Philippe, enfurruñado a sus pies.

—¿Dónde estabas? ¡Te hemos buscado por todas partes!

Cogida en falta, Colette se puso roja como un tomate y miró a su alrededor.

Pero ¿dónde se habían metido los demás?

—A tu abuelo le ha dado un ataque —dijo su madre en tono de reproche—. Tu padre y la abuela lo han llevado al hospital. —Se cruzó de brazos con firmeza y alzó el mentón—. ¡Tu abuelo no podía haber elegido mejor momento! Y mientras tanto, nosotros, ¡hala, a esperar!

27

Me voy a quedar

—Voy a dejar la furgoneta aquí —decidió Jean—. Mañana la descargaré.

Había ido a buscar a Geneviève y los niños a Le Plessis y los había llevado volando a París. Luego había salido de nuevo hacia el hospital de Senancourt, donde su padre había sido ingresado con urgencia. Se lo veía muy afectado. Se disponía a salir de nuevo en su propio coche cuando vio a Colette poniéndose el abrigo.

—Voy contigo.

—¡De eso, nada! —rugió Geneviève.

Estaban de pie en el pasillo de casa, cerca del muro que formaba el baúl mundo de Jean, que al día siguiente partía hacia Praga.

—¡Mañana es tu primer día en la nueva escuela, por si no lo sabías! —añadió.

La niña se quedó helada.

—Es mi abuelo...

—¡Como si es el papa de Roma!

Jean se acercó, cogió del hombro a su mujer (era una sensación extraña, casi nueva, nunca se tocaban) y se la llevó aparte.

—Si mi padre llegara a... Para Colette, verlo... —le susurró.

Era toda la precisión de la que era capaz porque la emoción lo ahogaba. Evocar la pena de Colette lo conducía a la suya. Geneviève lo miró con perplejidad.

—Espero que no te pongas a lloriquear delante de los niños... —dijo negando con la cabeza: «Qué marido tan blandengue por favor...»

Pero Jean acababa de insinuar que pronto la familia estaría de duelo. Y tampoco es que Geneviève le quisiera ningún mal a su suegro, pero los funerales le daban la oportunidad de vivir intensamente emociones que de otro modo experimentaba poco. La muerte de cada uno de sus padres había sido un gran espectáculo para sus allegados.

—Bueno, vale —concedió—. ¡Pero arréglatelas para que esté de vuelta a primera hora!

Durante el trayecto, Colette no abrió la boca. La noticia de la hospitalización del abuelo la había conmocionado.

El antiguo manicomio de Senancourt, transformado en hospital, era un centro sanitario de tamaño medio situado en las lindes del casco antiguo de la ciudad. Jean y su hija subieron las escaleras y recorrieron los anchos pasillos enlosados que llevaban a la sala Cléret-Weber, donde había ocho camas y casi otras tantas familias.

Una vez más Jean tuvo la sensación de llegar tarde y encima el último, porque Hélène y François, advertidos por su madre, ya estaban allí.

Louis, acostado, estaba pálido pero sereno. Parecía dormido.

Jean se quedó consternado al verlo. Aquel hombre no se parecía al padre que conocía y esperaba encontrar. Era más pequeño, ¿cómo podía ser? Y se le habían acentuado las arrugas. ¿O era por esa postura, tumbado, con los brazos extendidos a lo largo del cuerpo, como una versión durmiente de la posición de firmes que le hizo pensar en aquella guerra de la que tanto hablaba en otros tiempos y a la que seguía llamando la Gran Guerra, con mayúsculas?

Sólo se veía un tubo muy fino conectado a un gotero.

En cuanto a Colette, a unos pasos de la cama, con el brazo de su abuela alrededor de la cintura, estaba atemorizada. A veces, el abuelo se quedaba traspuesto en su sillón, así que lo había visto dormir a menudo, pero aquel sueño era diferente, le daba miedo.

—Le han dado algo para que descanse —dijo Angèle.

Jean miró por la ventana, como para buscar ayuda, y luego a su madre, y comprendió que ahora cada uno de ellos estaría solo.

Hélène tampoco estaba bien. Lambert la había llevado y le había dicho: «No será nada grave, estoy seguro, ¡todo se arreglará!» Y se había ido a casa para ocuparse de Annie, a la que, dada la urgencia, habían dejado con una vecina. Estaba cansada. Las ganas de salir corriendo de aquel hospital, de desaparecer de la vista de su padre, le partían el corazón.

François le había cogido la mano a su madre y se resistía a la tentación de mirar el reloj.

Era 3 de mayo, domingo. Jean y él volaban a Praga al día siguiente...

Si se hubiera tratado de un viaje personal o de un reportaje, lo habría cancelado sin problema, pero François sentía sobre sus hombros el peso de una responsabilidad nueva y contradictoria. Deseaba quedarse al lado de su padre, no quería dejarlo ni que su padre lo dejara, pero si se quedaba arruinaría el trabajo de todos los que, a las órdenes de Georges Chastenet, habían participado en los preparativos de aquella misión, y condenaría a aquel agente, al que no conocía pero en el que había pensado mucho los últimos días.

Se había comprometido; había dado su palabra.

Pero ¿podía marcharse y correr el riesgo, si la situación empeoraba, de no volver a ver a su padre? De pronto, se preguntó cómo habría resuelto Louis aquel dilema.

En este último trance, Angèle no tenía aspecto de estar devastada, nerviosa o preocupada. Ante una situación de peligro o sufrimiento su madre siempre sacaba fuerzas de flaqueza, y François la veía determinada, voluntariosa y concentrada.

No se habían puesto de acuerdo, pero nadie consideró conveniente explicarles a Jean y Colette que la monja de servicio que había examinado y palpado el tórax del señor Pelletier había puesto mala cara tras tomarle el pulso y la tensión, y una expresión francamente escéptica al auscultarle el corazón y los pulmones con el estetoscopio.

Sor Ursule era una mujer corpulenta de cara ancha y el aspecto huraño de un ama de llaves inglesa. Seguro que Dios nuestro señor había pasado más de un mal rato con ella. Ella odiaba la ambigüedad; le gustaban las cosas simples y los contrastes fuertes. Dios había acudido a salvarla encarnando un concepto elemental, la Verdad, que ella había puesto por encima de todo. Para sor Ursule, el universo estaba dividido en dos bandos opuestos e irreconciliables, a un lado Dios y la Verdad, y al otro el diablo y la mentira. Dios Verdadero era su principio absoluto. A los incurables les anunciaba su fin con la misma firmeza que a los afortunados su curación, no hacía ninguna distinción.

—¡Mañana, la radio! —había decretado (también odiaba los verbos).

—¿Qué tengo? —había querido saber el señor Pelletier, y, con la mano en el pecho, como disculpándose, había añadido—: Son los pulmones...

—El corazón. —La monja se había vuelto hacia la familia rápidamente, como si Louis hubiera dejado de existir—: ¿Alcohólico?

Nadie se había hecho nunca esa pregunta. A Louis le gustaba beber vino con las comidas, por supuesto, y tomar el aperitivo, pero no era un hombre que bebiera en otras ocasiones, nadie lo había visto ebrio jamás.

—Desde luego que no —había respondido Angèle, ofendida por la pregunta.

—Bueno, eso... —dijo la monja con cara de estar curada de espanto.

Y, sin más preámbulos, le puso una inyección. Nadie se atrevió a preguntar de qué se trataba.

En general todo el mundo creía que el corazón era más problemático que los pulmones.

—¿Es grave? —preguntó Jean.

—Es serio —respondió sor Ursule.

Louis se durmió minutos después de que hubiera pasado la hermana. Cuando François, que salía a fumar al pasillo, se cruzó con ella, sor Ursule, sin detenerse siquiera, dijo:

—Mal asunto. Malo.

Suerte que era monja y no psicóloga.

François sólo compartió la información con su hermana. Jean abrazó a su madre y luego acercó una silla.

La tarde declinaba hacia el crepúsculo hospitalario, el más inquietante de todos, cuando los familiares de los pacientes empiezan a marcharse.

Jean miraba a su padre.

¿Iba a morir?

Se sentía acuciado por una urgencia.

La de cambiarse por él.

¿Moriría antes de que ambos comprendieran lo que los había separado y que Jean le contara lo mucho que había sufrido por su culpa?

Era inconcebible.

La monja volvió a pasar.

—Mucho descanso. Nada de agitación. No es bueno para él. —Salió al pasillo y gritó—: ¡Sor Agnès!

Entró otra hermana, una chica de unos veinte años con pinta de española. Bajo la toca, resaltaba su tez morena y el pelo negro. Escuchó las instrucciones de su superiora y, cuando ésta se marchó, se apostó junto a la cama con la cabeza gacha y las manos cruzadas. La consigna estaba clara. Casi todos los familiares se habían marchado.

Los Pelletier se levantaron. ¿Qué hacían?

—Será mejor que vuelvan mañana —dijo Angèle acariciándole la mejilla a Colette—. Esta noche no pasará nada.

¿Seguro que no?

Hélène estaba confusa, pero quería llegar a tiempo al estudio.

Se acercó a besar a su padre.

François y Jean se miraron.

Deberían estar de vuelta en el hospital a la hora que despegaba su avión a Praga.

Jean cogió del brazo a su hermano y se lo llevó aparte.

—Me voy a quedar con papá. —François no sabía a qué se refería. ¿Hablaba de la noche? ¿Del viaje?—. Tú vete a Praga. Tienes que hacer un reportaje, no es lo mismo...

—¿Cómo que no es lo mismo?

—Me quedaré con mamá —dijo Jean con voz firme; y entonces dio con las palabras exactas—: No sirve de nada que estemos los dos aquí. Si ocurre algo, te avisamos y coges el primer vuelo a París. Praga sólo está a dos horas de avión, ¿no?

El corazón le latía con fuerza, aún no sabía cómo respondería a su propia iniciativa, pero estaba decidido, para su sorpresa...

De pronto, Jean se sentía... racional.

Adulto.

Hermano mayor.

Estaba seguro de que tomaba la única decisión posible.

—No te preocupes —añadió Jean—. Cuando vuelvas, papá estará en plena forma, ya lo verás.

A François le dio la vaga impresión de que Jean tenía razones más poderosas que las suyas para permanecer junto a su padre.

—De acuerdo —dijo.

Abrazó a su hermano. No se atrevía a decir «gracias», no se atrevía a responder. Tenía miedo de algo. Luego fue a darle un beso a su padre, y, por pudor, aunque estaba solo con él en la sala, se negó a pensar que quizá era la última vez que lo veía. «Está mal, pero se repondrá.» François, ¿se iba de viaje o huía? Ni él mismo lo sabía.

Todos estuvieron de acuerdo en que fuese Angèle quien se quedara a la cabecera de la cama.

François llevaría a Hélène y Colette a París.

—¡François!

Jean, con el rostro tenso, había bajado a buscarlo al parking. ¿Habría cambiado de opinión?

—François, quería pedirte...

—¿Sí?

—En Praga... ¿podrías pedir información...?

—Claro, ¿de qué?

—Sobre las máquinas de coser...

28

¡Ojalá estuvieras muerta!

Supo que estaba en el hospital antes de verlo. Aquel olor...
No quería abrir los ojos.
«Me caí», se dijo Louis. No recordaba en qué circunstancias.
Sensación de ahogo, palpitaciones... Nada nuevo, hacía meses que le pasaba, pero, de pronto, había sentido que el suelo tiraba de él y había intentado agarrarse a algo...
Después, nada.
Algo se había roto en su interior.
A su lado, la voz de Angèle. Luego, reconoció la de François, la de Jean... Todos cuchicheaban.
El hospital, Dios mío... Esa simple palabra evocaba imágenes espantosas de aquella guerra indescriptible, de camaradas mutilados gimiendo durante horas, días enteros, en camillas improvisadas, de Édouard, con la mandíbula destrozada, soltando alaridos de dolor... Todos acababan muriendo. Si no morían en el hospital, morían de lo que no les habían podido curar. Todos aquellos compañeros... Se le llenaban los ojos de lágrimas al pensar en aquellos chicos destripados, mutilados, aullando a la muerte... Los veía como si los tuviera allí, tumbados a su lado, y lloraba por ellos.

—¿Ocurre algo?

Sor Agnès se acercó.

—Diría que está llorando —respondió Angèle con voz neutra—. Tiene los ojos cerrados y llora...

—No, no se preocupe, señora... Son los analgésicos, que provocan lagrimeo. Parece que llore, pero duerme profundamente.

Louis notó que le secaban los párpados con una gasa húmeda.

Se le agolpaban en la cabeza ideas borrosas, recuerdos repentinos, pensamientos que se esfumaban e intentaba en vano retener; ¿era Hélène embarazada?, ¿era la carita de Colette?, ¿qué iba a ser de ella?

Le pareció reconocer la voz de Jean a su lado, luego hubo movimiento, gente que se iba.

Prefería no abrir los ojos todavía, no sabía si cedería al miedo o al cansancio.

Volvió la calma.

«Son los analgésicos...» Angèle no acababa de creerse la teoría de la monjita.

La respiración de Louis era lenta, ronca, extraña... ¿Habría cogido frío? Habría que esperar a que pasara el médico por la mañana, pero el examen que había realizado esa arpía de servicio habría preocupado a cualquiera. Para empezar, ¿qué le había inyectado? No les había explicado nada.

—Loulou... —dijo inclinándose sobre su marido—. ¿Me oyes?

Louis no respondió, pero buscó su mano y encontró su muñeca, que apretó.

Empezaba a aclararse un poco.

Primero, habían cargado el equipaje de Colette. Él había vuelto a la cocina sin aliento, había tenido que agarrarse a la mesa, pero las piernas le habían fallado y no le había dado tiempo a gritar ni a llamar a nadie.

Y se había despertado allí.

El hospital, Dios mío...

• • •

Fueron a buscar un sillón para que Angèle pudiera estirar las piernas y dormir un poco.

—¿Quiere usted uno?

Era sor Agnès, que se había vuelto hacia Jean.

—No —intervino Angèle—, es muy amable, pero no se moleste. —Se volvió hacia su hijo, que la miraba extrañado—. Es mejor que te vayas tú también, cariño. Aquí ya no hay nada que hacer hasta mañana. Y Geneviève se preocupará.

¿Preocuparse, Geneviève? La monjita esperaba.

—¿Y una silla?

—No, gracias, me iré a casa —dijo Jean a regañadientes. Luego se acercó a la cama y permaneció un buen rato inclinado sobre el rostro de su padre mientras sentía aflorar las lágrimas—. Vendré mañana. ¡A primera hora!

Angèle le dio un beso.

—No tengas prisa, no creo que el médico pase muy temprano... No te preocupes. Descansa.

Jean abandonó la habitación.

En el pasillo, notó que se mareaba y tuvo que apoyarse en la pared.

—¿Necesita ayuda? —le preguntó la monjita, que volvía al mostrador de control.

—¿Cómo? No, gracias, ya estoy mejor, tengo que... No, ya estoy mejor.

François se limitó a dejar a su sobrina delante de su casa. Cuando Colette entró en el piso, la mesa estaba puesta sólo para uno.

—No te hemos esperado para cenar —dijo Geneviève—. Philippe necesita un horario regular. —Volvió de la cocina con un plato y lo puso en la mesa—. La señora Faure nos ha dejado espinacas. —Colette comprendió que había empezado una nueva vida para ella cuando su madre agregó—: Les he añadido huevos duros. —Era de las pocas cosas que Colette no soportaba—. Una buena alimentación debe incluir proteínas, todo el mundo lo sabe. —Geneviève servía la comida con el cuidado de un ama de casa detallista—. Y al precio que está la carne... Así que hacemos huevos duros una vez por semana. Como mínimo. —A Colette le bastó verlos para que se le revolviera el estómago—. Bueno, venga, a la cama —dijo su madre mirando a Philippe.

—No quiero.

—Vamos, tesoro, que mañana hay escuela...

Philippe se levantó a regañadientes y con tantas ganas de llorar que estalló de pronto en un grito desgarrador. Geneviève, impertérrita, soltó un «¡Venga, arreando!» casi sonriente y agarrándolo del hombro lo empujó hacia el pasillo.

¿Era así todas las noches?

Colette se quedó sola a dos pasos del plato, en el que dos huevos duros pelados brillaban encima de un montoncito de espinacas. Podía cogerlo, correr hasta el baño o una ventana y hacerlo desaparecer todo en segundos. ¿Qué le pasó por la cabeza en ese momento? Ni ella misma sabría explicarlo. Se acercó a la mesa con decisión y los ojos clavados en el plato, se sentó lentamente, apartó la servilleta a cuadros, cogió un huevo y le dio un mordisco.

La náusea fue instantánea, pero la contuvo y siguió masticando. Las arcadas se sucedían y le saltaban las lágrimas. Todo su cuerpo estaba en tensión.

Escupió en el plato lo que tenía en la boca, pero lo cogió enseguida y se lo metió de nuevo en la boca. Su testarudez ganó la partida, porque consiguió masticarlo con la saliva. Cogió la servilleta y se secó los ojos. Una arcada estuvo a punto de hacer que lo regurgitara todo, pero la dominó y siguió masticando. Ahora había que tragar. Cogió el vaso de agua de la mesa y se obligó a beber un trago. El primer bocado pasó, seguido de un espasmo estomacal que la dejó sin respiración. En ese momento, se dio cuenta de que había aplastado el resto del huevo con la mano. Sin dudarlo, se lo metió en la boca, lo tragó, lo regurgitó, volvió a empezar, y, después de una lucha interminable, con el estómago descompuesto, llorando y con la garganta ardiendo, consiguió dar cuenta del primer huevo.

Agotada, agarró el segundo y lo mordió con una rabia feroz.

En ese momento, entró su madre.

—¿Todo bien?

Aquella niña con los ojos húmedos y las comisuras de los labios llenas de yema de huevo, temblorosa, tensa, blanca como un espectro, de la que emanaba una ira casi palpable... Aquella escena la hizo titubear.

Sin dejar de mirarla, Colette consiguió tragarse el último bocado, contuvo la enésima arcada e hizo un sonoro eructo que le removió las tripas mientras los hilillos de baba caían en el plato.

Su madre seguía mirándola, dubitativa, y negando con la cabeza imperceptiblemente.

—Está bien —dijo muy despacio—. Si has terminado, puedes recoger la mesa.

Y madre e hija empezaron a ir y venir entre el comedor y la cocina sin dirigirse la palabra.

Colette recogió y fregó los platos mientras su madre se mostraba diligente y atareada, aunque costaba saber qué estaba haciendo.

—Bueno, una cosa que tenemos hecha —dijo al fin—. No podemos entretenernos mucho, que mañana es día de escuela...

Colette pensó con inquietud en aquella escuela, que hasta ese momento había conseguido apartar de su mente. Pero una preocupación más inmediata ocupó su atención.

—¿Puedo ir a buscar mis cosas a la furgoneta?

—¿A estas horas? ¡Ni pensarlo! Además, no necesitas nada, está todo previsto. Menos mal, porque si dependiera de tu padre...

A Colette se le cayó el mundo encima. Iban a privarla de las pocas cosas que le importaban. En el acto, esa privación intensificó su sensación de abandono.

Geneviève se dirigió al pasillo con paso marcial. Colette la siguió.

Era el piso que recordaba, pero le confundía la distribución de las habitaciones.

La de los niños se encontraba en una punta del pasillo y la de los mayores en la otra.

Colette se quedó muy sorprendida al entrar en su nuevo dormitorio, triste, impersonal y bastante lúgubre, ¡y ver dos camas y, en la de la derecha, a su hermano Philippe, con el rostro congestionado por las lágrimas!

Entonces, ¿ya no dormía con su madre?

Junto a la puerta había dos cajas, que Geneviève abrió con grandes aspavientos.

—Aquí tienes un camisón y, para mañana, unas bragas, una falda y una blusa.

El camisón era una especie de camiseta de tirantes de color crudo dos tallas más grande. La falda de lana gris oscuro por lo menos le llegaría a los tobillos, y con la blusa blanca, cerrada al cuello con una cinta, no podría ni respirar si la obligaban a abrocharse el último botón.

—¿Tengo que llevar eso?

Colette se dio cuenta de que había pronunciado la frase esperada y se mordió el labio. Antes de que su madre pudiera abrir la boca, cogió las prendas y las colocó sobre su cama en señal de rendición. Luego, indecisa, se inclinó sobre el camisón.

—¿Dónde puedo...?

—Aquí nos cambiamos en la habitación. —Colette miró a Philippe, que había dejado de llorar y presenciaba la escena con los labios entreabiertos—. Estamos en familia, a nadie... ¿verdad, tesoro? ¿A que ver a tu hermana completamente desnuda no te va a quitar el sueño?

Geneviève seguía allí, de espaldas a la puerta, formando una muralla con su cuerpo.

Colette empezó a desnudarse sin parsimonia, como en su propia habitación. Cuando se quitó la parte de arriba, aparecieron sus pechos incipientes, que Philippe miró embobado. Colette se volvió y deslizó las bragas hasta sus tobillos bajo la mirada impasible de Geneviève. Sentía los ojos de su hermano en las nalgas. Se puso el camisón. Lo más lentamente que pudo. El tejido era basto, áspero.

—¿Dónde está el lavabo? —preguntó.

—En el pasillo —dijo Geneviève—. ¡Ea, buenas noches, niños!

Colette tiró de la cadena, salió, respiró hondo y volvió a entrar en la habitación, donde encontró a su hermano sentado en su cama con los brazos cruzados y cara de pocos amigos.

—¿Por qué has vuelto? —le espetó Philippe.

Colette no tenía respuesta. Cruzó la habitación.

—¡Siempre he dormido con mamá! Y ahora, por tu culpa, tengo que dormir aquí. ¡No es justo!

Colette se acostó como si no hubiera oído nada y se volvió hacia la pared.

—¡¿Por qué has vuelto?! —gritó Philippe, que se había levantado de la cama.

Cuando Colette quiso darse la vuelta, su hermano ya se había arrojado sobre ella y le había pegado un tremendo puñetazo en los riñones que la hizo aullar de dolor.

—¡Te odio! —gritó Philippe.

Instintivamente, Colette se protegió la parte posterior de la cabeza con las manos.

—¡Ojalá estuvieras muerta!

A Colette, esa frase le dolió en el alma. Se volvió de golpe. Philippe estaba allí, de pie junto a la cama, con los puños cerrados y mirada asesina, a punto de arrojarse de nuevo sobre ella.

—¡Y además mamá tiene razón! ¡Eres fea!
—¡Colette!
Los dos se volvieron a una hacia la puerta. Era la voz de su madre, en la otra punta del pasillo.
—¡Deja dormir a tu hermano, haz el favor!

29

No podía ser mejor

Jean bajó la escalera y, tras cruzar la puerta del hospital, aspiró profundamente el fresco aire nocturno. Llovía. Allí estaba su coche, triste y solitario. Se puso al volante, pero no se decidía a girar la llave de contacto. Sentía un inmenso cansancio.

¿Iba a morir su padre?

¿Se perdería aquel último adiós? Era injusto, pero su relación había estado marcada por la injusticia. Deseaba decirle cuánto lo había querido, cuánto lo había admirado, y que de ahí venía el problema, de haber intentado, por encima de todo, cumplir con sus expectativas.

¡Oh, cuánto había sufrido al demostrarse que no era capaz!

Había habido un error con la persona. Su padre se había equivocado de hijo.

Él era un error, toda su vida había sido un error.

Sentado al volante del silencioso y helado Simca, Jean lloraba todas las lágrimas que llevaba dentro. Era un torrente inagotable, una pena inconsolable, era el llanto de un niño, de un niño viejo agarrado a la última rama del árbol genealógico de los Pelletier.

¿Cuánto tiempo estuvo así, envuelto en este frío tremendo, con las manos y los pies helados?

Miró el reloj. Las nueve y media. Llevaba una hora y media llorando acodado al volante.

Era una noche oscura. En la gran explanada, no había un alma. Se inclinó hacia la ventanilla. Algunas luces horadaban la fachada del hospital. Buscó en vano la habitación donde dormía su padre.

Aún no era capaz de mover la mano y accionar la llave. Se sonó y esperó a que su respiración se calmara.

Haciendo un esfuerzo tremendo, al fin consiguió arrancar, meter una marcha y dirigirse a la salida circulando muy lentamente.

Entonces, tras la pena y el cansancio, se reactivó un volcán, un fuego que había ido creciendo durante la tarde sin que él se hubiera percatado.

Aquel viaje a Praga... No se arrepentía de su decisión, no podía hacer otra cosa que anular su partida, tenía que quedarse junto a su padre a toda costa, hablar con él, no había nada más importante que eso. No, lo que le encendía la sangre era que aquel viaje había acabado como todo lo demás.

Nunca funcionaba nada. Nada. Desde el principio.

Conducía cada vez más rápido por las calles de la ciudad dormida, con las largas encendidas, ciego de rabia.

Lo peor de todo era que esta vez se lo había creído.

Se había sentido valorado, solicitado, había conseguido un estatus, le habían hecho promesas.

¡Se había convertido en alguien!

En alguien.

Tuvo que frenar en seco delante de un semáforo en rojo. El Simca Aronde patinó un poco por la lluvia y se detuvo.

Se había convertido en una persona respetable. Aún le parecía oír la voz de la señora Le Pommeret: «El señor Pelletier, feliz propietario de los magníficos almacenes Dixie.» Y ahora volvía a estar en la casilla de salida.

Con las manos crispadas sobre el volante, miraba la luz roja con rencor. La tormenta arreciaba.

Gracias a su talento, habían entrado en el grupo de los empresarios embajadores de Francia, ¡nada menos!

Y, una vez más, todo se había ido al garete.

Pegó varios puñetazos sobre la palanca de cambio. «¡Querido Pelletier!» (La voz de Le Pommeret.) Se acordó del baúl mundo, que ahora tendría que vaciar. ¿Para qué lo quería ahora? Ahora lloraba de rabia. Había hecho el ridículo. Como de costumbre.

«Es un orgullo tenerlo en nuestra delegación», había dicho Désiré Chabut, pero en realidad nadie había estado orgulloso de él jamás.

En el fondo, el único que había creído en aquel éxito era él. Los demás se reían para sus adentros mientras esperaban el final de la mascarada.

Una VéloSolex que no había visto llegar estaba detenida en el semáforo, a su derecha. La conductora lo miró unos instantes.

Bajo la capucha empapada y a pesar de la toca, Jean reconoció a la monjita, no recordaba su nombre, la que parecía española.

Aún podía oír a Chabut preguntando: «¿No le gustaría unirse a la patronal francesa? ¡Necesitamos sangre nueva!»

¡Buscaban sangre nueva, y habían pensado en él!

¿Lo había gafado todo otra vez Geneviève, o era él quien llevaba el mal fario en los genes?

Después de su renuncia a participar en el viaje a Praga, la patronal jamás volvería a hacerle la propuesta.

Había perdido la partida por abandono.

Volvió a golpear la palanca de cambio.

No se había dado cuenta: el semáforo estaba en verde. ¿Cuánto hacía? No había tráfico. Embragó y arrancó.

«¿Tú? ¿Tú has simpatizado con Désiré Chabut?» ¡Ese tono irónico de Geneviève...!

Eran todos iguales. Hasta Hélène. «Cuéntanos, Gordito. Entonces, ¿irás allí?» Esa pregunta también estaba llena de ironía.

Se secó las lágrimas con la manga de la chaqueta.

Aumentó la velocidad y vio delante el ciclomotor, detenido en el siguiente semáforo.

Pisó el acelerador a fondo.

Dio un brusco volantazo a la derecha y lo embistió.

La monjita gritó y salió despedida hacia la acera.

El ciclomotor cayó al suelo.

Jean frenó en seco, bajó del coche hecho una furia y avanzó hacia la joven. Con el impacto se le había caído la capucha. La toca, que también se había soltado, había dejado a la vista la cabeza de la religiosa, cubierta con un gorro blanco, ahora torcido sobre el cráneo.

El ciclomotor, tumbado en el asfalto, a unos metros de distancia, tenía una rueda girando en el vacío.

La monja gemía sordamente e intentaba levantarse con movimientos torpes. Pero no le dio tiempo. Jean se inclinó sobre ella, le agarró la cabeza con las dos manos y, con todas sus fuerzas, la golpeó contra el bordillo una, dos, tres veces... El agua de lluvia de la acera se tiñó de rojo.

Jean tenía la cabeza de la monjita cogida con las dos manos. El cráneo estaba roto y se le salía el cerebro, que manchaba el gorro blanco, cada vez más oscuro. Tenía los ojos desorbitados y la mirada fija. Cuando la dejó caer, se oyó un ruido sordo y blando.

Se incorporó y volvió tambaleándose a su coche. Con gesto maquinal, deslizó las ensangrentadas manos por el parabrisas mojado y se las frotó una contra otra. Cuando se disponía a sentarse al volante, lo asaltó una duda. Rodeó el vehículo y examinó el lado derecho del guardabarros delantero, con el que había golpeado el ciclomotor. Tuvo que agacharse para distinguir la señal del impacto.

Sin que Jean se diera cuenta, la lluvia arrastraba hasta sus zapatos un reguero de sangre procedente del cuerpo, al que, concentrado en la abolladura, daba la espalda. Miró el ciclomotor; la rueda había dejado de girar. La toca, a unos metros de él, parecía una gran mariposa blanca posada en la acera, a punto de emprender el vuelo.

Sí, se dijo Jean, aquella pintura negra en el guardabarros del Simca procedía del Solex...

Sin muchas ganas, la arañó un poco con la uña, pero desistió rápido. Luego volvió a rodear el coche, se sentó al volante, se secó las manos, restregándolas contra el asiento del acompañante, y se dispuso a arrancar. El semáforo había vuelto a cambiar.

Esperó.

El motor giraba, el aire caliente de la calefacción desempañaba el parabrisas, la ciudad estaba desierta.

Su mirada pasó sin verlo sobre el cadáver de la monjita, tendido en la acera, con la cabeza colgando del bordillo, el gorro ya empapado de sangre, el cráneo partido chorreando bajo la lluvia, la boca abierta y los ojos vidriosos.

«¡Me ha ofrecido un puesto en el consejo de administración de la patronal, ahí es nada!»

¡Qué idiota había sido al creérselo!

El semáforo se puso en verde. Jean arrancó.

Se vio hojeando ilusionado la guía de Praga; imaginándose los placeres del viaje y las recompensas del éxito. Su hermano iría solo.

Miró el reloj.

Le hacía mucha ilusión llegar a su habitación, en la que por primera vez dormiría con Colette, y darle un beso en la mejilla, un beso muy suave, para no despertarla. Y luego acostarse plácidamente y verla dormir...

Pero eso tendría que esperar por culpa de aquel guardabarros con restos de pintura negra.

París se había dormido bajo una lluvia que ahora era pálida, fina, continua, melancólica. Jean ya no veía el momento de reunirse con sus hijos.

Se sentía raro llamándolos así, sus hijos, porque nunca había estado más que con uno a la vez. En su fuero interno, se alegraba de tenerlos al fin a los dos. Los llevaría al zoo, al Luna Park, al cine, al parque de atracciones...

Ese flujo de ideas lo tuvo tan distraído que apenas se dio cuenta de que había entrado en París.

El trayecto de la puerta de Orléans a la avenida du Maine era casi directo, pero recorría grandes avenidas, así que torció a la izquierda para tomar la rue d'Alésia y luego la de Plaisance, Pernety, des Thermopyles hasta que, en la de Delbet, encontró al fin lo que buscaba. Se detuvo. El sitio era casi perfecto, si lo hacía bien...

Recorrió unos metros marcha atrás para encontrar el ángulo adecuado, pasó a primera, luego a segunda y alcanzó la velocidad perfecta a la acera. El Simca chocó con el bordillo, dio un salto y terminó con el guardabarros aplastado contra la farola como una fruta madura.

Jean, que había amortiguado el golpe sujetando el volante con los brazos extendidos, se apeó al instante para comprobar el resultado. No podía ser mejor: las marcas de pintura del ciclomotor se habían volatilizado literalmente con el choque. Como temía, el neumático de ese lado se había reventado, pero con una breve maniobra pudo aparcar el coche junto al bordillo de la acera, donde la grúa iría a buscarlo por la mañana.

Apuntó el número de la calle para dárselo al mecánico, cogió la gabardina del asiento trasero y se la puso. Se disponía a parar un taxi cuando cayó en la cuenta de que no llevaba dinero encima. Tendría que volver a pie. Por suerte, la avenida du Maine no estaba muy lejos, no tendría que andar mucho.

En el rellano, se oyó ruido. Papá había llegado al fin.

Pasó mucho rato. ¿Qué hacía? ¿Había ido a acostarse?

Colette oyó acercarse sus pasos y, cuando la puerta se abrió, cerró los ojos.

Jean permaneció un buen rato indeciso y desconcertado en la puerta del dormitorio.

¡Philippe estaba durmiendo en su cama!

Y Colette, en la otra.

¿Por qué había acostado Geneviève a Philippe en otra habitación?

No se le ocurría ninguna explicación, nunca había pasado, jamás se había separado de él...

—¿Qué haces ahí, chavalín? —susurró.

Sin volverse, Philippe lanzó el brazo hacia atrás con todas su fuerzas y golpeó a su padre en el hombro.

—¡Vete! —gruñó.

Jean se resignó. «Lo ha castigado...» Fue lo único que se le ocurrió.

Se acercó a la cama de Colette. La niña notó su olor a tabaco; luego sus labios calientes en la frente.

Jean salió.

Si ya no había sitio para él en la habitación del fondo, ¿dónde dormía?

En el salón, no encontró ninguna cama plegable. Era muy raro.

Tendría que preguntárselo a Geneviève. Llamó a la puerta de su dormitorio con mucha suavidad.

—¡Vamos, entra de una vez! —gritó ella con voz cantarina e impaciente.

Jean abrió la puerta.

—¡Sí que has tardado en volver del hospital! Podrías haberte dado un poco de prisa, ¿has visto qué hora es?

El dormitorio de Geneviève era una habitación a la que Jean nunca había tenido acceso.

—He querido quedarme un poco con mi padre...

—¡Ya está tu madre para eso! ¡Ella no tiene otra cosa que hacer! ¡Tú tienes hijos, te lo recuerdo!

Jean no sabía qué hacer.

—Voy a dormir...

Geneviève oyó el signo de interrogación que Jean no se había atrevido a poner en su frase y señaló la cama vacía.

—¡Pues en tu cama! ¿Dónde va a ser, en el rellano?

¡Así que era allí donde tenía que acostarse!

La sorpresa era tan grande que no replicó.

Se desnudó de espaldas a su mujer, se puso el pijama y se metió entre las sábanas frías.

Era una situación extraña: Geneviève y su marido, cada uno en una cama, separados sólo por la mesilla, como la gente bien.

Hacía mucho que no dormían en la misma habitación. Y quizá estaban apabullados por la novedad, porque no dormían pero tampoco rechistaban.

Jean, que en un primer momento se había alegrado de que Philippe hubiera dejado al fin la cama de su madre, ahora estaba preocupado por él. ¿Por qué había decidido Geneviève mandarlo a dormir a la otra punta del piso de repente?

—Sobre Philippe... —empezó a decir.

—¿Qué le pasa a Philippe?

—Está triste.

—Ya se le pasará.

Era asombroso.

¡Geneviève nunca había hablado así de su «principito»!

—Tu hijo... —empezó a decir Geneviève.

Jean esperó.

—¿Sí? —preguntó al ver que su mujer no acababa la frase.

La respuesta fue instantánea.

—Es un perdedor.

Jean se quedó un instante con la boca abierta tratando de poner orden a las ideas que se agolpaban en su cabeza.

Cuando estuvo listo para formular su pregunta, ya era tarde. Geneviève había empezado a roncar.

11 de mayo de 1959

30

Lo siente en el alma

La tarea de François en Praga iba a ser difícil. Aparte de que habría que desplazar constantemente una cantidad increíble de material, las autoridades habían delimitado su margen de maniobra de forma tan estricta que hacer un reportaje que no fuera un mero film propagandístico para el régimen sería complicado.

Y todo eso no era nada al lado de la verdadera razón de su viaje. «Voy a salvar a alguien», se repetía, y ahora que estaba a dos horas de Praga sentía crecer en su interior la ansiedad, porque aquella misión estaba perturbada por lo que había dejado tras de sí. No se quitaba de la cabeza la imagen de su padre en la cama del hospital.

Antes de su partida, Martine y Alain le habían dejado un dibujito en la mesa: «Para papá.» Era un retrato suyo que habían hecho al alimón: la parte derecha, de Martine, consistía en cinco rayajos esquemáticos e inseguros; la izquierda, de Alain, era más elaborada y de trazo enérgico. El conjunto era extraño, una especie de hombre partido en dos, mitad esbozado, mitad construido.

Emocionado, François lo había doblado y se lo había guardado en la cartera.

Luego, Nine lo había acompañado en taxi hasta Orly.

Iban cogidos de la mano, y Nine, que intuía lo mal que se sentía François por irse de aquella manera, trataba de llenar el silencio con su vocecilla.

—Odette va a reemplazarte durante unos días... —dijo sonriendo.

—Me alegro de que hayas encontrado ayuda.

François lo dijo aliviado.

La verdad era que las dos mujeres se habían entendido bien desde el principio. El día que se encontraron bajo una lluvia torrencial en la puerta del taller de Nine, Odette había mirado hacia el techo del armario, desde el que *Joseph* la observaba fijamente, y había dicho:

—¿Cómo se llama tu minino?

—*Joseph*.

—¿Es budista?

Nine estaba sorprendida de que hubiera reconocido a Buda en la estatua que *Joseph* usaba para dormir. Odette se dio cuenta y sonrió.

—Tengo un vecino budista, el señor Vichea Chea —dijo—. Los domingos toca el *tro khmer*. Se parece a un violín, pero te aseguro que al cabo de un rato desearías que lo fuera...

Como ya se ha dicho, era una mujer corpulenta, de facciones duras y peinada a la buena de Dios. En ella, todo, sus movimientos torpes y decididos, sus escasas sonrisas y hasta su entonación, hacía pensar en unos padres granjeros, unos hijos llegados demasiado pronto y una vida en el extrarradio de París. Odette Lagrange te llevaba a pensar en los valores obreros y la cocina familiar, los días de huelga no pagados, el caldo de verdura, los hijos peinados con esmero antes de mandarlos a la escuela, el pollo de los domingos, las bodas en la iglesia y la solidaridad obrera. Fue seguramente esa solidaridad lo que la indujo a volver al día siguiente para ayudar a Nine, conmovida quizá por las lágrimas que la joven no había podido contener. «Yo ya no trabajo», había dicho con naturalidad. Como obrera y amante del trabajo bien hecho, siguió las instrucciones de Nine al pie de la letra. Incluso durante la pausa, se tomaron el café sin sacar la nariz de la taza y apenas hablaron. «Soy sorda», dijo al fin Nine. Odette asintió con la cabeza como si Nine le hubiera explicado que tenía treinta años o que vivía en la calle de al lado, para ella no era más que un dato.

Por fin, salvados los libros, guardados los cajones, tiradas las cajas y ordenado de nuevo el taller, las dos mujeres hablaron un poco.

Era raro, pero Nine se sintió en confianza para mencionar el inminente viaje de François. A su vecina, Praga no parecía sonarle demasiado.

—Está en Checoslovaquia —añadió Nine.

—¡Ah! —dijo Odette. Y al cabo de unos segundos—: Si no puedes con los niños, puedo echarte una mano. He tenido cuatro. Vienen a verme a menudo, pero tengo la semana bastante vacía, así que, si necesitas ayuda...

Y ése fue el motivo de que, el domingo anterior a la partida de François, Odette se presentara en casa.

Tuteaba a Nine, que la trataba de usted, pero se dirigía a su marido como «señor François», lo que decía mucho de su visión del mundo y de las relaciones de clase.

Los niños la recibieron con naturalidad, y ella se mostró sencilla, directa y amable; ¿qué más se podía pedir?

Acordaron que Nine los llevaría a la escuela por la mañana y que Odette los recogería por la tarde y se encargaría de ellos hasta la hora de cenar.

François, reconcomido por la mala conciencia de abandonar a Nine, se había sentido cobardemente reconfortado por aquella ayuda inesperada.

—¿Habéis acordado un precio? —quiso saber François.

Nine sonrió. A la pregunta de «¿Cuánto quiere que le pague?», Odette, tras dudar un instante, había respondido: «Pues no sé... ¿Ciento cincuenta francos por día?»

—¿Cómo?

François no daba crédito a lo que estaba oyendo.

—Sí, ella cuenta en francos antiguos, creo que tardará en aclararse con los nuevos...

—No, te hablo de la tarifa...

Efectivamente, era bastante caro.

—¿Por cuántas horas semanales?

—Entre cinco y seis...

François silbó por lo bajo, pero no protestó: si tenían que pagar ese dineral, era porque él abandonaba a Nine.

Nine compartía su opinión, pero no había sabido qué responder. Y necesitaba a Odette.

—Si le parece mucho... —había dicho la mujer.

—No, está bien...

François, que lamentaba su reacción, le apretó la mano. Ahora estaban callados, se acercaban al aeropuerto, a la separación.

El silencio, los secretos, las mentiras que había entre ellos les recordaban dolorosamente los inicios de su vida en pareja, cuando Nine, encerrada en su desgracia, había desterrado a François. Entonces, él había sabido forzar la puerta, desentrañar el misterio; había bajado a los infiernos en su busca y la había devuelto al mundo de los vivos. ¿Qué había hecho falta? Mucho amor, y nada más. Un deseo ardiente. El deseo seguía ahí, pero algo inexpresable se había interpuesto entre ellos dos y les impedía hablar. El secreto de François había partido en dos la pareja.

En la entrada del aeropuerto, Nine lo besó con tanto amor que François apenas pudo soportarlo. Estuvo a punto de volverse con ella, pero Nine ya estaba en el taxi camino de París.

Miraba por la ventanilla y contenía las lágrimas. François se había ido.

Él ya había empezado a trabajar en el enorme vestíbulo del aeropuerto, pero pensaba en Nine.

El cámara estaba frente a Désiré Chabut. El microfonista, con los cascos, sostenía la pértiga con los brazos extendidos.

Estarían fuera cuatro días.
Pero François sabía que no volvería con los demás.

El reportaje para *Edición Especial* empezaría con una breve entrevista a los miembros de la delegación patronal y con algunas imágenes de su partida de Orly, así que Denissov había mandado un equipo al aeropuerto y, para subrayar el interés del acontecimiento, se había desplazado allí él mismo.

En la sala reservada a las personalidades, todos los presentes se habían saludado con gesto contenido, aunque los empresarios invitados exhibían una despreocupación un tanto displicente: quizá la prensa estaba entusiasmada con aquella insólita incursión en el mundo comunista, pero a ellos no les sorprendía en absoluto ser sus protagonistas.

Al colocarse ante la cámara para empezar con el reportaje, François advirtió que Denissov tuteaba a la mitad de la delegación. Con los políticos, hizo lo mismo. Otra prueba de la consanguinidad entre la prensa y los que detentaban el poder.

Désiré Chabut fue invitado a situarse frente a la cámara en compañía de un representante del Ministerio de Industria. Mientras los filmaban, los demás miembros de la delegación fingían hablar de asuntos serios y miraban, con expresión divertida, las seis cajas de material de televisión que viajarían a bordo: una cámara de diez kilos, un magnetófono que no pesaba mucho menos, focos, baterías, pértigas, decenas de metros de cables, pies, bobinas, un grupo electrógeno, material de reparación y cinco kilómetros de película. Lo que ellos llamaban un «equipo ligero».

Las autoridades checas habían insistido en que el viaje se realizara en un TU-104 A de la Československé Státní Aerolinie. Antes de que pusieran un pie en el territorio, ya se había puesto en marcha una vasta operación para demostrar que el sistema económico del país iba viento en popa y no tenía nada que envidiar a los capitalistas europeos.

En el avión, Régis, el cámara de *Edición Especial*, iba sentado bien recto al lado de François. Cejas horizontales, arrugas verticales, espalda tiesa, apretón de mano seco... todo en él proclamaba que era un hombre serio. Y efectivamente lo era.

—Es un viaje muy interesante y espero que todo el mundo haga buen uso —le había dicho a François.

La expresión no era lo que se dice transparente. ¿A qué uso se refería? ¿Quién era todo el mundo? Régis hablaba cerrando los ojos de vez en cuando durante bastante rato, de modo que tenías la sensación de conversar con un ciego. Pero, sobre todo, lo hacía muy despacio. Muy muy despacio. Al principio, incluso te preguntabas si no padecería alguna disfunción relacionada con el lenguaje. Te daban ganas de terminar la frase en su lugar, para aliviarlo y acabar con la espera. Sin embargo, nadie le había pedido nunca que se diera prisa; te conformabas con aguardar, rezando para que lo siguiente fuera el final.

Cumpliendo con la ley de los contrarios, el equipo lo completaba Julien, el técnico de sonido, un individuo bajito y grueso de mirada penetrante, pelo siempre engominado, voz metálica y tono irónico, que miraba el mundo con ojos distantes, burlones y autocríticos. «Lo bueno de hablar con Régis es que, entre el verbo y el complemento, te da tiempo a ir a mear», le había dicho a François.

—No sé si lo he entendido bien, muchacho... Entonces, su hermano, ¿no viene?

Mazeron, empresario metalúrgico, parecía un bolo. Era una grupa de yegua rematada por una cabeza de aguja perfectamente calva, pese a lo cual tenía una voz estentórea. Todo el mundo se había vuelto.

—Una urgencia familiar —le respondió François—. Lo siente en el alma.

Repetía la disculpa que le había transmitido en el aeropuerto a Désiré Chabut, jefe de la delegación, en nombre de su hermano. «¡Es una lástima! ¡Un joven de gran valía! ¡Pero que no se apure, volveremos a vernos en París!», había declarado el patrono de los patronos.

—¡Ah, sí! —respondió Mazeron, como si acabara de recordarlo y François no le dijera nada nuevo, y volvió a los asientos de la delegación, donde las azafatas habían empezado a servir la comida.

Después del despegue, los empresarios se relajaron. A la media hora, se reían a carcajada limpia, se llamaban a gritos, bromeaban... Las azafatas pasaban prudentemente de lado por el pasillo central. El champán corría, se servía un menú gastronómico en platos de porcelana, copas de cristal y cubiertos de plata. Los empresarios estaban muy a gusto... Reinaban el capitalismo y las buenas maneras francesas.

El más discreto era Gilbert Cardinaud, un hombrecillo insignificante, flaco y aniñado que cubría su pelado cráneo con un solo mechón de pelo ralo, un ser extraño que hablaba poco, pero regalaba constantemente sonrisas muy finas, muy decorativas. Eran su lenguaje, las tenía para todas las ocasiones, para saludar, para dar las gracias, para asentir y para negar, por lo que el sonido de su voz no se oía prácticamente nunca. De momento, asistía a la relajación de los miembros de la delegación con la sonrisita bonachona e inofensiva que destinaba a los niños que se divierten, a los enamorados que se besan y a los pobres que dan las gracias.

Durante el vuelo, François tuvo tiempo de sobra para repetirse hasta la saciedad que acababa de abandonar a su mujer, su padre, su madre y su hermano. No tenía la moral demasiado alta.

Apenas dos horas después, una voz con fuerte acento eslavo anunció por el altavoz:

—Estamos llegando a Praga. Les rogamos permanezcan en sus asientos hasta el aterrizaje.

31

Eso me temo...

Tras bajar del avión, después de la caminata por las pistas relucientes de lluvia, venía un largo pasillo ciego y retumbante, y luego el vestíbulo principal del aeropuerto, un inmenso almacén de hormigón sembrado de mostradores. La luz caía de unos grandes ventanales por los que se veía un cielo blanco.

—¿Están disecados o qué? —preguntó Julien con su voz metálica.

Detrás de las cabinas de control, François vio, en una fila escrupulosamente recta, a varias personas inmóviles con una débil sonrisa en los labios. Contó cinco hombres y dos mujeres.

—Se ve enseguida que vamos a disfrutar como locos —añadió el técnico.

—¡Aquí no venimos a disfrutar! —replicó Régis, el cámara, con su habitual seriedad.

—Sí, ya lo veo...

No les había dado tiempo a resolver su desacuerdo cuando llegaron delante de un encargado, aduanero, policía, uno no sabía muy bien, que te escrutaba largo rato. Estaba claro que el hecho de que te esperara una ristra de funcionarios no modificaba en nada la necesidad de sopesar detenidamente la pertinencia de tu visita al país.

François no pudo evitar sentirse inquieto cuando un individuo en uniforme lo miró de arriba abajo pasando de su pasaporte a su rostro y de nuevo a su pasaporte con los labios apretados y una mirada suspicaz. «Es la expresión de todos los policías del mundo», se dijo, pero el temor no desapareció.

Entretanto, Régis daba vueltas sobre sí mismo mirando a su alrededor con cara de asombro. François y Julien siguieron su mirada de admiración y toparon con los muros de la sala, donde, bajo los cimacios —en los que la palabra «Paz» estaba escrita en veinticuatro lenguas—, se habían pintado un montón de eslóganes con grandes letras rojas: «La industria eleva el nivel de vida», «Si aumenta la producción aumenta el intercambio internacional de productos»...

—«Las vacaciones son un derecho de los trabajadores» —leyó Julien—. Debo de ser un poco comunista y no lo sabía... ¡Eh, oiga! ¡Eso no se toca, *továrich*!

De pronto se abalanzó enfadadísimo contra unos aduaneros que habían abierto las cajas de material audiovisual e inspeccionaban las pértigas y los micrófonos. Al instante, otros dos aduaneros lo inmovilizaron. Todas las cabezas se volvieron.

—¡Tú, Popov! —gritaba Julien debatiéndose—. ¿Por qué no te metes las manos en el culo?

François acudió en su ayuda mientras los miembros de la delegación, inquietos, presenciaban la escena desde la distancia.

—Deja, yo me ocupo —dijo François.

—¡Ese mujik, que deje de tocar mis micros o lo devuelvo a su koljoz de una patada!

François había conseguido alejar a Julien, pero no sabía cómo tratar con los aduaneros, que lo miraban fijamente, como esperando algo, pero ¿qué? Una voz lo hizo volverse.

Era un hombre delgado, elegante, con el pelo tirando a rubio, un mentón voluntarioso, muy prominente, literalmente cortado en dos por una profunda arruga. Se dirigió a los aduaneros en tono autoritario.

En cuestión de segundos, las cajas volvían a estar cerradas.

—Le ruego que disculpe a estos funcionarios, son... Pero, perdone, no me he presentado... Me llamo Teodor Kozel, soy el encargado de supervisar el trabajo de los intérpretes durante su estancia aquí. Y usted es... ¿el señor Georges Pelletier? No, perdón, Georges no, François Pelletier, ¡discúlpeme!

François ya no lo escuchaba. ¡Así que aquel individuo era Kozel! ¡El Duende!

—¡Pero, perdone, tengo que dejarle ya! —se interrumpió el intérprete, que echó a correr hacia el lugar donde lo esperaban para proceder a recibir oficialmente a la delegación.

Se había dirigido a él en un francés extraordinariamente fluido, pero en ese instante François tuvo la certeza de que aquello no iba a funcionar...

Georges no le había explicado cómo se llevaría a cabo la sustitución, pero François no veía cómo aquel hombre conseguiría suplantar su identidad frente a un policía tan receloso como los del aeropuerto. Medía casi diez centímetros más que él y su pelo no tenía el mismo color ni la misma densidad. En cuanto a su rostro, era tan distinto del suyo que la idea de la suplantación habría resultado graciosa si no comportara tantos riesgos.

Por muchos artificios que se usaran, Kozel jamás lograría parecerse a él, ni por asomo.

Quizá lo había entendido mal y el plan era que Kozel se metiera en un baúl y embarcara en el avión con el equipaje...

Pero entonces, ¿para qué lo necesitaban a él?

Con los nervios a flor de piel, se dirigió con paso mecánico al lugar donde estaba empezando la ceremonia de bienvenida.

El primer secretario de la embajada de Francia, un hombre muy pulcro con manos de chica, los saludaba solícito y se mostraba afligido por «tener que disculpar al señor Embajador», pero les recordaba con un entusiasmo estudiado al milímetro que los estaban esperando en la embajada con «la mayor impaciencia».

A continuación el comité oficial, formado por dos funcionarios y tres intérpretes, saludó a los empresarios franceses, con Chabut a la cabeza. El primero en tomar la palabra fue el intérprete jefe.

—Buenos días, caballeros. Les presento al señor Ladislav Procházka, segundo secretario del Partido Comunista, que desea dirigirles la palabra.

Tras lo cual, Teodor Kozel se apartó y se quedó junto a un individuo de rostro rubicundo y bigote entrecano, para traducir su parlamento.

—Les deseamos una feliz estancia a Praga. Estamos seguros de que su visita será instructiva y constructiva para nuestros dos países. Tendrán ustedes...

En la primera fila, Chabut tenía la expresión satisfecha del burgués que recibe las llaves de la ciudad de mano de sus agradecidos paisanos. «Intentarán colarnos sus desechos. No me fío de estos rojos», había dicho antes de despegar. Le Pommeret, siempre elegante y reservado, había respondido: «Lo que nos enseñaron en 1958 estaba bastante bien...» Se refería a la Exposición Universal de Bruselas. Cardinaud había esbozado su bonita sonrisa: «Ya veremos...»

Régis, el cámara, se había instalado en primera fila y asentía a cada frase con aire de complicidad, mientras que Julien se había quedado a cierta distancia, bastante atrás... Cuando le guiñó el ojo con insistencia, François comprendió que se había colocado allí para contemplar a placer las nalgas de la intérprete más joven.

Instantes después, al final de un discurso plagado de tópicos, Kozel tradujo lo poco que a su vez tenía que decir el representante del Ministerio de Comercio Exterior y, acto seguido, las palabras de agradecimiento de Désiré Chabut. Pero François no escuchaba: no podía creer que hubiera ido a Praga para salvar a aquel hombre sonriente y distendido, al que costaba imaginar en peligro y aún menos teniendo que abandonar el país con la mayor urgencia...

Y que él, François, se fuera a quedar allí.

Sentía una angustia de una densidad nueva.

¡Aquel plan de la suplantación no se sostenía por ninguna parte!, se decía. No había hecho suficientes preguntas, ésa era la verdad, había aceptado demasiado deprisa y fácilmente.

En realidad, él no era más que un objeto, un peón secundario e intercambiable al que ni siquiera se habían molestado en explicarle las verdaderas razones.

Al que se podía sacrificar.

Debía hablar enseguida con... ¿con quién, Dios mío?

Buscó en su memoria: el buzón, el individuo que le daría cobertura, el número de la embajada en el que podía dejar un mensaje...

Cuando el equipo de televisión hubo reagrupado sus cajas de material, todos se dirigieron hacia las cinco aparatosas limusinas Tatraplan estacionadas ante la salida del aeropuerto.

Kozel, que había estado hablando con Le Pommeret, se volvió hacia él.

—Antes no me ha dado tiempo a saludarlo como es debido, perdone... —dijo.

Los dos hombres se estrecharon la mano.

François sintió una presión especial, que en un primer momento lo desconcertó. El apretón de manos de Kozel no era un mero saludo.

Decía gracias.

La comitiva, avanzando sin dificultad entre un tráfico disperso, atravesó una barriada de la periferia formada principalmente por construcciones de hormigón y edificios prefabricados a lo largo de anchas avenidas. Luego, inexplicablemente, el bosque volvía por sus fueros, hasta que por fin la ciudad fue asomando de forma gradual.

Poco después, aparecieron los primeros grandes edificios antiguos, las calles se ensancharon y Praga se ofreció al fin a la vista. La capital checa, que no había sufrido en demasía durante la última guerra, padecía una falta de conservación que se leía en las fachadas ennegrecidas por el tiempo y sus canalones, que dejaban chorrear el agua de lluvia sobre las aceras, en los viejos tejados torcidos y en los revestimientos murales, que se caían a pedazos, obligando a los viandantes a dar prudentes rodeos.

Kozel tradujo con escrupulosidad las entusiastas palabras del representante ministerial, que, a la vista de los primeros andamios, no olvidó subrayar: «Como podrán comprobar durante su visita, estamos realizando trabajos de restauración muy ambiciosos...»

La delegación se alojaría en el hotel Alcron, situado a poca distancia de la plaza de Wenceslao, ante el que había estacionados numerosos coches de marcas extranjeras, que se reconocían por sus placas de matrícula diplomática.

Tras la austeridad del aeropuerto, la delegación se quedó asombrada con el lujo del hotel. De estilo *art déco*, rebosaba maderas exóticas, barandillas de hierro forjado, sillones de terciopelo de formas geométricas y lámparas de vidrio que evocaban un fasto próximo al optimismo. Volvieron a pedirles los pasaportes, pero ya no se los devolvieron.

François tenía la sensación de que los empleados no le quitaban el ojo de encima: aquel recepcionista, que lo miraba fijamente, el botones que lo acompañaba... ¿De quién debía desconfiar? ¿De todo el mundo?

Luego, vio la habitación, inmensa, pomposa, principesca, impersonal, sobrecalentada y —como sabía por Chastenet— plagada de micrófonos. Dejó para más tarde la tarea de deshacer la maleta y se limitó a colocar sobre la almohada el dibujo de Martine y Alain, en el que su papá aparecía tan incoherente.

Todo había ocurrido a una velocidad de vértigo.

Sólo unas horas antes, estaba en la cabecera de la cama de su padre, luego en el taxi con Nine, y ahora allí...

Se puso en movimiento, había que recoger rápidamente el material e instalarlo en el autobús que los llevaría a recorrer la ciudad, para luego transportarlo al escenario de la recepción oficial, que se celebraría en el gran salón del hotel.

En la planta baja conoció al funcionario encargado de vigilar lo que se iba a filmar, un treintañero con gafas gruesas que hablaba bastante bien francés, aunque lo usaba poco, porque siempre estaba inclinado sobre el documento que habían redactado al final de las duras conversaciones con la embajada de Checoslovaquia en París y que listaba los lugares, circunstancias y temas autorizados al equipo de *Edición Especial*.

Tirar de los cables, instalar los enormes focos, manejar una cámara descomunal, sostener con los brazos extendidos la pértiga de un micrófono tan pesado como una jarra de cristal... Todo eso formaba parte de las alegrías de un oficio que te obligaba a emplear diez veces más tiempo en preparar que en filmar...

A pesar de tener caracteres muy diferentes, Régis, Julien y François compartían el mismo entusiasmo y convicción de estar viviendo una aventura extraordinaria. La televisión, tan denostada hasta hacía poco y en la que pocos periodistas habían creído, llevaba camino de imponerse. Aquel reportaje «al otro lado del Telón de Acero» formaba parte de esa victoria del progreso, nacida a su vez de un cierto idealismo. Y ellos eran sus actores.

—¿Nos va a estar tocando las pelotas todo el rato, Anatole?

Julien señalaba al representante del Ministerio de Información, que supervisaba la instalación de la cámara en la acera para filmar a los dignatarios franceses y del grupo electrógeno en el autobús que tomaría el relevo para la visita turística.

—Eso me temo... —respondió François.

Le habría gustado filmar los escasos automóviles, coches franceses del año de la polca o Skoda que exhalaban una robustez sin confort, las muestras de hierro que se balanceaba sobre las puertas de las tiendas, a las madres de familia empujando cochecitos de niño... Pero no estaba previsto en el programa. Prefirió esperar circunstancias más interesantes para saltarse las prohibiciones.

. . .

Filmaban la calle por una ventanilla bajada, corrían a encuadrar a la delegación entrando en la capilla de Belén, recién restaurada, volvían a subir a toda prisa para hacer otro tanto en el famoso puente de Carlos y, después, al pie del viejo reloj, delante de la iglesia de San Nicolás, en manos de los restauradores, en la sede de la Caja de Ahorros, transformada en Museo del Movimiento Obrero Klement Gottwald...

—Parece que estemos rodando un reportaje publicitario —gruñó Julien.

A François también lo irritaba la rigidez de aquel repaso a las joyas de régimen, y eso que no habían hecho más que empezar, pero no podía sustraerse al embrujo de aquella ciudad. Lo que había evocado Chastenet, un no sé qué lleno de encanto, estaba allí: una escalera de piedra en la que se dibujaba la silueta de un chico, una muchedumbre de abrigos grises corriendo hacia el traqueteante tranvía, una calleja sinuosa y reluciente bajo un porche, dos jugadores inclinados sobre un tablero de ajedrez en un banco del parque, los viejos edificios con ventanas de pequeños cuarterones pegadas unas a otras, la rotonda romana de una iglesia tras la cual se perfilaba un minarete, los imponentes inmuebles con fachadas simétricas, una verja de hierro forjado delante de un huertecillo con tomateras, las ramas de un árbol verde inclinadas sobre el Moldava, donde pescadores hieráticos permanecían absortos en sus pensamientos, el encabalgamiento de tejados empinados de pizarra musgosa, una pareja joven besándose en el muelle del río, dos caballos inclinados sobre la ración de avena, que los habían dejado en la misma acera, los mojones en las calles adoquinadas, los arcos de piedra que unían las casas, las galerías que rodeaban los patios cuadrados, en los que un árbol solitario acababa su vejez, la rueda con cangilones de un molino en un brazo del río... Y en todas partes, la suntuosa luz después de la lluvia, en todas partes, la luz sobre las fachadas, sobre los clientes que fumaban en la puerta de un café, la sensación de grandiosidad que producían los edificios clásicos con balcones de forja sostenidos por cariátides.

Sin embargo, estuvieras donde estuvieses, tu mirada se sentía irresistiblemente atraída lejos, hacia las alturas, donde destacaba un gigantesco grupo escultórico tanto más intrigante cuanto que el intérprete nunca lo mencionaba. Era difícil ignorarlo, puesto que dominaba la ciudad como una gran nube gris.

—¿Podemos subir allá arriba para ver qué es? —preguntó Chabut.

François sonrió y escuchó divertido la respuesta evasiva del guía: «No está en el programa...» Sin embargo, todos querían verlo de cerca. El problema era que el monumento representaba a Stalin y, desde el informe Kruschev, alabar los logros del Padrecito de los Pueblos ya no era tan fácil. Por otro lado, decir que no a una delegación oficial...

Hasta el autobús pareció subir la colina a regañadientes.

Régis plantó su cámara con entusiasmo delante de aquel conjunto monumental, que dejó mudos de estupor a todos los miembros de la delegación. Stalin estaba de pie, seguido en fila india por otros ocho personajes, apenas algo más pequeños.

Fue Régis quien, sin que nadie se lo pidiera, con un ojo en la cámara, se encargó del comentario.

—¡Quince metros de altura! —Incluso con su exasperante dicción, consiguió que su voz expresara entusiasmo al añadir—: ¡Veintidós de fondo! —Indudablemente, había preparado su viaje con gran fervor y se había aprendido las medidas de memoria—. ¡Sólo la cabeza del camarada Stalin pesa casi treinta y ocho toneladas!

—Vamos, que era un cabezón —dijo Julien.

—¡Qué maravilla!, ¿verdad? —exclamó Régis sin despegar el ojo de la cámara—. ¡No me extraña que los praguenses estén orgullosos!

El guía miraba a otra parte.

—Pero ¿qué representa exactamente? —preguntó Désiré Chabut, dubitativo.

—Stalin guiando a los pueblos —explicó Régis.

—Aquí lo llaman «la cola de la carnicería» —cuchicheó Julien.

Por suerte para el guía, que había cedido a la petición de aquella visita improvisada y temía que se lo reprocharan, el tiempo volaba y se acercaba el momento de asistir a la recepción del señor Embajador.

El autobús se detuvo en una placita y los miembros de la delegación bajaron haciendo estiramientos. François disimuló su nerviosismo al ver el edificio alargado que albergaba la embajada francesa, más grande, imponente y gris que en las fotografías que le había mostrado Chastenet. Su mirada pasó de la entrada al lado contrario, la calle por la que debería llegar para refugiarse, y a continuación a la esquina del inmueble y las ventanas del piso que ocupaban los agentes de la StB.

—¿Buscas algo? —le preguntó Julien.

—¡No, no!

El primer secretario condujo al grupo al salón de recepciones, donde los esperaba el embajador, que estrechó manos y dirigió a cada cual una frase perfectamente adaptada, demostrando así que tenía las fichas al día y disponía de un personal competente.

—Es un acto informal —dijo con modestia indicando la gran mesa en la que estaba dispuesto el cóctel.

Los intérpretes se habían agrupado junto a la inmensa chimenea, como alumnos nuevos en una escuela desconocida.

Al ver el largo corredor exterior al que daba acceso la puerta cochera, François se volvió una última vez hacia la plaza.

La distancia desde la bocacalle era mucho más grande de lo que había imaginado, aunque apenas superara los sesenta metros de los que había hablado Chastenet.

Una vez que pisara el sitio en que se encontraba en ese instante, estaría a salvo y ya sólo tendría que tomárselo con calma.

—Es verdad, son un poco tiquismiquis... —estaba diciendo el embajador.

Chabut, en su papel de jefe de la delegación, sacaba pecho, trasegaba champán y charlaba con el diplomático de igual a igual, como hacía con todo el mundo.

—Sólo hemos venido para preservar los intereses políticos del país, ¿comprende?

—Es una actitud que los honra —respondió el embajador con una fina sonrisa.

Chabut lo cogió del codo y bajó la voz:

—Ese Kruschev... ¿Usted se lo cree?

—No nos queda más remedio que creérnoslo, señor Chabut, porque ahí está.

—Visto así...

Estaba contrariado, habría preferido que el embajador compartiera su escepticismo.

Adrien Le Pommeret se acercó, insustancial y untuoso. Habría podido ser embajador.

—He intentado explicarle a mi compañero Chabut —dijo con su voz parsimoniosa— que, ciertamente, Checoslovaquia es el país del Este más comparable a Francia; ¿qué opina al respecto Su Excelencia?

—Es muy cierto. Dejando a un lado el parlamentarismo, encontrarán usted muchas similitudes con el estilo de vida de los franceses.

—¡Menos la libertad! —replicó Chabut.

—Puede que se sorprenda, señor Chabut.

Cardinaud esbozaba su sonrisa «Todos y cada uno de nosotros pensamos lo mismo que ustedes».

Ya estaba sonando el toque de llamada.

—Creo, señores, que los esperan en el castillo...

Edición Especial

Plano general de la sala de recepciones del castillo.

Voz en *off* de François: «El desplazamiento de tantas personalidades indica la importancia que reviste para las autoridades checas la visita de estos grandes empresarios franceses.»

Comienzo de la alocución del ministro de Comercio Exterior.

CORTE

Plano de Désiré Chabut.

Voz en *off* de François: «¿Qué espera usted concretamente de esta visita para la delegación que encabeza?»

Chabut (risita): «Creo que son más bien nuestros anfitriones quienes esperan algo de nosotros. En mi opinión, tienen mucho que aprender del capitalismo.»

Plano de Yves Le Pommeret.

Voz en *off* de François: «¿Y usted, señor Le Pommeret?»

Le Pommeret: «Siempre hay algo que obtener de un encuentro entre empresarios... Incluso si son estatales. Ya se verá...»

CORTE

Plano del ministro de Comercio.

Voz en *off* de François: «¿Por qué motivo hizo usted esta invitación a los empresarios franceses?»

El ministro de Comercio: «*Naše země získala v poslednich letech...*»

Voz en *off* del intérprete en primer plano: «En los últimos años, nuestro país ha obtenido gran número de premios muy prestigiosos en varias exposiciones internacionales. Estoy seguro de que, a su regreso, nuestros socios franceses se llevarán la imagen de un país que no tiene nada que envidiar a las naciones industriales más modernas.»

32

Con el tiempo que hacía...

El hospital se despertó sobresaltado. Angèle oyó voces acaloradas en el pasillo, exclamaciones, un grito de mujer... Se levantó, Dios santo, qué duro era aquel sillón, le dolía la espalda, las piernas...

Se inclinó sobre Louis, que dormía con un sueño agitado y silbaba al respirar...

¿Qué hora era? Las siete.

Otra vez ruido, voces.

Angèle abrió la puerta. Al final del pasillo había policías de uniforme y, junto a ellos, dos monjas con el puño apretado contra la boca.

Los enfermos que podían valerse por sí mismos se levantaban de la cama y aprovechaban el desorden general para salir a informarse.

En unos minutos, todo el hospital parecía haberse congregado en el ancho pasillo.

—¿Está muerta? —preguntaba la gente.

Nadie podía creérselo.

En ese momento, apareció un hombre grueso con traje de calle gris y un sombrero de fieltro que goteaba.

—¡¿Es que aquí no hay ningún responsable?! —gritaba.

—Soy yo —murmuró una hermana entre sollozos.

Nadie le prestó atención.

Entretanto, el rumor se había extendido y había llegado a oídos de Angèle. La joven sor Agnès había muerto la tarde anterior, atropellada por un loco al volante.

A menos de un kilómetro del hospital.

El culpable había huido.

Angèle estaba conmocionada.

Volvía a ver con toda claridad el rostro de aquella joven, su tez morena, sus vivos ojos, su forma discreta de permanecer junto al lecho de Louis. Un enfermo se enteró, nadie sabe cómo, de que la chica no había muerto debido al impacto.

—Una caída no provoca esos destrozos. Parece ser que le golpearon la cabeza contra el bordillo de la acera...

Un policía estaba reuniendo a todas las personas que habían visto a la joven monja antes de que se marchara del hospital. Mientras tanto, la información iba de boca en boca: sor Agnès no había muerto en el accidente, la habían asesinado.

Aquello era demasiado para Angèle, que volvió a la habitación compartida, donde los otros enfermos, incorporados en la cama, preguntaban con ansiedad qué ocurría...

Miró un instante el rostro de su marido, agitado por un sueño intranquilo.

Se dejó caer en el borde de la cama y estalló en sollozos.

Mientras tomaba el café, aprovechando que los niños seguían durmiendo, Jean se había armado de valor y le había contado a su mujer que había tenido «un incidente con el coche».

—¿¿Un accidente?! —gritó Geneviève.

—¡No! ¡Sólo un arañazo, casi nada!

Sorprendentemente, la cosa fue bien. Geneviève encontró en aquel hecho la confirmación de lo que pensaba hacía mucho tiempo, a saber, que «los acuario eran malos conductores». Y, aunque no se desplazaba más que en taxi o en el coche de la empresa, añadió:

—¡Más te vale espabilar, porque si tienes que ir al hospital en autobús o en tren tienes para rato!

El mecánico, al que Jean llamó de inmediato, iría a buscar el coche esa misma mañana.

—Pero todo depende de los daños, señor Pelletier. No puedo asegurarle que lo tenga antes del jueves o el viernes.

Jean decidió mentir por omisión a su mujer. Temía por su padre (había soñado mil veces que había muerto), y en cuanto pisó la calle paró un taxi, que pagaría de su asignación.

Llegó hacia las ocho y media. Estaba muy nervioso. En la planta baja, tuvo que abrirse camino entre grupos compactos y animados, pero, impaciente por llegar a la habitación, consiguió no detenerse hasta llegar a la puerta. Allí respiró hondo, muerto de angustia, no se atrevía a entrar. ¿Qué terrible noticia lo esperaba en el interior?

Se decidió.

La sala estaba llena de gente, pero vio al instante, a unos metros de él, a su madre de pie junto a la cama y, sentado, con la espalda apoyada en los almohadones, a su padre, demacrado, claro, con cara de cansancio, sí, pero... ¡vivo!

Se precipitó hacia la cama.

—Ah, eres tú... —dijo Louis en un tono distraído.

Aliviado de verlo con vida, Jean no se lo tomó a mal. Besó a su madre y cogió las manos de su padre. ¿Has dormido bien?, ¿cómo estás?, le decía casi entusiasmado. Si hubiera podido, se habría echado a reír, aunque las manos del señor Pelletier estaban increíblemente frías entre las suyas.

—¡Su turno!

Era el tipo del traje gris.

Louis, Angèle y Jean se irguieron como un solo hombre.

Él señalaba las otras siete camas de la sala.

—Sólo quedan ustedes. Soy de la policía.

Angèle notó que Jean se tensaba junto a ella. «Pero mira que llega a ser emotivo...» Le cogió la mano.

—¿Es por lo de la joven monja? —preguntó Angèle.

El policía debía de estar harto de repetirlo porque sólo hizo un gesto cansado.

—Bueno, entonces...

—Pero, por Dios, ¿cómo ha sido?

El hombre cerró los ojos un instante. ¿Es que iban a estar dándole la matraca con aquello todo el día? ¡Qué oficio, Señor!

—Pues, verá, se la llevaron por delante en un semáforo, y el conductor, figúrese, en lugar de socorrerla, se apeó y le golpeó la cabeza contra el bordillo. La pobrecilla no sobrevivió.

—Pero ¿por qué haría semejante cosa? —preguntó Angèle, estupefacta.

—Al fulano debió de entrarle el pánico, no se me ocurre otra cosa... —El policía le dio unos golpecitos a la libreta—. Así que buscamos... ¿Han dormido aquí los dos?

Angèle miró a su hijo.

—No —respondió Jean con la voz ahogada, apenas audible—. Yo no...

—¿Y usted, señora?

—Yo sí, he velado a mi marido.

El policía se volvió hacia la cama y, a modo de saludo, se llevó el lápiz a la sien rápidamente.

—Y entonces, ¿usted es... el señor...?

—Pelletier, Louis Pelletier. Yo no me he movido de aquí, aunque ya me hubiera gustado, créame...

Impertérrito, el policía tomó nota y se volvió hacia Jean, que palidecía por momentos.

—¿A qué hora se fue usted del hospital?

—Diría que... hacia... No recuerdo muy bien.

—Te marchaste a las ocho —intervino su madre para socorrerlo—. Miré el reloj, incluso pensé que Geneviève iba a...

—¿De la tarde o de la mañana? —la interrumpió el hombre sin levantar los ojos de la libreta.
—A las ocho de la tarde, agente, de la tarde.
—No coincide...
Negaba con la cabeza, descontento.
—¿No coincide? —preguntó Jean—. ¿Qué es lo que no coincide?
—¡Bah, usted no pudo ver nada! La chica acabó el servicio a las nueve de la noche, así que usted ya estaba lejos... ¿Dónde vive?
—En París, en la avenida du Maine.
El policía seguía tomando notas, pero era evidente que lo hacía de mala gana. Suspiró.
—Nadie vio nada. A esas horas, dirá usted, normal. Además, con el tiempo que hacía... —Había cerrado la libreta, pero seguía inclinado, como perturbado por una idea molesta—. Cuando usted se marchó, ¿llovía?
Jean tragó saliva. ¿Qué debía decir? ¿Sí? ¿No? Ya no lo sabía... El policía lo miraba fijamente.
—Estaba empezando... Creo...
El policía asintió con la cabeza y se volvió hacia Louis.
—¿Es su hijo?
Lo había dicho muy fuerte.
—¡No soy sordo, estoy aquí por los pulmones, no por los oídos! Y sí, es mi hijo.
El policía entreabrió los labios, pero se volvió hacia la puerta.
Sor Ursule había entrado en la sala.
Todo el mundo se calló, era la norma. Esta vez, sin embargo, lo que había silenciado a pacientes y visitas no era el temor, sino el rostro descompuesto de aquella mujer fuerte y decidida, que avanzaba con un paso menos vivo que de costumbre y cuya autoritaria voz no parecía la misma cuando le dijo a Louis:
—Ahora, la radio. Venga, andando. —Pero hablaba sin convencimiento. De hecho, en lugar de apartar a la gente a su

paso, se volvió hacia el policía, que se disponía a salir, y dijo—: En cuanto a sor Agnès... —Por un instante, volvió a oírse el tono perentorio que hacía temblar las paredes—. Dios nuestro Señor... ¡nada contento! ¿Entendido? ¡El conductor, al trullo!

El policía bajó los ojos, asintió con la cabeza dócilmente y salió con paso prudente.

33

Espero que le haya quedado todo claro...

La novedad del lugar, aquella habitación desconocida y triste, los ronquidos de Philippe... Colette se había dormido tarde. En mitad de la noche, se despertó sobresaltada y, aunque no tenía su despertador, el de la ardilla que movía la cabeza de un lado a otro, supo qué hora era. Las dos y media, la hora exacta a la que *Joseph*, finalizadas sus diversas y misteriosas tareas nocturnas, llegaba para ovillarse junto a su cabeza.

No sabía cómo iba a arreglárselas sin él.

Y, como todo es empezar, el resto de sus preocupaciones comenzó a desfilar por su cabeza, la salud del abuelo, las humillaciones de su madre, su convivencia con Philippe, que tan mal había empezado, cómo sería la nueva escuela... Por la mañana, cuando su madre acudió a arrancarla de la cama, estaba agotada. Su hermano pudo dormir un poco más.

Lo primero que la impresionó fue lo fea que era su madre. Sin el maquillaje, que la transfiguraba, sin el derroche de esfuerzos que requería su desagradecida pelambrera, no era la misma mujer. Su bata rosa con volantes y encajes, que intentaba imitar el estilo hollywoodiense, se había convertido en un guiñapo dado de sí que apenas podía contener sus enormes pechos blanquecinos y daba a su corta y rolliza figura el aspecto de un tonel.

Colette no hizo ningún comentario sobre el desayuno. Qué lejos quedaban los tiempos en que la abuela le preparaba un chocolate caliente y espeso en el que ella mojaba biscotes untados con miel. Sin decir palabra, se bebió un café con leche que le revolvió el estómago, y luego Geneviève se acercó con un frasquito y una cuchara sopera.

En ese momento, Colette vio a Philippe, todavía en su pijama a rayas, apoyado en el marco de la puerta y mirándola fijamente con ironía.

—¿Qué es eso? —preguntó Colette.

—Aceite de hígado de bacalao —dijo su madre tendiéndole la cuchara llena al ras de un líquido oscuro de aspecto viscoso.

Colette se inclinó. Mezclado con el sabor fuerte del café, el potente olor del pescado salado le provocó náuseas. Se quedó mirando la cuchara, el líquido espeso y dulzón.

—Es indispensable para el crecimiento —siguió diciendo Geneviève con calma—. Y a los géminis, que suelen tener la piel basta, como tú, esto les ayuda un poco.

Philippe había soltado una risita sarcástica.

—¿Philippe también lo toma? —preguntó Colette, irritada.

—¡No! ¡A él no lo ha dejado raquítico su abuela!

Como había hecho la noche anterior con los huevos duros, Colette respiró hondo, se tomó de un trago el contenido de la cuchara y se sujetó el pecho con las dos manos para aguantarse las ganas de vomitar, que consiguió dominar.

—Acércate un momento...

Esta vez Geneviève se dirigía a Philippe.

Atemorizado, el niño avanzó hacia ella y vio en la mesa un vaso lleno de un líquido amarillento.

—¿Qué es eso?

—Jugo de col, cariño. Para arreglar tus problemas de digestión. Porque a los aries...

No le dio tiempo a acabar. Philippe había cogido el vaso, había probado el brebaje con la punta de los labios y había renunciado de inmediato.

—Es asqueroso...

Y, tras su dictamen, había dejado el vaso intacto en la mesa.

Nadie vio llegar la bofetada, pero resonó en toda la casa, implacable y fulminante.

Philippe, pasmado, se quedó mirando a su madre con la palma de la mano en la mejilla, enmudecido por la estupefacción.

Sus ojos se llenaron de lágrimas y su boca se entreabrió.

Y Colette volvió a ver la frágil y sutil mirada que había descubierto en su hermano, el día del cumpleaños de la abuela, mientras estaba sentado a los pies de su madre. Entonces no había comprendido la extraña ansiedad que expresaba esa mirada. Ahora ya lo entendía todo: Philippe había percibido vagamente el componente sádico, perverso y sumamente peligroso que subyacía tras el comportamiento de su madre. Philippe le tenía terror.

Geneviève cogió el vaso y se lo puso en la mano.

Temblando, mirando el rostro tranquilo y determinado de su madre por encima del borde del vaso, Philippe se lo bebió todo.

—Bien —dijo Geneviève—. Hay que vestirse, sólo faltaría que llegáramos tarde...

Los sollozos de Philippe habían cesado. Su vida había dado un vuelco. Cualquier resistencia estaba condenada al fracaso. Como su padre, acababa de rendirse.

—Id a vestiros.

Con la cabeza gacha, Philippe se dirigía a su habitación seguido por Colette, pero se volvió de golpe, de pronto lleno de esperanza:

—¿Qué me pongo?

Su madre siempre le había elegido la ropa. Él nunca había tenido que vestirse solo.

—Lo que quieras, cariño —respondió Geneviève, ocupada ya en otra cosa—. Eso no tiene ninguna importancia.

Los dos hermanos avanzaron por el pasillo hasta su habitación. Philippe lloraba de nuevo, pero por sí mismo. La bofetada lo había atontado; la obligación de vestirse era la puntilla.

Colette se puso la blusa blanca y la falda gris. Él estuvo perdiendo tiempo delante del armario y luego empezó a abrir los cajones de la cómoda sin saber qué coger.

Cuando su hermana acabó de vestirse, Philippe aún no había elegido nada.

Colette sacó un pantalón, un polo y un chaleco y se los puso en las manos.

Se miraron.

—Vístete —dijo Colette—, llegaremos tarde.

Cuando dejaron a Philippe en la escuela municipal de los niños, Colette se dirigió hacia la de las niñas.

—No. Tú no vas ahí... —dijo su madre.

Recorrieron unas cuantas calles y se detuvieron ante la puerta cochera de una gran fachada ennegrecida donde una inscripción en letras doradas anunciaba: COLEGIO SAINTE-CLOTILDE. Pasaron varias madres a toda prisa con niñas pequeñas o más jovencitas vestidas como Colette.

Al cruzar el umbral, bajo el enorme cuadro que se ofrecía a la vista, santa Clotilde sosteniendo en los brazos a Childeberto y fulminando con la mirada a Clodoveo —que, estaba claro, iba a ir más derecho que una vela, como todos aquellos y aquellas que entraban allí—, Colette leyó: «Congregación del Sacrificio de Jesús»; y debajo, una cita: «Pues yo estoy en medio de vosotros como quien sirve» (Lucas 22, 27).

Todo era muy enigmático para Colette.

Los abuelos nunca habían pensado en que Colette fuera a clases de catecismo y mucho menos que hiciera la primera comunión. Sus padres, que no eran creyentes, tampoco habían hablado nunca del tema: sólo habían entrado en una iglesia el día de su boda. A la hora en que la mayoría de sus compañeros de clase seguía las enseñanzas católicas de la señorita Mestral, Colette corría al estanque para observar a las ranas o leía revistas de apicultura en el sillón del salón.

Entraron.

A su alrededor, pasaban sotanas y velos, pero también ropa de calle. En todas partes reinaba un silencio denso, pesado.

Geneviève no hablaba. Llevaba la cabeza agachada con humildad y miraba a su alrededor como contrita. No era la misma mujer.

Las condujeron a una gran sala vacía y con eco, donde les salió al encuentro la madre Prudence, directora del colegio, una mujer menuda de ojos azules, rígida y seca como una corteza de plátano, que examinó a Colette de la cabeza a los pies.

—Así pues, ninguna educación religiosa...

—Nunca, madre, por desgracia... —respondió Geneviève apresurándose a santiguarse—. Como ya le dije, lamentablemente mis suegros la privaron de la catequesis.

Era una declaración sorprendente viniendo de ella. De hecho, Colette no fue la única sorprendida.

—¿Es usted ortodoxa? —preguntó la directora de repente—. Ha hecho la señal de la cruz al revés. ¿Es ortodoxa?

—Perdón —respondió Geneviève apresurándose a persignarse como era debido—. Es la emoción... Ver a Colette aceptada en esta excelente institución me aturde, ¿comprende?

—Sí... Una vez más, no es nuestra costumbre admitir a este tipo de alumna, y menos a mitad de curso... —Colette se preguntó cómo habría conseguido su madre aquel trato de favor—. Sé que me repito —dijo sor Prudence—, pero, para endurecer los corazones y las almas, ¡no hay nada mejor que el internado!

—Sí, madre, en cuanto sea posible, se lo aseguro...

La religiosa se volvió hacia Colette.

—¡Las manos detrás de la espalda, jovencita!

Colette, alentada por una agradable sonrisa de su madre, obedeció.

—Nuestro objetivo es convertirla a usted en una mujer hecha y derecha que, al llegar a la edad adulta, viva en la paz del Señor al lado de su esposo y de los hijos que le dé. Lo sacrificamos todo por ese fin. ¡Todo, que quede claro! Eso significa que, en el cumplimiento de esta misión que nos ha confiado el Señor, no admitimos ninguna debilidad. —Colette asentía sin tener la menor idea de lo que la aguardaba—. Rezará las oraciones al principio y al final de las clases. Es obligatorio confesarse todos los viernes. Exigimos que...

Colette se perdió. No entendía nada de lo que le decían. ¿Oraciones? No sabía ninguna. ¿Confesarse? No tenía ni idea de lo que era. Casi se tranquilizó cuando oyó unas normas que por fin entendía, como «llevar siempre las manos y la cara limpias, la ropa bien puesta y el pelo recogido» o «sus pertenencias, siempre ordenadas, nada de gritos ni de risas intempestivas, nada de alborotos ni chismorreos. ¡Sobre todo, de chismorreos!». Lo de «mantener una actitud reservada» era más misterioso, igual que la «estricta observancia de los principios religiosos» o el «recibimiento de los docentes con el Ave María».

—Bien, espero que le haya quedado todo claro...

Geneviève respondió por su hija:

—¡Muy claro, madre, clarísimo!

Luego Geneviève se marchó y Colette siguió a la directora por los pasillos hasta una clase de techo muy alto en cuyo fondo colgaba un enorme Cristo crucificado y en la que una veintena de niñas sentadas en pupitres con los brazos modosamente cruzados se levantaron a toda prisa al entrar la madre Prudence y miraron de arriba abajo a Colette. El lema del día estaba escrito en la pizarra con letra grande: «Guíate por la fe, no por la vista.»

—Ésta es su nueva compañera. —El anuncio provocó un murmullo muy leve, rápidamente atajado por una severa mirada de la madre Prudence—. Una externa —añadió.

Esta vez, la directora no hizo nada para acallar el ligero runrún provocado por el nuevo anuncio, porque compartía la desaprobación expresada por el conjunto de la clase.

—Estamos acabando un dictado —dijo la maestra, una monja alta de mandíbula cuadrada cuya sonrisa dejaba al descubierto una dentadura equina.

Colette se sentó al pupitre que le indicaba, al lado de una niña que se desplazó a la otra punta del asiento, como si temiera que le contagiara algo.

—Yo soy sor Amandine —dijo la maestra dejando ante Colette un cuaderno en blanco y un portaplumas—. Continuemos.

El dictado se reanudó. Colette humedeció la pluma en el tintero a toda prisa e intentó seguirlo.

—... para que sepáis discernir cuál es la voluntad de Dios, buena, grata y perfecta.

La brecha entre alumnas internas y externas se confirmó durante el recreo.

En el lado derecho del patio había cuatro niñas; el resto de la clase estaba en el izquierdo. La hostilidad entre los dos grupos flotaba en el aire.

—Yo me llamo Soledad... —Era una niña morena de rostro alargado y ojos negros—. Aquí, las cosas son así, ya lo verás. A nosotras nos toleran, pero nada más.

—¿Es duro?

—¡Bah, yo soy española, estoy acostumbrada!

34

No quiero estropearlo

Eran casi las seis de la tarde. En la habitación del hospital, que olía a alcanfor y lejía, se oían los murmullos de los visitantes, sentados a la cabecera de los otros cinco enfermos, con quienes, sorprendentemente, Louis, por lo general tan sociable, casi no había hablado, apenas buenos días, buenas noches.

Nine lo encontró más cansado que el día anterior, con la tez terrosa, la mirada vaga y los labios flojos...

—Le he traído periódicos.
—Cariño...

Nine se sonrojó. Louis se emocionaba por todo, y entonces se le llenaban los ojos de lágrimas. A él le daba vergüenza, así que bajaba la cabeza y se callaba, para que no lo vieran llorar ni percibieran el temblor de su voz, aunque, por supuesto, no engañaba a nadie.

A última hora de la mañana le habían hecho una radiografía. Estaban esperando que llegara el médico y les dijera qué se veía, pero pasaban las horas y no aparecía nadie.

Angèle se esforzaba en mantener una actitud tranquila y serena. En cuanto a Jean, no sabía qué hacer ni qué decir, como de costumbre.

Nine lo observaba con indulgencia. Los dos cuñados siempre se habían apreciado, sin llegar a tener confianza. Jean admiraba la belleza sobria, la elegancia y la contención de Nine, que para él encarnaba el misterio femenino. A Nine la conmovían las desgracias que habían abrumado a aquel hombre y le daban ganas de consolarlo como a un niño.

Louis, recostado en una montaña de almohadas, desdobló un periódico.

—Viene en primera página —dijo mostrando los titulares.

Asesinato en Senancourt
Una joven monja, enfermera en el hospital, asesinada por un conductor desconocido

—Pobrecilla... —murmuró Angèle.
—Tú viste a esa pobre chica...
Louis se lo decía a Jean.
—¡No! Bueno, sí, pero apenas...
—¿Cómo que apenas? ¡Estuviste aquí al mismo tiempo que ella y te ofreció un sillón!
—Déjalo, Louis. ¿No ves que está conmocionado? ¡Como todos!

Por encima del hombro de Louis, Nine leía el artículo en silencio.

—Un comportamiento curioso para un conductor desaprensivo, ¿no? —comentó—. Normalmente esa gente huye, no baja del coche para...

—Nine... —le rogó Angèle.
Pero Louis tampoco lo entendía.
—Tienes razón, es sorprendente. Sobre todo, porque no se anduvo con chiquitas. «Sin duda, el conductor cogió por la cabeza a la desventurada joven...»

—¡Ya basta, Louis!
Angèle había gritado.
En cuanto a Jean, había abandonado la sala rápidamente.

—Ya sabes cómo es —alegó Angèle—, estas cosas siempre lo descomponen...

Louis apartó el periódico con un gesto de cansancio, vale, de acuerdo.

Le costaba respirar.

—¿Han dicho las enfermeras a qué hora pasaría el médico? —preguntó Nine.

Nadie había ido a preguntar, por miedo al resultado de aquella radiografía.

Angèle encontró a su hijo mayor sentado cabizbajo en un banco en el pasillo.

—Cariño... —dijo sentándose a su lado.

Ahora ya no podía estrecharlo contra su pecho, mecerlo, como cuando era pequeño. Pero por muy adulto que fuera, y un adulto con un físico imponente (Geneviève lo cebaba demasiado, en su opinión), que, de hecho, empezaba a envejecer, era tan enternecedor, frágil y estaba tan desvalido como cuando tenía ocho, diez, trece años... Por mucho que se remontara en el tiempo, Angèle no veía ninguna época en la que Jean no hubiera necesitado ayuda, apoyo, compasión...

Puso la mano en la rodilla de su hijo, que se volvió hacia ella y la miró con tal desesperación que la emoción se apoderó de Angèle y le saltaron las lágrimas.

—Lo que le ha pasado a esa chica ocurre todos los días, Jean... No puede uno descomponerse cada vez que... —Jean asentía en silencio—. Vamos, tu padre necesita nuestro calor... Volvamos con él.

Se levantaron y volvieron a la habitación.

—François no ha venido —dijo Louis al verlos entrar—. Y Hélène, tampoco...

Angèle, Jean, Nine... Los tres pensaban que había que evitar alterarlo.

¿Qué podían decirle? Angèle tomó la iniciativa.

—François se ha ido a Praga, Louis. No son más que unos días, volverá pronto.

—¡Ah, sí! Es verdad, Praga... —Miró a su hijo—. ¿No tenías que ir tú también?

—He preferido quedarme a tu lado.

—Gracias, hijo, pero te he hecho perder un viaje estupendo... Jean se emocionó.

—Hélène y yo nos turnaremos para venir —le explicó Nine—. No tardarán en darle el alta, estoy segura.

Hélène se había enterado de que estaba embarazada a punto de inscribirse en una autoescuela. Así que, como Nine tampoco conducía, y, en tren, Senancourt no estaba precisamente a la vuelta de la esquina, las dos cuñadas se habían puesto de acuerdo para ir a ver a Louis en días alternos.

De pronto, toda la sala se quedó callada y todos los rostros se volvieron hacia la puerta. El médico jefe, acompañado por sor Ursule, acababa de entrar.

La monja aún estaba afectada por la muerte de la joven sor Agnès. Su rostro anguloso había adquirido un tono pálido: empezaba a parecerse a algunos de sus enfermos.

En cuanto al médico, era un hombre muy ajetreado, centrado en su tarea, recordaba a alguien que ha perdido las llaves y las busca febrilmente. Fumaba Gauloises sin filtro, y los dejaba encendidos por todas partes. Las auxiliares de enfermería se pasaban el día recogiendo sus colillas.

—Este de aquí —dijo sor Ursule señalando el historial de Louis Pelletier.

—¡Ah, sí! —exclamó el doctor hojeándolo—. Se fatiga, ¿verdad?

—Me cuesta respirar. Los pulmones...

—¿Opresión torácica?

—¡Eso es! Siento como una tenaza desde aquí... —dijo Louis tocándose el esternón— hasta aquí —concluyó mostrándole los brazos.

—¿Sensación de ahogo?

—¡Justo!

Louis estaba casi contento: por fin, alguien lo comprendía.

—¿Duerme boca arriba?
—No, boca arriba no puedo.
El rostro del médico expresó su satisfacción al constatar la evidencia.
—¿Y tose?
—No sabría decirle.
—Sí —intervino Angèle.
El médico y la monja se volvieron hacia ella.
—Tose, sí, sobre todo por la noche.
—¿Náuseas?
El médico, que aún no había mirado a su paciente a los ojos, le tomó el pulso. Luego, con la ayuda del estetoscopio, escuchó su caja torácica y, por fin, se irguió, cogió la radiografía, la alzó hacia la ventana y le dio una calada al cigarrillo.
—Tiene el corazón...
Dudaba. Sor Ursule odiaba los titubeos.
—¡Dilatado! —dijo.
Louis estaba aterrado.
—Habrá que seguir haciendo pruebas —explicó el médico mientras guardaba la radiografía en su sobre—. Pediremos un electrocardiograma. En Melun tienen el aparato, lo llevaremos allí mañana por la mañana. Entretanto... —Se había vuelto hacia sor Ursule—. ¡Diuréticos!
El tándem pasó a la siguiente cama.
Angèle y Nine, que habían oído el diagnóstico e intuían que aquello tenía mal cariz, se habían quedado mudas.
Jean, por la mirada del médico y la cara de la enfermera, sentía la misma inquietud.
—¡Ah! —Sor Ursule había vuelto sobre sus pasos—. ¡Reposo, reposo y más reposo! ¿Les ha quedado claro a todos? Bueno, entonces...
Con la mirada, les indicaba la puerta.
Uno tras otro, se inclinaron sobre Louis y le dieron un beso: hasta mañana, ¿no necesitas nada?
Toda la familia Pelletier estaba un poco aturdida.

. . .

La vida de Louis Pelletier había cambiado radicalmente.

Las afecciones pulmonares no eran ninguna tontería, pero en su caso tenía lógica, porque muchos antiguos combatientes las padecían. Se convertían en enfermedades crónicas, mientras que el corazón... El corazón te fulminaba, acababa contigo, te obligaba a vivir con el alma en vilo y sin saber por cuánto tiempo, te mandaba al otro barrio cuando menos te lo esperabas.

Ahora que su familia se había ido y que la noche había caído sobre el dormitorio, donde la mayoría de los ocupantes ya roncaba, Louis ya no pensaba en la muerte como en una posibilidad lejana. Quizá debía prepararse para ella.

Esa idea lo asustaba y lo despertó del todo.

Sentía un malestar físico que crecía y lo atenazaba. Y descubrió con estupor que esa sensación le resultaba muy familiar. Pertenecía a una generación de hombres que habían estado rodeados de muerte desde muy jóvenes y que no pocas veces la habían visto demasiado cerca.

Y él era uno de los que habían sobrevivido.

Y de los que tenían el privilegio de enfrentarse a la muerte a una edad en la que su llegada no es una injusticia.

Ya se ha dicho que las imágenes de la Gran Guerra seguían vivas en su mente y que aún recordaba a muchos camaradas desaparecidos hacía mucho tiempo.

Temer a la muerte le pareció un insulto a su memoria.

Porque, vaya, ¡había vivido cincuenta años más que la mayoría de ellos!

Se hizo reproches que lo tranquilizaron. Su terror desapareció. No estaba triste, pero tenía el corazón encogido.

Le pareció hermosa la luz que entraba por las ventanas altas, sereno aquel silencio, agradable el ruido de las respiraciones en el dormitorio, y se echó a llorar. No eran lágrimas de pena, sino de agradecimiento por lo afortunado que había sido.

Aún planeaba sobre él un atisbo de ansiedad, pero decidió ver la muerte como un hecho intrínseco a la vida.

«¡Pero, como ha de ser el último, no quiero estropearlo!», se dijo.

Había visto a tantos hombres privados de ese instante definitivo... Él no permitiría que se lo robaran, nada de pastillas para dormir ni de brebajes para olvidar, él estaría consciente y no se perdería ese instante supremo. Pensarlo le ponía los pelos de punta, pero estaba resuelto a ejercer el derecho a vivir su muerte.

Y para empezar, no sería en el hospital. Todo el mundo moría en el hospital, pero él no quería, no, allí no...

Aunque...

Si volvía a casa para morir en su cama, ¿qué haría después Angèle?

¿Podría seguir durmiendo en su cama sabiendo que era allí, justo a su lado, donde había estado el cadáver de su marido?

Tendría que tirar el colchón, o quemarlo, no, no podía hacerle algo así. Cambiaría de habitación. Pondría como excusa... Pensó... Que tenía el baño más cerca, que era más fresca, que por la ventana se veía el jardín, que no había que subir escaleras, lo que fuera, ya se le ocurriría, pero, cuando volviera a casa, cuando sintiera que su hora se acercaba, se instalaría en la habitación de invitados de la planta baja, en la que nunca dormía nadie. Angèle la usaba para tender la ropa blanca, pero la tendería en otro sitio y sanseacabó. Allí se encontraría bien.

Eso lo tranquilizó.

No tenía intención de hacer balance de su vida, pero no pudo evitar preguntarse en qué se había equivocado.

En el pasado cometió un robo que causó mucho revuelo, pero todo había quedado relegado al olvido hacía ya mucho. Eso fue lo único bueno de la Segunda Guerra Mundial, haber borrado aquel suceso. De todas formas, ¡qué asunto! Se rió para sus adentros. Qué timo tan magnífico...

Pero aparte de eso... Si tenía unos hijos tan buenos, no habría sido tan mal padre. Quizá no debería haber insistido tanto para que Jean se hiciera cargo de la jabonería, quizá no... O haber regresado a Francia, si no lo hubiera hecho no tendría que haberle entregado a aquella arpía de Geneviève a su pequeña Colette.

Una imagen cortó el hilo de sus ideas.

A algunos camaradas se les había abierto la boca totalmente horas después de haber muerto, y ya no había sido posible volvérsela a cerrar. Los músculos estaban agarrotados y había habido que soportar aquella visión durante horas y horas. Un rostro transido de dolor con la boca muy abierta: ésa era la última imagen que había conservado de aquellos compañeros que habrían merecido otra suerte.

Louis no quería que lo vieran así.

Necesitaría una toalla o una corbata para sujetarse las mandíbulas... Lo mejor sería un fular, lo guardaría en la funda de la almohada, siempre podría inventarse una excusa si Angèle se extrañaba, en los hospitales siempre había tantas corrientes de aire...

Pasaba de una pregunta a otra rápidamente.

¿Y si no le daba tiempo a ponerse el fular?

¿Y qué pinta tendría cuando lo llevara puesto? Así era como dibujaban a la gente con dolor de muelas en las tiras cómicas, con un gran nudo encima de la cabeza, como un paquete de regalo.

Y así pasó la noche Louis, riendo y llorando, pensando y desbarrando.

35

¡Viva el despilfarro!

Jean llegó bastante temprano esa tarde.
—¿Cómo está el abuelo? —quiso saber Colette.
—Pues... no va mal. Incluso puede decirse que va bien.
—Si va bien, ¿por qué sigue en el hospital?
Jean daba caladas al cigarrillo. Si vivir con la madre no había sido fácil, era evidente que con la hija tampoco lo iba a ser.
—Si sigue yendo bien, le darán el alta y volverá a casa.
Colette estuvo a punto de preguntar «¿yo también?», pero se contuvo.
—¿Puedo ir a verlo otra vez?
—Lo hablaremos con tu madre...
—¿Puedo ir a ver al abuelo?
Colette se había vuelto rápidamente hacia su madre, que salía de la cocina.
—¿Otra vez? ¡Pero si ese hospital está donde Cristo perdió la alpargata! ¡Lo verás cuando vuelva a su casa!
—Yo no quiero ir a su casa, quiero ir al hospital.
—Acabo de decirte...
—¡Tengo derecho a ir!
—¡Y yo a darte un par de bofetadas, caramba!

Geneviève había levantado la mano; Colette, hecho un gesto para protegerse; Jean, dado un paso hacia su mujer, y Philippe, dado otro hacia su padre. La tensión era palpable.

Con la intuición de las malas personas, Geneviève comprendió que no ganaría nada enzarzándose otra vez con ellos por aquel tema en ese preciso instante. Se quedó pensativa.

—Aunque esta semana Marte y Neptuno están en media cuadratura... Mañana después del colegio iremos a ver al abuelo al hospital. —Y como a su alrededor nadie se percataba de la importancia de ese dato, añadió—: ¡En este momento los escorpio malgastan tontamente su fluido vital! Estas cosas nunca se sabe cómo acaban...

—¿Qué quieres decir? —preguntó Colette, súbitamente angustiada.

—Yo ya me entiendo. —Y volviéndose hacia su marido, decretó—: Tú nos llevarás.

—Pero es que... el coche está en el taller... —balbuceó Jean.

—¡Ah, sí, es verdad! ¡El señor se creyó Fangio la otra noche! Habrá que coger un taxi, ¡viva el despilfarro!

Sus padres se habían ido del salón. Colette acabó la redacción («Las campanas de su iglesia anuncian una ceremonia, hágalas hablar»). Siempre había sacado buenas notas en los ejercicios escritos, pero dar la palabra a las campanas era bastante difícil. «He hecho lo que he podido», se dijo para tranquilizarse, aunque le preocupaba la nota que le pondría sor Amandine («Aquí la llaman Fernandel, por los dientes», había dicho Soledad).

A su lado, Philippe intentaba aprenderse la tabla del nueve, pero no había manera, al llegar al dos por nueve, dudaba, en el tres por nueve, se bloqueaba... No tenía retentiva.

Pese a sus malos resultados, Geneviève siempre había dado importancia a los deberes de su hijo, pero esta vez le había dicho:

—Si no lo consigues, tampoco pasa nada, te aseguro que sin la tabla del nueve se puede sobrevivir, tu padre lo demuestra todos los días...

Philippe se había sentido herido. Aunque hacer los deberes siempre había sido duro para él, era un rato que compartía con su madre. Ahora estaba solo.

De hecho, ése era el tema de la conversación que tenía lugar en el dormitorio de Geneviève y Jean, quien, por muchas vueltas que le daba, no conseguía entender la súbita desafección de su mujer por su «principito».

—¡Es que hay que explicártelo todo! —exclamó Geneviève, exasperada, buscando la página en cuestión en uno de los últimos números de *Asteria*—. ¡Aquí está! «Un aries lo decepcionará, y ese desengaño será la confirmación de otros indicios que sin duda pasó por alto».

—Es un poco vago —objetó Jean.

—¿Ah, sí? ¿Y esto: «Hará un descubrimiento doloroso del que deberá sobreponerse por sí mismo»?

—Podría ser cualquier cosa...

—¡Pues no! Podría referirse a ti, pero hace mucho tiempo que sé a qué atenerme contigo. Sólo puede tratarse de él.

Señalaba el comedor con el pulgar con una mezcla de pena y desprecio.

En realidad, su viraje respecto a aquel a quien jamás volvería a llamar su «principito» no databa de esa reciente entrega de *Asteria*.

Habría podido hacer una larga lista de los signos premonitorios que esa docta revista le había suministrado y que ella había madurado pacientemente.

La palabra volvió a la mente de Jean: perdedor.

Estaba consternado.

Philippe siempre había sido un niño con problemas. Y su propia madre se encargaría de ponerlo a prueba.

• • •

—Mamá también es mala conmigo —le dijo Colette en un intento de tranquilizarlo.

—¡Pero al menos se ocupa de ti!

Colette se inclinó hacia la tabla del nueve, que Philippe miraba con odio.

—Ésa es fácil... —dijo.

—¡No! ¡Al revés, es la más difícil!

—De acuerdo...

Colette lo oyó murmurar:

—Nueve por dos, dieciocho, nueve por tres...

Siempre se atascaba en el mismo sitio.

—¿Por qué dices que es la más fácil, a ver?

Su tono era agresivo. Colette fingió no darse cuenta.

—El resultado siempre empieza por tu número menos uno. Si quieres saber cuánto es nueve por «dos», el resultado empezará por dos menos uno, ¿que es...?

—¡Bah, para eso no hay que ser un genio! Dos menos uno es uno.

—Pues lo mismo con todos los demás números. Si quieres saber cuánto es nueve por «cuatro», el resultado empezará por «cuatro»...

—Menos uno. ¡Vale, ya lo he entendido! Pero tu truco es una idiotez, ¡no me da el resultado entero!

—Claro que sí, porque las dos cifras del resultado siempre suman nueve. Si tienes dos, cuentas con los dedos hasta llegar a nueve, eso hace siete. Escribes dos y, al lado, escribes siete, o sea, veintisiete.

Colette tuvo que repetirlo con todos los números de la tabla uno a uno. El sistema funcionaba a la perfección, y poco a poco a Philippe le cambió la cara. Se sentía victorioso.

—¡Ya me sé la tabla del nueve! —declaró cuando su madre entró en el comedor.

—Vale, pero no hace falta gritar. Anda, ve a lavarte los dientes...

—¡Anda, pregúntame algo de la tabla!

Geneviève lo miró fijamente.

—Saberse la tabla del nueve no es nada del otro jueves, hijo mío. Con el tiempo que has tardado, sólo puede decirse que es milagroso. ¡Venga, los dientes!

Colette entonces vio asomar las lágrimas a los ojos de su hermano.

En la puerta del comedor, su padre se retorcía las manos. Philippe avanzó, y con la voz ronca de pena le preguntó tímidamente a su madre:

—¿Puedo dormir contigo esta noche?

—No, hijo, ya eres demasiado mayor. Además, es la habitación de los padres y, por tanto, de papá y mamá.

La respuesta desconcertó tanto al padre como al hijo.

Philippe corrió a su habitación y cerró de un portazo.

Geneviève se limitó a suspirar: ¡qué duro era educar a un hijo!

Cuando estuvo acostado en su estrecha cama, Jean volvió a pensar con dolor en aquel concepto de «habitación de papá y mamá».

Geneviève interrumpió sus cavilaciones.

—Le he escrito a Thérèse... —dijo.

Se hablaban a distancia mirando el techo.

—¡Ah!

Jean estaba tan preocupado por la salud de su padre y por la mala fortuna de sus hijos que se había olvidado de aquella cuñada y su caótico historial amoroso, y una vez más le extrañó que Geneviève, que siempre la había odiado, se interesara tanto por ella últimamente.

—La pobre ya no tiene ninguna salida...

Él, que recordaba los episodios «Thérèse dejada» y «Thérèse arruinada», no esperaba un «Thérèse salvada», sin embargo...

—Le he propuesto venir a París...

Jean esperó pacientemente la continuación. Aquello era insólito...

—Después de todo... —De pronto, Geneviève se volvió hacia él, apoyó el codo en la cama y lo miró—. Dada nuestra situación, no nos sería difícil encontrarle alguna cosilla ¿no?

Dixie era una empresa floreciente que empleaba ya a más de cincuenta personas. Efectivamente, liberar un puesto subalterno no sería difícil. Jean sintió un arranque de gratitud por Geneviève. ¡En realidad, no tenía mal fondo! Sí, era un poco dura con sus hijos, pero con aquello demostraba tener corazón.

—Claro, podemos buscarle algo —dijo.

—¡Ay, me alegro de que estés de acuerdo! Y con el alojamiento, ídem de ídem. Deberíamos ayudarla, ¿no?

—Claro —repitió Jean.

—Si le ocurriera algo y yo no hubiera hecho nada por ayudarla, nunca me lo perdonaría, ¿sabes?

—Es lógico.

—Jean...

Él se volvió hacia ella. Tal como estaba, apoyada en el codo e inclinada hacia él, su picardías hollywoodiense dejaba asomar por el escote buena parte de su voluminoso pecho. Lo miraba con los ojos llenos de agradecimiento.

—Gracias, Jean...

—Bien, esto...

Jean dudó, ella cerró los ojos, murmuró de nuevo un «gracias...» muy serio, casi emocionado, y volvió a la posición supina.

Turbado, Jean buscó algo que decir.

—En Dixie... —balbuceó.

—Sí, Dixie —lo interrumpió Geneviève—. Recibiremos el informe pasado mañana.

—¿Qué informe?

—¡Pues el de las franquicias! ¡A ver, Jean, la idea fue tuya!

—¡Ah, sí, las franquicias!

—Mañana nos entregarán el informe que encargué al bufete de abogados. El martes veremos si es una buena solución o no.

—Sí, ya veremos... —murmuró Jean, y al cabo de un momento preguntó—: ¿Por qué Colette va al colegio Sainte-Clotilde como externa?

Le habría resultado muy duro verse privado de su hija cinco noches por semana, pero seguía sin entender que, pese a la insistencia de la directora del centro, Geneviève se hubiera mostrado inflexible a ese respecto.

—Mmm... —gruñó Geneviève—. No me fío un pelo de estas ratas de convento. Prefiero tener vigilada a la niña...

36

Está cansado

—Me he aburrido como una ostra. Además, la novia del colectivismo me ha parecido un poco fondona —había dicho Julien, el técnico de sonido, al salir de la ópera la primera noche. La delegación había sido invitada a asistir a la representación de *La novia vendida*, de Smetana, en el teatro Tyl.

Lo había dicho en voz baja para no alterar a Régis, el cámara, que había encontrado muy interesante aquel «canto a las virtudes del pueblo frente a la opresión y la codicia».

Al día siguiente hubo que soportar una conferencia del ministro de Comercio en la que alababa los productos del país. Dos horas de reloj. François había cortado la grabación a los diez minutos, lo que había enfurecido al dichoso Anatole, encargado de velar por el cumplimiento del acuerdo negociado en París antes de la partida.

—¡Estaba estipulado! —había clamado blandiendo el documento.

—No estaba escrito que duraría dos horas —había respondido François.

—¡Tendré que informar de ello!

—Eso, informe, amigo mío, informe...

Anatole era un tocanarices. Posición de las cámaras, elección de los planos, entrevistas a los interlocutores e incluso a los miembros de la delegación... Todo estaba controlado.

Habían pasado la tarde en las antiguas fábricas Škoda, rebautizadas «complejo Lenin», la mayor instalación industrial del país. Anatole había exigido que se filmara una inscripción en letras doradas que incluía los términos SOCIALISMUS y KOMUNISMUS, así como la estatua de Lenin.

—Con mil amores.

Edición Especial

Travelling sobre la inscripción en el frontón de la entrada y, a continuación, sobre las primeras cadenas de montaje.

Voz en *off* de François: «Naturalmente, se trata de la estrella roja, un eslogan comunista en letras doradas, y la estatua de Lenin, que todas las mañanas dan la bienvenida a los 40.000 obreros y obreras de este inmenso complejo industrial, tan inmenso que sólo se visita en coche.»

Plano del rostro de Félix Mazeron; su calva reluciendo bajo los fluorescentes.

Voz en *off* de François: «¿Qué le parece lo que nos están mostrando?»

Mazeron (a voz en grito para hacerse oír entre el estrépito de las máquinas): «¡Impresionante! ¡Unas instalaciones realmente magníficas!»

Primeros planos de las fotografías que homenajeaban a los mejores obreros.

Voz en *off* de François: «¿Piensa adoptar esta forma de estimular al personal a su regreso a Francia?»

Mazeron (sonriente): «¡Me encantaría! ¡Una foto sale más barata que una prima!»

• • •

Al ver a Régis charlando con una de las intérpretes con una sonrisa de oreja a oreja, Julien dijo:

—Está empezando a tocarme los cataplines, la verdad...

—Eso me parecía...

—Espero que le ofrezcan asilo político, porque, si tengo que chuparme la vuelta con él, me saltarán los plomos...

A François el comentario le sentó como una bofetada. Si le negaban el asilo político a él, si las transacciones diplomáticas fracasaban, ¿qué le esperaba?

Edición Especial

Plano general de la sala y panorámica de los invitados franceses comiendo y charlando con sus vecinos de mesa.

Voz en *off* de François: «Para deslumbrar a sus invitados franceses, las autoridades checoslovacas han tirado la casa por la ventana. Después del consomé Veverka con *quenelles de foie* y la codorniz de Bohemia con trufas, se ha servido un medallón de buey Karlovy Vary con una salsa de *foie gras* y puré de patata. En cuanto a los vinos, chardonnay, moravo, pinot tinto y tokay de Hungría...»

Plano de Désiré Chabut.

Voz en *off* de François: «¿Qué le parece la cocina checoslovaca?»

Chabut (limpiándose los labios con la servilleta y sonriendo): «Realmente excelente. Se nota que han sabido coger lo mejor de la gastronomía francesa.»

Entre toma y toma, François y su equipo se precipitaban al bufé.

—¡Madre de Dios, qué peste!

—¿Perdón? —dijo Régis.

—Esto no huele nada bien...

Acababan de servir la codorniz de Bohemia.

—Es la trufa.

Julien no abandonó su escepticismo durante toda la comida.

—¿Y esto qué es? —preguntó ante el *koláč* de cerezas.

—Un *kolache* excelente —respondió Régis—. Es parecido a nuestro clafoutis.

—¿Ah, sí? —dijo Julien probándolo—. ¡Vamos, hombre! ¡Cómo vas a comparar!

Los invitados, atiborrados, bebían licores y fumaban puros en el gran salón. François aprovechó para hacer varias entrevistas y pidió ayuda a Teodor Kozel para conversar con un dignatario.

Tras la charla, Kozel se dirigió a él:

—Supongo, señor Pelletier, que se hará preguntas sobre nuestro país para las que aún no habrá encontrado respuesta... —François se puso en guardia de inmediato—. No siempre es fácil comprender el alma de un país... —añadió Teodor.

—Hay cosillas que desconozco, efectivamente. El nivel de vida de la gente... Cosas por el estilo.

—No dude en llamarme si puedo serle útil en su trabajo; estaré encantado de ayudarle. Quizá podríamos aprovechar para tomar una copa mañana por la noche...

—Cómo no...

François se dio cuenta de que lanzaba la invitación de forma muy oficial, a la vista de todo el mundo.

Así no llamarían la atención de los observadores si los veían hablando.

—Conozco un sitio realmente agradable no muy lejos de aquí. Ya verá, tienen una cerveza que no está nada mal —dijo Kozel garabateando una dirección en un papel—. Le habría propuesto esta noche, pero aún tengo algunas obligaciones... —añadió sonriendo.

...

Cuando al fin todo estuvo recogido y listo para el reportaje del día siguiente, François se desperezó y se masajeó los riñones.

Si conocer en París a Simon Jacquemin, el calmado hombretón que le daría cobertura, lo había dejado más tranquilo, no haberlo visto ni una sola vez desde su llegada a Praga empezaba a inquietarlo. De pronto, lo reconoció en el enorme salón del hotel, sentado en uno de los sillones del fondo, cerca de las plantas verdes, donde había periódicos extranjeros a disposición de los clientes. Ni siquiera intercambiaron una mirada. Simon se levantó, dejó la revista en un expositor y se alejó caminando con toda naturalidad. El mensaje era claro: aquí estoy.

En Francia, aún no eran las diez y cuarto de la noche. Nine nunca se acostaba temprano. François entró en una de las cabinas telefónicas próximas a la recepción después de haber pedido comunicación con París.

—¿Nine?
—Esto... no. ¿Con quién hablo?

François no pudo evitar sonreír. Recordaba perfectamente a aquella vecina ruda de edad indefinida y peinada a la buena de Dios que le había presentado su mujer. «Me echa una mano. Es muy amable», había dicho Nine.

—Soy François Pelletier.
—¡Ah, señor François!
—¿No está Nine?
—¡Es que está trabajando!
—¿A estas horas?
—¡Tiene mucha faena!

La respuesta reavivó su mala conciencia.

—Dígale que he llamado y que...
—¿Hace buen tiempo ahí, por lo menos?
—Bastante gris...
—Vaya, qué pena. Entonces, ¿qué le digo de su parte?
—Dígale...

François dudó. Le daba apuro decirle todo aquello a una mujer a la que apenas conocía...

—De acuerdo, señor François, se lo diré de su parte, ella lo entenderá. Y se pondrá muy contenta.

Las diez y media. ¿Era tarde para preguntar por su padre? Llamó a Jean.

—Soy François...

—¡Ah!

—¿Cómo está papá?

—Le han hecho una radiografía...

—¿Y qué han visto?

—Que hay que hacerle un electro... Un electrocardiograma.

Dios mío, ¿de qué hablaba?

—¡Explícame lo que pasa, Jean!

—Papá está cansado. Creo que se va a morir.

Jean estaba muy afectado.

Se oía la voz de Geneviève por detrás:

—Bueno, ¿qué? ¿Se acabó el gimoteo?

Y, de pronto, el tono. La comunicación se había cortado. ¿También escuchaban las conversaciones telefónicas?

François estaba literalmente noqueado.

—¿Te encuentras bien, chaval?

Era Julien. François estaba aturdido.

—Creo que mi padre se está muriendo.

Se echó a llorar. Julien le cogió la cabeza y la apoyó en su hombro.

—Venga, muchacho, llora...

Luego lo llevó hasta uno de los grandes sillones de cuero de la recepción.

—Perdona... —dijo François secándose los ojos—. Soy ridículo...

—¡Claro que no! ¿Sabes?, mi viejo es un puto gilipollas, así que te envidio...

François no pudo evitar sonreír.

—¡Va, vente a echar un trago! Así te distraes...

—¿Por qué no?

• • •

Aunque ya eran las once de la noche, la plaza de Wenceslao estaba muy concurrida. Apenas había coches y los traqueteantes tranvías que se oían durante el día habían vuelto a las cocheras, pero aún había muchos cafés y restaurantes abiertos de los que salía música, conversaciones animadas y risas.

—Esto no parece muy «soviético», ¿verdad? —dijo Julien—. Qué extraño...

François opinaba lo mismo. La ciudad ofrecía un curioso contraste entre la rigidez del sistema que aquel viaje ilustraba constantemente y aquella atmósfera de desenfado.

Había conseguido vencer la tentación de volverse, de intentar comprobar si los seguían. Pasearon un poco. En Národní třída, los atrajo una música que se oía desde la calle y se detuvieron ante un local sobre cuya estrecha entrada podía leerse: REDUTA JAZZ CLUB. Junto a la puerta, un cartel anunciaba la actuación de un grupo llamado Akord Club.

—¿Probamos?

—El jazz me parece un tostón —respondió Julien—, pero si hay cerveza...

La sobriedad de la fachada no hacía justicia al club, que no tenía nada que envidiar a los que François conocía en París. Había mucha gente, un trío de piano, contrabajo y batería (François creyó reconocer la melodía de *Stella by Starlight*), un manto de humo de cigarrillo y una Pilsner Urquell perfectamente dorada y con la espuma muy blanca.

Encontraron sitio en un banco corrido alejado del escenario.

—Lo que me he reído con ese tío, ¿cómo se llama?, el que tiene la cabeza como el culo de un bebé...

—Mazeron.

—¡Sí, ése! Me parece que ver a todos esos pibones en la fábrica lo ha puesto cachondo...

François también se había fijado en la gran cantidad de personal femenino, lo que no se esperaba en una planta metalúrgica.

Charlaron un poco sobre el comienzo del viaje y las complicaciones que causaba Anatole. La conversación siguió su curso sinuoso y cordial. Hablaron mucho de televisión y bebieron cerveza.

François tenía en mente la recomendación de Chastenet: «Nuestro mejor argumento es que es usted el tipo de hombre que no desaprovecha una ocasión cuando se le presenta.»

Había bebido demasiado, ¿no era el momento ideal para dar credibilidad al personaje que debía interpretar?

Por fin, cuando Julien declaró: «Gracias, para mí no, ya estoy a tono...», François le preguntó:

—¿Sueles bailar?

—El Señor no me ha llamado por ese camino...

—Es una pena, hay muchas chicas guapas... —Lo había dicho barriendo la sala con la mirada—. Tal vez pruebe suerte...

Un François salido era una novedad para Julien.

—¿No prefieres volver al hotel?

François se levantó tambaleándose.

—No sé si es muy prudente —insistió Julien—. Estás un poco perjudicado, ¿no crees?

—Una incursión rápida y nos vamos.

Julien, inquieto, no respondió.

François se alejó lentamente hacia la pista y decidió probar suerte con una chica de unos veinte años con minifalda, el pelo cardado, la cara repintada y tacones de aguja. Se acercó a ella, le tendió la mano, la chica le sonrió, le dijo algo a su amiga y lo acompañó a la pista, mientras el grupo empezaba a tocar *Round Midnight*.

François no había abierto la boca, y la chica se limitaba a bailar con él esperando que iniciara la conversación. Probablemente había comprendido que era extranjero, por su ropa. ¿Cuántas cervezas llevaba? Bailar empezaba a marearlo.

—¿Francés? —le preguntó ella al fin.

François separó un poco los brazos para mirarla: era más joven de lo que le había parecido. En ese momento, se lanzó: sonriendo, buscó sus labios. La chica, desconcertada, volvió la cabeza e intentó soltarse, pero François la apretó contra él.

—*Pracky pryč! Nechci, aby mě někdo osahával!* —gritó ella.

La reacción fue inmediata.

En cuestión de segundos, dos hombres se abalanzaron sobre François.

Uno de ellos lo cogió de las solapas y gritó:

—*Kde si myslíš že jsi? Chceš, abychom tě naučili slušnosti?*

François alzaba las manos en el aire en señal de rendición.

—¡Lo siento, lo siento! —repetía.

Recibió un golpe en el hombro, se tambaleó, cayó y se hizo daño en el codo. Trató de levantarse.

—Venga, colega, hay que ahuecar el ala... —Era Julien, que lo ayudó a ponerse en pie diciendo—: Vamos, chicos, ¿no veis que está pedo?

Se oyó un «*Francouz...*»

François recibió un puñetazo en la espalda, pero Julien ya se lo llevaba hacia la puerta.

¿Habría sido suficiente?

Tuvo la confirmación enseguida, porque dos policías de uniforme surgieron de la nada y los pararon. «Lo seguirán, y los informadores darán cuenta de sus idas y venidas», había dicho Chastenet.

Aunque sólo estaban a unos metros de la puerta del club, de la que salían otros clientes, no se formó ningún corro. Todo el mundo los evitó prudentemente.

—Ha habido un pequeño malentendido, agentes —dijo Julien—. ¡No vamos a provocar un incidente diplomático por tan poco!

Como les habían retenido los pasaportes en el hotel, para verificar su identidad sólo había una solución: detenerlos. El policía que estaba frente a él lo miraba fijamente, así que François sacó el carnet de prensa.

—Francés. Televisión francesa.

—*Tohle možná mužete dělat u vás doma, ale ne tady! Vrat'te se do hotelu, než vás zatkneme!*

François y Julien no entendían ni jota. El policía de más edad tomó la palabra:

—Comporte correcto, por favor —dijo muy lentamente.

François recordó que Chastenet le había dicho que en Praga se hablaba bastante francés. Pero lo que le sorprendía era otra cosa: ¿Cómo se habían enterado tan rápidamente de lo que había pasado en el club?

—No se repita —añadió el agente.

—¡Lo juro y lo perjuro! —exclamó Julien—. Venga, vámonos.

En su voz había alivio.

Sortearon a los policías, que no se movían, y se marcharon de inmediato.

—Gracias... —dijo François.

—¡Con tus gilipolleces, acabaremos en un campo de reeducación! —bramó Julien; y, tras un breve silencio, añadió—: Espero que el hotel no nos pille muy lejos, porque yo tampoco estoy muy fresco...

37

No pierda tiempo

Una luz pálida entraba por la ventana, no tardaría en hacerse de día, era casi la hora de levantarse. Este dolor, esta angustia que le retorcía las tripas, ¿era por el abuelo o por Macagne? En fin, era suyo, en cualquier caso. Echaba de menos a *Joseph*, ¡y cómo le dolía la barriga!

Ese dolor reavivó otros más antiguos, aunque seguían presentes, como el que sentía en su habitación de Le Plessis cuando la cara de Macagne la despertaba con un sobresalto y le parecía tenerlo de nuevo en la boca y oír sus gruñid...

Colette se incorporó de golpe y apartó la sábana.

Debajo de ella, la cama estaba roja.

Asustada, se apartó de un salto, como si una serpiente se hubiera deslizado entre sus piernas, pero en ese momento se acordó. La abuela la había advertido sobre la llegada de su primera menstruación: «No antes de los doce o trece años, aún te queda tiempo.» ¡Pero ella aún no había cumplido los once! ¿Aquello era normal?

Se levantó con sigilo para no despertar a Philippe. ¿Qué hacía con la cama?

La sangre que le resbalaba por los muslos le daba un poco de miedo. Fue al baño y se lavó, pero por más que se afanaba nunca acababa del todo. Aunque el vientre le dolía mucho, el temor era más fuerte. ¿Cómo reaccionaría su madre cuando se enterara?

—¡Vaya, muy bonito!

Al volver del lavabo, Colette la vio con los brazos en jarras delante de la cama, aunque apenas era la hora de levantarse. Debía de tener un sexto sentido.

Colette estrujaba las bragas teñidas de sangre con las manos detrás de la espalda.

—Yo no tengo la culpa...

—¿Ah, no? ¡Entonces, la tendré yo! ¡Cuando se es chica, hay que prever estas cosas!

—Es la primera vez...

—¡Todos los géminis sois iguales! ¡Siempre replicando! —Estaban las dos allí plantadas mirando la mancha de sangre que cubría la sábana—. ¡Pues ya lo estás limpiando!

Colette asintió con la cabeza mientras se preguntaba cómo se las iba a arreglar.

—¿Y durante el día, cómo...? —balbuceó.

—Aquí no tengo paños, tendré que traerlos de los almacenes. Mientras tanto, compóntelas. ¿No querías ser mayor? ¡Pues hale!

Colette estaba desorientada, todo aquello iba demasiado deprisa y era demasiado diferente.

—Qué mal huele...

Se volvieron.

Philippe, que se había levantado y las miraba rascándose el hombro, recibió una galleta de inmediato.

—¿A ti quién te ha dado vela en este entierro? ¡A lavarte ahora mismo!

Asombrado de haber recibido dos bofetadas en dos días cuando no le habían dado ninguna en siete años, Philippe salió de la habitación lloriqueando.

—Bueno —dijo Geneviève—, haz un rebujo con unas bragas y póntelo entre las piernas, eso te servirá de paño de momento...

313

La solución, sencilla, resultó difícil de poner en práctica.

Cuando llegó al colegio, Colette corrió a los lavabos y comprobó los daños. Las bragas arrebujadas distaban de bastar.

En el pasillo, mientras las otras niñas se ponían en fila india cantando «Venid y vamos todos con flores a María», Colette corrió al cuarto en el que se guardaban los productos de limpieza. Allí no encontró más que una bayeta húmeda que seguramente se había utilizado esa misma mañana. Llorando, volvió a los lavabos, la aclaró con mucha agua, la escurrió, se encerró en un retrete, contuvo una arcada mientras se colocaba la bayeta entre las piernas, procuró secarse las lágrimas y fue a llamar a la puerta del aula, donde la recibió sor Amandine.

—Gracias, señorita, por hacernos el honor de presentarse.

Lo que provocó una risa general, que se interrumpió de golpe ante la imperiosa mirada de la hermana.

Como Colette nunca había dado latín, se consideró imposible que participara en la clase del día, y fue relegada al fondo del aula, donde la maestra le entregó una gramática latina y un diccionario.

—Tendrá que trabajar a marchas forzadas, señorita. Para eso, nada mejor que lanzarse al agua. Éste es el primer ejercicio. Apliquese...

Colette leyó:

1.- Traducir las siguientes frases al latín:
    Dios es bueno.
    El sacerdote ora en la iglesia.
    Nosotras buscamos la verdad.
    Los ángeles guardan el cielo.

2.- Completar las siguientes frases con la palabra latina correcta:
    Pater noster qui es in _____.
    Gloria in excelsis _____.
    Agnus Dei, qui tollis peccata _____.

In nomine _____, et Filii, et Spiritus Sancti.
Ave Maria, gratia _____.

Las demás se aguantaba la risa y se volvían para recrearse en el penoso trance de Colette, presa del pánico delante del ejercicio. Sin duda las niñas practicaban la caridad cristiana que veían en casa.

Colette hojeó la gramática, abrió el diccionario... Sus ojos se deslizaban sobre los caracteres sin que provocaran ningún efecto en su mente. El ejercicio adquiría las proporciones de un enigma y habría estimulado su curiosidad si no hubiera estado tan angustiada. «Concéntrate», se repetía, pero volvía a dolerle las barriga y, entre sus muslos, la bayeta parecía haber duplicado su volumen.

Llegó la hora del recreo.

—No ha avanzado tanto como para que pueda salir a divertirse con sus compañeras, señorita Pelletier... Siga trabajando, por favor. Cuando haya acabado, ya veremos... En función del resultado.

Así que Colette se quedó sola en la inmensa aula frente al Cristo crucificado, cuyo calvario reflejaba el suyo.

Oyó en el patio el griterío de las alumnas, que jugaban a la pelota o la rayuela. Creía haber traducido las oraciones mal que bien y ahora buscaba las palabras que debían completar las frases en latín, pero necesitaba ir a cambiarse a toda costa. Se deslizó fuera del aula, corrió hasta los lavabos y al verse se quedó atónita. Aterrada, se precipitó a una de las pilas para volver a aclarar y escurrir la bayeta. Toda aquella sangre, aquel olor... Era espantoso. Se encerró de nuevo en una cabina. En ese momento, oyó la voz de sor Amandine.

—¿Señorita Pelletier?

La respuesta se le quedó en la garganta.

En un segundo, la monja empezaría a abrir las puertas de los retretes y encontraría la suya cerrada. Los pasos ya se acercaban.

Pero Colette oyó alejarse a la maestra.

No podía creérselo. ¿Se había obrado un milagro?

Rápido, tenía que salir de la cabina.

Pero no había puesto un pie en el lavabo cuando la puerta volvió a abrirse ante la terrible hermana.

Colette se quedó petrificada.

Sor Amandine se acercó. No parecía la misma que en clase.

—Aún no ha cumplido once años, ¿verdad?

Colette se limitó a negar con la cabeza.

—No es habitual, tan pronto... Tenga, hija. —Le tendía un guante de baño y un pedazo de jabón—. Lávese a fondo y póngase esto en las bragas —dijo entregándole un paño grueso de algodón—. Le doy otro para la tarde, con eso debería bastar. Si no, hágame una seña. —Colette no se atrevía a responder ni esbozar un gesto—. No pierda tiempo. ¿Le duele? —Pero antes de que Colette pudiera responder, la monja le tendió la mano abierta—. Es una aspirina. Le hará efecto enseguida. —La hermana dio media vuelta, pero se volvió hacia ella antes de salir—. Lo que ha utilizado... Lávelo y vuelva a dejarlo donde estaba, nadie se dará cuenta. Y vuelva al aula cuando pueda.

En el comedor, Colette provocó risas ahogadas intentando recitar el benedícite («Gracias, Señor, por tu bondad. Que estos alimentos fortalezcan nuestros cuerpos y que tu presencia fortalezca nuestras almas») y, más tarde, la acción de gracias con que concluía la refacción («Señor, te damos gracias por esta comida y te rogamos que extiendas tu providencia a quienes menos tienen. Enséñanos a vivir con frugalidad y compartir con los necesitados. Por Cristo, nuestro Señor, amén»).

—No te preocupes —le dijo Soledad, la única que acudió en su ayuda—. Se aprende enseguida.

Y así pasó el día.

—Tenga... —le dijo sor Amandine dándole discretamente una bolsita oscura de tela.

Sorprendida, Colette comprendió que podía guardar en ella su ropa interior usada.

Cuando llegó a casa, Philippe no estaba. No partirían hacia el hospital hasta que su madre volviera de los almacenes.

Así que Colette tuvo tiempo de lavarse cuidadosamente.

Lo que le faltaba era un paño limpio.

Buscó entre lo que había a mano y, al no encontrar nada, decidió mirar en la cómoda de su madre, en la que descubrió, bien apilados, una docena de paños limpios y nuevos.

38

¿Fue el domingo o no?

Los enfermeros de la ambulancia que tenía que llevar a Louis a Medun se encontraron con un hombre fatigado e inquieto.

—Lo siento mucho, señora, pero tendrá que esperar aquí —le dijo uno de ellos a Angèle.

Al parecer, no había sitio para ella en el vehículo.

Lo que dejó tocado a Louis fue que, en el momento de irse, Angèle lo besara en la boca. Parecía un adiós... Sólo iba a hacerse una prueba, ¿no?

Se dejó llevar. Lo pasaron a una camilla que hicieron rodar hasta el patio, y luego subieron al vehículo con él, que tenía la cabeza en otra parte, porque la noche había sido agotadora. Había soñado con que Colette estaba en coma, en Lariboisière.

—Es gel conductor...

El enfermero, un chico extrovertido de unos treinta años y rostro flácido, con unos ojos expresivos y una bonita sonrisa que dejaba al descubierto unos dientes torcidos, ponía los electrodos convencido de que sus comentarios tranquilizaban al paciente:

—...cuarto espacio intercostal...
—Todo esto, ¿para qué sirve?
—Para ver si el corazón funciona bien.
—Y para los pulmones, ¿qué se hace?
—Una radiografía del tórax.
—¿Me van a hacer una?

El enfermero interrumpió la colocación de los electrodos para reflexionar sobre la pregunta de Louis, una pregunta embarazosa.

—Si de mí dependiera, examinaría el electrocardiograma, y si no viera nada anormal pediría una radiografía del tórax.
—¿Y por qué no lo hacen al revés?
—Es una pregunta para el médico, yo soy enfermero.

Louis puso la mano en el brazo del chico.

—¿Usted cree que es el corazón?
—Yo no creo nada. Pero el médico sí lo cree. Por eso lo ha enviado aquí.

Enfermo del corazón. Llevaba dos días tratando de hacerse a la idea. Acababa de confirmarse.

La prueba ya no era necesaria. Habría podido levantarse en ese momento, firmar un descargo y regresar a casa para esperar el infarto. En la manera en que se sometió a las exigencias de aquel examen, inútil en su opinión, había no poco fatalismo.

—¿Ansiedad?
—Eso es, sí.

Sor Ursule había recuperado en parte su tono natural, autoritario y cortante, pero seguía teniendo la cara pálida y grandes ojeras.

—Mi marido está muy desasosegado —le dijo Angèle—, ¿no se le podría dar un calmante?
—Reacción normal. Por el problema cardiaco. ¡Palpitaciones, opresión en el pecho, angustia! Nada que hacer.

Angèle renunció.

No había dormido más de cuatro horas seguidas desde la hospitalización de Louis. Con su marido enfermo y Colette lejos, no se explicaba cómo podía mantenerse en pie mientras los dos pilares sobre los que descansaba su vida se derrumbaban.

Hélène se había reunido con ella en la habitación, donde habían esperado el regreso de Louis, que se había quedado dormido nada más llegar.

Angèle se conformó con mirar el voluminoso vientre de su hija preguntándose una vez más cuando se decidiría a dejar de trabajar.

—¡Nada de alcohol! —dijo sor Ursule—. Comida sin sal, sillón, ni un minuto de pie. Lavado de dientes: ¡a la cama!

Saltaba a la vista que el hospital entero seguía conmocionado por el asesinato de la joven sor Agnès. Auxiliares de enfermería, celadores, camilleros, hermanas hospitalarias... Todos trabajaban en un silencio rayano en el estupor. Aunque fuera tan inevitable como previsible, el anuncio de la autopsia de sor Agnès, realizada a primera hora de la tarde, había causado mucho revuelo, como si los cuerpos del personal sanitario no merecieran correr la suerte de los humanos a los que se opera, se abre y se despieza.

—¿Y el resultado del electro? —se atrevió a preguntar Hélène.

—A la espera del cardiólogo —respondió sor Ursule—. Pasado mañana, no antes.

La tarde transcurrió lentamente. Angèle consiguió dormitar un poco sobre el hombro de su hija.

Puede que Louis fuera asaltado en sueños por una súbita intuición, porque se despertó en el instante en que Philippe, Colette y Geneviève, precedidos por Jean, entraron en la habitación.

Al ver a su abuelo hundido en los almohadones, Colette pensó de inmediato: «Está muy mayor.»

Louis, viéndola avanzar hacia él, se dijo: «No es feliz...»
Philippe se acercó a besar a su abuelo y luego fue a sentarse en la silla. No sabía qué se esperaba de él.
Por su parte, Colette le rodeó el cuello a su abuelo con los brazos y se apretó contra él con todas sus fuerzas. Era demasiado para Louis, que sin embargo no abrió la boca. No le habría importado morir ahogado por los brazos de aquella niña.
—Bueno, ¿qué tal la escuela?
—Mamá me ha llevado con las pingüinas.
—¡No!
Louis, que no recordaba que Geneviève hubiera manifestado nunca el menor interés por la religión, se olía una mala jugada.
—Espero que no sean muy malas...
En realidad, Colette, que, pese a sus buenas notas, había padecido regletazos en los dedos y ratos cara a la pared en la escuela municipal de Le Plessis, no tenía motivo de queja.
—Mi maestra se parece a Fernandel —dijo—. No te ríes con ella, pero es amable. ¿De qué estás enfermo, abuelo?
—Del corazón, ratita. Siempre he tenido un gran corazón, y parece que ya no me cabe en el pecho.
Colette sonrió.
—¿Te lo van a hacer más pequeño?
—Me quitarán la mitad para dártela a ti porque no me quieres.
Riendo, Colette volvió a abrazarlo. Louis le indicó con la mirada a Philippe, que seguía sentado en la silla, esperando a que le dijeran qué hacer.
—¿Qué tal con él?
Colette no le habría explicado ni siquiera en circunstancias normales los problemas que tenía con su hermano, que no perdía oportunidad de pegarle.
Esa tarde, como se había mostrado extrañada de no encontrarlo en casa al volver del colegio, él le había gritado: «¡¿Y a ti qué te importa?!», y pasando en segundos de las pa-

labras a los actos le había dado una buena tanda de puñetazos. Su temperamento linfático y su físico rollizo, heredado del padre, ocultaban una enorme fuerza, que sólo pedía desahogarse con Colette, a la que odiaba abiertamente.

—Qué, papá, ¿cómo estamos? —preguntó Geneviève acercándose a su vez a la cama.

—Así así.

—¡Bah, bah, bah! ¡Está semana, los escorpio tienen viento de popa!

—Pues entonces, será mi ascendente...

Geneviève se batió en retirada, y Jean pudo al fin acercarse a su padre. Cuando se inclinó hacia él para darle un beso, Louis lo atrajo hacia sí susurrando:

—Jean, necesito un fular.

—¿Tienes frío aquí? Voy a pedirles...

—¡No, no! No es eso, es para... Oye, necesito un fular, eso es todo. Si pudieras traérmelo aquí, discretamente...

Era un poco inquietante. En la duda, Jean lo prometió apretando entre las suyas las manos de su padre, que encontró ásperas y huesudas.

Mientras tanto, Geneviève leía el último número de *Le Journal du Soir*, desplegado a los pies de la cama de su suegro.

**Asesinada la joven sor Agnès,
enfermera en el hospital de Senancourt**
El conductor sigue ilocalizable

Por lo general, cuando leía sucesos sangrientos, Geneviève sonreía de satisfacción.

Esta vez se limitó a mover los labios murmurando el texto (no había quien la hiciera leer en silencio), pero su rostro reflejaba un estado de reflexión inquieta, como ante un enigma indescifrable.

Segundos después, dejó el periódico en su regazo y se quedó pensativa un buen rato.

No participó en ninguna de las conversaciones que Hélène y Jean intentaron mantener con su padre. Costaba encontrar temas, nada le interesaba.

Louis, que había vuelto a llamar a Colette a su lado, le preguntó en voz baja:

—¿Cómo te va con tu madre?

—A mí, tirando. Pero Philippe... Me parece que ya no quiere saber nada de él. Tampoco quiere que duerma con ella... Es muy desgraciado.

¿Cómo era posible?

Louis no reaccionó porque estaba avergonzado. Nunca había querido a aquel chico, al que siempre había asociado con su madre, pero de pronto imaginar el sufrimiento de aquel niño hacía que se sintiera culpable, injusto.

—Bueno —dijo Geneviève—, no es que nos aburramos, papá, pero mañana es día de escuela, y esto está en el quinto pino.

—Oye, Jean...

Geneviève se había detenido en mitad del pasillo mientras Colette seguía caminando hacia el patio, donde el taxi debía de estar esperándolos; quería llegar la primera para sentarse al lado del taxista: cualquier cosa antes que ir pegada a su madre. Jean se detuvo a su vez.

—... tu choque fue el domingo por la noche, ¿no?

Jean ya no recordaba qué le había contado.

—Creo, sí...

—¡Crees, crees! ¿Fue el domingo o no?

—Sí, fue...

—¿Y dónde ocurrió exactamente?

—Bueno, pues...

Por el tono que empleaba para interrogarlo, habría podido parecer que estaba enfadada, pero, al contrario, mostraba un rostro tranquilo, casi sonriente.

—Pues... —Jean seguía buscando—. Por la calle... esto...
—La calle, ¿qué?
—¡Delbet! ¡Eso es, la calle Delbet!
—Y a todo esto, Jean, para que tuvieras que dejar allí el coche y llamar al mecánico, el choque debió de ser morrocotudo, ¿no?

Jean se disponía a argumentar, a intentar explicarlo, sin saber muy bien lo que iba a decir, pero se quedó callado y siguió la mirada de Geneviève, dirigida hacia la pared del pasillo, de la que colgaba una fotografía de sor Agnès con un crespón negro acompañando el anuncio de su funeral.

—Pobrecilla... —dijo Geneviève—. ¿A ti no te da pena?
—Sí, claro...

Geneviève sonrió.
—Ya, claro.

39

Eso es lo que me preocupa

Élise había dejado Locarno; ahora se encontraba en Innsbruck.

—No estaba conforme con la cuenta y se negó a pagarla. Se puso terca y la amenazaron con llamar a la policía, y entonces pagó. La cosa no pasó a mayores. Luego se largó, no se sabe dónde está.

—Se habrá volatilizado... —había murmurado el señor Leal mientras se estrechaban la mano en la puerta de su despacho—. ¿No le parece que su esposa se pasa un poco de rosca, Georges?

—Reconozco que es bastante... revoltosa. Es su temperamento, ¿sabe?

El señor Leal hizo un pequeño ademán: «Sí, empiezo a darme cuenta...»

A Georges le habría gustado hablar con Élise, pero no tenía forma de contactar con ella. Que no se metiera en líos, eso era lo único que quería. Una esperanza absurda. Élise no sabía hacer otra cosa.

—¿El 3 de mayo, dice usted? —preguntó el señor Leal.

—Sí. En la zona de Kychgorod.

Todos los presentes sabían que era una ciudad del sur de la URSS, en la frontera con Kazajistán.

—¿De dónde procede la información? —quiso saber Libert.

Cuando Georges hacía ese leve gesto con la barbilla, como si se sintiera un poco incómodo, era señal de que se trataba del Duende. Se fue por la tangente:

—Actividad intensa, aislamiento de una amplia zona, cierre de las carreteras entre Sverdlovsk y Kopaesk...

—Podría ser cualquier cosa... —repuso Libert.

—La verdad es que no. Los vehículos transportan material militar, alambre de espino, arcones, víveres... Eso significa que se preparan para recibir una cantidad importante de tropas.

—Francamente, ¿qué sentido tendría que realizaran maniobras en una zona que no tiene el menor interés estratégico para los soviéticos? —preguntó Michelet con su tono de ex alumno del Politécnico.

—Ninguno —respondió Georges limpiándose las gafas—, no tiene ningún sentido. Eso es justo lo que me tiene intrigado. Eso es lo que me preocupa, quiero decir.

—Todo es demasiado vago —dijo Libert con voz de ultratumba mientras sus mofletes de sabueso se agitaban blandamente en cada sílaba—. No se puede especular sobre bases tan inseguras. Además...

La flecha que se esperaba Georges silbó en el aire.

—...eso está fuera de tu radio de acción...

Libert miró a su jefe en busca de apoyo, pero no lo recibió, como siempre que trataban el delicado tema del Duende.

—Si son maniobras militares, debería habernos llegado información sobre transporte de armas, ¿no? —preguntó el señor Leal.

Por sus gestos y tono de voz, era bastante evidente que no se tomaba seriamente la situación. ¿Qué estaría pensando? ¿Que uno de los tres hombres que tenía delante era un agente encubierto al servicio de los soviéticos? ¿Que todo era una retorcida estrategia de Georges?

Georges también estaba reflexionando. ¿De verdad era el único que disponía de aquella información sobre la zona de

Kychgorod? Semejante movimiento de camiones, semirremolques y vagones deja huellas por dondequiera que pasa: ¿por qué los demás no parecían interesados en ello, o ni siquiera daban la impresión de saberlo?

—Sí —dijo Georges tranquilamente; había llevado la conversación adonde quería—. Propongo que preguntemos a nuestros primos si también ellos han observado algo en la zona.

Los «primos» eran los ingleses y los estadounidenses, en especial la CIA.

El señor Leal se volvió hacia Libert y enarcó una ceja.

—Ocúpese usted. A trabajar, señores.

40

¡Nada de política!

Hélène había esperado, pero ése es el problema de las mujeres: esperan hasta el hartazgo. De modo que decidió coger el toro por los cuernos y subió a ver a su jefe.

—¿No estarás embarazada, por casualidad?

Antoine Guillaume sonreía. Hélène, hundida en el sillón, lo imitó.

—No, ahora en serio, ¿no quieres parar?

Con François, Nine, su madre, habría reaccionado mal y contestado de forma brusca, pero allí...

—No, todo va bien. Y como trabajo sentada...

«Qué respuesta tan idiota», se dijo. Pero era válida para un hombre: Guillaume asintió, lo comprendía.

—¿Has visto mi proyecto? —le preguntó.

—¡Sí, sí!

Hélène se había propuesto no exagerar la nota. Las cartas, las reacciones de los oyentes... Todo indicaba que aquello tenía futuro. Su argumento era que se había demostrado que existía una audiencia y que había que crear una nueva franja horaria y reivindicar la «noche radiofónica».

De las diez y media a la una de la madrugada.

—He hablado con los demás. —En boca de Guillaume, eso significaba la gente con la que tomaba las decisiones estratégicas: el consejo de administración, los directores... Hélène nunca había entendido muy bien de quién se trataba—. La idea no acaba de convencer a nadie...

Hélène se hundió.

Llevaba días dándole vueltas al proyecto, haciendo cambios, puliéndolo... Había pasado muchas horas pensando cómo formularía la propuesta, sopesando cada palabra.

Si no fuera el jefe, se habría levantado y se habría ido.

Guillaume se dio cuenta de que le había cambiado la cara.

—La dejan en mis manos... La decisión, quiero decir.

Hélène no pudo contenerse.

—¡Usáis la radio como un canal unidireccional, de vosotros hacia la gente! Sabéis hablar pero no escuchar. Tenemos miles de oyentes, y eso significa que disponemos de una increíble reserva de experiencias que pueden hacer reflexionar y enriquecer a todos los que nos escuchan. Pero nosotros no hacemos nada al respecto. La noche es el momento ideal para compartir esas experiencias. Por la noche, la radio no se oye, se escucha. ¡Lee el correo, verás lo que nos dice nuestra audiencia! La gente nos da las gracias porque el programa le ha emocionado de forma inesperada, o le ha hecho tomar conciencia de otras realidades, o le ha dado la oportunidad de comprender algo que se le escapaba. La emisora...

—¡Para! —Guillaume se llevó las manos a la cabeza como si se protegiera de un alud—. Está bien, está bien, vamos a probar...

Hélène se habría levantado y habría ido a abrazarlo, pero sabía que la batalla aún no estaba ganada.

—Pero no las cinco noches de entre semana.

Hélène asintió, preocupada por la continuación.

—Empezaremos con un programa de sábado y domingo, así, si hay que retirarlo, sólo afectará a la audiencia de la noche...

Si le reprochaban que trabajara de noche, ahora iba a hacerlo de madrugada y en fin de semana.
—Más el lunes —dijo.
—¿Por qué?
—Para no restringir la emisión a los oyentes del fin de semana. Si queremos darle todas las posibilidades al programa, tenemos que saber si funciona también los días de diario.
—De acuerdo. Arrancaremos después del verano. —Guillaume señaló el vientre de Hélène—. ¿De cuánto estarás?
Era la peor noticia posible. Salía de cuentas a mediados de septiembre. Si el programa empezaba con una voz que no fuera la suya, lo perdería.
—Yo propongo que empecemos ya.
Guillaume puso mala cara.
—Tengo la música de la cabecera, los fragmentos sonoros previos a las intervenciones... Está todo listo. —¿Se daría cuenta de que le estaba mintiendo? Optó por ser sincera—: En serio, Antoine, ¿qué supone empezar en septiembre para la emisora? Porque para mí en cambio...
Hélène hizo un pequeño gesto hacia su vientre. Guillaume sonrió.
—De acuerdo. ¿Cuándo?
—¡El viernes! —respondió Hélène—. Preparo un texto para que los demás locutores lo anuncien también durante el día...
—Si no funciona, dar marcha atrás sería muy complicado. Nada de anunciarlo. Abrimos la antena, estamos atentos a la respuesta durante la semana y decidimos.
—De acuerdo.
Para inclinar la balanza a su favor, Hélène ya estaba pensando en cómo decirles delicadamente a los oyentes que una cartita de apoyo sería muy bienvenida.
—Las instrucciones son claras —dijo Guillaume—. ¡Nada de política! Y nada que ponga en peligro a la emisora según la ley. El programa debe limitarse a testimonios, ecos de sociedad

y ese tipo de cosas. Y, por último, la regla de oro: un oyente, un tema. El programa no debe permitir que los oyentes se contesten entre ellos. Después de un oyente y un asunto, viene otro oyente y otro asunto.

—De acuerdo.

41

Es exasperante...

Antes Marthe siempre salía de trabajar cuando ya estaba anocheciendo, o sea, dos, tres o incluso cuatro horas después de todos los demás. «Marthe siempre apaga la luz», decían.

Pero de un tiempo a esta parte había empezado a marcharse como todo el mundo. Georges había sido uno de los primeros en percatarse, e incluso se lo había llegado a comentar entre risas. «Me estoy haciendo espantosamente vieja, me canso antes, ¿te refieres a eso, guapo?», le había contestado ella.

En ese sentido, la misión para la que la había fichado Georges la había rejuvenecido. De nuevo la veía trabajando hasta las diez de la noche. Ya era la misma de siempre. «¡Me has devuelto las ganas de vivir, tesoro!», le había dicho a Georges.

Fuera causa o consecuencia, ese entusiasmo recuperado le había permitido informar a Georges de que Libert y Michelet también hacían horas extraordinarias.

Los datos procedentes de Kychgorod no habían caído en saco roto, y por lo visto los altos mandos del Servicio no se conformaban con el papel de figurantes.

—Han hecho sonar las campanillas —dijo Marthe—. Libert ha llamado a toda su gente a cubierta. Les ha pedido que abran los ojos, que husmeen, que miren debajo de las alfombras y detrás de los cuadros... En cuanto a Michelet, ya lo conoces, es de ciencias, hace cuentas, toma medidas, estudia informes de actividad, confecciona tablas, le busca tres pies al gato... Está de un humor de perros, la guarrilla de Céleste debe de...

—De acuerdo.

Se levantó. Era la hora de ir al lavabo.

Se fue con su paso tranquilo y pesado. El señor Leal estaba acabando de lavarse las manos.

—Libert y Michelet no paran quietos. Estoy al corriente. ¿Y Praga?

—El señor Pelletier está in situ. Según Simon, todo marcha con normalidad.

—Bien.

Croizier lo miró fijamente.

—Su mujer, ¿está más tranquila?

—Mi mujer no tiene remedio, pero sí, está más tranquila, sí, puede decirse que sí. Vaya, eso espero.

De vuelta en su despacho, después de frotarse intensamente los párpados, sacó la carta del cajón y la desplegó sobre la mesa.

El 22 de abril, Élise había dejado París con su viejo baúl metálico. Una semana más tarde, se la había visto en Locarno (con un rotulador rojo, trazó un círculo alrededor de la ciudad), luego en Innsbruck y, últimamente, en Salzburgo (otros dos círculos), aunque de momento era el único que lo sabía. Y si Élise no hacía ninguna estupidez seguiría siéndolo. Para eso, tenía que mandarle dinero. El telegrama le había llegado a casa al amanecer, con tarifa nocturna:

SALZBURGO STOP
NECESITO DINERO STOP
10.000 SI ES POSIBLE STOP
HOTEL GOLDENER HIRSCH STOP
TE QUIERO STOP E.

Georges había sacado quince mil francos de su vieja caja fuerte y había ido de buena mañana a la oficina de correos para enviar el giro postal. Por supuesto, había aprovechado para llamar al hotel. «La señora Schramm ha salido temprano. Puedo darle un mensaje...», le habían contestado en un francés de lo más educado. Él había colgado.

Un buen día Élise había decidido dejar de llamarse Chastenet y recuperar su apellido de soltera, Schramm. Fue la culminación del periodo que Georges bautizó secretamente como New Deal.

¡Cómo se había esforzado él en esa época, Dios mío!

Salidas, invitaciones, viajes... Lo había aceptado todo, pero nunca bastaba, porque Élise era insaciable, corría detrás de algo que no existía. Aquella avidez afectiva, aquella obsesión con no volver a ser amada, aquella agotadora manera de pedirle cada vez más a la vida, de sentirse todo el tiempo limitada por todo lo que la rodeaba...

Hasta que un día Georges dejó de hacer sacrificios que sabía inútiles.

Fin del New Deal.

A partir de ese momento, Élise empezó a verlo con otros ojos. Lo que antes la había enamorado ahora la irritaba. Siempre le había fascinado su vasta cultura, pero ahora le parecía pretencioso y pedante. «Qué aburrido puedes llegar a ser, pobrecito mío...», decía poniéndose el abrigo. Al salir, dejaba tras de sí un perfume delicado y el rastro de una presencia increíblemente sensual y dolorosa...

Georges se metió el resguardo del giro en un bolsillo, cogió el dosier y fue a la sala de reuniones, donde lo recibió la mirada incendiaria del señor Leal. Hacía diez minutos que lo esperaba.

Georges fingió disculparse con un gesto breve y se sentó delante de Libert y Michelet.

El señor Leal, visiblemente preocupado, hacía tamborilear el índice en la mesa.

—¿Qué dicen nuestros primos sobre Kychgorod?

Los mofletes de Libert no temblaron ni un milímetro.

—Ni esta boca es mía. O no saben nada, en cuyo caso ahora estarán haciendo cábalas sobre el asunto, o están al corriente, pero consideran que no tienen por qué compartir su información con nosotros. En ambos casos, tendremos que arreglárnoslas sin ellos.

—Es exasperante...

Mientras decía eso, Georges abrió el dosier y empujó hacia el señor Leal un documento de media página.

Todos comprendieron que el Duende había vuelto a enviar información.

—El 14 de mayo —confirmó Georges— se nota mucho movimiento, se cierran algunas zonas, hay desplazamiento de vehículos. Pero no son preparativos para grandes maniobras militares. Se detectan muchos vehículos pesados, pero no sólo del ejército: hormigoneras, grúas, maquinaria de construcción... Y materiales: arena, gravilla, etcétera.

El señor Leal empujó la hoja hacia Libert y Michelet, que se inclinaron sobre ella.

—Por lo visto, van a construir algo. Quieren hacer espacio. Según me dicen, han derribado casas.

—¿Una base? —sugirió Libert.

El tono reflejaba una alegría poco habitual en un hombre normalmente impasible. Porque, si se trataba de la construcción de una base militar, el asunto caería *ipso facto* en sus manos.

—No se sabe —respondió con prudencia Georges.

—¿Michelet?

El señor Leal lo miraba fijamente.

—Mucho ruido y pocas nueces, diría yo. Construir a toda prisa una base en esa región desprovista de interés estratégico no tiene ningún sentido.

El señor Leal apoyó las palmas de las manos en la mesa.

—¿Nada más? Georges, siga el asunto de cerca. Libert, Michelet, busquen confirmación por su lado. Señores, a trabajar.

42

Yo también iré hacia la izquierda

Había sido un día agotador. Durante la visita a la fábrica Tesla (radios, televisores, electrodomésticos...) y luego la inevitable parada en el Museo Lenin, Julien y François no habían parado de mirar el reloj con gesto nervioso. El primero porque estaba «de los *továrich* y las fábricas de pernos hasta los mismísimos», y el segundo porque se acercaba la hora de la verdad. En cuanto a Régis, parecía no tener nunca bastante; sin duda estaba en la gloria, y lo pregonaba a los cuatro vientos. «Es evidente que las condiciones de vida de esta gente no tardarán en ser muy superiores a las nuestras», había dicho a la salida de la segunda conferencia.

François se disponía a acudir a la cita con Kozel cuando vio un ejemplar de *Le Journal du Soir* de hacía dos días.

Asesinato en Senancourt
La joven monja, enfermera del hospital, ha sido asesinada por un conductor que se ha dado a la fuga

¡Allí era donde estaba su padre!
O donde debería estar. François no tenía noticias de él. Si hubiera pasado algo, lo habrían avisado, ¿no?

...

El centro de Praga aún estaba muy animado.

François no tuvo dificultad en encontrar el café que le había indicado Kozel, un sitio enorme y con gramola. Encontró a su hombre al fondo de la sala, sentado ante una Pilsner Urquell. Al verlo llegar, el checo se levantó sonriendo y le tendió la mano. François también pidió una cerveza. Brindaron.

Georges Chastenet no se correspondía con la imagen que François tenía en la cabeza de un espía, pero Kozel era un personaje muy distinto. Elegante, seguro de sí mismo, inteligente y probablemente dotado de una gran sangre fría, cumplía con todos los requisitos físicos del oficio.

Los nervios que François había sentido en el aeropuerto se reavivaron: de cerca, no se parecían absolutamente nada.

La suplantación era imposible, ¿se daba cuenta también él?

—¿Podemos...?

—Sí, aquí podemos hablar —respondió Kozel sonriendo—. Hay el ruido suficiente.

François se sintió tonto.

—Quería darle las gracias como Dios manda, señor Pelletier. Y espero tener la ocasión de hacerlo invitándolo pronto a un sitio más... chic. Pero esto al menos es tranquilo.

François miró la sala y se volvió de nuevo hacia Kozel.

—Soy consciente del esfuerzo, de los sacrificios, quizá, que está haciendo para ayudarme a abandonar el país. Créame si...

François lo interrumpió.

—Cada uno hace lo que tiene que hacer.

Se sintió satisfecho con aquella frase tan enérgica, que además lo dejaba en buen lugar. Kozel se limitó a asentir.

—Es usted parisino, creo...

—Sí.

—Yo he vivido en Londres y en Madrid (mi padre era diplomático), pero París es la ciudad de la que guardo mejor recuerdo.

—Pronto volverá allí...

Kozel hizo un gesto vago, como si esa perspectiva todavía fuera una hipótesis.

—¿Hijo de diplomático comunista?

Kozel soltó una risa breve y seca, cortante.

—¡No, qué va! En realidad, fue eso lo que nos separó. Tuve que esperar a que muriera para poder trasladarme a Moscú y completar allí mis estudios universitarios. ¡Y mi formación marxista! —Sonrió—. Sobre todo mi formación marxista, de hecho.

—¡Ah!

—¡Sí, hasta el punto de aplaudir el golpe de Praga de 1948! Luego, empezaron las dudas. Con la llegada de los «consejeros soviéticos», por supuesto, pero sobre todo con las purgas. Ejecuciones sumarias, penas de cárcel, condenas a trabajos forzados... Para seguir viviendo bajo amenaza, no hacía falta haber criticado al régimen: mi madre era judía, ¿sabe? Eso ya estaba bastante mal visto... Y entonces conocí a Georges Chastenet.

—¿Cuándo?

No poder tomar notas para su futuro reportaje lo obligaba a un enorme esfuerzo de memoria.

—En noviembre de 1951, durante el Consejo Mundial de la Paz, en Viena. Yo estaba allí como intérprete; y Georges, merodeando. Viéndolo nadie lo diría, pero tiene una intuición fenomenal, ¿sabe?

François podía dar fe: Chastenet había tardado menos de una hora en persuadirlo para que se jugara la vida. Asintió.

—Estaba convencido de que el sistema era nocivo. Él me abordó en el momento adecuado. Nuestro querido Georges tiene ese talento...

—¿Por qué aceptó trabajar para Francia y no para Estados Unidos o Inglaterra?

La respuesta llegó con toda facilidad, como si fuera evidente:

—Francia no es sólo un país. Ante todo, es una idea.
—Estados Unidos también.
—Estados Unidos es un concepto.

Había dicho aquello —como, por otra parte, todo lo demás— sin énfasis, sin intentar causar efecto, y a François le sorprendía que aquel hombre perseguido, que realizaba actividades con las que se jugaba la vida, se expresara con aquella mesura, sin dejar traslucir sentimiento alguno. Sólo una criatura con esta sangre fría podía estar dispuesta a todo por una idea.

—¿Y por qué quiere irse?
—He corrido demasiados riesgos, cada vez los tengo más cerca. La trampa no tardará en cerrarse. —Su mirada se perdió en la sala—. Discúlpeme, todo eso es muy vago, lo sé, pero...

François hizo un gesto para indicarle que lo comprendía mientras pensaba en que, de todos modos, necesitaría datos más concretos para el reportaje.

Sin embargo, lo desanimaba encontrarse ante un hombre distante, emocionalmente inaccesible.

Un tipo de persona... que no le interesaba. Y esa idea le produjo malestar. Se sintió doblemente culpable. Porque había aceptado aquella misión para beneficiarse (volver con un reportaje espectacular) y porque le habría gustado arriesgarse por alguien que le cayera bien.

A la postre, Kozel, que actuaba por motivos puramente políticos, intelectuales, era superior a él.

François se sintió herido en su amor propio.

—Dígame, señor Pelletier, ¿cómo es trabajar en *Le Journal du Soir*? Es el periódico para el que escribe, ¿verdad?
—Sí. ¿Cómo es qué?
—Su puesto, en concreto.
—Soy redactor jefe. Me encargo de la crónica de sucesos, que ocupa un lugar importante en el *Journal*.
—Sí, ya lo había advertido. Lo leo siempre que puedo. Es una sección muy interesante, la vida real, diría yo...

François iba a replicar, pero su instinto de periodista lo aconsejó esperar.

—¿Y quién se encarga de la política extranjera?

François sonrió.

Kozel estaba preparando su llegada a Francia. Despejaba el camino hacia un eventual puesto de asesor o incluso de periodista en el *Journal*.

—Se lo presentaré —respondió lacónicamente.

Lo que hasta ese momento sólo había sido decepcionante empezaba a resultar ofensivo.

—Sería muy amable de su parte —dijo Kozel—. Ahora me temo que debo dejarlo... —Y, consciente de que el encuentro había sido de una brevedad quizá descortés, añadió—: En la región de Kychgorod están ocurriendo cosas un tanto alarmantes y estoy intentando conseguir un poco de información...

Incluso esa noticia tan preocupante revestía un carácter comedido, casi técnico, dicha por él.

Se dieron la mano.

—Volveremos a vernos en París, ¿no es así?

—Sin duda...

Kozel abandonó el café.

Y allí estaba nuestro François, sentado en aquel bar, cuya gramola repetía sin cesar las mismas canciones de moda, totalmente abatido por aquel encuentro, que lo había confrontado con el valor, que él juzgaba irrisorio, de sus compromisos. «No soy lo bastante político», se dijo mirando la sala por encima de su última copa de cerveza. Tenía dos cosas muy claras: ya no le ilusionaba llevar a buen puerto aquella misión, pero sabía que llegaría hasta el final. En el fondo, era un hombre con ética. ¿Lo había percibido Chastenet? ¿Había intuido que, de entre todos los candidatos posibles, él, con sus debilidades, sería el menos proclive a renunciar?

Al ponerse en pie para marcharse, recordó lo que debía hacer: hacerse pasar por otro. Transformarse por unos días en un hombre que no estaba locamente enamorado de Nine. Esa idea lo abrumó. La echaba mucho de menos; le habría gustado tanto que estuviera orgullosa de él, que lo amara por lo que hacía...

No se había dado cuenta al entrar, pero entre los grupos de amigos y de aficionados al jazz había unas cuantas mujeres. Dos estaban sentadas a la barra. Una de ellas atrajo su atención, y sus miradas se encontraron por un instante. La chica estaba charlando con su amiga. Ropa atrevida, sugerente, postura insinuante... Las dos eran claramente mujeres «de vida alegre». La que lo había mirado tenía unos veinticinco años, rostro alargado y pálido, ojeras, labios bien dibujados, cuello delgado, grácil... A François siempre le habían gustado las mujeres que lo conmovían, y de hecho se había casado con una.

Pero ya no tenía energía, e interpretar su papel se le hacía cuesta arriba; seguro que el numerito de la noche anterior había sido suficiente. Ahora sólo tenía ganas de dormir.

Se levantó, cruzó la sala, señaló la mesa donde había estado sentado... El camarero hacía aspavientos mientras soltaba frases incomprensibles. François sacó dinero, billetes de cincuenta, cien coronas... El hombre se quedó quieto mirando los billetes y dijo algo... Una mano tocó el antebrazo de François.

—Su amigo ha pagado antes de irse, pero, si insiste, le cobrarán por segunda vez.

François reconoció a la chica del cuello bonito. Hablaba un francés muy correcto, pero con un acento fuerte. Tenía una voz un poco ronca, como tomada, pero era su timbre, una voz que no se oye todos los días.

La chica sonrió, y a François le dio la sensación de que estaba tan cansada como él. Era un poco más alta de lo que había supuesto y llevaba un bolso en bandolera.

—Gracias —dijo François guardándose el dinero en el bolsillo.

Salió del café e intentó recordar por dónde había llegado.

—Si está en el Alcron, es a la derecha.

Se volvió. Allí estaba la chica, con la misma sonrisa cansada y un poco misteriosa.

—Pero si está en el Internacional, en la plaza de la Victoria, se encuentra en la dirección opuesta.

Era alta, delgada, esbelta, con formas voluptuosas. La mente de François funcionaba deprisa. Era la ocasión perfecta, mucho más que la noche anterior. Sin duda, aquella chica era conocida en el café, todo el mundo la había visto acudir en su ayuda y seguirlo fuera. No sería difícil reconstruir el recorrido y la velada confirmaría su fama de marido juerguista.

La chica había sacado un cigarrillo. François se lo encendió.

—Yo —dijo ella aspirando una larga calada— voy hacia la izquierda, por allí... No muy lejos.

—¿A qué hotel?

—No es el Internacional, pero no está tan mal... Y cuesta mucho menos. —La chica lo miró fijamente—. Aquí en Praga nada es realmente caro para un francés.

—¿Por ejemplo?

—La habitación, sesenta coronas.

—¿Y...?

—Yo, doscientas.

François se preguntó cómo iba a salir de aquélla pero la solución, natural, evidente, práctica, se le ocurrió enseguida: alegaría una indisposición, como le había aconsejado Georges, incluso los maridos infieles debían de tenerlas de vez en cuando.

—¡Vaya! —dijo—. Siendo así... Yo también iré hacia la izquierda.

La chica dejó caer el cigarrillo al suelo y lo aplastó con el pie. Algo acababa de romperse. El cliente había aceptado, había terminado el primer acto, ella había entrado en el siguiente, la fase realista, en la que se le exigiría otro tipo de esfuerzos.

Caminaba ya unos pasos por delante de François, que la dejó distanciarse, tentado de huir. La chica tomó una calle más estrecha. Sus tacones altos resonaban en los adoquines. Se volvió hacia él.

—Es aquí —dijo.

No estaban ni a doscientos metros del café.

François alzó la vista hacia la fachada de gotelé gris con ventanas rectangulares. Sobre la puerta, un letrero pintado anunciaba: HOTEL MODRÝ DIAMANT.

La recepción, correctamente iluminada, era sencilla y funcional. Detrás del mostrador, una mujer con moño y uniforme gastado evitaba mirarlos. La chica dijo algo en checo muy deprisa y se volvió hacia él. François comprendió que había llegado el momento de pagar y lo hizo. La recepcionista seguía sin mirarlo. ¿Sabría describirlo, confirmar que había estado allí?

—Es en la segunda planta —le dijo la chica, que ya había subido los primeros peldaños.

Se cruzaron con una pareja que bajaba.

François no había visto que ella llevara una llave. La chica abrió, entró, lo invitó a pasar y volvió a cerrar la puerta.

Era una habitación sencilla con una cama doble y, a cada lado, un cabezal rematado por una lámpara con una tulipa verde. A la izquierda, una mesita muy pequeña y una silla. Enfrente, un lavabo con dos grifos.

La chica había colgado el abrigo. François la vio de cuerpo entero, vestida con una falda de lana y una blusa que dejaba intuir unos pechos erguidos.

—Si quieres ir al baño, está en el rellano, a la derecha.

François ni siquiera se había quitado el abrigo.

—Hay que pagar antes.

François se apresuró a sacar el dinero y resistió la tentación de darle más de lo que habían acordado porque no era lo que haría un individuo como el que trataba de ser esa noche.

Ella cogió el dinero y lo contó indicando con la barbilla la percha fijada a la puerta. Luego, mientras él colgaba el abrigo, lo guardó rápidamente en su bolso, que había dejado en la mesita.

Cuando François se volvió, la vio escribiendo algo en una libreta. ¿Apuntaba el precio de cada servicio? ¿Tenía que rendir cuentas a un rufián?

—Voy a pedirte que te laves un poco —dijo sin volverse la chica, que seguía garabateando en la libreta—. Los guantes y las toallas están en el armarito.

François supo que había llegado el momento de parar.

No tenía fuerzas para pasar por el lavabo. Iba a declinar la oferta y acabar con aquella penosa farsa.

Pero la chica, que de repente estaba muy activa, fue al lavabo y, con gestos rápidos, abrió el grifo y cogió una toalla del armarito, que luego cerró con brusquedad.

Y le tendió el papel, en el que podía leerse: «Me llamo Klára. Me envía Georges.»

François estaba tan sorprendido que Klára tuvo tiempo de sobra para señalarle la habitación, después sus oídos y luego llevarse el índice a los labios.

—Muy bien, ya puedes desnudarte —dijo en voz alta.

Y, volviendo a la mesita, empezó a escribir febrilmente.

«Sé que no quiere hacer el amor, pero debemos fingirlo.»

Le había cambiado la cara. Ya no tenía la seriedad profesional de hacía un momento. Le sonrió con picardía infantil, y por un instante François se la imaginó de niña.

—Sí, si te gusta, házmelo... —dijo para los micrófonos—, pero no demasiado rato.

La alusión era bastante vaga, pero lo ruborizó.

Klára, sentada en el borde de la cama, se balanceaba lentamente mientras él, plantado delante de ella, la miraba sin saber qué hacer.

Le pareció que reía flojito.

Pero no...

¡Estaba jadeando!

También se dio cuenta de que la cama chirriaba un poco. Klára intentaba que los micrófonos reprodujeran lo que se suponía que estaban haciendo. Mirándolo fijamente, hizo un gesto con la barbilla para animarlo. Así que François respiró hondo y se esforzó en soltar un gruñido. Si pretendía fingir un orgasmo, le había salido una birria. Ella asintió con la cabeza, se levantó y fue a abrir el grifo. Se había acabado. Klára cerró el grifo, arrastró la silla para que las patas arañaran el parquet y cerró el armarito de un portazo.

Estaban de pie uno frente al otro.

La chica le sonrió y le hizo salir de la habitación. Juntos bajaron la escalera, pasaron por delante de la recepcionista, que miraba hacia otro lado, y en un segundo estaban en la calle.

—La policía no escucha todas las conversaciones, se limita a hacer muestreos, pero nunca se sabe.

François asintió.

—En estos momentos, se supone que le estoy proponiendo una noche entera por un precio razonable y que usted acepta. Simon lo pasará a buscar mañana sobre las once de la noche. No lo olvide: ¡el pasaporte y dinero!

No era habitual que una prostituta charlara mucho tiempo con el cliente después del servicio.

Klára le sonrió y desapareció.

Las calles estaban vacías.

Empezaba a caer una lluvia fina, leve como una bruma, que hacía relucir los adoquines. La ciudad, tortuosa, casi centelleante, tenía un aspecto magnífico.

No se cruzó con nadie. Subió a la habitación y estuvo un buen rato tumbado en la cama mirando el techo, a ratos la ventana, desvelado, pensativo, nervioso, inquieto, reconcomido por algo, angustiado. Incapaz de conciliar el sueño...

43

Creo que está celoso

Su trabajo requería paciencia, y a Nine nunca le había faltado. Pero la tarea era colosal, y cuando veía la hilera de libros a restaurar en las estanterías y pensaba en la fecha de entrega, que estaba convencida de no poder cumplir, tenía que hacer un esfuerzo para no desesperarse.

—Deberías llamar al cliente —dijo Odette—. Si vas a retrasarte, es mejor avisarlo cuanto antes.

Si lo hubiera dicho cualquier otro, la lógica simplista del sentido común habría exasperado a Nine; pero su vecina, con esa forma peculiar de pronunciar sus sentencias, como para sí misma, conseguía que no parecieran consejos.

Nine llamó y obtuvo tres semanas de prórroga sin dificultad.

Odette había demostrado serle más útil de lo que imaginaba. Aunque en el taller no se le podía confiar el refuerzo de las charnelas o el tratamiento del moho, Odette se mostró muy eficaz limpiando y preparando los pinceles, las espátulas y las prensas, e incluso cortando signaturas. Y se entendía muy bien con Martine y Alain, como ponía de manifiesto el cariño con el que se despedían de ella por la noche. «Tus hijos son un amor, nada difíciles de llevar», decía Odette.

A veces, Nine se preguntaba por qué la acompañaba y la ayudaba de aquel modo.

—Si tiene alguna otra cosa que hacer... —le decía a veces tímidamente.

—¡Bah! No tengo una vida tan ocupada como para no poder echar una mano aquí y allí...

Sin duda por necesidad, había pedido una tarifa elevada haciendo como que no sabía... Llevaba ropa vieja y pasada de moda, quizá sus hijos no la ayudaban, o quizá no podían hacerlo.

De todos modos, Nine no bajaba la guardia: no quería que aquella presencia, por útil que fuera, se inmiscuyera en su vida y rayara en la invasión.

Seguramente, era el mismo temor que sentía *Joseph*.

—Tu minino no es muy simpático —decía Odette.

Joseph nunca se le había subido al hombro, como hacía a veces con otras visitas, no se interesaba por la conversación, y cuando Odette entraba en el taller a veces incluso se volvía de espaldas y se tumbaba contra su buda.

—Creo que está celoso —respondió Nine sonriendo.

Y esa idea de los celos reavivó su inquietud cuando topó por casualidad con un pasaje de *Los caracteres* de La Bruyère en un volumen en octavo de 1876 cuyas doraduras estaba restaurando: «Los celos, enfermedad terrible y triste, se aferran a menudo a objetos quiméricos. La verdadera prueba de amor es una confianza tranquila y segura, que no sospecha ni induce a sospechar.»

Era cierto que los celos la ponían triste, pero lo de aferrarse a objetos quiméricos...

¿No era cierto que François se había ido de viaje en lugar de cumplir su promesa de ayudarla?

¿No eran inverosímiles sus motivos para sustituir a otro periodista en un reportaje ajeno a su área de actividad en el último minuto?

¿Se había ido solo?

¿Se reuniría allí con alguien?

Lo que la hacía sufrir no era solamente la posibilidad de que en la vida de François hubiera otra mujer, porque, en el fondo, no lo creía, no, lo que temía era la humillación de que otros supieran lo que ella seguía ignorando.

—Mi hombre no era mujeriego —dijo Odette dejando sobre el banco de trabajo los pinceles que acababa de limpiar—, pero no podía evitar pavonearse.

En lo alto del armario, *Joseph* se dignó a mirarla.

44

Cuando quiere puede ser razonable

—Georges, si no tienes noticias de Élise, yo puedo dártelas...
—¿Qué ha hecho esta vez?
—¡Nada de nada, corazón, absolutamente nada! Nos la sitúan en el Waldheim, parece que se comporta como una niña buena.

Élise había cambiado de hotel. ¿Le habría pedido el dinero para eso?

—Toma cócteles, flirtea con algún que otro huésped, llama mucho la atención, ya sabes... Pero, aparte de eso, una santa. ¿Crees que está tramando algo?

Por supuesto que tramaba algo, pero no pensaba explicárselo a Marthe.

—Cuando quiere puede ser razonable —murmuró.

De hecho, durante el último episodio de su folletín matrimonial, eso era lo que había sido la mayor parte del tiempo: razonable. Paradójicamente, ese comportamiento mesurado que Élise iba adoptando poco a poco era justo lo que siempre la había exasperado de él.

Élise no soportaba su aparente indiferencia, esa capacidad de volver a sumergirse en la lectura como si el regreso de su mujer en mitad de la noche fuera un hecho consumado, un dato más en el abrumador historial de su matrimonio. Eso ponía frenética a Élise, que lo acusaba de «no interesarse por ella», de ser un hombre egoísta, insensible, etcétera.

—Cariño —decía él quitándose las gafas con un gesto cansado—, al menos espero que esta noche no hayas salido con el único fin de herir mis sentimientos.

Élise le tiraba lo primero que encontraba, pero nunca le había dado. Fingía falta de puntería.

A veces Élise se echaba a llorar, lo que resultaba agotador. Georges la abrazaba. Ella alzaba su hermoso rostro cubierto de lágrimas y decía: «Estoy muy cansada, Georges, sólo necesito dormir.»

Al final de ese periodo, Élise se había convertido en otra mujer.

La mujer que había ido de París a Salzburgo vía Locarno e Innsbruck y que, seguramente, continuaría viaje hasta Viena en las próximas horas.

Ésas eran sus cavilaciones cuando el señor Leal se reunió con él en el lavabo.

—Todo está a punto en Praga —dijo Georges—. Esta noche, echo la red.

Croizier se lavó las manos.

—Usted siempre da las malas noticias... ¿No quiere pedir el traslado?

Era su sentido del humor. Georges fingió apreciarlo.

—No, seguiré aquí, esperando a que quede libre su sillón.

Como de costumbre, el señor Leal se fue del lavabo el primero y Georges se quedó cinco minutos más antes de salir.

La inteligencia —dicho de otro modo, el espionaje— es un patio en el que se hacen y se deshacen, se mezclan y se cruzan alianzas de todo tipo según las necesidades del Servicio, los conflictos territoriales, los intereses personales, los motivos superiores y el narcisismo de cada cual. La suma de todo ello coincide hasta cierto punto con la razón de Estado. Eso explica que, en esta reunión, Libert y Michelet, de manera coyuntural, consideraran conveniente sentarse los dos delante de Georges, en lugar de hacerlo en el mismo lado de la mesa, como forma de expresar su rechazo a lo que ocurría en el Servicio. De este modo, subrayaban un desacuerdo formal y soterrado, lo que, en el ámbito de la inteligencia, es tan espectacular como un voto por aclamación.

Georges advirtió que el señor Leal fingía no haber visto ni oído nada: todo iba mejor que nunca en el mejor de los mundos posibles.

La desaprobación silenciosa de Libert y Michelet se debía a que aquel asunto de Kychgorod, respecto al que ni uno ni otro habían avanzado un paso, estuviera monopolizado por Georges Chastenet, cuando lo que allí se cocía no entraba teóricamente ni dentro de su campo de acción ni dentro de sus atribuciones. Lo militar le correspondía a Libert y la estrategia a Michelet, y si alguna vez sus sectores se solapaban al menos el juego quedaba circunscrito al trozo de pasillo que separaba sus despachos.

El protagonismo de Georges se debía sólo a que era el agente supervisor de aquel mítico e invisible Duende. Y eso les molestaba enormemente.

Si el señor Leal esperaba ver en aquella rabieta un cambio de comportamiento entre sus dos subordinados que le permitiera adivinar cuál de ellos era un topo del KGB, perdía el tiempo.

Para el señor Leal, nada era más importante que detectar y poner fuera de combate a los que, dentro del Servicio, traficaban con la seguridad del país, pero la información que, vía el Duende, les estaba dando Georges esa mañana era tan excepcional que esa cuestión pasó a un segundo plano.

De hecho, Libert y Michelet, pese a estar muy molestos con él, parecían más intrigados por su expresión preocupada que irritados por su momentánea y circunstancial superioridad sobre ellos.

Como de costumbre, Georges empujó una hoja hacia su superior. A tal señor, tal honor.

Pero, en lugar de autorizarlo a compartir el documento con Libert y Michelet con un pestañeo, Croizier se quedó inmóvil mirando la hoja un buen rato.

—¿Se ha contrastado la información? —preguntó al fin alzando la vista hacia Georges.

—Aún no, pero debemos actuar como si se hubiera hecho.

Ahora sí, el señor Leal le permitió deslizar la hoja hacia el otro lado de la mesa.

El silencio que siguió denotaba el estupor de aquellos dos hombres, acostumbrados a las coyunturas y situaciones más arriesgadas y peligrosas.

—No están trasladando vehículos: se está desplazando a gente —dijo Georges—. Podrían haber evacuado a un millar de personas de Donetzia, Uralinsk y Moskalyov. Según mis cálculos, la zona de exclusión mide setecientos kilómetros cuadrados. La población recibió la orden de partir sólo con lo puesto.

Todos habían terminado de leer el breve documento y lo miraban con atención.

—Los hospitales, las clínicas de convalecencia y los sanatorios de la zona están saturados. Según algunos testimonios, sacrifican a todos los animales y los entierran de inmediato. Están destruyendo todas las edificaciones.

No hizo falta decir que la hipótesis de unas maniobras militares para la construcción de una base militar quedaba descartada de forma unánime.

Aún más cuando Georges les pasó acto seguido una fotografía bastante borrosa en blanco y negro con fecha del 2 de mayo. Libert fue el primero en protestar.

—Podría ser cualquier cosa —dijo dejando las gafas en la mesa.

Era una nube de humo tomada a varios centenares de kilómetros de Kychgorod.

—Sí —respondió Georges—. Pero no cualquier nube mata a una cincuentena de personas, de momento, ni provoca la evacuación de otros miles, ni la decisión de excavar veinte mil hectáreas de terreno agrícola, ni la llegada de un centenar de equipos para sacrificar animales...

—Es un accidente nuclear...

Croizier había pronunciado la frase que todos, empezando por él, temían escuchar.

—Pero, por Dios, ¡en aquella zona no hay ningún complejo nuclear ni ninguna planta de procesamiento de residuos! —dijo Michelet en su habitual tono cortante.

—Que nosotros sepamos —replicó Croizier.

Si la hipótesis se confirmaba, sería no sólo un punto de inflexión en la historia de la tecnología militar (que había experimentado avances espectaculares en las últimas tres décadas), sino también un cambio radical en la percepción del peligro y en la magnitud del miedo a todo lo relacionado con la energía nuclear.

Porque el temor, omnipresente durante esos años de Guerra Fría, a que un país beligerante utilizara su arsenal atómico (que ya había demostrado su capacidad destructora en 1945 en Hiroshima y Nagasaki) sería sustituido por otra pesadilla en la que el armamento nuclear no sería esgrimido como una amenaza, sino que estaría fuera de control, lo que tendría unas consecuencias terribles... y, en ese momento, incalculables.

Esta vez la población afectada no se circunscribiría a la zona bombardeada, porque nadie, por lejos que estuviera, podría sentirse a salvo en caso de accidente nuclear.

Ese escenario se había contemplado desde hacía mucho tiempo, y por esa razón, entre los hombres de los servicios de inteligencia, los análisis sobre los riesgos de un accidente nuclear eran tan antiguos como los propios proyectos nucleares.

Pero hay una gran distancia entre estudiar un peligro y su advenimiento, si además no hay señales de alerta y se desconocen las condiciones en que ha sucedido.

¿Qué consecuencias podía tener un accidente de esa índole?

¿Cómo se propagaría aquella nube radiactiva?
¿Hacia Europa?
¿Hacia Francia?
¿Había que tomar medidas urgentes?
¿Había que esperar y adelantarse a una ola de pánico?
¿Cuántos muertos podría haber?
Nadie en aquella mesa podía contestar a estas preguntas, entre otras cosas porque sobrepasaban las competencias del Servicio. Eran cuestiones claramente políticas.
—Señores, voy a llamar a Matignon...
Esta vez el señor Leal no añadió «a trabajar», porque quien iba a sudar la gota gorda era él.

45

Cambias de estatus

Jean iba a ver a su padre al hospital todos los días, pero aún no había conseguido hablar con él.

Esa mañana de jueves se quedó muy sorprendido cuando Geneviève le dijo que lo acompañaría a Senancourt. El día que fue con Colette casi hubo que llevarla a rastras y una vez allí mostró muy poco interés por su suegro; ¡no había quien la entendiera!

Pararon un taxi.

—¿Cuándo te van a dar el coche?

—El mecánico me prometió que lo tendría mañana.

—¿Está arreglado? Debe de haber quedado como nuevo, ¿no?

Jean no sabía qué responder, pero tampoco le dio tiempo a pensarlo porque Geneviève sacó una carpeta no muy gruesa de su capazo y se la tendió diciendo:

—Es el documento para que Dixie se convierta en franquiciadora.

Tenía cara de satisfacción. Jean respiró.

La ejecución de aquel proyecto compensaba la decepción que había supuesto tener que cancelar aquel viaje a Praga con lo más granado de la patronal francesa.

—¿Es positivo? —preguntó sin abrir la carpeta.

—¡Mucho! Una excelente idea, Jean, puedes estar orgulloso. Sáltate el principio; lo tienes todo en la conclusión.

«Convertirse en una empresa franquiciada facilitará una expansión más rápida y eficaz de la marca Dixie. La flexibilidad permitirá que cada franquicia ajuste su oferta a las especificidades de su territorio. Así pues, esta operación representa una estrategia adaptada al dinamismo económico de nuestros tiempos», leyó Jean.

No estaba seguro de haberlo entendido todo, pero no cabía duda de que su idea se consideraba excelente. Lo inundó una tremenda satisfacción que a su vez vio reflejada en el rostro resplandeciente de Geneviève. Hacía mucho tiempo que Jean no se sentía tan exultante. Habría saltado al cuello de su mujer, si su mujer no hubiera sido Geneviève.

Jean, como se sabe, no estaba dotado de una inteligencia superior, pero tampoco era idiota. Y Geneviève le había demostrado muchas veces, casi siempre por las malas, que una situación podía enmascarar a otra y que solía actuar con dobles intenciones o directamente de forma perversa.

Así que, en lugar de felicitarse por las conclusiones de aquel informe que validaba su intuición, hojeó lentamente las páginas precedentes. Las expresiones jurídicas se sucedían ante sus ojos sin que nada le resonara demasiado, hasta que llegó a un párrafo donde se mencionaba a un «asociado».

—Y ese asociado, ¿quién es? —preguntó.

—Pues tú.

Geneviève estaba totalmente absorta mirando el paisaje del extrarradio por la ventanilla.

—No lo entiendo —dijo Jean—. «El asociado será objeto de una transmutación estatutaria al amparo de la *Ad Ordinem Laboris Minimi Relegatus.*»

El lenguaje jurídico era complicado y el latín todavía más, pero procuró esforzarse. Por su parte, Geneviève encontraba el paisaje cada vez más interesante.

—Cambias de estatus —tradujo distraídamente.
—¡Ah! ¿Y en qué me convierto?
Geneviève se volvió al fin hacia él.
—Cambias de puesto.
Jean se zambulló de nuevo en el documento.
—«Ejercerá responsabilidades derivadas de la representación y comercialización de los productos». Le pediré a ese abogado que me lo explique, porque esto no está nada claro.
—Al contrario, está clarísimo.
Jean, que seguía sin comprender, continuó leyendo:
—«Su sueldo se fijará en base a la norma legal de la retribución mínima en vigor.» —El corazón le dio un vuelco—. ¿El salario mínimo?
—Exactamente.
—Pero ¡si soy un asociado!
—En este proyecto, ya no lo eres.
—Entonces, ¿qué soy?
—Un asalariado.
—¿Y qué hago?
—Eres viajante de comercio para Dixie. Con el salario mínimo.
El informe cayó al suelo del taxi sin que Jean hiciera el menor gesto para impedirlo.
—¿Y tú? ¿Qué eres tú en todo esto?
—Yo soy la propietaria —dijo recogiendo las hojas—. Tu jefa.
—¡Víbora! —gritó Jean.
El taxista frenó lentamente y se volvió hacia ellos.
—Si van a liarse a tortas, les agradecería que bajaran de mi taxi.
Los dos se callaron.
Jean estaba rojo como un tomate.
Geneviève estaba aprovechando la transformación de su empresa para arrebatarle todo lo que había construido.
Jean le había dado muchas vueltas a la extraña actitud de su mujer —no entendía por qué no hacía valer su secreto—,

pero ese día comprendió que Geneviève había esperado pacientemente la ocasión idónea para hacerse con el poder conyugal y dejarlo sin nada.

Si el taxista no hubiera tardado tanto en devolverle el cambio, si no hubieran estado en el patio del hospital de Senancourt, en resumen, si las circunstancias lo hubieran acompañado, Jean probablemente habría solucionado el problema a su manera y Geneviève no habría tenido tiempo de disfrutar de su victoria.

Pero, dada la situación, Jean respiró hondo, decidido a no dejarse expoliar, y echó a correr hacia el hospital para alcanzar a Geneviève.

Se detuvo en seco.

La escalinata estaba cubierta por un palio negro y, en lo alto, un ancho estandarte con una cruz dorada. Una inmensa cantidad de ramos de flores se amontonaban en los extremos de los peldaños. Pero lo más impresionante era la fotografía en color de la joven y sonriente sor Agnès, que lo miraba desde un gran atril. Jean tuvo la sensación de que los ojos de la difunta lo seguían mientras, acompañado de la melodía de un órgano y un mareante olor a incienso, subía cabizbajo la escalera. Pero, si habitualmente giraba a la derecha para dirigirse a la habitación de su padre, esta vez torció a la izquierda. Lo hizo sin pensar, siguiendo a Geneviève, que, con su paso marcial, avanzaba hacia la capilla, tan abarrotada que tuvieron que quedarse de pie detrás de la última fila de bancos.

Todo el personal del hospital y todos los enfermos que podían valerse por sí mismos habían asistido a la misa de difuntos. Si no hubiera tenido miedo a llamar la atención, Jean habría salido corriendo de allí en el acto.

Geneviève había conseguido abrirse paso por un pasillo lateral y estaba cómodamente apoyada en el confesionario, desde el que podía presenciar la ceremonia y al mismo tiempo observar a su marido.

Jean no se había percatado, pero habían llegado justo en mitad del panegírico funerario, pronunciado por una monja anciana de voz clara a la que no conocía.

—... que cada cosa que hizo en este mundo fue una prueba de amor a Jesucristo, Nuestro Señor. En consecuencia, y lo digo sin reparos, ¡la persona que ha cometido este terrible crimen no escapará a la justicia divina!

Jean no era muy creyente, pero sí un ser muy sensible que se dejaba arrastrar por el miedo con facilidad. La perspectiva del castigo le heló la sangre.

—¡Y quiero creer que tampoco eludirá la justicia de los hombres!

Jean miró a su mujer, que lo observaba con expresión tranquila mientras hacía girar en sus manos la carpeta que contenía el informe del abogado.

46

Está de un humor de perros

«Esta noche echo la red», le había dicho Georges a Croizier.

A las siete de la tarde, cuando Marthe ya tenía puesto el abrigo, Georges la ayudó a quitárselo de nuevo y luego fue a colgarlo él mismo del perchero.

—Espero que no tuvieras nada previsto para esta noche...
—Mi querido Georges, ni esta noche ni las anteriores, soy toda tuya, dime...
—El señor Leal ha tocado a rebato.
—Entiendo. Libert y Michelet reparten cubos, todo el mundo corre a llenarlos de agua, y tú, corazón, te apartas para no molestar, ¿verdad?
—Es otra forma de ser útil, efectivamente.

Sobre las ocho de la tarde, Libert y Michelet se sentaron a la mesa, de nuevo enfrente de Georges. Hacía una eternidad que en aquella sempiterna reunión no se disfrutaba de un momento de calma o simplemente distendido, pero las noticias sobre Kychgorod habían sacudido a todo el mundo.

Por muy curtido que estés en los servicios secretos y creas que ya lo has visto casi todo, hay situaciones que presagian consecuencias tan catastróficas que, inevitablemente, te sientes impotente.

El propio Georges estaba muy afectado. Después del diagnóstico del señor Leal, no había parado —pese a la gestión de la operación Duende y la atención que prestaba tanto al regreso de Élise y de Kozel como a la seguridad de François Pelletier—, no había parado, decía, de imaginar cuáles serían las repercusiones de un accidente nuclear. El examen de los mapas mostraba que, aunque todo apuntaba a que la nube radiactiva evitaría espacios densamente poblados, podía estimarse ya que la zona afectada alcanzaba los veinte mil kilómetros cuadrados y que el número de víctimas, por lo tanto, ascendía al menos a diez mil.

El viento del nordeste que soplaba en Kychgorod hacía prever que Francia saldría indemne, pero la meteorología distaba de ser una ciencia exacta.

Con los primeros indicios de peligro real, tendrían que informar a la población y, como se sabía que tras las bombas de Hiroshima y Nagasaki habían aumentado los casos de cáncer y malformaciones congénitas, nadie podía calibrar las dimensiones del pánico. Ni la forma de evitarlo.

—Puede que a nuestros representantes les apetezca montar el espectáculo —dijo Libert.

Todos lo pensaban. ¿Resistirían los políticos franceses a la tentación de mostrar al mundo que la URSS ya no sólo era peligrosa militarmente sino también civilmente?

—Esto es un desastre —dijo el señor Leal—. Matignon está noqueado. He ido al Elíseo, y el Elíseo necesita tomarse su tiempo, porque nadie sabe qué hay que hacer. Toca esperar. ¿Georges?

El aludido se limitó a alzar la mano como si rechazara un segundo café. Nada nuevo del lado de Kychgorod.

El señor Leal miró a Libert y Michelet: si no hay nada nuevo, ¿qué hacemos aquí?

—Quiero informar sobre una operación que ha organizado Georges. La exfiltración del Duende, su agente. Es inminente.

Por lo visto el día venía cargado de noticias frescas.

Al probable accidente nuclear en la URSS, se sumaba la aparición de su majestad el Duende. Para unos actores sin papel en la función, como Libert y Michelet, aquello ya era demasiado.

—¿Qué relación tiene con Kychgorod?

—El Duende aprovecha lo que tiene en reserva para presionarnos un poco —admitió Georges—. Me parece justo. No estoy seguro de que sepa mucho más de lo que nos ha dicho, pero, independientemente de Kychgorod, el Duende es...

—Va a venir de Praga —lo interrumpió el señor Leal.

Un oído fino habría oído los engranajes de las cabezas de Libert y Michelet, que intentaban encajar aquella información con lo que ya sabían del personaje.

Georges, caritativo, les dio un poco de tiempo para que lo hicieran y luego anunció:

—La operación se llevará a cabo en las próximas horas.

—Somos todo oídos —dijo Libert.

Georges sonrió. Tendrían que esperar un poco más.

—Estamos poniéndolo todo a punto, los últimos detalles son difíciles de solventar, ya saben cómo es esto... Les proporcionaré el protocolo de la operación en... —dijo, y miró su reloj— dos horas como máximo.

Michelet se aclaró la garganta.

Esta vez, cosa rara, iba a ser más atrevido que Libert.

—Tengo la sensación de que en esta mesa reina una cierta desconfianza, ¿me equivoco? —dijo, mirando fijamente al señor Leal.

—Efectivamente —respondió Croizier.

¿Qué había querido decir, que sí o que no?

—Se equivoca, en efecto. Podría haber decidido no decirles nada hasta que el Duende llegara a París, pero he preferido mantenerlos informados. No sé qué más se me puede pedir.

Era una forma bastante rancia de expresar su confianza en sus dos eminencias. Tendrían que conformarse.

• • •

Menos de media hora después, Georges estaba de vuelta en su despacho.

—Marthe... Esta noche vamos a exfiltrar al Duende.

Para sorprender a la «decana de Cifrado», como le gustaba que la llamaran, hacían falta noticias muy gordas. Aquélla hizo que abriera la boca un palmo.

Georges le dio tiempo para digerirla mientras él leía el mensaje que había llegado durante la reunión en el despacho de Croizier: un lacónico «T.E.O.» para comunicarle que, de momento, todo se encontraba en orden en el aeropuerto de Praga.

—¡Válgame Dios! ¿Y de dónde parte tu Duende? —dijo Marthe, atónita.

—De Praga.

—Así que es allí donde está Simon...

—Efectivamente.

—Entonces...

Georges se dio cuenta de que en la cabeza de su vieja amiga reinaba el mismo desbarajuste que en las de las élites del Servicio.

—Imagino que no vendrá con las manos vacías...

—Ni mucho menos.

Georges se sentó frente a ella mientras se limpiaba las gafas con la corbata.

—Nos trae el nombre de un topo.

—¿Un topo...?

—Alguien de aquí, situado al más alto nivel, que es un agente del KGB desde hace al menos un año. El Duende nos trae la prueba.

Marthe se quedó sin habla. Había dedicado gran parte de su vida al Servicio, donde era una pieza técnica esencial, era evidente que se sentía traicionada.

—¿Qué dice el señor Leal? —consiguió preguntar al fin.

—Dice que lo traigamos a toda prisa. Y eso es lo que vamos a hacer, Marthe. Para eso estás aquí esta noche, para ayudarme a conseguirlo.

Marthe se puso manos a la obra en el acto. Lo primero fue cifrar mensajes para varios agentes que cubrían diversos puntos de la frontera alemana.

—¡Dios mío, Georges, qué gran hazaña! ¡Este reclutamiento será histórico, te lo digo yo! Si recuperas a tu agente sano y salvo entrarás, con todos los honores, en los libros de historia de la Gran Casa, te lo aseguro.

—Gracias, Marthe. Aún está todo por hacer, pero quiero ser optimista —le contestó distraídamente mientras escribía una nota para Libert.

Le comunicaba que Kozel llegaría ese mismo viernes sobre las nueve de la mañana a Grenzthal, puesto fronterizo a ciento sesenta kilómetros al oeste de Praga, oculto en un camión de la SLEZÁK KAMION SERVIS.

A continuación escribió una nota para Michelet, donde le explicaba que el Duende llegaría por vía fluvial, navegando por el Elba, al puesto fronterizo de Flussheim, a veinte kilómetros al norte de Praga, a las nueve de la mañana.

Si un contacto de Georges observaba la llegada repentina de policías a Grenzthal, Libert, el único que poseía esa información, quedaría en evidencia, y lo mismo le pasaría a Michelet si había revuelo en Flussheim.

Lacró ambos sobres.

—Voy a dejarles esto a Libert y Michelet. Mañana por la mañana, a las siete y media como muy tarde, te necesitaré para descifrar los mensajes procedentes de los puestos fronterizos...

—A tus órdenes, querido Georgie.

Ni Libert ni Michelet le dieron las gracias. Tampoco abrieron el sobre en su presencia. Ni siquiera le dirigieron la palabra. El ambiente era peor que nunca.

Georges cerró su despacho y salió del edificio. Su pesada silueta atravesó la explanada, cruzó la puerta cochera y se encaminó al bulevar por la acera que conducía a la estación de metro.

Cuando había recorrido un centenar de metros, torció a la derecha, tomó la callejuela que hacía las veces de salida de emergencia y se detuvo ante una puerta que se abrió en el acto tras golpearla ligeramente con los nudillos. El empleado de turno lo saludó diciendo:

—El señor Leal te espera. Te lo advierto, está de un humor de perros.

Así era. La cara de Croizier, sentado en un taburete en una de las salas ciegas del Centro de Comunicaciones, en el primer sótano del Servicio, no auguraba nada bueno.

Delante del micrófono del gran receptor Thomson-CSF SR-58, sólo había un agente.

—Buenas noches, Lucas.

—Buenas noches, Georges.

Detrás de ellos, el señor Leal se daba palmaditas nerviosas en la rodilla. No tenía más remedio que esperar, y eso lo estaba torturando.

Georges fingió no darse cuenta.

—Lucas, ¿puedes pasarme con los jefes de equipo, por favor?

47

Discretamente, por favor

Todos esperaban el diagnóstico con cierto nerviosismo.

Angèle se decía que el corazón de Louise les había dado un aviso, y que a partir de ahora tendría que vigilar con lo que le preparaba para comer.

Hélène se prometía que, después del parto, cuidaría más de su anciano padre e iría a verlo más a menudo.

Jean sentía alivio. Si su padre seguía bajo tutela médica para solucionar esos problemillas de corazón, él tendría más margen para hablar con él, allí o en Le Plessis, adonde Louis no tardaría en volver.

Todos trataban de encontrar un buen motivo para tranquilizarse.

Menos Geneviève, que no paraba de darle vueltas a la sentencia de *Asteria* sobre el fluido vital de los escorpio.

Louis inclinó la cabeza.

—Bueno, ya veo que está casi todo el mundo... Si fuera para un cumpleaños, lo entendería, pero, para un electrocardiograma, la verdad... ¡Cariño!

Philippe se había quedado junto a la puerta.

Colette avanzó. Ver el rostro extenuado de su abuelo hizo que rompiera a llorar a medio camino.

—Ya está —dijo Louis abrazándola—, ya está, fuera esa pena tan grande...

—Abuelo... —murmuró la niña con la cara en su hombro.

—¿Qué, cariño?

Había mucha gente en la habitación, toda la familia Pelletier y los familiares de los demás enfermos, pero Louis y Colette sentían que estaban solos. De lejos, la imagen de aquel anciano y aquella niña abrazados era dolorosamente conmovedora. Nadie sabía qué hacer.

—¿Te vas a morir? —susurró Colette.

Louis quiso reírse, fingiendo despreocupación, pero se descompuso. No pensaba en él, sino en aquella criatura desamparada: había comprendido que Colette se había ido por su culpa. No sabía qué falta debía reprocharse, pero tuvo la certeza de que la responsabilidad era suya, y le dolió en el alma.

—No pienso morirme, tesoro. —Con los ojos empañados, separó la carita de Colette, rota de pena—. Pero todos nos moriremos algún día. —Mirándola, Colette le pareció asombrosamente adulta; le recordó a Hélène a la misma edad—. Y nadie tiene la culpa —«La culpa es de la muerte, no de los vivos», le habría gustado añadir. La cogió por los hombros y la estrechó entre sus brazos—. Y desde luego no es culpa tuya, porque eres la nieta más maravillosa que se pueda imaginar.

Colette comprendió que su abuelo iba a morir y que acababa de anunciárselo.

¿Por qué lo había castigado yéndose a vivir a esa casa infernal con su madre?

Por Macagne.

Y el abuelo no tenía la culpa de eso.

Era un terrible malentendido.

—Cuando llegue el día, serás fuerte, ¿verdad?

Colette tenía un nudo en la garganta, pero se apretó con tanta fuerza contra él que Louis se dio por contestado.

—¡Eh, que no va a ser ahora mismo! —dijo sonriendo—. ¿Puedo confiar en ti y contarte un secreto?

Colette sonrió. Conocía a su abuelo como la palma de su mano y le encantaban sus bromas precisamente porque eran previsibles.

—¡Adelante, estoy lista!

—El ministro de Deporte se ha puesto en contacto conmigo. Quiere que represente a Francia en los campeonatos del mundo de halterofilia. Es confidencial, aún no le he contestado, antes quería saber tu opinión.

Colette metió la mano debajo de la sábana y palpó con suavidad el flácido bíceps del abuelo. Qué viejo estaba...

—¿Cuánto peso hay que levantar para ganar?

—Unos doscientos kilos. A pulso.

—Entonces, muy bien, estás preparado. Creo que deberías aceptar.

—Aún no he hablado con los demás. El ministro me ha pedido que lo mantenga en secreto.

Cuando jugaban a esto, al final siempre decían, con el índice sobre los labios del otro: ¡palabrita del Niño Jesús!

—Bueno, ¿se han acabado esas jeremiadas? —Geneviève se había acercado a la cama—. ¡No es por nada, papá, pero mañana hay escuela!

Una hora antes, en el taller de Nine, *Joseph* había bajado del armario y se había sentado en su cesto abierto.

—A tu minino sólo le falta hablar —dijo Odette, que estaba limpiando de cola los pinceles.

Nine dejó de trabajar, se cruzó de brazos y miró al gato.

Joseph cerró los ojos y volvió la cabeza.

—Quiere ir a algún sitio, ábrele...

Pero Nine prefirió acercarse y arrodillarse. *Joseph* miraba a otro lado de un modo exagerado.

—¿Quieres ir a ver al abuelo?

Joseph se tumbó en la cesta y se hizo un ovillo.

—Odette, voy a llamar un taxi; ¿podría cerrar el taller, por favor?

—Claro... —Y aquella vecina ruda, por no decir bruta, no hizo ningún comentario irónico sobre su repentina decisión, como podría haber temido Nine. Al contrario—. Tienes razón, los animales nos dicen cosas. Deberíamos escucharlos más.

Así pues, Nine, con *Joseph* en su cesto de mimbre, se subió al primer taxi que apareció y, menos de una hora después, entró en la habitación del hospital, en la que ya había más gente de la cuenta.

—¡Ah, Nine! —exclamó Louis.

No les dio tiempo a saludarse, porque *Joseph*, al que Nine acababa de liberar después del largo trayecto en coche, saltó sobre la cama para acurrucarse entre los brazos de Louis.

Colette estaba a punto de acariciar a *Joseph* cuando el médico jefe hizo su entrada con un Gauloise en los labios, seguido por una sor Ursule aún más espectral que el día anterior. Todos contuvieron la respiración.

En esa época, no todos los médicos, ni siquiera los jefes, eran capaces de interpretar un electrocardiograma. Aquél fue directo a corroborar la conclusión de su colega:

—Cardiomiopatía.

Y, comunicado el mensaje, se volvió hacia sor Ursule, encargada del cumplimiento de aquella sentencia inapelable, le dio otra calada al cigarrillo y avanzó hacia la siguiente cama.

Pero la voz de Louis, tan cavernosa como potente, le dio el alto:

—¿Para eso le pagamos?

El médico se volvió rápidamente.

—¿Perdone?

—Le pregunto —dijo Louis, que tenía que pararse a respirar regularmente— si le pagamos para venir a la cabecera de un enfermo y soltar una palabra que nadie puede comprender... porque a mí me encantaría hacer su faena. Mire: «¡Endonefrologística! ¡Hepatoelastometría»... Pero eso sí... se paga con mis impuestos, así que exijo el mismo sueldo que usted.

En ese instante todos en la habitación pensaron que el médico no conseguiría parar a sor Ursule, que se estaba lanzando sobre Louis para vengar aquel crimen de lesa competencia.

—¡Usted...! —rugió.

Pero se detuvo en seco al ver a *Joseph*, que, con el pelo erizado del lomo a la cola, le plantaba cara bufando y dispuesto a arrojársele encima.

El médico jefe se acercó y puso la mano en el hombro de la monja para calmarla.

—La cardiomiopatía —dijo a continuación dirigiéndose a Louis con voz suave— es una enfermedad que vuelve el corazón más débil y menos elástico. Le cuesta bombear debidamente la sangre, que puede acumularse en las venas que van a los pulmones y provocar ahogos, dificultad respiratoria y, en casos extremos, una insuficiencia cardiaca congestiva.

—¿Es grave?

—Posiblemente. Si el corazón no es capaz de cumplir su papel como es debido, puede producirse una bajada peligrosa de la presión arterial y una falta severa de oxígeno y nutrientes en los tejidos, lo que podría llevar rápidamente a un síncope o un fallo respiratorio relacionado con la acumulación de fluido en los pulmones.

Se hizo un gran silencio.

El médico encendió otro cigarrillo, lanzó la primera bocanada de humo hacia el techo y, sonriendo, añadió:

—Espero haber sido suficientemente pedagógico. Con relación a sus impuestos, quiero decir.

Sor Ursule ordenó a Louis y a los suyos reposo absoluto.

—Tratamiento de choque. Lasilix diurético, heparina en inyección. Antivitaminas K. Aldactone.

La escala cromática de sor Ursule acabó con un grito: más que una prescripción parecía una amenaza. Estaba fuera de sí. Parecía dar a entender que Louis se merecía esa cardiopatía por haber increpado al médico jefe. La atmósfera no podía estar más enrarecida, pero Louis no parecía demasiado afectado, porque preguntó:

—¿Me iré pronto a casa?

Sor Ursule lo miró desafiante.

—Mañana —contestó, y señalando al cielo dijo—: ¡Si Dios quiere!

Louis llegó a la misma conclusión que los demás. Si se podía hacer algo, se lo quedarían. Si lo soltaban, significaba que la cosa era grave.

Louis acariciaba el cuello de *Joseph*, que ronroneaba tranquilamente.

—¿Jean? —Y cuando su hijo se acercó preguntó—: ¿Te has acordado de traerme el fular?

Louis no se dio cuenta, pero su hijo estaba un poco ausente. Si se hubiera parado a observarlo un instante (cosa que en realidad nunca había hecho), habría visto a un hombre crispado y enojado. Jean seguía en estado de shock ante la maniobra de Geneviève para excluirlo de la empresa. Era tan injusto... Le hervía la sangre.

—¿Cómo?

—Que si te has acordado del fular. —Jean se llevó la mano al bolsillo interior de la chaqueta, pero su padre lo agarró del brazo de inmediato—. Discretamente, por favor —le susurró.

Jean estaba desconcertado. No entendía el secretismo de su padre. Hizo un rebujo con el fular dentro del bolsillo y, cuando lo tuvo bien apretado dentro del puño, lo sacó y lo metió debajo de la sábana.

Antes de darle las gracias a su hijo, Louis se deslizó un poco en la cama y, fingiendo colocarse bien la ropa, le echó un vistazo al fular.

Jean debía de haberlo cogido de Dixie: era un pañuelo de nailon blanco con un estampado de fresas, frambuesas y cerezas.

Louis se imaginó muerto y con aquel fular alrededor de la cabeza y cerró los ojos, completamente agotado.

48

No hay mucho donde elegir

—¡Bu! —François miraba a Julien—. No estás aquí, ¿verdad? Te preguntaba si filmamos... Tú sólo di sí o no, pero di algo.

Su técnico de sonido tenía razón, mentalmente él ya no estaba allí, con el reportaje. Había cubierto la visita a la antigua fábrica Bata («No te lo pierdas. Esos tipos trabajan como mulas en ocho máquinas a la vez y están la mar de orgullosos, a mí me supera, la verdad...», le había dicho Julien mirando a los obreros estajanovistas) y, después de comer, la conferencia de cierre en presencia de todas las autoridades.

Luego, los miembros de la delegación se habían dispersado por Praga a la caza del *souvenir*. Por la tarde, habían estado bastante ocupados guardando el material televisivo en las cajas. Y por la noche, se había celebrado la inevitable cena de despedida...

Edición Especial

Plano de la mesa. El ministro de Comercio, de pie, con una copa en la mano, concluye la velada.

Voz en *off* del intérprete en primer plano: «Estamos convencidos de que esta visita de nuestros amigos franceses permitirá estrechar los lazos económicos, empresariales y políticos con...»

Voz en *off* de François: «¿De verdad creen las autoridades checoslovacas que esta visita cambiará la visión que tiene Francia de los regímenes comunistas? Yo no estaría tan seguro.»

Plano de Yves Le Pommeret.

Le Pommeret: «¡Checoslovaquia no es la URSS! Si hay alguna posibilidad de cooperar con algún país del bloque comunista, es con éste.»

Plano de Chabut.

Chabut: «Para eso, deberían aligerar el peso de su burocracia. Y, a juzgar por lo que hemos visto, eso no ocurrirá en un par días...»

Planos de los miembros de la delegación, todo sonrisas, alzando las copas y brindando con sus anfitriones checoslovacos.

Voz en *off* de François: «Efectivamente, Checoslovaquia tiene sólidos argumentos industriales y comerciales para seducir a los países occidentales. Que el gran hermano soviético le permita hacerlo es otra cuestión...»

Aprovechando un momento de calma, François compró una postal y un sello en la recepción del hotel. Él, que tanta facilidad tenía para redactar, esta vez se quedó con el bolígrafo en el aire. Quería escribirle a Nine algo sincero, pero vivía en la mentira. Cuando ella recibiera aquellas líneas, él ya estaría refugiado (¿por cuánto tiempo?) en la embajada de Francia...

Decidió ceñirse a la verdad: «Te quiero, sólo pienso en ti...»

Sobre las diez y media Kozel les aconsejó que dejaran las maletas listas antes de acostarse: «El avión despega a las siete de la mañana y saldremos del hotel hacia el aeropuerto a las seis.»

François, que se había cruzado con su fría y distante mirada, no podía creer que aquel hombre se dispusiera a fugarse del país en unas horas. O al menos a intentarlo...

Hizo su maleta, que abandonaría tras de sí. Con un gesto maquinal, dobló el dibujo de sus hijos y se lo metió en un bolsillo. Pero no, tenía que separarse de él, un hombre que va a encontrarse con una prostituta no lleva...

Y, antes de las once, con el equipaje listo junto a la puerta, François, sentado en la cama, esperaba con un nudo en la garganta. Por fin, unos nudillos golpearon la hoja con suavidad. Era Simon.

—¿Lleva el pasaporte y dinero? —susurró.

François asintió.

—Sígame.

Simon avanzaba rápidamente por el pasillo, pero no parecía un hombre con prisa. Bajaron por la escalera de servicio. En cada rellano, Simon se detenía, escuchaba y reanudaba la marcha. No tardaron en llegar al sótano y, segundos después, abrieron con precaución una puerta de hierro.

Salieron a la parte posterior del hotel, luego a la calle y allí vieron un coche.

François subió y cerró de un portazo mientras Simon arrancaba y empezaba a conducir lentamente.

—Todo irá bien...

—Eso espero.

—¡Claro que sí, no se preocupe!

La Praga nocturna ya no tenía la intensidad romántica que había seducido a François. De pronto, era una ciudad sombría y amenazadora.

—En el piso no hay micrófonos, lo he comprobado. Una vez que esté allí con Klára, sólo tiene que esperar. Entréguele el pasaporte y todo su dinero. Y, si puede, duerma.

—Lo intentaré...

Simon sonrió.

—El avión de vuelta despega mañana a las siete... —dijo en tono de disculpa.

—... y un cuarto de hora después salgo disparado del hotel en dirección a la embajada.

—¿Recuerda el camino?
François susurró un «sí» inaudible.

Según lo acordado, Klára los esperaba en una calle cercana. «Lo acompañará una joven. Por si ocurriera algo o hubiera que dar credibilidad a la ficción de una noche con una prostituta», le había dicho Georges Chastenet.

Recordaba el comportamiento profesional, distante y técnico de la chica durante su reciente encuentro. Efectivamente, era la misma mujer. Tanto su rostro como su actitud desmentían su aspecto. Cumplía una misión, lo mismo que Simon, que se limitó a tocarle el hombro y saludarla. Ella sonrió un instante y, a paso vivo, los acompañó hasta una puerta cochera similar a todas las que Simon había empujado anteriormente con cautela.

Era un portal destartalado, con la pintura descascarillada, pero la escalera estaba limpia. No tardaron en llegar al segundo piso. Una puerta ancha, el ruido de la llave en la cerradura... Entraron. Simon encendió la luz.

Había una amplia ventana por la que penetraba una luz amarillenta y suave procedente de la farola más cercana; un suelo de madera perfectamente encerado; una barra de bar bastante anticuada, con dos taburetes altos; un silloncito con una mesita baja redonda, en la que descansaba un cenicero; y, como flotando sobre una gruesa y abigarrada alfombra, una cama cubierta con una colcha de cretona. El prototipo del apartamento ocasional, a la vez vacío y amueblado.

—Tengo que irme —dijo Simon.

Se hacía raro oírlo hablar en voz alta.

La chica se quitó los zapatos empujándolos con el otro pie, dejó el bolso en la mesita y se acercó a la ventana para correr la cortina. ¿Iría allí a menudo?

—Procure dormir —insistió Simon.

Luego se acercó a Klára, y antes de irse intercambiaron unas frases que François no consiguió oír.

—Póngase cómodo —le dijo la chica.

François había dejado el pasaporte y la cartera junto al bolso de Klára. Tras quitarse el abrigo, volvió a la mesita y añadió el reloj.

La chica rodeó la vieja barra.

—No hay mucho donde elegir... —murmuró.

Una botella de vermut.

Sacó dos vasos y sirvió.

François se acercó para brindar con ella.

Tenía que rectificar su primera impresión: no era tan alta como le había parecido. Sus ojos, rodeados todavía por unos leves cercos violáceos, eran de un gris muy oscuro. François bebió un sorbo, pero se volvió hacia la puerta, incómodo. Intentaba pensar en otra cosa, eludir aquella pregunta, que, sin embargo, volvía a él como un péndulo. ¿Era una prostituta o una agente de Chastenet que interpretaba ese papel? «¿Y qué más da?», se dijo, consciente de que, en aquella situación falsa, no daba tan igual.

La chica se sentó en el borde de la cama, en la misma posición que la vez anterior, tocando la alfombra con la punta de los pies mientras hacía girar el vaso entre las manos.

Él tomó asiento en el sillón, que crujió bajo su peso, y siguió observándola.

—Es usted periodista...

—Sí, en efecto.

François dudó. Ella acudió en su ayuda.

—Yo, oficialmente, trabajo en el Museo Nacional de Praga, pero, en realidad, soy una puta del sistema.

49

Ahora es demasiado tarde

«Una puta del sistema.»
François no se quitaba la frase de la cabeza.
Klára la había pronunciado con tanta agresividad que él no pudo menos que interpretarla como una provocación.
Pero, después del segundo vermut, como si ya la hubiera olvidado, Klára abrió la bolsa de papel que había dejado en la barra al entrar y dijo:
—Creo que deberíamos comer algo...
Su marcado acento eslavo, unido a su voz ronca, cálida, casi severa, daba a sus frases un tono extrañamente íntimo.
Sacó de la bolsa unas rebanadas de pan con queso y verduras.
—Son *chlebíčky* —dijo.
—Deliciosos...
Luego le ofreció unos pastelillos cilíndricos cubiertos de azúcar.
—Simon ha insistido en que le haga recitar el itinerario. Más vale que nos pongamos antes del siguiente vermut... Así que sale usted del edificio ¿y...?
—Tuerzo a la izquierda en Všehrdova y...
Completó todo el trayecto sin titubear.

—Bien.
—Georges me dijo que tendría ayuda si me pierdo...
—Lo mejor es que no se pierda —respondió Klára con voz firme.

François se comió el segundo pastelillo y, al tomar un poco de vermut, percibió su aroma, que le había pasado inadvertido. Buscó su tonalidad: una nota de madera. ¿Sándalo? ¿Cedro?

—¿Sabe qué ocurrirá a partir del momento en que llegue a la embajada?

—Mi trabajo consiste en hacerle compañía esta noche. No sé nada sobre su misión —dijo Klára, que se acarició el cuello como si llevara un collar imaginario.

En sus respuestas tajantes, François percibía el tono un poco belicoso y el deje amargo con el que había dicho «soy una puta del sistema». «A lo mejor me odia. No ha elegido al hombre con el que se ve obligada a convivir varias horas y me lo hace pagar», pensó. Se sentía un poco herido y luchaba contra las ganas de mostrarse a su vez desagradable, antipático.

Optó por el apaciguamiento.

—No sabe cuál es mi misión, pero debe de tener alguna idea, ¿no?

—Le voy a robar el pasaporte —respondió Klára mirándose los pies—, así que supongo que lo querrán para algo. O sea, para alguien.

—Supone bien. Alguien cuya ausencia va a llamar mucho la atención.

—Deduzco que estará encerrado en la embajada unas cuantas semanas...

—¡Nada de unas cuantas! —exclamó François—. Georges me dijo... —Se interrumpió. ¿Era una nueva reacción mordaz de la chica, o le estaba contando algo que él no sabía?—. Podría ser bastante tiempo... ¿Es ésa la verdad?

Klára sacudió la cabeza para apartarse un mechón de los ojos.

—La verdad es lo que le contaron. —Se quedó mirando el rostro lívido de François, e, implacable, añadió—: La realidad es lo que pasará. En nuestro oficio, rara vez ambas coinciden.

Por extraño que parezca, debido a la crudeza de la frase, a su enorme cansancio, a que había sopesado los pros y contras hasta la náusea y a que aquella chica, en aquella habitación y en aquella cama, era tan deseable como inalcanzable, François renunció a luchar. Encadenaba vermuts y cigarrillos. Hubo que entreabrir la ventana.

Seguramente, la agitación de la noche, el alcohol y el agotamiento acumulado tras la tensión de los últimos días explicaban en parte aquella renuncia. «¿Qué más da?», se dijo François, que en esos momentos no sabía si prefería dormir o morirse.

—Espero que en la embajada haya una buena biblioteca...
—¿De qué tiene miedo?
—No lo sé. Lo poco que tengo que hacer no es muy complicado.
—Aun así... Cruzar a pie una ciudad extranjera de buena mañana, con lo puesto y un solo refugio posible no es complicado, pero tampoco es ninguna tontería...

François apuró el vermut, se levantó y se sirvió un gran vaso de agua, que se bebió de un trago. Luego, se acercó a la ventana, apartó un poco la cortina y contempló la calle un buen rato.

En su primer encuentro, vislumbró a la niña que debía de haber sido Klára, pero ahora era él quien se parecía a aquel chaval decidido y frágil, a la vez temerario y asustado, que salía a defender al Gordito en el patio de la escuela.

Debía de ser tarde.

«He bebido demasiado», se dijo François mirando la botella de vermut casi vacía.

¿Lo había emborrachado Klára, igual que a sus otros clientes? ¿También les preguntaba a ellos: «Veo que lleva alianza, ¿está casado?»?

Quizá sólo se lo preguntaba para darle conversación, pero él tenía ganas de hablar de Nine. Como si quisiera castigarla por su actitud brusca, evocó su fulminante encuentro con Nine y luego se remontó a la génesis de su sordera, su huida al París exaltado por la Liberación, el rencor hacia su padre... Y el trágico final de aquella historia.

Hubo un silencio. Klára lo miraba con expresión seria.

—La sordera es un hándicap importante para una mujer —dijo—. ¿Lleva algún... aparato?

—No, siempre se ha negado. Dice que oye lo suficiente.

François se levantó, se acercó a la mesita y sacó de la cartera una foto en blanco y negro de Nine de medio perfil, una imagen cuidada, un poco al estilo del expresionismo alemán, que resaltaba sus facciones, su mirada interrogativa y su boquita redonda.

—Es muy guapa —dijo Klára devolviéndosela—. Es usted un hombre afortunado.

François se arrepintió de haberse portado así con ella. Además, ¿por qué había mezclado a Nine con aquel asunto? ¿No había sido Klára quien lo había empujado a hacerlo?

Cuando levantó la mirada, la chica no parecía la misma persona.

Por primera vez, la notó titubeante e insegura.

Buscó la manera de salir de aquella situación sumamente incómoda.

—No tiene por qué quedarse, ¿sabe? —dijo—. Sabré arreglármelas.

—No podemos correr el riesgo de dejarlo solo. Nunca se sabe lo que puede pasar. Soy su coartada. —No lo miraba. Sobre la alfombra, los deditos de sus pies se retorcían como delicados y regordetes insectos—. No me iré hasta que amanezca... Después de haberlo desva... desfa...

—¿Desvalijado?
—¡Eso, desvalijado! Mi francés...
Fue la primera sonrisa auténtica, sin reservas.
Sin saber qué decir, François echó mano de un tópico. ¿Dónde había aprendido francés?
Las historias de las mujeres a menudo empiezan con el padre. El suyo era profesor de francés. Un hombre culto. En toda su vida, sólo había estado ocho semanas en Francia, pero podría habérselas ahorrado y no habría amado menos su lengua y su historia.
—No necesitaba el país para amarlo, le bastaba el idioma. Me educó en francés, es «tu lengua paterna», decía. A mi madre, eso le parecía tremendamente esnob. Tardé mucho en darme cuenta de que mi padre hablaba francés con un acento espantoso... que me enseñó a la perfección.
François se acercó y se sentó a su lado. La cama se hundió. Los dos miraban el vaso vacío que hacían girar entre las manos o las cortinas gastadas y totalmente corridas.
—Oye, Klára...
—¿Mmm?
—¿Qué es una «puta del sistema»?
La chica le tendió el vaso.
—¿Queda vermut?

¿En qué momento habían empezado a tutearse?
Miraron la botella de vermut vacía encima de la barra. Estaban los dos tumbados en la cama boca arriba con las piernas cruzadas.
—Trabajo para el gobierno —dijo Klára—. Me acuesto con quien me dicen, checos, rusos, extranjeros, todo tipo de hombres, y también con mujeres... Les informo de todo, de lo que dicen, de lo que hacen, a veces les robo cosas, o las cambio por otras, o les propongo posturas sin decirles que los están filmando o fotografiando...

—Para eso hacen falta fuertes convicciones...

—¡Los odio a muerte! Ésa es mi convicción.

Sorprendido, se volvió hacia ella, que miraba fijamente el techo. La extraordinaria pureza de su perfil lo incomodó.

Klára le explicó que todo había empezado seis años atrás, en 1953. François recordó artículos de *Le Journal du Soir* que mencionaban la súbita reforma impuesta por el gobierno para ultimar la transición hacia la economía socialista. En realidad, para ajustar la moneda del país al rublo soviético. La brutalidad de la medida, adoptada el 31 de mayo y en vigor al día siguiente, había sorprendido a todos los observadores internacionales.

—Cuatro días después, todo el mundo lo había perdido todo o casi todo. Oficialmente, la medida permitiría liquidar los últimos vestigios de la burguesía y el capitalismo. Los que se quejaran de las pérdidas sufridas serían considerados enemigos de clase.

Sin embargo, François recordaba huelgas y disturbios, ¿verdad?

—Sí. La operación no funcionó todo lo bien que se esperaba. Hubo protestas en las regiones de Vysočina, Brno, Náchod y en la cuenca minera de Ostrava, pero sobre todo en Pilsen, en la fábrica Stalin, que era donde trabajaba mi novio. Los obreros cercaron el ayuntamiento y pisotearon banderas soviéticas gritando que no se dejarían robar y exigiendo elecciones libres. Hubo combates callejeros y se declaró la ley marcial. Como muchos de sus compañeros, Jan fue detenido, juzgado y condenado a catorce años de cárcel. Era el 17 de julio, yo estaba de tres meses...

François no hizo ningún comentario; se limitó a cogerle la mano.

—Perdí al bebé casi de inmediato. Jan murió en el campo el 17 de enero. Yo no lo supe hasta el 13 de mayo. —Sin apartar los ojos del techo, Klára le apretó la mano—. En marzo me puse a disposición del gobierno. Soy una verdadera socialista, les dije, mi cuerpo pertenece a la revolución... Y así es como empezó mi carrera de puta del sistema.

François estaba perplejo. Se sabía que los familiares de los condenados políticos eran tratados como parias, ¿cómo era posible que hubieran confiado en Klára?

—Yo vivía en Praga y Jan en Pilsen, nadie sabía que estábamos juntos. Cuando comprendí que me acostaría con dignatarios y extranjeros importantes, hice saber a un consejero de la embajada francesa que estaba disponible, y Georges vino a conocerme. Dos días después, empezaba a trabajar para él. Desde entonces, todo lo que se me pide, todo lo que me hacen hacer, lo que oigo, lo que veo, lo que comprendo, lo que sé, todo está relacionado con Georges. —Sin soltarle la mano, Klára le puso la cabeza en el hombro—. No he sido muy amable contigo, ¿verdad? Es que hoy es un día difícil. Hace una semana fue nuestro aniversario.

¿Estaba llorando? François no se atrevía a moverse, no quería arriesgarse a romper ese instante suspendido en el tiempo que estaban compartiendo.

—Es terrible... —Su voz era más sorda, aún más ronca que antes. Más vibrante, más conmovedora—. No puedo más...

Lloraba suavemente.

François no sabía qué hacer; la apretaba contra su cuerpo, tenso ante lo que estaba por venir.

—¡Lucho por alguien de quien ya no me acuerdo! —dijo con un hilo de voz, y sacudió la cabeza en un obstinado «no»—. ¡He olvidado su cara! ¡Se ha borrado con el paso del tiempo! Ya no existe... —Klára se incorporó—. Has sido tú quien... Cuando te he visto... Tu presencia me ha hecho pasar una página que ya estaba vacía. —Se secaba las lágrimas con la manga, sin preocuparse por su aspecto—. Era como si Jan estuviera lejos, pero en realidad hace mucho que desapareció. Es un recuerdo vacío al que estoy encadenada.

Le había cogido la mano. Lloraba y costaba entenderla. A François le pareció oír:

—He sido fiel a un hombre que ya no existe. He desperdiciado mi vida y ahora es demasiado tarde.

A François le habría gustado que fuera ella quien se marchara para empezar una nueva vida, en lugar de Teodor Kozel... Pero las cosas no ocurrirían así, y Klára seguiría a merced de esos individuos que odiaba, en nombre del amor por un hombre del que ya no se acordaba.

50

Déjanos oír

En principio, Hélène estaba lista cuando entró en antena para el gran estreno, el viernes por la noche.
Llevaba en el estudio... desde las dos.
Tenía miedo de que le empezaran las contracciones en plena emisión.
—No des a luz en antena, por favor, Radio Parisina no está bien equipada —le había pedido Lambert.
Al fin llegó el momento. Hélène recordaría aquel escalofrío toda su vida.
—«¿Qué hace usted esta noche?» Los acompaña Hélène Pelletier y esto es Radio Parisina. Buenas noches a todos... Gracias por escucharnos y estrenar con nosotros este nuevo programa, que es el suyo. Escríbannos, dígannos de qué quieren hablar y déjennos un número de teléfono para que podamos llamarlos.
La música del programa, sin resultar invasiva, era más dinámica. «¡No quiero que se duerman!»
Louis y Angèle no se habrían perdido un segundo de la emisión por nada del mundo.
—Tiene una voz muy radiofónica, ¿no te parece? —preguntó él.

—Chist... —respondió ella—. Déjanos oír.

Se rieron mucho con la primera llamada: un notario que acababa de tener gemelos... por tercera vez.

Pero los señores Pelletier no eran los únicos a la escucha, también estaban Nine y Lambert, Jean y Geneviève.

Después de varias intervenciones básicamente simpáticas, separadas por amplios interludios musicales, Hélène decidió llamar a una oyente de Bondy.

—Françoise, quería usted hablarnos... de su hijo. Gilles, ¿verdad?

—Sí, Gilles, es soldado...

—¿Dónde se encuentra?

—En Argelia. En Batna, en la región de Aurés.

—¿Tiene noticias suyas regularmente?

—¡Oh, sí! Es un buen hijo, nos escribe, pero... por la noche sufro mucho. Es mi único hijo. La primera vez que lo vi de uniforme se me hizo un nudo en la garganta. Y por la noche me lo imagino en misiones peligrosas, no puedo dejar de pensar en eso...

—¿Les habla él de misiones peligrosas en sus cartas?

—No, no especialmente.

—¿Tiene usted motivos reales para preocuparse?

—Pues... no.

—Françoise, es normal que se preocupe, ¡tiene un hijo en Argelia! Es inevitable imaginarse lo peor... Y luchar contra la imaginación no es fácil, ¿verdad?

Se oyó una risita.

—Sí, me imagino cosas...

—Lo importante, Françoise, es que recuerde que son imaginaciones suyas, nada más.

Durante la emisión, hubo otras cuatro llamadas. Todos se quedaron escuchando hasta al final. Era novedoso y a la vez íntimo.

—Es curioso —dijo Angèle—, tengo la sensación de llevar años oyendo el programa, ¿tú no?

A Louis lo que le parecía raro era que su hija, en su primer programa, sacara en antena a una oyente que hablaba de la guerra.

En cuanto a Jean y Geneviève, a él el programa lo había emocionado, pero a ella no la había acabado de convencer.

—Conque llamadas de oyentes... Pues yo creo que es un montaje.

51

Cuando la vea, ya habrá llegado

—¿Adónde vas?

François abrió los ojos.

—Son las cinco...

Klára le pareció lejana, muy lejana, pero sólo estaba a los pies de la cama.

—Tengo que irme.

Ya estaba despierto del todo, pero no se movía, sólo asentía con la cabeza: sí, hay que irse.

Klára fue hasta la puerta, pero en el acto volvió sobre sus pasos y se inclinó sobre François para darle un beso. Un largo beso.

—Te he puesto el despertador a las siete... —le dijo, y dio media vuelta.

François cayó en la cuenta de que no sabía su apellido.

—¿Klára?

—¿Sí?

François no sabía qué decir.

Su silueta en el fondo de la habitación lo dejaba sin habla.

. . .

—No, no está en su habitación...
Toda la delegación se había reunido en recepción. Los empleados cargaban las maletas en el autobús, los intérpretes iban de aquí para allá...
—¿Y no te dijo nada? —preguntó Régis.
—Sí —dijo de pronto Julien con su voz metálica—, ¡ahora lo recuerdo!
Régis lo miraba expectante.
—¡Me dijo: «Buenas noches»! Estoy seguro.
—Serás gilipollas...
Todos miraban el gran reloj de pared, que marcaba las seis y cuarto. Las autoridades checoslovacas hablaban animadamente en voz baja mientras hacían aspavientos con los brazos en señal de impotencia. La sanción flotaba en el aire...
La tarde anterior, Teodor Kozel se había despedido de la delegación francesa (se iba de permiso esa misma noche), y los tres intérpretes estaban desbordados por la inexplicable ausencia del periodista de la televisión francesa. ¿Había que llamar a los ministerios y retrasar la partida?
—¿Han mirado en los lavabos? —preguntó Julien—. A lo mejor le ha dado un apretón y aparece en cuanto desembuche.
—Es que... el avión despega a las siete —dijo un funcionario acercándose a Désiré Chabut, el jefe de la delegación francesa—. Y están los trámites...
—¡¿Vamos a irnos sin él?! —rugió Julien.
—Sí —decretó Désiré Chabut—. Nos vamos, ya se reunirá con nosotros en el aeropuerto.
Todos asintieron, aunque ese desenlace sonaba bastante improbable.
Después de cuatro días de conferencias, visitas a fábricas y circuitos en autobús, estaban agotados, y ni siquiera los que habían conseguido una chica parecían satisfechos. Realmente, ya iba siendo hora de volver a la civilización.
A Julien le sirvió de poco hacer el remolón: el autobús no tardó en llenarse. Poco después, se cerraron las puertas.

. . .

François había apagado la luz para descorrer la cortina.
La ciudad se desperezaba.
La calle estaba vacía.
Había parado el despertador.
No veía el momento de ponerse en marcha, de llegar a la embajada.
De llamar a Nine.

Se echó el abrigo sobre los hombros y cruzó la puerta cochera.
Según Chastenet, había que caminar «con paso vivo, pero sin prisa».
Pero al cansancio de una noche en la que no había pegado ojo se añadían el lastre de un shock emocional y la perspectiva de una mentira que defender. François, muy abatido, tuvo que sacar fuerzas de flaqueza para apretar el paso. En lugar de la excitación y los nervios que había imaginado, se sentía pesado e inútil.
Praga recién levantada se mostraba espléndida y silenciosa. Se cruzó con unos cuantos trabajadores en mono y, al encontrarse con la mirada de uno de ellos, un hombre con un bigote cuidadosamente recortado y una bolsa de herramientas en bandolera, se preguntó si formaba parte del equipo de ayuda que le había prometido Chastenet en caso de dificultad.
Entre los tablones del puente Kozlov, de hierro y madera, bastante descuidado, asomaban las aguas tranquilas y negras del río. A lo lejos, un pescador preparaba sus cañas cerca de la orilla.
En Nováková ulice, François pasó frente a una tienda de telas primero y luego de una zapatería, ambas cerradas. Una anciana abrió la puerta de una mercería y le echó un vistazo rápido. Había un Skoda negro aparcado junto a la acera.

De pronto, la serenidad, fruto del cansancio, se transformó en inquietud.

La presencia de aquella mujer que, después de haber salido por una puerta cochera, seguía allí plantada, mirándole la espalda, como si esperara a alguien, ¿debía tranquilizarlo o alarmarlo? ¿Y aquella mano que había apartado un visillo en una ventana de un primer piso?

Avivó el paso, rodeó Květinový trh, el quiosco de prensa, que estaba abriendo un anciano, torció a la izquierda en Dvořákova ulice y descubrió el gran tilo de la plaza Kozlík.

Tomó la calleja adoquinada que llevaba a Velkopřevorské náměstí, y de pronto vio la fachada de la embajada, cuyo estuco claro y ancha puerta cochera, rematada por la bandera francesa, daban una sensación de solemnidad y de discreta autoridad.

No pudo evitar echar un vistazo a la esquina derecha del edificio, a las ventanas que ocupaba la stb. Los visillos estaban corridos. Apretó el paso.

«Cuando la vea, habrá llegado», había dicho Georges.

François respiró.

52

Zůstaňte, kde jste!

Sobre las siete menos veinte, cumplidas las formalidades, los viajeros con destino a París cruzaron la puerta de embarque.

Casi todos los pasajeros eran franceses, y sólo se hablaba del periodista de televisión que estaba a punto de perder el vuelo. Había hipótesis para todos los gustos, pues la mayoría había vivido u oído contar una situación similar.

Habían llegado funcionarios, que no sabían si indignarse por la ausencia de aquel francés justo antes de partir o disculparse por el contratiempo en la organización del viaje. Ante la duda, se había llamado a los hospitales y, aunque nadie lo confesara, se habían enviado agentes uniformados a algunos establecimientos conocidos de Praga... Todos volvían con las manos vacías.

Por su parte, Désiré Chabut se había enrocado en su papel de jefe intransigente, «todos tenían la consigna, la hora de reunión era conocida, las instrucciones se habían difundido» (insistía en emplear jerga militar, se veía como una especie de general de brigada).

El único que refunfuñaba era Julien.

—Esto no es normal, aquí hay gato encerrado...

En ese instante, como para corroborar sus palabras, tres furgones Skoda de la policía con las sirenas a todo trapo frenaron en seco delante de la terminal y unos treinta agentes uniformados salieron corriendo hacia la sala de embarque.

Tras escuchar las órdenes que vociferaron dos mandos particularmente nerviosos, los intérpretes pidieron a los setenta viajeros que volvieran a cumplimentar los trámites de la aduana.

Hubo conatos de protesta, pero tanto los rostros impertérritos de los policías como el comportamiento de los aduaneros aconsejaban prudencia.

—Pero ¿qué pasa? —preguntó Désiré Chabut en nombre de la delegación.

—Una formalidad de última hora —aventuró un intérprete.

Así pues, quince minutos antes del aterrizaje, todos volvían a hacer cola con el pasaporte en la mano.

—¿Es por François? —preguntó Régis.

—No tengo ni idea —respondió Julien—. Lo que sí puedo decirte es que estos *továrich* están empezando a tocarme los cataplines.

Llegó un mando dando voces.

Cogió la lista de embarque y volvió a repetir el nombre de «François Pelletier»... La ausencia de aquel pasajero le daba mala espina.

De pronto, gritó una orden y los soldados echaron a correr hacia la salida mientras él se precipitaba al teléfono...

A las siete y diez se abrocharon por fin los cinturones de seguridad.

Al lado de Julien, el asiento de François seguía vacío.

En ese mismo momento, en París, Marthe estaba sentada en medio del despacho de Georges, delante de él y el señor Leal. Reinaba un extraño silencio.

—Bueno, Marthe, dime, ¿cuánto hace que dura esa historia de amor con tu eslovaco? —preguntó Georges.

La víspera había movilizado a dos equipos: uno para vigilar a Libert y otro a Michelet. Y un tercero para seguir a Marthe.

La decana de Cifrado los había conducido al distrito sexto, al consulado de Checoslovaquia, del que había salido tres horas después para marcharse a casa.

—Entonces, Georges, ¿sabías...?

—¡No! Cuando descubrimos que había un topo en el Servicio, enseguida sospeché de Libert y Michelet. Da igual lo que piense de ellos, pero lo cierto es que son dos funcionarios leales a su país. Dejé vagar la imaginación, y me condujo hasta ti, y entonces conecté algunas cosas. Tu buen humor, tu nueva coquetería, esa costumbre insólita de irte más temprano con la excusa del cansancio...

Marthe aguantaba el tipo, pero tenía el rostro descompuesto.

—No sé cómo lo has hecho, Georges, pero ¡bravo!

—Hice creer a Libert que el Duende cruzaría por Grenzthal, pero nuestro agente allí no observó ningún movimiento. —Georges calló unos segundos, dándole tiempo a encajar las piezas—. Y a Michelet le dije que vendría por Flussheim, pero nuestro hombre allí tampoco detectó nada particular. —Por su expresión, Georges comprendió que Marthe empezaba a entender cómo la había descubierto—. Ese mensaje T.E.O. procedente del aeropuerto de Praga te lo enviaron a ti, ¡y sólo a ti, Marthe! Si la policía irrumpía allí, no habría ninguna duda de que eras tú quien estaba filtrando información.

Georges estaba tranquilo. A esa hora François Pelletier debía de ir camino de la embajada. En cuestión de minutos, lo llamarían para confirmárselo.

Marthe lo miraba fijamente, casi con admiración.

—Y por supuesto —dijo al fin—, el Duende no saldrá ni por Grenzthal, ni por Flussheim, ni por el aeropuerto de Praga...

Georges ni siquiera sonrió.

—Exacto, para el Duende, opté por otra solución... —Georges había empezado la conversación usando un tono muy diferente al que solía utilizar con ella: sus inseguridades de mujer madura, su necesidad de ser amada, todo eso ahora le traía sin cuidado, estaba furioso—. Va a morir mucha gente en nuestras filas, Marthe. ¡Te has jugado la vida de nuestros agentes por un patético beneficio personal!

—No me siento culpable —lo atajó Marthe—. Sólo he cogido lo que tenía al alcance de la mano, por primera vez en mi vida.

—Has traicionado tu oficio, tu misión, tu integridad, ¡eres la única culpable! ¡Pero también has comprometido la seguridad de todas las personas que has delatado a nuestros enemigos! Si estuviéramos en guerra, Marthe, no estaría hablando contigo, ya te habría metido una bala en la cabeza.

Había diluviado toda la noche. Una lluvia fina y persistente que ensuciaba el parabrisas.

Teodor Kozel se había ido sin sus pertenencias. Sólo llevaba una modesta maleta, pero llena de tantos dosieres, cartas y archivos —los documentos a los que tenía acceso no estaban microfilmados— como para pasarse trescientos treinta años en algún paradisíaco gulag socialista.

Simon había cogido un termo de té negro, galletas y algo de fruta. Contando con que iban a parar varias veces para comprobar si los seguían, tardarían cerca de cinco horas en recorrer los doscientos kilómetros hasta la frontera alemana en un viejo Praga de motor jadeante y amortiguadores reventados, en consonancia total con el país.

Sin embargo, en Hradečný, un pueblecito a cuatro kilómetros de la frontera, todo se desarrolló según lo previsto.

Un Wartburg negro los esperaba detrás de la plaza mayor. Intercambiaron dos ráfagas de largas, se apearon y se acercaron.

—Buenas noches, Simon —dijo la mujer dándole un rápido beso en la mejilla.

—Buenas noches, Élise. ¿Ha ido todo bien?

—Muy bien, gracias. Como me han dejado entrar, supongo que me dejarán salir, sobre todo si cambiamos de puesto fronterizo, ¿no?

Era preciosa, alegre y, aunque debía de estar tan cansada como ellos, resplandecía.

«Élise es la mujer de Georges. Ha viajado desde París borrando el rastro. Nadie sospechará de ella», le había explicado Simon a Kozel.

—Aquí tiene el pasaporte, Teodor —dijo Élise—. Es usted mi marido, espero que no le resulte demasiado comprometedor...

Kozel enrojeció ligeramente. Ella no le dio pie a contestar.

—Somos el señor y la señora Schramm. Cruzaremos por un puesto fronterizo que está a cuarenta y cinco kilómetros de aquí.

—Velká Bystřice...

—Eso es. Somos una pareja de ingenieros. Sólo espero que no me pidan que cuente hasta diez.

Élise señaló la puerta del acompañante. Kozel dejó la maleta en el asiento trasero, como haría un viajero normal, y se sentó delante.

Ese breve trayecto, con sus explicaciones a la policía, el paso de la frontera, la comprobación de los pasaportes y los visados, las miradas inquisitivas de los soldados al interior del coche, etcétera, etcétera, daría para escribir una novela. Pero sería muy aburrida, porque todo fue como la seda.

A las ocho de la mañana, tras parar en una cabina para decirle a Georges que todo iba bien, Simon, Élise y el Duende pusieron rumbo a París, el primero, vía Nuremberg, los segundos, vía Múnich.

· · ·

En ese mismo momento, a unos metros de la embajada, François miraba con alivio los visillos corridos de las ventanas de la stb y oyó el grito:

—*To je on!*

Una docena de agentes en uniforme azul salieron de la calle opuesta. Sonaban sirenas y se oyeron órdenes procedentes de la calle y la plaza, pero también de más lejos, del bulevar, mientras llegaba el rugido de los motores de los vehículos. A su alrededor todo era ruido de carreras, botas y fusiles.

Tres furgonetas de la policía invadieron la plaza con las sirenas encendidas, bloquearon las calles vecinas y vomitaron una manada de policías en uniforme que echaron a correr en su dirección.

François oyó una voz estentórea:

—*Zůstaňte, kde jste!*

Se volvió.

A unos quince metros, dos policías le apuntaban con sus pistolas vociferando:

—*Nehýbej se nebo začnu střílet!*

Sin pensarlo, dio media vuelta y, con el corazón en la garganta, salió de estampida. Sus piernas parecían tener vida propia. Era una calle estrecha. Resbalaba con los adoquines. La gente cerraba los postigos y las puertas de las casas. La calle desembocaba en Procházkova ulice, una avenida más ancha, que cruzó a riesgo de que lo atropellara el tranvía, que se acercaba haciendo sonar la bocina.

Se cayó, volvió a levantarse, siguió corriendo, huyendo, preguntándose adónde ir mientras el aire se llenaba con los aullidos de las sirenas, los gritos de los policías, el ruido de las botas sobre los adoquines, los motores de los vehículos de refuerzo...

Los transeúntes se apartaban a su paso como si fuera un apestado.

Dobló a la izquierda, por la calle Křivá, pero treinta metros más adelante se encontró con un camión que descargaba mercancía y ocupaba todo el ancho de la calle. Sin dudarlo, como si lo hubiera hecho toda la vida, se arrojó al suelo, reptó frenéticamente bajo el camión y miró adelante: era la plaza Strakova. Se inmovilizó y aguzó el oído. Las sirenas y los gritos se habían alejado, pero ¿adónde iba ahora?

¿A la derecha?

¿A la izquierda?

Estaba totalmente desorientado.

¿En qué dirección estaba la embajada?

Intentó recordar el camino, pero todo se le mezclaba. Lo poco que veía desde detrás del parachoques del camión no se parecía a ninguna calle o sitio por el que hubiera pasado camino de la embajada.

Ya no sabía dónde estaba.

«¿Qué hago?

»¿Hacia dónde voy?»

Un rugido, seguido de una vibración, lo sacudió de pies a cabeza.

Era el motor del camión, que acababa de ponerse en marcha.

Oyó el ruido característico de la caja de cambios.

Si se pegaba al suelo para que el chasis le pasara por encima, corría el riesgo de que lo aplastara. ¿Y si intentaba deslizarse rápidamente entre las ruedas?

No se lo pensó: se lanzó hacia delante con todas sus fuerzas. La rueda trasera le rozó el talón, pero estaba sano y salvo.

—*Pokud se pohneš, střílím!*

Tenía delante un soldado. Era un chico muy joven.

François vio duda en sus ojos. O quizá miedo...

Más tarde, diría: «Me salió solo.»

Le tiró la pistola con un fuerte revés y, con la otra mano, lo golpeó en la sien.

El soldado se desplomó.

François se quedó boquiabierto.

Se apoderó del arma y echó a correr.

Pero se detuvo y volvió atrás.
Necesitaba tomarle el pulso al soldado.
El chico yacía inerte, ¿lo había matado?
Le puso la mano en el pecho.
Nada. Pero sus propios latidos le retumbaban tanto en la cabeza que no estaba seguro.
François se concentró y le puso dos dedos en la yugular.
Empezaron a llegar gritos, ruidos de motor y botas golpeando los adoquines.
Buscó febrilmente en los bolsillos del chico. Encontró los cartuchos.
Ocho.
Salió huyendo.

Con Marthe a buen recaudo, los jefes de los tres equipos de seguimiento —y el operador, que lleva los auriculares colgados del cuello— han venido a ver a Georges para presentar su informe. Es un gesto inútil ya, pero es el protocolo.

Hace rato que la embajada debería haber llamado para informar de la llegada de François Pelletier. Pasan los minutos, y el teléfono sigue sin sonar.

Todos los que están en la sala han vivido momentos como éste: en los que esperas una información, un resultado, una luz verde, en los que el tiempo se hace más denso, más lento, en los que se crispan los nervios mientras se contemplan todos los escenarios posibles con su correspondiente rosario de catástrofes que procuras ignorar, en los que tratas de mantener la calma y hacerte un café, abrir el periódico, limpiarte los cristales de las gafas con el extremo de la corbata...

Cuando al fin suena el teléfono, contesta Georges.

—La policía ha tomado los alrededores de la embajada. Había varias decenas de agentes uniformados, estaban por todas partes...

¿Qué ha pasado?

—¿Han detenido a Pelletier?

Esta simple frase hace resurgir los fantasmas de Georges, todos los muertos con los que tiene alguna deuda, los hombres cuyo recuerdo Élise ha intentado exorcizar en vano.

—No. Ha escapado. Está huido. Nadie sabe dónde se encuentra.

La voz de su interlocutor es seca y grave.

¿Huir a través de Praga?

Es la voz de un hombre sin experiencia...

Georges responde con monosílabos.

La exfiltración del Duende ya no cuenta; lo único que importa es lo que ha salido mal.

Ve la cara de François Pelletier el día que lo reclutó como si la tuviera delante, con la nitidez de una pesadilla.

François corre por una calleja apuntando al frente con la pistola y sujetando la munición con la otra mano.

Y de pronto, en la otra punta, aparece un coche de policía con todos los faros encendidos. François empuja una puerta a su derecha, cruza un patio y sale a otra calleja, que huele a cebolla frita y bodega de vinos. Se detiene. Sus jadeos le impiden oír bien, pero en el aire hay otro olor, un olor a pescado.

En ese momento le viene a la cabeza el pescador que estaba preparando las cañas y echa a correr. Se detiene a la orilla del río, que arrastra un agua todavía oscura y amenazadora. Las sirenas vuelven a acercarse.

François se deja caer por el empinado talud que baja hasta los pontones de madera ennegrecida y recorre a gatas uno que se extiende hasta el centro del río. Ahora se encuentra a unos veinte metros de la orilla.

A su derecha, arriba, el puente de Carlos, cuyas farolas siguen encendidas.

Y a su alrededor, únicamente agua negra y turbulenta.

En una mano, una pistola; en la otra, ocho balas.

Mira el arma, una semiautomática Tokarev 7,62 con retroceso corto y martillo exterior.

Se ha quedado sin energía. La pistola le resbala, pero consigue atraparla antes de que caiga al agua.

Está solo, sin documentación, la policía lo busca febrilmente en una ciudad que no conoce y con un idioma que no habla.

¿Qué hora debe de ser?

Seguramente ha matado a ese joven soldado.

Si es así y lo cogen, él también estará muerto.

Empieza a llover de nuevo.

15 de mayo de 1959

53

¿No ha intentado llamarla?

No era así, en una ambulancia, tumbado en una camilla, como Louis había imaginado su regreso a Le Plessis.

Hélène y Jean lo esperaban en casa.

François ya debía de haber de llegado de Praga. Nine y él no tardarían en reunirse con ellos.

—Voy a mudarme a la habitación de abajo —dijo Louis mirando por la ventana mientras veía alejarse la ambulancia.

—¿Por qué? —farfulló Jean.

—Tu padre tiene razón —terció Angèle dejando sobre la mesa una bandeja con galletas—. Así no tendrá que subir la escalera. Ya oíste lo que dijo la enfermera, ¡nada de esfuerzos! La habitación está preparada, Loulou, así podrás descansar.

No había añadido lo de que era «un arreglo provisional», como esperaba Louis.

Era la primera vez que no se contaban toda la verdad. Lo que no habían conseguido cuarenta años de matrimonio lo había logrado la enfermedad de Louis en unos pocos días...

Se instaló en su nueva habitación.

—Descansa —dijo Angèle dirigiéndose hacia la puerta.

—Yo me quedo con papá —dijo Jean.

—«Descansa...» —murmuró Louis con amargura cuando su mujer se alejó—. Es como si me dijera: «Tienes derecho a aburrirte todo lo que quieras.»

Le habían colocado la cama frente a la ventana. Se veían los árboles frutales, el seto de tuyas, el cielo a lo lejos, las copas de los plátanos que bordeaban el camino...

—¿Los almohadones, bien?

—Sí, bien.

Había llegado el momento. Jean acercó un poco la silla y se armó de valor. Era ahora o nunca.

—Quería preguntarte... Bueno, quería decirte...

—¿Sí?

Jean le había dado mil vueltas, se sabía las palabras de memoria, no tenía más que decirlas.

—Es sobre la jabonería...

Era un buen comienzo. Había que remontarse a la herida original.

Louis esperaba pacientemente, a aquel chico siempre le había costado expresarse, siempre pasaba lo mismo, había que sacarle las palabras con cucharón, y a veces era complicado.

—¡Qué buen negocio! —continuó Jean—. ¡Y cuánto personal! —Porque, si en su día su padre lo había catapultado a «responsable de la fabricación y venta de producto», también se suponía que dirigiría los equipos. Dos semanas después de su nombramiento, la desorganización era total. ¡Había demostrado ser incapaz de tomar la menor decisión!—. ¡Era... un gran barco! —añadió sonriendo.

Jean estaba contento, todo iba como había previsto.

—Sí —dijo Louis pensando con un poco de nostalgia en aquella empresa a la que había dedicado gran parte de su vida—. Un gran barco, tienes razón, Jean... Pero, ¿sabes? Vender la fábrica no me dio tanta pena como imaginaba. Es curioso, ¿no?

Jean no supo qué decir.

—Lo difícil fue tomar la decisión. Después...

Jean se alarmó un poco: ¡había que centrar la conversación, volver a lo esencial!

—Espero que el viaje de François haya ido bien —siguió diciendo Louis—. No ha tenido que ser fácil hacer un reportaje allí, ¿eh? No tardará en llegar, Hélène me ha dicho...

—No, seguro que no tardará... Pero, volviendo a la jabonería, quería...

—No, Jean, déjalo, de verdad. —Le daba palmaditas en el dorso de la mano, que su hijo había apoyado en la sábana, cerca de él—. No fue tan terrible como dice tu madre. Además, la vida es así. Oye, ¿puedes ir a decirle que me prepare un té? ¡Si es que no lo tengo prohibido! Porque ahora lo único que me dejan tomar son medicamentos... Medicamentos, todos los que quieras, pero...

Jean ya no escuchaba. Se había levantado.

—Sí, voy a decírselo.

Cuando llegó al salón, su madre lo vio crispado y pálido.

—Ne te preocupes, cariño, tu padre es fuerte.

—Quiere té —dijo Jean con voz seca.

—¡Uy, pues claro!

Jean siguió a su madre a la cocina, pero, de pronto, se sintió tan cansado que tuvo que sentarse. En silencio, la veía ir de aquí para allá.

—¿Tú también quieres?

Angèle había llenado una taza y la había dejado en una bandeja de madera.

—No, gracias. Voy a llevárselo.

Acababa de tomar una decisión.

Su padre no iba a tener más remedio que escucharlo.

Fue hasta la habitación, pero se quedó un instante cerca de la puerta entreabierta tratando de respirar con calma y reunir todas sus fuerzas. La taza temblaba en la bandeja.

En ese momento, sonó a lejos el timbre de la puerta.

Jean se decidió al fin y entró, pero tuvo que aguardar unos instantes porque su padre no estaba bien sentado.

407

—Espera que me ponga un poco cómodo en mi ataúd —dijo Louis juntando los almohadones detrás de él.

Respiraba mal. Tenía la cara terrosa por el esfuerzo.

Cuando estuvo listo, Jean le tendió la bandeja con la taza.

—Papá, tengo que decirte algo...

—Adelante, hijo, te escucho. Pero... —Louis miró hacia la puerta por encima del hombro de su hijo—. ¡Vaya, por fin! —exclamó, y un acceso de tos lo sacudió de pies a cabeza.

Jean se volvió. Era Nine, que acababa de llegar.

Angèle entró a su vez, se acercó a la cama y puso las manos en los hombros de su marido, agitados por la tos.

Louis tuvo que secarse los ojos y, cuando consiguió recuperar la respiración, le indicó a su hijo con un gesto que no iba a tomarse el té...

—¿No está contigo François?

En cuanto le abrieron el cesto, *Joseph* trepó a la cama.

—Ha perdido el avión.

Angèle suspiró consternada.

—Será burro...

Jean no dijo nada. Salió de la habitación y fue a dejar la bandeja a la cocina.

—Debería llegar en el vuelo de esta tarde... —estaba diciendo Nine cuando su cuñado volvió a la habitación.

—Pero, por Dios, ¿cómo se puede perder un avión? —exclamó Louis—. ¡Es inaudito!

—Son cosas que pasan, Loulou —dijo Angèle—. ¡Como si tú nunca hubieras perdido un tren!

—¡Un avión es distinto!

Aquella conversación conducía a la misma constatación a la que había llegado Nine. Costaba entender que, en un viaje en grupo tan controlado como aquél, François, puntual y organizado a más no poder, se hubiera quedado en tierra.

De hecho, nadie tenía una explicación.

—¿Es usted la mujer de François? —le había preguntado en el aeropuerto un hombrecillo de sonrisa traviesa—. Soy

Julien, su técnico de sonido. Mire, ya sé que suena a chiste, pero a François se le ha escapado el aparato.

Explicado de esa manera, el incidente parecía baladí, pero todos los presentes echaron su cuarto a espadas: el cámara, los miembros de la delegación...

—Cogerá el siguiente —apuntó tímidamente Julien, el único que había permanecido a su lado.

Julien se despidió y se reunió con Régis, que charlaba con los compañeros que habían llegado en furgoneta, mientras esperaban los equipajes y las cajas de material.

Todos estaban impacientes por llegar a París. Nine no tardó en quedarse sola. Fue al mostrador de la compañía. El siguiente vuelo llegaba a las seis de la tarde.

Insistió para que llamaran al aeropuerto de Praga, donde tardaron un tiempo increíble en dar con un responsable. Pero no, el señor Pelletier aún no se había presentado...

Esa conversación le bastó a Nine para confirmar que no sólo tenía dificultad para hacerse entender sino también para comprender correctamente lo que le respondían.

Antes de ir a Le Plessis, volvió a pasar por el taller para coger a *Joseph*.

Como encontró allí a Odette, que estaba limpiando lomos de libros, le pidió que la acompañara a correos y llamara por ella al hotel de Praga.

No, todavía no habían visto al señor Pelletier.

El recepcionista le pasó a una persona que hablaba un francés correcto, pero que en lugar de proporcionar información le hizo preguntas.

—Su marido, ¿conoce a alguien en Praga en cuya casa pueda estar alojado? ¿No ha intentado llamarla? ¿Le dijo qué pensaba hacer la última noche?

De común acuerdo, las dos mujeres decidieron colgar.

—¡Bah, perder el avión no es nada del otro mundo! —dijo Odette tratando de aliviar la preocupación de Nine.

Habían regresado al taller en silencio.

54

Te informo, eso es todo

Sobre la vida de Jean se cernían nubes cada vez más negras. No había conseguido hablar con su padre, y luego estaba aquel asunto de sor Agnès, que Geneviève utilizaba para apropiarse de su empresa. ¡Si llega a pillar a la monjita en ese momento le habría hecho pasar un mal rato!

En lugar de erigirse en uno de los grandes empresarios del país, iba a convertirse en un miserable asalariado más de la compañía, de la que Geneviève sería dueña y señora.

Y además sin perder la potestad de enviarlo ante el juez de instrucción en cualquier momento, si *Asteria* se lo aconsejaba, y de ahí, directo al cadalso.

—¡Jean! —Desde la ventana de su despacho, Geneviève le hacía señas para que fuera—. Quería hablarte de la pobre Thérèse...

Él se había olvidado por completo de su cuñada, de esa mujer viuda e inconsolable y sus desgracias.

—¿Sigue allí?

—¡Jean, acaba de dejar Beirut! Desde luego... ¡Podrías interesarte un poco por mi familia! Con lo que me preocupo yo por la tuya... —Jean iba a responder, pero Geneviève se le adelantó—: No tenía un céntimo para venir, le he pagado el billete.

¿Qué podía decir?

Jean estaba sorprendido; no entendía por qué le contaba que había hecho un gasto del que no se habría enterado.

—¿Y?

—Y nada, te informo, eso es todo.

Geneviève bajó la cabeza y siguió con lo que estaba haciendo. Jean estaba desconcertado.

Pero al salir del despacho de su mujer para volver al suyo lo comprendió.

Geneviève no le hablado de su hermana Thérèse, sino que lo había informado, y, por tanto, acababa de decirle: «Aquí mando yo.»

No se equivocaba. En su escritorio, Jean encontró una carpeta con tres ejemplares del contrato y, grapada en una esquina, una tarjeta de presentación que no reconoció.

Arriba, a la izquierda, podía leerse:

DIXIE
Prêt-à-porter — Ropa para el hogar
Empresa representada en el
consejo de administración de la FNEF

Geneviève Pelletier
Presidenta y directora general

Escrito a mano, su mujer había añadido: «Para su firma.»

55

No sé cómo hacerlo

François alzó la cabeza hacia el puente de Carlos. Las estatuas, de guardia sobre el pretil, como intemporales e implacables espíritus oscuros, se confundían con el enemigo.

¿Qué había pasado para que él, redactor jefe del periódico más leído de Francia, se encontrara en esa situación desesperada?

No paraba de repetirse: «¿Cómo has podido acabar así?»

La cara de Nine se mezclaba con la de Kozel, la de Klára, la de Georges, y todos juntos le recordaban su fracaso. Pero el único culpable era él y, curiosamente, reconocerlo lo hizo reaccionar. No quería ser un perdedor, como su hermano Jean, que siempre lo había sido. Él había combatido, se había alistado a los dieciocho años, había participado en la campaña de Siria, y con la munición y la pistola en las manos no pudo evitar pensar en sus camaradas y en aquella guerra homicida y sin gloria en la que muchos de ellos habían perecido. El eco de aquel espíritu de lucha y resistencia que anidaba en su interior despertó con aquel recuerdo y se vio de pronto con más fuerza y determinación.

En realidad, el frío y la angustia estaban haciendo mella, y mientras trataba de hacer acopio de las pocas fuerzas que le quedaban empezó a hacerse preguntas más prosaicas: dónde comer, dónde calentarse... El río le daba miedo, ¿cómo escaparía de la policía?

Sonaron unas campanadas a lo lejos. Contó nueve. ¿Se habría saltado alguna? Gateó hasta la orilla, estaba muerto de frío. Las sirenas de la policía habían enmudecido, ya no se oían gritos, traqueteo de fusiles ni ruido de botas.

Había entrado en otra fase.

La policía había aparecido delante de la embajada al mismo tiempo que él... Naturalmente, François no creía en el azar.

No habían conseguido detenerlo, y ahora lo estaban buscando.

A pesar de su estado de confusión, tenía muy presentes las indicaciones de Georges. Tenía que llamar a la embajada y, luego, dejar un mensaje en aquella vieja sombrerería, cuyo nombre, para su sorpresa, recordaba muy bien: Klobouky Prádlo, en la calle Vodičkova.

Se guardó la pistola en el bolsillo interior de la chaqueta y se palpó los exteriores febrilmente. Nada. Pero en los del abrigo encontró un billete arrugado de veinte coronas y unas cuantas monedas...

Gateó hasta la orilla y se puso en pie.

No se veía un alma. Se limpió muy deprisa el barro de las rodillas de los pantalones. No se había manchado demasiado, pero su ropa, sus zapatos, el hecho de que no llevara sombrero, todo lo señalaba como extranjero. Perfecto para que se fijaran en él.

Echó a andar a paso vivo, como si fuera un hombre con prisa, mientras buscaba desesperadamente una cabina telefónica. Estaba en Malá Strana. No tardó en desembocar en una animada placita, donde la jornada parecía haber empezado de buena mañana. Cuanta más gente hubiera a su alrededor menos probabilidades habría de que repararan en él. Debía evitar a toda costa a los policías, pero la STB contaba con innumerables informadores entre la población, y hasta que Georges lo rescatara su única posibilidad era desconfiar de todo y de todos y mantenerse en movimiento. Así que se puso a caminar, deteniéndose a menudo pero brevemente en un banco, en un murete, en la acera, para recuperar las fuerzas.

Poco antes de las diez, la hora de apertura al público de la embajada, vio una cabina vacía en la esquina de Zahrádková ulice. Dio un par de vueltas por las calles adyacentes.

¿Funcionaría?

Entró, introdujo las monedas y marcó el número.

—Embajada de Francia, dígame.

—¿Puede ponerme con el servicio de visados, por favor?

—No cuelgue.

La respuesta fue muy rápida. Esta vez era una voz de hombre.

—Sí, ¿en qué puedo servirlo?

—Tengo un visado válido hasta el 20 de mayo y me gustaría prorrogarlo unos días. No sé cómo hacerlo...

Procuraba serenar la voz, pero le temblaba de emoción.

—Pásese por la embajada cuando le vaya bien y le explicaremos la tramitación...

François soltó un profundo suspiro de alivio.

Por la calma y la respuesta de su interlocutor, comprendió que esperaban su llamada.

—Gracias —respondió.

Y colgó.

56

¿Qué ocurría?

Tenía que esperar tres horas antes de ir a buscar el mensaje, que seguramente contendría una dirección en la que al fin estaría seguro o donde alguien se haría cargo de él. ¿Quién, Simon? Era lo de menos. Conforme se acercaba la hora de la liberación, le invadió una especie de euforia. ¡Aquello se merecía un capítulo aparte dentro del reportaje central de la serie! Vagó unos minutos por los alrededores de la calle Vodičkova, pero comprendió que no era prudente que lo vieran merodeando por el barrio.

La pistola, en el bolsillo de su chaqueta, le pesaba cada vez más. Llevarla le daba tranquilidad, pero, al mismo tiempo, lo ponía nervioso. ¿Era mejor deshacerse de ella? En cuanto recogiera el mensaje de Georges, la arrojaría al Moldava.

Estuvo un buen rato deambulando por los jardines de Kampa. Pasaba de un banco a otro mientras tomaba nota mental de los sitios aptos para dormir o hacer sus necesidades. ¿Estarían abiertos por la noche?

Tenía hambre, pero ese mensaje era de vital importancia, y prefirió no cometer ninguna imprudencia, como gastar las cuatro perras que le quedaban en comprar un poco de pan o algo de fruta.

Oyó las campanas de San Juan Nepomuceno, que sonaron dos veces, y se puso en marcha. Tardó unos veinte minutos en encontrar su hotel y, desde allí, el camino a la calle Vod...

Se detuvo en seco.

La calle estaba bloqueada por unas barreras de madera.

Dos policías uniformados custodiaban la entrada y dispersaban a los viandantes, obligados a volver sobre sus pasos. A unos metros detrás de ellos, varios trabajadores, organizados alrededor de una gran máquina de obra, levantaban los adoquines con barras de hierro.

François vio a lo lejos el letrero «KLOBOUKY PRÁDLO». El buzón.

Algunos curiosos observaban los trabajos e intercambiaban comentarios:

—*Uniká tu plyn?*

—*Jo, myslím, že jsme měli štěstí, že to nevybuchlo...*

—*Zatím! Nezůstanu tady...*

¿Qué ocurría?

¿Una fuga de agua o de gas?

Su única salida era inaccesible.

La embajada, intervenida, no podría hacer nada más por él.

La policía ya debía de haber interceptado e interpretado su llamada.

Maldito Georges Chastenet.

Estaba totalmente desamparado.

57

Considerémoslo como tal

—¿Hay algo que no me hayas dicho?

Georges estaba muy preocupado, y le llamaba la atención el cambio de actitud de Marthe. Había sido detenida por traición y sería condenada a pasar el resto de sus días en la cárcel, donde moriría sin pena ni gloria. Sin embargo, su expresión era tranquila y serena como una santa de vitral. Parecía aún más joven.

Estaba sentada con la espalda recta en medio de una sala sin ventanas y lo miraba con extrañeza, como si fuera un espíritu superior obligado a tratar con un ser indigno de su virtud.

—¿Sabes algo sobre François Pelletier? —preguntó de nuevo Georges.

No hizo falta que contestara. Marthe no sabía nada, así que nadie sabía nada.

Era una muy mala noticia.

Cuando volvió a subir a su despacho, encontró una nota donde se le pedía que fuera al del señor Leal. Se presentó allí.

Michelet y Libert, sentados tranquilamente, ponían ya cara de circunstancias.

—Georges —se limitó a decir Croizier.

E hizo un gesto con el índice: lo escuchamos.

—Tres cosas —dijo Georges—. Teodor Kozel llegará mañana hacia mediodía. Nos trae información sobre lo que de verdad ocurre en Kychgorod y sobre los daños que haya podido causar Marthe durante los últimos meses. Por último, hemos perdido a un agente en Praga.

—¿Un agente? ¿De veras? —dijo Libert.

Señalaba el escueto documento que les había pasado el señor Leal, en el que exponía lo esencial de la exfiltración del Duende y mencionaba la ayuda aportada por François Pelletier.

—Agente o no, considerémoslo como tal —atajó Croizier irritado—. La cuestión es saber cómo lo recuperamos.

Era un momento difícil para Georges.

La ambiciosa operación que había montado había sido un éxito absoluto: el Duende estaba en camino y el topo, fuera de combate. Pero, aunque tenía derecho a esperar que se le reconociera mínimamente su eficacia y la astucia de utilizar los servicios de Élise, su deber era rescatar a un fugitivo inocente detrás del Telón de Acero. Un aficionado que no tardaría ni una hora en cantar después de su detención: primer capítulo de una catástrofe diplomática y política. La última pista que tenía de François antes de que echara a correr delante de la embajada lo situaba en Květinový trh, por donde el quiosquero lo había visto pasar.

Tenía que lanzarse a explicar hasta qué punto se había torcido aquella operación.

—Nuestro buzón está quemado, no sabemos dónde se encuentra Pelletier... —Cerró los ojos y se tragó el siguiente sapo—. No es imposible que vaya armado...

Libert y Michelet bajaron modestamente la cabeza con un «bravo» inaudible que todos oyeron.

—¿Qué hacemos? —preguntó el señor Leal.

—Pelletier sólo tiene un punto de contacto con nosotros: el piso en el que durmió anoche. Yo creo que irá allí. He enviado a uno de nuestros agentes para intentar recuperarlo.

Nadie mencionó las consecuencias de aquella operación tan exitosa que tan mal había acabado, pero todos podrían escribir la lista por adelantado.

La policía sólo tardaría unas horas en constatar la desaparición de Teodor Kozel (si es que aún no lo había hecho). A partir de ese momento, se desencadenaría una imparable serie de consecuencias.

Las autoridades señalarían a la inteligencia francesa y, para no admitir que existía un traidor entre sus filas, acusarían a Francia del secuestro de un funcionario checo en su territorio. El embajador francés, convocado de urgencia, se haría el tonto, como sólo saben hacerlo los diplomáticos de profesión, y le encargarían transmitir una queja oficial a su gobierno.

Ese mismo día, un comunicado oficial del gobierno checoslovaco dirigido a las agencias de prensa internacionales informaría de una «flagrante violación de la soberanía del país perpetrada por agentes de los servicios de información franceses», subrayando que aquella «acción ilegal y hostil viola el principio fundamental de la soberanía de los Estados». Se exigirían explicaciones inmediatas del gobierno francés, así como la restitución del funcionario (para no empañar la imagen del resplandeciente paraíso del socialismo, Teodor Kozel pasaría lo más tarde posible de la condición de «víctima de un secuestro» a la de «traidor a la patria»).

Por último, se anunciaría que «un agente de los servicios de inteligencia franceses —vinculado con ese secuestro— permanece huido dentro del territorio checoslovaco» y se informaría a «las autoridades francesas de que, puesto que va armado, será abatido al menor intento de resistencia».

El guión de la película ya estaba escrito, todos conocían las secuencias más espectaculares, y sin duda tenía la solidez de un clásico.

Volvió a oírse un «bravo» silencioso, que nadie tuvo tiempo de saborear, porque una secretaria le llevó un mensaje a Georges.

Acababa de llegar información sobre Klára.

58

Era un trato

Veía a muchos más policías en las calles de lo que le había parecido cuando no era más que un periodista haciendo un reportaje en Praga. Ahora que era un fugitivo armado con una pistola los veía por todas partes. Pero, en realidad, François sólo era un hombre en apuros que no sabía adónde ir ni qué hacer. La hora que siguió al fiasco de la calle Vodičkova hizo una caminata infernal, a paso de carga y con constantes cambios de dirección para intentar burlar a sus posibles perseguidores, lo que, en una ciudad llena de subidas y bajadas, resultaba agotador.

«Necesito ropa, zapatos, una gorra, dinero... Contactar con Georges...», se repetía sin cesar.

Entonces tuvo la idea, como una revelación.

Descartado el buzón, el único sitio que lo unía a Georges Chastenet era el piso donde había pasado la noche con Klára, una vivienda casi vacía, que apenas se utilizaba y donde podría descansar y tener tiempo para organizarse, y, por encima de todo, el único sitio seguro en el que Georges podía hacer que lo fueran a buscar. Y salvarlo. ¿Estaría abierto? ¿Era accesible? En cualquier caso, era su única esperanza.

Recordar el camino no fue fácil. Tras observar detenidamente todas las calles y las plazas por las que pasaba, acabó reconociendo una casa, se detuvo, trató de orientarse, sí, había pasado por allí, tomó una calle que le resultaba vagamente familiar y, por fin, allá, a la derecha, vio el edificio. Identificó la puerta cochera por la que había entrado con Simon y Klára.

No era cuestión de fastidiarla precipitándose, así que volvió sobre sus pasos con la angustiosa sensación de que con aquello iba a jugarse su última carta.

Si es que le quedaba alguna.

Contó veinticinco pasos, dio media vuelta y regresó.

De pronto, cuando ya sólo estaba a unos cincuenta metros, vio a Klára que salía del edificio y miraba en su dirección con una sonrisa mientras iba a su encuentro con paso tranquilo.

Llevaba un abrigo largo y unas botas de cuero de tacón alto. Le pareció hermosa y ligera, como salida de un sueño.

Al verla allí y sentirse al fin seguro, lo invadió un alivio tan grande que le entraron ganas de llorar.

Contuvo el impulso de correr y se limitó a apretar el paso.

No estaban más que a una treintena de pasos el uno del otro cuando François se dio cuenta de que no sonreía sino que... lloraba.

Se detuvo en seco.

Su perplejidad no duró mucho, porque, detrás de la chica, en medio de un estrépito de botas y órdenes estentóreas, vio irrumpir un ejército de policías y soldados armados que salía corriendo de la esquina de la calle.

Klára, situada exactamente entre él y los soldados, avanzaba en su dirección.

—¡Huye! —le gritó.

Una ráfaga de metralla la alcanzó en la zona lumbar. Klára se arqueó, como a punto de arrancar a correr hacia él, y se derrumbó sobre la acera.

François se quedó petrificado.

Sobrecogido, miraba el cuerpo tendido en los adoquines.

Abatida Klára, ya nada se interponía entre él y los soldados, que se acercaban corriendo y gritando.

Presa del pánico, François dio media vuelta y, con las balas silbando sobre su cabeza, corrió como un poseso, torció hacia una calle estrecha, «no te vuelvas», sorteó el pequeño mojón de piedra, «corre, no pienses», resbaló, cayó al suelo, volvió a levantarse, giró a la izquierda... Detrás de él, los soldados se gritaban órdenes, sus pisadas repercutían en las paredes y sonaban como un ejército a caballo... Aquel barrio era una maraña de callejas y pasajes, pero también de callejones sin salida. Se había internado en un laberinto de vías cada vez más estrechas y su gran miedo era encontrarse de pronto frente a un muro.

Y eso fue lo que pasó.

No era propiamente un muro, sino una enorme y descascarillada puerta cochera cerrada a cal y canto que aporreó frenéticamente. El eco del contingente armado que lo perseguía y que parecía haberse alejado volvía a acercarse.

François se volvió. Sólo tenía unos segundos para tomar una decisión.

Y tomó la mala.

Ése es el problema. Con contadas excepciones, un hombre en posesión de un arma siempre acaba utilizándola.

François, de espaldas a la puerta, se sacó la pistola del bolsillo y comprobó el cargador mientras esperaba a que apareciera el escuadrón armado por la esquina del callejón, sin duda listos para responder a su fuego.

Pero él no estaba dispuesto a morir.

Eso le parecía una injusticia, aunque ya no había marcha atrás.

Apuntaba al frente, sosteniendo el arma con las dos manos, listo para disparar, cuando de pronto el hombro dejó de aguantarlo y cayó de rodillas al suelo. Despavorido, apuntó hacia un lado.

Lo que había provocado su caída era una vieja puerta situada a su derecha que ni siquiera había visto, pero en la que se había apoyado para apuntar mejor, y que se había entreabierto. Por suerte logró evitar presionar el gatillo. Un chico en pantalón corto, de unos siete u ocho años, con un rostro denso y firme, una mirada distante e inquisitiva, y con el pelo cortado a tijeretazos, lo observaba en silencio. Tras asomarse al callejón por donde iban a llegar las fuerzas del orden, abrió la puerta del todo y, sin mediar palabra, se alejó por un pasillo oscuro.

François se levantó a toda prisa, entró y cerró la puerta a su espalda.

Dentro olía a humedad y vino en toneles. Apenas se veía. François volvió a guardarse la pistola en el bolsillo para avanzar tanteando la pared de piedra con las dos manos. Llegó hasta una escalera húmeda, en la que estuvo a punto de resbalar, y apretó el paso para no perder de vista al niño. Al entrar en un patio cuadrado, miró hacia arriba y en todos los pisos vio galerías corridas en las que se amontonaban plantas, bicicletas y pequeños muebles, todo lo que se deja fuera cuando el interior es demasiado exiguo.

El chico aún no había dicho una palabra, sólo se volvía hacia él para asegurarse de que lo seguía.

Cruzaron el patio, tomaron otro pasillo, una escalera de subida, una calleja... Era un auténtico dédalo de pasajes, tanto subterráneos como a cielo descubierto, que atravesaban edificios. Tras haber pasado de un pasillo a un sótano y de un patio a una calleja, François estaba totalmente desorientado; no tenía la menor idea de dónde se encontraba ni adónde iba.

Por fin, el niño se detuvo ante una puerta, la abrió lentamente y se apartó para señalarle una plaza que en ese momento atravesaban un viejo jamelgo tirando de un carro y amas de casa con capazos. Estaba en algún lugar de Malá Strana.

François cruzó la puerta con cautela. Estaba a salvo.

¿Qué podía decirle a aquel niño?

Nada. Era un trato.

Tenía la mano extendida hacia él.

Desconcertado, François rebuscó en sus bolsillos y sacó todo el dinero que le quedaba, pero el niño negó con la cabeza y señaló el pecho de François.

El bolsillo en el que llevaba la pistola.
Cargada con ocho balas.
Así que François sonrió y dijo que no con la cabeza y con los labios.

Fue un duelo de miradas. Estaba claro que su vida dependía de aquel niño: le bastaba con gritar, atraer a gente y salir disparado.

Pero era un chavalín que había aprendido muy pronto que en esta vida conviene ser pragmático.

Así que tendió la otra mano, y François le puso todo su dinero. Mientras el niño, que no había despegado los labios, calculaba el montante de su botín y regresaba a su pasillo, sus sótanos, sus pasajes y sus patios de vecinos, François se subió el cuello del abrigo y echó a andar por la plaza.

Tenía un nudo en la garganta.

Delante de él, allí mismo, volvía a ver la silueta del cuerpo de Klára tendida en el suelo.

59

No me creo una palabra

Era inconcebible que François, que sólo había llegado tarde a dos citas en diez años, hubiera perdido el vuelo a París. Nine estaba cada vez más nerviosa. Había leído muchas crónicas firmadas por François sobre la repentina y misteriosa desaparición de un hombre o una mujer que años después se descubría que había empezado una nueva vida en otro lugar, o se encontraba su cadáver en un zarzal de la Alta Provenza o bajo las losas de una casa en ruinas tras una década de búsquedas infructuosas...

Estuvo en el taller hasta la hora de volver al aeropuerto, pero trabajó poco y mal, y acabó cortándose con unas tijeras.

Odette, que como de costumbre había acudido a ayudarla, la curó con sus dotes de experta madre de familia.

—Cuando no se sabe nada, es mejor no hacerse ideas raras —dijo mientras acababa de vendarla.

—Lo que está claro es que no ha vuelto con los demás...

—Entonces, volverá con los siguientes.

Ante esa tozuda lógica, no había réplica posible.

Nine cogió un taxi a Orly, adonde llegó alrededor de las seis. Como el avión estaba anunciado con veinte minutos de retraso, fue al mostrador de la compañía para pedir que consultaran la lista de pasajeros. No la había. Tendría que tomárselo con paciencia.

La noticia le llegó cuando pasaba por delante del puesto de periódicos, que acababa de recibir la última edición de *Le Journal du Soir*.

Salía una foto de François en la portada.

—¿Quiere sentarse? —le preguntó el quiosquero al ver que su clienta estaba a punto de desmayarse.

Nine negó con la cabeza, buscó torpemente en su bolso, pagó y, sin esperar el cambio, se alejó con el periódico.

PRAGA
Inquietante desaparición de nuestro periodista, falsamente acusado de espionaje
Seguimos sin noticias de él

Nine reconoció la foto, era de hacía dos o tres años, se la había hecho un compañero del *Journal*.

[...] ausente en el momento del despegue. No se tenían noticias suyas, hasta que, a mediodía, las autoridades checoslovacas han publicado un comunicado absurdo calificando a nuestro periodista de «espía al servicio del gobierno francés» sin aportar la menor prueba.

Nine tuvo que agarrarse al brazo del sillón. ¿François, un espía?

[...] delante de la embajada de Francia y habría huido cuando la policía intentaba abordarlo.

¿La policía?

[...] que habría desarmado a un agente y, en consecuencia, sería considerado un espía peligroso y, como tal, abatido en caso de resistencia a las fuerzas del...

Soltó el periódico.
Una mano lo recogió del suelo. Nine alzó la vista.
—Buenas tardes, Nine.
Era Arthur Denissov, el dueño de *Le Journal du Soir*, que posó su corpachón en el sillón de al lado.
—Es un terrible malentendido, se lo aseguro. Y nada más que eso —afirmó cogiéndole la mano con mucha suavidad.
Nine estaba segura de que aquel hombre intentaba seducir a todas las mujeres con las que se cruzaba. Retiró la mano. En absoluto ofendido, Denissov añadió:
—Estamos en estrecho contacto con el Quai d'Orsay desde esta mañana.... Toda la información que consigamos se le comunicará de inmediato.
Nine apenas se había repuesto de la sorpresa.
—¿De inmediato? Entonces, ¿por qué me he enterado por el periódico de lo que le ha ocurrido a mi marido?
Denissov presumía de ser «perro viejo» y, ciertamente, pocas veces lo cogían desprevenido.
—La hemos buscado en su domicilio, pero no la hemos encontrado...
Quizá fuera verdad, se pasaba la vida en el taller.
Pero ambos comprendieron que tenían motivos de sobra para desconfiar del otro.
Él, porque, si aquel asunto se alargaba, Nine, que sería una valiosa fuente de información, no se pondría en sus manos tan fácilmente.
Y ella, porque, pasara lo que pasase, Denissov siempre pondría por delante el interés de su periódico.
—¿Puedo hacer algo por usted?
«Devolverme a mi marido», pensó Nine, pero no lo dijo.
—¿Tienen ustedes algo que ver con esto?
—¿El *Journal*? Nada, acabamos de enterarnos.

—¿Y qué saben?
—Lo que hemos escrito, eso es todo. A la hora de salida del avión, se ignoraba su paradero. Fue visto por última vez delante de la embajada francesa, hacia la que se dirigía. La policía intentó detenerlo, pero él huyó, tras lo cual publicaron ese comunicado. No sabemos más.

«Se ignoraba su paradero», «intentó detenerlo», «huido»... Nine juntaba de nuevo aquellas palabras tratando de comprender su significado.

—Vuelva a casa y descanse —dijo Denissov—. La llamaré en cuanto haya alguna novedad. Lo que puedo asegurarle es que trabajamos para aclarar este asunto. Ni el ministerio ni el *Journal* abandonarán a François, le doy mi palabra.

Una vez sola, Nine entró en una cabina telefónica del vestíbulo y llamó a Angèle.

—¡Ah! ¿Eres tú?

Cuando llamaba ella, su suegra siempre alzaba la voz.

—François no ha llegado en el vuelo de la tarde.

Hubo un silencio.

—¿Has leído el *Journal*, Nine? ¿Qué es esa historia?

Nine se refugió en lo que quizá era una mentira, pero que repitió con toda la sangre fría de que fue capaz.

—Es un bulo inventado por el gobierno checoslovaco, Angèle. François no tiene nada que ver con todo eso.

—¿Qué sabes del asunto?

—El director del *Journal* ha venido a verme. Es un hombre bien informado.

—Entonces, si es un error, ¿volverá pronto?

Nine no tenía respuesta, y Angèle se arrepintió de habérselo preguntado.

—Mañana por la mañana, iré al Ministerio de Asuntos Exteriores. En cuanto sepa algo, la llamo.

Hélène y Jean, preocupados por las noticias de la prensa, habían llamado a Le Plessis, al no conseguir contactar con Nine. Todos temían por Louis y su prescripción de reposo absoluto. Angèle les había propuesto que se juntaran todos en la habitación de su marido al día siguiente a mediodía.

—Para tranquilizarlo.

—De acuerdo —dijo Nine.

Luego llamó a casa, donde Odette ya debía de haber acostado a los niños.

—Los dos duermen. ¿Ha llegado tu marido?

—Todavía no. Ya le explicaré...

Odette nunca leía los periódicos, así que no se enteraría hasta el día siguiente: Nine no tenía ánimos para contarle lo poco que sabía. Y tampoco para volver a casa.

—¿Le importa que vuelva al taller, Odette?

—¡Pues claro que no! Que trabajes bien. Pero no vuelvas demasiado tarde, ¡necesitas dormir!

Le hablaba como si fuera una niña pequeña.

Nine paró a un taxi.

No conseguía sacarse de la cabeza la idea de que, en alguna parte de aquella historia, quizá hubiera una mujer.

«Es ridículo. Un marido espía o un marido infiel. ¿Y si tuviera que elegir?», se dijo.

Los acontecimientos iban a decidir por ella.

Nine abrió y encendió la luz. Siempre le pasaba lo mismo, en cuanto entraba en el taller se daba cuenta del trabajo que quedaba por hacer y se asustaba. ¿Sería suficiente la prórroga que había pedido? Se quitó el abrigo y lo colgó. Iba a ponerse la bata cuando vio una silueta al otro lado de la ventanita que daba al patio.

El reloj de pared marcaba las ocho pasadas.

Fue a abrir.

Era un hombre de rasgos marcados, que se sacó educadamente el sombrero para saludarla.

—¿Señora Pelletier? —Como Nine no respondía, añadió—: Me llamo Georges Chastenet, trabajo para el gobierno.

¿Puede concederme unos minutos, por favor? —Al ver que Nine palidecía, se apresuró a decir—: ¡No se asuste! No le traigo malas noticias.

«Si François no está muerto, entonces es un espía. Y todo es cierto...», se dijo Nine de inmediato.

El hombre entró en el taller.

—Todo lo que ha leído en *Le Journal du Soir* sobre su marido es falso, señora Pelletier. Completamente falso.

—¿Para quién trabaja usted?

—Sí, perdone...

El hombre sacó la cartera del bolsillo interior de su chaqueta, la abrió y le enseñó un carnet listado con la bandera tricolor.

Iba a cerrarla, pero Nine lo detuvo.

—Perdone, no me ha dado tiempo a verlo.

Tenía la mano extendida. Georges la observó mientras ella examinaba el carnet y se dijo que aquella mujer no aceptaría ningún cuento.

—Ministerio de Asuntos Exteriores... —murmuró Nine devolviéndole el carnet.

Georges había elegido aquel carnet porque el del Ministerio del Interior infundía más miedo. Los tenía de todo tipo.

—Sí. —Sabía que era sorda, pero no esperaba que fuera tan desconfiada—. Por motivos que resultaría complicado explicar, las autoridades che...

—Si son complicados, pondré toda mi atención —lo atajó Nine—. Adelante, lo escucho.

Georges la encontraba encantadora. Élise no lo habría hecho mejor. Ella también lo habría dejado de pie en mitad del taller con el abrigo puesto.

—Nuestras relaciones con ese país son tensas. Han aprovechado una incidente desafortunado para colocarnos en una posición delicada, eso es todo.

—Tenía usted razón, es difícil de entender. Si las relaciones son tensas, ¿por qué invitan a una delegación de empresarios franceses?

—Es un gesto de cara a la galería. Con esa visita quieren que el mundo crea que son amistosos, nada más.

Nine asintió con la cabeza.

—Y lo que usted llama un «incidente desafortunado», ¿es mi marido?

«Ya estamos. Por muchos malabarismos que hagas, al final no te queda otra que confesar», se dijo Georges.

—Efectivamente, señora Pelletier. Su marido se asustó y huyó, y el gobierno checoslovaco ha aprovechado la ocasión para acusarlo de espionaje, lo que es sencillamente ridículo.

—¿François se asustó? ¿De qué?

Por supuesto, quien estaba asustada era Nine. No sabía si estaba preparada para afrontar la cruda verdad.

—Su marido, señora Pelletier, pasó la noche con una prostituta que le robó el dinero y el pasaporte. Por la mañana, perdió el avión. No tenía otra solución que acudir a la embajada de Francia. Cuando vio un destacamento de policía, se asustó y huyó. Lo estamos buscando.

—Señor Chastenet, mi marido tiene defectos, como todo el mundo, pero no es un hombre de burdeles. No me creo una sola palabra de esa historia. —Y Georges vio con toda claridad que no era una pose. Tenía una fe inquebrantable en su marido—. ¿Le importaría contarme la verdad?

—La prostituta que pasó la noche con su marido se llamaba Klára Hájková. Tenía veintiséis años. Por lo visto las autoridades consideraron que su testimonio invalidaría la versión que intentan imponer. La han asesinado hoy a primera hora de la tarde.

Al anunciarle la muerte de Klára, Georges pudo ver la conmoción en su cara, otra imagen para esa galería de fantasmas que no cesaban de reprocharle sus errores. Nine se había quedado helada.

—He venido a verla, señora Pelletier, para pedirle que nos deje actuar a nosotros. No haga nada que pueda retrasar el regreso de su marido. La informaré lo mejor posible, pero, por favor, tenga paciencia, nada nos interesa más que su regreso.

Para Nine aquello ya no era un lío con una prostituta. Quizá tuviera que aceptar que François había estado con esa chica. ¿Se había esforzado lo suficiente para que su marido no tuviera ganas de recurrir a eso?, se preguntó fugazmente.

¿De verdad había muerto una mujer de veintiséis años? Aquello ya no tenía nada que ver con el sexo, tenía que ver con la vida...

—De acuerdo —dijo al fin.

Georges se abrochó el abrigo. Nine no tenía más remedio que confiar en él.

—Ésta es mi tarjeta. Ese número es confidencial, puede llamarme a cualquier hora del día o la noche, o dejar un mensaje. Por mi parte, en cuanto tenga información, se la daré. Entretanto, déjenos maniobrar. No intente hacer nada, sería inútil y... complicaría aún más las cosas. Estamos totalmente convencidos de que podremos traer de vuelta a François en los próximos días, créame.

—Gracias —dijo Nine.

Georges se dirigió a la puerta.

—No tendrá que esperar mucho.

Nine asintió con una sonrisa de agradecimiento.

Y Georges Chastenet abandonó el taller.

Nine cerró la puerta con llave y descolgó el teléfono.

Que aquel hombre dejara de hablar de «su marido» y dijera «François» la había convencido. Georges Chastenet conocía a su marido más de lo que había admitido. Lo que le había contado era una mentira.

En el fondo, importaba poco, espía o putero, lo que Nine quería era recuperar al hombre que amaba.

—¿Hélène?

—Dime, Nine...

—Temía que hubieras salido ya hacia el estudio...

—¡Casi! El taxi ya está abajo...¿Tienes noticias de François?

Nine resumió rápidamente su conversación con el enviado del ministerio.

—No me creo una palabra. Y... Hélène...

—Dime.

—Voy a tener que hacer averiguaciones sobre el asunto de François... Necesito un aparato auditivo, ¿podrías acompañarme?

60

Menos mal que me he puesto a ello

Al llegar del colegio, Colette encontró a Philippe llorando.

—¡Déjame en paz! —le gritó él cuando le preguntó el motivo.

Philippe era más patético que malo, al contrario que su madre. Desde luego, no perdía ocasión de insultarla o golpearla, pero Colette no podía evitar que su situación de niño abandonado la conmoviera. Su caída en desgracia había sido tanto más dolorosa cuanto que la causa seguía siendo un misterio.

Mientras se quitaba el abrigo, Colette miró de reojo la hoja cuadriculada, donde las lágrimas de su hermano habían humedecido innumerables tachaduras. Ni siquiera había empezado a hacer la tarea, un portaplumas partido daba fe de su rabia e impotencia. Sus gruesos mofletes, cubiertos de churretes de polvo y tinta seca, enternecieron a Colette, que, a pesar de los frecuentes golpes que le propinaba su hermano, se sentó frente a él.

Leyó al revés el título de la redacción: «Cuenta un día de tu vida digno de recordar.»

Philippe la miraba con su hostilidad habitual.

—¿Qué día has elegido?

Philippe se derrumbó sobre la mesa con la cabeza entre los brazos.

—El deber, tengo... —creyó entender Colette que decía entre sollozos.

Se levantó y rodeó la mesa, pero se detuvo y contuvo el gesto de acariciarle la cabeza, como acostumbraba a hacer su madre antes de que lo condenara al ostracismo. Optó por ponerle una mano en el hombro.

—¿Tienes el deber? ¿De qué?

Philippe se volvió hacia ella desamparado.

—El deber... ¡tengo que entregarlo mañana!

Señalaba la hoja, empapada y emborronada.

—¿Cuántas líneas? —preguntó Colette.

—¡Media cara!

Estaba aterrorizado.

Al instante, Colette tomó una decisión.

—Hazme sitio —dijo sentándose a su lado—. Y copia lo que yo escriba.

Cogió dos hojas blancas, colocó una frente a su hermano, se puso la otra delante y empezó: «Un día, en casa de mi abuelo...» Al inclinarse hacia Philippe para leer lo que escribía, tuvo que contener el gesto de interrumpirlo para corregir sus faltas de ortografía, porque sin ellas la treta no funcionaría.

Veinte minutos después, la hoja contenía una redacción bastante básica, salpicada de errores de sintaxis y faltas gramaticales. Philippe estaba encantado. Colette le tendió un pañuelo y se sonó ruidosamente.

Se levantó, indeciso.

Tenía que darle las gracias, pero no sabía cómo hacerlo, no se lo habían enseñado. Así que dijo:

—Ven.

Cogieron los abrigos, bajaron la escalera a toda velocidad y en un santiamén se plantaron en la avenida du Maine. Doblaron por un par de calles cercanas y se metieron en un local tras cruzar dos anchas puertas de cristal rematadas por un letrero que a Colette no le dio tiempo a leer.

—¡Hombre, Philippe! —exclamó un anciano delgado de largos cabellos canosos tirando a amarillos que miraba a Colette con sorpresa.

—Es mi hermana —dijo Philippe a regañadientes.

Colette oyó unos «¡clac!» secos, a veces muy seguidos, y se volvió hacia la gran sala, en la que, bajo la intensa luz de unas lámparas bastante bajas, destacaba el fieltro verde que forraba unas largas mesas rodeadas de un pasamanos. Sólo había visto mesas de billar de lejos, pero se acordó de las críticas de su madre: «¡Jean se lleva a su hijo de bares, ¿qué os parece?»

Pero aquel sitio no parecía un bar. Reinaba el silencio y sólo se oían voces bajas y tranquilas.

Colette siguió a su hermano, en cuyas manos aquel señor mayor acababa de dejar un taco. Philippe colocó dos bolas blancas y una roja en el paño.

—Vamos a repetir la combinación del efecto de retroceso y lateral. Dos bolas, un solo golpe. Adelante. —Philippe se inclinó sobre la mesa, pero su profesor le advirtió con voz seca—: Los pies separados a la anchura de los hombros, ¿cuántas veces tendré que decírtelo?

Al tercer intento, Colette comprendió que el objetivo era golpear la primera bola con un efecto de retroceso para que volviera y le diera a la segunda. Para conseguirlo, Philippe tenía que provocar un movimiento lateral con el fin de ajustar la trayectoria. Al cabo de unos instantes, dejó de oír al profesor y se concentró en la belleza geométrica del juego, en la sensación de pulcritud cuando el tiro se ejecutaba bien y las bolas dibujaban una nueva configuración visiblemente favorable a la siguiente jugada. Pero más que de la magnífica estética del juego, Colette estaba pendiente de su hermano. Medía «un metro cuarenta y dos» (lo decía con orgullo y lo bastante a menudo para que ella se acordara). Era alto para su edad, pero no lo suficiente para jugar con la gracilidad de un adulto. A veces, aunque apoyara todo el torso en la mesa, había que realinear las bolas para permitirle alcanzarlas. Era bastante hábil. En dos o tres ocasiones, durante los ejercicios sobre los efectos de retroceso o combinados, el profesor no pudo evitar decir, como a regañadientes:

—Muy bien, muchacho.

Tras lo cual, volvía a amonestarlo por la colocación de las manos, la línea visual o su posición respecto a la mesa, pero en su forma de hacerlo, que a Philippe, de hecho, le provocaba una media sonrisa, había verdadero afecto.

Porque lo que asombraba a Colette era ver a aquel larguirucho ya un poco llenito transfigurado por el placer del juego: modesto cuando acertaba, resignado cuando fallaba y siempre aplicado y concentrado. Era un Philippe al que no conocía.

La segunda sorpresa fue que fuera conocido en aquel sitio (cuando salieron, leyó que era una academia de billar). Varias veces se acercaron a la mesa otros jugadores, siempre silenciosos y como recogidos, cuidando de no molestar, para observar a aquel chico asombrosamente hábil mientras tomaba su clase, cuyos ejercicios se sucedían con extrema rapidez porque casi siempre los ejecutaba bien a la primera.

Había algo más que la transmisión de unas técnicas de un viejo profesor a un joven alumno. Philippe tenía... dotes.

El calificativo no se correspondía con la imagen que daba a los demás. Philippe nunca había sido capaz de nada, sacaba unas notas de lo más mediocres y socialmente era un auténtico desastre. Colette jamás se lo confesaría a nadie, pero un día había sorprendido a su padre diciendo: «Este chico es un cero a la izquierda.»

Lo que observaba era que, aunque evidentemente los consejos técnicos eran útiles, Philippe tenía algo que no se aprendía: «veía» los golpes, los «intuía». Las tres bolas, el paño, el taco y él eran un todo indisociable; sus regordetas manos, que jamás temblaban, no jugaban, expresaban una estética, una praxis, una osmosis.

Colette estaba muy emocionada.

A veces, se agachaba un poco para ver la cara de su hermano inclinada sobre el paño verde con una expresión tranquila, atenta, concentrada, feliz.

—Bueno, chaval, ya es hora de volver a casa —dijo el señor mayor.

La tensión de la sala desapareció de golpe. Todo volvió a ser como antes: las luces, los tacos alineados verticalmente en los soportes, los jugadores, concentrados en su partida, el anciano, al que Philippe llamó «señor Edmond» y que le dio una palmadita en la nuca... Todo volvió al estado anterior.

Incluso Philippe, que de nuevo mostraba su habitual expresión triste, hosca y enfurruñada, pero que ahora Colette consideraba más que un comportamiento fingido, una pose.

—¿Qué, lo has preguntado? —quiso saber el señor Edmond—. ¡Hay que responder el jueves, como muy tarde!

—Lo... lo preguntaré —farfulló Philippe.

Colette se sorprendía de lo mucho que su hermano se parecía a su padre. «De tal palo, tal astilla», como decía su abuelo.

Volvieron a casa andando tranquilamente.

—Ha sido genial —dijo Colette.

—¿Te ha gustado?

—Mucho.

Entonces, Philippe le explicó con sus palabras, siempre torpes, con sus frases entrecortadas e incompletas, que había descubierto el billar el día que papá «jugó conmigo» y luego lo acompañó a la academia.

—Es él quien paga las clases del señor Edmond. De su bolsillo.

Todo lo bueno había que hacerlo a escondidas de su madre.

—¿Qué quería el señor Edmond para la semana que viene?

—¡A ti qué te importa!

Era un acto reflejo. Colette no se lo tomó a mal. De hecho, se dio cuenta de que Philippe aflojaba el paso.

—¿Qué es? —volvió a preguntarle, como si no hubiera oído la anterior respuesta.

Su hermano caminaba con la cabeza gacha, como una mula. No quería responder.

Llegaron a casa. Y en el caparazón de Philippe se abrió una grieta.

—Es un torneo —dijo muy deprisa, como si esperara que su hermana no lo oyera.

—¡Estupendo!

Pero, al ver la cara de Philippe, comprendió que su entusiasmo estaba fuera de lugar. Se detuvo en el rellano.

—Es un torneo de infantiles, dentro de dos semanas —dijo Philippe—. ¡Cuenta para el campeonato!

Colette no preguntó de qué competición se trataba, era evidente que el problema no estaba ahí. ¿Qué lo frenaba?

—Es en Orleans —dijo al fin, y, con la voz teñida de pánico, añadió—: Hay que pagar una noche de hotel...

Ahora lo entendía. Su madre jamás autorizaría semejante gasto, aunque para sí misma no era tan quisquillosa...

—¿Lo has hablado con papá?

La pregunta dejó muy sorprendido a Philippe.

—¿Para qué?

—¿Se lo preguntarás?

Philippe estaba al borde de las lágrimas. No se atrevía.

Colette estaba en las mismas.

El desafío les parecía insuperable a los dos.

Les dio el tiempo justo de organizarse. Cuando Geneviève llegó a casa, agotada, resoplando, heroica como todos los días, la mesa estaba recogida y Philippe con los dientes cepillados. Lo primero que hizo fue mirar a Colette y soltarle:

—¡Pero qué pelo, Colette! En fin, el color no tiene arreglo, pero esas trenzas, Dios mío... —Se volvió, se quitó el abrigo negando con la cabeza, como si continuara una conversación consigo misma, y se plantó delante de su hija—. Esto hay que arreglarlo, hay que volver a darte un aspecto un poco civilizado...

Colette nunca había pisado una peluquería. Se había hecho su propia idea de lo que pasaba en ese lugar. Su abuela, cuando no se ponía ella misma los bigudíes, iba allí y volvía con un peinado voluminoso que tardaba días en desinflarse. Le daba un poco de miedo tener que ir ella, sobre todo porque lo había propuesto su madre. ¿Cómo sería y, lo que era más importante, con qué aspecto saldría de allí? La perspectiva de tener que ponerse bigudíes la aterraba.

—¡Venga, vamos allá!

Geneviève, plantada firmemente con las piernas abiertas, señalaba la silla que acababa de colocar en medio del comedor. Una toalla gruesa con el logotipo de Dixie descansaba doblada sobre el respaldo.

—¿No vamos a la peluquería? —preguntó Colette presa del pánico.

—¡Ni que fuéramos ricos! —Era increíble, cada quince días su madre iba sin falta adonde Renée, un «encanto de mujer», y no parecía dolerle el dinero—. Vamos...

Geneviève le indicaba la silla con unas enormes tijeras abiertas que utilizaba como prolongación de su mano... ¿Iba a cortarle el cuello?

Colette se sentó y notó que su madre le echaba una pesada toalla sobre los hombros.

Con furiosos tijeretazos, Geneviève empezó a cortarle las trenzas a la altura de las orejas. Eran unos mechones entrelazados y gruesos que exigían una fuerza increíble, pero Colette sentía que su madre estaba animada por una voluntad feroz: aquellas trenzas encarnaban el enemigo.

Colette veía cómo iban cayendo al suelo pedazos de su vida. Confiaba en que al menos se fuera la peor época, marcada por la brutalidad de Macagne, cuyo repugnante miembro aún sentía a veces en el fondo de la boca, o por su traición al abuelo, que lo había llevado al hospital.

Pronto tuvo las dos trenzas y un montón de mechones tirados por el suelo. Costaba comprender el método de Geneviève, cortaba a diestro y siniestro, sin orden ni concierto, tirándole del pelo y rozándole las sienes y la nuca, hasta que se detuvo de golpe gritando:

—Pero... ¿qué ven mis ojos?

Colette volvió la cabeza, pero al instante recibió un pescozón en la nuca, por lo que retomó su postura sumisa y obediente.

—Dios mío... —decía Geneviève—. ¡Menos mal que me he puesto a ello!

—¿Qué es?

—¡¿Que qué es?! —gritó su madre—. ¡¿Que qué es?! —Y extendiendo el pulgar hacia ella, añadió—: ¡Piojos, hija mía! ¡Tienes piojos!

—Yo no veo nada —dijo Colette, que escrutaba la uña de su madre con atención.

—¿Ah, no? ¿La señorita no ve nada? No me extraña que tengas piojos. En fin...

Un segundo después, blandía una maquinilla manual.

¿De dónde la había sacado si estaba nueva a estrenar?

Colette notó los dientes de la maquinilla rasgando su cuero cabelludo. Geneviève la deslizaba sin ningún cuidado y le daba dolorosos tirones de pelo.

El poco pelo que le quedaba caía como copos de nieve oscura a su alrededor. Geneviève, que había subestimado la tarea, resoplaba como un marsupial y transpiraba —tenía el labio superior perlado de gotas de sudor—, pero la fuerza con que agarraba la maquinilla daba fe de su inquebrantable determinación.

Colette mantenía la cabeza erguida, a pesar de las torsiones impuestas por las manos de su madre, y miraba a Philippe, apoyado en el marco de la puerta, que esta vez no adoptaba su habitual actitud de observador altivo y displicente. Concentrado en los mechones de pelo que cubrían el suelo, contenía las lágrimas y apretaba los puños, hasta que no pudo más y desapareció en su habitación.

—Listo —dijo al fin Geneviève—. ¡Si no llega a ser por mí, mañana tendría piojos todo el colegio!

Cuando su madre le quitó la toalla de los hombros, Colette se levantó, se acercó al espejo y descubrió su nueva cabeza, cubierta por medio centímetro de pelillos erizados bajo los que se veía un cráneo de una blancura enfermiza.

Aunque ahora se parecía más a un chico, Colette era claramente una niña represaliada.

61

Tři sta padesát korun!

En la pesadilla, Nine lo miraba con la cabeza un poco inclinada, como cuando estaba pensativa e indecisa y le acariciaba la mejilla diciendo: «Pobrecito mío...»

Se despertó sobresaltado.

Había pasado la noche en un viejo edificio de Strakovská ulice, un inmueble abandonado en el que había entrado apartando un trozo de valla. Había dormido luchando contra el frío. Llevaba treinta y seis horas sin probar bocado.

Ya no tenía forma de contactar con Georges Chastenet. No sabía qué hacer. No podía quitarse de la cabeza la muerte de Klára. Estaba enormemente afectado y se sentía culpable. Y ahora era la imagen de Nine la que le apuñalaba el corazón.

No resistiría mucho más en aquel estado de cansancio, abatimiento, hambre y desánimo.

¿No era mejor entregarse? Esa posibilidad empezaba a adquirir cierta consistencia.

En cuanto se la planteaba, pensaba: «¿Tengo algo que reprocharme?»

Y entonces veía un rayo de esperanza.

¡Sólo podían culparlo de haberse asustado al ver a la policía! ¡De nada más! ¡Era comprensible! Además tenía carnet de prensa, era un periodista extranjero, el tipo de persona con la que se va con cuidado. Si se entregaba, el embajador francés, informado de inmediato, defendería su causa. François estaba convencido de que le harían pasar un mal rato, pero sin duda la diplomacia haría su trabajo, tal como Georges le había dicho.

Y por supuesto, al mismo tiempo, otra voz le murmuraba que la policía no tenía por qué relacionar su presencia en Praga con la desaparición de Kozel. En realidad, ni siquiera tenía la certeza de que Teodor hubiera conseguido ocupar su asiento en el avión. Quizá los sometían a un careo. ¿Sabría disimular? Aunque, si la policía había matado a Klára, significaba que la tenían vigilada, que conocían su relación con ella y que lo que estaba en juego era lo bastante importante para que se pusieran a dispararle en medio de Praga a pleno día. Por último, estaba aquella pistola, que había sido tan idiota de llevarse. Un inocente no se abalanza sobre un soldado para apoderarse de su arma reglamentaria.

François trataba de poner orden en sus ideas. Lo más urgente era comer y pensar en alguna forma de abandonar Praga. Ninguna sería fácil porque le había dado al chaval del laberinto todo el dinero que le quedaba.

En ese momento, recordó la conversación de la cena con Georges en París. Había mencionado... ¿qué era? Un «edificio incendiado», ¡un antiguo molino! Y a una mujer con decenas de gatos... No se acordaba muy bien, pero Georges también había dicho algo sobre «marginados de todo tipo», eso fue lo que le vino a la cabeza, «un antro de traficantes donde encontrabas de todo». ¿Seguiría siendo así?

Al cabo de dos horas de andar por las calles haciendo un esfuerzo sobrehumano, tambaleándose, volviéndose a cada rato, fingiendo empujar puertas cocheras para disimular su vestimenta occidental cuando se cruzaba con gente que lo miraba con insistencia, François encontró una gran construcción medio en ruinas y, pese a los espasmos que le provocaba el hambre, entró, procurando mantener el cuerpo erguido.

Había una gran sala y, al fondo, un mostrador improvisado con cajas de jabón. Al lado, un puñado de hombres charlaba y jugaba a las cartas. Todos se volvieron y lo miraron con desconfianza.

Reinaba un ambiente hostil y deprimente. Todo y todos parecían estar en las últimas.

La sala tenía un techo muy alto y olía a cascotes, yeso húmedo, cerveza y sudor. A la derecha, se veía todo un baratillo de neumáticos de bicicleta, muebles cojos y piezas de vajilla desparejadas.

Y pilas de ropa.

Los hombres lo observaban. Empuñando con fuerza la pistola con la mano derecha, se puso a rebuscar entre las prendas amontonadas. De vez en cuando, echaba un vistazo a los parroquianos. La partida de cartas se había reanudado; volvían a oírse conversaciones.

François dejó el arma en el suelo y sacó un abrigo y un pantalón de la pila. Incluso se probó unos zapatos; unos que no le estaban demasiado grandes y pasarían desapercibidos.

Había llegado el momento de negociar y pagar.

Dejó la ropa que había elegido en el suelo, se levantó y se volvió hacia el mostrador. Por fin, un cincuentón de rostro arrugado y aspecto poco saludable, bajo, grueso, alcoholizado, se acercó con paso vacilante.

—*Dvě stě Korun* —dijo sin comprobar el lote de François.

Los jugadores habían interrumpido la partida. Un silencio pétreo llenaba la inmensa sala hasta el techo.

François sacó la mano del bolsillo lo suficiente para enseñarle el extremo de la culata.

El hombre lo miró fijamente y se volvió hacia los jugadores.

—*Pavle!* —llamó.

Le había pasado el relevo a otro, pero él no se movía.

Pavel era joven, más o menos de la edad de François, un hombre en el que, en otros tiempos, habría podido reconocerse.

François repitió el gesto.

—*Tři sta korun* —dijo Pavel.

François no comprendía la oferta que le estaba haciendo. Se tomó su tiempo, sacó la otra mano del bolsillo y abrió la palma para mostrar las ocho balas.

—*Tři sta padesát korun!*

François siguió el guión lógico que debía de esperar el hombre. Retrocedió muy lentamente hacia la puerta sin dejar de mirar la sala, pasito a paso.

Fuera cual fuese el resultado de aquella negociación, sabía que tendría que acabar aceptando.

—*Dobře, čtyři sta korun!*

Ignoraba a qué cantidad se había llegado, pero pensó que debía de haber obtenido el máximo posible, teniendo en cuenta la situación.

Así que avanzó despacio, se sacó la pistola del bolsillo y la dejó al lado de una caja junto con las ocho balas.

El joven le entregó unos billetes mugrientos, que François no se molestó en contar. Pero, en cuanto agarró el montón de ropa, lo detuvo una voz atronadora:

—*Padesát korun!*

Ante la duda, François dio treinta coronas por todo. Por la cara del vendedor, comprendió que no era suficiente y sacó otras treinta coronas, que el hombre se guardó en el bolsillo mientras se volvía para continuar la partida.

François abandonó el edificio y se dirigió hacia un grupo de árboles para cambiarse a cubierto de miradas indiscretas. De una cosa estaba seguro. En menos de una hora, la policía sabría que había estado allí.

62

Le he preparado este sitio

Había señalado con el dedo tres manzanas y un trozo de pan, que le habían dado sin que hubiera entendido cuánto costaban, había dejado unas monedas, esperado el cambio, que había procurado coger sin ninguna prisa, y luego había desaparecido caminando a un paso que esperaba pareciera normal. La noticia de su detención fallida y su fuga debía de haberse propagado (no podía averiguarlo porque no podía leer los titulares de los periódicos).

En permanente estado de alerta, había conseguido evitar a los policías y los soldados. Pasaba la mayor parte del tiempo en el parque de Kampa, donde podía esconderse y hacer sus necesidades entre los árboles. Le había costado acostumbrarse a la ropa mugrienta y los zapatos demasiado grandes que había comprado, pero al menos tenía la sensación de haber conseguido fundirse con la población, porque ya nadie lo miraba con extrañeza.

Sólo tenía una idea en la cabeza: «¿Cómo puedo salir de Praga?»

Y un deseo: llamar a Nine para decirle «estoy vivo, no te preocupes, te quiero más que a nada en este mundo».

De pronto, se le ocurrió aquello...

Georges no le había dicho lo del viejo molino porque sí, no, había mencionado un sitio que podría serle útil, y así había sido.

¿De qué más le había hablado Georges?

De la iglesia de San Nicolás, del puesto de observación de la STB.

Y de otra iglesia, una con una cripta. No se acordaba del nombre, algo del Niño Jesús, ¿no? Al oeste de la ciudad vieja.

Tardó casi tres horas en encontrarla.

Tenía una imponente fachada blanca, amarillenta por el paso del tiempo, con una ancha escalinata de piedra. La observó un buen rato desde la calle. Vio salir a varias mujeres, todas mayores. ¿Y si entraba y dormía en la cripta?

Era tarde, pronto se haría de noche. Si cerraban las puertas, tendría que esconderse para poder pernoctar bajo techo.

François se decidió. Subió la escalinata rápidamente y se coló dentro por la puerta entreabierta.

Las innumerables columnas salomónicas, del más puro estilo barroco, habían conocido tiempos mejores; el yeso de las paredes y los pilares se caía a pedazos y los espacios vacíos señalaban los lugares que antaño debían de haber ocupado estatuas de santos. El único elemento religioso preservado era el monumental altar, que parecía una almadía solitaria abandonada a su suerte. Varias siluetas, mujeres de espaldas, rezaban silenciosamente.

François localizó enseguida el confesionario.

No era el típico modelo estrecho y pequeño como un armario, sino una especie de fortaleza de madera tallada con dos anchas puertas enrejadas. François entró sin dudarlo. No había espacio para tumbarse, ni siquiera con las piernas encogidas, pero podía esconderse allí hasta que se hiciera de noche. Entonces buscaría la cripta o algún sitio donde pudiera tumbarse y descansar.

Se acurrucó en el suelo, lo más lejos posible de la puerta.

Llegó la noche. Oía pasos que resonaban y salían de la iglesia. Se le cerraban los ojos. Se durmió abrazado a Nine, sintiendo su calor.

Se despertó sobresaltado.

Le enfocaba una luz cegadora. Se puso la mano delante de los ojos; estaba a punto de desmayarse. Buscó la pistola, pero ya no la tenía.

—¿Señor Pelletier? Soy el padre Procházka. Georges me advirtió de su probable visita —le dijo una voz calmada y en un excelente francés.

Era un hombre grueso de rostro redondo y ojos vivos que arrastraba la pierna derecha como si fuera una prótesis de la que pudiera desprenderse en cualquier momento.

Lo llevó hasta su vivienda. Tenía la mesa puesta: pan, una sencilla empanada de carne y patata y una botella de...

—¡Merlot! Las guardo como... ¿Cómo se dice?

—Como oro en paño.

—¡Eso es! Las tengo para las grandes ocasiones. Son difíciles de conseguir, créame.

Hablase de la Resistencia o de la suerte de los sacerdotes bajo el régimen socialista, el padre Procházka siempre sonreía, con lo que era inevitable que te sintieras incómodo. Colaboraba con Georges desde hacía casi cinco años. François no se atrevió a preguntarle el motivo.

—En realidad, no le sirvo de mucho. Pero debo de ser de los pocos que aún tienen algunas botellas de un merlot decente.

Durante sus reportajes, François había conocido a muchas personas así, abiertas, agradables y divertidas. Nunca decían una palabra sobre sí mismas, no había manera de que contaran algo un poco personal.

La cabeza empezó a darle vueltas enseguida.

—No sé lo que habrá hecho usted —dijo el sacerdote—, pero los tiene muy enfadados. Han intensificado la búsqueda, en Praga no se habla de otra cosa... —Se levantó, arrastró la pierna hasta un gran aparador, abrió las puertas de abajo y volvió con un mapa ferroviario—. Georges me pidió que se lo entregara.

François se inclinó para verlo.

—Puede recorrer un buen trecho yendo de estación secundaria en estación secundaria. Es la mejor forma de desplazarse sin correr riesgos. Este mapa es de la época de la Resistencia, pero el trazado no ha cambiado tanto. —Con su grueso índice trazó varias líneas saliendo de Praga—. Primero Benešov, luego Tábor, České Budějovice, Kaplice y la frontera austriaca. Ningún trayecto supera los cuarenta y cinco minutos. Saque el billete en cada estación para la siguiente, siempre de ida y vuelta. ¿Tiene dinero?

François dejó en la mesa todo lo le quedaba, a lo que el padre Jan añadió cien coronas. Luego sacó unas cuartillas y empezó a escribir.

—Si pide los billetes con su acento francés... Le escribo un nombre de estación en cada hoja. —Alzó la cabeza—. No sé cómo podrá arreglárselas para evitar hablar y sólo enseñar las cuartillas. Ya se le ocurrirá algo.

Parecía hacerle gracia, pero, detrás de su aparente indiferencia, François intuyó una voluntad de hierro. El padre Jean debía de haber visto de todo... Cuando acabó, dobló las hojas y se las dio.

—¡Ah, otra cosa! —dijo, y volvió con una gorra de tejido grueso—. Es parte del uniforme.

François se la probó. Para su sorpresa, era de su talla.

—Ya es un praguense de toda la vida —dijo el cura—. Voy a llevarlo hasta la cripta. Mañana a primera hora iré a abrirle. Tiene que marcharse a la estación y de allí...

¿Era el vino? ¿El alivio? ¿La ayuda del padre Jan? No lo sabía, pero se estaba durmiendo en la silla.

Sacando fuerzas de flaqueza, siguió al cura y su lámpara de aceite.

Una gruesa puerta de madera daba acceso a una escalera de piedra. Una sala baja, sorprendentemente seca para ser un sótano, en la que había un altar de piedra tallada, conducía a un interminable pasillo de tierra flanqueado por salas llenas de ataúdes alineados en el suelo.

—Son de sacerdotes de esta iglesia y benefactores... Todos fallecieron hace mucho tiempo...

Era un laberinto de salas y corredores abovedados. En todas partes se veían inscripciones, exvotos grabados en los muros, ataúdes y sarcófagos. Nada resonaba, como en un universo acolchado, un cementerio subterráneo. La luz llegaba de muy arriba a través de unas pocas rejas de hierro forjado por las que penetraba la difusa claridad de las farolas.

—Le he preparado este sitio —dijo el padre Jean señalando un gran jergón de paja y una silla con una linterna encima—. ¿Hasta mañana?

El cura no quiso ponerlo en el apuro de tener que darle las gracias y se limitó a abrir los brazos. François lo abrazó. Tenía ganas de llorar.

—Que descanse —dijo el padre Jean.

François se tumbó en el jergón con la idea de desnudarse un poco más tarde, pero en cuestión de segundos cayó en el sueño más profundo de su vida.

Y también fue uno de los más cortos.

Se incorporó de golpe.

Voces, un grito... ¿Era el cura?

Ruido de pasos, varios hombres... Cogió la linterna y el gorro, y, con el corazón desbocado, se precipitó fuera.

La gruesa puerta de madera del final del pasillo de tierra batida acababa de abrirse. Le llegaban las voces estridentes de los soldados. Se notaba que estaban dando órdenes, pero sus movimientos resultaban confuso. ¿Era el padre Jan, que intentaba ganar tiempo?

¿Adónde iba? ¡No había otra puerta!

No se había dado cuenta antes: aquella cripta era un callejón sin salida.

Corrió en la otra dirección, pero se detuvo en seco y volvió sobre sus pasos.

Allí, a la izquierda, en el techo. ¡La reja daba a la calle! A dos metros y medio del suelo...

Escuchó. ¿Dudaban? Discutían entre ellos.

François estiró el brazo hacia la reja, pero no la alcanzó.

A su alrededor, no había nada a lo que subirse.

Tras una orden imperiosa, los hombres se abalanzaron hacia abajo.

Resonaba el eco de las botas en las escaleras de piedra. Los soldados se agachaban para bajar, los fusiles debían de estorbarles.

François cogió un ataúd de madera, colocó un extremo encima del ataúd más cercano y, haciendo un tremendo esfuerzo, consiguió poner el primero sobre el segundo. Se subió y volvió a estirar el brazo. Sólo le faltaban unos diez centímetros. Se acercaban las voces y el traqueteo de los fusiles. Consiguió poner encima otro ataúd. Sudando a mares y con el corazón latiendo a mil por hora, trepó hasta arriba. Agarró la reja con las dos manos y la sacudió con todas sus fuerzas. Debía de llevar allí siglos, porque los herrumbrosos goznes cedieron enseguida. François subió a pulso agitando desesperadamente los pies.

Acababa de sacar la cabeza fuera cuando los soldados irrumpieron en la sala. Apoyándose en los codos, tomó impulso y se arrastró al exterior mientras abajo sonaban dos disparos atronadores.

Estaba fuera. Era una calle estrecha, apenas iluminada por una farola lejana.

¿Derecha o izquierda?

Tanto daba.

Derecha.

Corrió como alma que lleva el diablo, salió a una avenida y a lo lejos vio a un grupo de soldados. Estaban delante de la escalinata de piedra de la iglesia...

Dio media vuelta y desanduvo el camino a paso rápido.

63

Tu marido va a volver

—Mi querido suegro, ¡es usted un grandísimo granuja! ¿Sabe que nos había asustado?

Sólo Lambert podía estar de un humor tan jovial y pensar que el regreso a casa de Louis significaba que estaba curado y, por tanto, que aquella reunión familiar no tenía nada de especial.

—Discúlpalo, papá, ya lo conoces —dijo Hélène.

Todos se esforzaron en sonreír, pero el estado de Louis, al que habían tenido que sostener entre dos para llevarlo a la mesa, y las noticias sobre François hacían que la atmósfera fuera más bien fúnebre.

A través del Ministerio de Asuntos Exteriores, el gobierno había emitido un comunicado oficial («un periodista, víctima de una prostituta praguense...») del que, por supuesto, se habían hecho eco los periódicos de la mañana, además de contraponerlo al de las autoridades checoslovacas («un agente de los servicios de información franceses»).

Así pues, los Pelletier tenían dos versiones distintas sobre la situación de François.

O bien era un espía huido y estaba en peligro de muerte, o bien era un putero y había sido víctima de un terrible malentendido.

La primera versión resultaba más novelesca y la segunda más humillante, pero las dos eran inquietantes. Sin atreverse a decirlo, los hombres preferían la primera, que les parecía más viril y honrosa, mientras que las mujeres, por una cuestión de perspectiva, preferían la segunda, pues lo consideraban un error venial.

Todas menos Geneviève, claro.

—No quiero hurgar en la herida, pero...

—Pero es justo lo que vas a hacer —la atajó Hélène.

—¡Si ya no tengo derecho a dar mi opinión, entonces...! —Nadie la animó a hacerlo, pero ella no se privó de expresarla—. Sólo digo que los hombres, en general... —Se volvió ostensiblemente hacia Nine—. ¡Y no hablo de tu marido, querida! Pero todo el mundo sabe que, «en general», lo primero que hacen cuando están lejos de casa es ir al burdel, eso es todo, no digo nada más...

La afirmación, viniendo de una mujer cuyo marido pasaba diez meses al año en la carretera, era cuanto menos osada, pero nadie quiso recalcarlo, empezando por el propio Jean, que estaba curado de espanto.

—Puede que los hombres lo hagan cada dos por tres —respondió Nine—, pero es duro enterarte de que tu marido también lo hace.

Era terrible tener que enlodar la reputación de François de aquel modo. Le costaba horrores.

Nine había pensado mucho en cómo debía comportarse con la familia, y había llegado a la conclusión de que lo más práctico era apoyar esa versión en la que no creía.

Tampoco era que diera crédito a aquella extravagante historia de espionaje, pero tenía la corazonada —aunque, emocionalmente, fuera difícil— de que la única forma de ayudar a las autoridades francesas era representando ese papel de mujer engañada.

Sólo así podrían sacar a François del avispero en el que se había metido.

Y también era mejor para Angèle y Louis, dado que, desde su punto de vista, un espía corría más peligro que el cliente de una prostituta.

Angèle estaba muy afectada. Servía la comida en la mesa, como siempre, pero le temblaban las manos. Naturalmente, no le gustaba imaginarse a su hijo con mujeres de vida disoluta.

—Pero, desde luego, ¡no es un espía! —acabó diciendo—. Entonces, ¿por qué ha huido?

No podía dejar de darle vueltas, todo iba demasiado deprisa, no entendía qué estaba pasando. No tenía una idea muy clara de lo que era un espía ni de para qué servía exactamente. Se acordaba de algunas escenas de películas sobre la bomba atómica, de individuos con el sombrero calado que intercambiaban microfilms con mujeres vestidas con gabardina. ¡Su hijo no tenía nada que ver con eso! Pero al final siempre volvía esa frase de que François corría peligro de «ser abatido». Había estado a punto de desmayarse al leerla.

Louis había tratado de tranquilizarla.

—¡Es un malentendido, Angèle, nada más! ¡No tardarán en comprender que nuestro François no es un espía, por Dios, es un periodista!

Por la mañana, aprovechando que su mujer estaba limpiando arriba, el señor Pelletier había intentado llamar a varias personas a las que había tratado en otros tiempos y que ocupaban puestos importantes en la administración. Todas estaban jubiladas o muertas. A la cuarta llamada, había desistido.

«¿Qué puedo hacer?», se preguntaba.

Y su impotencia alimentaba la sensación de que se había convertido en un inútil, en uno de esos padres con los que ya no se puede contar.

Sin embargo, pese a su estado de salud, el señor Pelletier trataba de mantener sus costumbres de cabeza de familia, como la de animar las comidas para que nadie acabara frustrado. Pero a su alrededor cada vez había menos temas de conversación y más motivos de preocupación.

Por ejemplo, nada más ver llegar a Colette, Angèle había gritado:

—¡Dios mío! Pero ¿qué le ha pasado a tu pelo?

Con su centímetro de tonsura, su nieta parecía una superviviente.

—¡Piojos, mamá! —contestó Geneviève, no menos escandalizada—. ¡Y en una institución católica! Increíble...

Nadie entendía por qué un colegio confesional debía quedar exento del azote que se abatía anualmente sobre todos los centros escolares de Francia.

—Menos religión y más higiene —murmuró Geneviève, que se duchaba una vez a la semana y gracias.

—Pero, por Dios... —exclamó Angèle pasando la mano por el corte a cepillo de su nieta—. ¡Haber usado vinagre, o aceite de oliva!

—¡El olor del vinagre me da asco y el aceite de oliva lo pone todo perdido! ¡Y luego prepárate para quitar las manchas!

La hospitalización de Louis, el empeoramiento de su estado de salud, la situación de François... La cabecita rapada de Colette fue la gota que colmó el vaso. Angèle rompió a llorar. Hélène, Lambert... todos corrieron a consolarla.

Desde su sillón, Geneviève observaba a Nine.

Nada más llegar, le había dado un codazo a su marido.

—¿Has visto? —le había susurrado.

—¿El qué?

—A la sorda...

Señalaba su aparato auditivo. Nine lo había comprado esa misma mañana y lo llevaba en público por primera vez. Como los audífonos intrauriculares se hacían a medida, mientras tanto debía apañarse con un aparato externo bastante grande conectado con un cable trenzado a un cajetín de siete por dos centímetros que contenía una pila de botón de 1,5 voltios.

Nine, ensimismada, no se daba cuenta de que la miraban. El auricular no paraba de deslizarse: ella lo cogía, se lo colocaba de nuevo, se peleaba con el volumen de amplificación... Y a cada tanto el chisme emitía un pitido. «Me da dolor de cabeza», le había dicho a Hélène después de la primera hora de uso. No obstante, su decisión de utilizar la prótesis era tan firme como su resistencia a hacerlo hasta hacía poco.

Había resuelto acudir al Ministerio de Asuntos Exteriores para exigir explicaciones. «¡No puedo quedarme de brazos cruzados mientras François está en peligro!»

La postal de François había llegado esa misma mañana —«Pienso tanto en ti...»— y estaba muy afectada.

—Vamos, cariño, no te apures —le había dicho Odette—. Tu marido va a volver...

En la otra punta de la mesa, Louis miraba a su nuera preguntándose cómo se las arreglaba para no venirse abajo. La admiraba mucho. Verla con aquel cable trenzado saliéndole de detrás del oído le encogía el corazón.

Con semejante lluvia de malas noticias cayendo sobre la familia, Louis, pese al cansancio, intentó romperse la cabeza para encontrar un tema agradable. El candidato ideal, que nunca lo había decepcionado, era, naturalmente, el eterno optimista, Lambert.

—¿Qué, Lambert? —dijo—. ¿Cómo van esas carreras de karts?

—¡Mal rayo las parta, mi querido suegro! ¡En la última, la máquina claudicó!

—¿Qué quiere decir eso? —preguntó Philippe, porque el tema le interesaba: soñaba con asistir a alguna carrera e incluso pilotar un kart, lo que no parecía muy complicado.

—Quiere decir, joven Philippe, hijo predilecto de los dioses inmortales, que la condenada se averió durante la segunda vuelta.

—Ya te resarcirás la próxima vez —dijo Louis—. ¿Cuándo es?

—¡Con las primeras brevas, mi querido suegro!

—Yo ni lo escucho —gruñó Geneviève volviendo a servirse *foie gras* —. Nunca entiendo nada de lo que dice...

—Las brevas se recogen a principios de junio —precisó Jean en un susurro.

—¡Bueno! Y entonces ¿por qué no dice «junio», como todo el mundo?

Louis cerró los ojos: ni siquiera un tema tan inocuo, tan positivo, que debería enorgullecer a toda la familia, conseguía ya apaciguar las tensiones.

Miraba a Colette, que, en la otra punta de la mesa, comía sin levantar la cara del plato, y su cabecita desplumada le partía el alma. Debería intervenir, hacer valer su autoridad, pero estaba tan cansado... Y su hermano también lo conmovía, aunque Dios sabía que nunca había sido santo de su devoción. Le daba la impresión de que le pasaba algo. Philippe, que habitualmente se empapuzaba como un cerdito, ese día estaba sentado derecho y se mostraba reservado, casi tímido.

Pero ¿qué le pasaba a aquella familia?

Louis buscó refugio en el programa de Hélène, cuya primera emisión había escuchado de principio a fin.

—La historia sobre el cuadro ese... ¡el Picasso! —dijo—. Asombrosa.

Se refería al testimonio de una mujer con graves problemas económicos que había descubierto una valiosa pintura en su granero.

—Un cuadro de Éléonore Moreau, papá, dista mucho de ser un Picasso...

—Aun así...

Hélène estaba maravillada, aunque también un poco asustada, por el modo en que los oyentes reinterpretaban a posteriori los testimonios que sacaba en antena.

—Éxito asegurado, cariño —dijo Louis.

Hélène le cogió la mano con un nudo en la garganta.

Ese sábado Colette y Philippe eran los únicos niños sentados a la mesa. Por dos motivos. Primero, porque se temía que los más pequeños fatigaran en exceso al abuelo Louis (Alain, Martine y Annie se habían quedado con sus niñeras habituales), y segundo, porque Geneviève, al considerar que aquello no iba con sus hijos, los había impuesto.

Pero en realidad no daban nada de guerra. Era extraño, los dos estaban bastante pensativos.

La redacción que habían escrito al alimón el día anterior y la posterior visita conjunta a la academia de billar habían cambiado el modo en que Philippe veía a su hermana. Colette conocía uno de sus secretos, y eso había desbaratado su mundo afectivo.

Colette había entrado en su vida en el momento en que su madre lo había expulsado de la suya. Seguía sufriendo profundamente debido a esa caída en desgracia, que atribuía a lo mal que le iba en la escuela, y, respecto a eso, no podía hacer nada. Ya no dormía con ella, ya no era su principito, su madre lo trataba mal, sin ninguna contemplación; todo lo que había encontrado admirable (¡durante siete años!) se había vuelto un motivo de irritación y rechazo. A la hora en que, hasta hacía poco, se acostaba pegado a ella, ahora rompía a llorar a lágrima viva. En esos momentos, era la mano de Colette lo que notaba en la espalda; él la rechazaba con brusquedad, pero el caso era que allí estaba aquella mano. Y, en medio de tanto desamparo, aquella hermana desconocida y odiada era su único salvavidas.

Ese sábado estaba especialmente angustiado, porque el jueves («como muy tarde», había recalcado el señor Edmond) tenía que confirmar si participaba en el torneo, porque los días pasaban a una velocidad escalofriante y porque no podía evitar decirse si el hecho de no preguntárselo a su madre por miedo a su reacción no era tomar el mismo camino que su padre.

Cuando llegó el momento de marcharse, Colette se abrazó a su abuelo y le dejó algo en la mano que el anciano se apresuró a meterse en el bolsillo.

Solo en su habitación, el señor Pelletier sacó el paquetito que le había entregado su nieta.

Lo acompañaba una nota. «Es un talismán para el Campeonato del Mundo de Halterofilia.»

Era un fular largo.

Azul, blanco y rojo.

64

Querías aventuras, ¿no?

Élise y su acompañante habían llegado a París a media mañana.

Teodor Kozel esperaba en un piso franco próximo a la plaza de Clichy, un sitio seguro adonde Croizier había ido a verlo solo. Habían hablado cerca de una hora. Kozel debía de haber puesto condiciones, y seguramente Croizier había cedido más de lo que quería. En fin, lo típico. Luego habían llamado a Chastenet.

Teodor y Georges se fundieron en un abrazo.

El señor Leal odiaba la efusividad.

—Lógicamente, Georges no se encargará del *debriefing* —dijo.

Había un protocolo, como para todo lo demás. El agente supervisor conoce demasiado bien a su supervisado, carece de la objetividad necesaria para interrogarlo, la falta de perspectiva le impide hacer las preguntas adecuadas. Lo llevaría a cabo Libert.

—No conocía a tu mujer... —dijo Teodor sonriendo sutilmente—. Encantadora. Qué callado te lo tenías.

—Cuando quiero, puedo ser muy discreto —dijo Georges devolviéndole la sonrisa—, pero no...

—... no conmigo, lo sé. ¿Está en la embajada el señor Pelletier?

Georges frunció los labios.

—Desgraciadamente, no.

Teodor comprendió de inmediato que, delante de Croizier, no convenía insistir.

—He puesto en marcha una operación para rescatarlo —dijo Georges dirigiéndose a Croizier y a Teodor—. Si no lo detienen antes...

Los tres sabían que, si eso ocurría, François no sería devuelto a su país. Si no conseguían «sacarlo por las vías normales», sería el protagonista de un sonado juicio y una condena tan dura que ya no tendría ninguna esperanza de volver con su familia. Acabaría sus días en un campo de trabajo. Georges no quería ni pensarlo.

Croizier ya había hablado mucho rato con Kozel y empezaba a impacientarse. Decidió cortar por lo sano.

—¿Kychgorod?

Teodor se acercó a su maletita, que Georges había visto de reojo al entrar.

El documento estaba en ruso. Georges lo fue traduciendo para Croizier a medida que lo leía. Teodor debía de haberlo conseguido justo antes de partir; ¿cómo se las habría arreglado? Aunque eso no le importaba a nadie a esas alturas.

Era un informe clínico y alusivo, como de costumbre en esos casos, que dejaba claro que la radiación se propagaba y se estaba evacuando a la población.

Se había impuesto un racionamiento alimentario, sacrificado ganado en masa y restringido severamente la distribución de agua potable.

—Matignon esperaba una confirmación... —dijo el señor Leal.

El ejecutivo consultaría a los aliados occidentales, que se frotarían las manos.

Una vez que se organizara y coordinara la forma de explotar públicamente aquel trágico accidente, se iniciaría la fase de ebullición.

La Guerra Fría no tardaría en entrar en calor.

Élise no se había acostado. Cuando Georges entró, la encontró durmiendo en el sofá. Colgó la gabardina, se acercó silenciosamente y se sentó en el sillón de enfrente. Élise debía de tener frío, porque se había echado el abrigo por encima. Tumbada de aquel modo parecía una viajera agotada en la sala de espera de una estación, y le hacía pensar en la imagen que había tenido de ella durante mucho tiempo, alguien extenuado que espera algo que nunca llega.

O quizá fuera la Élise cansada de las escapadas sin mañana, de los deseos sin futuro, la que había vuelto a él, la que había aceptado su proposición de ir a buscar al Duende a la frontera checoslovaca. «Es bastante arriesgado, pero...», le había dicho él. «¡Adjudicado!» Georges había sonreído. «Muy arriesgado, en realidad...» Entonces, Élise se había vuelto hacia él con cara de felicidad. «Explícamelo todo, Georges...»

Habían planeado su itinerario y también el modo en que ella daría qué hablar para ocultar su verdadero objetivo, dejando deliberadamente bastantes espacios en blanco, que Élise aprovecharía sobre el terreno, según conviniera en cada momento. Era un gran alivio comprobar que había regresado a puerto sana y salva.

Ese pequeño consuelo reactivaba el desconcierto por la muerte de Klára, sobre la que no tenía detalles, y la desaparición de François Pelletier. No había imaginado que la exfiltración de Teodor saldría tan cara.

Y aquel preocupante asunto de Kychgorod iba a tensar aún más las difíciles relaciones con el Este.

Sintiendo quizá su presencia, Élise abrió los ojos y sonrió lentamente.

—¡Ah, has vuelto! —dijo tendiéndole la mano.
—Por poco tiempo, el justo para verte.
—Me lo he pasado muy bien, ¿sabes?
—Querías aventuras, ¿no?
—Es verdad, gracias, ha sido muy excitante. Aunque la vuelta se me ha hecho un poco pesada.
—Es cansado, sí.
—Eso es lo de menos, pero tu Teodor... ¡vaya muermo!
—No es muy dicharachero, no.
—Ven aquí, Georges...

Él se arrodilló delante del sofá y dejó que le cogiera la cara entre sus manos calientes y lo atrajera hacia ella. «Me voy a quedar dormido», pensó. Élise no llevaba perfume, sólo percibía su olor corporal. Presa del deseo, la abrazó.

—¿Estás triste?

Élise había hecho lo que le había pedido a la perfección. No iba a aguarle la fiesta hablándole de sus fracasos.

—¿Georges?

Él escondió la cara en su hombro un poco más. Élise no insistiría; esperaría a que estuviera dispuesto a contárselo.

—Durante el viaje, pensaba... Me gustaría tener una casa en Normandía. Con mucho verde. Y mucha lluvia. Y un caballo. ¿Me comprarías un caballo, Georges?

Él levantó la cabeza.

—¿Sabes montar?

—No, aún no. —Le cogió la cara y la alejó de ella—. Eres viejo, Georges —dijo, como si fuera un descubrimiento, y sonrió con resignación.

Luego le dio un largo beso. ¡Oh, aquellos labios, que se deshacían entre los suyos...! Georges creía morir cada vez.

—La verdad es que en el fondo, me siento un poco como Swann —murmuró Élise—. ¡Como Swann al principio, quiero decir!

Ella también se había enamorado locamente de un hombre que no era en absoluto su tipo.

65

Piensa hablar con gente

Se le habían adelantado.
 Al volver de Le Plessis, se encontró con una jauría de periodistas delante de casa. Siete u ocho individuos que, carnet en mano, se abalanzaron sobre ella para conseguir una declaración o una reacción a toda costa. Eran tremendamente insistentes.
 Cogida por sorpresa, Nine tropezó al bajar del taxi, se rompió un tacón y cayó de bruces al suelo en medio de un coro de ayes. Para levantarse, tuvo que sentarse en la acera. Se le había caído el audífono, el cajetín se había abierto, la pila había rodado por el bordillo... Los recogió como pudo, a tientas, y se lo metió todo en un bolsillo. Antes de levantarse, se apartó el pelo de la cara.
 Vio a un joven fotógrafo acuclillado frente a ella con la cámara delante de la cara. Nine oyó el ruido seco del obturador y se quedó pasmada. Segundo «clic».
 En ese instante supo que esa foto saldría en primera plana dentro de unas horas.
 Los periodistas se afanaban para ayudarla a levantarse sin dejar de pedirle una declaración, unas palabras, lo que fuera...

Aquella caída delante de todo el mundo había sido impresionante.

Nine se abrió paso hasta la puerta del edificio y se cruzó con una Odette furibunda que avanzaba gritando y blandiendo un cepillo para el suelo contra los reporteros.

Los periodistas se dispersaron como una bandada de pájaros, pero los más avezados no se fueron sin tomar una foto antes.

En la entrada, Nine trataba de recobrar el aliento.

El incidente la había afectado. Le daba mucha vergüenza haberse quedado sentada en la acera en medio de todos aquellos hombres.

Odette la ayudó a subir al piso. Nine aún tenía en las manos las partes sueltas de su aparato.

—Yo te lo arreglaré —dijo Odette.

—Dios mío...

—¿Quieres un café para que te pase el susto?

—He hecho el ridículo...

—¡De eso nada! ¡Lo que ocurre es que son unos botarates!

Odette, que ya estaba trasteando con el audífono, se volvió al oír que marcaba un número.

—¿Estás llamando a la policía?

A Nine no le dio tiempo a responder: ya había alguien al otro lado del hilo.

—Quisiera hablar con el señor Denissov, por favor.

Le hicieron varias preguntas; para acceder al director no bastaba con pedirlo.

—La señora Pelletier. La mujer de François Pelletier.

—Un señor pregunta por ti.

Odette había ido a abrir antes de que a ella le diera tiempo a levantarse. A Nine no le gustaba que se comportara como la criada.

Nada más verla, Georges se quedó admirado de su calma y su determinación. No obstante, era difícil saber si tendría la fuerza necesaria para soportar la presión a la que estaría sometida las próximas semanas.

Nine lo miró con tal intensidad que Georges sólo pudo abrir los brazos: nada nuevo, lo siento.

—Si no hay ninguna novedad, ¿por qué ha venido, señor Chastenet?

—Quería saber cómo estaba.

—Habría preferido que fuera para traerme noticias de mi marido...

Georges no se ofendió, sabía que no sería fácil.

—El Quai d'Orsay ha pasado a la ofensiva.

—¿Con qué resultados?

—Todavía es pronto, pero confiamos en que...

—¿Sabe dónde se encuentra exactamente mi marido?

François había pasado por el molino y luego se había presentado en la iglesia del padre Jan. Si todo iba bien, intentaría llegar a la frontera austriaca enlazando varios trenes de cercanías.

Georges no se lo podía contar; aquel plan era demasiado azaroso. Se resignó a mentir.

—Aún no lo sabemos.

La conversación había acabado para Nine.

—Comprendo que la espera es difícil; sin embargo, una vez más...

—Sí, lo sé, es mejor que no haga nada, lo he entendido.

Ella también sabía mentir. Georges lo comprobaría antes de lo que imaginaba.

Una hora después se presentó Denissov acompañado de un fotógrafo, aunque éste apenas tuvo que trabajar.

—Es suficiente —le dijo Denissov al tercer disparo—. Puedes irte.

—¿Estás segura de lo que haces, cariño? —le susurró Odette a Nine, y como ella no respondía añadió—: Bueno, yo me voy, tengo que recoger a los niños...

Aún faltaba una hora, advirtió Nine. Era evidente que Odette no quería molestar.

—He llamado personalmente al primer ministro —dijo Denissov cuando se quedaron solos—. Me ha asegurado que el Quai d'Orsay está haciendo todo...

Nine alzó la mano.

—Acaban de venir. No saben nada. O, si saben algo, no me lo dicen. No sé si le dirán mucho más a un director de periódico... Empecemos, ¿le parece? —propuso.

«¡Mi marido no es un espía!»
*Entrevista en exclusiva
con la esposa de nuestro periodista
François Pelletier*

—No quiero que la prensa me acose —le había explicado Nine por teléfono—. Le ofrezco una entrevista en exclusiva; después no haré más declaraciones. Si a usted no le interesa, se lo propondré a otro.

Denissov se había limitado a sonreír.

Nine estaba muy enfadada con él por haberle encargado el reportaje a François. Como si no hubiera otro al que mandar a Praga...

Catherine Pelletier nos recibe en su casa. Nos encontramos con una mujer decente, valiente, realista.

—Mi marido es un periodista, no un espía —nos dice sin más preámbulos.

—¿Cómo puede estar tan segura?

—Es el redactor jefe de la sección de sucesos, no viaja prácticamente nunca. ¿Qué se supone que es, un espía que trabaja desde casa? Es ridículo. No se puede acusar a alguien de manera infundada. ¿Dónde están las pruebas? ¿De qué se le acusa?

Nine tenía en la mano el cajetín del aparato auditivo porque el clip de plástico que lo sujetaba a la ropa se había roto con la caída. Se ponía y quitaba el auricular sin cesar. Apretaba el cajetín y acariciaba el cable trenzado con la uña, como si fuera un rosario.

—¿Qué cree usted que pasó en Praga?
—Lo sabremos cuando vuelva François. Sólo puedo decirle que quiero a mi marido y que confío en él totalmente.
—Las autoridades hablan de una noche con una prostituta...
—También aseguran que mi marido es un espía, que va armado... Sus palabras no tienen ninguna credibilidad.
—¿Por qué huyó de la policía, según usted?
—La policía de Praga no tiene fama de ser especialmente amable. Fueran cuales fuesen las circunstancias, huir es una reacción bastante lógica cuando uno se siente amenazado.
—¿Qué piensa hacer usted?
—Los representantes del Ministerio de Asuntos Exteriores me han pedido que deje actuar a la diplomacia. Si no obtienen resultados rápidos, ya veré.
—La señora Pelletier vacila unos segundos—. Me gustaría añadir algo. Mi marido viajó a Praga en calidad de periodista, y como tal, debe ser protegido. Pido a las autoridades checoslovacas que hagan todo lo posible para garantizar su seguridad y devolverlo a su país. Pero también me dirijo al gobierno francés: uno de nuestros compatriotas, ante el riesgo de convertirse en víctima de un terrible error judicial, está en pa-

radero desconocido bajo la amenaza de ser abatido si no se entrega. Exijo que los estamentos diplomáticos hagan todo lo posible para recuperarlo, exculparlo y repatriarlo cuanto antes. —Se le quiebra la voz—. Por último, si lo que estoy diciendo llega a sus oídos... pido a mi marido que se entregue pacíficamente a las autoridades. Le prometo que pronto se reunirá con su familia en su país.

Con aquella entrevista, *Le Journal du Soir* se llevaba el gato al agua.

En ese momento, Georges, sentado al fondo de una cafetería a tres calles de allí, decía:

—Si Nine sigue ciñéndose a la versión oficial, esta entrevista no debería hacer demasiado daño, pero...

—¡No va a estarse quieta!

—Eso me temo. Podría tomar otras iniciativas más difíciles de gestionar. ¿De verdad no sabes qué va a hacer?

—Todavía no.

Georges no estaba molesto con Nine: hacía lo que habría hecho cualquier esposa. Lo que le preocupaba era que la había creído.

—Realmente, pensé que la había convencido.

—Quedarse de brazos cruzados no va con ella.

—Eso parece...

Odette, pensativa, revolvía el café con la cucharilla.

—Aún no ha dicho nada, por lo menos delante de mí, pero que haya comprado un audífono es mala señal. Significa que piensa hablar con gente y quiere enterarse de lo que dicen, conversar...

—Lo sé.

Odette miró el reloj.

—Tengo que recoger a los niños.

—Bueno, cualquier cosa, me llamas...
Odette no respondió. Era una obviedad.
Saldría la primera. Georges esperaría unos minutos antes de irse.
Se dieron dos rápidos besos.
Antes de salir, Odette se volvió.
—Es una chica muy maja, Georges.
—Lo sé...

66

Lo primero quedaba descartado

François observaba con detenimiento la fachada de la estación. Era un edificio inmenso con un frontón triangular, vidriera románica y dos torres con cúpula a los lados. Debía de ser un sitio muy transitado entre semana. El domingo, era otra cosa.

De todos modos, los soldados y policías uniformados eran fáciles de localizar.

Con gente o sin ella, François sabía que una vez dentro no podía distraerse.

Entró con decisión. A pesar de la concentración con que avanzaba, no pudo evitar apreciar la impresionante altura y el tamaño de la cúpula del vestíbulo principal. Divisó tres grupos de policías repartidos por la sala: por suerte ninguno estaba demasiado cerca de las ventanillas, dispuestas en semicírculo bajo un reloj mural.

Optó por la que atendía una mujer flaca y adusta de gestos rápidos y precisos. La gestión no se alargaría con ella. Se puso en la cola. La cuartilla le temblaba en la mano. Se la guardó en un bolsillo. Efectivamente, la taquillera vendía los billetes a una velocidad increíble. En cuanto la hoja tocó la repisa, la mujer le dijo el precio. François le dio veinte coronas y recibió un billete de ida y vuelta.

El tren a Benešov ya estaba en su vía, pero aún faltaba media hora para la salida. François prefirió abandonar la estación, a la que no volvió hasta unos minutos antes de la salida. Subió a un vagón en el que casi todos los asientos, de madera, estaban ocupados y se quedó de pie en el pasillo, dando la espalda a los compartimentos, como si quisiera contemplar el paisaje, que no tardó en desfilar tras la ventanilla. En el reflejo del cristal veía la típica mezcla de obreros y empleados, entre los que su vestimenta no desentonaba. El revisor pasó en cuanto arrancó el convoy y le picó el billete maquinalmente, como hacía con el resto de los pasajeros.

Durante las escasas paradas, François se quedó cerca de la puerta corrediza, listo para saltar en caso de problemas. No los hubo.

Cuarenta minutos más tarde, llegaba a la estación de Benešov: dos únicas vías delante de un pequeño conjunto de edificios. Poco después salió a una plaza rodeada de grandes edificios en la que aún había menos actividad que en Praga, pero donde no vio policías. Volvió a la estación y buscó la hora de salida del tren a Tabor. Aún faltaban cuarenta minutos.

El problema sería el taquillero, un funcionario uniformado y corpulento de cara rojiza y afable que charlaba con todos los clientes riendo ruidosamente. Saltaba a la vista que le gustaba comunicarse. Y que estabas en «su» estación. Mientras vagaba por las empinadas calles de aquella ciudad anónima, François se planteó la posibilidad de viajar sin billete y esquivar al revisor, pero lo descartó al recordar la distribución interior de los coches, así que sólo podía lidiar con el funcionario o evitarlo.

Lo primero quedaba descartado.

Tres policías llegaron para dedicarse a patrullar por la plaza. François dejó para más tarde lo de buscar algo para comer y volvió a la estación. El tren llegaría en menos de diez minutos y no pararía mucho rato. Se sentó en la sala de espera con los nervios a flor de piel. Sólo había unas quince personas esperando.

¿A quién podía pedirle que le sacara el billete?

¿A aquel hombre de la chaqueta de lana y las gafas de carey que parecía un profesor?

¿A aquella mujer fornida de pelo rizado que miraba a su alrededor como si acabara de fregar la sala de espera?

François se dejó guiar por la intuición.

En el banco de enfrente había un chico joven, seguramente estudiante, sentado con una cartera en las rodillas. Miraba con impaciencia el reloj mural y la puerta que daba a las vías, abierta de par en par.

François se decidió.

Se acercó al banco y se sentó al lado del chico, que se volvió hacia él y le sonrió a modo de saludo.

Sacó la cuartilla con la palabra «Tabor» y un billete de veinte coronas.

—*Jízdenky na vlak se dají koupit támhle!* —le dijo el muchacho señalando la taquilla, encantado de resolver su duda.

François se limitó a mirarlo fijamente y negar con la cabeza.

Era evidente que la petición había cogido por sorpresa al estudiante, que pasaba nerviosamente del papel a la cara del desconocido.

François añadió diez coronas.

El chico no dudó más, lo cogió todo, se levantó y salió de la sala de espera en dirección a la taquilla.

François respiró. Al cabo de dos o tres minutos, el tren a Tabor entraba en la estación.

Se levantó y fue a la puerta.

En cuanto puso el pie fuera de la sala, lo agarraron de los brazos, recibió un fuerte culatazo en el pómulo y, en medio de los gritos de los tres policías, uno de los cuales lo encañonaba, lo arrojaron al suelo con las manos sujetas a la espalda mientras su gorra rodaba por el andén. Con la cara ensangrentada, alzó la cabeza y vio al chico, que, de camino al tren, le hizo un rápido gesto de agradecimiento por esas treinta coronas ganadas con tanta facilidad.

67

Había que admitirlo

Hacía días que los instrumentos de la central nuclear de Windbury, a trescientos kilómetros al noroeste de Londres, indicaban una acumulación de energía térmica en la Pila 1, uno de sus dos reactores. Si no bajaba la temperatura, el riesgo de sufrir un accidente aumentaría de forma exponencial.

La mañana del domingo 17 de mayo, al constatar que la temperatura y los niveles de radiactividad eran anormalmente altos, dos ingenieros, Edward Bennett y Ryan Perry, siguieron los procedimientos estipulados para enfriar el moderador de grafito. Pese a sus esfuerzos, los niveles de temperatura y radiactividad seguían aumentando.

En consecuencia, el equipo tomó la decisión de detener el reactor.

Los operadores introdujeron barras de control en el núcleo para absorber los neutrones e interrumpir la reacción en cadena, con el fin de reducir la producción de calor. Por desgracia, era una medida tardía: había empezado a salir humo del centro de la pila.

Saltaron las alarmas en toda la central.

Se había declarado un incendio.

Para limitar la dispersión de materias radiactivas, se pararon los sistemas de ventilación, pero eso avivó el incendio.

De inmediato, se enviaron equipos de emergencia.

Tras varias horas de lucha encarnizada, se logró controlar el incendio gracias al empleo de nitrógeno, un sistema que además no provocaba reacciones químicas nocivas para el ser humano.

El incendio pudo extinguirse, pero, había que admitirlo, se habían liberado emisiones radiactivas a la atmósfera.

68

No salga de ahí

François volvió en sí penosamente; ¿cuánto tiempo había pasado? Cualquiera lo sabía. Lo habían molido a culatazos y lanzado hecho un ovillo al suelo de hierro de un camión, donde había perdido el conocimiento.

Tenía un dolor terrible en la cabeza, el pecho, las piernas, y debía de haber sangrado bastante. Quiso tocarse la cara, pero le fue imposible: estaba maniatado.

Poco a poco, comprendió dónde se encontraba (tendido de costado y con las muñecas atadas a los tobillos), en la medida que le permitía su postura: era una celda diminuta con una cama metálica, una bombilla en el techo, una puerta de acero con mirilla y sin lavabo.

Quizá parezca muy prosaico, pero fue uno de sus primeros pensamientos conscientes. Tenía unas ganas tremendas de orinar y se preguntaba si, en caso de hacérselo encima, estaría mucho rato mojado y soportando el olor.

Ahora que empezaba a espabilarse, le dolía todo, los hombros, la espalda, la cara... Con la lengua, comprobó que tenía al menos dos dientes partidos. Sus ataduras estaban muy apretadas, le cortaban la circulación y le hacían daño en las muñecas. Tenía las manos frías.

Durante la huida, había imaginado, ingenuamente, una comisaría, policías interrogándolo, la posibilidad de argumentar, de defenderse... Lo que le esperaba no se parecería en nada a eso.

Y no tardó en comprobarlo.

Con los ojos vendados, lo habían conducido por pasillos retumbantes y arrojado a una sala sin ventanas donde sólo había una silla. Lo sentaron y esposaron frente a un hombre que pudo ver cuando le quitaron la venda, un individuo rechoncho con uniforme marrón, el pelo al rape, una barriga enorme, ojos furiosos y unas manos poderosas, como comprobó al recibir sin previo aviso la primera bofetada.

Detenido a mediodía, François había perdido la noción del tiempo, y ni siquiera el hambre le servía ya de referencia. Se moría de sed.

—Řekneš nám všechno, rozumíš, všechno! —gritaba el gordo—. *Jsi špión, nepřítel socialismu! Dáš nám jména všech svých kontaktů v Praze! Přísahám, že jestli nepromluvíš, nedostaneš se z týdle místnosti živej!*

Entre las bofetadas, que le giraban la cara a un lado y al otro, François creyó entender algunas palabras: *špión, socialismu...* No sabía qué debía hacer o decir, pero estaba tan agotado que intentó farfullar algo. Todo lo que obtuvo fue un «¡Calle!».

De pronto el hombre le dio un puñetazo en la sien, la silla se decantó hacia un lado y acabó cayendo con él. Con las últimas fuerzas que le quedaban, murmuró:

—Por favor...

Pero el gordo seguía vociferando, y como François estaba en el suelo, atado a la silla volcada, reanudó la tarea dándole patadas en la barriga sin parar de gritar.

—*Jsi nepřítel lidu, imperialistický pes a přísahám ti, že řekneš všechno, úplně všechno!*

François no entendía por qué lo interrogaban en checo, ¿qué podía responder?

La bota le dio en la entrepierna.

El dolor lacerante lo hizo orinarse encima y vomitar lo poco que tenía en el estómago: bilis, sangre...

«Voy a morir.»

—Es bastante vehemente, lo sé... Es un funcionario excelente, no hay que tenérselo en cuenta, quizá se toma el trabajo demasiado a pecho.

Cuando volvió en sí, seguía en la misma habitación, pero incorporado y sentado en la silla, a la que continuaba atado, ante una mesa y frente a un individuo de ojos hundidos y completamente calvo, vestido de paisano y bien afeitado, que hablaba un francés académico, casi elegante...

—¿Tiene sed?

El hombre hizo un ademán irritado hacia alguien que estaba detrás de François. Al instante apareció un soldado con una jarra de plástico y un vaso. Le desató las manos.

Fue un alivio doloroso sentir libres las muñecas. No se atrevía a tocárselas por miedo a que le hicieran aún más daño. Tenía las manos azuladas y con espasmos. Se palpó el rostro prudentemente, con miedo, y notó heridas, costras de sangre seca. Temblando, con las lágrimas resbalándole por la cara, mientras trataba de llevarse el vaso a los labios, comprendió que no podía albergar ninguna esperanza. Estaba indefenso, desamparado, solo.

—Detener todo esto depende de usted, señor Pelletier. —El hombre se inclinó hacia él como para hablarle en confianza—. No le mentiré: si mi compañero vuelve a cogerlo por banda, no me resultará fácil intervenir. Dígame lo que sabe y zanjaremos el asunto, ¿le ha quedado claro?

Lo que François tenía claro era el reparto de papeles: poli bueno, poli malo. Pasaría de las palabras del primero a los golpes del segundo. El método clásico. Y casi siempre eficaz.

Consiguió beber un poco de agua, pero no pudo quitarse de la boca el sabor a vómito, y estaba tan débil que se volcó el vaso encima. El líquido frío tuvo un efecto curioso: le recordó que se había mojado los pantalones, que estaba sucio. Le llegaba el olor de su propia orina; un hedor insoportable, animal.

Pero lo peor era que, desde que estaba allí, no había podido pronunciar una palabra, ¡ni una sola palabra en voz alta!

Cuando lo intentó, se notó la lengua tan hinchada que apenas pudo moverla.

—Yo...

—¿Sí? —lo animó el hombre con la actitud de alguien a quien le acaban de preguntar por una dirección.

—Me llamo Fr...

Un simple gesto de la mano.

—Lo sabemos todo, señor Pelletier, absolutamente todo. Su nombre, su tapadera de periodista, la excusa que utilizó para venir aquí, sus actividades de espionaje al servicio de la inteligencia francesa...

François trataba de concentrarse, pero se daba cuenta de que todo lo que decía su interrogador eran generalidades.

—... sus desplazamientos por Praga durante los últimos días, los sitios que intentó filmar antes de que se lo impidieran, los...

«No saben nada», se dijo François.

—... la llamada que hizo a París para hablar con su esposa, la postal que le mandó, los...

Ante la inanidad de aquellas acusaciones, François recordó el consejo de Chastenet: «Su fuerza reside en que usted es realmente un periodista que está haciendo un reportaje. No se salga de ahí en ningún caso, pase lo que pase.»

—... las personas con las que contactó aquí, sus actividades antisocialistas...

—Me llamo François Pelletier —consiguió balbucear—, soy periodista y vine a Praga a realizar un reportaje en Praga... Esto es un error.

—La noche que pasó con Klára Hájková, espía al servicio de la inteligencia francesa, y los encuentros que tuvo con Teodor Kozel, jefe del servicio de traducciones de Asuntos Exteriores, para organizar su fuga.

François debía de haber palidecido.

—Lo sabemos todo. Sólo nos faltan algunos detalles. Usted nos los da, y nosotros archivamos este caso.

—Quiero llamar a la embajada francesa —probó a decir François, que fue el primero en percibir la falta de convicción de su voz—. Esto es un error.

El hombre negó con la cabeza, consternado por tener que explicárselo de nuevo.

—Aquí sólo tiene un derecho, señor Pelletier: confesar, confesarlo todo.

—No pueden...

—Hablemos claro, señor Pelletier. Usted entró en nuestro país con intenciones hostiles y realizó, en nuestro territorio, actividades encaminadas a perjudicar nuestro sistema democrático. Jamás saldrá de aquí, pero puede evitar morir ahora. Se trata únicamente de eso.

François intentaba comprender lo que le estaba diciendo, pero algo se encasquillaba en su cerebro y le impedía comprender el verdadero alcance de aquellas palabras.

El interrogador empujó un cuaderno y un bolígrafo hacia él.

—Es usted un hombre de letras, señor Pelletier. Voy a darle un poco de tiempo para redactar un informe sobre sus actividades de espionaje en nuestro país. No omita ningún detalle, por insignificante que le parezca. Tendremos en cuenta su sinceridad. —El hombre se inclinó y bajó la voz—. Diré a mis superiores que ha escrito el informe espontáneamente; eso seguro que le favorecerá durante el juicio. —Se levantó—.

Haré que le traigan ropa limpia y comida, debe de tener hambre. Si todo va bien, pediremos que lo examine un médico.

Y François se quedó solo.

No por mucho tiempo. Todo estaba listo entre bastidores, porque un agente uniformado entró y dejó una pila de ropa en el suelo. Con enorme dificultad, porque estaba completamente destrozado, François se levantó y empezó a desnudarse. Desplegó lo que le habían llevado, un mono gris de prisionero. No habían dicho una palabra sobre los lavabos ni sobre la posibilidad de ducharse, pero olía espantosamente mal.

Le dolía todo el cuerpo. Tenía los testículos amoratados: habían doblado su tamaño y le hacían un daño horroroso. Intentaba serenarse, pensar, pero tenía mucho miedo.

«¡Soy periodista y estoy haciendo un reportaje!», se repetía.

La voz de Chastenet: «¡No salga de ahí en ningún caso!»

François se preguntó con angustia cuánto tiempo podría defender esa mentira.

Y aquí, al usar él mismo la palabra «mentira», se abrió la fisura que terminó por hundirlo.

Aún era el único que lo sabía, pero acababa de perder el primer juego de un partido en el que iban a aplastarlo.

69

Sí, pero no es lo mismo

Hélène no podía dejar de pensar en la desaparición de François y aquella rocambolesca historia de espionaje. Su antigua rivalidad profesional los había enfrentado, pero saber que su hermano estaba en peligro borraba todos sus agravios. Por no hablar del enorme cariño que le tenía a Nine...

—¡No tardará en volver! —aseguraba Lambert.

Así que el lunes salió a antena bastante abatida. El éxito del programa, que había merecido un artículo en una revista importante, se confirmaba día tras día. El barómetro del correo de los oyentes anunciaba tiempo estable, y sentarse detrás del micrófono, lejos de contribuir a cansarla, la ayudaba a evadirse de sí misma, algo que a veces necesitan los que se ocupan de los demás.

El arranque de la sintonía siempre le producía un escalofrío delicioso. Cuando el técnico bajaba ligeramente la música (siempre con el mismo compás) y ella anunciaba «¿Qué hace usted esta noche?», Hélène sentía casi físicamente el regocijo de los oyentes y la extraña plenitud de estar en comunión con una muchedumbre de desconocidos.

—Tenemos al teléfono a Germain. Buenas noches, Germain...

—Esto... buenas noches, Hélène.

Nunca se decían los apellidos, siguiendo órdenes de la dirección de la emisora. «Debe ser humano, pero anónimo», le habían dicho.

Aunque Hélène seleccionaba a los oyentes que saldrían en antena entre las cartas que se habían recibido, siempre dejaban abierta la posibilidad de hacer intervenir a algunos de los que llamaban durante la noche para favorecer la espontaneidad. Era el técnico quien los proponía, después de haber hablado brevemente con ellos.

—Tengo a una persona que quiere hablar con su padre —dijo Roland.

—¿De su padre?

—No, con él. En persona no se atreve a hacerlo. Pregunta si puede hacerlo a través de la radio.

—Adelante.

El técnico se inclinó hacia Hélène.

—Buenas noches, señora...

—No, me llamo Jean, buenas noches...

Hélène se quedó muda. Oía al técnico gritándole por los auriculares: «¡El blanco, Hélène, el blanco!»

Era la regla de oro en antena: nada de blancos. Debían evitar a toda costa esos momentos de silencio que desconciertan al oyente y le hacen temer que la emisión se haya interrumpido.

—¡Perdone! Buenas noches, Jean, nos llama usted...

—Para hablar con mi padre... Nunca lo consigo, así que me he dicho...

Al instante, Hélène pensó en sus padres, que nunca se perdían el programa. ¿Cómo debía actuar? El oficio la sacó del apuro.

—¿Y por qué no lo consigue?

—Lo que debo decirle es difícil, nunca tengo el valor...

—¿Y qué es eso tan difícil?

—Decirle que me lo hizo pasar muy mal, pero que no le guardo rencor, que lo quiero.

—Cuéntenos, Jean...

Entonces, los dos hermanos, separados físicamente pero unidos por la voz y la intensidad del momento, revivieron los meses en los que Jean había intentado estar a la altura del cometido que le había encomendado su padre, es decir, tomar el mando de la empresa familiar.

Hélène, que no recordaba muy bien aquella época, estaba descubriendo a otro Jean y a un padre distinto al suyo.

—Yo era demasiado joven para lo que me pedía —decía Jean—. Y para ser sincero, bastante incompetente.

—¿Qué le gustaría decirle hoy?

—Le diría: «Para cumplir tu sueño de tener un hijo que fuera tu sucesor, me impusiste algo que era superior a mis fuerzas. Nunca me miraste, sólo veías al hijo con el que soñabas, y no era yo. Viví meses de angustia, siempre desbordado, siempre sobrepasado, nunca sabía lo que había que hacer, y tú no querías verlo. Quería morirme... Cuando al fin te diste cuenta de que jamás lo conseguiría, retomaste las riendas. Y a partir de ese momento... empezaste a despreciarme. Yo era el fracasado. Me convertí en el apestado.

Hélène le había hecho una seña a Roland para que subiera el volumen del fondo musical que sostenía la voz rota de Jean.

—¿En qué trabaja usted, Jean?

—Tengo una empresa. Pero es la mía, no la de mi padre.

—Y esta vez, ¿le va bien?

—Sí, pero no es lo mismo... Quería triunfar para que él me valorase, para que se sintiera orgulloso de mí. Ahora es demasiado tarde... Mi éxito no le interesa.

—No esté tan seguro, Jean. Si su padre lo está oyendo, estoy convencida de que lo comprende y lo quiere. Y sabrá decírselo. Gracias por su llamada, Jean...

Le hizo un gesto con la mano al técnico.

Música.

—Jean, ¿sigues ahí?

—No, ha colgado.

Hélène, conmocionada, se cogió la cabeza con las dos manos. Dios mío, qué desgraciado debía de ser el pobre Gordito...

Y cuánto debía de haberle dolido aquella confesión a su padre.

Jean, su padre, François, Nine...

Realmente, era demasiado.

Echaba mucho de menos el indestructible buen humor de Lambert.

70

La situación se ha despejado

A las autoridades checoslovacas les había faltado tiempo para anunciar la detención.

Georges podía imaginarse lo que debía de haber vivido François hasta ese momento y lo lamentaba profundamente.

El comunicado afirmaba que «el espía francés ha confesado rápidamente», lo que no significaba nada, ya que la exageración estaba a la orden del día en esas situaciones.

Llegó al taller en el momento en que Nine lo cerraba para volver a casa.

Cuando lo vio, la joven palideció, se puso tensa y rebuscó nerviosamente en el bolso para sacar el aparato auditivo y ponerse el receptor en el oído.

—Han detenido a François.

¿Era una buena noticia?

—¿Está herido? ¿Puedo hablar con él?

Georges señaló la puerta del taller.

—¿Y si entramos un momento, señora Pelletier?

—¡No! ¡Dígame cómo está!

Nine había gritado muy fuerte. Georges miró las ventanas, que se iluminaban y se entreabrían, y luego el taxi de Nine, que acababa de estacionar. La cogió del brazo.

—Suba, por favor...

Chastenet se sentó con ella en el asiento trasero. No era más que un detalle, por supuesto que él sabía ese tipo de cosas, pero la firmeza, la naturalidad con la que Georges le dijo al taxista la dirección de Nine le hizo pensar que disponía de una enorme cantidad de información sobre ella, sobre François, sobre su matrimonio... Nine sintió que habían violado su privacidad.

—François está sano y salvo —dijo Georges cuando el taxi se puso en marcha—. Lo han detenido a mediodía.

—¿Dónde está?

—No lo sabemos.

—¿Es posible hablar con él?

—No lo creo.

—¡Pero tiene derechos!

Georges se cuidó mucho de decirle que en ese momento no tenía ninguno.

Tras recibir el comunicado oficial, se había presentado de inmediato en el despacho del señor Leal, al que, por suerte, había encontrado muy decidido.

—Tengo cita en el Quai d'Orsay dentro de una hora. Todos los elementos para la ofensiva diplomática están preparados. Inmediatamente después, me entrevistaré con el primer ministro. Todo el mundo tendrá en cuenta la ayuda que nos ha prestado el señor Pelletier. En mi opinión, hay que golpear con fuerza, negarse a entrar en una negociación paso a paso, en la que tendríamos mucho que perder.

El señor Leal hablaba con voz firme. En las altas esferas, se le escuchaba.

La amenaza de suspender las acreditaciones de numerosos diplomáticos de varios países del Este, de poner fin a todos los contratos comerciales en vigor o en preparación, la perspectiva de un conflicto con Checoslovaquia, el peligro de que aquella crisis contaminara a otros países socios de Praga... serían otros tantos obstáculos para la estrategia del Gran Hermano soviético... Francia distaba de encontrarse indefensa.

—Con esa detención, señora Pelletier, la situación se ha despejado —dijo Georges.

—¿De qué lo acusan?

—El comunicado oficial insiste en el argumento del espionaje, que es pura invención y...

—Si no tienen ningún motivo serio para retenerlo, ¿cuándo va a volver?

«En cuanto a su liberación, difícilmente se podrá bajar de los dos meses», había estimado el señor Leal.

—Un par de semanas a lo sumo, diría yo.

¡Quince días!

—Es demasiado tiempo.

—Puede parecerle demasiado, y lo comprendo...

—¿Me asegura que lo del espionaje es pura invención? ¿Que François quedará libre de culpa en menos de quince días?

—Mi respuesta a las dos preguntas es sí.

71

Ya no la necesito

—¿Oíste el programa de anoche?

Hélène sospechaba que la llamada de Jean iba a causar bastante revuelo dentro de la familia.

—No, anoche, no, perdona. Tenía... a alguien en casa.

Hélène se incorporó en la cama. Nine comprendió inmediatamente la ambigüedad de su frase, su torpeza, así que se apresuró a añadir:

—Han detenido a François. Me han asegurado que está bien de salud y que regresará pronto.

—Lo han detenido... ¿por espionaje?

En el fondo, Hélène nunca se había creído esa historia, aunque la hipótesis de que su hermano, que estaba loco por Nine, hubiera pasado una noche con una prostituta le parecía igual de inverosímil.

Nine le contó brevemente su encuentro con «el enviado del ministerio». Ya sólo había que esperar. Acordaron que Hélène llamaría a sus padres y Nine a Jean.

—Estaba a punto de salir hacia Le Plessis —le dijo Jean.

Cuando cogía el teléfono, Jean a menudo parecía azorado. Quizá por la costumbre de recibir malas noticias.

—Mejor, porque tus padres van a necesitar que los reconforten —respondió Nine—. Han detenido a François.
—¿Detenido? ¿Dónde?
—En Praga, Jean. Tu hermano estaba de viaje en Praga y...

Cuando Jean estaba *in albis*, lo que no era nada raro, Nine nunca adoptaba el tono cansado o exasperado que empleaban los demás. Siempre estaba preparada para sus reacciones tardías, a destiempo, y no se impacientaba.

—Sí, claro... —dijo Jean, muy perturbado por la noticia.

Se disponía a ver a sus padres para recoger los frutos de su llamada al programa de la noche anterior. Seguro que ellos no se lo habrían perdido.

Con la noticia de su detención, ¿iba a ganarle la partida François una vez más?

—Dales un beso de mi parte, ¿quieres? Y diles que, por supuesto, en cuanto sepa algo...

—¡Sí, sí!

—¡¿Quién era?! —gritó Geneviève en cuanto Jean colgó.

—Mi hermano...

—¡Ah! ¿Ya está? ¿Ya ha vuelto del burdel?

Llevaba una bata muy escotada que parecía una alfombra de cama, unos bigudíes que le doblaban el tamaño de la cabeza y el labio superior cubierto de crema depilatoria beis. Jean pensó que recordaba un poco a una camella.

—No, lo han detenido.

Fue al decirlo en voz alta que Jean comprendió la gravedad de la noticia.

¡François estaba encarcelado detrás del Telón de Acero!

Le pasó fugazmente por la cabeza la idea de que esta vez la suerte había estado de su lado, porque si no estaría él en aquella dramática situación. Y él ya estaría muerto, seguro.

Geneviève volvió al cuarto de baño rezongando:

—Ése, con tal de hacerse el interesante...

Eso era demasiado. Jean salió disparado detrás de ella.

—¡Perdona, pero todo esto es un malentendido!

—¿Ah, sí? Entonces, si no estaba en un burdel, ¿dónde estaba, en misa?

—Es... una conspiración política.

—¡Es un revolcón con una fulana!

—¡Geneviève! —Jean no estaba escandalizado por su lenguaje, sino porque habían aparecido Philippe y Colette—. ¡Delante de los niños, no, por favor!

Geneviève volvió a salir del baño y sólo llevaba bigudíes en media cabeza.

—¡Ay, pobre Jean! Los críos dicen cosas mucho peores en el recreo, créeme. Y en el colegio de las meapilas, ni te cuento, menuda lengua tienen ésas...

Colette y Philippe se habían sentado a la mesa ante sus desayunos y apenas prestaban atención a lo que se decía. Primero, porque no comprendían muy bien qué pasaba con el tío François y, segundo, porque tenían problemas más urgentes. A Philippe sólo le quedaban tres días para intentar arrancarle a su madre la autorización para participar en el torneo de billar de Orleans y, por lo tanto, el dinero para una noche de hotel.

En cuanto Alain y Martine estuvieron en la escuela, Nine llamó un taxi.

Veinte minutos después, cruzaba la verja del Quai d'Orsay, sede del Ministerio de Asuntos Exteriores.

—Soy la esposa de François Pelletier. Quiero hablar con el ministro.

En cuestión de días, su nombre se había transformado en una llave maestra, así que no tardó en seguir a una joven funcionaria hasta un salón con un techo altísimo decorado con molduras de estuco, una inmensa araña adornada con innumerables cuentas de cristal, paredes forradas con telas rameadas, columnas doradas, colgaduras de terciopelo y una monumental chimenea de mármol con motivos florales en los laterales y, en la repisa, un péndulo de bronce dorado de estilo Louis XVI flanqueado por sendos querubines posados sobre guirnaldas. La República mantenía vivo su gusto por el Antiguo Régimen.

—Si tiene la bondad de esperar aquí... El señor de Coster la recibirá enseguida.

—A quien quiero ver es al ministro.

—Podrá decírselo al señor de Coster.

Si la hubiera conocido, la secretaria se habría sorprendido al constatar que Nine hablaba, no alto, cosa de la que era incapaz, pero sí muy claro. Era muy poco habitual, ella misma ni siquiera se daba cuenta.

Con el bolso en las rodillas, Nine esperó un cuarto de hora contemplando el impecable césped del parque al otro lado de la ventana.

Luego se levantó, cruzó el salón, bajó a la planta baja por la gran escalera y se dirigió a la salida.

—¡Señora!

El aparato auditivo cumplió su cometido. Nine se volvió, sorprendida.

—El señor de Coster no puede tardar...

—Ya he esperado bastante, no puedo perder más tiempo. Dígale que lo siento.

La diplomacia no es famosa por su rapidez de reflejos, pero es capaz de movilizar su energía cuando hace falta. Nine no había alcanzado el amplio vestíbulo de mármol cuando un hombre se interpuso con elegancia entre ella y la puerta doble.

—Señora Pelletier... El señor de Coster la espera, si es tan amable de seguirme...

Dio media vuelta, subió de nuevo la escalera y volvió a entrar en el salón, pero esta vez un hombre fue a su encuentro. Unos cincuenta bien llevados, pelo impecable, mentón firme, corbata elegante, gemelos con sus iniciales... Sostenía las gafas de carey como algunas mujeres el abanico.

—Señora Pelletier... —Tenía la mano áspera. Le indicó la mesa redonda. Se sentaron ante ella—. ¿Qué puedo hacer por usted?

—Presentarse.

—¡Sí, perdone! Charles de Coster, director adjunto del gabinete del señor ministro.

—Quiero noticias de mi marido.

De Coster asintió, comprendía la petición y, a juzgar por su mirada, la encontraba muy razonable.

—Naturalmente. Su marido está detenido en una prisión checoslovaca, con toda probabilidad en la misma Praga, aunque aún no nos consta. Todo hace pensar que está bien de salud. Las autoridades han lanzado contra él una acusación cuya falsedad nos esforzaremos en demostrar. En la...

—¿Qué están haciendo en concreto para conseguir su liberación?

—Estamos proporcionando al gobierno checoslovaco todas las pruebas que acreditan que su esposo no es otra cosa que un periodista francés víctima de un engaño despreciable y que se asustó cuando la...

Nine se levantó y se dirigió a la puerta.

Decididamente, aquella mujer no podía estarse quieta.

—¡Señora Pelletier...!

Nine se volvió y dio un paso hacia él.

—Me hace usted perder el tiempo, señor de Coster. No sabe nada, o no quiere decirme nada. Tengo cosas mejores que hacer que escucharlo. Creo que mi visita le interesará más a la prensa que a usted.

Al volverse, se dio de bruces con Georges Chastenet, que la agarró del brazo con un «Venga conmigo...».

Los tres pasaron a un salón más pequeño en el que los esperaba una bandeja con café y pastas.

Nine ni lo tocó. El señor de Coster se alejó simbólicamente para dejarlos conversar, pero permaneció atento: debía informar al ministro.

—Nine... —empezó a decir Georges—. ¿Me permite que la llame Nine?

—No.

—Muy bien. Entonces, vayamos al grano. La acusación contra su marido es grave. Seguramente lo están interrogando con mucha firmeza. Deben de ser momentos difíciles para él... Y podrían condenarlo a cadena perpetua.

Es una técnica de probada eficacia: impresionar al interlocutor con una imagen potente para obligarlo a romper el curso de sus ideas y abrirse a otra información.

Nine se quedó muda. Se le cayó el auricular y se tomó su tiempo para ponérselo de nuevo.

—Lo que puedo asegurarle es que trabajamos sin descanso para conseguir su liberación —dijo Georges con firmeza suficiente para reforzar la mentira.

De momento, aparte de manifestar su indignación y lanzar las habituales amenazas diplomáticas, el gobierno francés no había hecho nada. No iniciaría las hostilidades hasta haber estudiado en profundidad la situación y haber diseñado una estrategia de respuesta.

—Ese «trabajo sin descanso», ¿en qué consiste?

—Señora Pelletier, las relaciones internacionales son extraordinariamente complejas, como sin duda sabe. Francia dista de estar indefensa frente a Checoslovaquia y, por tanto, la URSS. Dispone de poderosos medios de presión, créame, tanto en el plano político como en el económico; pero, para tener éxito, debemos actuar con inteligencia, y eso requiere un poco de tiempo. Le pedí que tuviera paciencia, y usted me prometió...

—Señor Chastenet, mis promesas valen lo mismo que las suyas. Nada en absoluto. Le doy veinticuatro horas.

—Liberar a su marido en veinticuatro horas es imposible.

—Lo sé, no soy completamente idiota. Le doy veinticuatro horas para proporcionarme información concreta sobre mi marido: su estado de salud, el lugar donde está detenido y la lista de acciones que ustedes han emprendido.

—Haremos todo lo posible.
—Si pasado ese tiempo no tengo noticias suyas, me presentaré en la embajada de Checoslovaquia, solicitaré un visado de turista y me iré a Praga a buscar a mi marido. Me acompañará un grupo de periodistas, a los que les pagaré el viaje y los gastos, y me encargaré de que la agencia France-Presse esté informada en todo momento. Paralelamente...

Georges levantó la mano: de acuerdo, de acuerdo...

—Treinta y seis horas.

Nine se levantó.

—No tendrá ni un minuto más. —Sin despedirse, fue hacia la puerta, pero antes de salir se volvió con aire pensativo—. Una cosa más, señor Chastenet. Gracias por enviármela, pero le devuelvo a Odette Lagrange, ya no la necesito.

Jean se dirigía a casa de sus padres con sentimientos encontrados.

El anuncio de la detención de François debía de haberlos conmocionado.

—¿Tienes noticias sobre François? —le preguntó su madre incluso antes de besarlo.

—No, sólo sé que...

Se interrumpió, impresionado por el rostro de su padre, sentado en la cama con la espalda apoyada en una pila de almohadones. Tenía la tez cenicienta, los labios ligeramente azulados, los ojos lagrimosos... Jean estuvo a punto de echarse a llorar.

—Que lo han detenido, ¿no es eso?

Jean asintió.

De pronto, Louis sufrió un ataque de tos tan espantoso que la señora Pelletier empujó a su hijo fuera de la habitación.

Angèle no reapareció hasta diez minutos más tarde. Estaba lívida.

—Lleva así todo el día... Los medicamentos no le hacen gran cosa. ¿Quieres un café?

Sentado a la mesa de la cocina, Jean no supo qué decir.

—Gracias por venir, hijo... —Al pasar detrás de él, Angèle le dio un beso en la cabeza—. Si lo han detenido, es buena señal, ¿no?

—¿Buena señal?

—Se darán cuenta de que se han equivocado, de que no es un espía, y lo soltarán, ¿no crees?

Jean no tenía la menor idea.

—Sí, supongo...

Esa respuesta no atenuó la angustia de Angèle.

—No lo entiendo, no lo entiendo... —Se sentó a la mesa frente a él—. En fin, habrá que esperar...

Jean enderezó el cuerpo en la silla. Ya podía sacar el tema. ¿Habrían hablado del asunto entre ellos?

Por el silencio de su madre, comprendió la pena que les había causado. Se reprochó haberles hecho pasar por aquello en el momento en que François...

¡Pero de ninguna manera! ¡No tenía nada que reprocharse! ¡Él también existía!

Se tomaron el café, absortos en sus pensamientos.

Cuando pasara un rato, se decía Jean, cuando su padre hubiera descansado y se encontrara mejor, iría a la cabecera de su cama y le cogería las manos. «Le explicaré que no tenía la menor intención de hacerle daño, papá se disculpará y yo...»

—¿Escuchasteis el programa anoche? —preguntó al fin removiendo el café con fingida naturalidad.

—No. Papá se quedó dormido. ¡Por primera vez desde que volvió del hospital! Y aproveché para descansar yo también. Pero, por favor, no se lo digas a Hélène, le dará pena.

72

Así estarán juntos

Durante su anterior interrogatorio había vuelto a mojar los pantalones, pero esta vez no le habían proporcionado una muda. Había dormido oliendo a pis.

Le habían dado un cuenco con un brebaje frío y viscoso que se había obligado a tragar y había mascado un mendrugo de pan. En la jarra de plástico, el agua estaba tibia.

En posición fetal, helado hasta los huesos, François hizo el recuento de sus lesiones: los dientes, las costillas, los testículos, la mandíbula, el cuero cabelludo, las rodillas, que le habían golpeado con la porra, el estómago...

Su única certeza era que no aguantaría mucho más así.

Y no tenía nada que decir.

Habían hablado de Kozel, mencionado a Klára... ¿Qué más podía contarles? Chastenet lo había mandado a Praga con la información justa, precisamente para que no tuviera nada que decir en caso de que lo interrogaran. ¡Le había hecho caer en la trampa!

Podía contar cómo lo habían reclutado, describir la formación acelerada en aquel piso de París, explicar lo del buzón, al que no había podido acceder... Pero, aparte de que no serviría para calmar la furia de su interrogador, el que lo molía a palos, equivaldría a confesar que estaba allí en calidad de espía y sería un billete directo para el pelotón de fusilamiento.

François palideció.

«Si lo detienen, lo encerrarán en un lugar secreto, lo matarán de hambre, no le dejarán dormir por la noche, lo torturaran durante el día...», había dicho Georges refiriéndose al Duende.

Kozel lo había sustituido en el avión. Él lo sustituía en la cárcel.

En esto pensaba François durante la hora de respiro que le concedieron. Poco después, entraron dos carceleros y lo colocaron de pie de cara a la pared, bajo la claraboya abierta de par en par. Había empezado a llover. Un sirimiri helado le caló la manta y luego la ropa.

Cuando cayó al suelo de rodillas, los guardias volvieron a entrar y lo obligaron a levantarse a porrazos.

No recordaba en qué momento se desmayó.

Al amanecer, al oírlos llegar, se protegió la cara con los brazos, pero se limitaron a decirle que se desnudara y echarle una manta por los hombros, y, tal como estaba, completamente desnudo, tiritando, le pusieron una capucha en la cabeza, para llevarlo a paso ligero por los pasillos hasta la sala de interrogatorios, donde lo esperaba su torturador, que reanudó la tarea.

—*Děláš si ze mě srandu?!* —gritaba agitando el informe que había redactado François penosamente el día anterior, una hoja manuscrita en la que describía su llegada con la delegación y su reportaje para la televisión francesa.

El tipo había vuelto a coger la porra y, de pie a su costado, le golpeaba el abdomen con gestos de jugador de béisbol. François creyó que le había reventado algo. ¿El estómago? ¿El hígado? ¿Un pulmón? Se retorcía de dolor, pero al tener las manos atadas detrás del respaldo de la silla, no podía encogerse para intentar soportar los golpes.

Echándole la cabeza atrás con fuerza, su verdugo le metió la hoja de papel hasta el fondo de la boca. Una arcada lo lanzó hacia delante, pero el hombre le aferraba el cráneo con una mano y la mandíbula con la otra. François tuvo que tragar. Presa de un incontenible ataque de tos, puso los ojos en blanco y, cuando le aflojaron las ataduras, cayó pesadamente al suelo.

—¿Quiere un vaso de agua?

Era el segundo interrogador, que, acuclillado junto a él, lo miraba sonriendo, como si François hubiera sido víctima de una broma de un compañero de oficina.

—Su informe lo ha hecho enfadar. Créame, he tenido que traducírselo, no podía hacer otra cosa. Y, siento decírselo, pero lo comprendo. Le echan un cable, y usted se niega a cogerlo...

François tiritaba en una esquina de la sala. Le había caído la manta al suelo; el hombre volvió a echársela por los hombros.

François jamás pudo explicarse cómo le vino a los labios aquella frase:

—Quiero... ver el escrito... de acusación.

Era totalmente inesperada, ni él mismo daba crédito a sus oídos.

—Señor Pelletier, en una democracia popular, si la policía detiene a alguien es porque tiene motivos para hacerlo.

François se disponía a responder, al menos en la medida en que se lo permitían sus fuerzas, pero le ganaron por la mano.

—Usted no comprende su situación ni en manos de quién se encuentra. Su detención es absolutamente legal, lo mismo que estos interrogatorios. Si la investigación ha tomado un derrotero un tanto brutal, es por culpa suya. Se niega a confesar. Usted nos obliga a usar estos medios para forzarlo a decirnos la verdad. —Su tono no era vehemente, sino más bien apesadumbrado. Como si sintiera pena por él, casi compasión—. Usted es un periodista occidental y, por tanto, un especialista en mentir, un enemigo del socialismo. Odia la democracia popular, realiza actividades de espionaje por cuenta de Occidente... ¿Cómo espera que lo tratemos? ¿Como a un amigo?

Acercó una silla, lo ayudó a levantarse y a sentarse, fue hasta la puerta, que hizo abrir, dio una orden breve en un tono que no admitía réplica y, segundos después, dejaba su ropa delante de él. Era la misma en la que se había orinado horas antes, pero François, congelado, temblando de pies a cabeza, se apresuró a ponerse el mono y los calcetines gastados, agujereados por los pulgares de sus antecesores.

—¿Quiere un cigarrillo?

Incluso en el estado de semiinconsciencia en el que se encontraba, François comprendía para qué servía aquel cambio de tono, aquella actitud más comprensiva, pero... aun así, lo agradeció.

No le quedaba otro remedio.

De pronto le embargaba un poderoso y desesperado sentimiento de gratitud hacia aquel hombre. Era para volverse loco.

Rechazó el cigarrillo, pero pidió que le dejaran beber, y fue el propio interrogador quien le sostuvo la cabeza mientras lo hacía, diciendo «despacio, eso es...». François sentía que los ojos se le arrasaban en lágrimas. El hombre le dio unas suaves palmaditas en la espalda: todo se arreglará.

—Nos falta muy poca cosa —dijo el hombre llevando otra silla y sentándose a su lado, como un amigo—. Si nos la proporciona, todo será más fácil. Teodor Kozel iba a ocupar su lugar en el avión de regreso a París, pero no lo hizo. El plan cambió en el último minuto, ¿no es así?

Fue un alivio.

Primero, porque no podrían carearlo con Kozel, como había temido. Había tratado de imaginar cientos de veces lo que podían llegar a hacerle, y encontrarse frente a un hombre torturado que apenas respiraba, a dos dedos de morir tras pasar por atroces sufrimientos, era más de lo que podía soportar. Y segundo, porque la operación había sido un éxito. Era una victoria para todo el mundo, excepto para él; pero ¿a qué más podía agarrarse?

—¿Sabe que conozco muy bien a Teodor? Fuimos juntos a la escuela de idiomas de Moscú, éramos de la misma promoción. Entre usted y yo, nunca fue un socialista muy convencido, ni siquiera de joven. No comprendo cómo pudo hacer carrera... —El hombre alzó la cabeza—. Bueno, dígame... ¿Cómo se marchó nuestro querido Teodor?

Era duro, porque ahora François quería hablar, aunque no sirviera de nada. El agotamiento, el dolor, el cansancio físico y mental lo empujaban a confesar algo.

Pero no tenía respuesta para la pregunta que le acababa de hacer.

Recibiría más golpes y humillaciones por negarse a contar algo que no sabía. Iba directo al infierno.

—No... no lo sé.

Había puesto en su respuesta toda la fuerza de convicción de la que era capaz.

El interrogador enderezó el cuerpo en la silla.

—Como usted quiera... —dijo en tono seco, y fue a abrir la puerta.

François vio entrar a su torturador, que se golpeaba la palma de la mano derecha con algo... ¿Un *knut*? Un azote hecho de tiras de cuero rematadas con ganchos de hierro.

Otros tres hombres irrumpieron en la sala, le ataron las muñecas muy apretadas, se las colgaron de la cadena que descendía del techo, en la que François aún no había reparado, y le bajaron el mono hasta los pies, que apenas tocaban el suelo.

El interrogador, acabándose el cigarrillo, volvió junto a él.

—Me temo que ya no puedo hacer gran cosa por usted. No volveremos a vernos, señor Pelletier, lo siento. Cuando mi compañero haya acabado con usted, no creo que esté en condiciones de mantener una conversación.

A François le vino a la cabeza el final de la frase de Georges, lo que había dicho que le pasaría a Kozel si se quedaba en

Praga: «y, al final, su familia jamás sabrá qué ha sido de él, porque su cuerpo nunca aparecerá.»

Pero, desgraciadamente, lo que temía no era lo peor.

Había empezado a hacerse a la idea de que iba a morir. Tenía tantos dolores, estaba tan exhausto... Volvía a ver los rostros de sus hijos, Martine y Alain, dormidos, y sentía una pena inconmensurable...

No sabía que podía temer algo mucho peor. Mil veces peor.

—Nos hemos enterado de que su esposa... ¿Nine? Así es como la llaman, creo... Se dispone a solicitar un visado para Praga. Quiere venir a buscarlo.

François bajó la vista hacia la hoja que el interrogador estrujaba como mecánicamente y reconoció el retrato que le habían dibujado sus hijos. Debían de haberlo encontrado en su maleta.

—Ese visado, señor Pelletier, se lo proporcionaremos muy rápidamente. Y vamos a encargarnos de que su esposa se reúna con usted. Así estarán juntos ante esta dura prueba, seguro que será un gran consuelo para usted.

François estaba tan desesperado que no sintió el primer golpe del *knut* en la espalda.

Pero el segundo lo devolvió a la terrible realidad.

73

Tiene sentido

La cara del señor Leal expresaba gravedad.
Estaban en su despacho, no en la sala de reuniones.
Georges advirtió que Libert y Michelet habían hecho retroceder sus sillas unos centímetros, como si hubieran decidido retirarse de la partida y dejarle charlar tranquilamente con el jefe.
Aquello no olía nada bien.
—La decisión sobre Kychgorod está tomada. No se hará nada.
Georges se volvió hacia sus compañeros.
Ya estaban informados, lo que, considerando sus puestos en el escalafón, no tenía nada de particular. Pero que no se mostraran ni sorprendidos ni indignados sí le extrañó. Así que tomó la palabra:
—No acabo de comprender...
—Lo ha comprendido perfectamente, Georges. No diremos nada y haremos como si no lo supiésemos.
Entendido. Era una decisión extraña, pero, al fin y al cabo, aquello incumbía a las autoridades soviéticas, a la población de una región remota, casi abstracta, vista desde allí...

No obstante, Georges, con su perspicacia habitual, notó cierta reticencia en el señor Leal, una especie de apuro (aunque el término fuera excesivo, tratándose de Croizier, que nunca había sentido apuro por nada).

—¿Puede darme más información? —preguntó Georges.

—La tendrá en menos de una hora. Serán documentos de difusión muy restringida. Pero, qué diablos, ¿por qué no dársela ya? Acaba de producirse un accidente nuclear en Windbury, Inglaterra. Se han liberado sustancias radiactivas a la atmósfera. La investigación está en marcha.

Georges lo miraba fijamente.

—Sustancias...

—Radiactivas, sí. Respecto a las cantidades, aún no se sabe nada. Así que...

Georges lo había entendido. Él mismo terminó la frase:

—El gobierno británico ha decidido no informar a la población por miedo a que cunda el pánico.

—Eso es. La información acabará saliendo a la luz, y los periódicos harán su agosto, pero cuanto más tarde ocurra mejor. Y el gobierno francés, lo mismo que nuestros aliados, quiere mostrarse solidario con esa postura.

¿Era él el único indignado en aquella sala?

Se volvió hacia sus dos compañeros. Era una situación totalmente inédita.

Francia había aceptado silenciar durante el mayor tiempo posible un accidente nuclear que sin duda requería medidas de protección para la población.

Dicho de otro modo, los demás países de la Alianza se solidarizaban con Inglaterra por si en sus territorios se producía un accidente de esa índole en el futuro.

Y, en consecuencia, no iban a denunciar el de la central de Kychgorod, para no dar a los soviéticos lecciones de una moral que se reservaban el derecho de no respetar.

—Corremos el mismo peligro en casa —confirmó Libert.

Georges sentía vértigo.

El riesgo nuclear se había convertido en un denominador común entre el Este y el Oeste.

Para comprender lo que le pasaba por la cabeza a Georges Chastenet, hay que recordar que era un funcionario del Estado francés que siempre, incluso cuando se trataba de operaciones bastante sucias, había actuado de acuerdo a sus ideales de la República. Pero esta vez la posición de Francia, que callaba en previsión de cómo se actuaría si un día el accidente ocurriera allí, chocaba con su moral (bastante elástica).

No se trataba de trabajar, ni siquiera cínicamente, por el mantenimiento de la democracia en Europa frente al ansia hegemónica del bloque soviético, sino que se decidía actuar con sus mismos métodos, escondiendo información para que la población no sepa que corre peligro.

Georges se quedó mudo.

No obstante, dejó para más tarde la tarea de reflexionar sobre lo que pasaba allí, porque la reunión no había terminado.

Aquel asunto olía muy mal. El señor Leal se aclaró la garganta.

—Asimismo, el gobierno ha decidido que, de momento, no haremos nada por el señor Pelletier.

Estas situaciones mostraban la entereza de Georges Chastenet. En lugar de levantarse y volcar la mesa, se limitó a limpiarse las gafas con el extremo de la corbata.

Ni siquiera se molestó en hacer ninguna pregunta. Esperó en absoluto silencio.

—No ganamos nada haciendo pública la presencia de Teodor Kozel en nuestro país —argumentó el señor Leal—. Esperaremos a ver qué nos ha traído. Para el señor Pelletier, es cuestión de unos meses.

—Unos meses...

—Todo lo más.

—Los... que han tomado esta decisión, ¿tienen idea de lo que debe de estar pasando el señor Pelletier en estos momentos, del papel que ha tenido en este asunto a petición nuestra y del servicio que ha prestado al país?

—Yo mismo me encargué de explicárselo, Georges. Y, créame, no me mordí la lengua. Pero ¿qué quiere? El gobierno considera que es mejor tener allí a un mártir francés que reconocer nuestras actividades de espionaje en territorio checoslovaco.

—Tiene sentido —opinó Libert.

Georges se levantó pesadamente.

—Bien. Señores...

74

Gracias por todo

Élise se paseaba por el salón con la taza de té caliente entre las manos. Llevaba aquel viejo jersey con el cuello dado del que su hermosa cabeza surgía como una crisálida.

No decía nada.

No, Georges no estaba enfadado, aquello no tenía nada que ver con las peleas de antaño. Había vuelto a una hora a la que Élise no lo esperaba. La había encontrado leyendo a Chejov. Ella también hablaba ruso y alemán, los dos tenían muchas cosas en común.

Georges se había quitado el abrigo y, con la voz enronquecida por la emoción, había dicho: «Cariño...»

En el idioma de su relación, estaba prohibido preguntar «¿Te pasa algo?», o, peor aún, «¿Qué te pasa?». Entre ellos habían pasado tantas cosas desagradables que ese tipo de preguntas había perdido el sentido. La frase no acudió a los labios de Élise ni siquiera ahora que se habían reencontrado.

—¿Quieres té, Georges?

—Mmm... Mejor un whisky, cariño. Doble.

Georges cogió el vaso que le tendía y, hecho insólito, se lo bebió de un trago y se lo devolvió: Lo mismo.

Luego se sentó en su «sillón de viejo», como lo llamaba Élise. Necesitaba reflexionar.

La de sapos que se había tragado a lo largo de aquellos años...

Lo de esa noche: ¿era la coincidencia de dos noticias dolorosas, o la señal de que ya no valía para aquel trabajo?

¿Qué temía? Que ese dolor tuviera que ver con la moral. Se resistía a admitirlo.

No quería ser un mal perdedor ni un hombre sin principios, el número de veces que había tenido que traicionarlos era incalculable.

Se trataba, ante todo, de una cuestión de lealtad.

Se lo había dicho a François durante su breve formación: «En este oficio, no hay nada más importante que la confianza.» A lo que Élise habría replicado: «Pero, Georges, ¡la lealtad es una cuestión moral!» Pero ese tipo de conversaciones con Élise podían acabar bien entrada la noche, y Georges no tenía ganas de discutir. Ahora le tocaba decidir.

Odiaba las palabras grandilocuentes, nunca las usaba, y jamás habría mencionado los «valores republicanos», eso se lo dejaba a los políticos, que carecían de ellos. Pero la traición a un hombre como François, que había actuado en nombre de su país (y no era la primera vez, ¡ni mucho menos!), se enmarcaba en un escenario nuevo y espantoso del que no quería participar. Se avecinaban tiempos en los que, en nombre de la razón de Estado y del riesgo para el orden público, los países, tanto los aliados como sus antagonistas, se pondrían de acuerdo para no decir a sus ciudadanos sobre qué volcanes les habían sentado. La tecnología, cacareado factor de progreso de la humanidad, iba a convertirse en una fuente de problemas y los principales afectados serían los últimos en enterarse de ellos.

Miró su reloj. No podía creerse que le hubiera costado tan poco tomar su decisión.

—¿Te importa cenar sola?

—Georges...

Sonrió, se levantó, se puso el abrigo y salió sin decir ni una palabra más.

Arthur Denissov se golpeaba la palma de la mano con el abrecartas. «¿A quién tendrá ganas de cortarle el cuello?», se preguntó Georges.

Había dejado su tarjeta de visita delante de él. Esta vez, era la oficial:

Dirección General de Inteligencia
Georges Chastenet
Análisis e Información

—¿Otro whisky?
—Cómo no...

Falta le hacía.

El director de *Le Journal du Soir* no salía de su asombro. Por lo visto su periodista no era cliente de una prostituta, como había defendido en sus artículos, sino un agente de los servicios de inteligencia franceses...

—No, François no es un agente —lo había corregido Georges—. Sólo aceptó una misión puntual para el gobierno. Es un matiz importante...

«Tanto da», se decía Denissov. Su periodista había aceptado colaborar con ellos y lo habían dejado tirado como una colilla...

—¿Qué piensa hacer el gobierno?

—Nada. Considera que, por ahora, Francia no tiene nada que ganar si lucha por la liberación de François.

Ya no era un secreto lo que pasaba en las cárceles comunistas. En los últimos tiempos los testimonios sobre ello se habían multiplicado.

Denissov estaba aterrado.

Georges apuró el whisky.

—En mi opinión, una vez detenido —siguió diciendo—, lo habrán llevado a Černíkov, donde hay un centro de la STB equipado con celdas, salas de interrogatorio, salas de tortura... Lo habrán atado, encapuchado, desnudado, lanzado al interior de un camión y al llegar...

Y, con el estómago revuelto, Denissov escuchó los pasos del calvario de François. Pero era periodista hasta la médula. No podía evitar pensar en el contundente reportaje que le entregaría François... si salía vivo de allí.

—No veo qué medio de presión puede utilizar para obligar al Quai d'Orsay a movilizarse por François.

—A Matignon.

—¡Mejor me lo pone! Amenazar al gobierno con publicar la verdad no va a cambiar gran cosa. Si lo hacemos, simplemente anunciaremos la postura que adoptará en unas semanas, no veo en qué...

—Tiene razón. Sólo lo pongo al corriente del verdadero papel de su periodista en este asunto de Praga, pero mi propuesta no es ésa.

—Lo escucho.

—No, señor Denissov, soy yo quien lo escucha a usted. ¿Hasta dónde está dispuesto a llegar para conseguir que liberen a François?

Al instante, Denissov se acordó de su discusión con François cuando éste le presentó su dimisión: «Porque nuestro cometido no es simplemente informar, sino informar sin incomodar a quienes nos autorizan a hacerlo.»

Denissov y Georges tenían en común que a ninguno de los dos les gustaba que les dieran lecciones de moral. Así que no hablaron del tema.

—Si tengo la más mínima posibilidad de hacer que liberen a François Pelletier, la aprovecharé cueste lo que cueste.

—Entonces, quiero proponerle algo, señor Denissov.

—Lo escucho.

—Se han producido dos accidentes nucleares recientemente. Se han liberado sustancias radiactivas a la atmósfera. Los daños son considerables para las poblaciones cercanas. Pero no serán evaluados ni reparados, porque sus gobiernos han decidido, respectivamente, no decir nada en absoluto y retrasar todo lo posible el momento de informar a sus ciudadanos.

—¿Accidentes graves?

—El primero ocurrió hace poco en la Unión Soviética. Un millón de desplazados y setecientos kilómetros cuadrados de zona afectada.

—El segundo, ¿no se habrá producido en Inglaterra, por casualidad?

Las noticias volaban.

—En efecto. ¿Qué sabe usted?

—Para serle sincero, casi nada. Y no informamos sobre rumores.

—Como además es un tema muy sensible, no podrá publicar nada si no está absolutamente seguro de sus fuentes.

Denissov asintió en silencio.

—Tengo documentación confidencial. No se dan todos los detalles, pero sí los esenciales. Y lo más importante: sale de los servicios de inteligencia británicos. Es del todo fiable.

Denissov señaló el teléfono.

—¿Me permite?

Georges se terminó el whisky: faltaría más, adelante.

Luego, todo va muy deprisa.

Tres horas después, la llamada ha prendido como un reguero de pólvora. Denissov amenaza con publicar todo lo que averigüe si el gobierno no consigue la liberación de su periodista. «Todo», recalca.

Se ha reunido una célula de crisis. El primer ministro en persona ha saltado brevemente a la palestra de los funcionarios y les ha ordenado que se arremanguen. Tras sopesar pros y contras, unos han asegurado que «Denissov hará lo que se le diga» y otros que «Los tiempos han cambiado». Todos tienen razón, de modo que un tercer grupo ha propuesto: «Pongamos a Georges en arresto domiciliario.» Eso no cambiará nada, es un hombre muy hábil, habrá tomado precauciones, habrá organizado la filtración por si no puede realizarla él mismo. Nadie da su brazo a torcer. En ese momento vuelve a hacer acto de presencia el primer ministro: «Bueno, entonces ¿qué hacemos?»

Si el asunto sólo hubiera afectado a Francia, la solución habría sido otra, pero el país ya estaba atrapado en las redes de sus alianzas.

—De acuerdo —ha dicho el primer ministro.

Y, poco después, Georges ha visto llegar un coche precedido por dos motoristas que lo ha conducido a su Servicio, dándole a entender que ha dejado de serlo.

Y eso es exactamente lo que le dice el señor Leal:

—Georges, ya no forma parte de nuestros efectivos.

—Lo sé.

—Me han encargado que le pida la dimisión.

—Claro.

Hablan sobre protocolo, técnicas de comunicación, competencias... Es una conversación muy técnica, se comprenden perfectamente.

El señor Leal lo acompaña hasta la puerta del despacho.

—Adiós, Georges. —Nunca se permitiría una palabra impropia de su cargo. Se limita a un enigmático y quizá cínico—: Gracias por todo.

—Buenas noches, señora Pelletier.

Nine se ha puesto una bata a toda prisa. Cada vez que suena el timbre de la puerta o el teléfono, teme lo peor.

Siempre hace un alto en la habitación de los niños para comprobar que duermen tranquilamente.

Esta vez, al ver su cara, deja entrar a Georges.

Intuye que la mala noticia no es para ella.

Hace el gesto de ir a coger el audífono de la cómoda, pero Georges la detiene: no hace falta.

—Su marido va a regresar.

—¿Cuándo?

—Ya sé que no quiere volver a verla, pero le propongo que venga Odette para quedarse con sus hijos esta noche. Pasaré a buscarla por la mañana, sobre las seis.

75

Habrá que presentar documentos

Geneviève esperaba la llegada de su hermana repantigada en un sillón con el último número de *Asteria*, que aún no le había dado tiempo a abrir.

Conocía a tanta gente, entre familia y empresa, que siempre consultaba todos los signos. Esta vez empezó con Piscis, el de la pobre Thérèse, que, como todo el mundo sabe, era el peor del zodiaco.

—«Influencia favorable de Júpiter en conjunción con Marte... Luna en tránsito por su quinta casa...» Muy bien... «Quizá se presente una buena oportunidad, pero estará en sus manos decidir si la aprovecha o espera. Tal vez haya llegado el momento de confiar en la intuición.» ¡Ah, allí estaba!

Todo era favorable. Pasó a lo que más le interesaba, es decir, ella misma.

«Tiene a Plutón retrógrado en la tercera casa. Deberá prepararse para una noticia inesperada que, unida a la conjunción entre Mercurio y Urano, podría frustrar sus planes. Saturno en oposición a Neptuno indica que, ante ese imprevisto, sin duda sabrá tomar la mejor decisión.»

Geneviève no tenía motivos para preocuparse. Habría un poco de inestabilidad con Jean, pero ella siempre se había llevado el gato al agua, y los astros preveían que ella saldría bien parada.

Prosiguió la lectura:

«Por último, pero no por ello menos importante, su cielo astral sugiere la posibilidad de un cambio notable en su vida. Saturno en Capricornio transita actualmente por su sexta casa en conjunción con Urano y Tauro, mientras que Marte forma un trígono con Júpiter y Sagitario.»

Geneviève nunca había comprendido las explicaciones técnicas; que además consideraba puramente decorativas. Le divertía leerlas, le gustaba cómo sonaban. No obstante, esta vez tuvo un mal presentimiento.

Saltó a la conclusión: «Esta semana puede significar un punto de inflexión en su vida: es posible que sufra un contratiempo que desencadene un cambio de rumbo en su vida. Acepte este desafío con valentía y confianza. Los astros sugieren que ese inesperado camino le aportará nuevas alegrías y le infundirá una fuerza vital hasta ahora desconocida.»

Con el ceño fruncido, trató de imaginar de dónde podía venir aquel «contratiempo» y en qué podía consistir.

Estaba perpleja, pero su carácter (y su experiencia) la animaba a no perder el aplomo. Además, *Asteria* le pronosticaba «nuevas alegrías» e incluso una «fuerza vital hasta ahora desconocida».

Acostumbrada a lidiar con el conflicto y la adversidad, Geneviève estaba casi impaciente por ver llegar aquel imprevisto.

La semana prometía.

—¡Oh, Thérèse, pobrecita mía! —exclamó Geneviève arrojándose a los brazos de su hermana sin darle tiempo a dejar la maleta en el suelo—. Pero ¡entra, entra! Oh, cariño mío...

Y, cogiéndola de los hombros, retrocedió para examinarla. Thérèse había sido guapa en su día, pero estaba desconocida. Una cara todavía bonita y agradable, pero marcada por las desgracias. «¿Qué edad aparenta?», se preguntaba Geneviève. «Sí, eso, cuarenta y dos...»

—Vamos, cuelga el abrigo.

Geneviève observó su atuendo con disimulo. Falda amplia y larga, abrigo de corte princesa, zapatos de puntera redonda... En París, todo aquello había pasado de moda hacía años. «Parece una charcutera de provincias.»

—Verte así, con la maleta, me da una pena... Entonces, ¿eso es todo lo que te queda? —Su hermana rompió a llorar y ella dijo—: Pero qué torpe soy, perdona, Thérèse...

—No es culpa tuya...

—¡Vamos, vamos! No te preocupes, nosotros nos ocuparemos de ti, ahora estás a salvo, ¿eh?

Sonaba muy reconfortante.

—¡Gracias por todo, Geneviève! —dijo Thérèse—. Si supieras...

Y se echó de nuevo a llorar. «Ésta se va a pasar el día gimoteando...», pensó Geneviève, mostrando no obstante a su hermana mayor toda la compasión de que era capaz.

—Anda, ven a sentarte.

Thérèse sacó el pañuelo, se volvió para sonarse discretamente e intentó esbozar una sonrisa torpe.

—Ya no sé qué hacer... Es que... estoy completamente arruinada. Si no llegas a mandarme el dinero del billete...

Y vuelta a llorar. Geneviève empezó a tamborilear nerviosamente con el índice en el brazo del sillón.

—Es muy natural. Y, tranquila, aquí nadie te va a pedir que cuentes tus desgracias. ¿Sabes lo que debes decirte? Que son agua pasada. Aquí estás en familia. Estás en tu casa.

Thérèse, que temía encontrarse con aquella hermana, empezaba a respirar. Sonreía entre lágrimas con la mirada agradecida de un náufrago salvado *in extremis*.

—Venga, vamos a tomarnos una tacita de té, eso te animará —propuso Geneviève—. ¿Sabes hacer té? Porque yo siempre me equivoco con la cantidad...

—¡Pues claro!

Thérèse ya estaba de pie, contenta de poder ayudar. Geneviève le mostró dónde estaban el té, la tetera, el azúcar...

—Y aquí, las tazas y las cucharillas —dijo abriendo armarios—. Aquí, los platos hondos, los llanos, los vasos... Y aquí, las ollas, cacerolas, la sopera... ¡Hale, ya lo sabes todo!

Thérèse llevó una bandeja con la tetera y las tazas.

Geneviève acababa de sentarse.

—Perdona, querida... —dijo señalando la cocina—. En el armario, arriba a la izquierda, encontrarás las galletas, si no te importa.

Cuando su hermana volvió, Geneviève sirvió el té.

—Delicioso, querida —dijo dándole un sorbo—. Bravo. Jean y los niños llegarán enseguida, tienen muchas ganas de verte, ¿sabes?

Thérèse se bebía el té con timidez, a la manera de alguien que teme molestar, y contemplaba el piso. Era lujoso, confortable. Geneviève había podido ayudarla porque tenía medios, pero igualmente ¡era tan generoso por su parte!

—¡Ah, y cuando pueda te devolveré el importe! —dijo.

—Ya se verá, no corre prisa. Lo que hay que hacer ahora es encontrarte algo. ¿Qué sabes hacer?

—Era dama de compañía.

—Sí, es verdad. Entonces, no sabes hacer nada.

—Bueno...

—Aparte de leerle, ¿qué le hacías, a tu señora?

—Un poco de limpieza...

—Vale, ¿lo ves? ¡Sabes hacer cosas!

—A veces también cocinaba, los días que el restaurante no servía a domicilio...

—¡Muy bien! Y los niños, ¿sabes cuidar de los niños?

—Siempre me han gustado los pequeñines...

—Ahora ya no son tan pequeños...

Thérèse se quedó parada, no había comprendido que hablaba de sus propios hijos, de sus sobrinos, vaya.

521

—¿Qué... qué edad tienen?
—Philippe va a hacer ocho, pero es más alto que un granadero (quería decir «granadero»). En cuanto a Colette, ¡casi once, Dios mío! Es un amor, ya lo verás. Son niños tranquilos, no tendrás problemas con ellos.

Thérèse se acabó el té, un poco perpleja.

—¡Mira, aquí está Jean!

Thérèse se levantó sobresaltada. Jean y ella sólo se habían visto un par de veces. Un poco cohibidos, se besaron en las mejillas.

—¿Has tenido un buen viaje?

—Sí, gracias a vosotros...

—¿Cómo?

—El billete. Gracias.

—¡Ah, sí! No es nada. ¿Verdad, Geneviève?

—Algo es. Pero poca cosa. ¿Quieres una tacita de té, cariño?

Jean no estaba seguro de que se dirigiera a él.

—Thérèse —dijo Geneviève sin darle tiempo a responder—, ¿puedes servirle una taza de té a Jean, por favor?

Su hermana se apresuró a hacerlo: por supuesto, estaba encantada de complacerlos.

—¡Te va a encantar, lo hace de maravilla!

Thérèse se sonrojó un poco.

—Le estaba diciendo a mi hermana que en nuestra empresa sería difícil encontrarle algo, sólo hay trabajos muy especializados.

Thérèse alzó los ojos hacia ella. ¿Se habría perdido una parte de la conversación en la que se había hablado de un empleo en su empresa?

—Esto... —empezó a balbucear Jean.

—¡Sí, sí, Jean! En Dixie, todo está muy especializado. —Y, volviéndose hacia su hermana, añadió—: Pero ya se nos ocurrirá algo, no te preocupes. —Luego, mirando de nuevo a Jean, dijo—: Thérèse se las apaña un poco con la cocina y la casa, ya es algo, ¿no?

—Sí...

—¡Ah, aquí están los niños!

Philippe y Colette entraron y conocieron al fin a aquella «pobre Thérèse» de la que no habían oído hablar jamás, pero con la que no paraban de darles la tabarra desde hacía tres semanas.

—Ésta es Thérèse, vuestra tía; va a ocuparse de vosotros.

Thérèse, desconcertada, besó a los dos niños.

Philippe no lo mostró, pero su tía le gustó de inmediato, le pareció muy guapa. Colette se fijó en que Thérèse tenía los ojos brillantes: debía de haber llorado mucho.

—Id a hacer los deberes, niños. Y, luego, a lavaros, ¡ea! —Geneviève era todo sonrisas, la viva imagen de la mamá indulgente—. Son unos pillastres... —añadió con ternura.

Thérèse y Jean no se atrevían a mirarse. Ella tenía los ojos clavados en el suelo; él, en la taza de té, que no había pedido, dado que no le gustaba y nunca lo tomaba.

—Estoy molida, después de todo un día de trabajo... —dijo Geneviève—. Cuando pienso en que tengo que cocinar otra vez, se me cae el alma al suelo.

—Si puedo ayudar... —propuso Thérèse tímidamente.

—¡Oh! ¿De verdad lo harías? Pero ¡qué amable! Encontrarás la pasta en el armario, arriba a la izquierda. —Thérèse se volvió hacia la cocina, pero su hermana la llamó de nuevo—: Y para cenar mañana, ¿sabes qué me apetecería?

—No...

—Pollo con patatas, ¿sabes hacerlo?

—Creo que sí...

—¡Estupendo! Eh, Jean, ¿a que es maravillosa?

—Sí.

—Bueno —dijo Geneviève levantándose trabajosamente—, basta de charla, ahora que hay que buscarte un sitio. Antes de que te metas en la cocina, voy a acomodarte. Aquí no puede ser, no tenemos más que una habitación de invitados, ¿sabes?

Jean se cuidó mucho de intervenir, aunque nunca tenían a quién invitar y en aquella habitación jamás había dormido nadie. No veía por qué no se la ofrecían a «la pobre Thérèse».

Geneviève se había puesto el abrigo y le tendía el suyo a su hermana.

—Voy a llevarte, ven... Coge la maleta, así no tendrás que bajar a por ella.

Al salir, Thérèse no supo si decir adiós a Jean y los niños, que la miraban mientras se alejaba.

Siguió a su hermana a la cocina. Una puerta en la que no había reparado daba a una escalera muy estrecha por la que circulaba una corriente de aire de mil demonios.

—¡Bah, creo que sólo hay que cambiar la bombilla! —dijo Geneviève probando el interruptor, que nunca había funcionado.

Subieron dos pisos. Una serie de puertas, todas iguales, daban a un pasillo provisto de una pequeña claraboya.

Geneviève abrió una de ellas. Era un cuarto abuhardillado que disponía de una cama estrecha, una mesa con una jofaina y una jarra esmaltadas y un armario con la puerta entreabierta. La luz procedía de una claraboya idéntica a la del pasillo. No hacía ni pizca de calor.

—Aquí estarás bien. Y, sobre todo, ¡tranquila, nadie te molestará! Puedes guardar tus cuatro cosas en el armario. ¿Qué te parece?

Thérèse no sabía qué decir, todo había ido tan rápido, no hacía ni dos horas que había llegado.

—¡Ah, el excusado! Ven... —Geneviève se asomó al pasillo—. La primera puerta a la izquierda, ¡fíjate qué cerca!

Se había quedado allí, de pie, frente a su hermana mayor.

—Gene...

—¡No, no, no, Thérèse, no me des las gracias! Y, si necesitas algo más, lo dices, ¿entendido? —Se disponía a salir—. En cuanto al billete de barco...

—¿Sí? —balbuceó Thérèse, alarmada.

—Tómate tu tiempo, no hay prisa. Cenamos sobre las siete, no más tarde, es sobre todo por los niños, ¿comprendes?

Una hora después, Thérèse había improvisado una cena de pasta con salsa de tomate.

Toda la familia estaba sentada a la mesa, pero no había cubiertos para ella.

—Thérèse, querida, ¿puedes traer el pan, por favor?

Geneviève declaró que era «un auténtico banquete».

Mientras tanto, Thérèse, llorando, se comía su pasta de pie en la cocina.

Después de la cena, mientras su hermana, a la que le había dado un delantal («para que no te manches»), recogía la mesa y fregaba los cacharros, Geneviève tuvo que enfadarse.

—¿Qué haces aún aquí? —le dijo a Philippe—. ¡Ya tendrías que estar acostado!

Philippe remoloneaba en el comedor. La presencia de Thérèse lo electrizaba, literalmente. No paraba de pasar por delante de la puerta de la cocina para verla, le encontraba un encanto increíble, no podía alejarse de ella.

—Sí, enseguida voy...

Pero tenía otro motivo mucho más apremiante. «Lánzate, el señor Edmond espera tu respuesta. Hazlo cuando esté papá, ¡seguro que se pone de tu parte!», le había dicho Colette.

Era la víspera del día fatídico. La respuesta no podía esperar más.

Colette había vuelto a ir a verlo a jugar al billar otras dos veces, y sufría con él. «Tienes muchas posibilidades, chaval. Y si te clasificas entrarás en el campeonato, ¡es una ocasión única!», decía el señor Edmond.

Cuando estaba en la academia, Philippe parecía muy decidido, sin embargo delante de su madre su voluntad se volatilizaba.

—¿Quieres que vaya a ver a tus padres? —le había propuesto el señor Edmond.
—¡No! —había gritado él.
Ahora tenía que coger el toro por los cuernos.
—Es que...
—Sí, ¿qué? Es que, ¿qué?
—Quería preguntarte una cosa...
—Y yo a ti otra, ¡no te digo!
—Ah...
—Acabo de ver tus notas. Cuatro en francés, tres en matemáticas, dos en geografía, ¡enhorabuena, hijo mío! Así que quería preguntarte algo. ¿Qué quieres ser en esta vida? ¿Viajante, como tu padre? ¡Pues piensa que, hasta para eso, que no es muy complicado, hay que saber leer y escribir!
—Tengo problemas en la escuela...
—¡Yo sí que tengo problemas contigo! Te lo advierto, Philippe, nada de salidas, nada de diversiones, nada de juegos hasta que no me traigas unas notas decentes, ¿me oyes? —Philippe lo había oído. Colette, también—. Y si sigues sin hacer nada, ¡interno con los frailes!

Jean estaba consternado.

Colette comprendió que su padre sabía lo del torneo de billar y había tenido tan poco valor como su hijo.

Geneviève y Jean habían oído unos suaves golpes de nudillos. Jean abrió la puerta. Nadie.

Geneviève fue hasta la de la cocina, que daba acceso a las buhardillas. Era Thérèse en camisón, con la jofaina en la mano.

—Perdona, Geneviève, pero... ¿no hay agua caliente?

—Aún no, querida. Siempre decimos que la vamos a poner, pero al final lo dejamos para mañana, ¿eh, Jean? —Y, sin esperar la respuesta de su marido, hizo un gesto magnánimo hacia el grifo de la cocina—: Coge la que necesites de ahí, ¡entre nosotros hay confianza!

Cuando Thérèse regresó «a sus aposentos», como los llamaba su hermana, Geneviève, justo antes de proceder a sus «abluciones», dijo:

—No olvides firmar el nuevo contrato, Jean, no quiero que nos retrasemos.

—Sí, lo haré mañana por la mañana. Sin falta. Prometido.

—Bien.

Geneviève disfrutaba con las victorias fáciles.

—He dejado una carta escrita a mano en la mesa —dijo Jean—. Para la firma...

Había encendido un cigarrillo, y se lo estaba fumando ante la ventana. Esa tarde, había advertido que la joven mecanógrafa a la que recurría de vez en cuando había cambiado de despacho y ahora estaba en el lado de Geneviève.

Su nueva vida de empleado subalterno acababa de empezar.

—¿Una carta a mano? No tenías más que decirlo, la habríamos mecanografiado.

Recién convertida en jefa, se sentía magnánima, incluso en casa.

—Es mi renuncia al consejo de administración de la patronal francesa. Tienes que firmarla.

—¿Cómo? —exclamó Geneviève.

Jean la miró, dubitativo e inquieto.

—¡De eso ni hablar, Jean, me niego! Es una bicoca para la empresa... —Buscaba las palabras, que encontró al recordar el informe del experto— excepcional para la imagen de la casa.

—Lo sé, Geneviève, pero no puede ser.

—¡Pues me gustaría saber por qué!

—Porque fue a mí a quien Désiré Chabut ofreció ese puesto en la FNEF.

—¡Eso ya lo sé! ¿Y qué es lo que te impide ir?

—Ya no soy empresario, soy un empleado. Subalterno.

—¡Eso, Jean, sólo lo sabemos tú y yo!

—Pero... es que habrá que presentar documentos.

527

—¿Cómo que documentos? ¿Cuáles?

Jean apagó el cigarrillo, lo arrojó por la ventana, se acercó a su cartera, rebuscó un buen rato y, por fin, sacó una hoja impresa, que tendió a su mujer.

—Es la lista de documentos requeridos. Los estatutos de la empresa, mi contrato de trabajo, la inscripción en el registro de sociedades, la identidad de los propietarios...

Geneviève tuvo que sentarse.

—Pero bueno, no tienen derecho... —farfulló.

Ni ella misma se lo creía. ¿Cómo no había pensado en aquello?

En ese mismo instante se dio cuenta de que aquel imprevisto se cargaba su estrategia para hacerse con el poder. Si Dixie, llamada a desempeñar el papel de faro de la patronal francesa, renunciaba a su puesto en el consejo, su reputación y su imagen, que, a su modo de ver, eran tan importantes como su éxito comercial, se verían seriamente dañadas.

También perdería su red de contactos, el acceso privilegiado a las administraciones, los contratos públicos, los beneficios bancarios, se acabarían las comidas en los ministerios, los viajes de representación, el apoyo logístico contra los sindicatos obreros y las amenazas de huelga...

«La conjunción entre Mercurio y Urano podría frustrar sus planes... sin duda sabrá tomar la mejor decisión», recordó.

—Muy bien —dijo doblando el documento y devolviéndoselo a su marido—. Mañana se verá.

Había pronunciado esa frase ominosa lentamente, con voz solemne.

Los dos se conocían bien.

Jean acababa de apuntarse un tanto decisivo. Geneviève renunciaría al expolio. Al menos, por ahora. Para Jean, el tiempo ganado siempre era tiempo ganado.

76

Tengo un poco de miedo

La emisión en antena de la llamada de Jean le había dejado a Hélène un recuerdo triste y la sensación de que ambos habían actuado a traición contra sus padres. ¿Y si pensaban que sus hijos habían planeado aquella conversación? Hélène siempre llamaba a su madre dos veces al día: por la mañana, cuando Annie se había ido a la escuela, y por la tarde, antes de salir hacia el estudio, pero ese día aún no la había telefoneado.

Como los jueves por la mañana una vecina se encargaba de cuidar a la niña, que dormía hasta más tarde porque no había escuela, Hélène aprovechó para pedirle a Lambert que la llevara a Le Plessis.

—Tus deseos son órdenes, amor mío.

Llegaron alrededor de las nueve.

—Empezaba a preocuparme —dijo Angèle besándola—. Hola, Lambert, ¿cómo va todo?

—Como la seda, Angèle. ¿Y mi ilustre suegro?

—No consigue dormir, está muy ansioso. Dice que tiene «unos miedos espantosos».

La casa no era la misma desde que Louis había vuelto del hospital. Reinaba una luz mortecina, la atmósfera olía a medicamentos, todo lo que se hacía allí parecía lento, trabajoso y difícil. La soledad de Angèle, pese a las atenciones de sus hijos, era palpable.

A Hélène la hacía sufrir que no se hablara de lo sucedido en el programa. Esos rencores sordos, si uno se los queda dentro, luego estallan sin previo aviso.

—¿Quieres un té, cariño?

Lambert dejó que Hélène fuera sola a la cabecera de su padre.

—Ah, eres tú... —dijo Louis con voz ronca.

Se notaba que hablaba con precaución para no provocarse uno de aquellos ataques de tos que lo dejaban exhausto.

Cuando se acercó a besarlo, Hélène le vio unos moretones en el cuello.

—¿Le has enseñado eso al médico?

—¡Bah, también tengo en la espalda! Son los medicamentos.

—Pero ¿lo ha visto el médico?

—Lo que tengo es mucho dolor en el pecho...

Hélène le cogió la mano. La tenía helada. Fingiendo que le subía el embozo, escuchó su respiración. Era irregular, acompañada de un silbido torácico.

—¿Está contigo François? ¡Dile que venga a verme!

La pregunta desconcertó a Hélène.

—No tardará, papá, está en camino.

—Es que la semana pasada no vino, hace mucho que no lo veo...

—Ya... Es por su trabajo, ya sabes —dijo Hélène al borde de las lágrimas.

—Ah, sí, su trabajo...

—Bueno, descansa —dijo Hélène sonriendo—. Voy a hacer té y vendré a tomármelo contigo.

Joseph, tendido a los pies de Louis, la miró con una intensidad que la hizo estremecer.

Hélène volvió con su madre.

—Mamá, hay que llamar a una ambulancia. Tenemos que llevarlo al hospital. Enseguida.

Angèle lloraba. Con la barbilla, hizo un gesto hacia el teléfono, pero Lambert ya estaba marcando el número.

Esa noche, el invierno parecía haber vuelto a París. El termómetro había caído más de diez grados. Nine tuvo que subirse el cuello del abrigo al salir a la calle. Georges le hizo una seña para que subiera al Citroën DS 19, que esperaba con la puerta abierta.

El Tiburón arrancó con un suspiro, precedido y seguido por dos Peugeot 403 militares verde oscuro.

—Hola, Odette —se había limitado a decir Nine al abrir la puerta unos minutos antes—. Buenos días, señor Chastenet.

Las dos mujeres dudaron si darse dos besos, como antes, pero lo hicieron, y a Odette le sorprendió no sentir ninguna reticencia. Esa noche Nine había pasado revista a todo lo ocurrido y había llegado a la conclusión de que la maniobra de Georges Chastenet, consistente en endosarle una ayudante que lo mantuviera informado, no estaba hecha con mala intención. Odette tenía el cometido de tomar nota de todo lo que hacía y decía, por supuesto, pero también de apoyarla en un momento en que se encontraba sola y desamparada... Además, en el fondo, Nine no era guerrera y no le gustaban las confrontaciones. Lo había sido una sola vez en su vida, hacía mucho tiempo, frente a su padre, y de aquello había aprendido una lección que nunca olvidaría. El rencor, a menudo más ciego de lo que se cree, hace más daño a la víctima que al culpable.

—Los niños, ¿duermen?

Nine reconoció la misma voz de siempre.

Odette había interpretado un papel, pero lo había hecho sin dejar de ser ella. Nine dudó si ir a besar de nuevo a sus hijos. Odette la empujó con suavidad hacia el rellano, donde la esperaba Georges.

—Anda, ve, ve...

En el coche, que se deslizaba hacia las afueras, Georges estaba tan pensativo como Nine. No había dormido en dos días, pero el cansancio llegaría más tarde.

Acudía a una extraña cita en la que cambiaría su vida por otra.

En cuanto a Nine, como la noche anterior le habían hablado del regreso de François, estaba agotada de puro impaciente. Se cambió el auricular al oído derecho.

—¿Qué va a pasar, señor Chastenet? Quiero decir...

—No tema, no hay ningún peligro. Es un procedimiento poco habitual, pero se ha hecho otras veces.

Ella no necesitaba saber nada más.

Después de los controles, la barrera se alzó ante la comitiva. Se encontraron con una sucesión de hangares y edificios alineados, aviones estacionados y una sola construcción iluminada ante la que se detuvo el Citroën.

Como tantos otros niños, Colette y Philippe dormían hasta más tarde los jueves. Sin embargo, ése hacía rato que estaban despiertos.

—¡Tienes que hablar con él! —susurraba Colette.

—Sí —respondía Philippe con firmeza, sabiendo que no sería capaz.

Se vistieron. Colette se quedó sorprendida al ver a Thérèse, de la que ya se había olvidado, preparándoles el desayuno. No así Philippe, que esa noche se había dormido pensando en ella, presa de una excitación muy nueva. Era un estado de agitación hasta entonces desconocido.

Geneviève, más que lista para ir al trabajo con Jean, vestida con un traje chaqueta azul marino y blanco ajustado en las rodillas que la estrujaba y la obligaba a andar con pasitos cortos, como una japonesa metida en carnes, se disponía a salir.

—Thérèse, querida... —dijo tendiéndole el delantal a su hermana—. Para que no te manches.

Aquel delantal era muy especial para ella.

Colette y Philippe se miraron. Su madre estaba a punto de irse.

«¡Vamos!», decían los ojos de Colette.

Philippe se levantó como movido por un resorte (aquello también le venía de padre) y gritó:

—¡¿Puedo ir a Orleans para el torneo?!

Geneviève se volvió. ¿Hablaba con ella?

—No he entendido nada, ¿podrías vocalizar un poco?

Philippe había soltado su frase, pero le había servido de poco.

—Es por el torneo...

—¿Qué torneo?

Geneviève había cruzado los brazos sobre sus opulentos pechos y levantado la barbilla en actitud intimidante.

—De billar —balbuceó Philippe—. Es en Orleans, hay que pagar una noche de hotel.

Ni él mismo acababa de creerse que lo hubiera dicho todo.

Geneviève se volvió hacia su marido.

—¿Sigues llevándotelo de bares?

—¡No! —dijo Jean—. Va a la academia de billar y...

—¡No! ¡Ésta sí que es buena! ¡A la academia de billar, nada menos!

No tenía ni idea de qué podía ser aquello, pero estaba claro que, si Jean hubiera llevado a su hijo a un fumadero de opio, no le habría parecido peor.

—¡Y además a escondidas! ¡Porque los señores no han dicho ni mu!

Geneviève ya estaba en órbita, gritando, resoplando, despotricando, poniendo a su hermana por testigo... Jean era un depravado, Philippe, un idiota, el billar, un juego de cretinos alcoholizados, el torneo, una competición de borrachines... En cuanto a la habitación de hotel en Orleans, seguro que era una pocilga en un burdel de barrio, a ella no se la daban, y seguro que costaba un ojo de la cara, etcétera.

Philippe estaba devastado, Jean abochornado y avergonzado de su cobardía, Thérèse, alarmada, petrificada, pegada a la pared.

De pronto, sin que nada lo presagiara, Colette se levantó, golpeó la mesa con los dos puños y gritó:

—¡Cierra el pico!

Si se hubiera tratado de ella misma, Colette seguramente habría soportado otra bronca, pero la impotencia de su hermano le hacía hervir la sangre, y no soportaba que su madre fuera tan agresiva e injusta.

Y cuando Geneviève, escandalizada, se disponía a abrir la boca, Colette, en voz aún más alta e imperiosa, repitió:

—¡He dicho que cierres el pico! ¡El billar es lo único que tiene! ¡Lo único que le has dejado! ¡Lo has abandonado, lo desprecias, ya no le queda más que eso! ¿Y también se lo quieres quitar? ¡No tienes derecho! ¡No dejaré que lo hagas!

Geneviève, con la cara roja, echando chispas, fuera de sí, se había plantado delante de su hija.

Los demás se apartaron.

Las dos estaban frente a frente dispuestas a despedazarse...

El odio se leía en sus caras.

No había vuelta atrás.

Recordaba a una de esas clásicas escenas de wéstern: ¿quién desenfundaría primero?

Fue Colette.

Le soltó a su madre una bofetada de campeonato, un tortazo antológico, sonoro, estrepitoso, magistral, un guantazo mayúsculo, de los que marcan de por vida.

Con la mano derecha.

Parecido al que le había propinado Macagne antes de obligarla a arrodillarse.

Aunque aún no tenía once años, Colette era casi tan alta como su madre, que era bastante paticorta.

Y, sobre todo, era una niña muy resuelta.

Geneviève, asombrada, pasmada, se había llevado la mano a la mejilla.

Se ahogaba, los ojos se le salían de las órbitas.
Era el momento de la verdad.
Iban a llegar a las manos, el combate estaba a punto de empezar.
Colette no esperó más.
Repitió la jugada con la izquierda.
Pero, como era diestra, la torta fue menos directa que la primera, llegó menos centrada, más oblicua, e hizo mucho más daño.
La cara de Geneviève, enmarcada por sus dos manos, con el labio inferior colgando e hinchado, ya no era la de una luchadora feroz, sino la de una mujer asustada, a punto de desmayarse.
Colette se había dado la vuelta.
El asunto estaba zanjado para ella.
—Papá, hay que dar el dinero hoy para reservar la plaza. Y tú, Philippe, baja a llevárselo al señor Edmond.
A su hermano, paralizado, convencido de que el techo del piso iba a hundirse en cualquier momento, le temblaban las manos.
—He consultado el reglamento —continuó Colette—. Si quedas al menos tercero, estarás clasificado para el campeonato nacional. Pero el resultado nos importa un pito, ¿de acuerdo? Lo importante es que te lo pases bien.
¿Lo comprendió Philippe? A saber.
—Venga —añadió Colette en un tono tranquilo y conciliador—. Ve a lavarte los dientes ¡y espabila!
Lo empujó con suavidad hacia el pasillo.
Cuando se volvió, Geneviève ya no estaba en el comedor. El portazo de la puerta de su habitación hizo temblar los cristales.
Cada uno de ellos pasó como pudo el siguiente cuarto de hora. Aquello no iba a quedar así. La presión debía de estar alcanzando cotas aterradoras en la habitación de Geneviève.
Los minutos pasaban en medio de un silencio sepulcral. Jean fumaba ansiosamente en el comedor.
Todos sentían que lo peor estaba por llegar.
Y, efectivamente, llegó.

Sonó el teléfono. Jean descolgó. Era Hélène.

—A papá le ha dado un ataque, deberías venir.

Por la cara de su padre, Colette comprendió que se trataba de su abuelo.

—Tu abuelo no está bien... —dijo su padre—. Voy a tener que irme.

Sin que se percataran, Geneviève había salido del dormitorio y reaparecido, blanca como la pared, tiesa, con el cuello tenso, la cara desencajada y la mirada fija.

Avanzaba hacia la mesa mientras Colette decía:

—Voy contigo, papá.

Jean, aturullado, ya estaba en la escalera corriendo hacia el coche. Colette se disponía a seguirlo.

—¡Espera! —dijo Geneviève con una voz ronca que intentó aclararse carraspeando.

La niña se volvió hacia su madre.

—Coge el abrigo... —Geneviève había descolgado la prenda y se la tendía—. Ha refrescado, hay que abrigarse.

Colette se lo arrancó de las manos.

—A papá no le ha dado tiempo... ¡Dale el dinero para el hotel a Philippe!

Y, sin esperar la respuesta, echó a correr escaleras abajo.

«El abuelo se va a morir, el abuelo se va a morir...», se repetía, y pensó que ella también se moriría.

Un militar le abrió la puerta a Nine, que bajó y siguió a Georges hasta el interior del edificio, donde ya la esperaban. Georges le presentó a dos civiles.

—El señor de Coster, al que ya conoce, enviado especial del ministro de Asuntos Exteriores, y el señor Croizier, director de Inteligencia.

Pero lo que más impresionó a Nine fueron los tres soldados en uniforme caqui que, armados con fusiles automáticos, permanecían ligeramente apartados.

Todos se volvieron hacia el gran ventanal que daba a las pistas de aterrizaje, balizadas con lucecitas rojas. En ese momento, Nine se fijó en un furgón Renault verde oscuro estacionado a la derecha con el motor encendido. Del tubo de escape salía humo blanco.

Sabía que era un furgón penitenciario, se lo había explicado Georges.

Un hombre se acercó al señor Leal, le dijo algo al oído y salió tan discretamente como había entrado.

—El avión está anunciado —dijo Croizier, y todos se volvieron hacia la derecha, donde poco después aparecieron las luces de posición de un bimotor Avia 14.

El avión aterrizó bastante lejos y, precedido por un jeep militar provisto de un girofaro, inició un largo periplo por la pista hasta detenerse ante el gran ventanal.

Con un gesto cortés, de Coster le indicó la puerta a Nine, que se subió el cuello del abrigo y salió procurando mantenerse cerca de Georges, que era la única presencia tranquilizadora. «François está en ese avión», se dijo, con miedo, pero sin saber de qué.

Un militar abrió la puerta trasera del furgón.

Un instante después, Nine vio bajar a una figura cabizbaja y esposada que llevaba un abrigo gris. No distinguía sus facciones.

Marthe, pendiente tan sólo de dónde ponía los pies, alzó al fin la cabeza, y Nine descubrió a una mujer de unos cincuenta años de rasgos anodinos y mirada perdida. Sin timidez ni arrogancia, la detenida volvió la vista hacia los civiles, que no hicieron el menor gesto en su dirección.

—Marthe ha espiado para los checoslovacos durante meses —le había explicado Georges en el coche—. Vamos a entregársela a cambio de su marido.

—¿Ha sido fácil convencerlos?

—Bastante fácil. Recuperándola, el bloque comunista les dice a los miles de espías que tiene repartidos por todo el mundo: «Podéis trabajar para nosotros y arriesgaros con toda

537

confianza: estamos aquí y, si se produce un incidente, nos tendréis a vuestro lado.» Marthe no sólo es una espía, es un mensaje. Y vale su peso en oro. ¡Veinticinco años trabajando con nosotros! Tiene mucho que contarles. Esa mujer es una bomba para nosotros.

—Entonces... Si es tan peligrosa, ¿por qué acepta que se vaya, el gobierno francés?

Georges habría podido explicarle que en ese campo las decisiones se toman sopesando los riesgos y los intereses. El gobierno francés había hecho sus cálculos. La amenaza que representaba Marthe para la inteligencia francesa habría sido en parte neutralizada antes de que Moscú pudiera aprovecharla de forma concreta y, en cualquier caso, se consideraba menos grave que la aparición de un artículo devastador sobre un accidente nuclear que podía abrir una grave fisura en la entente con los Aliados.

Georges se inclinó hacia Nine.

—Porque el regreso de su marido es importante para nosotros. No se abandona a un hombre que se ha jugado la vida al servicio del Estado francés.

—Hacen ustedes lo mismo que ellos...

—¡Efectivamente!

—La historia de la prostituta...

—Estaba pensada para las autoridades checoslovacas. En realidad, su marido simplemente pasó la noche con ella esperando el momento de ir a la embajada. Dejamos a una de nuestras agentes con él, por si surgía algún problema.

—¿Era la joven a la que mataron al día siguiente?

—Sí. —Georges se volvió hacia ella con el corazón encogido—. Es muy triste, Klára era una chica... excepcional.

Nine lo oyó, pero no lo escuchó. Le emocionaba ver recompensada su fe inquebrantable en François; haber sido la única que había creído en él.

Se abrió la puerta del avión. Tres militares bajaron y se situaron al pie de la escalerilla. El corazón de Nine latía a toda velocidad.

Estaba orgullosa como una tonta de su François.

Cuando lo vio aparecer, con esposas en las muñecas y los tobillos, estuvo a punto de romper a llorar.

Una vez liberado de las manillas, François bajó lentamente agarrándose a las barandillas de acero con ambas manos.

Era otro hombre. Extenuado, consumido, castigado. Avanzaba con dificultad. Lo habían dejado sentado en el suelo de la cabina con una capucha en la cabeza. Nadie le había explicado nada, su mente había barajado todo tipo de escenarios.

En el más plausible, abrían la puerta en pleno vuelo y lo lanzaban al vacío.

Encontró alivio en llorar. Pensar en Nine, en Alain, en Martine, le partía el corazón. Su inmensa pena sólo se veía interrumpida por una pregunta muy tonta: si pensaban arrojarlo del avión en pleno vuelo, ¿por qué le habían hecho ducharse con agua hirviendo? ¡Y le habían dado jabón! ¡Y ropa limpia! Era un mono de prisionero áspero y tieso, pero limpio. Cuando temes por tu vida, te agarras a lo que sea. François se agarraba a aquella ducha y aquel mono limpio.

La absurda esperanza de que lo liberaran lo inundó y lo hizo temblar.

No le quitaron la capucha hasta que el avión tocó tierra. La cabina estaba tan oscura que apenas tuvo que parpadear.

Lo empujaron hacia la puerta, que se había abierto. Él se sostuvo como pudo, hasta que le quitaron las esposas.

Y allí, de pie en lo alto de la escalerilla, frente al edificio iluminado, en el que veía a unos cuantos civiles y militares armados, reconoció la figura de Nine. Ya no le quedaban lágrimas que derramar. El dolor de su alma era insoportable.

Estaba vivo y aquello había acabado.

En el momento de echar a andar, Marthe miró a Georges, pero no pasó nada.

Georges sabía lo que le esperaba. Se pasarían meses sacándole todo lo que sabía sobre el Servicio, le darían trabajo en un ministerio (en una sala de archivo sin ventanas y con un sueldo mísero), un estudio en un sexto sin ascensor de una barriada siniestra y tendría una vida interminablemente larga sin ningún reconocimiento y sin que nadie se preocupara por ella.

El señor Leal, sujetando a Marthe por el brazo, avanzó hacia el civil que acompañaba a François. Los dos enviados se detuvieron e intercambiaron sendos documentos, que consultaron rápidamente, tras lo cual ambos dieron media vuelta. Un momento después, Marthe llegaba al pie de la escalerilla, que subió con decisión y sin mirar atrás.

En ese preciso instante Georges supo que el gran combate había terminado y que le compraría a Élise una casa en Normandía y un caballo.

Nine se había arrojado al cuello de François. Se quedaron abrazados mucho rato, incapaces de decirse nada.

—Vamos —les susurró Georges, que se había acercado.

Ya lo sabía, Nine le había avisado.

Él se lo había dicho a su vez al señor Leal, que había respondido que, por supuesto, no había ningún problema.

El Citroën ronroneaba detrás de ellos.

Nine comprendió que no podía esperar más.

—François —murmuró—, tu padre está hospitalizado, tienes que ir a verlo... Enseguida.

Colette y su padre hablaron poco durante el trayecto.

La noticia sobre su abuelo había apartado de su mente el incidente con su madre.

En cambio, en la cabeza de Jean, los dos hechos —la perspectiva de que su padre muriera cuando él aún no estaba preparado y de vivir en una casa con una guerra abierta entre su mujer y su hija— confluían en un solo miedo cerval. Se daba por vencido en ambos casos.

Conducía a toda velocidad, absorto en sus pensamientos, hasta que Colette le tocó la mano, crispada sobre el volante, para pedirle que se calmara.

Jean levantó el pie del acelerador.

—En cuanto a tu madre... —murmuró.

—Le he dicho que le dé el dinero para el señor Edmond a Philippe.

Jean estaba asombrado. ¿Iba a acabar así aquella trifulca?

—De hecho, deberías acompañarlo a Orleans —añadió su hija.

—¿Tú crees?

—Querrá que te sientas orgulloso de él, aunque no gane.

Jean sintió que las cosas estaban cambiando, que debía ir al encuentro de aquel hijo que le había confiscado Geneviève y que quizá se alegraría de tener al fin un padre.

—Sí, puedo acompañarlo, pero no sé si le gustará...

—Estoy segura de que sí.

Una vez en el hospital, pasaron demasiado deprisa ante el mostrador de información y tuvieron que volver a bajar.

—¿El señor Pelletier no está en su habitación...?

Jean había estado a punto de decir «de siempre».

—Está en reanimación.

Fue un shock. Subieron.

El tío Lambert estaba fumando en el pasillo.

—No te preocupes, Jean, se pondrá bien, ya lo verás... —dijo, pero, acto seguido, detuvo a Colette, que se disponía a entrar en la habitación—. Sólo dejan estar a dos personas a la vez. Espera, voy a preguntar.

Llamó discretamente y asomó la cabeza dentro. Hélène salió de inmediato, estaba deshecha. Colette ocupó su sitio.

—Entrarás después de ella... —le dijo Hélène a su hermano antes de echarse a llorar en brazos de Lambert.

La cabeza de su abuelo descansaba muy atrás.

De la nariz, le salía un tubito de plástico que estaba unido a una bolsa colgada de un soporte móvil.

Joseph se levantó y fue a restregarse contra ella; luego, para dejarle sitio, se sentó discretamente al pie de la cama, como una visita que no quiere molestar.

Colette se acercó, pero su abuela se inclinó y, con voz muy suave, le susurró:

—Tu abuelo está fatigado, tesoro. Y a veces, cuando uno está fatigado, no sabe muy bien lo que dice...

La abuela tenía una cara tranquila, serena y sonriente.

Al volverse hacia su abuelo y ver su mirada fija, Colette se quedó parada.

El anciano le tendió la mano.

—Hola, cariño... Ven a darme un beso.

Intentó incorporarse un poco, pero el esfuerzo era excesivo para él.

Colette lo besó en la mejilla.

—No te has afeitado, abuelo, eso no está bien.

—Sí...

¿Comprendía su abuelo lo que le decía?

—Tu tía Hélène, ¿está ahí?

—Acaba de salir, abuelo...

—Ah, sí, es verdad...

Angèle puso las manos en los hombros de Colette.

—Ya está, ahora dile adiós, y lo dejaremos descansar.

Colette, a punto de venirse abajo, contuvo las lágrimas y se inclinó hacia el señor Pelletier.

—¿Estarás allí, cariño? —murmuró Louis.

¿Qué quería decir?

—¿Dónde, abuelo?

Le había cogido la manita y se la apretaba muy fuerte. Colette tuvo que acercar la cara para entender lo que decía.

—En el campeonato... de halterofilia. ¿Estarás?

Colette lo miró y, aunque estaban vidriosos, vio en sus ojos el brillo travieso de cuando jugaban.

—Iré a verte ganar, abuelo. No quiero perdérmelo.

Lo besó en la mejilla y él dejó de apretarle la mano. Colette salió de espaldas. No quería perderlo de vista.

• • •

Hélène había advertido a su hermano del estado en que encontraría a su padre. Jean esperaba y temía que llegara su turno.

Colette salió.

Jean la miró intentando leer en su cara alguna indicación sobre la prueba que se avecinaba. Colette no lloraba, no quería llorar. «Ahora te toca a ti», se dijo Jean. «Voy a decirle que lo quiero. Y él me dirá que él a mí también.»

Lambert había vuelto a cerrar la puerta. Abrirla de nuevo sería difícil. Jean dio un paso, se volvió...

De pronto, vio una aparición: François avanzaba por el centro del pasillo con Nine cogida del brazo.

Un François que parecía haber sido atropellado por un tren. Con el rostro tumefacto, barba de muchos días, el pelo sucio y revuelto, la ropa arrugada... Diez años más viejo.

—¡Dios mío! —exclamó Hélène arrojándose a su cuello.

Lambert le rodeó los hombros con el brazo fraternalmente.

—Mi querido idiota...

Jean lo cogió de la mano como cuando eran niños.

Era una escena curiosa: un grupo de gente alborozada alrededor de un individuo un poco espectral en medio del pasillo...

—¿Papá? —preguntó François.

—No muy bien —dijo Hélène.

—¿Puedo verlo?

—El médico no quiere que haya más de dos personas a la vez en la habitación. Mamá está sola con él, puedes entrar.

A nadie se le ocurrió preguntarle a Jean si le importaba ceder su turno.

François abrió la puerta con precaución y entró.

Al verlo, la señora Pelletier se llevó los puños a la boca, contuvo un grito de alegría y alivio, y corrió a abrazar a su hijo. Todo, en el mayor silencio posible.

Angèle le revolvía el pelo a François y decía:

—Pero ¿se puede saber qué te ha pasado, pobrecito mío?

Louis debía de haberlos oído o notado movimiento en la habitación.

—Angèle...

La señora Pelletier se precipitó a la cama.

—¿Hay alguien? —le preguntó su marido.

François se acercó al oírlo.

—Ah, ¿eres tú? Qué bien... que hayas venido...

Su voz sólo era un murmullo. François tuvo que inclinarse para entender lo que decía. Se sentó junto a la cama y le cogió la mano.

—Papá...

¿Qué podía decir?

—Cariño... me alegro de que...

¿Se daba cuenta del lamentable estado en el que se encontraba su hijo? Parecía tener la cabeza en otra parte. Le costaba respirar. François miró a su madre, angustiado.

—Angèle... —murmuró Louis.

François le dejó el sitio a su madre.

La señora Pelletier se sentó.

Le cogió la mano a su marido.

Se inclinó hacia él.

—Angèle... Tengo un poco de miedo...

Ella le sonrió.

—No tienes por qué, amor mío, estoy aquí.

Y entonces él comprendió que no iba a fastidiarla.

Cuando François y su madre salieron de la habitación, comunicaron a Jean que su padre había muerto.

Epílogo

Louis Pelletier había muerto dos veces.

La primera, en 1918, en una guerra de la que ya nadie quería oír hablar. La segunda, en el hospital, el sitio que más temía. Se llevaba con él el puñado de palabras que no había sabido decirle a su hijo mayor, porque nunca las había pensado. Y dejaba tras de sí hijos, nietos, una propiedad, un poco de dinero y una viuda.

Además de pesares, imágenes y sufrimientos, como todo el mundo.

Nadie supo de dónde había salido el fular tricolor que apretaba en el puño. Por más que se indagó, el misterio quedó sin resolver.

Su cuerpo fue trasladado a Beirut, donde su hijo pequeño yacía en el panteón un poco extravagante que el mismo Louis había hecho erigir «para toda la familia». Al funeral acudió muchísima gente, allí nadie lo había olvidado. Angèle habría preferido el cementerio de Le Plessis, Beirut estaba lejos. Y aunque dinero no le faltaba, el entierro fue lo bastante caro para que se planteara empezar a ahorrar para que sus hijos no tuvieran que pagar nada el día en que ella fuera a reunirse con Étienne y Louis en el cementerio católico de Beirut.

François publicó un contundente artículo, «Yo he sido espía detrás del Telón de Acero», que tuvo un éxito extraordinario e hizo que *Le Journal du Soir*, que iba camino del millón de ejemplares diarios, un sueño que nadie se atrevería a tener hoy, ganara doscientos mil lectores.

Su testimonio, publicado en seis entregas, hizo que le cogiera gusto a la narración de largo recorrido. Fue un descubrimiento decisivo que lo impulsó a cambiar de oficio y meterse a novelista.

Nine y él no tuvieron más hijos.

Ella conservó el taller de encuadernación, que se convirtió en un lugar de referencia dentro del mundillo de la bibliofilia. «Me paso la vida restaurando libros que nunca habría podido permitirme», decía sonriendo. La aventura de François le había permitido aceptar su sordera, y no tardó en llegar el día en que decidió reivindicarla...

En cuanto a Hélène, desmintiendo la funesta predicción de Geneviève, tuvo —un poco antes de tiempo, es verdad— un precioso niño al que llamó Louis.

Dejó de trabajar muy poco tiempo y pronto volvió a su programa. Durante el día cuidaba de sus hijos, y por la noche hacía vibrar a los oyentes, a los que emocionaba como sólo la radio puede hacer.

Si se mira a la familia Pelletier con un poco de perspectiva, puede verse que todos han tenido éxito y que algunos incluso se han enriquecido. Aquella despreocupada generación vivía una época en la que los padres, porque habían ascendido en la escala social y porque el mundo se les ofrecía sin pudor ni restricción, estaban seguros de poder proporcionar a sus hijos un futuro próspero e incluso estaban convencidos de que su descendencia tendría una vida mejor que la suya.

No tardarían en desengañarse.
Pero aún es un poco pronto para hablar de eso.

Philippe quedó tercero en el torneo de Orleans, al que lo acompañó su padre. Tenía las puertas del campeonato abiertas.

Colette recuperó a *Joseph*, sin que su madre rechistara.

Seguía teniendo pesadillas: soñaba que Macagne le empujaba la cabeza para obligarla a arrodillarse. Esas noches difíciles lo fueron un poco menos cuando, unos meses después, se enteró de que Macagne había muerto atropellado por su propio tractor, con una impresionante tasa de alcohol en la sangre. Decidió dejar el colegio Sainte-Clotilde para ir a uno público y siguió siendo una niña complicada.

Queda Jean, al que siempre se nombra el último.

Y puede que sea un error, porque su proyecto de desarrollo de la empresa funcionó realmente bien. En esa época, en la que la valía de un hombre ya se medía por la cuantía de sus ingresos, llevaba camino de convertirse en el miembro de la familia que más éxito había tenido. Sin embargo, seguía sintiéndose frustrado. En primer lugar, porque los logros de su hermano François siempre acababan por hacerle sombra. El éxito de su reportaje detrás del Telón de Acero eclipsó el modesto puesto que Jean había obtenido en la patronal francesa... Le quedaba un consuelo. Aunque su padre había muerto sin que pudieran hablar de lo que había sido su relación y sin que él le hubiera dicho cuánto daño le había hecho, Jean acababa de conocer a su hijo, en cierto modo, y estaba decidido a triunfar donde su padre había fracasado.

La «crisis», como se la llamaría más tarde —erróneamente, puesto que, en realidad, era una nueva coyuntura mundial—, estaba en camino, pero todavía lejos, y a decir verdad muy pocos la veían venir.

Por el momento, se ganaba dinero más o menos lícito, se iba a más velocidad, se lavaba más blanco y todo se compraba y se vendía.

Pero nada quedaría impune.

Los años venideros pedirían cuentas a quienes habían vivido sin hacerlas y sin preocuparse del mañana.

Es lo que se temía Jean, y no se equivocaba.

Agradecimientos

En primer lugar, quiero darle las gracias a Camille Cléret, la historiadora que me ha ayudado en mis investigaciones. Nunca me cansaré de agradecerle su inestimable colaboración.

Está novela está dedicada a Thierry Depambour, lector excepcional, que tiene la amabilidad de aconsejarme y proponerme correcciones siempre pertinentes y perspicaces. Igualmente, se apoderaron de esta novela con generosidad y atención: Gérald Aubert, Catherine Bozorgan, Pavlina Koubska, Anik Lapointe, Perrine Margaine y Camille Trumer.

Todo el equipo de Calmann-Lévy se ha hecho acreedor a mi agradecimiento.

Evidentemente, para los accidentes nucleares me inspiré libremente en los de Kychtym (URSS) y Windscale (Inglaterra), con una distorsión venial del calendario, puesto que la catástrofe de Kychtym se produjo el 29 de septiembre de 1957 y el incendio de Windscale menos de quince días después, el 10 de octubre. En ambos casos, los gobiernos (y sus respectivos aliados) optaron por no informar a la población. Para conocer sus verdaderas y dramáticas consecuencias, hubo que esperar mucho tiempo...

Consulté con provecho el libro de Yves Lenoir, *La Comédie atomique. L'histoire occultée des dangers des radiations*, París, La Découverte, 2016.

Es bastante difícil imaginarse Praga en 1959 cuando no hablas checo y cuando los sesgos ideológicos hacen que, a veces, las fuentes occidentales de la época sean caricaturescas. Así que cogí el toro por los cuernos y, cosa que rara vez hago, fui allí.

En buena hora, porque, gracias a Aurélie Morel y Philippe X., conocí a la maravillosa Pavlina Koubska, que fue mi guía, mi ayudante, mi cicerone, mi traductora, mi intérprete, mi lectora, mi correctora... En lo que respecta a la ciudad de Praga, se lo debo todo.

Gracias a ella, pude disfrutar de la valiosa ayuda y la generosidad de Kateřina Koubová (periodista), del padre Pavel Pola (que me absolvió por anticipado de mis infidelidades a la realidad histórica), de nuestros amigos Dan Hrubý y Helena Hrubá, y, por supuesto, de Pavel Koubský y Libuše Koubská. Reciban todos mil gracias por su ayuda y por los magníficos momentos que me regalaron.

Todo el mundo se habrá dado cuenta de que la historia de François es un homenaje a John le Carré y que Georges Chastenet está directamente inspirado en Smiley.

Gracias a Dorothée Huchet, autora de una excelente tesis: «La fiction de John le Carré à l'ère du soupçon: du roman policier au roman d'espionnage.» Lo sabe todo sobre le Carré y me aconsejó con generosidad.

• • •

Para la prisión de Praga, utilicé en especial a Mordekhaï Oren y su *Prisonnier politique à Prague* (Julliard, 1960).

Doy gracias a Marine Baccarelli por sus consejos y su estupendo libro *Micros de nuit* (Presses universitaires de Rennes) que tanto me ayudó con la historia de Hélène.

En lo relativo a Geneviève y, por tanto, a la astrología, los lectores o lectoras que crean en ella y consideren que saben del tema, se habrán escandalizado ante mi enfoque, claramente excéntrico, pero me pareció coherente tratar con humor una disciplina fantasiosa por naturaleza.

Por lo que respecta a la Guerra Fría, recurrí principalmente a:
Tony Judt, *Après-guerre. Une histoire de l'Europe depuis 1945*, París, Fayard, 2010 [hay trad. cast.: *Postguerra: una historia de Europa desde 1945*, Madrid, Taurus, 2006].
Michel Hastings, Philippe Buton y Olivier Buttner (dir.), *La Guerre froide vue d'en bas*, CNRS Éditions, 2014.

Sobre la percepción del fenómeno nuclear en Francia, me fueron especialmente útiles:
Marie-Hélène Labbé, *La Grande Peur du nucléaire*, París, Presses de Sciences Po, 2000.
Isabelle Miclot, «Émotions nucléaires: la population française face à la menace de guerre nucléaire 1950-1960», en *La Guerre froide vue d'en bas (op. cit.)* y *Guerre nucléaire, armes et... parades?: hypothèses conflictuelles et politique de protection civile en France dans les années 1950-1960*, 2011.

En lo que respecta a los servicios de inteligencia franceses, recurrí principalmente a Gérald Arboit (*Des services secrets pour la France. Du dépôt de la guerre à la DGSE, 1856-2013*, CNRS Éditions, 2014).

También saqué datos de:
Dominique Loisiel (*J'étais le commandant X*, París, Fayard, 1970).
Philippe Bernert (*Service 7. L'extraordinaire histoire du colonel Le Toy-Finville et des clandestins*, París, Presses de la Cité, 1980).
Constantin Melnik (*Les Espions. Réalités et fantasmes*, París, Ellipses, 2018).

Sobre las democracias populares, el marco político al otro lado del Telón de Acero, debo citar:
Jean-François Soulet, *Histoire de l'Europe de l'Est. De la Seconde Guerre mondiale à nos jours*, París, Armand Colin, 2006.
François Fejtö, *Histoire des démocraties populaires. 2. Après Staline,* París, Seuil, 1992.

Sobre la Checoslovaquia comunista y Praga:
Antoine Marès, *Histoire des Tchèques et des Slovaques*, París, Perrin, 2005.
Karol Bartosek, *Les Aveux des archives. Prague-Paris-Prague*, Seuil, París, 1996. Obra publicada por un disidente exiliado en Francia.
Bernard Michel, *Histoire de Prague*, París, Fayard, 1998.

Puede que no lo parezca, pero lo que concierne a Colette y sus abejas requirió bastante trabajo (de Camille Cléret, en primer lugar). Ella y yo debemos citar imperativamente a Rémi Fourche, *Contribution à l'histoire de la protection phytosanitaire dans l'agriculture française* (1880-1970), tesis para el doctorado de historia contemporánea bajo la dirección de Jean-Luc Mayaud, Universidad Lumière-Lyon 2, 2004.

• • •

Edición Especial, el programa de televisión, es evidentemente un calco de *5 colonnes à la une*, del mismo modo que *Le Journal du Soir* está inspirado en *France-Soir*. Además del INA, maravillosa institución que pone en línea un número enorme de reportajes extraídos de ese programa hoy mítico, me han sido muy valiosos:

Jérôme Bourdon, *Histoire de la télévision sous de Gaulle*, Anthropos/INA, París, 1990.

Jean-Noël Jeanneney, Monique Sauvage, *Télévision, nouvelle mémoire, les magazines de grand reportage, 1959-1968*, París, Seuil, 1982.

Pierre Baylot, «Les magazines de reportage à la télévision», *CinémAction*, n.º 84, Corlet-Télérama, 1997.

Gilbert Larriaga, *Les Caméras de l'aventure*, 1982.

Roger Louis, *Cinq colonnes à la une*, Solar, 1966.

Así como ciertas actitudes de Lambert están lejanamente inspiradas en el Bloch de la *Busca*, el técnico de sonido Julien tiene su origen en el actor Julien Carette (y, en lo relativo a su argot, en Alphonse Boudard y Luc Étienne y su «Méthode à Mimile»), sor Ursule, en las hermanas sor Perpétue y sor Simplice, que velan a Fantine en el capítulo 1 del libro VII de *Los miserables*, Marthe, en Martha Hanson, de la serie *The Americans*, el nombre de Klára, en Karla (el adversario de Smiley), etcétera.

No acabaría nunca de citar mis fuentes...

Ni de hacer la lista de las palabras, los rostros, las expresiones, las ideas o las imágenes que han surgido de mi pluma, pero que debo, lo sé, a José Artur, Jacques Aubert, Honoré de Balzac, Roland Barthes, Macha Béranger, Laurent Binet, Pierre Bost, John Brownlow, Eugenio Corti, Marcel Debarge, Pierre Dumayet, George Eliot, John Grisham, Louis Guilloux, Victor Hugo, Henry James, Alfred Jarry, Joseph Kessel, Milan Kundera, John le Carré, Pierre Lepape, Carson McCullers, Michael McDowell, Larry McMurtry, Boris Pasternak, Marcel Proust, Bertrand Py, Jean-Paul Sartre, Walter Scott, Dan Sherman, Bertrand Tavernier, Joe Weisberg y Émile Zola.

Y Pascaline.

Contenido

19 de abril de 1959

1. No se me ocurre otra explicación...	13
2. Habrá que arreglarlo de otra manera	33
3. No quiero obligar a nadie	52
4. No es tan tarde	63
5. ¿No es así, cariño?	69
6. ¡Es que me picaba!	81
7. A todo el mundo le trae sin cuidado	85
8. Puede ser cualquiera	92
9. Feliz regreso, querido amigo	99
10. ¿Quieres que se lo diga?	115
11. Es nuestro cliente	119
12. Es tan estremecedor como entonces	126
13. Lo que está en juego es más importante	137
14. ¿Se puede saber a qué hueles?	150
15. ¿Estás bien, Loulou?	153
16. ¡Cuántas mentiras!	163
17. Me perderé...	168
18. Si lo necesitas...	184
19. El domingo lo sabremos	188

20.	Praga, con dedos de lluvia	192
21.	Todo está a punto	197
22.	Cuéntenos	202
23.	Pues yo pienso justo lo contrario	206
24.	Nos quedamos con la mitad	214
25.	Siempre puedes volver aquí...	221
26.	¡Te hemos buscado por todas partes!	224
27.	Me voy a quedar	229
28.	¡Ojalá estuvieras muerta!	236
29.	No podía ser mejor	244

11 de mayo de 1959

30.	Lo siente en el alma	255
31.	Eso me temo...	262
32.	Con el tiempo que hacía...	274
33.	Espero que le haya quedado todo claro...	280
34.	No quiero estropearlo	287
35.	¡Viva el despilfarro!	295
36.	Está cansado	302
37.	No pierda tiempo	312
38.	¿Fue el domingo o no?	318
39.	Eso es lo que me preocupa	325
40.	¡Nada de política!	328
41.	Es exasperante...	332
42.	Yo también iré hacia la izquierda	336
43.	Creo que está celoso	346
44.	Cuando quiere puede ser razonable	349
45.	Cambias de estatus	355
46.	Está de un humor de perros	360
47.	Discretamente, por favor	366
48.	No hay mucho donde elegir	373
49.	Ahora es demasiado tarde	378
50.	Déjanos oír	386

51.	Cuando la vea, ya habrá llegado	389
52.	*Zůstaňte, kde jste!*	393

15 de mayo de 1959

53.	¿No ha intentado llamarla?	405
54.	Te informo, eso es todo	410
55.	No sé cómo hacerlo	412
56.	¿Qué ocurría?	415
57.	Considerémoslo como tal	417
58.	Era un trato	421
59.	No me creo una palabra	426
60.	Menos mal que me he puesto a ello	435
61.	*Tři sta padesát korun!*	444
62.	Le he preparado este sitio	448
63.	Tu marido va a volver	455
64.	Querías aventuras, ¿no?	463
65.	Piensa hablar con gente	467
66.	Lo primero quedaba descartado	474
67.	Había que admitirlo	478
68.	No salga de ahí	480
69.	Sí, pero no es lo mismo	486
70.	La situación se ha despejado	490
71.	Ya no la necesito	493
72.	Así estarán juntos	501
73.	Tiene sentido	507
74.	Gracias por todo	511
75.	Habrá que presentar documentos	518
76.	Tengo un poco de miedo	529

Epílogo   545
Agradecimientos   549